BEDFORDSHIRE LIBRARIES

BC

BOOKS SHOULD BE RETURNED

BY LAST DATE STAMPED ABOVE

LATVIAN

Greja
piecdesmit nokrāsas

E L Džeimsa

Fifty Shades of Grey

E L James

Greja
piecdesmit nokrāsas

E L Džeimsa

KONTINENTS
RĪGA

UDK 821.111-31
Dž 360

E L Džeimsas romāna "Grejs piecdesmit nokrāsās"
publicēšanas tiesības pieder
"Apgādam "Kontinents""

No angļu valodas tulkojusi Eva Stankēviča
Vāka dizains Artūrs Zariņš

Book design based on design by Claudia Martinez
Cover design based on design by Jennifer McGuire
Cover image © Papuga2006/Dreamstime.com

ISBN 978-9984-35-604-4

Veltīts Nīlam,
manas pasaules pavēlniekam

PATEICĪBAS

Esmu pateicību parādā šiem cilvēkiem par sniegto palī-dzību un atbalstu:
– savam vīram Nīlam, kurš piecieta manu apsēstību, va-dīja saimniecību un pirmais rediģēja manuskriptu;
– savai priekšniecei Lizai, kura neiebilda, kad es veltīju visu pagājušo gadu šim neprātam;
– CCL. Nekad nestāstīšu, kāpēc, bet pateicos;
– paldies draudzenēm par neizsīkstošo atbalstu;
– SR, vēlreiz pateicos par noderīgajiem padomiem un to, ka uzdrīkstējies būt pirmais;
– Sjū Malonei – paldies, ka palīdzēji;
– Amandai un visiem no *TWCS*. Paldies, ka uztvērāt pie-spēli.

1. NODAĻA

Es saniknota raucu pieri, aplūkodama sevi spogulī. Mani sasodītie mati nepavisam negrib uzvesties, kā pienākas, un es dusmojos uz Ketrīnu Kevanu, kurai nav trūcis nekaunības saslimt un pakļaut mani šīm mokām. Man vajadzētu mācīties eksāmeniem, kuri notiks jau nākamajā nedēļā, bet esmu spiesta tērēt dārgo laiku matu pakļaušanai. Nedrīkstu gulēt ar slapjiem matiem. Nedrīkstu gulēt ar slapjiem matiem. Vairākas reizes atkārtojusi šo mantru, es vēlreiz mēģinu savaldīt savas krēpes. Es izmisumā paceļu acis pret griestiem, uzmetu vēl pēdējo skatienu spogulī bālajai meitenei ar brūniem matiem un zilām acīm, kas ir pārāk lielas manai sejai, un padodos. Vienīgā iespēja ir sasiet nepakļāvīgos matus zirgastē un cerēt, ka izskatos vismaz ciešami.

Keita ir mana dzīvokļa biedrene, un izvēlējusies tieši šo dienu, lai kļūtu par gripas upuri. Šī iemesla pēc viņa nevarēs doties uz sarunāto tikšanos ar kādu ļoti ietekmīgu biznesa haizivi, par kuru es nekad nebiju dzirdējusi, bet kurš piekritis sniegt interviju universitātes avīzei. Tāpēc man ir piešķirts gods kļūt par brīvprātīgo. Man jāmācās pēdējiem eksāmeniem un jāuzraksta eseja, un pēcpusdienā man vajadzētu veikt arī savus darba pienākumus, tomēr šo dienu es pavadīšu, mērojot simt sešdesmit piecas jūdzes tālu ceļu līdz Sietlas centram un tiekoties ar noslēpumaino vīrieti, kuram pieder kompānija *Grey Enterprises Holdings, Inc.* Viņš ir neparasti talantīgs uzņēmējs un daudz ziedojis mūsu universitātei, tāpēc viņa laiks ir nenovērtējami dārgs, daudz vērtīgāks nekā manējais, tomēr viņš bijis ar mieru sniegt interviju Keitai. Viņa apgalvo, ka tas esot lielisks sasniegums. Toties es šobrīd nožēloju, ka mana draudzene ir tik dedzīga žurnāliste.

Keita ir saritinājusies uz dīvāna dzīvojamā istabā.

– Ana, man tiešām ļoti žēl. Pagāja deviņi mēneši, līdz man izdevās sarunāt šo tikšanos. Būs nepieciešami vēl seši, lai to pārceltu, un tobrīd mēs abas jau būsim beigušas augstskolu. Es esmu redaktore un nevaru vienkārši atmest visam ar roku. Lūdzu! – Keita čerkstošā balsī apelē pie manas sirdsapziņas. Kā viņai tas izdodas? Pat slima būdama, viņa izskatās trausla un pievilcīga. Gaiši rudie mati ir gludi un kārtīgi, zaļās acis spoži mirdz, kaut gan šobrīd tās ir apsārtušas un mitras. Es cenšos aizgaiņāt piepešo līdzjūtības uzplūdu.

– Protams, es aiziešu tavā vietā, Keita. Tev jāiet gulēt. Varbūt vēlies kādu *NYQuil* vai tailenola tableti?

– Jā, vienu *NYQuil*, lūdzu. Te ir sarakstīti jautājumi, un paņem līdzi arī manu diktofonu. Tikai jānospiež ieraksta poga, lūk, šeit. Es pēc tam visu atšifrēšu.

– Man nekas par viņu nav zināms, – es nomurminu, veltīgi mēģinādama apspiest arvien pieaugošo paniku.

– Pietiks ar jautājumiem, lai tev viss izdotos. Nekavējies, brauciens būs ilgs. Negribu, lai tu nokavētu tikšanos.

– Labi, labi, es jau eju. Atgriezies gultā. Es tev uzvārīju zupu, ko vēlāk vari uzsildīt. – Gatavodamās iet prom, es silti uzlūkoju draudzeni. Viņa ir vienīgā visā pasaulē, kuras dēļ es būtu ar mieru šādi rīkoties.

– Jā, protams. Labu veiksmi! Un paldies, Ana. Tu vienmēr mani glāb.

Paņēmusi mugursomu, es sāji uzsmaidu Keitai un dodos uz mašīnu. Nespēju noticēt, ka esmu ļāvusi draudzenei mani pierunāt uz kaut ko tādu. Tomēr jāatzīst, ka Keita spēj mani pamudināt uz jebko. Reiz viņa būs lieliska žurnāliste. Viņa ir daiļrunīga, skaista, stipra, prot pārliecināt un argumentēt savu viedokli, turklāt ir mana tuvākā draudzene.

**

Kad izbraucu no Vašingtonas Vankūveras štatā un tuvojos Piektajai šosejai, ceļi ir patukši. Ir agrs, un man jābūt Sietlā tikai divos. Keita man aizdevusi savu jaudīgo *Mercedes*

CLK, un tas ir labi, jo es neesmu pārliecināta, vai mana vecā *Volkswagen* vabolīte Vanda nogādātu mani mērķī laicīgi. Ar mersedesu braukt ir jautri, un jūdzes gluži vai pazib garām, kad spiežu gāzes pedāli līdz grīdai.

Es dodos uz Greja kunga starptautiskās kompānijas galveno biroju. Tas izvietots milzīgā, divdesmit stāvu augstā ēkā, veidotā no izliektiem stikla paneļiem un tērauda, un virs lielajām stikla parādes durvīm neuzkrītoši tērauda burti veido uzrakstu *Greja nams*. Es to sasniedzu bez piecpadsmit minūtēm divos un, priecādamās par to, ka neesmu nokavējusi, ieeju plašajā – un, patiesību sakot, arī biedējošajā – stikla tērauda un balta smilšakmens vestibilā.

Aiz masīva smilšakmens galda sēž ļoti pievilcīga, labi kopta, jauna blondīne un jauki uzsmaida man. Viņai mugurā ir ogļmelna žakete un balts krekls. Es nekad vēl neesmu redzējusi tik elegantas drēbes. Viņa ir nevainojama.

– Man ir sarunāta tikšanās ar Greja kungu. Anastasija Stīla Ketrīnas Kevanas vārdā.

– Atvainojiet mani uz mirkli, Stīlas jaunkundze. – Sieviete sarauc uzacis, redzot, ka es samulsusi palieku stāvam pie galda. Šobrīd es nožēloju, ka neaizņēmos kādu no Keitas konservatīvajiem kostīmiem. Esmu papūlējusies un uzvilkusi savus vienīgos svārkus, uzāvusi brūnus zābakus, kas sniedzas līdz ceļgalam, un komplektu papildinājusi ar zilu džemperi, ko nosedz tumši zila žakete. Manā uztverē tas ir elegants apģērbs. Izlikdamās, ka jaunā sieviete mani nebiedē, es tēloti nevērīgi atglaužu izbēgušu matu šķipsnu aiz auss.

– Greja kungs tiešām gaida Kevanas jaunkundzi. Lūdzu, parakstieties šeit, Stīlas jaunkundze. Jums nepieciešams pēdējais lifts pa labi, divdesmitais stāvs. – Viņa man laipni uzsmaida, klusībā noteikti uzjautrinādamās.

Kad esmu parakstījusies, sieviete man pasniedz caurlaidi, uz kuras ļoti izceltiem burtiem rakstīts "Viesis". Man neizdodas apvaldīt smīnu. Vai tiešām nav acīmredzams, ka es šeit tikai viesojos? Es itin nemaz te neiederos. *Tāpat kā vienmēr*. Es nedzirdami nopūšos un, pateikusies blondīnei, dodos uz liftu pusi, paiedama garām diviem apsargiem, kas savos labi piegrieztajos, melnajos uzvalkos izskatās daudz elegantāki nekā es.

Lifts zibenīgi uzrauj mani līdz divdesmitajam stāvam. Durvis atveras, un aiz tām parādās vēl viens plašs vestibils, ļoti līdzīgs iepriekšējam. Es atkal redzu smilšakmens galdu un jaunu, blondu sievieti, kas pieceļas, lai mani sveicinātu.

– Lūdzu, Stīlas jaunkundze, mirkli pagaidiet šeit! – Viņa norāda uz baltu ādas krēslu rindu. Aiz tiem plešas liela sapulču zāle ar milzīgu, tumšu koka galdu un vismaz divdesmit pieskaņotiem krēsliem tam apkārt. No grīdas līdz pat griestiem stiepjas logs, aiz kura redzamas debesis virs Sietlas. Skats ir apbrīnojams, un es brīdi gremdējos tajā, aizmirsdama visu citu.

Beidzot atguvusies, es apsēžos, izņemu no somas jautājumu sarakstu un to pārlasu, klusībā sodīdamās, ka Keita nav vismaz īsumā man pastāstījusi šī cilvēka biogrāfiju. Es neko nezinu par vīrieti, kurš man jāintervē. Viņš varētu būt gan deviņdesmit, gan trīsdesmit gadus vecs. Neziņa ir biedējoša, un es atkal sāku satraukties. Man nekad nav patikušas šādas sarunas divatā; es dodu priekšroku diskusijām grupā, jo varu neuzkrītoši paslēpties istabas tālākajā galā. Visērtāk es jūtos vienatnē, lasot kādu klasisku angļu romānu un ieritinoties universitātes bibliotēkas sēdeklī. Ne jau milzīgā stikla un akmens zālē, kur man nervozi jāgrozās uz krēsla.

Pieķērusi sevi pie šādām domām, es aizkaitināta nopūšos, nolēmusi saņemties. Spriežot pēc bezdvēseliskā, modernā iekārtojuma, Grejam varētu būt pāri četrdesmit. Viņš droši vien ir sportisks, iededzis un gaišmatains, līdzīgs pārējiem darbiniekiem.

No lielām durvīm labajā pusē iznāk vēl viena eleganta, nevainojami ģērbusies blondīne. Kāpēc viņu šeit ir tik daudz? Es jūtos kā Stefordā. Dziļi ievilkusi elpu, es pieceļos kājās.

– Stīlas jaunkundze? – blondīne jautā.

– Jā, – es čērkstošā balsī atsaucos un nokremšļojos. – Jā. – Lūk, izklausās jau pārliecinošāk.

– Greja kungs jūs pēc brīža pieņems. Vai drīkstu aiznest jūsu virsdrēbes?

– Jā, lūdzu! – Es steidzīgi novelku žaketi.

– Vai jums jau piedāvāja kaut ko atspirdzinošu?

– Emm... nē. – Ak, vai pirmajai blondīnei būs nepatikšanas?

Otrā blondīne sarauc pieri un nopēta jauno sievieti, kura sēž pie galda, bet pēc mirkļa atkal pievēršas man. – Vai vēlaties tēju, kafiju, ūdeni?

– Glāzi ūdens, lūdzu, – es nomurminu.

– Olīvija, atnes Stīlas jaunkundzei glāzi ūdens. – Viņas balss ir barga. Olīvija pielec kājās un metas ārā pa durvīm.

– Ļoti atvainojos, Stīlas jaunkundze, Olīvija ir mūsu jaunā praktikante. Apsēdieties, lūdzu. Greja kungs atbrīvosies pēc piecām minūtēm.

Olīvija atgriežas, nesdama glāzi ledaina ūdens.

– Lūdzu, Stīlas jaunkundze!

– Pateicos.

Otrā blondīne pieiet pie galda, kurpju papēžu klaboņai atbalsojoties plašajā vestibilā, un apsēžas. Abas sievietes turpina strādāt.

Varbūt Greja kungs pieņem darbā tikai blondīnes. Kamēr prātoju, vai tas ir likumīgi, kabineta durvis atveras un pa tām iznāk ļoti eleganti ģērbies, pievilcīgs gara auguma afroamerikānis. Viņa mati ir sapīti īsās bizītēs. Ir acīmredzams, ka esmu izvēlējusies nepiemērotu apģērbu.

Vīrietis pagriežas un saka: – Šonedēļ uzspēlēsim golfu, Grej?

Atbildi es nedzirdu. Viņš ierauga mani un pasmaida; tumšo acu kaktiņos ievelkas nelielas krunciņas. Olīvija jau pielēkusi kājās un izsaukusi liftu. Šķiet, viņai lieliski padodas pielēkšana kājās. Viņa ir vēl nervozāka nekā es!

– Uz redzēšanos, dāmas, – vīrietis no mums atvadās un dodas prom.

– Greja kungs ir gatavs jūs pieņemt, Stīlas jaunkundze, – otrā blondīne paziņo. Es pieceļos, kājām nedaudz trīcot, un mēģinu apvaldīt satraukumu. Paņēmusi somu, es atstāju ūdens glāzi un eju uz pavērto durvju pusi.

– Nevajag klauvēt, vienkārši ejiet iekšā, – blondīne saka, uzmundrinoši smaidīdama.

Atgrūžu durvis, kājas sapinas un es iekrītu kabinetā ar galvu pa priekšu.

Pie visiem velniem, kāpēc man vienmēr jābūt tik neveiklai? Esmu četrrāpus Greja kunga kabinetā, un saudzīgas rokas palīdz man piecelties. Kaunā piesarkusi, es vēlreiz klusībā izlamāju sevi par tādu muļķību un beidzot paceļu skatienu. Jēzus, viņš ir tik jauns!

– Kevanas jaunkundze! – Viņš sniedz man roku, tiklīdz esmu iztaisnojusies, un es ievēroju, cik gari ir viņa pirksti.

– Mans vārds ir Kristjens Grejs. Vai jums nekas nekaiš? Varbūt vēlaties apsēsties?

Tik jauns... un pievilcīgs, ļoti pievilcīgs. Grejs ir gara auguma vīrietis, ģērbies labā, pelēkā uzvalkā ar baltu kreklu un melnu kaklasaiti. Viņam ir nekārtīgi, tumši rūsgani mati un vērīgas, gaišpelēkas acis, kas mani nopēta. Paiet mirklis, līdz es atgūstu runas dāvanas.

– Emm, patiesībā... – es nomurminu. Ja šim vīrietim ir vairāk nekā trīsdesmit gadu, es esmu Merilina Monro. Kustēdamās kā sapnī, es paspiežu viņa roku. Brīdī, kad mūsu pirksti saskaras, es jūtu savādu, satraucošu tīksmi izšaujamies man cauri un apjukusi steidzīgi atrauju roku. Droši vien vainojams statiskās elektrības lādiņš. Es strauji mirkšķinu acis, plakstiņiem kustoties tikpat ātri, cik dedzīgi dauzās mana sirds.

– Kevanas jaunkundze saslima, tāpēc atsūtīja mani. Ceru, ka neiebilstat, Greja kungs.

– Kāds ir jūsu vārds? – Viņa balss ir samtaina, un tajā ieskanas neliels uzjautrinājums, tomēr ir grūti noprast, ko patiesībā slēpj viņa bezkaislīgā sejas izteiksme. Viņš izskatās nedaudz ieinteresēts un izturas ārkārtīgi pieklājīgi.

– Anastasija Stīla. Es studēju angļu literatūru Vankūveras universitātē kopā ar Keitu, tas ir, Ketrīnu, nē, Kevanas jaunkundzi.

– Saprotu, – Grejs vienkārši nosaka. Man šķiet, ka es saskatu viņa sejā tikko jaušamu smaida ēnu, bet neesmu pārliecināta.

– Lūdzu, apsēdieties. – Viņš norāda uz baltu ādas dīvānu, kas atgādina "L" burtu.

Kabinets ir pārāk liels, lai tajā strādātu tikai viens cilvēks. Milzīgais logs stiepjas no grīdas līdz griestiem, un tam pretī novietots moderns, tumšs koka galds, pie kura ērti varētu sasēsties seši cilvēki. Tas ir pieskaņots kafijas galdiņam pie dīvāna. Viss pārējais ir balts – griesti, grīda un sienas, bet blakus durvīm piekarinātas trīsdesmit sešas nelielas gleznas, sakārtotas četrstūrī. Tās ir ļoti skaistas; ikdienišķas, piemirstas mantas uzzīmētas tik skaidri, ka atgādina fotogrāfijas. Visas kopā tās rada elpu aizraujošu iespaidu.

– Tas ir vietējā mākslinieka Troutona darbs, – Grejs paskaidro, izsekojis manam skatienam.

– Gleznas ir brīnišķīgas. Parastais tajās kļūst par kaut ko izcilu, – es nomurminu, domās kavēdamās gan pie attēliem, gan šī vīrieša. Viņš pieliec galvu un vērīgi nopēta mani.

– Pilnīgi piekrītu, Stīlas jaunkundze, – viņš klusi nosaka, un es kāda neizskaidrojama iemesla pēc nosarkstu.

Izņemot gleznas, viss pārējais kabinetā ir vēss, tīrs un sterils. Es prātoju, vai tas atspoguļo Adonīsam līdzīgā īpašnieka personību, un skatos, kā viņš graciozi atslīgst uz viena no baltajiem ādas krēsliem man pretī. Savu domu iztrūcināta, es papurinu galvu un izņemu no somas Keitas uzrakstītos jautājumus. Pēc tam es sagatavoju diktofonu, bet rīkojos ļoti neveikli un divas reizes nometu aparātu uz galdiņa. Greja kungs ir pacietīgs, vismaz es tā ceru, jo kļūstu arvien nervozāka. Kad beidzot saņemu drosmi un uzlūkoju viņu, es atklāju, ka vīrietis mani vēro. Viena roka nevērīgi atbalstīta pret atzveltni, bet ar otras plaukstu viņš apņēmis zodu un nesteidzīgi laiž garo rādītājpirkstu pār lūpām. Man šķiet, ka viņš cenšas apvaldīt smaidu.

– At... atvainojiet, – es izstomu. – Neesmu pieradusi pie šādām sarunām.

– Nesteidzieties, Stīlas jaunkundze, laika pietiek, – Grejs nosaka.

– Vai neiebildīsiet, ja es ierakstīšu jūsu atbildes?

– Jūs uzdodat šo jautājumu pēc tam, kad esat tik ilgi pūlējusies ap diktofonu?

Es nosarkstu. Vai viņš mani ķircina? Cerams! Es samirkšķinu acis, īsti nezinādama, ko teikt, un izskatās, ka Grejs par mani apžēlojas. – Nē, man nav iebildumu.

– Vai Keita, tas ir, vai Kevanas jaunkundze paskaidroja, kam intervija domāta?

– Jā. Tā tiks publicēta izlaidumam veltītajā studentu avīzes numurā, jo es ceremonijas laikā izsniegšu diplomus.

Ak tā! Man šī vēsts ir jaunums, un es brīdi aizraujos ar pārdomām par to, kā šis vīrietis, ne īpaši vecāks par mani – labi, varbūt apmēram sešus gadus, un jā, viņš ir guvis milzīgus panākumus dzīvē, bet tik un tā, – pasniegs man augstskolas diplomu. Es saraucu pieri un lieku sev atgriezties tagadnē.

– Labi. – Es nervozi noriju siekalas. – Man jāuzdod jums daži jautājumi, Greja kungs. – Es atglaužu izbēgušu matu šķipsnu aiz auss.

– Mani tas nepārsteidz, – viņš bezkaislīgi attrauc. Viņš smejas par mani! To apjautusi, es pietvīkstu un izslejos taisnāk, mēģinādama izskatīties garāka un cienīgāka. Nospiedusi ieraksta pogu diktofonā, es mēģinu runāt kā īsta žurnāliste.

– Jums izdevies izveidot iespaidīgu biznesa impēriju, kaut gan esat vēl ļoti jauns. Kam esat pateicību parādā par gūtajiem panākumiem? – Es pametu skatienu uz vīrieti. Viņa smaidā pavīd nožēla, un viņš šķiet nedaudz vīlies.

– Biznesā pats galvenais ir cilvēki, Stīlas jaunkundze, un es ļoti labi māku novērtēt cilvēkus. Es izprotu, kas viņus dzen uz priekšu, kas liek viņiem virzīties augšup un kas aizkavē, kas viņus iedvesmo, kā viņus pamudināt. Manā labā strādā lieliska darbinieku komanda, un es viņus labi atalgoju. – Brīdi klusējis, Grejs piekaļ man savu pelēko acu skatienu. – Manuprāt, lai gūtu panākumus jebkādā jomā, nepieciešams šo jomu apgūt, iepazīt to no visām pusēm, līdz ikkatrs sīkums ir skaidrs. Lai to panāktu, es ļoti smagi strādāju. Es pieņemu lēmumus, balstoties uz loģiku un faktiem. Turklāt man piemīt instinkts, kas ļauj pamanīt un izlolot labu, vērtīgu domu un vērtīgus cilvēkus. Visa pamatā ir vērtīgi cilvēki.

– Varbūt jums gluži vienkārši veicies. – Keitas sarakstā šīs piebildes nav, bet es nespēju no tās atturēties, jo Grejs ir tik pārliecināts par sevi. Viņa acis pārsteigumā ieplešas.

– Es neticu veiksmei un nejaušībām, Stīlas jaunkundze. Jo vairāk es strādāju, jo vairāk man veicas. Patiesībā visu izšķir īsto cilvēku pieņemšana komandā un viņu enerģijas novirzīšana pareizajā gultnē. Šķiet, Hārvijs Faierstouns ir teicis: "Ļaužu izaugsme un pilnveidošanās ir vadoņa augstākais aicinājums."

– Jūs runājat kā cilvēks, kurš grib pār visiem valdīt. – Vārdi izskan, pirms pagūstu tos apvaldīt.

– Jā, Stīlas jaunkundze, es uzņemos vadību visās situācijās, – Grejs atbild, un viņa smaidā nav ne miņas no uzjautrinājuma. Mēs vērojam viens otru, un viņa skatiens ir bezkaislīgs. Mana sirds iepukstas straujāk, un es atkal pietvīkstu.

Kāpēc šis vīrietis mani tā satrauc? Varbūt vainojama viņa glītā seja? Vai kvēle viņa acīs? Nevērīgais žests, ar kādu viņš laiž rādītājpirkstu pār lūpām? Es klusībā lūdzos, kaut viņš to pārtrauktu.

– Turklāt milzīgu varu iespējams iegūt, pārliecinot sevi, ka esi dzimis, lai valdītu pār itin visu sev apkārt, – Grejs mierīgs turpina runāt.

– Vai jūs uzskatāt, ka jums pieder milzīga vara? – es jautāju, nospriedusi, ka viņam piemīt slimīga valdītkāre.

– Manā labā strādā vairāk nekā četrdesmit tūkstoši darbinieku, Stīlas jaunkundze. Šī apziņa man sniedz atbildības izjūtu. Ja vēlaties, varat to dēvēt par varas apziņu. Ja es nolemtu, ka telekomunikāciju nozare mani vairs neinteresē, un pārdotu savu uzņēmumu, jau pēc mēneša divdesmit tūkstošiem cilvēku vajadzētu domāt, kā segt hipotēkas maksājumus.

Es izbrīnīta paveru muti, šī pazemības trūkuma satriek-
ta.

– Vai jums nav jāsaskaņo sava darbība ar uzņēmuma val-
di? – es sašutusi jautāju.

– Kompānija pieder man. Un tajā nav nekādas valdes. –
Grejs sarauc uzaci. Protams, es to zinātu, ja būtu nedaudz
pameklējusi informāciju. Bet šis vīrietis ir tik iedomīgs! Es
nolemju mainīt pieeju.

– Vai jums ir kādas ar darbu nesaistītas intereses?

– Ļoti dažādas, Stīlas jaunkundze. – Greja lūpās ataust
viegls smaids. – Ārkārtīgi dažādas. – Un viņa rāmais ska-
tiens nezināma iemesla dēļ liek man apjukt un piesarkt. Vī-
rieša pelēkajās acīs pavīd kaut kas šķelmīgi nerātns.

– Jūs ļoti smagi strādājat; kā jūs izlādējaties?

– Izlādējos? – Grejs smaidīdams atklāj nevainojamus, bal-
tus zobus. Es uz brīdi piemirstu elpot. Viņš patiesi ir skaists.
Neviens nedrīkstētu būt tik izskatīgs.

– "Izlādējos", kā jums labpatika to nosaukt, es dažādi –
burāju, lidoju, iesaistos dažādās fiziskās aktivitātēs. – Grejs
nedaudz sakustas krēslā. – Es esmu ļoti bagāts cilvēks, Stī-
las jaunkundze, un man ir interesantas aizraušanās, par ku-
rām es izdodu ārkārtīgi daudz naudas.

Es steidzīgi uzmetu skatienu Keitas jautājumiem, vēlēda-
mās mainīt tematu.

– Jūs ieguldāt naudu ražošanā. Kāpēc? – es vaicāju, vien-
laikus prātodama, kādēļ viņa klātbūtnē tik ļoti mulstu.

– Man patīk veidot kaut ko jaunu, patīk izprast, kā dar-
bojas mehānismi, kā tos var izjaukt un salikt kopā. Un mani
interesē kuģi. Ko citu lai atbildu?

– Izklausās, ka jūs vairāk pakļaujaties savai sirdij, nevis
loģikai un faktiem.

Grejs parauj lūpu kaktiņus augšup un vērtējoši uzlūko
mani. – Iespējams. Kaut gan daudzi apgalvo, ka man nemaz
nav sirds.

– Kāpēc?

– Tāpēc, ka viņi mani ir labi iepazinuši. – Grejs velta man
sāju smaidu.

– Vai draugi teiktu, ka ir viegli jūs iepazīt? – Es nožēloju jautājumu, tiklīdz tas izskanējis. Keitas sarakstā tā nav.

– Es esmu ļoti noslēgts cilvēks, Stīlas jaunkundze, un rūpīgi sargāju savas tiesības uz privāto dzīvi. Tāpēc es reti piekrītu intervijām.

– Kāpēc jūs bijāt ar mieru sniegt šo?

– Tāpēc, ka mēdzu ziedot universitātei naudu, turklāt man neizdevās atvairīt Kevanas jaunkundzi. Viņa mocīja un nogurdināja manus sabiedrisko attiecību darbiniekus, un es apbrīnoju šādu mērķtiecību.

Zinu, cik neatlaidīga spēj būt Keita. Tieši tāpēc es šobrīd sēžu šeit un nervozi trinos uz krēsla, Greja caururbjošā skatiena mulsināta, kaut gan patiesībā man vajadzētu mācīties eksāmeniem.

– Jūs ieguldāt līdzekļus arī lauksaimniecības tehnoloģiju izveidē. Kāpēc jūs interesē šī joma?

– Naudu nav iespējams ēst, Stīlas jaunkundze, un šajā pasaulē ir pārāk daudz cilvēku, kam nepietiek pārtikas.

– Jūs runājat kā filantrops. Vai tā ir viena no jūsu kaislībām? Visas pasaules nabagu pabarošana?

Grejs nevērīgi paraustu plecus.

– Tā ir svarīga nozare, – viņš nomurmina, bet man šķiet, ka viņš nerunā atklāti. Cik dīvaini! Pabarot visas pasaules nabagus? Es tajā nesaskatu nekādu finansiālu izdevīgumu, tikai augstus ideālus. Vīrieša attieksmes samulsināta, es ar skatienu sameklēju nākamo jautājumu.

– Vai jūs piekrītat kādai filozofiskai idejai?

– Ne gluži. Ir kāds princips, ko mēdzu ievērot. Tie ir Kārnegija vārdi: "Cilvēks, kurš spējis pilnībā apgūt pats savu prātu, var iegūt visu pārējo, kas viņam pienākas." Es esmu ļoti mērķtiecīgs. Man patīk valdīt pār sevi un visiem apkārtējiem.

– Tātad jūs vēlaties visu iegūt?

– Es gribu nopelnīt tiesības uz to, bet jā, man gribas iegūt visu.

– Izklausās, ka esat neglābjams patērētājs.

– Tieši tā. – Grejs smaida, tomēr viņa acis ir aukstas. Arī šie vārdi neatbilst tāda cilvēka raksturam, kurš vēlas pabarot pasauli, tāpēc man rodas aizdomas, ka mēs runājam par kaut ko citu, bet es neizprotu slēpto jēgu. Šķiet, ka istabā kļūst karstāks, un es satraukta noriju siekalas. Mani pārņem vēlme ātrāk pabeigt šo interviju. Keitai taču pietiks materiāla, vai ne? Es palūkojos uz nākamo jautājumu.

– Jūs esat adoptēts. Kā jums šķiet, cik lielā mērā šis apstāklis ietekmējis jūsu personību? – Tas ir pārāk intīms jautājums, un es uzlūkoju Greju, cerēdama, ka viņš nesadusmosies. Viņš sarauc pieri.

– Man nav iespējas to uzzināt.

Es jūtu sevī mostamies ziņkāri. – Cik gadu vecumā jūs tikāt adoptēts?

– Šī informācija ir pieejama jebkuram interesentam, Stīlas jaunkundze. – Greja balss skan skarbi, un es piesarkstu. Nu protams, ja es būtu zinājusi, ka vadīšu šo interviju, es būtu visu noskaidrojusi jau iepriekš. Valdīdama mulsumu, es steigšus turpinu sarunu.

– Jums nācies upurēt ģimenes dzīvi darba labā.

– Tas nav jautājums, – viņš atcērt.

– Atvainojiet! – Es neveikli sagrozos krēslā; viņš liek man justies kā nerātnam bērnam. Es mēģinu vēlreiz. – Vai jums nācies upurēt ģimenes dzīvi darba dēļ?

– Man ir ģimene. Brālis, māsa un divi mīloši vecāki. Šobrīd es nevēlos veidot citas ģimenes saites.

– Vai esat homoseksuāls, Greja kungs?

Viņš spēji ievelk elpu, un es saraujos, kauna pārņemta. Nolādēts! Kāpēc es kaut mirkli nepadomāju, pirms skaļi nolasīju šo jautājumu? Kā lai viņam paskaidroju, ka neesmu to izgudrojusi pati? Sasodītā Keita un viņas ziņkāre!

– Nē, Anastasija, neesmu gan. – Grejs sarauc uzaci un uzlūko mani ar vēsi mirdzošām acīm. Viņš neizskatās iepriecināts.

– Atvainojiet. Tas bija, hmm, rakstīts šeit. – Vīrietis pirmo reizi izrunājis manu vārdu. Es jūtu, ka sirds pukst straujāk un vaigos atkal iesitas sārtums, tāpēc aizlieku matu šķipsnu aiz auss, cenzdamās slēpt satraukumu.

Grejs pieliec galvu uz sāniem.

– Vai šie tiešām nav jūsu jautājumi?

– Nē. Keita... Kevanas jaunkundze... tos sagatavoja viņa.

– Vai jūs abas strādājat studentu avīzē? – Velns! Man nav nekādas saistības ar studentu avīzi. Tā ir Keitas ārpuslekciju nodarbe, nevis manējā. Esmu koši pietvīkusi.

– Nē. Viņa ir mana dzīvokļa biedrene.

Grejs paberzē zodu, iegrimis pārdomās, un vērtējoši nopēta mani.

– Vai jūs pati pieteicāties atnākt uz šo tikšanos? – viņš ledainā, klusā balsī ievaicājas.

Kuram te kuru paredzēts intervēt? Viņa skatiens ieurbjas manī, un esmu spiesta atzīt patiesību.

– Mani uz to piespieda. Keita nejūtas labi. – Mana balss ir tik tikko dzirdama, un tajā ieskanas nožēla.

– Tas ļoti daudz izskaidro.

Pie durvīm kāds pieklauvē, un istabā ienāk otrā blondīne.

– Greja kungs, atvainojiet, ka jūs traucēju, bet pēc divām minūtēm sāksies jūsu nākamā tikšanās.

– Mēs vēl neesam beiguši, Andrea. Atcel manu nākamo tikšanos, lūdzu.

Andrea vilcinās un ieplestām acīm uzlūko priekšnieku. Viņa šķiet apjukusi. Grejs nesteidzīgi pagriež galvu un sarauc uzacis. Blondīne pietvīkst koši sārta. *Lieliski! Tas nenotiek tikai ar mani.*

– Labi, Greja kungs, – viņa nomurmina un aiziet. Grejs neapmierināts savelk pieri grumbās un atkal pievēršas man.

– Par ko mēs runājām, Stīlas jaunkundze?

Tātad es atkal esmu jaunkundze, nevis Anastasija.

– Es nevēlos jūs lieki aizkavēt.

– Man gribētos kaut ko uzzināt par jums. Domāju, ka tas būtu taisnīgi. – Greja acis kvēlo ziņkārē. *Ko tas nozīmē? Kas viņam padomā?* Viņš novieto elkoņus uz krēsla roku balstiem un saliek pirkstus kopā, veidojot jumtiņu pie lūpām. Viņa mute ir ļoti... saistoša. Es noriju siekalas.

– Nav nekā daudz, ko zināt.

– Kādi ir jūsu plāni pēc universitātes pabeigšanas?

Es paraustu plecus, šīs intereses samulsināta. *Pārcelties uz Sietlu kopā ar Keitu, atrast darbu.* Neesmu īsti domājusi par dzīvi pēc tam, kad būšu nolikusi eksāmenus.

– Vēl neesmu neko izlēmusi, Greja kungs. Pagaidām tikai vēlos nokārtot visus pārbaudījumus. – Un šobrīd man vajadzētu mācīties, nevis sēdēt viņa plašajā, sterili kārtīgajā kabinetā un sarkt viņa ciešā skatiena ietekmē.

– Mums ir lieliska praktikantu programma, – Grejs klusi ieminas, un es pārsteigta saraucu uzacis. Vai viņš man piedāvā darbu?

– Paldies, es to paturēšu prātā, – es apjukusi nomurminu. – Kaut gan nedomāju, ka es te iederētos. – Ak vai! Es atkal paužu savus uzskatus skaļi.

– Kāpēc? – Viņš ieinteresēts pieliec galvu, savilcis lūpas tik tikko jaušamā smaidā.

– Tas ir acīmredzams, vai ne? – Esmu neveikla, neprotu ģērbties, *un mani mati nav blondi.*

– Man nē. – Greja acīs vairs nav ne miņas no uzjautrinājuma, un es piepeši jūtu līdzi šim nezināmus muskuļus pavēderē saraujamies. Novērsusies no viņa ciešā skatiena, es stingi vēroju savus savītos pirkstus. *Kas te notiek?* Man tūlīt pat jādodas prom. Es paliecos uz priekšu, lai paņemtu diktofonu.

– Vai vēlaties, lai jums parādu biroju? – Grejs vaicā.

– Jūs noteikti esat ļoti aizņemts, Greja kungs, un man jābrauc mājās. Ceļš ir garš.

– Jūs brauksiet uz Vankūveru ar mašīnu? – Viņš izklausās pārsteigts, pat nedaudz satraukts, un palūkojas ārā pa logu. Ir sācies lietus. – Uzmanieties! – Vīrieša balss ir skarba, pavēloša. Kāpēc viņu tas tā interesē? – Vai noskaidrojāt visu, kas jums nepieciešams? – viņš jautā.

– Jā, – es atbildu, likdama diktofonu mugursomā. Viņš domīgi samiedz acis.

– Pateicos par interviju, Greja kungs.

– Pateicos jums, – viņš pieklājīgi atsaucas.

Kad pieceļos, viņš seko manai priekšzīmei un pasniedz man roku.

– Uz redzēšanos, Stīlas jaunkundze. – Šie vārdi izklausās pēc izaicinājuma vai draudiem; nav skaidrs, ko viņš domājis, un es saraucu pieri. Kad gan mums būtu iespējams vēlreiz tikties? Es paspiežu Greja roku un satriekta atklāju, ka starp mums vēl joprojām virmo kaut kas savāds. Droši vien tikai manas iedomas.

Grejs atsperīgiem, gracioziem soļiem pieiet pie durvīm un plaši atver tās. – Tikai vēlos pārliecināties, ka jūs spēsiet iziet ārā. – Viņš velta man vieglu smaidu, acīmredzot runādams par iepriekšējo reizi, kad es ienācu viņa kabinetā ne īpaši elegantā veidā. Es piesarkstu.

– Ļoti laipni, Greja kungs, – es atcērtu, un viņa smaids kļūst platāks. *Priecājos, ka šķietu tev uzjautrinoša*, es pikta domāju, iziedama vestibilā, bet Grejs mani pārsteidz, nākdams man līdzi. Arī Andrea un Olīvija izbrīnītas paceļ skatienu.

– Vai jums bija mētelis? – Grejs jautā.

– Tikai žakete.

Olīvija pielec kājās un atnes manu žaketi, un Grejs, izņēmis to viņai no rokām, paceļ apģērba gabalu man pie pleciem. Neizsakāmi nokautrējusies, es ļauju viņam palīdzēt man to uzvilkt. Greja plaukstas brīdi skar manus plecus, un es spēji ievelku elpu. Varbūt viņš pamana manu reakciju, tomēr neko neizrāda. Izstiepis garo rādītājpirkstu, viņš nospiež lifta izsaukšanas pogu, un mēs abi gaidām – es neveikli mīņājos, bet viņš ir tikpat rāms un savaldīgs kā vienmēr. Durvis atveras, un es steidzīgi ieeju pa tām, izmisīgi alkdama aizbēgt. Kad pagriežos un uzlūkoju Greju, viņš skatās uz mani un ir atspiedies pret durvju stenderi netālu no lifta, ar vienu roku balstīdamies pret sienu. Viņš patiesi ir ārkārtīgi izskatīgs. Pat biedējoši skaists.

– Anastasija, – viņš atvadoties nosaka.

– Kristjen, – es atbildu. Un durvis, paldies Dievam, aizveras.

2. NODAĻA

Mana sirds neprātīgi dauzās. Tiklīdz lifts sasniedzis pirmo stāvu un atveras durvis, es izskrienu no tā, nedaudz paklupdama, bet man paveicas un es neizstiepjos garšļaukus uz nevainojami tīrās smilšakmens grīdas. Es steidzos uz plato stikla durvju pusi, un jau pēc brīža esmu brīvībā, Sietlas aukstajā, atsvaidzinošajā gaisā. Pavērsusi seju augšup, es izbaudu vēsās, patīkamās lietus lāses, aizveru acis un dziļi ievelku elpu, mēģinādama kaut nedaudz atgūt līdzsvaru.

Neviens vīrietis nekad nav uz mani atstājis tādu iespaidu kā Kristjens Grejs, un es nesaprotu, kāpēc tas noticis. Vai pie tā vainojams viņa izskats? Pieklājība? Nauda? Vara? Es nespēju izskaidrot savu savādo reakciju. Ko tas nozīmēja? Atvieglojumā skaļi nopūtusies, es atspiežos pret ēkas tērauda pīlāru un varonīgi cenšos nomierināties. Kad sirds nedaudz pierimusi, es papurinu galvu un dodos meklēt savu mašīnu.

**

Izbraucot no pilsētas, es domāju par interviju un jūtos arvien dumjāka. Droši vien esmu visu iztēlojusies. Jā, Grejs ir ļoti pievilcīgs, pašpārliecināts, valdonīgs un atbrīvots, bet jāatzīst arī, ka viņš ir iedomīgs un, par spīti nevainojami pieklājīgajai uzvedībai, arī pārlieku pavēlniecisks un salts. Vismaz ārēji. Es jūtu skudriņas pārskrienam pār muguru. Labi, Grejs ir iedomīgs, bet viņam ir pamatots iemesls tādam būt, jo viņš ir daudz sasniedzis, būdams pavisam jauns. Viņš necieš muļķus, un kāpēc tā nevarētu būt? Es atkal sadusmojos uz Keitu, kura nav pacentusies man kaut nedaudz pastāstīt par šo cilvēku.

Vadīdama mašīnu uz lielceļa pusi, es ļauju domām brīvi klejot un prātoju, kāpēc Grejs tik ļoti alkst gūt panākumus. Vairākas viņa sniegtās atbildes bija mīklainas, it kā viņš centos kaut ko slēpt. Un Keitas jautājumi... šausmas! Par adopciju un homoseksualitāti! Es nodrebinos, nespēdama noticēt, ka patiešām kaut ko tādu teicu. *Zeme, atveries!* Turpmāk es noteikti saraušos ik reizi, kad atcerēšos šo jautājumu. Nolāpīts, Ketrīna Kevana!

Es ielūkojos spidometrā. Braucu daudzkārt piesardzīgāk nekā parasti. Un zinu, ka vainojamas atmiņas par caururbjošām, pelēkām acīm un bargā balsī izteiktu brīdinājumu pārāk nesteigties. Papurinājusi galvu, es nospriežu, ka Greja uzvedība vairāk atbilst divreiz vecākam vīrietim.

Izmet to no prāta, Ana! es sevi norāju un pieņemu lēmumu vairs nekavēties atmiņās par šo neapšaubāmi interesanto pieredzi. Man nekad vairs nebūs jātiekas ar Kristjenu Greju. Šī atskārsme mani nekavējoties uzmundrina. Es ieslēdzu radioaparātu un noregulēju skaļumu, atlaižos sēdeklī un klausos dārdošu pazemes rokmūziku, vienlaikus nospiezdama gāzes pedāli. Sasniegusi lielceļu, es atceros, ka varu braukt tik ātri, cik vien vēlos.

**

Mūsu miteklis atrodas nelielā dzīvojamā rajonā netālu no universitātes teritorijas. Man ir paveicies; Keitas vecāki nopirka viņai dzīvokli, un es par īri maksāju grašus. Mēs šeit dzīvojam jau četrus gadus. Es piebraucu pie mājas, nojauzdama, ka Keita vēlēsies detalizētu atskaiti par visu notikušo, un viņa ir ļoti mērķtiecīga. Labi, ka man ir diktofons. Cerams, nenāksies pārāk daudz papildināt tajā dzirdamo.

– Ana! Tu esi mājās! – Keita sēž dzīvojamā istabā, un viņai visapkārt ir grāmatas. Acīmredzot viņa mācījusies eksāmeniem un vēl joprojām ir ģērbusies sārtajā flaneļa pidžamā ar maziem, mīlīgiem trusīšiem, kuru velk tikai tad, kad skumst par izirušām attiecībām, ļaujas nomāktībai vai ir saslimusi. Viņa metas man klāt, un es tieku ierauta ciešā apskāvienā.

– Jau sāku uztraukties. Biju domājusi, ka atgriezīsies āt-
rāk.

– Intervija ieilga. – Es pasniedzu Keitai diktofonu.

– Ana, es tiešām esmu tev pateicību parādā. Kā tev vei-
cās? Kāds ir Grejs? – Pratināšana Ketrīna Kevanas izpildīju-
mā ir sākusies.

Es brīdi domāju, cenzdamās atrast atbildi. Ko lai saku?

– Man prieks, ka tas ir beidzies un vairs nekad nebūs jā-
tiekas ar Greju. Viņš bija diezgan biedējošs. – Es paraustu
plecus. – Ļoti nopietns, pat saspringts... un jauns. Ārkārtīgi
jauns.

Keita naivu skatienu uzlūko mani, un es saraucu pieri.

– Nemaz netēlo svēto nevainību! Kāpēc tu man nepastās-
tīji vismaz svarīgākos faktus? Viņš man lika justies kā muļ-
ķei, kad atklāja, ka neko neesmu noskaidrojusi pirms inter-
vijas.

Keita piešauj plaukstu pie mutes. – Ana, atvaino, es ne-
padomāju...

Es nicīgi iespurdzos.

– Pārsvarā viņš izturējās pieklājīgi, atturīgi, nedaudz stī-
vi... it kā būtu priekšlaicīgi novecojis. Viņš nerunā kā vīrie-
tis, kam vēl nav pat trīsdesmit. Starp citu, cik viņam gadu?

– Divdesmit septiņi. Ana, man tiešām žēl. Vajadzēja tevi
apgādāt ar informāciju, bet mani mocīja panika. Atdod man
diktofonu, un es atšifrēšu tekstu.

– Tu izskaties labāk. Vai apēdi zupu? – es jautāju, dedzī-
gi vēlēdamās mainīt sarunas tematu.

– Jā, un tā bija tikpat garda kā vienmēr. Es jūtos gandrīz
vesela. – Keita man pateicīgi uzsmaida, un es ielūkojos pulk-
stenī.

– Man jāskrien. Varbūt vēl pagūšu uz savu maiņu veika-
lā.

– Ana, tu noteikti esi pārgurusi.

– Viss būs labi. Tiksimies vēlāk.

**

Es sāku darbu "Kleitonā", tiklīdz iestājos universitātē. Tas
ir lielākais neatkarīgais saimniecības preču veikals visā Port-

lendas apkaimē, un četru gadu laikā esmu nedaudz uzzinājusi par visu, ko tirgojam, kaut gan pati vēl joprojām neko neprotu izdarīt. Ja kaut kas jālabo, es to uzticu savam tēvam.

Man izdodas paspēt uz maiņu, un es par to priecājos, jo darbs ļaus nedomāt par Kristjenu Greju. Veikalā valda rosība, jo sākas vasara un ļaudis vēlas veikt uzlabojumus savās mājās. Kleitones kundze izskatās atvieglota, mani ieraugot.

– Ana! Man jau šķita, ka tevis šodien nebūs.

– Tikšanās neievilkās tik ilgi, kā biju paredzējusi. Es varu dažas stundas pastrādāt.

– Man tiešām prieks tevi redzēt.

Viņa nosūta mani uz noliktavu, un es iegrimstu darbā, kārtodama preces plauktos.

**

Vēlāk, kad atgriežos mājās, Ketrīna ir uzlikusi austiņas un strādā ar savu klēpjdatoru. Viņas deguns vēl joprojām ir apsārtis, tomēr viņa šķiet iegrimusi savā rakstā un dedzīgi klabina taustiņus. Es esmu ārkārtīgi nogurusi pēc ilgā brauciena, sarežģītās intervijas un darba veikalā, tāpēc sabrūku uz dīvāna, domādama par eseju, kas jāpabeidz, un mācībām, kam neizdevās šodien pievērsties, jo biju kopā ar... *viņu*.

– Tu esi dabūjusi labu materiālu, Ana. Lielisks darbs. Nespēju noticēt, ka tu nepieņēmi viņa piedāvājumu izrādīt tev biroju. Viņš acīmredzami vēlējās pavadīt vairāk laika kopā ar tevi. – Keita man velta ašu, jautājošu skatienu.

Es pietvīkstu, un mana sirds sāk neizskaidrojami dauzīties. Tas noteikti nebija īstais iemesls. Grejs tikai gribēja man parādīt, ka valda pār visu apkārt redzamo. Es aptvēru, ka esmu sākusi kodīt apakšlūpu, un ceru, ka Keita to nepamanīs. Par laimi, viņa šķiet aizrāvusies ar darbu.

– Grejs tiešām ir diezgan stīvs. Vai kaut ko pierakstīji? – viņa jautā.

– Emm... nē.

– Nekas, es tik un tā varēšu uzrakstīt ļoti labu stāstu. Žēl, ka mums nav oriģinālu fotogrāfiju. Viņš ir sasodīti izskatīgs, vai ne?

– Laikam. – Cenšos izklausīties nevērīga un domāju, ka man tas izdodas.

– Ana, izbeidz! Pat tu nevari būt vienaldzīga pret Greja glītumu. – Keita sarauc uzaci.

Velns! Man vaigos atkal ielīst sārtums, un es mēģinu novirzīt Keitas uzmanību ar glaimu palīdzību, kas parasti izdodas.

– Tu no viņa droši vien izdabūtu daudz vairāk.

– Nedomāju vis, Ana. Grejs taču būtībā piedāvāja tev darbu. Ņemot vērā, ka es tev šo visu uztiepu pēdējā mirklī, tu tiki galā ļoti labi. – Keita ieinteresēta vēro mani, un es steidzos meklēt glābiņu virtuvē.

– Ko tu patiesībā par viņu domā? – draudzene jautā. Sasodīts, viņa ir tik ziņkārīga!

– Grejs ļoti vēlas kaut ko sasniegt, – es izšauju pirmo, kas ienāk prātā. – Viņš ir iedomīgs un spēj iebiedēt citus, bet vienlaikus ir ļoti valdzinošs. Man ir skaidrs, kāpēc cilvēkus interesē viņa personība, – es atklāti piebilstu, cerēdama, ka Keitai ar to pietiks.

– Kādam vīrietim izdevies tevi savaldzināt? Kaut kas nedzirdēts! – viņa iespurdzas.

Es sāku gatavot sviestmaizi, uzmanīdamās, lai draudzene neredzētu manu seju.

– Kāpēc tu gribēji zināt, vai viņš ir homoseksuāls? Starp citu, tas bija visšausmīgākais jautājums. Es sarku kā biete, un viņš arī nebija priecīgs. – To atceroties, es neapmierināta saraucu pieri.

– Kad Greja attēls parādās augstākās sabiedrības slejās, viņam līdzi nekad nav pavadones.

– Tas bija ļoti kaunpilns brīdis. Tāpat kā visa saruna. Es priecājos, ka nekad vairs nevajadzēs viņu sastapt.

– Ana, nevarēja taču būt tik drausmīgi. Izklausās, ka viņš ir aizrāvies ar tevi.

Ar mani? Keita laikam joko.

– Vai vēlies sviestmaizi?

– Labprāt.

**

Vakara gaitā mēs par Kristjenu Greju vairs nerunājam, un man tas ir liels atvieglojums. Kad esam paēdušas, es apsēžos pie galda blakus Keitai. Viņa gatavo savu rakstu, bet es turpinu eseju par romānu "Tesa no d'Erbervilu cilts". Tā bijusi sieviete nepareizajā laikā, vietā un gadsimtā. Kad eseja ir gatava, jau pienākusi pusnakts un Keita sen devusies gulēt. Es pārgurusi aizeju uz savu istabu, priecādamās, ka esmu tik daudz paveikusi, kaut gan ir pirmdiena.

Saritinājusies savā baltajā gultā, es ietinos mātes dāvātajā vatētajā segā, aizveru acis un nekavējoties iegrimstu miegā. Sapņos man rādās tumsā slīgstošas istabas, aukstas, kailas grīdas un pelēkas acis.

**

Visu turpmāko nedēļu es pavadu, ierakusies mācībās un darbā. Arī Keita ir aizņemta, veidojot pēdējo studentu avīzes numuru pirms grožu nodošanas jaunajam redaktoram, turklāt viņa atkārto mācību vielu pirms eksāmeniem. Jau trešdien viņa jūtas daudz labāk, un man vairs nav jāskatās uz sārto, trusīšiem nosēto pidžamu. Es piezvanu mātei uz Džordžiju, gribēdama noskaidrot, kā viņai klājas, un arī uzklausīt veiksmes novēlējumus eksāmenos. Pēc tam viņa stāsta par savu jaunāko aizraušanos – sveču liešanu; mana māte nemitīgi iesaistās dažādos biznesa projektos. Garlaicības dēļ viņa meklē kādu iespēju lietderīgi pavadīt laiku, tomēr ir tik nepastāvīga, ka tas nekad neizdodas. Jau nākamnedēļ viņas uzmanība būs pievērsta kaut kam citam. Es satraucos par māti un ceru, ka viņa nav ieķīlājusi māju, lai sagādātu līdzekļus savai jaunajai nodarbei. Un es ceru arī, ka Bobs pieskata manu māti tagad, kad es to vairs nevaru darīt. Bobs ir viņas vīrs salīdzinoši nesen, lai gan gados ir krietni vecāks par manu māti. Viņš ir nosvērtāks nekā mātes trešais vīrs.

– Kā klājas tev, Ana?

Es brīdi vilcinos, un māte saausās.

– Viss ir labi.

– Ana? Vai tu esi ar kādu iepazinusies? – Apbrīnojami. Kā viņai tas izdodas? Mātes balsī skan līksms satraukums.

– Nē, māt, nekas nav noticis. Tu būsi pirmā, kam es piezvanīšu, ja kaut kas tāds atgadīsies.

– Ana, bērns, tev tiešām vajadzētu vairāk iziet ļaudīs. Es par tevi raizējos.

– Man nekas nekaiš, māt. Kā klājas Bobam? – es atkal ķeros pie uzmanības novēršanas.

Vēlāk es piezvanu savam patēvam Rejam, kurš bija mātes otrais vīrs. Šo cilvēku es uzskatu par savu tēvu. Man ir viņa uzvārds. Mūsu saruna ir īsa. Patiesībā tā vairāk nosaucama par vienpusēju ņurdienu virkni, kas ir atbilde uz maniem saudzīgi uzdotajiem jautājumiem. Rejs nemēdz daudz pļāpāt. Bet viņš ir dzīvs, vēl joprojām skatās futbola pārraides (un spēlē ķegļus, makšķerē vai izgatavo mēbeles, kad televīzijā nerāda neko interesantu). Rejs ir prasmīgs galdnieks, un tikai, pateicoties viņam, zinu, kāda ir atšķirība starp ripzāģi un rokas zāģi.

**

Piektdienas vakarā mēs ar Keitu apspriežam, ko varētu darīt, jo gribam nedaudz atpūsties no mācībām, darba un studentu avīzes. Piepeši pie durvīm kāds piezvana, un aiz tām stāv mans labais draugs Hosē, rokā turēdams šampanieša pudeli.

– Hosē! Es tā priecājos, tevi redzot! – Mēs aši apskaujamies. – Nāc iekšā.

Mēs iepazināmies pirmajā mācību dienā; Hosē toreiz izskatījās tikpat vientuļš un apjucis kā es. Mēs abi sajutām viens otrā radniecīgu dvēseli un kopš tās dienas esam tuvi draugi. Mums ir līdzīga humora izjūta, turklāt mēs atklājām, ka Rejs un Hosē tēvs reiz abi dienējuši vienā armijas vienībā. Tagad arī viņi ir sadraudzējušies.

Hosē mācās inženierzinātnes un ir pirmais no savas ģimenes, kurš iekļuvis universitātē. Viņš ir ļoti gudrs, bet puiša patiesā aizraušanās ir fotomāksla. Hosē prot uzņemt lieliskus attēlus.

– Man ir jaunumi. – Viņš plati smaida, tumšajām acīm mirdzot.

– Es uzminēšu! Tev izdevies panākt, lai tevi vēl nedēļu neizmet no skolas, – es ķircinu draugu, un viņš tēlotās dusmās sarauc pieri.

– Portlendas galerija pēc mēneša izliks apskatei manus darbus.

– Tas ir vareni! Apsveicu! – Es sajūsmināta vēlreiz apskauju Hosē, un arī Keita atplaukst smaidā.

– Malacis, Hosē! Es varētu par to uzrakstīt avīzei. Visi redaktori sapņo par iespēju piektdienas vakarā ieviest izmaiņas saturā, – Keita joko.

– Mums tas jānosvin. Es vēlos, lai jūs ierodaties uz atklāšanu. – Hosē brīdi uzstājīgi vēro mani un piesarkst. – Jūs abas, protams, – viņš piemetina un nemierīgs palūkojas uz Keitu.

Mēs ar Hosē esam labi draugi, bet sirds dziļumos es nojaušu, ka viņš gribētu kaut ko vairāk. Viņš ir jauks un prot mani smīdināt, tomēr mēs abi nesaderam kopā. Hosē vairāk līdzinās brālim, kura man nekad nav bijis. Keita bieži smejas, ka man trūkst gēna, kas nodrošina vēlmi pēc vīrieša, bet patiesībā es vēl neesmu sastapusi nevienu, kurš... nu, kurš mani valdzinātu, kaut gan arī es nedaudz ilgojos pēc izslavētās ceļgalu drebēšanas, sirds dauzīšanās un tauriņiem vēderā.

Dažreiz es iedomājos, ka ar mani kaut kas nav labi. Varbūt esmu pārāk daudz laika pavadījusi literatūras romantisko varoņu sabiedrībā, tāpēc loloju pārāk nepiepildāmas cerības. Bet reālajā dzīvē neviens man nav licis justies aizgrābtai.

Vismaz līdz šai pirmdienai, iečukstas mana zemapziņa. Nē! Es nekavējoties padzenu šo domu. Negrasos pie tās kavēties, it īpaši pēc apkaunojošās intervijas. *Vai esat homoseksuāls, Greja kungs?* Es saraujos, to atcerēdamās. Kopš tās reizes esmu redzējusi viņu sapņos gandrīz katru nakti. Droši vien tāpēc, ka cenšos izmest no prāta šo pazemojošo piedzīvojumu.

Es vēroju Hosē, kamēr viņš atver šampanieša pudeli. Viņš ir gara auguma puisis, platiem pleciem, tumsnēju ādu, tumšiem matiem un kvēlām, melnām acīm. Zem krekla un džinsiem redzami spēcīgi muskuļi. Jā, Hosē ir pievilcīgs, bet domāju, ka viņš beidzot uztvēris mājienu: mēs esam tikai draugi. Korķis nopaukšķ, un Hosē smaidīdams palūkojas uz mani.

**

Sestdien veikalā valda ellišķīga rosība. Mūs no visām pusēm ielenc remontdarbu entuziasti, kas vēlas uzlabot savas mājas. Mēs ar Kleitona kungu un kundzi, kā arī Džonu un Patriku, abiem pusslodzes strādniekiem, visu dienu apkalpojam klientus. Tomēr dienas vidū kļūst nedaudz klusāks, un Kleitones kundze liek man pārbaudīt dažus pasūtījumus, kamēr sēžu aiz letes un slepus ēdu smalkmaizīti. Esmu iegrimusi darbā, salīdzinādama kataloga numurus ar vajadzīgajām un pasūtītajām precēm. Mans skatiens pārmaiņus pievēršas pasūtījumu žurnālam un datora ekrānam, līdz es nevilšus paceļu galvu... un ielūkojos Kristjena Greja pelēkajās acīs. Viņš stāv pie letes un vēro mani.

Šķiet, ka man tūlīt apstāsies sirds.

– Stīlas jaunkundze. Cik patīkams pārsteigums! – Viņš ne mirkli nenovērš skatienu no manis.

Velns un elle, kas Grejam šeit darāms? Viņš izskatās kā radīts pastaigām kalnos, ģērbies krēmkrāsas džemperī un džinsos, izturīgiem zābakiem kājās, un viņa mati šķiet vējā izspūruši. Man nedaudz paveras mute, un uz brīdi atsakās klausīt gan mēle, gan smadzenes.

– Greja kungs, – es nočukstu, jo ne uz ko citu neesmu spējīga. Viņa lūpās parādās tik tikko jaušams smaids, un acīs iemirdzas uzjautrinājums, it kā viņš priecātos par kādu citiem nezināmu joku.

– Man bija darīšanas tuvumā, – Grejs paskaidro. – Gribēju papildināt krājumus. Priecājos jūs atkal redzēt, Stīlas jaunkundze. – Viņa balss ir silta un glāsmaina kā tumša, kausēta šokolāde ar karameli... vai kaut kas tamlīdzīgs.

Es papurinu galvu, mēģinādama atgūties. Sirds mežonīgi dauzās, un es koši pietvīkstu, viņa ciešā skatiena samulsināta. Nespēju atgūties no pārsteiguma, kas mani pārņēma,

Greju ieraugot. Manās atmiņās viņa tēls jau bija nedaudz iz-
bālējis. Īstenībā viņš ir nevis vienkārši izskatīgs, bet gan īsts
vīrišķās pievilcības iemiesojums, elpu aizraujošs Adonīss...
un viņš ir šeit. Šeit, Kleitona saimniecības preču veikalā. Tas
mani tā samulsinājis, ka paiet ilgs brīdis, līdz es atgūstu va-
ru pār savām smadzenēm.

– Ana. Mani sauc Ana, – es nomurminu. – Kā varu jums
palīdzēt, Greja kungs?

Viņš mulsinoši pasmaida, atkal radīdams iespaidu, ka ir
kāds tikai viņam zināms, liels noslēpums. Es dziļi ieelpoju
un savelku seju pieredzējušas pārdevējas izteiksmē. *Pacen-
ties, Ana, tev izdosies.*

– Es vēlos šo to iegādāties. Varam sākt ar plastmasas sa-
vilcējiem, – Grejs klusi nosaka, pamanīdamies vienlaikus iz-
skatīties mierīgs un uzjautrināts.

Plastmasas savilcējiem?

– Mēs piedāvājam dažāda garuma savilcējus. Vai gribat,
lai jums tos parādu? – es drebošā balsī jautāju. *Savaldies, Stī-
la!*

Greja nevainojami gludā piere nedaudz savelkas. – Jā, lū-
dzu. Ejiet pa priekšu, Stīlas jaunkundze, – viņš nosaka. Es
apeju apkārt letei, cenzdamās kustēties nevērīgi, bet patie-
sībā ļoti pūlos nenokrist, jo kājas piepeši šķiet veidotas no
želejas. Šobrīd es ļoti priecājos, ka uzvilku savus labākos
džinsus.

– Tie atrodas astotajā plauktā kopā ar elektronikas pre-
cēm. – Mana balss izskan pārāk moži, un es ielūkojos Gre-
jam acīs, bet tūlīt pat to nožēloju. Sasodīts, cik viņš ir pie-
vilcīgs!

– Tikai pēc jums, – viņš klusi nosaka, ar elegantu koptās
rokas žestu norādīdams ceļu.

Pūlēdamās apvaldīt strauji pukstošo sirdi, es vedu Greju
pie īstā plaukta. *Kāpēc viņš ir Portlendā? Kāpēc viņš atnāca uz
šo veikalu?* Un kāda pavisam sīka, ļoti reti izmantota sma-
dzeņu daļa, kas droši vien atrodas netālu no zemapziņas
mājokļa, sūta domu: viņš atnācis pie tevis. Nē, tas nevar būt!
Es nekavējoties noraidu šo iespēju. Kāpēc gan šis izskatīgais,

ietekmīgais, izglītotais vīrietis gribētu satikt mani? Tam nav iespējams noticēt.

– Vai jums Portlendā ir darīšanas? – es spalgā balsī iejautājos, it kā būtu iecirtusi pirkstu durvīs. *Nolādēts! Tikai mieru, Ana!*

– Es apraudzīju universitātes lauksaimniecības fakultāti. Tā darbojas Vankūverā. Šobrīd es finansēju pētījumus saistībā ar ražu rotāciju un augsnes zinātni, – Grejs bezkaislīgi atbild. *Nu, vai saprati? Viņš nemaz negribēja satikt tevi,* mana zemapziņa pasmīkņā, un es nosarkstu, savu dīvaino domu mulsināta.

– Vai tā ir daļa no jūsu plāna pabarot pasauli? – es smaidīdama jautāju.

– Apmēram, – viņš piekrīt, saraukdams lūpu kaktiņus augšup.

Mēs sasniedzam plauktu, un Grejs aplūko mūsu piedāvātos plastmasas savilcējus. Ko gan viņš grasās ar tiem darīt? Nespēju viņu iztēloties kaut ko remontējam. Viņš laiž savus garos pirkstus pār dažādiem iepakojumiem, un es kāda nesaprotama iemesla dēļ esmu spiesta novērsties. Viņš pieliecas un izvēlas kārbu.

– Šie derēs, – viņš nosaka, noslēpumaini smaidīdams.

– Vai gribēsiet vēl kaut ko?

– Jā. Maskēšanas lenti.

Maskēšanas lenti?

– Vai jūs remontējat māju? – Tiklīdz vārdi izskanējuši, es vēlos tos ņemt atpakaļ. Viņam noteikti ir darbinieki vai nolīgti strādnieki, kas ar to nodarbojas.

– Nē, neremontēju, – Grejs atbild un pasmīn, un man rodas nelāga sajūta, ka viņš par mani smejas. *Vai es esmu tik uzjautrinoša? Varbūt izskatos jocīga?*

– Lūdzu, šeit, – es apjukusi aicinu. – Maskēšanas lente atrodas dekoratīvo elementu plauktā.

Viņš seko man un klusi jautā: – Vai jau sen šeit strādājat? – Viņa skatiens ir biedējoši ciešs, un es atkal piesarkstu. Sasodīts, kāpēc tas visu laiku notiek? Es jūtos kā četrpadsmit gadus vecs skuķis, neveikla un neiederīga. *Skaties tikai uz priekšu, Stīla!*

– Četrus gadus, – es atbildu, kad esam nonākuši pie mērķa. Gribēdama novērst domas no vīrieša, es pieliecos un paņemu divu dažādu platumu maskēšanas lentes.

– Es ņemšu šo, – Grejs klusi nosaka, rādīdams uz platāko, un es to pasniedzu viņam. Pavisam īsu mirkli mūsu pirksti saskaras, un atkal rodas sajūta, ka starp mums plūst strāva; tā izšaujas caur mani, it kā es būtu pieskārusies kailam vadam, un aiztraucas līdz kādai svešādai, neiepazītai vietai dziļi pavēderē. Es spēji ievelku elpu un izmisīgi cenšos atgūt līdzsvaru.

– Vai gribat vēl kaut ko? – es aizelsusies izdvešu, un Grejs nedaudz iepleš acis.

– Virvi. – Viņa balss ir tikpat aizsmakusi kā manējā.

– Nāciet šurp. – Es pieliecu galvu, slēpdama kaistošos vaigus, un dodos uz plaukta pusi.

– Kāda virve jums vajadzīga? Mēs piedāvājam sintētisko un dabisko šķiedru... pinumu... plastmasas kabeļus... – Es apklusu, ieraudzījusi, kā satumst viņa acis. *Jēzus Marija!*

– Piecus jardus dabiskās šķiedras virves, lūdzu.

Pirkstiem drebot, es nomēru prasīto, juzdama sev pievērstu Greja kvēlo skatienu. Es neuzdrošinos palūkoties uz viņu. Kāpēc es tā kautrējos? Izņēmusi no džinsu aizmugurējās kabatas salokāmo nazi, es pārgriežu virvi un kārtīgi saritinu to. Notiek brīnums, un man izdodas neiecirst sev pirkstā.

– Vai bērnībā bijāt gaidu organizācijā? – viņš painteresējas, vīrišķīgajām lūpām uzjautrinājumā izliecoties. *Neskaties uz viņa muti, Ana!*

– Nodarbības grupās nav manā gaumē, Greja kungs.

Viņš sarauc uzaci.

– Kas ir tavā gaumē, Anastasija? – viņš glāsmainā balsī jautā, un viņa lūpās atgriežas noslēpumainais smaids. Es uzlūkoju viņu, nespēdama parunāt, un mana zemapziņa izmisusi lūdzas, lai saglabāju mieru.

– Grāmatas, – es nočukstu, kaut gan domās saucu: "Tu! Tu esi manā gaumē!" un dusmojos uz savu prātu, kas aizrāvies ar tik nesasniedzamiem sapņiem.

– Kādas grāmatas? – Grejs pieliec galvu uz sāniem. *Kāpēc tas viņu tā interesē?*

– Nu, pavisam parastas. Klasiskie romāni. Pārsvarā angļu literatūra.

Apdomādams manu atbildi, viņš paberzē zodu ar garo rādītājpirkstu un īkšķi. Vai arī ļoti garlaikojas un cenšas to slēpt. Es kā apburta viņu vēroju, līdz atceros, ka vajadzētu mainīt tematu.

– Vai jums vajadzīgs vēl kaut kas?

– Nezinu. Ko jūs ieteiktu?

Man nav ne jausmas, ko viņš vispār grasās darīt; kā es varētu kaut ko ieteikt?

– Cilvēkam, kurš pats nodarbojas ar mājas remontu?

Grejs pamāj, acīm uzjautrinājumā iedzirkstoties. Es piesarkstu, un mans skatiens aizmaldās pie viņa piegulošajiem džinsiem.

– Kombinezonu, – es atbildu un jau nākamajā mirklī aptveru, ka vairs nekontrolēju to, kas nāk pār manām lūpām.

Grejs sarauc uzaci.

– Lai jūs nenotraipītu drēbes, – es paskaidroju, norādīdama uz viņa biksēm.

– Es varētu tās novilkt, – viņš smīnēdams ierosina.

– Emm... – Man atkal kaist vaigi. Es droši vien jau esmu tikpat sarkana kā Komunistiskās partijas manifests. *Apklusti! Apklusti tūlīt pat!*

– Es nopirkšu kombinezonu. Negribu sabojāt savas dārgās drēbes, – Grejs uzjautrināts nosaka.

Mani centieni padzīt no prāta ainu, kurā viņš stāv manā priekšā bez biksēm, ir neveiksmīgi.

– Vai vēlaties vēl kaut ko? – es nopīkstu, pasniegdama viņam zilu kombinezonu.

Grejs izliekas manu jautājumu nedzirdam.

– Kā veicas ar rakstu avīzei?

Beidzot viņš man pavaicājis kaut ko vienkāršu, bez slēptiem mājieniem un mulsinošas divdomības. Uz šo jautājumu es beidzot varu atbildēt un tveros pie tā kā slīcējs pie salmiņa.

– Ar to nodarbojas Ketrīna, mana dzīvokļa biedrene. Viņa ir ļoti apmierināta, tikai bēdājas, ka pati nevarēja jūs intervēt. – Man rodas sajūta, ka esmu ievilkusi plaušās gaisu pēc ilgas slīkšanas. Beidzot normāls sarunas temats! – Vienīgais, kā Keitai trūkst, ir oriģinālas fotogrāfijas.

– Kādi attēli viņai vajadzīgi?

Hmm, šādu atbildi es nebiju gaidījusi. Es papurinu galvu, jo tiešām nezinu atbildi.

– Nu, es esmu pieejams. Varbūt rīt...?

– Jūs būtu ar mieru piedalīties foto sesijā? – Mana balss atkal kļuvusi spiedzīga. Ja man izdotos to panākt, Keita nokļūtu septītajās debesīs. Un tu atkal varēsi viņu satikt, pavedinoši čukst manas zemapziņas balss. Es ātri atvairu šo domu; tā ir tik muļķīga un neticama...

– Keita būs sajūsmināta, ja vien atradīsim fotogrāfu. – Es tā priecājos, ka plati uzsmaidu Grejam. Viņš spēji paver lūpas, it kā ievilkdams elpu, un samirkšķina acis. Vienu sekundes simtdaļu viņš šķiet apjucis un nelaimīgs, un zeme nodreb man zem kājām, tektoniskajām plāksnēm mainot virzienu.

Kristjens Grejs spēj būt arī apjucis.

– Dodiet man ziņu par rītdienu. – Grejs izvelk maku no džinsu aizmugurējās kabatas. – Lūk, mana vizītkarte. Uz tās ir mobilā telefona numurs. Zvaniet pirms desmitiem rītā.

– Labi. – Es turpinu smaidīt, iztēlodamās Keitas sajūsmas gaviles.

– Ana!

Otrā ejas galā parādījies Pols, Kleitona kunga jaunākais brālis. Es zināju, ka viņš atgriezies no Prinstonas, bet nedomāju, ka redzēšu viņu jau šodien.

– Atvainojiet uz mirkli, Greja kungs, – es saku un aizgriežos, bet vēl pamanu, ka vīrietis neapmierināts sarauc pieri.

Pols vienmēr bijis labs draugs, un šobrīd, kad esmu iegrimusi tik savādā sarunā ar bagāto, vareno, neticami pievilcīgo un valdonīgo Greju, ir lieliski pievērsties kādam, kurš ir pavisam normāls. Tomēr viņš sagādā pārsteigumu, ieraudams mani ciešā apskāvienā.

– Ana, sveika, es tā priecājos, tevi redzot! – viņš līksmo.

– Sveiks, Pol. Vai esi atgriezies nosvinēt brāļa dzimšanas dienu?

– Jā. Tu labi izskaties, Ana. Ļoti labi. – Pols smaidīdams mani aplūko un pēc brīža atlaiž manus plecus, bet nekavējoties apliek roku ap tiem. Es nokaunējusies neveikli pamīņājos. Man patīk Pols, bet viņš vienmēr izturas pārāk brīvi.

Kad es atkal uzlūkoju Kristjenu Greju, izrādās, ka viņš mūs vēro ar vanaga cienīgu skatienu; viņa acis ir piemiegtas, un tajās vīd kaut kas nepatīkams, bet lūpas cieši, bezkaislīgi sakniebtas. Dīvaini ieinteresētā pircēja vietā ir parādījies cits cilvēks – auksts un tāls.

– Es apkalpoju klientu, Pol. Tev ar viņu vajadzētu iepazīties, – es saku, cenzdamās kliedēt naidīgumu, ko redzu Greja sejā, un aizvelku Polu pie viņa. Abi nopēta viens otru, un šķiet, ka temperatūra pazeminās līdz arktiskam līmenim.

– Pol, šis ir Kristjens Grejs. Greja kungs, šis ir Pols Kleitons, veikala īpašnieka brālis. – Un man kāda neskaidra iemesla dēļ rodas vēlme paskaidrot vairāk. – Mēs esam pazīstami, kopš sāku šeit strādāt, kaut gan reti tiekamies. Viņš nupat atgriezies no Prinstonas, kur studē biznesa vadību. – Es jūtu, ka runāju pārāk daudz. *Apklusti taču!*

Abi vīrieši sarokojas. Greja sejas izteiksme ir neizdibināma, bet Pols piepeši atplaukst. – Vai jūs esat tas Kristjens Grejs, kuram pieder *Grey Enterprises* kompānija?

Grejs pieklājīgi pasmaida, bet viņa acis ir saltas.

– Vareni! Vai varu jums kaut kā palīdzēt?

– Anastasija jau visu paveikusi, Kleitona kungs. Viņa ir ļoti izpalīdzīga. – Grejs vēl joprojām izskatās bezkaislīgs, bet viņa vārdi... Šķiet, ka viņš patiesībā saka pavisam kaut ko citu. Tas ir mulsinoši.

– Lieliski, – Pols atbild. – Uz redzi vēlāk, Ana.

– Protams, Pol. – Es vēroju viņu aizejam uz noliktavas pusi. – Vai vēlaties kaut ko citu, Greja kungs?

– Tikai šīs mantas. – Viņš runā aprauti un salti. Nolādēts... vai esmu viņu aizvainojusi? Dziļi ievilkusi elpu, es pagriežos un tuvojos kasei. *Par ko viņš dusmojas?*

Es ierakstu čekā virvi, kombinezonu, maskēšanas lenti un savilcējus. – Četrdesmit trīs dolāri, lūdzu. – Es uzlūkoju Greju un, sastapusies ar viņa vērīgo skatienu, tūlīt pat to nožēloju.

– Vai vēlaties, lai iesaiņoju jūsu pirkumu? – es jautāju, pieņēmusi viņa sniegto kredītkarti.

– Jā, Anastasija. – Viņš izgaršo manu vārdu, un sirds atkal sāk dauzīties krūtīs. Es tik tikko spēju paelpot un steigšus salieku mantas plastmasas maisiņā.

– Vai piezvanīsiet man, ja nolemsiet rīkot foto sesiju? – Viņš atkal ir lietišķs. Es pamāju, nespēdama parunāt, un sniedzu viņam kredītkarti.

– Labi. Varbūt rīt tiksimies. – Grejs pagriežas, gatavodamies aiziet, bet apstājas. – Ak jā... Anastasija, es priecājos, ka tava draudzene nevarēja ierasties uz interviju. – Viņš uzsmaida man un mērķtiecīgi izsoļo no veikala, uzmetis maisiņu plecā, bet es jūtos kā pārvērtusies par trīsošu hormonu gūzmu. Paiet vairākas minūtes, kamēr es lūkojos uz aizvērtajām durvīm, aiz kurām nupat nozudis Kristjens Grejs, un tikai pēc tam es atgriežos uz Zemes.

Nu labi, man viņš patīk. Lūk, esmu sev to atzinusi. Vairs nespēju slēpties no savām jūtām. Nekad vēl neesmu kaut ko tādu piedzīvojusi. Grejs man šķiet neticami pievilcīgs, bet es apzinos, ka man nav nekādu cerību, un nopūšos, saldi rūgtas nožēlas pārņemta. Viņš šeit noteikti ieradās tikai sagadīšanās dēļ. Tomēr es varu apbrīnot viņu no tālienes; tas nekādu ļaunumu nenodarīs. Un, ja atradīšu fotogrāfu, rīt man būs iespēja viņu apbrīnot ļoti daudz. Gaidās notrīsējusi, es iekožu apakšlūpā un smaidu kā pusaudze. Man jāpiezvana Keitai un jāsarīko foto sesija.

3. NODAĻA

Keita gavilē.

– Kā viņš nonāca veikalā? – telefona klausulē ziņkāri skan draudzenes balss. Es esmu noslēpusies noliktavā un mēģinu runāt nevērīgi.

– Viņam bija darīšanas tuvumā.

– Man tā šķiet ļoti neticama sagadīšanās, Ana. Varbūt viņš gribēja aprunāties ar tevi? – Sirds iepukstas straujāk, bet prieks nav ilgs. Drūmā realitāte ir tāda, ka Grejs šeit ieradās kārtot citus jautājumus.

– Viņš viesojās lauksaimniecības fakultātē. Teica, ka finansējot pētījumus, – es atbildu.

– Ak jā, pareizi. Viņš ziedoja fakultātei divarpus miljonus dolāru.

Oho!

– Kā tu to zini?

– Es esmu žurnāliste, Ana, un rakstīju apskatu par Kristjenu Greju. Mans darbs ir to zināt.

– Labi, labi, Kārla Bernsteina, nesatraucies pārāk. Tātad tu gribi fotogrāfijas?

– Protams! Tikai jāpadomā, kurš tās uzņems un kur to darīt.

– Mēs varētu pajautāt Grejam, kur viņš vēlas fotografēties. Viņš teica, ka vēl kādu laiku uzturēšoties šeit.

– Vai tev ir iespēja ar viņu sazināties?

– Jā, mobilā telefona numurs.

Keita spēji ievelk elpu.

– Bagātākais, izvairīgākais un mīklaināka is Vašingtonas štata vecpuisis iedeva tev savu mobilā telefona numuru?

– Nu... jā.

– Ana! Tu viņam patīc. Par to nav nekādu šaubu, – Keita sparīgi apgalvo.

– Nē, Keita, tas bija tikai laipns žests. – Bet, pat izteikdama vārdus, es jau zinu, ka tie neatbilst patiesībai. Kristjens Grejs nav laipns. Jā, viņš ir pieklājīgs, bet tas arī viss. Un kāda sīka, klusa balss nočukst: *varbūt Keitai ir taisnība*. Doma, ka varbūt, tikai varbūt, es patīku Kristjenam Grejam, liek skudriņām skraidīt pa manu ādu. Viņš taču pauda savu prieku par to, ka Keita neieradās uz interviju... Klusas līksmes pārņemta, es apviju rokas sev apkārt un nedaudz šūpojos, gremdēdamās sajūsmā par to, ka es varētu patikt Kristjenam.

Keitas balss atsauc mani atpakaļ tagadnē. – Nezinu, kam uzticēt fotografēšanu. Levijs, kurš parasti ar to nodarbojas, ir aizbraucis mājās, uz Aidaho. Viņš būs saniknots, kad uzzinās, ka palaidis garām iespēju nofotografēt vienu no Amerikas varenākajiem uzņēmējiem.

– Hmm... Kā būtu ar Hosē?

– Lieliska doma! Pajautā viņam. Hosē būtu gatavs uz visu tevis dēļ. Pēc tam piezvani Grejam un noskaidro, kur viņš mūs vēlas pieņemt.

Mani dažreiz kaitina Keitas nevērīgā attieksme pret Hosē.

– Tev pašai vajadzētu viņam piezvanīt.

– Kuram? Hosē? – Keita izsmējīgi vaicā.

– Nē, Grejam.

– Ana, viņu vieno tuvība ar tevi, nevis mani.

– Tuvība? – es negaidīti spalgi atkārtoju. – Keita, es viņu gandrīz nemaz nepazīstu!

– Jūs vismaz esat tikušies, – Keita sausi atgādina. – Un izskatās, ka viņš vēlas tevi labāk iepazīt. Piezvani viņam, Ana! – draudzene pavēl un nomet klausuli. Dažreiz viņa spēj būt biedējoši valdonīga. Es uzmetu pārmetošu skatienu savam mobilajam telefonam un izbāžu mēli.

Kamēr es ierunāju ziņu Hosē balss pastā, noliktavā ienāk Pols, meklēdams smilšpapīru.

– Klau, Ana, mēs esam diezgan aizņemti, – viņš labsirdīgi atgādina.

– Jā, atvaino, – es nomurminu un pagriežos, lai dotos prom.

– Kā tu pazīsti Kristjenu Greju? – Pols tēloti nevērīgā balsī painteresējas.

– Man nācās viņu intervēt studentu avīzes vārdā. Keita bija saslimusi. – Es paraustu plecus, cenzdamās izklausīties vienaldzīga, bet man tas izdodas tikpat slikti kā Polam.

– Kristjens Grejs mūsu veikalā. Kurš to varētu iedomāties? – Pols izbrīnīts pašūpo galvu, it kā mēģinātu atgūties.

– Labi, vai nevēlies vakarā aiziet kaut ko iedzert?

Vienmēr, kad Pols atgriežas mājās, viņš aicina mani uz tikšanos, un es vienmēr atsakos. Tas ir mūsu rituāls. Man nekad nav šķitis, ka ir prātīgi veidot attiecības ar priekšnieka brāli, turklāt Polam piemīt amerikānisks vienkārša puiša šarms, tomēr viņš nelīdzinās varonim no literatūras. *Un Grejs?* ironiski iejautājas mana zemapziņa. Es steigšus to apklusinu.

– Vai tad netiek rīkotas ģimenes vakariņas tavam brālim par godu?

– Tas notiks rīt.

– Varbūt kādu citu reizi, Pol. Šodien man jāmācās. Pēc nedēļas jau sāksies eksāmeni.

– Reiz tu piekritīsi, Ana. – Viņš pasmaida un vēro, kā es aizsteidzos uz tirdzniecības zāli.
**

– Es fotografēju ainavas, nevis cilvēkus, Ana, – telefonā atskan Hosē žēlabainā balss.

– Lūdzu, lūdzu, Hosē! – es zemojos, soļiem mērodama mūsu dzīvokļa istabu un lūkodamās ārā pa logu uz dziestošo vakara gaismu.

– Dod telefonu! – Keita izķer aparātu man no rokas un atmet zīdainos, rudos matus pār plecu.

– Klausies uzmanīgi, Hosē Rodriges! Ja vēlies, lai mūsu avīzē parādītos raksts par tavu izstādi, tu rīt piedalīsies sesijā, vai skaidrs? – Keita spēj būt satriecoši skarba. – Lieliski. Ana tev piezvanīs un nosauks gan darba vietu, gan laiku. Tiksimies rīt. – Viņa aizcērt mana telefona vāciņu.

– Nokārtots. Tagad mums tikai jānospriež, kur to rīkot un cikos. Piezvani Grejam. – Viņa pasniedz telefonu man, un es jūtu vēderu sažņaudzamies. – Zvani!

Es pārmetoši uzlūkoju draudzeni un izvelku no aizmugurējās kabatas Greja vizītkarti. Dziļi ievilkusi elpu, es drebošiem pirkstiem spiežu pogas.

Viņš paceļ klausuli jau pēc otrā zvana.

– Grejs, – viņš pavisam mierīgi, vēsi atsaucas.

– Labdien, runā Anastasija Stīla. – Es pati nepazīstu savu balsi; esmu neticami satraukta. Brīdi valda klusums. Man vēderā rosās taureņi.

– Stīlas jaunkundze. Priecājos saņemt no jums ziņu. – Greja balss ir mainījusies. Šķiet, viņš ir nedaudz pārsteigts, un viņa vārdi ir piesātināti ar... siltumu. Varētu pat teikt, ka viņš runā pavedinoši. Es sāku elpot straujāk un piesarkstu, piepeši aptverot, ka Keita lūkojas uz mani, izbrīnā pavērusi muti. Vairīdamās no viņas ciešā skatiena, es iebēgu virtuvē.

– Nu, mēs labprāt sarīkotu to foto sesiju avīzes rakstam. – *Elpo, Ana, elpo!* Man beidzot izdodas ievilkt gaisu krūtīs. – Rīt, ja jums nav iebildumu. Kur jums būtu ērtāk, Greja kungs?

Es gara acīm redzu, kā viņš savelk lūpas sfinksas smaidā.

– Šobrīd esmu apmeties Portlendas viesnīcā "Hītmens". Varbūt rīt pusdesmitos?

– Labi, mēs tur būsim. – Mana balss ir saraustīta un pārāk strauja, it kā es būtu bērns, nevis pieaugusi sieviete, kura drīkst piedalīties vēlēšanās un Vašingtonas štatā arī dzert alkoholu.

– Gaidīšu ar nepacietību, Stīlas jaunkundze. – Es iztēlojos nerātno mirdzumu Greja acīs. *Kā viņam izdodas dažos vārdos ieslēpt tik daudz vilinošu solījumu?* Es beidzu sarunu, un Keita gaida mani virtuvē. Viņa izskatās baiļu pārņemta.

– Anastasija Roza Stīla! Tev viņš patīk! Nekad vēl neesmu tevi redzējusi vai dzirdējusi tik... tik *pārņemtu* ar kādu. Tu pat sarksti!

– Keita, tu taču zini, ka es vienmēr sarkstu. Tas ir nelāgs paradums. Nerunā muļķības, – es atcērtu, un draudzene pārsteigta samirkšķina acis, jo nav pieradusi pie šādiem dusmu izvirdumiem. To redzot, es atmaigstu. – Grejs man šķiet... biedējošs. Tas arī viss.

– "Hītmens" ir viņam īsti piemērots, – Keita noņurd.

– Es piezvanīšu direktoram un pajautāšu, kur sarīkot fotografēšanos.

– Es pagatavošu vakariņas. Pēc tam man jāmācās. – Aizkaitinājums vēl nav nozudis, un es atveru virtuves skapi, lai sāktu darbu.

**

Naktī man neizdodas atpūsties. Es grozos no vieniem sāniem uz otriem, sapņodama par dūmakaini pelēkām acīm, kombinezonu, garām kājām, slaidiem pirkstiem un tumsā slīgstošām, vēl neizzinātām vietām. Divas reizes es uztrūkstos no miega, sirdij skaļi dauzoties, un sadusmojos, iedomājusies, kāda izskatīšos no rīta. Spēcīgi iebelzusi pa spilvenu, es mēģinu nomierināties.

**

Viesnīca "Hītmens" atrodas pašā Portlendas centra vidū. Iespaidīgā, brūnā akmens ēka tika pabeigta tieši pirms ekonomikas sabrukuma divdesmito gadu beigās. Es vedu Hosē un Trevisu savā mašīnā, bet Keita mums seko savējā, jo visi nevaram satilpt manā nelielajā automobilī. Treviss ir Hosē draugs un palīgs, kurš rūpēsies par gaismošanu. Keitai izdevies panākt, ka mūsu rīcībā bez maksas tiks nodota vesela istaba, jo viņa apsolījusi pieminēt viesnīcu savā rakstā. Kad viņa reģistratorei paskaidro, ka esam ieradušies fotografēt Kristjenu Greju, mums nekavējoties piešķir apartamentus. Tomēr tie ir tikai parasta izmēra apartamenti, jo izrādās, ka Greja kungs jau ieņēmis plašāko numuru visā ēkā. Mūs pavada pārmērīgi dedzīgs sabiedrisko attiecību speciālists, ļoti jauns un nezināmu iemeslu dēļ arī ārkārtīgi satraukts. Man rodas aizdomas, ka viņu samulsinājis Keitas skaistums un valdonīgums, jo viņš ir kā māls manas draudzenes rokās. Istabas ir elegantas, gaumīgas un grezni mēbelētas.

Pulkstenis ir deviņi, tātad mums ir pusstunda, lai visu sagatavotu. Keita līdzinās neapturamam viesulim.

– Hosē, man šķiet, ka vajadzētu fotografēt pret to sienu, vai piekrīti? – Viņa nemaz negaida puiša atbildi. – Trevis, noliec krēslus malā. Ana, palūdz kalpotājiem, lai atnes kaut ko atspirdzinošu, un ziņo Grejam, kur mēs esam.

Jā, kundze! Viņa ir kaitinoša valdonīga. Es paceļu acis pret griestiem, bet paklausu.

Pēc pusstundas istabā ienāk Kristjens Grejs.

Jēzus un Marija! Viņam mugurā ir balts krekls ar pavērtu apkaklīti, un kājās – pelēkas, mīkstas bikses. Sajaukti mati vēl ir mitri pēc dušas. Uzlūkojot viņu, man izkalst mute... viņš ir tik neticami glīts. Grejam seko labi piegrieztā, tumšā uzvalkā ģērbies vīrietis. Viņš izskatās apmēram trīsdesmit piecus gadus vecs un neskuvies; mati ir apgriezti ļoti īsi. Nostājies stūrī, viņš klusēdams bezkaislīgi vēro mūs visus.

– Stīlas jaunkundze, mēs atkal tiekamies. – Grejs sniedz man roku, un es to paspiežu, strauji mirkšķinādama acis. Ak vai... viņš ir tik... Kad pieskaros viņa ādai, es atkal sajūtu tīkamo strāvas sitienu, kas izšaujas cauri un iekvēlina mani, liekot sarkt. Nojaušu, ka Grejs dzird, cik saraustīti es elpoju.

– Greja kungs, šī ir Ketrīna Kevana, – es nomurminu, pamādama Keitas virzienā, un draudzene pienāk mums klāt, lūkodamās vīrietim tieši acīs.

– Neatlaidīgā Kevanas jaunkundze. Labdien! – Grejs viegli uzsmaida viņai, izskatīdamies patiesi uzjautrināts. – Ceru, ka jūtaties labāk. Anastasija teica, ka bijāt saslimusi.

– Viss ir labi, Greja kungs, pateicos. – Viņa stingri paspiež vīrieša roku, pat nesamirkšķinādama acis. Keita galu galā mācījusies labākajās Vašingtonas privātskolās, viņas ģimenei ir nauda, un viņa pieaugot mācījusies pārliecību par sevi, apzinādamās vietu, kas viņai piešķirta šajā pasaulē. Viņa nav gatava pazemoties kāda priekšā, un es viņu apbrīnoju.

– Pateicos, ka veltījāt mums savu laiku. – Keita pieklājīgi, lietišķi uzsmaida Grejam.

– Labprāt, – viņš atbild, pievērsdams skatienu man, un es atkal nosarkstu. *Velns un elle!*

– Šis ir Hosē Rodrigess, mūsu fotogrāfs, – es iepazīstinu abus vīriešus, uzsmaidīdama draugam, un viņš sirsnīgi atbild uz manu smaidu, bet kļūst nopietns, tiklīdz uzlūko Greju.

Abi sasveicinās, un arī Grejs šķiet atvēsis. Viņš vērtējoši nopēta Hosē.

– Ko jūs no manis vēlaties? – viņš painteresējas, un jautājums izklausās nedaudz draudīgs. Bet Keita negrasās nodot vadības grožus Hosē rokās.

– Apsēdieties šeit, Grejs kungs. Uzmanieties no gaismas ķermeņu vadiem, lūdzu. Un pēc tam uzņemsim dažus attēlus, kuros jūs stāvat. – Viņa pieved Greju pie krēsla, kas novietots pie sienas.

Treviss ieslēdz gaismas, uz brīdi apžilbinot Greju, un nomurmina atvainošanās vārdus. Pēc tam mēs ar Trevisu nostājamies malā un vērojam, kā Hosē ķeras pie darba. Viņš uzņem vairākas fotogrāfijas ar rokas kameru, lūgdams Greju pagriezties uz vienu vai otru pusi, pacelt roku, nolaist to. Pēc tam viņš ķeras pie trijkāja un turpina darbu, kamēr Grejs sēž un nepiespiesti, eleganti pozē apmēram divdesmit minūtes. Mana vēlēšanās ir piepildījusies – es varu netraucēta apbrīnot Greju no neliela atstatuma. Mūsu acis sastopas divas reizes, un esmu spiesta gandrīz ar varu atrauties no viņa dūmakainā skatiena.

– Pietiks sēdēt, – Ketrīna atkal iejaucas. – Lūdzu, piecelieties, Greja kungs!

Viņš paklausa, un Treviss steigšus aiznes krēslu. Hosē atsāk klikšķināt kameras slēdzi.

– Domāju, ka mums ir pietiekami daudz materiāla, – viņš pēc piecām minūtēm paziņo.

– Lieliski, – Keita priecājas. – Vēlreiz pateicos! – Viņa paspiež Grejam roku, un viņas priekšzīmei seko arī Hosē.

– Ar nepacietību gaidīšu jūsu rakstu, Kevanas jaunkundze, – Grejs nomurmina un pievēršas man. – Vai pavadīsiet mani, Stīlas jaunkundze? – viņš painteresējas.

– Protams, – es apjukusi nosaku un veltu baiļpilnu skatienu Keitai, bet viņa tikai parausta plecus. Hosē sadusmots rauc pieri, stāvēdams viņai aiz muguras.

Grejs pieklājīgi atvadās un atver durvis, ļaudams man iziet pa tām pirmajai.

Ko tas nozīmē? Kas viņam vajadzīgs? Es apstājos viesnīcas gaitenī, satraukta mīņādamās, līdz Grejs man seko, labi ģērbtā miesassarga pavadīts.

– Es tevi pasaukšu, Teilor, – Grejs nomurmina, un Teilors aizklīst tālāk pa gaiteni, bet Grejs pievērš savu kvēlo skatienu man. *Jēziņ, vai esmu izdarījusi kaut ko nelāgu?*

– Vai pievienosieties man uz kafijas tasi, Stīlas jaunkundze?

Man sāk trīcēt rokas. Kristjens Grejs nupat aicināja mani uz romantisku satikšanos. Vai arī vienkārši kafiju. Varbūt viņš domā, ka es neesmu pamodusies. Es nokremšļojos, mēģinādama apvaldīt satraukumu.

– Man jāved visi mājās, – es atvainodamās klusi nosaku, lauzīdama rokas.

– Teilor! – Grejs iesaucas, un es iztrūkusies salecos. Miesassargs pagriežas un tuvojas mums.

– Vai viņi dzīvo pie universitātes? – Grejs klusi jautā man, un es pamāju, nespēdama izdabūt vārdus pār lūpām.

– Teilors aizvedīs jūsu draugus mājās. Viņš ir mans šoferis. Mums šeit ir liels džips, kurā varēs iekraut arī visu aprīkojumu.

– Greja kungs? – Teilors bezkaislīgi iejautājas, pienācis mums klāt.

– Lūdzu, aizvediet fotogrāfu, viņa palīgu un Kevanas jaunkundzi mājās.

– Protams, kungs, – Teilors atbild.

– Lieliski. Vai tagad iedzersiet kafiju kopā ar mani? – Grejs smaida, it kā viss jau būtu nokārtots.

Es saraucu pieri.

– Nu, Greja kungs... vispār Teiloram nevajag piepūlēties...
– Es aši pametu skatienu uz Teiloru, kurš izskatās kā akmenī tēsts. – Ja esat ar mieru mirkli pagaidīt, es apmainīšos mašīnām ar Keitu.

Greja sejā parādās žilbinošs, neapvaldīts, dabisks, brīnišķīgs, balts smaids. Ak vai... Viņš atver istabas durvis, un es paspraucos viņam garām. Ketrīna iegrimusi sarunā ar Hosē.

– Ana, man tiešām šķiet, ka tu viņam patīc, – viņa paziņo bez jebkāda ievada. Hosē neapmierināts vēro mani. – Bet es viņam neuzticos, – Keita piebilst. Es paceļu roku, cerēdama, ka izdosies likt viņai apklust, un laikam notiek brīnums, jo viņa tiešām pārstāj runāt.

– Keita, vai drīkstu paņemt tavu mašīnu, pretī dodot savējo?

– Kāpēc?

– Kristjens Grejs mani aicināja uz kafijas tasi.

Keitas mute izbrīnā paveras. Keita nespēj atrast vārdus! Es izbaudu šo reto mirkli. Viņa satver manu roku un ievelk mani guļamistabā blakus apartamentu dzīvojamai istabai.

– Ana, viņam piemīt kaut kas savāds, – Keita brīdinoši iesāk. – Jā, viņš ir ļoti izskatīgs, bet man viņš šķiet arī bīstams. It īpaši tādai meitenei kā tu.

– Ko tas nozīmē? – es apvainojusies jautāju.

– Nepieredzējušai sievietei, Ana. Tu lieliski saproti, ko es domāju, – Keita sašutusi atcērt, un es piesarkstu.

– Keita, runa ir tikai par vienu kafijas tasi. Šonedēļ sākas eksāmeni, un man jāmācās, tāpēc es ilgi nekavēšos.

Viņa sakniebj lūpas, it kā apdomādama manu lūgumu, un pēc brīža pasniedz man savas mašīnas atslēgas. Es iedodu viņai savējās.

– Tikai nedzer to kafiju pārāk ilgi, citādi es atsūtīšu glābšanas komandu.

– Paldies! – Es apskauju draudzeni un atstāju apartamentus. Kristjens Grejs mani gaida, atbalstījies pret sienu, un līdzinās modelim, kas pozē kādam ļoti dārgam žurnālam.

– Labi, varam iet pēc kafijas, – es nomurminu

Grejs atplaukst smaidā.

– Tikai pēc jums, Stīlas jaunkundze. – Viņš iztaisnojas un ar rokas mājienu norāda, lai eju pirmā. Ceļgaliem drebot, es soļoju pa gaiteni, cenzdamās savaldīt taureņus vēderā, un sirds dauzās vēl spēcīgāk nekā jebkad iepriekš. *Es dzeršu kafiju kopā ar Kristjenu Greju... kaut gan man kafija negaršo.*

Mēs vienotā solī ejam pa plato viesnīcas gaiteni līdz liftiem. Ko lai es viņam saku? Mans prāts ir bailēs sastindzis. Par ko mēs runāsim? Kas gan mums vispār var būt kopīgs?

Greja samtainā, klusā balss liek man izrauties no pārdomām.

– Cik sen jūs pazīstat Ketrīnu Kevanu?

Tas vismaz ir diezgan vienkāršs jautājums.

– Kopš pirmā mācību gada. Viņa ir labs draugs.

– Hmm, – viņš neizteiksmīgi nosaka.

Kad esam sasnieguši liftu, Grejs nospiež pogu, un zvans noskan jau nākamajā mirklī. Durvis atveras, atklājot mūsu skatienam jaunu vīrieti un sievieti, kuri saķērušies kaislīgā skāvienā. Abi pārsteigti atraujas viens no otra un vainīgi lūkojas visur, tikai ne uz mums. Mēs ar Greju ieejam liftā.

Es cenšos nesmieties, tāpēc ieduru skatienu grīdā, bet jūtu, ka vaigi kļūst sārti. Kad caur skropstām palūkojos uz Greju, atklājas, ka viņa lūpās rotājas smaids, bet to ir ļoti grūti pamanīt. Abi jaunieši nerunā, un mēs braucam lejā, neveikla klusuma ieskauti. Nav pat neinteresantas lifta mūzikas, kurā klausīties.

Durvis atveras, un Grejs mani izbrīna, ar vēsiem, gariem pirkstiem satverdams manu plaukstu. Starp mums atkal izskrien strāvas trieciens, liekot sirdij pukstēt straujāk. Viņš izved mani no lifta, un jaunais pāris mums aiz muguras beidzot iespurdzas, vairs nespējot savaldīties. Grejs pasmaida.

– Kas gan tik īpašs piemīt liftiem? – viņš klusi jautā.

Mēs šķērsojam viesnīcas plašo, rosīgo vestibilu, bet Grejs izvēlas sānu izeju, nevis lielās virpuļdurvis, un man iešaujas prātā doma, ka viņš nevēlas atlaist manu roku.

Ārpusē valda patīkams maija siltums. Saule spoži spīd, un uz ielas nav daudz mašīnu. Grejs pagriežas pa kreisi un aizsoļo līdz stūrim, kur mēs apstājamies, gaidot zaļo gaismu. Viņš vēl joprojām tur manu roku. *Es stāvu uz ielas, un mana roka ir Kristjena Greja plaukstā.* Neviens vēl nekad nav turējis mani aiz rokas. Man nedaudz reibst galva, un pār muguru skrien tirpas. Es mēģinu apvaldīt muļķīgu smaidu, bet nesekmīgi. *Pacenties nezaudēt mieru, Ana,* es sev atgādinu. Parādās zaļais cilvēciņš, un mēs dodamies tālāk.

Nogājuši četrus kvartālus, mēs sasniedzam "Portlendas kafejnīcu", un Grejs mani palaiž vaļā, lai varētu pieturēt durvis.

– Lūdzu, izvēlēties galdiņu, kamēr es paņemšu dzērienus, – viņš ierosina. – Ko jūs vēlaties? – viņš jautā, tikpat pieklājīgs kā vienmēr.

– Man, lūdzu... hmm, angļu brokastu tēju bez maisiņa.

Viņš sarauc uzacis.

– Nevis kafiju?

– Man negaršo kafija.

Viņš pasmaida.

– Labi, tēju bez maisiņa. Cukuru?

– Nē, paldies, – es atbildu un samulsusi sāku pētīt savus cieši savītos pirkstus.

– Vai paņemt arī kaut ko ēdamu?

– Nē, pateicos. – Es papurinu galvu, un Grejs dodas pie letes.

Kamēr viņš stāv rindā un gaida apkalpošanu, es slepus vēroju viņu, skropstas nolaidusi. Šādā nodarbē es varētu pavadīt visu dienu. Viņš ir tik gara auguma, ar platiem pleciem, bet slaids, un viņa gurni... Jēziņ! Grejs pāris reižu izvelk garos, elegantos pirkstus caur matiem, kas jau ir izžuvuši, bet vēl joprojām šķiet nekārtīgi. Hmm... es arī to labprāt izdarītu. Doma nelūgta iešaujas man prātā, un vaigi sāk kvēlot. Es iekožu apakšlūpā un pievēršos savām rokām, bēgdama no savām nerātnajām domām.

– Kas jums ir prātā? – Grejs ir atgriezies un izbiedē mani ar savu jautājumu.

Es papurinu galvu, jo nevaru taču atklāt, ka domāju, vai viņa mati ir tik mīksti, kā izskatās. Grejs noliek paplāti uz mazā, apaļā galda un pasniedz man tasi, nelielu tējkannu un šķīvīti, uz kura vientuļi gozējas tējas maisiņš ar uzrakstu *Twinings English Breakfast.* Tā ir mana iecienītā tēja. Sev viņš paņēmis kafiju ar pienu, kas veido brīnišķīgus, lapām līdzīgus rakstus. *Kā tas tiek panākts?* es prātoju. Grejam ir arī melleņu smalkmaizīte. Pabīdījis paplāti malā, viņš apsēžas man pretī un sakrusto garās kājas. Šķiet, ka viņš jūtas ļoti ērti, un es viņu apskaužu, būdama tik neveikla, ka man reti izdodas tikt no punkta A līdz punktam B, neizstiepjoties garšļaukus.

– Jūsu domas? – viņš atgādina.

– Man šī tēja garšo vairāk nekā jebkura cita, – es izdvešu, nespēdama noticēt, ka sēžu pretī Kristjenam Grejam Portlendas kafejnīcā. Viņš sarauc pieri, droši vien nojauzdams, ka es kaut ko slēpju. Es iemetu maisiņu tējkannā un jau pēc mirkļa izzvejoju to ārā, izmantodama karoti. Kad nolieku izmantoto maisiņu uz šķīvīša, Grejs piešķiebj galvu, ieinteresēti vērodams mani.

– Tēja man garšo melna un vāja, – es paskaidroju.

– Saprotu. Vai jūs esat kopā ar to fotogrāfu?

Es apjukusi iesmejos, bet jūtu iegailamies ziņkāri. Kas viņam radījis tādu iespaidu?

– Nē, Hosē ir labs draugs, bet nekas vairāk. Kāpēc domājat, ka mēs esam kopā?

– Tas, kā viņam uzsmaidījāt. Un viņš atbildēja. – Grejs nenovērsdamies lūkojas man acīs, un es gribu novērsties, bet nespēju, it kā viņš būtu mani apbūris.

– Hosē man ir kā brālis, – es nočukstu.

Grejs pamāj, šķietami apmierināts ar manu paskaidrojumu, un palūkojas uz savu melleņu smalkmaizīti. Garie pirksti veikli noņem papīra iepakojumu, un es aizgrābta vēroju tos darbojamies.

– Vai vēlaties pagaršot? – Grejs painteresējas, un viņa lūpās atkal redzams noslēpumains, uzjautrinājuma pilns smaids.

– Nē, paldies. – Es sadrūmusi pētu savas rokas.

– Un tas zēns, kuru vakar sastapu veikalā? Arī ar viņu jūs neesat kopā?

– Nē, Pols ir tikai draugs. Vakar jau es jums to teicu. – Saruna ievirzās patiesi muļķīgā gultnē. – Kāpēc jūs tas interesē?

– Vīriešu klātbūtnē jūs manāmi nervozējat.

Velns un elle, tas ir pārāk personisks temats. *Es nervozēju tikai tad, kad blakus esi tu, Grej.*

– Jūs mani nedaudz biedējat. – Es nosarkstu, bet klusībā uzslavēju sevi par atklātību un atkal lūkojos uz savām rokām. Grejs spēji ievelk elpu.

– Tā ir pareiza reakcija. – Viņš pamāj. – Jūs esat ļoti godīga meitene. Lūdzu, paceliet galvu, es vēlos redzēt jūsu seju.

Es paklausu, un Grejs pasmaida, mani uzmundrinādams, kaut gan viņa smaids ir nedaudz sājš.

– Šādi man vismaz rodas nojausma, par ko jūs domājat, – viņš saka. – Jūs esat noslēpumaina būtne, Stīlas jaunkundze.

Noslēpumaina? Es?

– Manī nav nekā noslēpumaina.

– Domāju, ka jūs esat ļoti savaldīga, – viņš nomurmina.

Es? Kā gan man tas varētu izdoties? Līdz šim man šķitis, ka visas manas izjūtas ir redzamas kā uz delnas.

– Izņemot brīžus, kad sarkstat, protams, un jūs to darāt bieži. Man tikai gribētos zināt, kāpēc tas notiek. – Grejs iemet mutē smalkmaizītes kumosu un lēni to košļā, nenovērsdams skatienu no manis. Un es – kā nu ne! – nosarkstu. *Velns!*

– Vai jūs vienmēr uzdodat tik intīmus jautājumus?

– Nebiju pamanījis, ka to daru. Vai es jūs aizskāru? – Grejs izklausās pārsteigts.

– Nē, – es atklāti atzīstu.

– Ļoti labi.

– Bet jūs esat augstprātīgs.

Grejs sarauc uzacis un, ja vien es nemaldos, arī pats nedaudz piesarkst.

– Esmu pieradis panākt to, ko vēlos, Anastasija, – viņš nosaka. – Visās jomās.

– Par to es nemaz nešaubos. Kāpēc vēl neesat ierosinājis, lai uzrunāju jūs uz "tu"? – Es pati brīnos par savu pārdrošību. Kāpēc saruna kļuvusi tik nopietna? Nekas nenotiek tā, kā biju iztēlojusies. Pat nespēju noticēt, ka izturos tik naidīgi. Šķiet, ka Grejs cenšas mani par kaut ko brīdināt.

– Vienīgie, kuriem tas ļauts, ir mani radinieki un daži tuvi draugi.

Ak tā. Un viņš tik un tā nepiedāvā man uzrunāt viņu vārdā. Grejs tiešām vēlas pār visu valdīt, cita izskaidrojuma nav, un es brīdi pat nožēloju, ka uz interviju toreiz neieradās Keita. Tad satiktos divas valdonīgas personības. Turklāt Keita ir gandrīz blonda, tāpat kā visas sievietes Greja birojā. *Un viņa ir skaista*, zemapziņa man atgādina. Doma par Kristjenu un Keitu kopā man šķiet nepatīkama. Es iemalkoju tēju, un Grejs apēd vēl kumosu savas smalkmaizītes.

– Vai esat vienīgais bērns? – viņš jautā.

Atkal mainīts sarunas temats...

– Jā.

– Pastāstiet man par saviem vecākiem.

Kāpēc viņš vēlas to zināt? Mana dzīve ir *neinteresanta*.

– Mana māte dzīvo Džordžijā kopā ar savu jauno vīru Bobu. Patēvs mitinās Montesano.

– Un jūsu tēvs?

– Nomira, kad biju vēl zīdainis.

– Man ļoti žēl, – Grejs nomurmina, un viņa acīs parādās savādi bažīga izteiksme.

– Es viņu neatceros.

– Tātad jūsu māte apprecējās vēlreiz?

Es nicīgi iespurdzos. – Jā, tā varētu teikt.

Grejs sarauc pieri.

– Jūs neesat īpaši runīga, vai ne? – viņš sausi painteresējas, domīgi berzēdams zodu.

– Tāpat kā jūs.

– Reiz jūs mani jau intervējāt, un es atceros dažus pietiekami āķīgus jautājumus. – Viņš pasmīn.

Pie joda! Grejs atcerējies jautājumu par homoseksualitāti. Mani atkal pārņem neizsakāms kauns. Droši vien būs vajadzīgi vairāki gadi pie psihoterapeita, lai es vairs nesarktu ik reizi, kad iedomājos par to. Cenzdamās atvairīt atmiņas, es sāku stāstīt par savu māti.

– Mana māte ir brīnišķīga. Nedziedināma romantiķe. Šobrīd viņa ir precējusies jau ceturto reizi.

Kristjens izbrīnīts sarauc uzacis.

– Man viņas pietrūkst, – es turpinu. – Tagad viņai ir Bobs. Ceru tikai, ka viņam izdosies māti pieskatīt un mierināt brīžos, kad atkal sabrūk kāds no viņas nepiepildāmajiem plāniem. – Es smaidu, domādama par savu māti. Ļoti sen neesmu viņu sastapusi. Kristjens aizrāvies vēro mani, ik pa brīdim iemalkodams kafiju. Man nevajadzētu lūkoties uz viņa muti. Tā novērš manu uzmanību.

– Vai jums ir labas attiecības ar patēvu?

– Protams. Es uzaugu viņa acu priekšā. Citu tēvu nekad neesmu pazinusi.

– Kāds viņš ir?

– Rejs? Ļoti... nerunīgs.

– Un tas ir viss? – Grejs pārsteigts jautā.

Es paraustu plecus. Ko tad viņš gribēja dzirdēt? Visu manu dzīvesstāstu?

– Tikpat nerunīgs kā viņa pameita, – Grejs nosaka.

Es tik tikko apvaldu nepacietības pilnu nopūtu.

– Viņam patīk futbols un ķegļi, un makšķerēšana, un mēbeļu pagatavošana. Viņš ir galdnieks. Bijušais armijnieks.

– Vai jūs dzīvojāt kopā ar viņu?

– Jā. Mamma sastapa savu trešo vīru, kad man bija piecpadsmit gadu. Es paliku pie Reja.

Viņš neizpratnē sarauc pieri.

– Jūs nevēlējāties dzīvot kopā ar māti?

Tā patiesi nav viņa darīšana.

– Trešais vīrs mitinājās Teksasā. Manas mājas bija Montesano. Un... nu, mana māte bija jaunlaulātā. – Es apklustu. Māte nekad nerunā par savu trešo vīru. Ko Grejs vēlas panākt? Viņam nav nekādu tiesību mani izprašņāt. *Labi, šajā rotaļā varu piedalīties arī es.*

– Pastāstiet man par saviem vecākiem, – es ierosinu.

Grejs parausta plecus. – Mans tēvs ir jurists, māte ir bērnu ārste. Abi dzīvo Sietlā.

Tātad viņš audzis pārtikušā ģimenē. Un es sāku prātot par bagātajiem vecākiem ar trim bērniem, no kuriem viens kļūst par izskatīgu vīrieti, pieteic karu biznesa pasaulei un izcīna savu vietu tajā. Kas viņu tādu padarījis? Vecāki noteikti lepojas ar savu dēlu.

– Ar ko nodarbojas jūsu brālis un māsa?

– Eljots strādā celtniecībā, bet mazā māsa dzīvo Parīzē, kur apgūst kulinārijas mākslu kāda izslavēta franču pavāra vadībā. – Grejs aizkaitināts samiedz acis. Viņš nevēlas runāt par ģimeni un pats sevi.

– Parīze esot skaista pilsēta, – es nomurminu. Kāpēc viņš tā izvairās? Vai tāpēc, ka ir adoptēts?

– Taisnība. Vai esat to redzējusi? – Grejs jautā, dusmām izgaistot.

– Nekad neesmu izceļojusi ārpus valsts robežām. – Esam atgriezušies pie banalitātēm. Ko viņš slēpj?

– Vai jūs vēlētos tur paviesoties?

– Parīzē? – es spalgā balsī pārvaicāju. Viņam izdevies mani samulsināt; kurš gan negrib redzēt Parīzi? – Protams, – es atbildu. – Bet vairāk par visu citu mani interesē Anglija.

Grejs pieliec galvu uz sāniem, ar rādītājpirkstu braucīdams apakšlūpu... *Ak Dievs!*

– Kāpēc?

Es strauji mirkšķinu acis. *Savaldies, Stīla!*

– Tur dzimis Šekspīrs, Ostina, māsas Brontē, Tomass Hārdijs. Es labprāt aplūkotu vietas, kas iedvesmojušas šos cilvēkus tik brīnišķīgu grāmatu radīšanai.

Runājot par literatūras dižgariem, es atceros, ka vajadzētu gatavoties eksāmeniem, un ielūkojos pulkstenī. – Man jāiet. Šodien vēl jāmācās.

– Pārbaudījumiem?

– Jā, tie sākas otrdien.

– Kur ir Kevanas jaunkundzes mašīna?

– Viesnīcas stāvvietā.

– Es jūs pavadīšu.

– Pateicos par tēju, Greja kungs.

Viņš savelk lūpas savā dīvainajā smaidā, kas vēsta: "Man ir kāds liels noslēpums!".

– Nav par ko, Anastasija. Man tas sagādāja prieku. Iesim! – viņš pavēl un sniedz man roku. Es apjukusi to satveru un sekoju vīrietim ārā no kafejnīcas.

Mēs ejam atpakaļ uz viesnīcu klusēdami, bet man labpatīk domāt, ka šis klusums ir draudzīgs. Grejs izskatās tikpat rāms un savaldīgs kā vienmēr, bet es izmisīgi cenšos noprast, kāds ir šīs kafijas dzeršanas rezultāts. Man rodas sajūta, ka esmu piedalījusies darba intervijā, tikai nezinu, kādam amatam tiek apsvērta mana kandidatūra.

– Vai tu vienmēr valkā džinsus? – Grejs piepeši iejautājas. Es pamanu, ka viņš sācis lietot "tu" uzrunu.

– Gandrīz vienmēr.

Viņš pamāj. Mēs esam sasnieguši krustojumu pie viesnīcas. Mana galva ir pilna jucekļīgu domu. Cik savāds jautājums... Un es aptveru, ka mums piešķirtais laiks ir beidzies, bet es esmu izgāzusies. Varbūt viņam jau ir kāda sieviete.

– Vai jums ir draudzene? – es izgrūžu. *Kungs Tēvs, vai tiešām es to pateicu skaļi?*

Grejs savelk lūpas smīnā un lūkojas uz mani no augšas.

– Nē, Anastasija, man nemēdz būt draudzenes, – viņš klusi atbild.

Ko tas nozīmē? Viņš taču nav homoseksuāls. Vai arī ir? Vai intervijas laikā viņš man melojis? Brīdi šķiet, ka viņš kaut ko paskaidros, atšķetinot mīklu, kas slēpjas šajos vārdos, tomēr tas nenotiek.

Man jātiek prom, jācenšas sakārtot domas. Vairs negribu atrasties Grejam blakus. Es speru soli uz priekšu un paklūpu, izstreipuļodama uz ielas.

– Nolādēts, Ana! – Grejs iesaucas. Viņš vēl joprojām tur manu roku un parauj to tik spēcīgi, ka es atkrītu pret viņa krūtīm tieši mirkli pirms tam, kad garām patraucas velosipēdists, kurš brauc nepareizajā virzienā.

Viss norisinās neticami strauji: vēl nupat es kritu, bet tagad jau esmu Greja skavās un viņš ir cieši piespiedis mani sev klāt. Es ieelpoju viņa tīro, veselīgo smaržu, kas atsauc atmiņā svaigi mazgātu veļu un dārgas ziepes. Aromāts ir reibinošs, un es to dziļi ievelku plaušās.

– Vai tev nekas nekaiš? – Grejs čukst. Turēdams mani ar vienu roku, viņš paceļ otru un saudzīgi laiž pirkstus pār manu seju, pārbaudīdams, vai neesmu savainojusies. Viņa īkšķis skar manu apakšlūpu, un viņam aizraujas elpa. Mūsu skatieni sastopas, un viņa acīs gail kaut kas izmisīgs; šķiet, ka mirklis ilgst mūžību... līdz es pievēršos viņa skaistajai mutei. Un pirmo reizi divdesmit vienu gadu ilgušajā mūžā es vēlos, lai mani noskūpsta. Es vēlos sajust viņa lūpas uz manējām.

4. NODAĻA

*N*oskūpsti mani, sasodīts! es domās lūdzos, bet nespēju pakustēties. Mani paralizējušas savādas, nekad vēl neizjustas alkas; visa mana būtība tiecas uz Kristjena Greja pusi. Es aizgrābta lūkojos uz viņa muti, un viņš vēro mani, nedaudz nolaidis plakstus, bet viņas acis pamazām satumst. Viņš elpo skaļāk nekā parasti, bet es savukārt vairs neelpoju vispār. *Es esmu tavās skavās. Lūdzu, noskūpsti mani!* Grejs aizver acis, dziļi ieelpo un tik tikko manāmi papurina galvu, it kā atbildēdams uz manu vārdos neizteikto lūgumu. Kad viņš atkal atver acis, tajās redzama dzelžaina apņēmība.

– Anastasija, tev vajadzētu turēties no manis tālāk. Es neesmu tev piemērots, – viņš nočukst. Kāpēc? Ko tas nozīmē? Par to vajadzētu spriest man, nevis viņam. Es saraucu pieri, cīnīdamās ar atraidījuma sajūtu.

– Elpo, Anastasija, elpo. Es tūlīt laidīšu tevi vaļā, – Grejs klusi nosaka un saudzīgi atstumj mani.

Gandrīz nāvējošā sadursme ar velosipēdistu vai arī galvu reibinošais Kristjena tuvums izraisījis adrenalīna pieplūdumu, un tagad es esmu saspringta kā stīga. Kad viņš atvirzās, es mēmi kliedzu: "Nē!" Viņš satver manus plecus, turēdams mani izstieptas rokas attālumā, un uzmanīgi vēro, ko es daru. Un vienīgā doma, kas pārņēmusi manu prātu, vēsta, ka es alkstu skūpsta un ļāvu Grejam to noprast, bet viņš nerīkojās. *Viņš mani negrib.* Viņš tiešām mani negrib. Esmu izcili sabojājusi šo kafijas dzeršanu.

– Paldies, – es izdvešu, sarkdama pazemojumā. Kā man izdevās tik nepareizi iztulkot notiekošo? Man tūlīt pat jātiek prom no šī vīrieša.

– Par ko? – viņš jautā, pieri saraucis. Viņa rokas vēl joprojām ir uz maniem pleciem.

– Jūs mani izglābāt, – es nočukstu.

– Tas stulbenis brauca nepareizā virzienā. Es priecājos, ka biju blakus. Kļūst nelabi, iedomājoties, kas ar tevi varēja notikt. Vai vēlies uz brīdi apsēsties viesnīcas vestibilā? – Grejs nolaiž rokas, un es stāvu viņam pretī, juzdamās kā muļķe.

Gribēdama noskaidrot domas, es papurinu galvu. Šobrīd es vēlos tikai bēgt. Visas manas neskaidrās, īsti vārdos neietērptās cerības ir sadragātas. Viņš mani negrib. *Kāpēc gan Kristjenam Grejam vajadzētu tevi gribēt?* ņirgādamās jautā mana zemapziņa. Es apviju rokas sev apkārt un pagriežos pret ielu. Ir parādījies zaļais cilvēciņš, un mani pārņem atvieglojums. Es steigšus šķērsoju krustojumu, juzdama, ka Grejs man seko. Kad esam pie viesnīcas, es uz brīdi pagriežos pret viņu, bet nespēju ielūkoties vīrietim acīs.

– Pateicos par tēju un foto sesiju, – es nomurminu.

– Anastasija... Es... – Grejs apklust, un viņa balsī ieskanas tāds izmisums, ka es pati pret savu gribu ielūkojos viņam sejā. Pelēkās acis ir satumsušas, un Grejs izlaiž pirkstus caur matiem. Šķiet, ka viņu kaut kas nomoka, viņš ir bezspēcības dusmu pārņemts, un viss rūpīgi koptais savaldīgums ir zudis.

– Kas ir, Kristjen? – es aizkaitināta noprasu, kad viņš saka... neko. Man šobrīd gribas tikai doties prom, lai varu sadziedēt savu trauslo, saplosīto lepnumu.

– Ceru, ka tev veiksies eksāmenos, – viņš nomurmina.

Ko? Un tāpēc viņš izskatās tik izmisis? Šīs ir traģiskās atvadas? Veiksmes novēlēšana eksāmenos?

– Paldies. – Man neizdodas apslēpt sarkasmu balsī. – Ardievu, Greja kungs. – Es apsviežos apkārt, nedaudz brīnīdamās, ka man izdodas nepaklupt, un aizsoļoju prom, pat neatskatīdamās.

Kad esmu nokāpusi blāvas gaismas pielietajā pazemes stāvvietā, es atbalstos pret sienu un ieslēpju seju plaukstās. Ko es biju iedomājusies? Acīs sariešas nevēlamas, nesauktas asaras. *Kāpēc es raudu?* Dusmodamās pati uz sevi, es noslīgstu uz zemes un pierauju ceļgalus pie krūtīm. Es cenšos sarauties tik maza, cik vien iespējams. Varbūt šīs nesaprotamās sāpes sarausies kopā ar mani. Es atspiežu pieri pret ceļiem un ļauju asarām plūst, jo esmu zaudējusi to, kas man nekad nav piederējis. *Kāds stulbums!* Es sēroju par to, kas nav bijis – par savām satriektajām cerībām un izpostītajiem sapņiem.

Man nekad nav nācies saņemt atraidījumu. Kaut gan... vienmēr biju pēdējā, ko izvēlējās basketbola vai volejbola komandai, bet tas man bija saprotams, jo es nemāku skriet un vienlaikus darīt arī kaut ko citu, piemēram, driblēt vai mest bumbu. Sporta laukumā es esmu ļoti bīstama.

Runājot par attiecībām, es nekad nebiju pakļāvusi sevi atraidījuma iespējai. Visu mūžu esmu pavadījusi, nedrošības mākta, juzdamās pārāk bāla, pārāk kalsna, nevīžīga, neveikla... Trūkumu saraksts ir garš. Tāpēc es vienmēr biju pirmā, kas atvairīja jebkādus tuvošanās mēģinājumus. Bija kāds puisis, ar kuru kopā mācījos ķīmiju, un es viņam patiku, bet nevienam nav izdevies izraisīt manī interesi – nevienam, tikai sasodītajam Kristjenam Grejam. Varbūt man vajadzētu izturēties laipnāk pret Polu Kleitonu un Hosē Rodrigesu, kaut gan nedomāju, ka viņus kaut reizi mūžā kāds pieķēris lejam asaras tumšā vietā. Varbūt man tikai vajadzēja izraudāties.

Izbeidz! Tūlīt pat! man pavēl zemapziņa, un es iztēlojos to pārskaitušos lūkojamies uz mani. Zemapziņa ir sakrustojusi savas iedomātās rokas un ar kāju sit pa zemi. *Sēdies mašīnā, brauc mājās un mācies. Aizmirsti viņu... tūlīt pat! Un beidz sevi žēlot.*

Es dziļi ievelku elpu un pieceļos. *Saņem sevi rokās, Stīla.* Slaucīdama asaras, es tuvojos Keitas mašīnai. Es vairs nedomāšu par Kristjenu Greju. Pieņemšu notikušo kā vērtīgu pieredzi un pievērsīšu visu uzmanību eksāmeniem.

**

Kad ierodos mājās, Keita sēž pie ēdamgalda un strādā ar datoru. Viņas smaids pagaist, kad viņa ierauga mani.

– Ana, kas noticis?

Nē, tikai ne to! Tikai ne pratināšanu Ketrīnas Kevanas iz- pildījumā. Es papurinu galvu, brīdinādama, lai viņa atkāp- jas, bet tas iedarbojas tikpat labi kā uz aklu un kurlmēmu cilvēku.

– Tu esi raudājusi. – Mana draudzene izcili prot paziņot acīmredzamo. – Ko tas neģēlis tev nodarīja? – viņa ieņur- das, un viņas seja... Jēziņ, es pat nobīstos.

– Neko īpašu, Keita. – Un tā patiesībā arī ir visa problē- ma. Es savelku lūpas sājā smaidā.

– Kāpēc tad tu raudāji? Tu nekad neraudi, – viņa atmai- gusi nosaka un pieceļas. Keitas zaļajās acīs manāmas raizes. Viņa mani apskauj, un es jūtu, ka nāksies kaut ko pateikt, lai viņa atkāptos.

– Velosipēdists gandrīz notrieca mani uz ielas. – Neko citu es nespēju izdomāt, bet ar to pietiek, lai Keita uz brīdi aiz- mirstu... viņu.

– Ārprāts, Ana, vai tev nekas nekaiš? Vai tu savainojies? – Viņa tur mani izstieptas rokas attālumā un ātri nopēta.

– Nē. Kristjens mani izglāba, – es nočukstu. – Tomēr es ļoti satrūkos.

– Tas mani nepārsteidz. Kā noritēja kafijas dzeršana? Es zinu, ka tev riebjas kafija.

– Es dzēru tēju. Viss bija labi, nav nekā tāda, par ko stās- tīt. Nemaz nezinu, kāpēc viņš mani uzaicināja.

– Tu viņam patīc, Ana. – Keita nolaiž rokas.

– Vairs nē. Mēs vairs netiksimies. – Jā, man izdodas to pateikt mierīgi.

– Vai tiešām?

Sasodīts, Keita ir ieintriģēta. Es ieeju virtuvē, lai viņa ne- redzētu manu seju.

– Jā... mēs abi neesam līdzvērtīgi, Keita, – es sāji nosaku.

– Kāpēc?

– Jēzus, Keita, tas taču ir acīmredzams. – Es apsviežos ap- kārt un lūkojos uz draudzeni, kas nostājusies durvīs.

– Man nē, – viņa iebilst. – Jā, Grejam ir vairāk naudas nekā tev, bet viņš ir bagātāks par vairumu cilvēku Amerikā.

– Keita, viņš... – Es paraustu plecus.

– Ana! Dieva dēļ, cik reižu man tev jāskaidro, ka tu esi ļoti skaista! – viņa mani pārtrauc, atkal ķerdamās pie bieži atkārtotas runas.

– Lūdzu, Keita, man jāmācās, – es nosaku, un viņa sarauc pieri.

– Vai vēlies izlasīt rakstu? Tas ir pabeigts. Hosē uzņēma lieliskus attēlus.

Vai man vajadzīgs uzskatāms atgādinājums par glīto Kristjenu Greju, kurš mani negrib?

– Protams. – Man izdodas uzburt sejā smaidu, un es pieeju pie datora. Un tur jau viņš lūkojas uz mani no sava melnbaltā attēla, vērtē mani un nospriež, ka viņam nederu.

Es izliekos, ka lasu Keitas rakstu, bet ik pa brīdim ielūkojos Kristjena rāmajās, pelēkajās acīs, meklēdama fotogrāfijā kādu iemeslu, kāpēc viņš nav man piemērots – tie ir viņa paša vārdi. Un piepeši viss kļūst žilbinoši skaidrs. Viņš ir pārāk satriecoši izskatīgs. Mēs abi esam no divām dažādām pasaulēm. Es gara acīm redzu sevi kā Ikaru, kas pielido pārāk tuvu saulei un apdedzis krīt. Viņa vārdi kļūst saprotami. Kristjens nav man piemērots. Lūk, ko viņš domāja, un tādēļ atteikumu pieņemt ir vieglāk... gandrīz. Ar to es spēšu sadzīvot. To es saprotu.

– Ļoti labi, Keita, – es nosaku. – Bet man jāiet mācīties. – Es apsolu sev vairs nedomāt par Kristjenu un atveru lekciju piezīmes.

**

Tikai tad, kad jau esmu gultā un cenšos iemigt, es ļauju sev domās atgriezties pie savādā rīta. Man visu laiku ausīs skan Kristjena teiktais par to, ka viņam nemēdz būt draudzeņu, un es dusmojos uz sevi, jo nepievērsu uzmanību šiem vārdiem uzreiz, pirms metos viņa skavās un ar katru savas būtības daļiņu lūdzos skūpstu. Viss jau bija skaidrs – viņš negribēja attiecības ar mani. Es pagriežos uz otra sāna un laiski prātoju, ka Kristjens varētu dzīvot celibātā. Es aizveru acis un grimstu miegā. Varbūt viņš gaida īsto meiteni. *Bet tā neesi tu.* Zemapziņa vēl pēdējo reizi ietriec man dunci sirdī, pirms ļaujos miega skavām.

Un sapnī es redzu pelēkas acis un sarežģītus piena rakstus kafijā, un es skrienu pa tumsu, ko atdzīvina tikai blāvas gaismas strēles, un es nezinu, vai skrienu pretī kaut kam vai bēgu... nekas nav skaidrs.

**

Es nolieku pildspalvu. Viss. Pēdējais eksāmens ir nokārtots. Manā sejā parādās Češīras kaķa cienīgs smaids, un tā ir pirmā reize šīs nedēļas laikā, kad pasmaidu. Ir jau piektdiena, un šovakar mēs svinēsim, tiešām svinēsim. Varbūt es pat piedzeršos! Nekad vēl neesmu piedzērusies. Es pametu skatienu uz Keitu zāles otrā malā, un viņa vēl joprojām drudžaini raksta; vēl atlikušas tikai piecas minūtes. Lūk, manai akadēmiskajai dzīvei pienācis gals. Nekad vairs nevajadzēs sēdēt rindā kopā ar satrauktiem studentiem, kas iegrimuši savā darbā. Es klusībā gavilēju un iztēlē metu kūleņus, zinādama, ka īstajā dzīvē man tas nekad neizdotos bez smagiem savainojumiem. Keita pārtrauc rakstīt un noliek pildspalvu. Mēs saskatāmies, un es ieraugu arī viņas sejā atplaukstam Češīras kaķa smaidu.

Mēs kopā atgriežamies dzīvoklī, braukdamas Keitas mersedesā, bet nerunājam par pēdējo eksāmenu. Keitu vairāk satrauc drēbes, ko vilkt gājienam uz bāru vakarā. Es rakņājos somiņā, meklēdama atslēgas.

– Ana, tev ir sūtījums. – Keita stāv uz pakāpieniem pie mūsu durvīm, rokā turēdama brūnā papīrā ietītu paciņu. *Dīvaini.* Pēdējā laikā neesmu neko pasūtījusi internetā. Keita atdod paciņu man un izmanto manas atslēgas, lai atvērtu durvis. Uz papīra ir rakstīts "Anastasijai Stīlai". Nav ne sūtītāja vārda, ne adreses. Varbūt dāvana ir no manas mātes vai Reja.

– Droši vien no vecākiem.

– Ver vaļā! – Keita uzsauc, dodamās uz virtuvi, lai sameklētu šampanieti, ko taupījām brīdim pēc eksāmeniem.

Es attinu papīru, un zem tā atrodas ar ādu apdarināta kaste, kurā ieliktas trīs vecas, šķietami vienādas, audeklā iesietas grāmatas lieliskā stāvoklī. Blakus ieslēpta balta, vienkārša kartīte. Uz tās ar melnu tinti skaistā, slīpā rokrakstā vēstīts:

E L Džeimsa

Kāpēc tu man neteici, ka draud briesmas? Kāpēc nebrīdināji? Lēdijas zina, no kā jāsargās, jo lasa romānus, kuros stāstīts par šīm viltībām.

Tas ir citāts no "Tesas". Mani mulsina sakritība, jo nupat trīs stundas eksāmenā rakstīju par Tomasa Hārdija romāniem. Varbūt tā nemaz nav nejaušība... varbūt tas darīts ar nolūku. Es rūpīgi nopētu grāmatas: tie ir trīs sējumi. "Tesa no d'Erbervilu cilts". Kad atveru vāku vienam no tiem, es ieraugu senatnīgu uzrakstu:

Londona: Džeks R. Olguds, "Makolveins un biedri", 1891. g.

Jēziņ, tie ir pirmizdevumi! Tādas grāmatas ir veselu bagātību vērtas, un man uzreiz ir skaidrs, kurš tās sūtījis.

Keita jau stāv man pie pleca un lūkojas uz dāvanu, grozīdama pirkstos kartīti.

– Pirmizdevumi, – es nočukstu.

– Nē! – Keita neticīgi iepleš acis. – No Greja?

Es pamāju. – Nevienu citu nevaru iedomāties.

– Ko nozīmē šī kartīte?

– Man nav ne jausmas. Varbūt tas ir brīdinājums? Jo viņš tiešām brīdina mani, lai viņam netuvojos. Nesaprotu, kāpēc. Es taču nedauzos pie viņa durvīm.

– Ana, es zinu, ka tu nevēlies par Greju runāt, bet viņš ir tevī neglābjami ieskatījies. Neatkarīgi no brīdinājumiem.

Visu pagājušo nedēļu neesmu ļāvusi sev domāt par Kristjenu Greju. Tomēr vēl joprojām redzu sapņos viņa pelēkās acis un zinu, ka būs vajadzīga mūžība, lai es aizmirstu, kāda bija sajūta viņa skavās un cik brīnišķīgi viņš smaržoja. Kāpēc viņš man atsūtīja grāmatas, kaut gan teica, ka mēs nesaderam kopā?

– Ņujorkā tiek pārdots "Tesas" pirmizdevums par četrpadsmit tūkstošiem dolāru. Bet tavējās ir daudz labākā stāvoklī un noteikti maksāja vairāk. – Keita jau ir paguvusi sameklēt grāmatu internetā.

– Šie vārdi... Tesa tos saka mātei pēc tam, kad Aleks d'Erbervils viņu izmantojis.

– Zinu, – Keita atbild. – Ko Grejs mēģina pateikt?

– Nav ne jausmas, un mani tas neinteresē. Es nevaru pieņemt tādu dāvanu. Aizsūtīšu to atpakaļ ar kādu tikpat mulsinošu citātu.

– Varbūt to vietu, kur Endžels Klērs pasūta visus uz poda? – Keita bezkaislīgi painteresējas.

– Jā, tieši to. – Es iesmējos. Keita ir uzticama draudzene un vienmēr mani atbalsta. Es salieku grāmatas kastē un novietoju to uz ēdamgalda. Keita man pasniedz šampanieša glāzi.

– Par eksāmenu beigām un mūsu jauno dzīvi Sietlā! – viņa smaidīdama uzsauc.

– Par eksāmenu beigām, mūsu jauno dzīvi Sietlā un izciliem rezultātiem! – Mēs saskandinām glāzes un iztukšojam tās.

**

Bārā valda troksnis un kņada. Tajā pulcējas topošie absolventi, gatavi piedzerties līdz nemaņai. Hosē mums pievienojas. Viņš beigs augstskolu tikai pēc gada, bet viņam ir līksms noskaņojums, un viņš iejūtas mūsu jaunegūtās brīvības gaisotnē, uzsaukdams mums karafi, pilnu ar kokteili "Margarita". Tukšodama piekto glāzi, es noprotu, ka neesmu rīkojusies gudri, to dzerot pēc šampanieša.

– Ko tagad, Ana? – Hosē man uzsauc, pārkliegdams troksni.

– Mēs ar Keitu pārcelsimies uz Sietlu. Keitas vecāki nopirkuši viņai dzīvokli.

– *Dios mio*, cik labi dzīvo bagātie! Bet jūs atnāksiet uz manu izstādi, vai ne?

– Protams, Hosē, es nemūžam to nelaistu garām. – Es pasmaidu, un viņš apvij rokas man ap vidukli, pievilkdams mani tuvāk.

– Es ļoti priecājos, ka tur būsi, Ana, – Hosē iečukst man ausī. – Vai dzersi vēl vienu kokteili?

– Hosē Luis Rodriges, vai tu centies mani piedzirdīt? Ja tā, man šķiet, ka tev izdodas. – Es iespurdzos. – Man droši vien vajadzētu ķerties pie alus. Atnesīšu mums krūku.

– Dzersim vēl, Ana! – Keita iesaucas. Viņa ir izturīga kā vērsis. Draudzenei blakus ir Levijs, kurš mācās kopā ar mums un parasti uzņem attēlus studentu avīzes vajadzībām. Viņš vairs necenšas fotografēt apkārt notiekošās piedzērušo ākstības un vēro tikai Keitu. Mana draudzene ir ģērbusies plānā krekliņā un cieši pieguļošos džinsos, kājās uzāvusi augstpapēžu kurpes, bet mati ir augstu sasukāti, un gar seju vijas mīkstas sprodziņas. Es esmu vienkāršāka meitene, bet šodien esmu uzvilkusi savus labākos džinsus. Izslīdējusi no Hosē tvēriena, es pieceļos kājās.

Un sagrīļojos.

Esmu spiesta pietverties pie krēsla atzveltnes. Kokteiļi ar tekilu nav laba doma.

Kamēr eju pie bāra letes, es nolemju izmantot izdevību, kad esmu piecēlusies kājās, un apmeklēt arī tualeti. Protams, pie tās ir rinda, bet gaitenī vismaz ir klusi un vēsi. Es sameklēju telefonu, lai kliedētu garlaicību. *Hmm... kam es zvanīju pēdējam?* Vai Hosē? Parādās arī numurs, ko nepazīstu. Ak jā, Grejs! Tas laikam pieder viņam. Es iespurdzos. Man nav ne jausmas, cik rāda pulkstenis; varbūt es viņu pamodināšu. Varbūt viņš man pateiks, kāpēc atsūtīja grāmatas un noslēpumaino ziņu. Ja Grejs negrib, lai viņam tuvojos, viņam vajadzētu likt mani mierā. Apslāpējusi piedzēruša cilvēka smaidu, es nospiežu zvana taustiņu. Grejs atbild pēc otrā signāla.

– Anastasija? – Viņš izklausās pārsteigts. Patiesībā arī es esmu pārsteigta par savu uzdrošināšanos. Pēc brīža manas alkohola apmiglotās smadzenes apjauš kaut ko savādu... Kā Grejs zināja, ka zvanu es?

– Kāpēc tu man atsūtīji grāmatas? – es šļupstēdama jautāju.

– Anastasija, vai tev nekas nekaiš? Tu dīvaini runā. – Viņa balsī jaušamas raizes.

– Ne jau es esmu dīvaina, bet gan tu! – es uzsaucu. Izrādās, ka tekilas ietekmē esmu drosmīgāka nekā parasti.

– Anastasija, vai tu esi dzērusi?

– Kāda tev daļa?

– Mani tas... interesē. Kur tu esi?

– Bārā.

– Kurā bārā? – viņš pacietīgi vaicā.

– Portlendas bārā.

– Kā tu tiksi mājās?

– Gan jau atradīšu iespēju. – Saruna ir ievirzījusies pavisam negaidītā gultnē.

– Kurā bārā tu esi?

– Kāpēc tu man atsūtīji grāmatas, Kristjen?

– Anastasija, kur tu esi? Nosauc bāru tūlīt pat. – Viņa balss ir tik... tik pavēlnieciska, kā jau parasti. Es viņu iztēlojos kā vecas filmas režisoru galifē biksēs ar megafonu pie lūpām un pātagu rokās. Aina ir tik smieklīga, ka es skaļi iespurdzos.

– Tu esi tik... valdonīgs, – es ķiķinādama paziņoju.

– Pie visiem velniem, Ana, kur tu esi?

Kristjens Grejs uz mani kliedz! Es atkal iespurdzos. – Portlendā... tālu no Sietlas.

– Kur tieši Portlendā?

– Arlabunakti, Kristjen.

– Ana!

Es nospiežu atvienošanās pogu. Lūk! Kaut gan par grāmatām viņš man neko nepateica... Es saraucu pieri. Nodomātais netika paveikts. Rinda virzās uz priekšu, un es tai sekoju, bet jūtu, ka reibst galva. Nu, šī vakara mērķis bija piedzerties, un tas man izdevies. Tagad es zinu, kāda ir sajūta, un nospriežu, ka vairāk tā nerīkošos.

Kad beidzot nokļūstu tualetes kabīnē, es apsēžos un stingi lūkojos uz plakātu pie durvīm, kurā slavinātas droša seksa priekšrocības. Mammīt mīļo, vai es tiešām piezvanīju Kristjenam Grejam? Nolāpīts! Iezvanās telefons, un es pārsteigta iekliedzos. Ekrānā izgaismojas Kristjena numurs.

– Sveiks, – es bikli ierunāju klausulē. Ar šādu turpinājumu nebiju rēķinājusies.

– Es braucu tev pakaļ, – Kristjens aprauti nosaka, un telefonā atskan pīkstieni. Tikai Grejs spēj runāt tik rāmi un vienlaikus draudīgi.

Ārprāts! Es uzvelku bikses, klausīdamās, cik strauji pukst mana sirds. Viņš brauc man pakaļ? Nē, nē... es tūlīt vemšu... Tomēr nē, viss ir labi. Es nedaudz nomierinos. Kristjens galu galā nezina, kur es esmu, tātad tas bija tikai joks. Turklāt būtu vajadzīgas vairākas stundas, lai atkļūtu šurp no Sietlas, un tobrīd mēs jau sen būsim pametuši bāru. Es nomazgāju rokas un ielūkojos spogulī. Mana seja ir sarkana un nedaudz izplūdusi. *Mjā, tekila.*

Nostājusies pie letes, es gaidu veselu mūžību, līdz saņemu alus krūku, un beigu beigās atgriežos pie galda.

– Tu ilgi biji prom, – Keita mani norāj. – Kur tu aizkavējies?

– Gaidīju rindā pie tualetes.

Hosē un Levijs iegrimuši kaismīgā strīdā par mūsu vietējo beisbola komandu. Aprāvies pusvārdā, Hosē ielej mums visiem alu, un es iedzeru lielu malku.

– Keita, es iziešu ārā paelpot svaigu gaisu.

– Vārgule!

– Atgriezīšos pēc piecām minūtēm.

Es atkal izlaužos caur pūli. Man pamazām kļūst nelabi, galva nevaldāmi reibst, un es nedaudz grīļojos. Esmu vēl neveiklāka nekā parasti.

Kad sasniedzu stāvvietu un ievelku plaušās vēso vakara gaisu, es apjaušu, cik piedzērusies esmu. Acu priekšā viss rādās divkārši, it kā es būtu multiplikācijas filmas varone, kas dabūjusi sitienu pa galvu. Šķiet, es tūlīt vemšu. Kāpēc es novedu sevi līdz šādam stāvoklim?

– Ana! – Arī Hosē ir iznācis ārā. – Kā tu jūties?

– Laikam iedzēru pārāk daudz. – Es vārgi uzsmaidu draugam.

– Es arī, – Hosē nosaka, tumšām acīm pētīdams mani. – Vai tev palīdzēt? – viņš jautā, aplikdams roku man apkārt.

– Nē, viss ir labi, Hosē. Pati tikšu galā. – Es neveikli cenšos viņu atvairīt.

– Lūdzu, Ana, – Hosē nočukst un jau ir ievilcis mani savās skavās.

– Ko tu dari, Hosē?

– Tu taču zini, ka man patīc, Ana. Lūdzu! – Viņš uzlicis plaukstu uz manas muguras pamatnes, velkot mani sev tuvāk, un ar otru roku satver zodu. Es nojaušu, ka viņš vēlas mani skūpstīt.

– Nē, Hosē... nē, izbeidz... – Es mēģinu viņu atgrūst, bet Hosē ir pārāk spēcīgs un pat nesagrīļojas. Viņa pirksti ievijušies manos matos, un viņš neļauj man pakustēties.

– Lūdzu, Ana, mīļā, – Hosē čukst, lūpām skarot manu muti. Viņa elpa ir maiga un smaržo pārāk saldi, pēc kokteiļa un alus. Viņš maigi, tik tikko jūtami skūpsta manu ādu, virzoties gar žokļa līniju uz mutes kaktiņa pusi, bet mani pārņem panika. Man šķiet, ka es smoku.

– Nē, Hosē! – es izmisusi lūdzos. Viņš ir mans draugs, es negribu neko vairāk, un mani moka nelabums.

– Meitene teica "nē", – tumsā ieskanas klusa balss. Ak Dievs! Kristjens Grejs stāv mums blakus. Kā tas iespējams?

Hosē atlaiž mani vaļā.

– Grej, – viņš skarbi nosaka, un es satrūkusies uzlūkoju Kristjenu. Viņš pārskaities vēro Hosē, acīm zibot. Velns! Mans vēders sažņaudzas krampjos, es vairs nespēju cīnīties ar nelabumu, saliecos un izvemju visu kuņģa saturu.

– Ana, *Dios mio!* – Hosē strauji atkāpjas, riebuma pārņemts. Grejs satver manus matus, lai tiem netrāpītu vēmekļu šalts, un uzmanīgi pieved mani pie augstas puķu dobes stāvvietas malā. Es pateicīga ievēroju, ka tā slīgst tumsā.

– Ja vemsi vēlreiz, dari to šeit. Es tevi pieturēšu. – Viņš ir aplicis roku man ap pleciem un ar otru saņēmis manus matus zirgastē, atglaužot tos no sejas. Es neveikli cenšos Greju atgrūst, bet atkal izvemjos... un pēc tam vēl reizi. *Cik ilgi tas turpināsies?* Kaut gan kuņģis jau ir tukšs, mans augums raustās krampjos, mēģinot atbrīvoties no indes. Es apņemos nekad vairs nedzert, lai nevajadzētu tā justies.

Beigu beigās nelabums pierimst, un es apjaušu, ka esmu atbalstījusies ar rokām pret puķu dobes ķieģeļu malu, tik tikko spēdama noturēties kājās. Tik spēcīga vemšana ir nogurdinoša. Grejs atkāpjas un pasniedz man mutautiņu. Tikai viņš varētu nēsāt līdzi svaigi gludinātu, ar monogrammu rotātu lina mutautu. *KTG*. Es pat nezināju, ka vēl iespējams kaut ko tādu iegādāties. Slaucīdama muti, es prātoju, ko apzīmē burts "T", bet nevaru sevi piespiest ielūkoties Kristjenam acīs. Mani ir pārņēmis svelošs kauns. Šobrīd es vēlos, kaut zeme acāliju dobē atvērtos un mani aprītu, un es būtu jebkur, tikai ne šeit.

Hosē stāv pie bāra durvīm un vēro mūs. Es iestenos un ieslēpju seju rokās. Šis ir sliktākais brīdis manā dzīvē. Galva vēl joprojām reibst, un es cenšos atcerēties kaut ko sliktāku, bet vienīgais, kas nāk atmiņā, ir Kristjena paustais atraidījums, un šis mirklis ir daudz, daudz pazemojošāks. Es nedroši pametu skatienu uz viņu. Grejs lūkojas lejup uz mani, un viņa sejas izteiksme ir bezkaislīga, tā neko nepauž. Es pagriežos un uzlūkoju Hosē, kurš izskatās tikpat nokaunējies kā es un šķiet nedaudz baidāmies no Greja. *Un pelnīti.* Man ir uz mēles daži asi vārdi, ko veltīt savam tā dēvētajam draugam, bet es neuzdrošinos tos izteikt skaļi Kristjena Greja klātbūtnē. Tomēr jau nākamajā mirklī es nospriežu, ka tās ir pilnīgas muļķības; Kristjens galu galā nupat redzējis mani vemjam puķēs un droši vien jau sen vairs neuzskata mani par dāmu.

– Es, jā... es tevi pagaidīšu iekšā, – Hosē nomurmina, bet mēs abi nepievēršam viņam uzmanību, un viņš ievelkas atpakaļ bārā. Esmu palikusi viena kopā ar Greju. Ko gan lai viņam saku? Varbūt iesākumam atvainošos par zvanu.

– Man ļoti žēl, – es klusi nosaku, piekalusi skatienu mutautam, ko satraukta burzu pirkstos. *Tas ir tik mīksts...*

– Par ko tev ir žēl, Anastasija?

Nolādēts, viņš tomēr grib mani pamocīt.

– Pārsvarā par telefona zvanu. Par to, ka man kļuva slikti. Saraksts ir garš, – es nomurminu, juzdama, ka piesarkstu. *Zeme, atveries!*

– Tā ir noticis ar visiem, varbūt vienīgi ne tik vērienīgi kā tev, – Kristjens sāji nosaka. – Ir jāzina mērs, Anastasija. Jā, es pats bieži mēdzu pārkāpt robežas, bet tu šoreiz pārspēji visu. Vai tāda uzvedība tev ir raksturīga?

Mani pamazām pārņem aizkaitinājums. Kādas viņam tiesības ar mani tā runāt? Es viņu šurp neaicināju. Kristjens izklausās pēc pusmūža vīrieša, kurš rāj nogrēkojušos bērnu. Man gribas paskaidrot, ka es drīkstu piedzerties kaut vai katru vakaru, ja tā vēlos, jo tas ir mans lēmums, nevis viņējais... tomēr neesmu tik drosmīga. Ne jau šobrīd, kad nupat iztukšoju kuņģi viņa acu priekšā. Kāpēc viņš vēl joprojām ir šeit?

– Nē, – es rātni atbildu. – Līdz šim ne reizi neesmu piedzērusies, un šobrīd man nav vēlmes kaut ko tādu atkārtot.

Man atkal reibst galva; Kristjens to pamana un satver mani, pirms nokrītu. Viņš paceļ mani uz rokām un piespiež sev klāt kā mazu bērnu.

– Es nogādāšu tevi mājās, – viņš klusi apsola.

– Man jāpasaka Keitai...

– Viņai visu paskaidros mans brālis.

– Kā, lūdzu?

– Mans brālis Eljots šobrīd runā ar Kevanas jaunkundzi.

– Kāpēc?

– Viņš bija kopā ar mani, kad tu piezvanīji.

– Sietlā? – Esmu pavisam apjukusi.

– Nē. Es dzīvoju viesnīcā "Hītmens".

Vēl joprojām? Kāpēc?

– Kā tu mani atradi?

– Pēc mobilā telefona signāla, Anastasija.

Protams. Kā tas iespējams? Vai tas vispār ir likuma robežās? *Vajātājs,* man pačukst zemapziņa, izlauzusies cauri tekilas radītajam mākonim, kas pārņēmis manu saprātu, un man vajadzētu nobīties, bet tas ir Kristjens, un man no viņa nav bail.

– Vai tev ir jaka vai somiņa?

– Jā... jā, ir gan. Lūdzu, Kristjen, man jāaprunājas ar Keitu. Viņa satrauksies.

Kristjens sakniebj lūpas un pēc brīža smagi nopūšas.

– Nu labi, ja jau tas nepieciešams.

Viņš noliek mani zemē un aiz rokas ieved atpakaļ bārā. Es jūtos vārga, vēl joprojām piedzērusies, nokaunējusies, pārgurusi, pazemota un kāda nezināma iemesla dēļ arī neticami līksma. Kristjens tur mani aiz rokas... un manī kūsā galvu reibinošs sajūtu virpulis. Būs vajadzīga vismaz nedēļa, lai to visu atšķetinātu.

Bārā valda troksnis un ir daudz ļaužu, un sākusi skanēt mūzika, tāpēc deju grīda ir pārpildīta. Keita nesēž pie mūsu galdiņa, un arī Hosē ir pazudis. Levijs izskatās vientuļš un nelaimīgs.

– Kur ir Keita? – es uzsaucu, cenzdamās pārkliegt mūziku. Mana galva sāk dunēt līdz ar basa ritmu.

– Dejo! – Levijs saniknots atkliedz un aizdomām pilnu skatienu vēro Kristjenu. Es uzvelku savu melno jaku un uzmetu plecā rokassomiņu. Tiklīdz būšu aprunājusies ar Keitu, es varēšu doties prom.

Pieskārusies Kristjena rokai, es pastiepjos uz pirkstgaliem un iekliedzu viņam ausī: – Keita dejo! – Mani mati pieskaras viņa degunam, es saožu viņa tīro, svaigo aromātu. Visas aizliegtās, svešādās izjūtas, ko esmu centusies noliegt, atgriežas un iztraucas caur mani kā zibens šautra. Es nosarkstu, un kaut kur ļoti dziļi pavēderē saraujas muskuļi, radot savādas, saldkaislas tirpas.

Kristjens paceļ acis pret griestiem, atkal satver mani aiz rokas un pieved pie letes. Bārmenis viņu apkalpo nekavējoties; bagātajam, valdonīgajam Grejam droši vien nekad nav jāgaida. Vai viņš tiešām visu saņem tik viegli? Es nedzirdu, ko viņš pasūta, bet pēc brīža saņemu ļoti lielu ledaina ūdens glāzi.

– Dzer! – viņš uzkliedz.

Kustīgās gaismas pulsē un griežas vienā ritmā ar mūziku, metot savādus, krāsainus zibšņus un ēnas pār bāru un viesiem. Kristjens ir pārmaiņus zaļš, zils, balts un dēmoniski sarkans. Un viņš uzmanīgi vēro mani. Es piesardzīgi izdzeru malku ūdens.

– Visu! – viņš sauc un izlaiž matus caur pirkstiem, acīmredzami bezspēcīgu dusmu pārņemts. Kas viņu tā satrauc? Izņemot padumju, piedzērušos meiteni, kas viņam zvana nakts vidū, radot iespaidu, ka viņai nepieciešams glābiņš.

Un izrādās, ka tā ir taisnība, jo viņai uzmācas pārāk aizrāvies draugs. Bet pēc tam meitene krāšņi vemj viņam pie kājām. Ana, Ana... *vai tev jebkad izdosies aizmirst šo piedzīvojumu?* Es viegli sagrīļojos, un viņš uzliek roku man uz pleca, palīdzēdams turēties kājās. Nolēmusi pildīt pavēli, es izdzeru visu glāzi un nekavējoties jūtu nelabumu. Kristjens izņem glāzi man no rokas un noliek to uz letes. Acīm miglojoties, es tomēr pamanu, kas viņam ir mugurā: vaļīgs, balts krekls, cieši pieguļoši džinsi, melni sporta apavi un tumša žakete ar svītru rakstu. Krekla augšējā poga ir atpogāta, un es saskatu tumšus matiņus uz viņa krūtīm. Pievilcīgs vīrietis.

Kristjens atkal satver manu roku, un es pārsteigta jūtu, ka viņš ved mani uz deju grīdas pusi. Velns, es taču nedejoju! Viņš pamana, ka es apstājos, un savelk lūpas uzjautrinājuma pilnā, ironiskā smaidā. Viena asa kustība, un es jau esmu viņa skavās, un atklājas, ka Kristjens Grejs prot dejot. Nespēju pat noticēt, ka sekoju katram viņa solim. Varbūt vainojams alkohols, bet es piepeši vairs neesmu tik neveikla. Kristjens mani spiež sev klāt, mūsu augumi saskaras... un, ja viņš mani neturētu tik cieši, es noteikti zaudētu samaņu. Kaut kur dziļi zemapziņā ieskanas mātes brīdinājums: *Nekad neuzticies vīrietim, kurš prot dejot.*

Viņš izvada mūs abus caur dejotāju pūli līdz otrai grīdas malai, un tur mēs sastopam Keitu un Eljotu, Kristjena brāli. Skaļā, ritmiskā mūzika dun gan manā galvā, gan ārpus tās, un es gandrīz ievaidos, kad pamanu, cik aizrautīgi dejo Keita. Tā viņa rīkojas tikai brīžos, ja ir sastapusi kādu, kurš viņai patiešām patīk. Un tas nozīmē, ka rīt pie mūsu brokastu galda sēdēs trīs cilvēki. *Keita, Keita...*

Kristjens pieliecas un kaut ko iekliedz brālim ausī. Eljots ir gara auguma vīrietis ar platiem pleciem, sprogainiem, gaišiem matiem un acīm, kas nerātni mirdz. Viņš plati pasmaida un ievelk Keitu savās skavās, kur viņa jūtas ļoti apmierināta... *Keita!* es satriekta nodomāju. Viņi taču nupat tikai satikušies. Draudzene pamāj, klausīdamās Eljota teiktajā, un smaidīdama pamāj man. Kristjens aizvelk mani prom no deju grīdas.

Bet es nepaguvu aprunāties ar Keitu. Vai viņai nekas nekaiš? Es redzu, kurp virzās viņas deja ar Eljotu. *Man vajadzētu viņai pastāstīt par drošu seksu.* Es ceru, ka viņa izlasīs plakātu uz tualetes kabīnes durvīm. Prātā juceklīgi kūņojas domas. Te ir pārāk karsts, skaļš un krāsains... pārāk košs. Acu priekšā viss sagriežas... un es jūtu grīdu tuvojamies sejai, vismaz tā šķiet. Pēdējais, ko es dzirdu, pirms zaudēju samaņu Kristjena Greja skavās, ir viņa izgrūsts rupjš lamuvārds.

5. NODAĻA

Ir ļoti kluss. Gaisma ir saudzīga un maiga. Šajā gultā man ir ļoti ērti un silti. *Hmm...* Es atveru acis un brīdi peldos samtainā svētlaimē, priecādamās par svešādo vietu. Man nav ne jausmas, kur atrodos. Gultas galvgalis atgādina milzīgu sauli un ir dīvaini pazīstams. Istaba ir plaša un grezna, rotāta brūnos, zeltainos un bēšos toņos. Jau esmu to kaut kur redzējusi. Kur gan? Miega apmiglotās smadzenes cenšas apstrādāt nesenākās vizuālās atmiņas. Es esmu "Hītmena" viesnīcā... apartamentā! Pavisam nesen biju šādā pašā istabā kopā ar Keitu. Tikai šī izskatās lielāka. Sasodīts! Es esmu Kristjena Greja apartamentos. Kā es šeit nokļuvu?

Pamazām atgriežas saraustītas atmiņas par naktī piedzīvoto. Dzeršana – *ak vai, dzeršana!* – un zvans... un izvemšanās... Hosē un Kristjens. *Ak Dievs!* Es saraujos. Nevaru atcerēties, kā esmu nonākusi šeit. Man mugurā ir krekls, krūšturis un biksītes. Nav zeķu. Nav džinsu.

Es palūkojos uz galdiņu blakus gultai. Uz tā nolikta glāze ar apelsīnu sulu un divas tabletes. Ibuprofēns. Valdonīgais Kristjens par visu ir padomājis. Es pieceļos sēdus un noriju abas tabletes. Patiesībā es nejūtos īpaši slikti, katrā ziņā labāk, nekā esmu pelnījusi. Apelsīnu sula garšo debešķīgi. Tā dzesē slāpes un spirdzina.

Pie durvīm kāds pieklauvē. Kakls bailēs aizžņaudzas, un es nespēju izdvest ne vārda. Kristjens negaida aicinājumu; viņš atver durvis un ienāk iekšā.

Jau uzreiz ir noprotams, ka viņš nupat darbojies trenažieru zālē. Viņam kājās ir pelēkas, mīkstas bikses, kas neticami kārdinoši aptver gurnus, un mugurā pelēks krekls bez piedurknēm, sviedru dēļ kļuvis tumšs tāpat kā viņa mati, bet ap kaklu viņam apmests dvielis. Kristjena Greja sviedri uz mani atstāj dīvainu iespaidu. Es dziļi ievelku elpu un aizveru acis kā bērns, it kā cerēdama, ka tā kļūšu neredzama.

– Labrīt, Anastasija. Kā tu jūties?

– Labāk, nekā esmu pelnījusi, – es nomurminu un uzdrošinos palūkoties uz Kristjenu. Viņš noliek uz krēsla lielu iepirkumu maisu un satver abus dvieļa galus, kas nokarājas viņam pār pleciem. Pelēkās acis ir pievērstas man, un es arī šoreiz nespēju izdibināt, par ko Kristjens domā. Viņš lieliski slēpj savas izjūtas.

– Kā es nokļuvu šeit? – es sīkā, nožēlas pilnā balstiņā iejautājos.

Kristjens apsēžas uz gultas malas. Viņš ir tik tuvu, ka es varētu viņam pieskarties, ieelpot viņa smaržu. Sviedri, dušas želeja un Kristjens – tas ir galvu reibinošs kokteilis, daudz labāks nekā "Margarita", un šoreiz es varu par to spriest, jo man ir pieredze.

– Kad tu zaudēji samaņu, es negribēju apdraudēt savas mašīnas salona ādas pārklājumu, vedot tevi līdz pat dzīvoklim. Tāpēc izvēlējos īsāko ceļu, – viņš rāmi nosaka.

– Vai tu noguldīji mani šeit?

– Jā, – Kristjens bezkaislīgi apstiprina.

– Vai man atkal kļuva slikti? – Mana balss ir klusāka.

– Nē.

– Vai tu mani izģērbi? – es čukstu.

– Jā. – Viņš sarauc uzaci, un es koši pietvīkstu.

– Mēs taču neko...? – es tik tikko dzirdami ievaicājos un jūtu, kā mute šausmās izkalst, tāpēc pat nevaru pabeigt jautājumu un tikai pētu savas rokas.

– Anastasija, tu biji zudusi šai pasaulei. Es neaizraujos ar nekrofīliju. Man patīk atsaucīgas, pie pilnas apziņas esošas sievietes, – viņš sausi paskaidro.

– Es ļoti, ļoti atvainojos.

Kristjena mutes kaktiņš tik tikko manāmi paraujas augšup.

– Vakars bija ārkārtīgi izklaidējošs. Es to atcerēšos vēl ilgi.

Tāpat kā es... Ak Dievs, viņš taču par mani smejas! Maitasgabals. Es nemaz nelūdzu, lai viņš metas mani glābt. Kristjenam neizprotamā veidā izdevies mani padarīt par ļaundari šajā stāstā.

– Ne jau es pieprasīju, lai tu mani sameklē ar savām Džeimsa Bonda rotaļlietām, ko tu gatavo tam, kurš sola visvairāk, – es atcērtu, un Kristjena acīs ataust izbrīns, kam pievienojas arī neliels aizvainojums, ja vien esmu to pareizi izpratusi.

– Pirmkārt, telefona izsekošanas tehnoloģija ir pieejama internetā. Otrkārt, mana kompānija neiegulda līdzekļus spiegošanas ierīču izveidē un nenodarbojas ar to ražošanu. Treškārt, ja es neierastos tev pakaļ, šobrīd tu droši vien pamostos fotogrāfa gultā, un es atceros, ka tevi viņa pielūgsme neiepriecināja, – Kristjens salti noskalda.

Pielūgsme! Es paceļu skatienu. Kristjens saniknots uzlūko mani, acīm gailot. Es iekožos lūpā, tomēr nespēju apvaldīt spurdzienu.

– No kādas viduslaiku hronikas tu esi izbēdzis? Izklausies pēc cēla bruņinieka.

Kristjena noskaņojums acīmredzami mainās. Viņa acis atmaigst un sejas izteiksme kļūst labvēlīgāka, un viņa lūpās jaušams smaids.

– Nedomāju gan, Anastasija. Varbūt pēc melnā bruņinieka. – Kristjena smaids ir dzēlīgs, un viņš papurina galvu. – Vai vakar tu paēdi? – viņš kā apsūdzēdams jautā, un es papurinu galvu. Kādu šausminošu pārkāpumu šoreiz esmu pieļāvusi? Kristjens sakož zobus, tomēr saglabā mieru.

– Tev jāpaēd. Tieši tāpēc tev bija tik slikti. Dieva dēļ, tas taču ir galvenais dzeršanas likums. – Kristjens izlaiž pirkstus caur matiem, un es jau zinu, ka tas liecina par bezspēcības raisītām dusmām.

– Vai tu arī turpmāk mani rāsi?

– Vai es to šobrīd daru?

– Tā izskatās.

– Tev paveicies, ka es tevi tikai rāju.

– Ko tas nozīmē?

– Ja tu piederētu man, pēc šādiem izgājieniem tu vēl nedēļu nevarētu apsēsties. Tu nepaēdi, piedzēries un pakļāvi sevi briesmām. – Kristjens aizver acis, un viņa sejā brīdi atplaiksnī šausmas. Viņš nodrebinājies atkal uzlūko mani. – Negribu pat domāt par to, kas ar tevi varēja notikt.

Es sadrūmusi vēroju Kristjenu. Ko tas nozīmē? Kāpēc viņš tā runā? Ja es piederētu viņam.... Bet tā nav. Kaut gan kāda manas būtības daļa to vēlētos. Šī doma caururbj manu aizkaitinājumu, ko radījuši viņa augstprātīgi izmestie vārdi. Es nosarkstu, dusmodamās uz savu izlaidīgo zemapziņu, kas droši vien gatava mesties trakulīgā dejā, priecājoties par šo mājienu, ka es varētu piederēt Kristjenam Grejam.

– Viss būtu labi. Es biju kopā ar Keitu.

– Un fotogrāfs? – Kristjens skarbi painteresējas.

Hmm, Hosē... Man nāksies ar viņu aprunāties.

– Hosē nedaudz aizrāvās. – Es paraustu plecus.

– Nākamajā reizē, kad tas notiks, kādam vajadzētu iemācīt viņam labas uzvedības pamatus.

– Tev patīk sodīt cilvēkus, vai ne? – es nošņācu.

– Ak, Anastasija, tev nav ne jausmas, kā man tas patīk. – Kristjens samiedz acis, un viņa lūpas savelkas nerātnā smaidā. Tas mani pilnīgi atbruņo. Vēl pirms mirkļa biju apjukusi un nikna, bet tagad jau lūkojos uz viņa brīnišķīgo, tik reti redzamo smaidu gluži kā apburta. Es pat piemirstu, par ko viņš runā.

– Man jāieiet dušā. Bet varbūt tu vēlies mazgāties pirmā? – Kristjens pieliec galvu uz sāniem, vēl joprojām smaidīdams. Mana sirds pukst straujāk, un es ar pūlēm atceros, kā jāelpo. Viņš paceļ roku un ar īkšķi novelk līniju man pār vaigu un apakšlūpu.

– Elpo, Anastasija, – Kristjens nočukst un iztaisnojas. – Brokastis tiks atnestas pēc piecpadsmit minūtēm. Tu droši vien esi izbadējusies. – Viņš ieiet vannasistabā un aizver durvis.

Es beidzot izpūšu elpu, ko biju aizturējusi. Kāpēc viņš ir tik sasodīti pievilcīgs? Šobrīd man neprātīgi gribas sekot Kristjenam un pievienoties viņam dušā. Nekad vēl neesmu neko tādu jutusi. Mani hormoni trako, āda kņud vietā, kur to skāra viņa īkšķis, un es nepacietīgi trinos, kāda savāda, gandrīz sāpīga... *nemiera* mocīta. Es neizprotu šīs izjūtas. *Hmm... iekāre. Lūk, kāda ir iekāre.*

Es atlaižos mīkstajos dūnu spilvenos. *Ja tu piederētu man.* Uz ko es būtu gatava, lai tas īstenotos? Kristjens ir vienīgais, kuram izdevies panākt, lai asinis manās dzīslās riņķo straujāk. Tomēr viņš ir arī kaitinošs, sarežģīts un mulsinošs. Viņš mani atraidīja, bet pēc tam atsūtīja neticami dārgas grāmatas un sadzina man pēdas kā noziedzīgs vajātājs. Toties tagad esmu pavadījusi visu nakti viņa viesnīcas istabā un jūtos drošībā. Mani nekas neapdraud. Kristjens ir pietiekami norūpējies par manu labklājību, lai trauktos glābt mani no kādām iedomātām briesmām. Viņš nav melns bruņinieks, viņš ir baltais tēls mirdzošās, žilbinošās bruņās, klasisks romānču varonis, sers Gaveins vai sers Lanselots.

Es izkāpju no gultas un sāku drudžaini meklēt džinsus. Kristjens iznāk no vannasistabas, un uz viņa ādas vēl mirdz ūdens pērlītes. Viņš ir neskuvies un ap vidukli apmetis tikai dvieli, bet es stāvu viņa priekšā, neveikla un puskaila. Kristjens šķiet pārsteigts, redzot, ka neesmu gultā.

– Ja tu meklē savus džinsus, tas neizdosies. Es tos aizsūtīju uz veļas mazgātavu. – Kristjena skatiens ir drūms. – Audums bija notraipīts ar vēmekļiem.

– Ak tā. – Es pietvīkstu. Kāpēc, kāpēc viņam vienmēr izdodas izsist mani no līdzsvara?

– Teilors atnesa citas bikses un kurpes. Tās ir maisā uz krēsla.

Tīras drēbes. Kāds negaidīts prieks!

– Labi, es ieskriešu dušā. Paldies, – es nomurminu. Ko citu es varētu teikt? Paķērusi maisu, es iemetos vannasistabā, tālāk no kailā Kristjena. Mikelandželo Dāvids ir niecība salīdzinājumā ar viņu.

Vannasistaba ir pilna ar karstu tvaiku. Es izģērbjos un steidzīgi nostājos zem ūdens strūklas, alkdama just tās attīrošo spēku. Ūdens līst pār mani, un es paceļu seju, ļaudamās plūsmai. Es vēlos Kristjenu Greju. Ļoti. Pavisam vienkārši. Pirmo reizi mūžā es vēlos gulēt ar kādu vīrieti. Es vēlos just viņa rokas un lūpas uz savas ādas.

Kristjens teica, ka viņam patīk pie pilnas apziņas esošas sievietes. Tātad viņš nedzīvo celibātā. Tomēr līdz šim viņš nav centies mani savaldzināt atšķirībā no Pola un Hosē. Es neko nesaprotu. Vai Kristjens mani grib? Pirms nedēļas viņš atteicās mani skūpstīt, tomēr tagad es esmu šeit. Man nav ne jausmas, ko tas nozīmē. Kas viņam padomā? *Tu visu nakti pavadīji viņa gultā, bet viņš tev pat nepieskārās, Ana. Padomā nu!* Atkal ierunājusies mana nīgrā zemapziņa, bet es izliekos to nedzirdam.

Ūdens ir silts un glāsmains. *Mmm...* Man nemaz negribas kāpt ārā no dušas. Es pasniedzos pēc želejas, un tā smaržo pēc Kristjena. Aromāts ir dievīgs. Es ieberzēju želeju ādā, iztēlodamās, ka to dara viņš; Kristjens maigām kustībām ieziež manu miesu, laiž roku pār krūtīm un vēderu, ieslidina garos pirkstus man starp kājām. Es dzirdu, ka sirds atkal iepukstas straujāk. Sajūta ir tik... patīkama.

– Brokastis ir klāt, – Kristjens paziņo, pieklauvējis pie durvīm.

– L...labi, – es izstomu, nežēlīgi izrauta no saviem erotiskajiem sapņiem.

Izkāpusi no dušas, es satinu vienu no dvieļiem ap matiem kā turbānu un steigšus norīvējos ar otru, cenzdamās nepamanīt, cik patīkami mīkstais audums skar manu pārmērīgi jutīgo ādu.

Es izpētu drēbju somas saturu. Teilors man atnesis ne vien jaunus džinsus un sporta kurpes, bet arī gaiši zilu kreklu, zeķes un apakšveļu. Ak vai. Tīrs krūšturis un biksītes... kaut gan šie ikdienišķie vārdi nav piemēroti, lai ar tiem aprakstītu smalko, Eiropā ražoto zilo mežģīņu darinājumu. Es skatos uz to, juzdamās nedaudz iebiedēta. Viss man lieliski der, kaut gan tas vairs mani nepārsteidz, un es nosarkstu, domādama par stalto miesassargu, kurš pērk man apakšveļu. Interesanti, kas vēl ietilpst viņa darba pienākumos.

Drēbes man der kā uzlietas, un es aši izslauku lieko mitrumu no matiem, izmisīgi mēģinādama tos kaut kā savaldīt. Bet mati, protams, atsakās ar mani sadarboties, un vienīgā iespēja ir tos sasiet ar gumiju, kuras man nav. Es atceros, ka esmu atstājusi vienu rokassomiņā, lai kur tā būtu, un dziļi ievelku elpu. Laiks stāties pretī manam mulsinošajam namatēvam.

Istabā neviena nav, un es atvieglota meklēju savu somiņu, bet to nekur neredzu. Vēlreiz ieelpojusi, es dodos uz apartamenta dzīvojamo daļu. Tā ir milzīga, pilna ar mīkstiem, ērtiem dīvāniem un gaisīgiem spilveniem. Uz smalka kafijas galdiņa kaudzē sakrautas lielas, spīdīgas grāmatas, uz cita galda nolikts jaunākās paaudzes *iMac*, bet pie sienas ir milzīgs plazmas televizors. Kristjens sēž pie ēdamgalda istabas otrā malā un lasa avīzi. Tā ir tik liela, ka man atgādina tenisa laukumu, kurā esmu vērojusi Keitu spēlējam. *Keita!*

– Velns, Keita! – es izdvešu, un Kristjens pievērš skatienu man.

– Viņa zina, ka esi šeit, turklāt dzīva. Es nosūtīju ziņu Eljotam, – viņš nosaka, acīm iedzirkstoties uzjautrinājumā.

Ak nē! Es atceros, cik dedzīgi mana draudzene naktī dejoja. Viņa izmantoja visus paņēmienus savā arsenālā, lai savaldzinātu vīrieti, turklāt Kristjena brāli! Ko viņa domās, kad uzzinās, ka esmu šeit? Nekad vēl neesmu pavadījusi nakti svešā vietā. Turklāt viņa pati ir kopā ar Eljotu. Tas līdz šim ir noticis divas reizes, un man nācās paciest drausmīgo, sārto pidžamu vēl nedēļu pēc nepatīkamās šķiršanās. Viņa domās, ka arī man bijis vienas nakts sakars.

Kristjens valdonīgi uzlūko mani. Viņam mugurā ir balts krekls ar atpogātu apkaklīti un aprocēm.

– Sēdies, – viņš pavēl un norāda uz vietu pie galda. Es šķērsoju istabu un apsēžos viņam pretī, kā teikts. Uz galda ir daudz ēdiena šķīvju.

– Nezināju, kas tev garšo, tāpēc pasūtīju šo to no visas brokastu ēdienkartes. – Viņš kā atvainodamies greizi pasmaida.

– Ļoti izšķērdīga rīcība, – es nomurminu, piedāvātās izvēles apmulsināta, kaut gan tiešām esmu izbadējusies.

– Jā, taisnība. – Kristjens izklausās vainīgs.

Es dodu priekšroku pankūkām ar kļavu sīrupu, olu kultenim un šķiņķim. Kristjens mēģina apslāpēt smaidu, pats ķerdamies pie omletes, kas gatavota tikai no baltumiem. Ēdiens ir debešķīgs.

– Vai tēju? – viņš jautā.

– Jā, lūdzu.

Viņš man pasniedz nelielu tējkannu, pilnu ar karstu ūdeni, un uz šķīvja nolikts *Twinings English Breakfast* maisiņš. Jēzus, viņš atceras, kāda tēja man garšo.

– Tavi mati ir ļoti mitri, – Kristjens mani norāj.

– Nevarēju atrast fēnu, – es apjukusi nomurminu. Kaut gan nemaz nemeklēju.

Kristjens sakniebj lūpas, tomēr nepasaka to, ko domā.

– Pateicos par drēbēm.

– Nav par ko, Anastasija. Šī krāsa tev piestāv.

Es nosarkstu un pētu savus pirkstus.

– Tev vajadzētu iemācīties pieņemt komplimentus. – Kristjena balsī ieskanas nosodījums.

– Man vajadzētu tev atdot naudu par drēbēm.

Viņš uz mani paskatās tā, it kā būtu dzirdējis šausmīgu apvainojumu, un es steigšus turpinu: – Tu man jau atsūtīji grāmatas, kuras es, protams, nevaru pieņemt. Bet šīs drēbes... Lūdzu, ļauj man par tām samaksāt. – Es kautri pasmaidu.

– Anastasija, es varu atļauties nopirkt tev drēbes.

– Tas nav svarīgi. Kāpēc tev vajadzētu to darīt?

– Tāpēc, ka es to spēju. – Viņa acīs iemirdzas nerātns zibsnis.

– Tas vien nenozīmē, ka vajadzētu to darīt, – es klusi atbildu, vērodama, kā Kristjens izliec uzaci, mani nopētot, un piepeši šķiet, ka mēs runājam par kaut ko citu, bet nezinu, ko. Un tas man atgādina...

– Kāpēc tu man atsūtīji grāmatas, Kristjen? – es tik tikko dzirdami painteresējos. Viņš noliek dakšiņu un pēta mani, acīm neizprotami kvēlojot, un man izkalst mute.

– Kad tevi gandrīz notrieca tas velosipēdists un es tevi turēju savās skavās, un tu lūkojies uz mani, ar acīm lūgdamās, lai tevi noskūpstu... – Kristjens parausta plecus. – Man šķita, ka esmu tev parādā atvainošanos un brīdinājumu. – Viņš izlaiž pirkstus caur matiem. – Anastasija, es neesmu vīrietis, kurš dāvina puķes un runā par mīlestību... Romantika mani neaizrauj. Man ir ļoti specifiskas intereses. Tev vajadzētu turēties no manis tālāk. – Viņš aizver acis, it kā atzīdams sakāvi. – Tomēr tevī ir kaut kas neparasts, un es nespēju tev netuvoties. Domāju, ka to jau esi pamanījusi.

Es piepeši vairs neesmu izsalkusi. *Viņš nespēj man netuvoties!*

–. Necenties vairs, – es počukstu.

Kristjens iestenas, plati ieplezdams acis. – Tu nesaproti, ko runā.

– Labi, paskaidro man.

Mēs lūkojamies viens uz otru, nepieskardamies ēdienam.

– Tātad tu nedzīvo celibātā? – es izdvešu.

Viņa acis iedzirkstas uzjautrinājumā.

– Nē, Anastasija, celibāts mani neaizrauj. – Viņš brīdi klusē, ļaudams man aptvert šo vārdu nozīmi, un es koši pietvīkstu. Manas smadzenes atkal vairs neprot atsijāt noklusējamas domas no tā, ko vajadzētu paust skaļi.

– Ko tu plāno darīt nākamajās dienās? – Kristjens ievaicājas.

– Dienas vidū man sākas maiņa darbā. Cik pulkstenis? – Mani piepeši pārņem panika.

– Nedaudz pāri desmitiem; laika ir pietiekami. Un rīt? – Viņš atbalsta elkoņus uz galda un saliek garos pirkstus kopā jumtiņā.

– Mēs ar Keitu sāksim kravāt mantas. Nākamajā nedēļas nogalē mēs pārcelsimies uz Sietlu, un visu šo nedēļu es strādāju Kleitona veikalā.

– Vai jau esat sameklējušas dzīvesvietu Sietlā?

– Jā.

– Kur?

– Neatceros adresi. Kaut kur Paikmārketas rajonā.

– Netālu no manis. – Kristjens pasmaida. – Ar ko tu no-
darbosies Sietlā?

Ko nozīmē visi šie jautājumi? Pratināšana Kristjena Greja
izpildījumā ir gandrīz tikpat tracinoša kā Keitas veiktā.

– Es pieteicos uz vairākām mācekļa vietām. Šobrīd gaidu
atbildes.

– Vai atsūtīji vēstuli arī uz manu kompāniju, kā es ierosi-
nāju?

Nē, protams. – Hmm... nē.

– Un kas gan vainas manai kompānijai?

– Tavai kompānijai vai tavai *kompānijai*? – es smīnēdama
painteresējos.

– Vai jūs smīnat, Stīlas jaunkundze? – Kristjens piešķiebj
galvu, un man šķiet, ka viņš ir uzjautrināts, tomēr to ir grū-
ti noteikt. Es pietvīkstu un pievēršu skatienu brokastīm.
Nav iespējams lūkoties viņam acīs, kad viņš runā šādā bal-
sī.

– Man gribētos iekosties tev lūpā, – viņš nočukst, un es
spēji ievelku elpu, tikai tagad pamanīdama, ka esmu sākusi
kodīt apakšlūpu. Šie daži vārdi ir seksīgākais, ko jebkad es-
mu dzirdējusi. Sirds spēji dauzās, un šķiet, ka es elsoju. Jē-
ziņ, es trīcu un drebu, bet Kristjens nav man pat pieskāries.
Es sagrozos uz krēsla un ielūkojos viņa samiegtajās acīs.

– Kāpēc gan nē? – es klusi metu izaicinājumu.

– Tāpēc, ka es tev nepieskaršos, Anastasija... līdz nebūšu
saņēmis tavu rakstveida piekrišanu. – Viņa lūpās rotājas tik
tikko jaušams smaids.

Kā, lūdzu?

– Ko tas nozīmē?

– Tieši to, ko es saku. – Kristjens nopūšas un papurina gal-
vu. – Man tev kaut kas jāparāda, Anastasija. Cikos tu šova-
kar beigsi strādāt?

– Astoņos.

– Šovakar vai nākamajā sestdienā mēs varētu doties uz
Sietlu, pavakariņot pie manis, un es tev visu paskaidrotu.
Izvēle ir tavā ziņā.

– Kāpēc tu nevari to pastāstīt jau tagad?

– Tāpēc, ka man ir patīkama tava sabiedrība un mūsu brokastis. Pēc mūsu sarunas tu droši vien vairs negribēsi ar mani tikties.

Kā tas saprotams? Vai Kristjens pārdod mazus bērnus verdzībā tālos pasaules nostūros? Vai viņš ir noziedzīgas grupas biedrs? Tas izskaidrotu, kāpēc viņš ir tik bagāts. Varbūt viņš ir ļoti dievbijīgs? Impotents? Kaut gan nē, to viņš man varētu pierādīt arī tagad, negaidot kādu īpašu notikumu. Es pietvīkstu, domādama par visām iespējām. Tas neko labu nedos. Es vēlos atrisināt Kristjena Greja mīklu agrāk, nevis vēlāk. Ja tas nozīmē, ka viņš man parādīs kaut ko neticami šausmīgu un es vairs negribēšu viņu pazīt, tas patiesībā pat sagādātu atvieglojumu. *Nemēģini sevi apmānīt!* man uzkliedz zemapziņa. *Būs nepieciešams kaut kas sasodīti baiss, lai tu mestos bēgt neatskatīdamās.*

– Šovakar.

Kristjens sarauc uzaci.

– Līdzīgi Ievai tu steidzies noplūkt augli no zināšanu koka. – Viņš pasmīn.

– Vai jūs smīnat, Greja kungs? – es mīlīgi painteresējos. *Iedomīgais ēzelis!*

Viņš samiedz acis un, paņēmis savu *BlackBerry* viedtālruni, nospiež ciparu.

– Teilor? Man vajadzīgs Čārlijs Tango.

Čārlijs Tango? Kas tas tāds?

– No Portlendas pusdeviņos... Nē, gaidīšana Eskalā... Visu nakti.

Visu nakti!

– Jā. Pēc pieprasījuma rīt no rīta. Es pats uzņemšos pilotēšanu no Portlendas uz Sietlu.

Pilotēšanu?

– No pusvienpadsmitiem būs vajadzīgs rezerves pilots. – Viņš beidz sarunu, neteikdams ne "lūdzu", ne "paldies".

– Vai cilvēki vienmēr dara visu, ko pavēli?

– Jā, ja vien vēlas turpināt darbu, – Kristjens mierīgi atbild.

– Un kas notiek, ja viņi pie tevis nestrādā?

– Es protu pārliecināt, Anastasija. Pabeidz ēst brokastis. Pēc tam es tevi aizvedīšu mājās. Astoņos, kad būsi beigusi darbu, es atbraukšu tev pakaļ uz veikalu. Mēs lidosim uz Sietlu.

Es strauji samirkšķinu acis.

– Lidosim?

– Jā. Man ir helikopters.

Es blenžu uz viņu, muti pavērusi. Man paredzēts jau otrs randiņš ar noslēpumaino Kristjenu Greju. Sākām ar kafiju, turpinām ar braucieniem helikopterā. Njā.

– Mēs dosimies uz Sietlu helikopterā?

– Jā.

– Kāpēc?

Viņš viltīgi pasmaida. – Tāpēc, ka es to varu. Ēd!

Šobrīd es nespētu norīt ne kumosu. Jau šovakar es lidošu helikopterā kopā ar Kristjenu Greju. Un viņš grib iekosties manā apakšlūpā... Es nodrebinos.

– Ēd, – viņš jau asāk pavēl. – Anastasija, man nepatīk ēdiena izniekošana... tāpēc ēd.

– Es nevarēšu to visu apēst. – Uz galda ir palicis daudz, un es tam uzmeta šaubu pilnu skatienu.

– Ēd to, kas ir uz tava šķīvja. Ja tu vakar būtu kārtīgi paēdusi, šodien tu nebūtu šeit un es nebūtu spiests tik agri atklāt kārtis. – Viņš sakniebj lūpas, šķietami saniknojies.

Es saraucu pieri un ķeros pie atdzisušā ēdiena. *Esmu pārāk satraukta, lai ēstu, Kristjen. Vai tiešām tu nesaproti?* Tomēr neesmu tik drosmīga, lai paustu šīs domas skaļi, it īpaši brīdī, kad viņš ir tik sapīcis. Gluži kā mazs zēns. Un es pasmaidu, to iztēlodamās.

– Kas tevi tā uzjautrina? – viņš painteresējas. Es tikai papurinu galvu, neuzdrošinādamās to pateikt skaļi, un pievēršos ēdienam. Norīdama pēdējo pankūkas kumosu, es palūkojos uz Kristjenu un redzu, ka viņš mani vēro, it kā censtos kaut ko izlemt.

– Laba meitene, – viņš nosaka. – Tiklīdz būsi izžāvējusi matus, es tevi aizvedīšu mājās. Negribu, lai tu saslimtu. – Šajos vārdos izskan kāds vārdos neietērpts solījums. *Ko tas nozīmē?* Es pieceļos un brīdi prātoju, vai vajadzēja lūgt atļauju, bet atvairu šo domu. Būtu bīstami pieradināt Kristjenu pie pārliecīgas paklausības. Es virzos uz guļamistabas pusi, bet piepeši kaut ko atceros un apstājos.

– Kur tu šonakt gulēji? – es jautāju Kristjenam, kurš vēl joprojām sēž pie galda. Nekur nav redzamas ne segas, ne palagi; varbūt tos jau aiznesusi istabene.

– Savā gultā, – viņš bezkaislīgi atbild.

– Ak tā.

– Jā, arī man tā bija jauna pieredze. – Viņš pasmaida.

– Nenodarboties ar... seksu. – Lūk, esmu to pateikusi skaļi un, protams, piesarkstu.

– Nē. – Kristjens papurina galvu un sarauc pieri, it kā atcerējies kaut ko nepatīkamu. – Gulēt kopā ar kādu. – Viņš paņem avīzi un turpina lasīt.

Un ko tas nozīmē? Vai Kristjens ir nevainīgs? Par to gan es šaubos. Viņš ir noslēpumaināhais cilvēks, kādu esmu satikusi, un, viņu vērodama, es kaut ko iedomājos. Es pavadīju šo nakti kopā ar Kristjenu Greju! Cik žēl, ka nebiju pie pilnas samaņas un nevarēju lūkoties, kā viņš guļ. Neredzēju viņu neaizsargātu. Man gan ir grūti viņu tādu iztēloties. Nu labi, šonakt viss tiks atklāts.

Guļamistabā es sameklēju fēnu kādā no kumodes atvilktnēm un sāku žāvēt matus, vienlaikus braucīdama tos ar pirkstiem, lai ūdens iztvaikotu straujāk. Pēc tam es ieeju vannasistabā, jo gribu iztīrīt zobus. Pie izlietnes novietota Kristjena zobu birstīte, un es to brīdi pētu. Kā būtu sajust Kristjenu savā mutē? Hmm... Vainīgi pametusi skatienu pār plecu, es pataustu birstītes sarus. Tie ir mitri. Viņš to jau izmantojis. Es steidzīgi uzspiežu zobu pastu uz birstītes un ļoti ātri iztīru zobus, juzdamās kā nerātna meitene. Un šī doma mani sajūsmina.

Paķērusi iepriekšējā dienā valkāto kreklu un apakšveļu, es to visu salieku Teilora atnestajā iepirkumu maisā un atgriežos dzīvojamā istabā, lai sameklētu savu jaku un somu, kurā iepriecināta atrodu arī matu gumiju. Kristjens mani vēro, kamēr sasienu matus, un viņa izteiksme ir neizdibinā

ma. Es jūtu viņa skatienu, kad apsēžos un gaidu, līdz viņš
būs gatavs pievērsties man. Viņš runā ar kādu pa telefonu.
– Grib divus?... Cik tas maksās?... Labi, un kādi drošības
pasākumi ieviesti?... Viņi virzīsies caur Suecu?... Cik droši
ir Sudānā?... Kad viņi ieradīsies Dārfūrā?... Labi, ķeries klāt.
Ziņo man par turpmāko. – Kristjens beidz sarunu.
– Vai esi gatava?
Es pamāju, prātodama, par ko viņš runājis. Kristjens uz-
velk tumši zilu žaketi ar svītru rakstu, paņem mašīnas at-
slēgas un tuvojas durvīm.

– Tikai pēc jums, Stīlas jaunkundze, – viņš nomurmina,
atvērdams durvis un izskatīdamies nepiespiesti elegants. Es
vilcinos nedaudz par ilgu, izbaudīdama iespēju viņu pavē-
rot. Un mēs taču pavadījām nakti kopā, bet tagad, pēc teki-
las kokteiļiem un vemšanas, viņš vēl joprojām ir šeit. Tur-
klāt grib vest mani uz Sietlu. Kāpēc mani? To es patiesi
nevaru izprast un izeju ārā, domādama par viņa teiktajiem
vārdiem. *Tevī ir kaut kas neparasts*. Jāatzīst, ka šīs izjūtas ir
abpusējas, un esmu apņēmusies noskaidrot, kāds ir viņa no-
slēpums.

Mēs klusēdami ejam pa gaiteni līdz liftam. Kamēr gai-
dām, es caur skropstām vēroju Kristjenu, un viņš paškielē
uz mani. Es pasmaidu, un viņa lūpas nedaudz noraustās.

Lifta durvis atveras, un mēs ieejam kabīnē. Esam divi
vien. Kāda neizskaidrojama iemesla dēļ, varbūt tāpēc, ka
stāvam tik tuvu viens otram slēgtā telpā, gaisotne starp
mums piepeši mainās. Tā šķiet elektrizēta, gaidu caurstrā-
vota. Es elpoju straujāk. Viņš tik tikko manāmi pagriež gal-
vu pret mani, un viņa acis ir tumši pelēkas kā lietū samircis
šīferis. Es iekožos apakšlūpā.

– Pie velna visus dokumentus, – Kristjens noņurd un me-
tas man virsū, piegrūzdams mani pie lifta sienas. Pirms es-
mu atguvusies, viņš jau ar vienu roku satvēris abas manas
plaukstu locītavas un pacēlis tās augšup, vienlaikus izman-
tojot gurnus, lai piespiestu mani pie plakanās virsmas. Ot-
ras rokas pirksti ieslīd manos matos, un viņš tos parauj, lik-
dams man pavērst seju augšup, un jau nākamajā brīdī mūsu

lūpas saskaras. Vēl mazliet, un man sāpētu. Es ievaidos, nedaudz pavērdama muti, un viņa mēle izmanto iespēju prasmīgi ielauzties starp manām lūpām. Nekad vēl neesmu izbaudījusi šādu skūpstu. Mana mēle bikli tiecas pretī viņējai un laižas lēnajā, erotiskajā dejā, kurā galvenais ir pieskārieni un sajūtas, berzēšanās un glāsti. Kristjens satver manu zodu un neļauj man izkustēties. Esmu bezspēcīga, manas rokas piespiestas pie sienas, augums nokļuvis viņa gurnu slazdā. Pie vēdera es sajūtu Kristjena cieto locekli. Viņš mani grib, grieķu dievs Kristjens Grejs iekāro mani, un es gribu viņu, tūlīt, tepat, šajā liftā.

– Tu. Esi. Lieliska, – viņš nomurmina, katru vārdu it kā noskaldīdams.

Lifts apstājas, durvis atveras, un es nepagūstu pat samirkšķināt acis, pirms viņš atvirzās nost, pamezdams mani apjukušu un uzbudinātu. Uzvalkos tērpti vīrieši aplūko mūs abus un pasmīn, ienākdami kabīnē. Mana sirds dauzās kā neprātīga, it kā es būtu ilgi skrējusi pret kalnu. Ja es varētu pieliekties un satvert ceļgalus... Bet tas būtu pārāk atklāti.

Es palūkojos uz Kristjenu. Viņš ir tik mierīgs, it kā nupat būtu risinājis avīzē publicētu krustvārdu mīklu. *Nav godīgi!* Vai viņu mana klātbūtne nemaz neietekmē? Viņš pašķielē uz mani un piesardzīgi izpūš aizturēto elpu. Jā, viņš nav vienaldzīgs... un es apmierināta gandrīz iemurrājos.

Vīrieši uzvalkos izkāpj otrajā stāvā. Mums vēl paliek viens stāvs.

– Tu iztīrīji zobus, – Kristjens ieminas.

– Izmantoju tavu birstīti.

Viņš smaidā sarauc lūpu kaktiņus. – Anastasija Stīla, ko man ar tevi darīt?

Durvis atveras pirmajā stāvā; Kristjens satver mani aiz rokas un izved ārā.

– Kas gan tāds piemīt liftiem? – viņš nomurmina, runādams pats ar sevi, nevis mani, un šķērso vestibilu. Es cenšos no viņa neatpalikt, jo visas manas spriestspējas paliekas ir izšķaidītas pa "Hītmena" viesnīcas trešā lifta sienām un grīdu.

6. NODAĻA

Kristjens atver sava melnā *Audi* durvis, un es iekāpju iekšā. Mašīna līdzinās mežonīgam zvēram. Viņš ne reizi nav pieminējis mūsu kaisles uzplūdu liftā. Vai par to vajadzētu ierunāties man? Vai arī izlikties, ka nekas nav noticis? Mans pirmais īstais, neapvaldītais skūpsts pat nešķiet reāls. Laiks rit, un es sāku par to domāt kā par mītisku Artūru laika leģendu vai zudušo Atlantīdas pilsētu. Tas nav noticis, nekā tāda nav bijis. *Varbūt es visu iztēlojos.* Nē. Es paceļu pirkstu pie lūpām, kas vēl pietūkušas pēc kaislīgā skūpsta. Tas ir noticis. Esmu mainījusies. Es izmisīgi vēlos šo vīrieti, un viņš grib mani.

Izmantodama piemērotu mirkli, es slepus palūkojos uz Kristjenu. Viņš ir tikpat pieklājīgs un nedaudz atturīgs kā parasti.

Viņš ir mulsinošs.

Iedarbinājis dzinēju, Kristjens atpakaļgaitā izstūrē auto no stāvvietas un ieslēdz mūziku. Tas ir neticami skaists, dvēselisks divu sieviešu dziedājums. Šobrīd visas maņas, ar kādām esmu apveltīta, ir izsistas no līdzsvara, un mūzika uz mani atstāj vēl spēcīgāku iespaidu nekā citreiz. Pār muguru man skrien tīkamas tirpas. Kristjens izbrauc uz ielas, vadīdams mašīnu laiski un pašpārliecināti.

– Ko mēs klausāmies?

– "Ziedu duetu" no Delība operas "Lakmē". Vai tev patīk?

– Mūzika ir brīnišķīga, Kristjen.

– Jā, ir gan, – viņš smaidīdams piekrīt. Un vienu gaistošu mirkli viņš izskatās pēc sava vecuma vīrieša. Jauns, bezrūpīgs un neticami pievilcīgs. Vai šī ir atslēga, kas ļauj piekļūt Kristjena dvēselei? Mūzika? Es ieklausos eņģeliskajās balsīs, kas mani valdzina un satrauc.

– Vai iespējams to atkārtot?

– Protams. – Kristjens nospiež pogu, un mūzika atkal glāsta manu dzirdi. Tas ir maigs, lēns, patīkams un neatvairāms uzbrukums manām maņām.

– Tev patīk klasiskā mūzika? – es ievaicājos, cerēdama gūt kādu vērtīgu ieskatu viņa personībā.

– Mana gaume ir vispusēja, Anastasija. Klausos visu, sākot ar Tomasu Talisu, beidzot ar *Kings of Leon*. Galvenais ir noskaņojums. Un tev?

– Man arī. Kaut gan es nezinu, kas ir Tomass Taliss.

Kristjens pagriež galvu un brīdi nopēta mani, pirms atkal pievēršas ceļam.

– Kādreiz es tev atskaņošu viņa mūziku. Viņš dzīvoja sešpadsmitajā gadsimtā, Tjūdoru laikmetā. Sacerēja korāļus. – Kristjens man uzsmaida. – Piekrītu, ka tas izklausās ļoti ezotēriski, bet mūzika ir gandrīz maģiska.

Viņš nospiež pogu, un atskan *Kings of Leon* dziesma. Hmm, šo gan es zinu. "Sekss liesmās". Ļoti piemēroti šim brīdim. Mūziku pārtrauc telefona signāls, kas plūst pa mašīnas skaļruņiem. Kristjens nospiež pogu uz stūres.

– Grejs, – viņš aprauti nosaka.

– Greja kungs, runā Velčs. Es saņēmu jūsu pieprasīto informāciju, – atskan čērkstoša, bezmiesiska balss.

– Labi. Atsūti to uz *e-pastu*. Vai ir kas piebilstams?

– Nē, kungs.

Kristjens nospiež pogu, zvans pārtrūkst un mūzika atgriežas. Ne atvadu vārdu, ne pateicības. Es priecājos, ka ne brīdi nopietni neapsvēru iespēju pie viņa strādāt, jo pat šāda doma liek man nodrebināties. Viņš ir pārāk valdonīgs un vēss sarunās ar saviem darbiniekiem.

Mūziku atkal pārtrauc telefona zvans.

– Grejs.

– Konfidencialitātes līgums ir nosūtīts uz jūsu *e-pasta* adresi, Greja kungs, – paziņo sievietes balss.

– Labi. Tas būs viss, Andrea.

– Visu labu, kungs.

Kristjens pārtrauc zvanu, nospiezdams pogu uz stūres. Mūzika skan tikai brīdi, pirms iezvanās telefons. Jēziņ, vai tāda ir visa viņa dzīve – nemitīgi traucējoši zvani?

– Grejs, – viņš noskalda.

– Sveiks, Kristjen, vai tev izdevās nokniebties?

– Eljot, es esmu pie stūres, ir ieslēgti skaļruņi, un es mašīnā neesmu viens. – Kristjens nopūšas.

– Kas ir kopā ar tevi?

Kristjens paceļ acis pret debesīm. – Anastasija Stīla.

– Čau, Ana!

Viņš mani sauc par Anu!

– Sveiks, Eljot.

– Esmu daudz par tevi dzirdējis, – Eljots aizsmakušā balsī nosaka, un Kristjens sarauc pieri.

– Netici ne vārdam, ko saka Keita.

Eljots iesmejas.

– Es vedu Anastasiju uz mājām. – Kristjens uzsvērti izrunā manu pilno vārdu. – Vai paķert tevi?

– Jā, protams.

– Drīz tiksimies. – Kristjens beidz sarunu, un mūzika atgriežas.

– Kāpēc tu mani sauc tikai par Anastasiju?

– Tas ir tavs vārds.

– Es dodu priekšroku saīsinājumam.

– Ak tā.

Mēs jau gandrīz esam sasnieguši manu dzīvokli. Ceļš nav bijis ilgs.

– Anastasija, – Kristjens ierunājas, un es neapmierināta viņu uzlūkoju, bet viņš nepievērš tam uzmanību. – Tas, kas notika liftā... vairs neatkārtosies, ja vien nebūs iepriekš paredzēts.

Viņš aptur mašīnu pie manas mājas. Tikai tagad es atskāršu, ka viņš nav jautājis manu adresi – tomēr to zina. Kaut gan Kristjens man atsūtīja grāmatas, tātad ir skaidrs, ka viņam mana dzīvesvieta nav noslēpums. Kā jau jebkuram gudram vajātājam, kurš prot izsekot mobilā telefona signālam un kuram pieder helikopters.

Kāpēc viņš negrib mani skūpstīt? Es uzmetu lūpu, par to domājot. Neko nesaprotu. Viņam vajadzētu pieņemt citu uzvārdu – Mīklainais, nevis Grejs. Viņš izkāpj no mašīnas, viegliem, atsperīgiem soļiem apiet tai apkārt un atver manas durvis, kā jau īsts džentlmenis... izņemot dažus retus, bet ļoti vērtīgus mirkļus lifta kabīnē. Es nosarkstu, atcerēdamās viņa lūpu pieskārienu un to, kā es nevarēju viņam pieskarties. Man gribējās izlaist pirkstus caur Kristjena nekārtīgajiem, kuplajiem matiem, bet es nespēju pakustināt rokas.

– Man patika tas, kas notika liftā, – es nomurminu, izkāpdama no mašīnas. Man šķiet, ka dzirdu Kristjenu spēji ievelkam elpu, tomēr izliekos neko nemanām un tuvojos savām durvīm.

Keita un Eljots sēž pie mūsu ēdamgalda. Četrpadsmit tūkstošus dolāru vērtās grāmatas ir pazudušas. Paldies Dievam! Man ir kāds plāns saistībā ar tām. Keitas sejā plešas vēl nekad neredzēts smaids, un viņas mati ir valdzinoši sajaukti. Kristjens man seko, un Keita samiedz acis, kaut gan viņas smaids vēl joprojām liecina par lieliski pavadīto laiku naktī.

– Sveika, Ana! – Viņa pielec kājās un mani apskauj, bet pēc tam tur mani izstieptas rokas attālumā, vērīgi pētīdama. Saraukusi pieri, viņa pievēršas Kristjenam.

– Labrīt, Kristjen, – viņa nosaka, un viņas balsī ieskanas tik tikko jaušams naidīgums.

– Kevanas jaunkundze, – viņš stīvi atņem sveicienu.

– Viņas vārds ir Keita, Kristjen, – Eljots noņurd.

– Keita. – Kristjens pieklājīgi pamāj un uzmet pārmetuma pilnu skatienu Eljotam, kurš pavīpsnā un pieceļas, lai mani apskautu.

– Čau, Ana. – Viņš smaida, zilajām acīm mirdzot, un man viņš nekavējoties iepatīkas. Eljots acīmredzami nelīdzinās Kristjenam, bet viņi galu galā nav miesīgie brāļi.

– Čau, Eljot, – es smaidīdama atbildu.

– Eljot, mums jāiet, – Kristjens atgādina.

– Labi, labi. – Viņš pievēršas Keitai, ievelk viņu savās skavās un velta manai draudzenei ilgu, kaislīgu skūpstu.

Jēziņ, sameklējiet taču sev kādu istabu, es apjukusi nodomāju, pētīdama kurpju purngalus. Kad palūkojos uz Kristjenu, es atklāju, ka viņš cieši vēro mani, un samiedzu acis. Kāpēc tu mani nevari tā skūpstīt? Eljots pieliec Keitu, neatraujoties no viņas lūpām, un viņas mati skar zemi.

– Uz redzi, mazā. – Viņš plati smaida, un Keita gluži vienkārši izkūst. Nekad vēl neesmu kaut ko tādu redzējusi, un prātā nāk vārdi "pakļāvīga" un "padevīga". Pakļāvīga Keita. Mjā, Eljots noteikti ir izcils mīlnieks. Kristjens paceļ acis pret griestiem un uzlūko mani; viņa sejas izteiksme, kā parasti, ir bezkaislīga, kaut gan man šķiet, ka pamanu nelielu uzjautrinājumu. No manas zirgastes izlauzusies matu šķipsna, un viņš to atglaু man aiz auss. Es ievelku elpu, sajuzdama Kristjena pieskārienu, un viegli atbalstu galvu pret viņa plaukstu. Viņa skatiens atmaigst, un viņš pārlaiž īkšķi pār manu apakšlūpu. Es jūtu asinis uzbangojam. Un jau nākamajā mirklī – pārāk ātri! – Kristjens atrauj roku.

– Uz redzi, mazā, – viņš nomurmina, un es iesmejos, jo tas tik ļoti nelīdzinās viņam. Bet, kaut gan es zinu, ka Kristjens joko, mīļvārdiņš tik un tā iekustina kaut ko dziļi manī.

– Es tev atbraukšu pakaļ astoņos. – Viņš pagriežas, atver dzīvokļa durvis un iziet ārā. Eljots viņam seko, bet pagriežas un sūta Keitai gaisa skūpstu, un es jūtu sirdī ieduramies greizsirdības dzēlienu.

– Nu, vai tev kaut kas bija? – Keita jautā, kamēr stāvam pie durvīm un vērojam abus vīriešus iekāpjam mašīnā un aizbraucam. Viņas balsī dzirdama sveloša ziņkāre.

– Nē, – es aizkaitināta atcērtu, gribēdama jau saknē iznīdēt visus jautājumus. Mēs atgriežamies dzīvoklī. – Toties tev gan bija. – Nespēju apvaldīt savu skaudību. Keitai vienmēr izdodas savaldzināt vīriešus. Viņa ir neatvairāma, skaista, kārdinoša, asprātīga, tieša... Un tās visas ir īpašības, kuru man trūkst. Bet viņas platais smaids ir tik starojošs, ka nav iespējams neatmaigt.

– Šovakar mēs tiksimies atkal. – Viņa sasit plaukstas un

brīdi palēkā gluži kā bērns. Keitas acis laimē mirdz, un es priecājos par viņu. Laimīga Keita... Tas būs interesanti.

– Kristjens šovakar vedīs mani uz Sietlu.

– Sietlu?

– Jā.

– Varbūt kaut kas notiks *tur*.

– Es ļoti ceru.

– Tātad tev viņš patīk?

– Jā.

– Pietiekami, lai...?

– Jā.

Keita sarauc uzacis.

– Apbrīnojami! Ana Stīla beidzot aizrāvusies ar kādu vīrieti, un tas ir Kristjens Grejs, glītais, seksīgais miljardieris.

– Jā, pats galvenais ir nauda, – es smīnēdama attraucu, un mēs abas skaļi iespurdzamies.

– Vai tev mugurā ir kaut kas jauns? – Keita painteresējas, un es viņai atklāju visus sīkumus par nakts notikumiem.

– Klau, vai Grejs tevi jau noskūpstījis? – viņa jautā, vārīdama kafiju.

Es piesarkstu.

– Vienu reizi.

– Vienu! – viņa nicīgi iesaucas.

Es nokaunējusies pamāju. – Kristjens ir ļoti atturīgs.

Keita sarauc pieri. – Dīvaini.

– Vairāk nekā dīvaini.

– Mums jāparūpējas, lai šovakar tu būtu gluži vienkārši neatvairāma, – draudzene apņēmīgi paziņo.

Ak nē... Izklausās, ka viņai padomā kaut kas laikietilpīgs, pazemojošs un sāpīgs.

– Pēc stundas man jābūt darbā.

– Gan jau es kaut ko paspēšu. Nāc šurp! – Keita satver mani aiz rokas un ievelk vannasistabā.

**

Veikalā stundas izstiepjas garas jo garas, kaut gan mums ir daudz darba. Sākusies vasaras sezona, un pēc slēgšanas man jāpavada divas stundas, piepildot plauktus. Darbs ir vienmuļš, un man pirmo reizi šodien ir pārāk daudz laika domāt.

Izpildot nenogurdināmās Keitas tiešās un, patiesību sakot, pārāk intīmās pavēles, esmu ideāli noskuvusi kājas un paduses, izplūkājusi uzacis un ieziedusies ar dažādiem krēmiem. Nekas no tā nebija patīkams, bet Keita apgalvo, ka mūsdienās vīrieši to gaida no sievietēm. Un kāpēc Kristjenam vajadzētu būt izņēmumam?

Es biju spiesta pārliecināt Keitu, ka tiešām vēlos būt kopā ar šo vīrieti. Nezinu, kāpēc tā, bet viņa Kristjenam neuzticas. Varbūt tāpēc, ka viņš ir tik stīvs un atturīgs. Keita nevarēja paskaidrot, kas viņai nepatika, bet es apsolīju nosūtīt īsziņu, tiklīdz būšu ieradusies Sietlā. Neesmu viņai pateikusi par helikopteru; viņu pārņemtu panika.

Man jādomā arī par Hosē. Viņš atstājis trīs ziņas un septiņus neatbildētus zvanus manā telefonā, turklāt divas reizes zvanījis arī uz mājām. Keita uz jautājumiem par mani atbildējusi ļoti izvairīgi, un viņš noteikti jūt, ka draudzene mani piesedz. Bet es esmu nolēmusi, ka ļaušu viņam pamocīties. Dusmas vēl nav pagaisušas.

Kristjens pieminēja kaut kādus dokumentus, un es nezinu, vai tas bija joks vai arī man tiešām vajadzēs kaut ko parakstīt. Minējumi ir kaitinoši. Turklāt visu vēl papildina mans gaidpilnais satraukums un bailes. Šī būs likteņīgā nakts! Vai tiešām beidzot esmu tam gatava? Erotiskā dieviete, kas slēpjas katrā sievietē, arī manī, pārmetoši iespurdzas. Viņa tam bijusi gatava jau vairākus gadus, un attiecībā uz Kristjenu Greju viņa ir ar mieru uz visu, bet es tik un tā nesaprotu, ko viņš saskata manī, pelēcīgajā Anā Stīlā... Nesaprotu.

Protams, Kristjens ierodas tieši norunātajā laikā un jau gaida mani, kad izeju no veikala. Viņš izkāpj no mašīnas, lai atvērtu man durvis, un sirsnīgi smaida.

– Labvakar, Stīlas jaunkundze, – viņš mani sveicina.

– Greja kungs. – Es pieklājīgi pamāju, iekāpdama aizmugurējā sēdeklī. Teilors sēž pie stūres. Es sveicinu arī viņu, un viņš ļoti formāli man atbild. Kristjens apsēžas man blakus un satver manu roku, to saudzīgi saspiezdams, un es jūtu viņa pieskārienu izskrienam caur visu miesu.

– Kā klājās darbā? – viņš jautā.

– Tas bija ļoti ilgs, – es atbildu balsī, kas ir aizsmakusi, pārāk dobja un iekāres pilna.

– Jā, arī man šī bija gara diena.

– Ar ko tu nodarbojies? – es jautāju.

– Devos pārgājienā kopā ar Eljotu. – Kristjena īkšķis glāsta manus pirkstu kauliņus, slīdot turp un atpakaļ, un mana sirds brīdi apstājas. Es elpoju straujāk. Kā viņam tas izdodas? Viņš pieskaras pavisam niecīgam manas ādas laukumam, bet mani hormoni jau sarīko īstu viesuļvētru.

Brauciens līdz helikoptera novietnei ir īss. Es prātoju, kur gan varētu būt šis izslavētais aparāts. Mēs atrodamies biezi apbūvētā pilsētas daļā, un pat man zināms, ka helikopteriem nepieciešams daudz vietas, lai paceltos gaisā un nolaistos. Teilors aptur mašīnu, izkāpj no tās un atver man durvis. Jau pēc mirkļa Kristjens nostājas blakus un atkal satver manu roku.

– Vai esi gatava? – viņš jautā. Es pamāju un jau gribu piebilst: "Visam," tomēr nespēju parunāt, jo esmu pārāk satraukta.

– Teilor. – Kristjens pamāj šoferim, un mēs ieejam ēkā, tuvodamies liftiem. Lifts! Atgriežas atmiņas par rīta skūpstu. Visu dienu neesmu domājusi ne par ko citu, gremdēdamās sapņos pie veikala kases. Kleitona kungam divas reizes nācās skaļi saukt manu vārdu, lai es atgrieztos realitātē. Kristjens lūkojas uz mani no augšas, savilcis lūpas vieglā smaidā. Ha! Arī viņš domā par liftu.

– Tikai trīs stāvi, – viņš vīpsnādams nosaka, acīm uzjautrinājumā iemirdzoties. Viņš laikam prot lasīt domas. Jocīgi.

Kad iekāpjam lifta kabīnē, es cenšos izlikties vienaldzīga. Durvis aizveras, un atgriežas savādais, elektrizētais pievilkšanās spēks, kas dzirksteļo starp mums, paverdzinot mani. Es aizveru acis, veltīgi mēģinādama to ignorēt. Kristjens saspiež manu roku ciešāk, un pēc piecām sekundēm durvis atveras, atklājot ēkas jumtu. Un tur jau mūs gaida balts helikopters, uz kura sāniem ar ziliem burtiem uzrakstīts *Grey Enterprises Holdings, Inc.*, ko papildina kompānijas emblēma. *Vai tā nav kompānijas līdzekļu izmantošana privātām vajadzībām?* Kristjens pieved mani pie neliela kabineta, kurā pie galda sēž večuks.

– Lūk, jūsu lidojuma plāns, Greja kungs. Visas pārbaudes ir veiktas. Helikopters ir gatavs un gaida jūs, kungs.

– Pateicos, Džo. – Kristjens sirsnīgi pasmaida.

Oho, kāds ir izpelnījies pieklājīgu attieksmi no paša Kristjena Greja puses! Varbūt viņš nemaz nav kompānijas darbinieks. Es uzmetu večukam apbrīnas pilnu skatienu.

– Nāc, – Kristjens mani aicina, un mēs tuvojamies helikopteram. Tas ir daudz lielāks, nekā šķita no tālienes. Biju domājusi, ka tajā būs tikai divas vietas, tomēr saskaitu vismaz septiņas. Kristjens atver durvis un virza mani uz vienu no sēdekļiem pašā priekšā.

– Sēdi un neko neaiztiec! – viņš pavēl, iekāpdams aiz manis, un aizcērt durvis. Es priecājos, ka jumts ir labi apgaismots, citādi es neko nesaskatītu šaurajā pilota kabīnē. Kad esmu iekārtojusies sev piešķirtajā sēdeklī, Kristjens pieliecas man blakus, lai aizsprādzētu siksnas. Tās visas ir pievienotas vienai centrālajai sprādzei. Viņš savelk abas augšējas siksnas tā, ka es tik tikko spēju pakustēties. Viņš ir ļoti tuvu man un pilnīgi iegremdējies darbā. Ja vien es varētu paliekties uz priekšu, mans deguns ieslīgtu viņa matos. Kristjens smaržo tīri, patīkami, debešķīgi, bet esmu droši iesprādzēta sēdeklī un praktiski nekustīga. Viņš paceļ galvu un pasmaida, it kā priecādamies par kādu tikai sev zināmu joku, un viņa acis iegailas. Tik kārdinoši tuvu... Viņš nedaudz pavelk vienu no augšējām siksnām, un es aizturu elpu.

– Tu nekur neaizbēgsi, – Kristjens nočukst. – Elpo, Anastasija, – viņš klusi piebilst, un viņa garie pirksti noglāsta manu vaigu, slīdot līdz zodam, ko viņš satver starp īkšķi un rādītājpirkstu. Paliecies uz priekšu, viņš uzspiež manām lūpām ātru, šķīstu skūpstu, un man noreibst galva, bet pavēderes muskuļi saspringst, atsaucoties uz viņa mutes kairinošo, negaidīto pieskārienu.

– Man patīk šīs siksnas, – viņš tik tikko dzirdami nosaka.

Ko tas nozīmē?

Kristjens apsēžas man blakus un piesprādzējas, bet pēc tam ilgstoši pārbauda dažādus aparātus, nospiež slēdžus un pogas, ko izvēlas no prātam neaptveramā klāsta uz paneļa. Sīkas gaismiņas mirgo un zib uz neskaitāmām ciparnīcām, līdz iedegas paneļa apgaismojums.

– Uzliec austiņas! – viņš pavēl, norādīdams uz tām. Es paklausu, un sāk darboties motora lāpstiņas. Troksnis ir apdullinošs. Arī Kristjens uzliek austiņas un turpina darboties ar slēdžiem.

– Es tikai veicu pārbaudes pirms lidojuma, – man ausīs ieskanas Kristjena balss. Es pagriežos un viņam uzsmaidu.

– Vai zini, ko dari? – es painteresējos, un viņš atbild uz smaidu.

– Esmu pilots ar četru gadu pieredzi, Anastasija. Kopā ar mani esi pilnīgā drošībā. – Viņa smaidā pazib kaut kas plēsīgs. – Kamēr esam gaisā, – viņš piebilst un piemiedz man ar aci.

Kristjens Grejs prot piemiegt ar aci!

– Vai esi gatava?

Es pamāju.

Kristjens brīdi runā ar dispečeru, kurš apstiprina doto atļauju pamest jumtu, un helikopters lēni, līgani paceļas gaisā. Portlenda pamazām nozūd, kaut gan man šķiet, ka vēders palicis tajā. Spožās gaismas sarūk, līdz kļūst par mirdzumu tālu zem mums. Es jūtos kā nokļuvusi akvārijā, no kura vēroju pasauli. Kad esam augstāk, vairs nekas nav redzams, tikai piķa melna tumsa; pat mēness neapgaismo mums ceļu. Kā viņš redz, kurp dodamies?

– Baismīgi, vai ne? – Kristjens jautā.

– Kā tu zini, ka lido īstajā virzienā?

– Man palīdz šis. – Viņš norāda uz vienu no mēraparātiem, un es ieraugu elektronisku kompasu. – Viens no labākajiem, kādu iespējams iegādāties. Piemērots lidojumiem naktī. – Viņš smaidīdams palūkojas uz mani.

E L Džeimsa

– Ēkai, kurā es dzīvoju, uz jumta ir nolaišanās laukums. Mēs dodamies uz turieni.

Protams, mani nepārsteidz vēsts, ka viņa māja ir piemērota helikopteru uzņemšanai. Mēs tiešām esam no divām dažādām pasaulēm. Vadības paneļa spuldzes maigi izgaismo Kristjena seju. Visa viņa uzmanība ir veltīta lidošanai, un viņš nemitīgi uzlūko kādu no dažādajiem mēraparātiem. Es caur skropstām vēroju viņa skaisto profilu. Taisns deguns, stūrains žoklis... man gribētos laist mēli pār šo žokli. Viņš nav skuvies, un rugāju dēļ šī doma ir vēl vilinošāka. Hmm... es vēlos noskaidrot, cik raupja būtu viņa āda pret manu mēli, pirkstiem, seju...

– Lidojot naktī, tas tiek darīts aizvērtām acīm. Jāuzticas aparātiem, – viņš ierunājas, pārtraukdams manus erotiskos sapņus.

– Cik ilgi mums vēl jālido? – es izdvešu. Nē, es nemaz nedomāju par seksu, nepavisam.

– Mazāk nekā stunda. Vējš mums palīdz.

Hmm, mazāk nekā stunda līdz Sietlai... Nav slikti. Tagad kļūst skaidrs, kāpēc mēs lidojam, nevis braucam ar mašīnu.

Tikai stunda mani šķir no lielās atklāsmes. Visi pavēderes muskuļi saspringst. Esmu nervoza kā skolniece. Ko gan Kristjens man sagatavojis?

– Vai jūties labi, Anastasija?

– Jā. – Mana atbilde ir aprauta, īsa, caur sakostiem zobiem izspiesta.

Šķiet, ka Kristjens pasmaida, tomēr tumsā ir grūti kaut ko saskatīt. Viņš nospiež kādu slēdzi un sāk runāt ar gaisa satiksmes pārvaldi, bārstīdams dažādus profesionālus izteicienus. Izklausās, ka mēs no Portlendas gaisa telpas ielidojam Sietlas Starptautiskās lidostas teritorijā.

– Skaties, lūk, tur! – Viņš norāda uz sīku gaismas punktiņu tālumā. – Tā ir Sietla.

– Vai tu vienmēr šādi atstāj iespaidu uz sievietēm? "Nāc, palīdzināsimies manā helikopterā?" – es jautāju, patiesi ieinteresēta.

– Nekad vēl neesmu lidojis kopā ar meiteni, Anastasija. Šī ir vēl viena pirmā reize, – viņš klusā, nopietnā balsī paskaidro.

Cik negaidīta atbilde! Vēl viena pirmā reize? Un es atceros viņa teikto par gulēšanu kopā.

– Vai esmu atstājis uz tevi iespaidu?

– Esmu sajūsmināta, Kristjen.

Viņš pasmaida

– Sajūsmināta? – Un vienu īsu mirkli viņš atkal izskatās atbilstoši savam vecumam.

Es pamāju. – Tu esi tik.... prasmīgs.

– Pateicos, Stīlas jaunkundze, – viņš pieklājīgi atbild. Domāju, ka viņš ir iepriecināts, tomēr neesmu pārliecināta.

Mēs brīdi klusējam, slīdot caur nakts tumsu. Gaišais Sietlas plankums pamazām kļūst lielāks.

– Tornis Čārlijam Tango, – mikrofonā atskan sprakšķoša balss. – Lidojuma plāns uz Eskalu ieviests. Turpiniet. Beidzu.

– Runā Čārlijs Tango, ziņojums pieņemts, torni. Gaidu, beidzu.

– Tev acīmredzami tas patīk, – es nomurminu.

– Kas? – Viņš palūkojas uz mani, izbrīnā saraucis uzaci.

– Lidošana, – es paskaidroju.

– Tā ir nodarbe, kam nepieciešama prasmīga vadība un koncentrēšanās spēja... Protams, man tā patīk. Kaut gan vairāk esmu iecienījis planēšanu. Es protu vadīt gan helikopterus, gan planierus.

– Ak tā. – *Interesantas aizraušanās, par kurām es izdodu ārkārtīgi daudz naudas. Es atceros šos vārdus no intervijas.* Man patīk lasīt un dažreiz arī skatīties filmas. Esmu iemesta svešā pasaulē.

– Čārlij Tango, atsaucieties, beidzu, – manas pārdomas izgaisina gaisa satiksmes dispečera balss. Kristjens rāmi, pašpārliecināti atbild.

Mēs tuvojamies Sietlai. Jau esam sasnieguši pilsētas robežu, un es jūsmoju par naksnīgo skatu.

– Skaisti, vai ne? – Kristjens jautā.

Es aizrautīgi māju ar galvu. Pilsēta ir gluži pasakaina, burvestības apdvesta, un es jūtos kā nonākusi milzīgā uzņemšanas laukumā, kur tiek filmēta, piemēram, Hosē iecienītā "Pa naža asmeni". Atgriežas atmiņas par Hosē centieniem mani noskūpstīt, un es sāku nožēlot savu cietsirdīgo rīcību, viņam neatzvanot. *Gan jau viņš pagaidīs līdz rītam.*

– Pēc dažām minūtēm būsim klāt, – Kristjens nomurmina, un piepeši man ausīs šalc asinis, sirdij pukstot straujāk un adrenalīnam izšaujoties caur ķermeni. Viņš atkal runā ar dispečeru, bet es vairs neklausos. Man šķiet, ka tūlīt zaudēšu samaņu. Mans liktenis ir Kristjena Greja rokās.

Mēs lidojam starp ēkām, un priekšā vīd augsts debesskrāpis ar helikoptera nolaišanās laukumu uz jumta. Uz nama sienas ar baltiem burtiem uzkrāsots "Eskala". Tas tuvojas, kļūstot arvien lielāks... tāpat kā manas bailes. *Ak Dievs, es ceru, ka nelikšu viņam vilties.* Viņš nospriedīs, ka neesmu viņam piemērota. Es nožēloju, ka nepaklausīju Keitai un neaizņēmos no viņas kādu kleitu, bet man patīk melnie džinsi, un mugurā man ir glīts, piparmētru zaļš krekls ar Keitas melno jaciņu. Es izskatos pietiekami eleganta. Mani pirksti arvien ciešāk aptver sēdekļa malu. *Es to spēšu.* Spēšu. Debesskrāpis plešas zem mums, un es nemitīgi atkārtoju savu mantru.

Helikopters palēnina gaitu un it kā sastingst debesīs, pirms Kristjens to novieto paredzētajā vietā uz nama jumta. Man trīc rokas; nezinu, kas vainojams – satraukuma pilnās gaidas, atvieglojums par drošo nolaišanos vai bailes, ka man kaut kas neizdosies. Viņš izslēdz motoru, lāpstiņas griežas lēnāk, līdz apstājas pavisam, un iestājas klusums; es dzirdu tikai savu saraustīto elpošanu. Kristjens noņem austiņas, pasniedzas un noceļ arī manējās.

– Esam klāt, – viņš klusi nosaka.

Kristjena sejas viena puse grimst ēnās, bet otru spilgti apgaismo nolaišanās laukuma prožektori. Melnais un baltais bruņinieks vienā – Kristjenam lieliski atbilstoša metafora. Viņš izskatās saspringts. Viņa zobi ir sakosti, piere nedaudz saraukta. Atsprādzējis jostu, viņš ķeras pie manām sprādzēm, un mūsu sejas šķir tikai dažu collu atstatums.

– Tev nav jādara nekas tāds, ko tu nevēlies. Tu to saproti, vai ne? – Kristjens jautā, un es dzirdu vieglu izmisumu ieskanamies viņa balsī. Acīs gail lūgums, un es pārsteigta vēroju viņu.

– Es nemūžam nedarītu kaut ko pret savu gribu, Kristjen. – Un, pat teikdama šos vārdus, es nejūtos pārliecināta, jo šobrīd es droši vien būtu gatava uz visu šī vīrieša dēļ. Tomēr man izdodas pārliecināt viņu.

Kristjens piesardzīgi nopēta mani, un, par spīti garajam augumam, viņam izdodas veikli aizkļūt līdz helikoptera durvīm un tās atvērt. Viņš izlec ārā, pagaida mani un satver manu roku, kad esmu izrāpusies ārā. Uz jumta plosās vējš, un mani satrauc doma, ka es stāvu klajā vietā vismaz trīsdesmit stāvu augstumā. Kristjens apvij roku man ap vidukli un pierauj mani cieši sev klāt.

– Nāc! – viņš uzsauc, pārkliegdams vēju, un pievelk mani pie lifta. Tiklīdz viņš nospiedis dažus ciparus panelī, durvis atveras. Kabīnē ir silti, un tā ir izklāta ar spoguļstikliem. Visur, kur vien skatos, es redzu līdz bezgalībai atainotu Kristjenu, un katrā no šiem atspulgiem viņš tur apskautu mani. Viņš ievada vēl vienu kodu, durvis aizveras, un lifts slīd lejup.

Jau pēc mirkļa esam baltā priekšnamā. Tā vidū plešas apaļš, tumšs koka galds, uz kura nolikts neticami milzīgs baltu ziedu pušķis. Pie visām sienām ir gleznas. Kristjens atver lielas divviru, un es redzu, ka arī tālāk baltais iekārtojums turpinās. Aiz plaša gaiteņa paveras pils zālei līdzīga istaba. Tālākā siena ir no stikla, un aiz tās ir balkons ar skatu uz naksnīgo Sietlu.

Labajā pusē novietots pakavveida dīvāns, uz kura ērti varētu sasēsties desmit pieauguši cilvēki. Tam pretī ir ļoti elegants, moderns pavards ar nerūsējošā tērauda – vai arī platīna, jo šis taču ir Kristjena Greja dzīvoklis – apdari. Uguns tajā ir iekurta, un liesmas rāmi plīvo. Kreisajā pusē pie ieejas ir virtuves nodalījums, kur viss ir balts, tikai dar

E L Džeimsa

ba virsmas veidotas no tumša kokā. Pie brokastu letes pietiek vietas sešiem cilvēkiem.

Pretī stikla sienai novietots ēdamgalds ar sešpadsmit krēsliem. Un pašā stūrī noslēptas milzīgas, spīdīgi melnas klavieres. Jā... viņš noteikti spēlē klavieres. Pie visām sienām salikti dažādu izmēru un apveidu mākslas darbi. Šis dzīvoklis vairāk līdzinās mākslas galerijai nekā cilvēka miteklim.

– Vai drīkstu aiznest tavu jaku? – Kristjens jautā, un es papurinu galvu. Vēl joprojām salstu pēc stāvēšanas uz vēja plosītā jumta.

– Varbūt vēlies kaut ko iedzert? – viņš painteresējas, un es samirkšķinu acis. Pēc iepriekšējā vakarā piedzīvotā? Vai viņš mēģina jokot? Es brīdi iedomājos, ka varētu palūgt "Margaritu", bet man nepietiek drosmes.

– Es iedzeršu glāzi baltvīna. Vai pievienosies man?

– Jā, lūdzu, – es nomurminu.

Šajā milzīgajā istabā es jūtos pavisam neiederīga un pieeju pie stikla sienas. Tās zemākajā daļā iestrādātas durvis, pa kurām var nokļūt uz balkona. Sietla ir izgaismota, un tajā valda dzīva rosība. Es atgriežos virtuvē – tā ir tik tālu no sienas, ka paiet vairākas sekundes, – un Kristjens jau atver vīna pudeli. Viņš ir novilcis žaketi.

– Vai tev nav iebildumu pret *Pouilly Fumé*?

– Es neko nezinu par vīnu, Kristjen. Tas noteikti derēs, – es klusi atbildu, balsij nedaudz iedreboties. Mana sirds strauji sitas, un es apvaldu vēlmi mesties bēgt. Kristjens ir neticami bagāts, gluži kā Bills Geitss. Kas man šeit darāms? *Tu lieliski zini, kāpēc esi šeit*, man atgādina zemapziņa. Jā, es gribu nokļūt Kristjena Greja gultā.

– Lūdzu. – Viņš pasniedz man glāzi. Pat trauki šeit ir grezni, no smaga kristāla. Es iedzeru malku vieglā, atsvaidzinošā baltvīna.

– Tu esi ļoti klusa un pat nesarksti. Man šķiet, ka nekad neesmu tevi redzējis tik bālu, Anastasija, – Kristjens nomurmina. – Vai esi izsalkusi?

Es papurinu galvu. Ne jau ēdiens man vajadzīgs. – Tev ir ļoti liels dzīvoklis.

– Liels?

– Liels.

– Jā, tas ir liels, – viņš piekrīt, acīm uzjautrinājumā dzirkstot. Es iedzeru vēl vienu malku vīna.

– Vai tu proti spēlēt? – Es ar galvas mājienu norādu uz klavierēm.

– Jā.

– Labi?

– Jā.

– Protams. Vai ir kaut kas, ko tu dari slikti?

– Jā... ir šis tas. – Kristjens iemalko vīnu, nenovērsdams skatienu no manis. Es jūtu to sekojam, kad pagriežos un aplūkoju plašo istabu. Kaut gan tas ir dīvains vārds. Šī ir nevis istaba, bet gan sava statusa demonstrācija.

– Vai vēlies apsēsties?

Es pamāju, un Kristjens mani pieved pie lielā, baltā dīvāna. Apsēžoties man iešaujas prātā doma, ka es līdzinos Tesai d'Erbervilai, kas lūkojas uz bēdīgi slavenā Aleka d'Erbervila jauno namu, un es pasmaidu.

– Kas tevi uzjautrina? – Kristjens iekārtojas man blakus un pagriežas tā, lai varētu lūkoties man sejā. Viņš atbalsta elkoni pret dīvāna atzveltni un atspiež zodu pret dūri.

– Kāpēc tu man uzdāvināji tieši romānu "Tesa no d'Erbervilu cilts"? – es jautāju. Kristjens brīdi skatās uz mani, un šķiet, ka dzirdētais viņu pārsteidzis.

– Tu teici, ka tev patīk Tomasa Hārdija darbi.

– Vai tas ir vienīgais iemesls? – Pat es dzirdu vilšanos savā balsī, un Kristjens sakniebj lūpas.

– Tā šķita piemērota grāmata. Es varētu tevi uzcelt uz nesasniedzama pjedestāla, kā to izdarīja Endžels Klērs, vai arī novilkt tevi dubļos kā Aleks d'Erbervils, – viņš nomurmina, un viņa acīs iedegas bīstama liesma.

– Ja šīs ir divas vienīgās iespējas, es izvēlos novilkšanu dubļos, – es nočukstu, lūkodamās uz Kristjenu. Pat mana zemapziņa ir pārsteigta par šādu uzdrošināšanos, un Kristjens spēji ievelk elpu.

– Lūdzu, Anastasija, nekod apakšlūpā. Tas novērš uzmanību. Tu nesaproti, ko saki.

– Tāpēc jau esmu šeit.

Kristjens sadrūmis vēro mani.

– Jā. Atvaino mani uz brīdi, lūdzu. – Viņš iziet pa durvīm istabas tālākajā malā un pēc dažām minūtēm atgriežas, rokā turēdams dokumentu.

– Šis ir konfidencialitātes līgums. – Kristjens parausta plecus un vismaz šķiet nedaudz nokaunējies. – Tā uzstāja mans advokāts. – Viņš pasniedz papīrus man, un es apjukusi tos pieņemu. – Ja izvēlies otro iespēju jeb novilkšanu dubļos, tev jāparaksta šis.

– Kas notiks, ja es to nedarīšu?

– Tu izvēlēsies Endžela Klēra augstos ideālus. Vismaz lielākajā grāmatas daļā.

– Ko nozīmē šis līgums?

– Tajā teikts, ka tu neko nedrīksti kādam stāstīt par mums. Neko. Nevienam.

Es izbrīnīta lūkojos uz Kristjenu. Jēziņ! Viņš slēpj kaut ko ļoti sliktu, un mani pārņem nevaldāma ziņkāre.

– Labi, es parakstīšos.

Viņš pasniedz man pildspalvu.

– Vai tu negribi izlasīt līgumu?

– Nē.

Kristjens sarauc pieri.

– Anastasija, vienmēr ir jāizlasa viss, ko paraksti, – viņš mani norāj.

– Kristjen, tu laikam nesaproti, ka es tik un tā nevienam par mums nestāstītu. Pat Keitai nē. Tātad nav svarīgi, vai es kaut ko parakstu. Ja tas ir tik nozīmīgi tev vai tavam advokātam ... ar kuru acīmredzot runā *tu*, man nav iebildumu. Es parakstīšos.

Brīdi mani vērojis, Kristjens pamāj.

– Lielisks arguments, Stīlas jaunkundze.

Es uzsvērti parakstos uz punktotās līnijas abos eksemplāros un vienu no tiem pasniedzu viņam. Salocījusi otru, es to ielieku somiņā un iedzeru lielu malku vīna. Mana balss izklausās daudz drosmīgāka, nekā es patiesībā jūtos.

– Vai tas nozīmē, ka šonakt mēs mīlēsimies, Kristjen? – *Jēzus, vai es tiešām to pateicu?* Viņš izbrīnā nedaudz paver muti, bet ātri atgūstas.

– Nē, Anastasija. Pirmkārt, es nemīlējos. Es nodarbojos ar seksu... skarbu, mežonīgu seksu. Otrkārt, vēl ir daudzi dokumenti, kurus vajadzēs sakārtot. Un treškārt, tu vēl nezini, kas gaidāms. Tu vēl joprojām varētu bēgt. Iesim, es tev parādīšu savu spēļu istabu.

Es krampjaini noriju siekalas. *Skarbs, mežonīgs sekss!* Ārprāts, tas izklausās tik... kvēli! Bet kāpēc mums jāskatās uz spēļu istabu? Neko nesaprotu.

Kristjens pieceļas un pastiepj roku. Es to satveru un sekoju viņam gaitenī. Pa labi no lielajām divviru durvīm ir mazākas, aiz kurām paslēptas kāpnes. Mēs uzejam otrajā stāvā un pagriežamies pa labi. Izņēmis no kabatas atslēgu, Kristjens atslēdz nākamās durvis un dziļi ievelk elpu.

– Tu jebkurā mirklī vari doties prom. Helikopters gaida, lai tevi aizvestu visur, kur vien vēlies; vari arī palikt šeit un lidot prom rīt. Lai ko tu izlemtu, es neiebildīšu.

– Atver taču tās sasodītās durvis, Kristjen.

Viņš paklausa un atkāpjas, palaizdams mani pa priekšu. Uzmetusi viņam vēl pēdējo skatienu – man neizturami gribas zināt, kas slēpjas aiz durvīm! – es ieeju iekšā.

Un jūtos kā nokļuvusi laika portālā, kas mani aizsviedis uz sešpadsmito gadsimtu un spāņu inkvizīcijas pagrabiem. Žēlīgais Dievs!

7. NODAĻA

Pirmais, ko es sajūtu, ir aromāts: dzīvnieku āda, koks, tīrīšanas līdzeklis, kas smaržo pēc citrusa augļiem. Tas ir ļoti patīkams, arī apgaismojums ir saudzīgs un neuzkrītošs. Es pat nevaru saskatīt gaismas avotu, bet redzu, ka tas paslēpts aiz karnīzes un izstaro visaptverošu mirdzumu. Sienas un griesti ir sulīgā Burgundijas vīna krāsā, tāpēc plašā telpa nedaudz atgādina sievietes klēpi, un grīdu klāj sens, lakots koka segums. Pie sienas pretī durvīm krusteniski piestiprināti divi gari, nopulēti melnkoka dēļi, un katrā stūrī ir siksnas cilpa. Virs krusta no griestiem karājas vismaz astoņas kvadrātpēdas liels dzelzs režģis, un pie tā piestiprinātas virves, ķēdes un mirdzošas važas. Blakus durvīm pie sienas kā aizkaru stieņi piestiprināti divi pulēti, noapaļoti mieti, līdzīgi margu statņiem, tikai garāki. No tiem nokarājas pārsteidzoši dažādas lāpstiņas, pātagas un dīvaini, spuraini instrumenti.

Pie durvīm novietota smaga melnkoka kumode, un visas atvilktnes ir ļoti plānas, it kā tajās tiktu glabātas senlietas kā muzejā. Es brīdi prātoju, kas tur varētu būt. *Vai es vispār gribu to zināt?* Tālākajā stūrī ir mīksts sols, apvilkts ar tumši sarkanu ādu, un tam blakus pie sienas piestiprināts pulēts koka statīvs, kas izskatās pēc biljarda kiju turētāja, bet, kad aplūkoju to tuvāk, ieraugu dažāda garuma un apkārtmēra nūjas. Pretējā stūrī atrodas izturīgs, sešas pēdas garš galds no pulēta koka ar grezniem kokgrebumiem rotātām kājām, un zem tā ir divi pieskaņoti soliņi.

Bet galvenā vieta istabā piešķirta gultai. Tā ir lielāka par pašu milzīgāko gultu, kādu esmu redzējusi, krāšņa rokoko stila mēbele ar taisni izstieptu baldahīnu. Šķiet, tā varētu būt gatavota deviņpadsmitajā gadsimtā. Zem baldahīna vīd spīdīgas ķēdes un rokudzelži. Nav nekādas veļas, tikai ar sarkanu ādu apvilkts matracis un sarkani satīna spilveni, kas sakrauti vienā malā.

Dažu pēdu attālumā no gultas galvgaļa ir liels, mīksts dīvāns, novietots ar skatu pret gultu. Jocīgi, parasti dīvāns tiek vērsts citur... Un es pasmaidu; dīvāns man liekas savāds, kaut gan patiesībā tā ir visikdienišķākā mēbele šajā istabā. Es gluži nejauši paceļu skatienu un ieraugu, ka pie griestiem vienādos attālumos izvietoti metāla riņķi. Interesanti, kam tie domāti? Dīvaini, bet koka apdare, tumšās sienas, neuzbāzīgais apgaismojums un tumši sarkanās ādas mēbeles vērš istabu maigu un romantisku... Es zinu, ka tā nebūt nav; šis ir Kristjena priekšstats par maigu romantiku.

Es pagriežos un redzu, ka viņš uzmanīgi vēro mani. Kristjena sejā nekas nav nolasāms. Es ieeju istabā dziļāk, un viņš seko man. Spurainais nieciņš mani ieinteresējis. Es tam nedroši pieskaros. Kāts ir apvilkts ar zamšu, un no tā stiepjas kupls ādas loksnīšu biezoknis. Tām galos piestiprinātas pavisam sīkas plastmasas lodītes.

– Tā ir pletne, – Kristjens klusi paskaidro.

Pletne... hmm. Laikam pārsteigums bijis tik spēcīgs, ka mani pārņēmis stingums. Zemapziņa ir devusies atvaļinājumā vai zaudējusi valodu, vai gluži vienkārši izlaidusi garu. Es neko nejūtu. Es redzu un saprotu, bet nespēju vārdos paust savas izjūtas. Kāda gan ir piemērota reakcija, uzzinot, ka iespējamais mīļākais ir pilnīgi jucis sadists vai mazohists? *Bailes... jā...* Tās, šķiet, ir spēcīgākās emocijas, tomēr tās nav vērstas pret Kristjenu. Es nedomāju, ka viņš spētu man kaut ko nodarīt; vismaz ne bez manas piekrišanas. Ir pārāk daudz jautājumu, kas drūzmējas man prātā. Kāpēc? Kā? Kad? Cik bieži? Ar kuru? Es pieeju pie gultas un laižu pirkstus pār vienu no smalkajiem stabiem. Tas ir ļoti izturīgs, lieliska meistara gatavots.

– Saki kaut ko, – Kristjens pavēl mānīgi klusā balsī.

– Vai tu to nodari citiem cilvēkiem vai arī citi to dara tev?

Viņa mutes kaktiņi nedaudz paraujas uz augšu; Kristjens

ir vai nu uzjautrināts, vai atvieglots.

– Cilvēkiem? – Viņš samirkšķina acis, apdomādams savu atbildi. – Es to daru ar sievietēm, kuras to vēlas.

Es neko nesaprotu.

– Ja tev ir labprātīgas partneres, kāpēc šeit esmu es?

– Tāpēc, ka es vēlos to visu darīt kopā ar tevi. Ļoti vēlos.

– Ak tā, – es izdvešu. *Kāpēc?*

Aizklīdusi līdz mīkstajam solam, kas man sniedzas līdz viduklim, es laižu pirkstus pār ādas apvalku. *Viņam patīk nodarīt sāpes sievietēm.* Šī doma mani skumdina.

– Vai tu esi sadists?

– Es esmu Pavēlnieks. – Kristjena skatiens ir kvēls un ciešs.

– Ko tas nozīmē? – es čukstu.

– Tas nozīmē, ka es vēlos, lai tu man labprātīgi pakļautos itin visā.

Es saraucu pieri, mēģinādama aprast ar šo domu.

– Kāpēc man to vajadzētu darīt?

– Lai sagādātu baudu man, – viņš nočukst, pieliekdams galvu uz sāniem, un es pamanu tik tikko jaušamu smaidu.

Sagādātu baudu! Viņš grib, lai es viņam sniedzu baudu! Es jūtu, ka mute paveras. *Dāvāt baudu Kristjenam Grejam.* Piepeši saprotu, ka tieši to es vēlos. Es vēlos, lai viņš būtu sasodīti apmierināts ar mani. Un tā ir brīnišķīga atklāsme.

– Viss ir ļoti vienkārši: es vēlos, lai tu gribētu man izpatikt, – viņš klusi turpina, un viņa balss ir hipnotizējoša.

– Kā es to varu izdarīt? – Mana mute ir izkaltusi, un es nožēloju, ka man vairs nav vīna. Labi, izpatikšanu un baudas sniegšanu es saprotu, bet mani mulsina šis Elizabetes laika moku kambara un buduāra apvienojums. Vai es vispār vēlos dzirdēt atbildi?

– Man ir daži noteikumi, un es gribu, lai tu tiem pakļautos. Tie ir paredzēti tavām ērtībām un manam priekam. Ja izpildīsi šos noteikumus, es tevi apbalvošu. Ja nē, es tevi sodīšu, un tu gūsi mācību, – Kristjens čukst, un es palūkojos uz nūju statīvu.

– Kā tajā iederas viss šis? – Es ar plašu rokas žestu norādu uz istabu.

– Tā ir daļa no motivācijas. Vienlaikus sods un apbalvojums.

– Tātad tu gūsi baudu, uzspiežot man savu gribu.

– Galvenais ir iegūt tavu uzticēšanos un cieņu, lai tu pakļautos manai gribai. Tava padevība man sniegs lielu baudu un pat prieku. Jo vairāk tu pakļausies, jo kvēlāks būs mans prieks – ļoti vienkārši.

– Labi, un ko no tā iegūšu es?

Kristjens parausta plecus, it kā atvainodamies.

– Mani, – viņš vienkārši paskaidro.

Ak vai.

Kristjens izlaiž pirkstus caur matiem, nenolaizdams skatienu no manis.

– Tu neko nesaki, Anastasija, – viņš izmisis nomurmina. – Iesim atpakaļ, uz pirmo stāvu, kur es spēšu labāk koncentrēties. Es nevaru domāt, kamēr tu esi šeit. – Viņš sniedz man roku, un šoreiz es vilcinos, pirms to pieņemu.

Keita teica, ka Kristjens ir bīstams, un viņai ir taisnība. *Kā viņai izdevās nojaust?* Kristjens ir bīstams manai veselībai, jo es zinu, ka piekritīšu. Un daļa no manis to nevēlas. Daļa no manis grib bēgt, skaļi kliedzot, pamest šo istabu un visu, ko tā simbolizē. Es neesmu tam gatava.

– Anastasija, es tev nenodarīšu sāpes.

Es zinu, ka viņš saka patiesību, un satveru Kristjena roku, ļaudamās, lai viņš izved mani ārā.

– Ja piekritīsi, es vēlos tev parādīt vēl kaut ko. – Kristjens pagriežas pa labi no savas rotaļu istabas un soļo pa gaiteni. Mēs paejam garām vairākām durvīm, līdz sasniedzam pēdējās. Aiz tām plešas guļamistaba ar lielu divguļamo gultu, un viss ir balts – mēbeles, sienas, veļa. Telpa ir auksta un bezpersoniska, bet aiz stikla sienas redzams brīnišķīgs skats uz Sietlu.

– Šī būs tava istaba. Varēsi to iekārtot pēc savas gaumes, ienest šeit visu, ko vien vēlies.

– Mana istaba? Vai tu gribi, lai es pārceļos šurp? – Man

neizdodas apslēpt šausmas balsī.

– Ne jau uz visu laiku. Piemēram, no piektdienas vakara līdz svētdienai. Mums vajadzēs par to apspriesties, risināt pārrunas. Ja tu piekritīsi, – viņš klusi, nedroši piebilst.

– Es gulētu šeit?

– Jā.

– Nevis pie tevis?

– Nē, es tev jau teicu, ka ne ar vienu neguļu. Tikai ar tevi, kad esi piedzērusies līdz nemaņai, – viņš pārmetoši atgādina.

Es sakniebju lūpas. Man ir grūti saprast, kā gan labsirdīgais, gādīgais Kristjens, kurš mani glāba no dzēruma un saudzīgi turēja, kamēr es vēmu uz puķēm, varētu būt tas pats briesmonis, kuram ir īpaša istaba, pilna ar pātagām un ķēdēm.

– Kur tu guli?

– Mana istaba ir pirmajā stāvā. Iesim, tu droši vien esi izsalkusi.

– Dīvaini, bet mana ēstgriba ir zudusi, – es nīgri noņurdu.

– Tev jāēd, Anastasija, – viņš mani norāj un ved atpakaļ uz milzīgo istabu pirmajā stāvā.

Kad esmu tajā atgriezusies, mani pārņem neizsakāmas bažas. Es svārstos bezdibens malā, un man jāizlemj – lēkt vai nelēkt.

– Anastasija, es lieliski apzinos, ka grasos iemest tevi ēnu pasaulē, un tāpēc gribu, lai tu ļoti labi visu apdomātu. Tev noteikti ir jautājumi, – Kristjens ieminas, palaidis vaļā manu roku. Viņš ieiet virtuves nodalījumā.

Jā, bet ar ko lai sāku?

– Tu parakstīji konfidencialitātes līgumu; jautā man visu, ko vien vēlies, un es atbildēšu.

Es stāvu pie brokastu letes un vēroju, kā Kristjens izņem no ledusskapja šķīvi ar dažādiem sieriem, diviem lieliem zaļumu saišķiem un sarkanām vīnogām. Viņš noliek to uz letes un sāk griezt šķēlēs franču bageti.

– Apsēdies. – Viņš norāda uz tabureti pie letes, un es paklausu. Ja piekritīšu Kristjena piedāvājumam, turpmāk man nāksies pie tā pierast. Galu galā viņš izturējies valdonīgi jau kopš mūsu pirmās tikšanās reizes.

– Tu pieminēji dokumentus.

– Jā.

– Kādus?

– Konfidencialitātes līgumu papildinās vienošanās, uzskaitot, ko mēs darīsim un ko nedarīsim. Man jāzina tavas robežas, un tev savukārt jāzina manējās. Šīs būtu abpusēji labprātīgas attiecības, Anastasija.

– Kas notiks, ja es nepiekritīšu?

– Tas būs tavs lēmums, – Kristjens piesardzīgi atbild.

– Un mums nebūs nekādu attiecību?

– Nē.

– Kāpēc?

– Šīs ir vienīgās attiecības, kas mani interesē.

– Kāpēc?

Kristjens parausta plecus. – Tāds nu es esmu.

– Kā tu tāds kļuvi?

– Kāpēc gan cilvēki vispār ir tādi, kādi ir? Uz to ir grūti atbildēt. Kāpēc dažiem garšo siers, bet citiem tas riebjas? Vai tev garšo siers? Mana saimniecības vadītāja, Džonsas kundze, atstāja šo izlasi vakariņām. – Kristjens izņem no skapīša divus lielus, baltus šķīvjus un vienu novieto man pretī.

Mēs runājam par sieru...

– Kādi ir tavi noteikumi, kam vajadzētu pakļauties?

– Tie visi ir pierakstīti. Kad būsim paēduši, varēsim tos pārrunāt.

Ēdiens. Kā lai piespiežu sevi norīt kaut kumosu?

– Man tiešām negribas ēst, – es nočukstu.

– Tu ēdīsi, – Kristjens mierīgi paziņo. *Pavēlnieciskais Kristjens; nu viss ir skaidrs.* – Vai gribēsi vēl glāzi vīna?

– Jā, lūdzu.

Viņš piepilda manu glāzi un apsēžas blakus. Es steidzīgi iemalkoju dzērienu.

– Cienājies, Anastasija.

Es noplūcu nelielu vīnogu zariņu. Ar to es tikšu galā.

Kristjens samiedz acis.

– Vai tu esi šāds jau sen? – es jautāju.

– Jā.

– Vai ir viegli atrast sievietes, kuras vēlas piedalīties?

Kristjens sarauc uzaci.

– Tu būtu pārsteigta, uzzinot, cik viegli tas ir, – viņš nosaka.

– Kāpēc tu to piedāvā man? Es tiešām nesaprotu.

– Anastasija, to es jau esmu tev paskaidrojis. Tev piemīt kaut kas neparasts. Es nespēju no tevis atteikties. – Viņa lūpās pavīd ironijas pilns smaids. – Tu mani pievilini, kā liesma pievilina tauriņu. – Viņa acis satumst. – Es tevi dedzīgi vēlos, ļoti dedzīgi, it īpaši šobrīd, kad tu atkal iekodies apakšlūpā. – Viņš dziļi ievelk elpu un norij siekalas.

Mani vēdera muskuļi sažņaudzas – Kristjens mani vēlas... kaut gan viņa iegribas ir ļoti dīvainas, tomēr šis skaistais, savādais, erotiskas spēles iecienījušais vīrietis mani vēlas.

– Šķiet, tu esi kļūdījies, nosaucot sevi par tauriņu, – es nomurminu. Jo tauriņš esmu es, un Kristjens ir liesma, un es jau šobrīd zinu, ka apdedzināšos.

– Ēd!

– Nē. Vēl neko neesmu parakstījusi, tāpēc kādu laiku vēlētos paturēt savas tiesības uz brīvo gribu, ja neiebilsti.

Kristjena acis atmaigst, un viņš uzsmaida man.

– Kā vēlaties, Stīlas jaunkundze.

– Cik sievietes tev bijušas? – es vienā elpas vilcienā izgrūžu.

– Piecpadsmit.

Hmm... biju domājusi, ka būs vairāk.

– Vai šīs attiecības turpinājās ilgi?

– Jā, ar dažām.

– Vai esi kādai nodarījis sāpes?

– Jā.

Velns...

– Ļoti?

– Nē.

– Vai man tu nodarīsi sāpes?

114

– Kādā ziņā?

– Vai tu sagādāsi man fiziskas sāpes?

– Es tevi sodīšu, kad tas būs nepieciešams, un sods būs sāpīgs.

Mani pārņem vājums, un es iemalkoju vīnu. Gan jau alkohols man piešķirs drosmi.

– Vai tu pats kādreiz esi sists? – es jautāju.

– Jā.

Tas mani izbrīna. Pirms pagūstu viņu izprašņāt, Kristjens pārtrauc manu domu gaitu.

– Parunāsim par to manā kabinetā. Es vēlos tev kaut ko parādīt.

Man ir grūti aptvert notiekošo. Vēl nesen man bija muļķīgi sapņi par to, kā es šī vīrieša gultā pavadīšu neprāta kaisles pilnu nakti, un tagad mēs apspriežam biedējoši savādu līgumu.

Es sekoju Kristjenam uz viņa plašo kabinetu; arī tajā viena siena ir no stikla, un aiz tās ir balkons. Viņš apsēžas uz galda, ar mājienu liek man iekārtoties ādas krēslā viņam pretī un pasniedz man papīra lapu.

– Lūk, noteikumi. Tos iespējams mainīt. Tā ir daļa no līguma, ko tu vari saņemt jebkurā mirklī. Izlasi, un pēc tam varēsim tos pārrunāt.

Noteikumi

Paklausība

Pakļautā izpildīs jebkādus Pavēlnieka norādījumus nekavējoties, neizrādot vilcināšanos vai atturību. Pakļautā piekritīs jebkādām seksuālām aktivitātēm, ko Pavēlnieks uzskata par pieņemamām un patīkamām, izņemot aktivitātes, kas norādītas stingro ierobežojumu sarakstā (sk. 2. pielikumu). Viņa rīkosies dedzīgi un nevilcinoties.

Miegs

Pakļautās pienākums ir gulēt vismaz astoņas stundas naktīs, kad viņa nav kopā ar Pavēlnieku.

Uzturs

Pakļautā regulāri uzņems pārtiku, rūpējoties par savu veselību un labklājību. Uzņemamās pārtikas saraksts pieejams 4. pielikumā. Pakļautā nedrīkst ēst uzkodas ēdienreižu starplaikos, izņemot augļus.

Apģērbs

Līguma darbības laikā Pakļautā valkās tikai drēbes, kuras par piemērotām atzinis Pavēlnieks. Pavēlnieks izsniegs Pakļautajai apģērbam paredzētus līdzekļus, kurus Pakļautā izmantos šim mērķim. Ārkārtas gadījumos Pavēlnieks vedīs Pakļauto iegādāties apģērbu. Līguma darbības laikā Pakļautajai jāvalkā Pavēlnieka izraudzīti aksesuāri Pavēlnieka klātbūtnē un jebkurā citā reizē, ja Pavēlnieks to uzskata par nepieciešamu.

Fiziskā sagatavotība

Pavēlnieks nodrošinās Pakļauto ar individuālo treneri četras reizes nedēļā stundu ilgām nodarbībām reizēs, par kurām notiek mutiska vienošanās individuālā trenera un Pakļautās starpā. Individuālais treneris Pavēlniekam ziņos par Pakļautās sasniegtajiem rezultātiem.

Personiskā higiēna / Skaistumkopšana

Pakļautā rūpēsies, lai vienmēr būtu tīra, noskuvusies un/vai veikusi vaksāciju. Pakļautā apmeklēs Pavēlnieka noteiktu skaistumkopšanas salonu, kad to nolems Pavēlnieks, un ļausies visām procedūrām, ko Pavēlnieks uzskatīs par nepieciešamu.

Veselība

Pakļautā nelietos alkoholu pārmērīgos daudzumus, nesmēķēs, nelietos narkotikas un tīši nepakļaus sevi briesmām.

Rakstura īpašības

Pakļautā neiesaistīsies seksuālās attiecībās ar kādu citu, izņemot Pavēlnieku. Pakļautā vienmēr izturēsies godbijīgi un padevīgi. Viņai jāsaprot, ka Pavēlnieks ir atbildīgs par viņas uzvedību. Jebkāda ļaunprātība, nepaklausība vai noziegums, ko Pakļautā paveiks Pavēlnieka prombūtnes laikā, tiks uzskatīta par viņas vainu.

Nepakļaušanās jebkuram no minētajiem noteikumiem būs pamats tūlītējam sodam, kuru noteiks Pavēlnieks.

Jēzus un Marija!

– Stingrie ierobežojumi? – es jautāju.

– Jā. Viss, ko nedarīsi tu, ko nedarīšu es... Mums tas jānorāda līgumā.

– Neesmu pārliecināta, ka varētu pieņemt naudu apģērbam. Tas šķiet nepareizi. – Es neveikli sagrozos krēslā; man prātā atbalsojas vārdi "pērkama sieviete".

– Anastasija, man sagādās prieku iespēja tērēt naudu tavā labā. Ļauj, lai nopērku tev drēbes. Varbūt tev nāksies mani pavadīt saviesīgos pasākumos, un es gribu, lai tu būtu labi ģērbta. Ar tavu algu noteikti nepietiks tērpiem, kādus es vēlētos redzēt tev mugurā.

– Vai man nevajadzēs tos valkāt, kad nebūšu kopā ar tevi?

– Nē.

– Labi. – *Tas būtu kaut kas līdzīgs formastērpam.*

– Es negribu vingrot četras reizes nedēļā.

– Anastasija, tev jābūt spēcīgai, tvirtai un izturīgai. Vingrojumi būs nepieciešami. Uzticies man.

– Bet ne jau četras reizes nedēļā. Varbūt trīs?

– Es gribu, lai tu vingro četras reizes.

– Man šķita, ka šīs ir pārrunas, nevis vienpusēja lēmumu paziņošana.

Kristjens sakniebj lūpas. – Labi, Stīlas jaunkundze, jums taisnība. Piedāvāju stundu trīs reizes nedēļā un vēl pusstundu ceturtajā dienā.

– Trīs dienas, trīs stundas. Man radās iespaids, ka tu rūpēsies par manu fizisko piepūli, kad būšu šeit.

Kristjens velta man plēsīgu smaidu, un viņa acis atvieglojumā iegailas. – Jā, taisnība. Labi, esam vienojušies. Vai tiešām nevēlies praktikantes vietu manā kompānijā? Tu proti risināt pārrunas.

– Nē, tā man nešķiet laba doma. – Es turpinu pētīt noteikumus. *Vaksācija! Ko man vajadzētu vaksēt? Visu? Fui!*

– Ķersimies pie ierobežojumiem. Lūk, šie ir manējie. – Kristjens pasniedz man vēl vienu papīra lapu.

Stingrie ierobežojumi

Aizliegtas darbības ar uguni.

Aizliegtas darbības ar urinēšanu, defekāciju un šo aktivitāšu rezultātiem.

Aizliegtas darbības ar adatām, nažiem, caurduršanu un asinīm.

Aizliegtas darbības ar ginekoloģiskiem instrumentiem.

Aizliegtas darbības ar bērniem vai dzīvniekiem.

Aizliegtas darbības, kuru rezultātā uz ādas paliek ilgstošas pēdas.

Aizliegtas darbības ar elpas aizturēšanu.

Aizliegtas darbības, kas saistītas ar tiešu elektriskās strāvas saskarsmi (maiņstrāvas vai līdzstrāvas), uguni un liesmām tiešā ķermeņa tuvumā.

Šausmas. Tas viss jāizklāsta rakstiski? Kaut gan jāatzīst, ka visi šie nosacījumi ir saprātīgi un, patiesību sakot, arī nepieciešami... Neviens normāls cilvēks negribētu iesaistīties tādās spēlēs. Tomēr šobrīd mani pārņēmusi mazliet šķebīga sajūta.

– Vai tu vēlies kaut ko pievienot? – Kristjens gādīgi painteresējas.

Velns! Man nav ne jausmas. Es neko nevaru pateikt. Viņš lūkojas uz mani un sarauc pieri.

– Vai ir kaut kas tāds, ko tu negribi darīt?

– Es nezinu.

– Kā to saprast?

Es apjukusi sagrozos uz krēsla un iekožu apakšlūpā.

– Nekad vēl neesmu neko tādu darījusi.

– Labi; kad tu nodarbojies ar seksu, vai bija kaut kas tāds, kas tev nepatika?

Es piesarkstu, kaut gan bija šķitis, ka tas vairs nenotiks.

– Nekautrējies no manis, Anastasija. Mums jābūt pilnīgi atklātiem vienam pret otru, citādi nekas neizdosies.

Es neveikli sagrozos un cītīgi pētu savus kopā savītos pirkstus.

– Runā! – Kristjens pavēl.

– Es ne ar vienu neesmu gulējusi, tāpēc nezinu. – Mana balss ir tik tikko dzirdama. Es nedroši palūkojos uz Kristjenu un redzu, ka viņš ir sastindzis un neticīgi raugās uz mani, un viņš ir bāls, ļoti, ļoti bāls.

– Nekad? – viņš čukst. Es papurinu galvu.

– Tu esi jaunava? – viņš izdveš. Es pamāju, atkal piesarkusi. Kristjens aizver acis un šķietami skaita līdz desmit. Pēc brīža viņš tās atver un saniknots uzlūko mani.

– Nolādēts, kāpēc tu man neko neteici? – viņš ieaurojas.

8. NODAĻA

Kristjens nemitīgi laiž pirkstus caur matiem un soļiem mēro savu kabinetu. Viņš izmanto abas rokas, pauzdams divkāršu izmisumu. Tik ierastais, dzelžainais savaldīgums ir pagaisis.

– Es nesaprotu, kāpēc tu man to neteici, – viņš rājas.

– Nebija nepieciešamības. Neesmu radusi stāstīt par savu seksuālo pagātni visiem, ko vien sastopu. Mēs taču gandrīz nemaz neesam pazīstami. – Es vēl joprojām pētu savas rokas. Kāpēc es jūtos vainīga? Kāpēc viņš ir tik nikns? Es piesardzīgi uzmetu skatienu Kristjenam.

– Par mani tu tagad zini daudz vairāk, – viņš atcērt un sakniebj lūpas. – Es nojautu, ka esi nepieredzējusi, bet *jaunava*! – Viņš to izspļauj kā lamuvārdu. – Velns parāvis, Ana, es nupat tev parādīju... – Kristjens ievaidas. – Lai Dievs man piedod! Vai kāds cits tevi ir skūpstījis, izņemot mani?

– Protams! – Es cenšos izskatīties apvainojusies. *Labi, varbūt kādas divas reizes...*

– Un neviens kārtīgs jauneklis nav tevi savaldzinājis? Es gluži vienkārši nesaprotu. Tev ir divdesmit viens gads, gandrīz divdesmit divi. Tu esi ļoti skaista meitene. – Kristjens atkal izlaiž pirkstus caur matiem.

Skaista. Es tīksmē piesarkstu. Kristjens Grejs mani uzskata par skaistu meiteni. Es saviju pirkstus kopā un cītīgi vēroju tos, mēģinādama apvaldīt muļķīgo smaidu. *Varbūt viņš ir tuvredzīgs.* Atgriezusies mana miegainā zemapziņa. Kur tā slēpās, kad bija man nepieciešama?

– Un tu nopietni apdomā to, ko piedāvāju es, kaut gan tev nav nekādas pieredzes. – Kristjena uzacis savelkas kopā. – Kā tev izdevies vairīties no seksa? Paskaidro, lūdzu! Es paraustu plecus.

– Neviens nav īsti, nu... – Atbildis manām prasībām, izņemot tevi. Un tu, izrādās, esi briesmonis. – Kāpēc tu uz mani tā dusmojies? – es nočukstu.

– Ne jau uz tevi. Es dusmojos pats uz sevi. Uzskatīju... – Kristjens nopūšas, brīdi vērīgi aplūko mani un beigu beigās papurina galvu. – Vai vēlies doties prom? – viņš saudzīgi painteresējas.

– Nē, ja vien tu pats negribi sūtīt mani mājās, – es nomurminu. *Tikai ne to... es labāk palikšu šeit...*

– Protams, nē. Man patīk tava klātbūtne. – Kristjens sarauc pieri un ieskatās pulkstenī. – Ir jau vēls. – Viņš pagriežas pret mani. – Un tu iekodies apakšlūpā. – Viņa balss ir piesmakusi, un viņš vēro mani, it kā prātā kaut ko apsvērdams.

– Piedod.

– Neatvainojies. Es arī vēlos tajā iekosties. Spēcīgi iekosties.

Es spēji ievelku elpu. Kāpēc viņš iedomājas, ka var man pateikt kaut ko tādu un es nekā nereaģēšu?

– Nāc, – Kristjens klusi aicina.

– Uz kurieni?

– Mēs tūlīt pat labosim situāciju.

– Ko? Kādu situāciju?

– Tavējo, Ana. Es mīlēšos ar tevi. Tūlīt pat.

– Ak tā. – Šķiet, ka grīda man zem kājām pazudusi. *Es esmu situācija, kas jālabo.* Man ir grūti paelpot.

– Protams, tikai tādā gadījumā, ja tu pati to vēlies. Es negribu pārkāpt nekādas robežas.

– Man šķita, ka tu nekad nemīlējies. Tev esot skarbs, mežonīgs sekss, – es atgādinu un krampjaini norīstos. Mana mute piepeši ir izkaltusi.

Kristjena lūpās parādās plēsīgs smaids, un es izjūtu tā iedarbību līdz pat kādai vietai dziļi pavēderē.

– Šoreiz es varu pieļaut izņēmumu vai arī apvienot abas nodarbes; gan jau redzēsim. Es tiešām vēlos ar tevi mīlēties. Lūdzu, ļaujies man. Es gribu, lai mūsu attiecības risinātos veiksmīgi, bet tev tiešām nepieciešama nojausma par to, kas gaidāms. Varam sākt tavu apmācību jau šonakt, ar pašiem pamatiem. Tas nenozīmē, ka esmu pārgājis romantikas pusē; tas ir tikai līdzeklis, lai sasniegtu mērķi, bet es to vēlos un ceru, ka arī tev tas būs tīkams. – Viņš nenolaiž skatienu no manis.

Manos vaigos sakāpj sārtums. *Vēlēšanās tomēr mēdz piepildīties...*

– Bet es neesmu paveikusi neko no visa, ko pieprasi savos nosacījumos. – Mana balss ir nedroša, un es izklausos aizelsusies.

– Aizmirsti tos nosacījumus. Šonakt nedomā par visiem sīkumiem, kurus nupat lasīji. Es tevi vēlos. Jau kopš brīža, kad četrrāpus iekriti manā kabinetā. Un es zinu, ka arī tu vēlies mani. Pretējā gadījumā tu šeit nesēdētu, rāmi spriežot par sodu un stingrajiem ierobežojumiem. Lūdzu, Ana, pavadi šo nakti kopā ar mani. – Kristjens sniedz man roku, viņa acis drudžaini mirdz... viņš ir satraukts, un es ielieku savu plaukstu viņējā. To sajutis, Kristjens spēji pievelk mani sev klāt, un es jūtu viņa augumu visā tā garumā. Viņš viegli noglāsta manu skaustu, apvij zirgastē sasietos matus ap plaukstas locītavu un nedaudz tos parauj, līdz esmu spiesta ielūkoties viņam acīs. Viņš lūkojas man pretī.

– Tu esi drosmīga sieviete, – viņš nočukst. – Tev izdevies mani apburt.

Šie vārdi ir kā eļļa, kas pielieta ugunij; manas asinis uzvirst. Kristjens pieliecas un maigi noskūpsta mani, ar mēli noglāstīdams apakšlūpu.

– Es vēlos tajā iekosties, – viņš noņurd un ļoti piesardzīgi paņurca manu apakšlūpu starp zobiem. Es iestenos, un viņš pasmaida.

– Lūdzu, Ana, ļauj man tevi mīlēt.

– Jā, – es nočukstu, jo tieši šī iemesla dēļ esmu ieradusies. Kristjena smaidā atplaiksnī uzvarētāja prieks; viņš palaiž mani vaļā, satver aiz rokas un ved tālāk dzīvoklī.

Viņa guļamistaba ir milzīga. Aiz stikla sienas slejas izgaismotie Sietlas debesskrāpji. Sienas ir baltas, bet mēbeles – gaiši zilas. Karaliskā gulta izskatās ļoti moderna, veidota no raupja, pelēcīga koka, līdzīga jūras krastā izskalotajiem, un tai ir četri stabi, bet nav baldahīna. Pie sienas virs gultas ir elpu aizraujoša, uzgleznota jūras ainava.

Es trīcu kā apses lapa. Ir pienācis liktenīgais brīdis. Pēc ilgas gaidīšanas es beidzot iepazīšu šo pasauli, turklāt kopā ar Kristjenu Greju. Es elpoju pavisam sekli un nespēju novērst skatienu no viņa. Kristjens atsprādzē pulksteni, noliek to uz kumodes, kas pieskaņota gultai, un novelk arī žaketi, kurai atrod vietu uz krēsla. Viņš ir ģērbies baltā, pogājamā kreklā un džinsos, izskatīdamies neticami pievilcīgs. Apsūbējušā vara krāsas mati ir sajaukti, krekla mala izlauzusies no džinsu gūsta, bet pelēkajās acīs vīd pārliecība un spēks. Viņš izkāpj no sporta kurpēm, pasniedzas lejup un kārtīgi novelk zeķes. Kristjena Greja pēdas... Kāpēc kailas pēdas ir tik erotiskas? Viņš pagriežas un maiguma pilnām acīm uzlūko mani.

– Tu droši vien nedzer tabletes.

Ko? Velns!

– Tā jau man šķita. – Kristjens atver kumodes augšējo atvilktni un izņem no tās prezervatīvu paciņu, nenolaizdams skatienu no manis.

– Vienmēr jābūt gatavam, – viņš nomurmina. – Vai vēlies, lai nolaižu žalūzijas?

– Man nav iebildumu, – es nočukstu. – Tu teici, ka nevienai sievietei neļauj gulēt tavā gultā.

– Kurš apgalvo, ka mēs gulēsim? – viņš painteresējas.

– Ak tā. – *Apžēliņ!*

Kristjens nesteidzīgi tuvojas man, pārliecināts un seksīgs, acīm gailot, un mana sirds spēji dauzās, liekot asinīm riņķot straujāk. Pavēderē izveidojas kvēlas, tveicīgas iekāres kamols. Viņš nostājas man pretī, lūkodamies lejup, man acīs. *Viņš ir tik sasodīti skaists...*

– Te ir pietiekami silts, – Kristjens klusi nosaka un, satvēris manas jaciņas atlokus, uzmanīgi novelk to man gar pleciem. Salocījis apģērba gabalu, viņš to novieto uz krēsla.

– Vai tu kaut nedaudz nojaut, cik ļoti es tevi vēlos, Ana Stīla? – viņš nočukst, un man aizraujas elpa. Mans skatiens ir kā piekalts viņējam. Kristjens paceļ roku un tik tikko jūtami laiž pirkstus gar manu vaigu līdz zodam.

– Vai tu nojaut, ko es ar tevi izdarīšu? – viņš turpina, glāstīdams manu ādu.

Muskuļi visdziļākajā, slēptākajā auguma daļā saraujas, radot neprātīgi patīkamas izjūtas. Sāpes ir tik kairas un asas, ka man gribas aizvērt acis, tomēr esmu gluži kā apmāta un to nespēju. Kristjens pieliecas un mani noskūpsta. Viņa lūpas ir uzstājīgas un stingras, bet nesteidzīgas; tās māca mani pakļauties. Viņa pirksti pamazām atpogā manu kreklu, bet lūpas tikmēr bārsta ātrus, tik tikko jūtamus skūpstus pār žokļa līniju, zodu un mutes kaktiņiem. Pēc mirkļa krekls jau ir noslīdējis man no pleciem, un Kristjens ļauj tam nokrist uz grīdas. Viņš atkāpjas un brīdi vēro mani. Esmu uzvilkusi gaiši zilu mežģīņu krūšturi. *Paldies Dievam!*

– Ana, – viņš izdveš. – Tev ir brīnišķīga āda, gaiša un nevainojama. Es vēlos skūpstīt ikkatru tās collu.

Es pietvīkstu. Un kāpēc gan viņš apgalvoja, ka nespēj mīlēties? Es darīšu visu, ko vien šis vīrietis vēlas. Viņš izņem gumiju, kas satur manus matus, un spēji ievelk elpu, redzot, kā tie izplūst pār maniem pleciem.

– Man patīk brunetes, – Kristjens noņurd, un abas viņa plaukstas jau ievijušās manos matos tā, ka viņš satvēris manu galvu no abām pusēm. Viņa skūpsts ir prasīgs, mēle un lūpas mudina manu muti pavērties. Es iestenos un bikli ļauju mēlei tiekties pretī viņējai. Kristjens pierauj mani sev klāt, ar vienu roku vēl joprojām glāstīdams manus matus, bet otru laizdams lejup pa mugurkaulu līdz viduklim un zemāk. Viņa plauksta aptver manus dibena apaļumus, un viņš tos viegli saspiež, pievildams mani vēl tuvāk, līdz es sajūtu viņa cieto locekli.

Vēl joprojām skūpstīdama Kristjenu, es dobji ievaidos. Tik tikko spēju apvaldīt savas mežonīgās izjūtas – vai arī hormonus? – kas caurstrāvo manu augumu. Es neprātīgi vēlos šo vīrieti un ieķeros viņa augšdelmos, sataustīdama pārsteidzoši spēcīgos roku muskuļus. Biklām kustībām aizslidinu plaukstas augšup līdz viņa sejai un matiem. Tie ir mīksti un sajaukti. Es viegli paraustu tos, un viņš ievaidas, tuvinādams mani gultai, līdz tās mala atduras man pret pacelēm. Jau domāju, ka viņš nogrūdīs mani uz gultas, bet tas nenotiek. Kristjens palaiž mani vaļā un piepeši nokrīt ceļos. Viņš abām rokām satver manus gurnus un ar mēli izzīmē riņķi ap manu nabu, bet pēc tam maigiem kodieniem aizvirzās līdz vienam gurnu kaulam, no kura aizslīd pie otra.

– Mh... – es nesakarīgi izdvešu.

Kristjens ir nometies ceļos manā priekšā, es jūtu viņa mutes pieskārienus uz savas ādas, un tas ir neticami erotiski. Mani pirksti vēl joprojām ievijušies viņa matos, un es tos maigi pavelku, cenzdamās apvaldīt pārāk skaļo elpošanu. Viņš paceļ skatienu un uzlūko mani caur neiespējami garām skropstām, un viņa pelēkās, dūmakainās acis gluži vai apsvilina mani. Pasniedzies augšup, viņš atpogā manus džinsus un laiski pavelk rāvējslēdzēju lejup. Nenovēršoties no manis, viņš ļauj pirkstiem ieslīdēt aiz bikšu malas un virzīties tālāk, uz mana dibena pusi. Plaukstas nesteidzīgi slīd lejup līdz augšstilbiem, vienlaikus pastumjot džinsus zemāk. Arī es nespēju novērsties. Kristjena rokas sastingst, un viņš aplaiza lūpas, paliecas uz priekšu, un viņa deguns skar manu kājstarpi. Es viņu sajūtu tur.

– Cik tu labi smaržo, – Kristjens noņurd un aizver acis; viņa seja pauž pilnīgu ekstāzi, un mans augums spēji noraustās. Viņš pasniedzas un norauj pārklāju no gultas, uzmanīgi pagrūzdams mani, līdz es atkrītu uz matrača.

Kristjens, vēl joprojām tupēdams uz ceļiem, satver mani aiz potītes, atraisa kurpes saites un noauj gan kurpi, gan zeķi. Es atbalstos uz elkoņiem, lai redzētu, kas notiek, un elsoju, neizskaidrojamas vēlmes pārņemta. Viņš paceļ manu kāju, turēdams to aiz papēža, un velk īkšķi pār pēdas izliekumu. Sajūta ir gandrīz sāpīga, tomēr tā atbalsojas līdz pat cirksnim, un es iestenos. Lūkodamies man acīs, Kristjens pārlaiž mēli pār pēdas ādu un pēc tam izmanto zobus, viegli skrāpējot. *Velns...* Kā gan iespējams, ka es to sajūtu tur?

Nespēdama apvaldīt vaidu, es atkrītu gultā, un viņš klusi iesmejas.

– Ana, Ana, es varētu ar tevi izdarīt tik daudz... – viņš nočukst. Noāvis man otru kurpi un zeķi, viņš pieceļas un atbrīvo manas kājas no džinsiem. Es guļu uz viņa gultas, ģērbusies tikai krūšturī un biksītēs, un viņš lūkojas uz mani.

– Tu esi ļoti skaista, Anastasija Stīla. Nevaru sagaidīt brīdi, kad būšu tevī.

Jēziņ. Kristjena vārdi... tiem piemīt neticams valdzinošs spēks. Man aizraujas elpa.

– Parādi man, kā iepriecini sevi.

Ko tas nozīmē? Es saraucu pieri.

– Nekautrējies, Ana, parādi man, – Kristjens nočukst.

Es papurinu galvu. – Nezinu, par ko tu runā. – Mana balss ir aizsmakusi un tik tikko pazīstama; to caurstrāvo iekāre.

– Kā tu liec sev beigt? Es gribu to redzēt.

Atkal esmu spiesta papurināt galvu. – Es to nedaru.

Kristjens sarauc uzacis, brīdi izskatīdamies apstulbis, un viņa acis satumst.

– Nu, mums nāksies to labot. – Kristjena balss ir klusa, izaicinoša, un tajā ieskanas saldkaisls, juteklisks draudīgums. Viņš atpogā džinsus un nesteidzīgi tos novelk, lūkodamies man acīs. Noliecies virs gultas, viņš satver manas kājas pie potītēm, strauji iepleš tās un nometas ceļos man pretī. Brīdi nekas nenotiek, un es iekārē nodrebinos.

– Nekusties, – Kristjens nomurmina, pieliecas un sāk skūpstīt mana augšstilba iekšpusi, virzīdamies augšup pār biksīšu plānajām mežģīnēm.

Nē, es nevaru nekustēties. Pat tad, ja no tā būtu atkarīga mana dzīvība. Un es sāku locīties Kristjena rokās.

– Nāksies parūpēties, lai tu gulētu mierīgi, mazā. – Viņš virzās augšup pa manu vēderu, un mēle drīz vien iešaujas nabā. Tomēr viņš turpina ceļu uz ziemeļiem, skūpstīdams manu ādu, kas deg kaislē. Es piesarkstu, man ir pārāk karsti, pārāk auksti, un pirksti ieķeras palagā, savelkot to murskulī. Kristjens apguļas man blakus, un viņa pirksti velk līnijas man uz gurniem, vidukļa un tālāk līdz krūtīm. Viņš lūkojas uz mani, un viņa sejas izteiksme ir neizdibināma, līdz plauksta apkļauj manu krūti.

– Nevainojama, – Kristjens nomurmina, ieslidina rādītājpirkstu aiz krūštura kausiņa un maigi pavelk to lejup, atbrīvojot krūti, bet stīpiņa un audums pastumj to augšup. Viņa pirksts aizceļo pie otra kausiņa un atkārto šo darbību. Krūtis piebriest un to gali saspringst, viņa vērtējošajam skatienam pakļauti. Krūšturis ir pārvērties par korseti.

– Ļoti skaisti, – viņš atzinīgi nočukst, un krūtsgali saspringst vēl vairāk.

Ļoti maigi uzpūtis elpu vienam no tiem, Kristjens virza roku pie otras krūts, un viņa īkšķis nesteidzīgi pavirpina krūtsgalu, līdz es iestenos, saldajām tirpām aizšaujoties līdz pat cirksnim. Esmu neticami mitra. *Lūdzu, lūdzu!* es klusībā skaitu, vēl ciešāk satverdama palagu. Viņa lūpas aptver otru krūtsgalu, un, kad viņš to nedaudz parauj, es gandrīz sāku raustīties krampjos.

– Paskatīsimies, vai tev izdosies beigt šādi, – Kristjens nočukst, turpinādams nesteidzīgo, juteklisko uzbrukumu. Viņa prasmīgie pirksti saldkaisli skar manus krūtsgalus, iekvēlinot visus nervu galus, līdz pār manu miesu skrien kvēles skudriņas. Viņš neapstājas.

– Lūdzu... lūdzu, – es čukstu un atmetu galvu, mana mute paveras, es ievaidos, un kājas saspringst. Kas ar mani notiek?

– Ļaujies, mazā, – Kristjens nomurmina. Viņa zobi aptver manu krūtsgalu, īkšķis un rādītājpirksts spēcīgi pavelk otru, un es sabrūku viņa rokās, mans augums nodreb un sašķīst tūkstoš lauskās. Viņš mani kaislīgi noskūpsta, ar mēli apklusinot manus kliedzienus.

Tas bija kaut kas neiedomājams. Tagad es saprotu, kāpēc visi tā aizrāvušies ar seksu. Kristjens apmierināts smaida, uz mani lūkodamies, un es zinu, ka manā sejā atspoguļojas tikai izbrīns un pateicība.

– Tu esi ļoti atsaucīga, – viņš klusi nosaka. – Turpmāk tev vajadzēs iemācīties sevi apvaldīt, un man būs ļoti patīkami tevi skolot. – Viņš atkal mani noskūpsta.

Es vēl joprojām elpoju saraustīti, atgūdamās pēc orgasma. Kristjena roka noslīd zemāk, pie maniem gurniem, un cieši, intīmi apkļauj mani... *tur*. Viņš uz brīdi aizver acis un dziļi ievelk elpu.

– Tu esi brīnišķīgi mitra. Ak Dievs, kā es tevi vēlos... – Viņš iegrūž pirkstu manī un es iekliedzos; viņš atkārto kustību un ar īkšķi noglāsta klitoru, un pār manām lūpām atkal izlaužas kliedziens.

Piepeši Kristjens pieceļas sēdus, novelk man biksītes un nomet tās uz grīdas. Pēc tam viņš novelk savus šortus, atbrīvojot locekli, kas slejas augšup. Es izbijusies ievelku elpu. Viņš paķer spīdīgu paciņu no kumodes un iekārtojas man starp kājām, ieplezdams tās vēl vairāk. Izņēmis gumiju no iepakojuma, viņš to uzvelk uz locekļa. Nē... *Vai tas nesāpēs? Kā...?*

– Nesatraucies, – Kristjens klusi mierina mani. – Tu pielāgosies. – Viņš noliecas, atbalstījis plaukstas abpus manai galvai, un lūkojas man sejā, sakodis zobus; viņa acīs kvēlo uguns. Tikai tagad es aptveru, ka viņam mugurā vēl joprojām ir krekls.

– Vai tiešām to vēlies? – viņš tik tikko dzirdami jautā.

– Lūdzu! – Manā balsī ieskanas izmisums.

– Saliec kājas ceļgalos, – Kristjens klusi pavēl, un es steigšus paklausu. – Tevi gaida sekss, Stīlas jaunkundze, – viņš nomurmina, ar locekļa galviņu skardams ieeju manī. – Skarbs sekss, – viņš piebilst un ietriecas manā miesā.

– Āāā! – es iesaucos, un asas sāpes caurstrāvo manu ķermeni, plīstot jaunavības plēvei. Kristjens sastingst, lūkodamies lejup uz mani, un viņa acīs staro ekstāzes pilns triumfs.

Viņš nedaudz paver muti, smagi elpodams, un iestenas.

– Tu esi cieša... Vai ir jau labāk?

Es pamāju, acis plati iepletusi; mani pirksti ieķērušies viņa augšdelmos. Jūtos piepildīta. Viņš vēl brīdi nekustas, ļaudams man pierast pie viņa locekļa manī.

– Mazā, es sākšu, – Kristjens pēc brīža aizžņaugtā balsī izdveš un ļoti maigi, saudzīgi pavirzās atpakaļ. Aizvēris acis, viņš ievaidas un vēlreiz triecas manī. Es iekliedzos, un viņš sastingst.

– Vēl? – viņš jautā, strauji vilkdams elpu.

– Jā, – es izdvešu. Viņš atkārto kustību un apstājas. Es ievaidos, mans ķermenis pielāgojas viņējam... jā, es gribu vēl.

– Atkal? – viņš jautā.

– Jā. – Manā balsī ir jaušams lūgums.

Un viņš sāk kustēties, bet šoreiz neapstājas. Viņš pārnes svaru uz elkoņiem, ļaudams man sajust viņa smagumu, kas spiež mani pie gultas. Sākumā Kristjens kustas lēni, saudzīgi ietiekdamies manī un atraudamies. Un, kad es jau esmu pieradusi pie savādajām izjūtām, mani gurni kautri ceļas viņam pretī. Kristjens sāk kustēties ātrāk. Es ievaidos, un viņš turpina arvien straujāk; tas ir nežēlīgs, nemitīgs ritms, un es neatpalieku, atkārtodama viņa kustības. Kristjens iegremdē pirkstus manos matos un aizrautīgi skūpsta mani, viegli iekozdams apakšlūpā. Viņš nedaudz pārvietojas uz sāniem, un es jūtu kaut ko briestam dziļi sevī, tāpat kā iepriekš. Es pamazām saspringstu, un viņš turpina grūdienus. Mans augums notrīs un izliecas kā loks; ādu klāj sviedru lāses. *Ak Dievs*... Es nezināju, ka tas būs tā... Nezināju, ka iespējams justies tik brīnišķīgi. Manas domas kļūst arvien juceklīgākas... paliek vien sajūtas... tikai viņš... tikai es... lūdzu.... Es saspringstu.

– Ļaujies, Ana, – Kristjens nočukst, un šie vārdi ir kā pēdējais grūdiens; es sasniedzu virsotni un izšķīstu neskaitāmās lauskās zem vīrieša smagā auguma. Un Kristjens izgrūž manu vārdu, strauji kustēdamies, līdz sastingst un iztukšo sevi manī.

Es vēl joprojām krampjaini velku gaisu plaušās, pūlēdamās nomierināties un palēnināt sirdspukstus, un manās domās valda neaprakstāms juceklis. *Tas bija satriecoši.* Es atveru acis, un Kristjens ir atspiedis pieri pret manējo, sekli elpodams. Viņš nesteidzīgi atver acis un lūkojas uz mani; viņa skatiens ir drūms, tomēr vienlaikus arī maigs. Mēs abi joprojām esam vienoti. Viņš pieliecas, saudzīgi noskūpsta mani uz pieres un nesteidzīgi atraujas.

– Mmm, – es noelšu, nepazīstamās tukšuma sajūtas pārņemta.

– Vai es tev nodarīju sāpes? – Kristjens jautā, apgūlies man blakus un atbalstījies uz elkoņa. Viņš atglauž man aiz auss matu šķipsnu. Un es nespēju apvaldīt platu smaidu.

– *Tu* vaicā par sāpēm?

– Jā, es apzinos, cik savādi tas izklausās, – viņš nosaka, sāji pasmaidījis. – Nopietni: vai tev nekas nekaiš? – Viņš velta man pētošu, vērīgu, pat prasīgu skatienu.

Es izstaipos Kristjenam blakus; mani locekļi ir ļengani, kauli šķiet mīksti, bet esmu brīnišķīgi, lieliski atpūtusies un uzsmaidu Kristjenam. Šobrīd es nevarētu pārstāt smaidīt, pat ja to vēlētos. Tagad es zinu, kāpēc visi ar to tā aizraujas. Divi orgasmi... galvu reibinoši un neticami patīkami. Nemaz nezināju, uz ko ir spējīgs mans ķermenis, ka tas var saspringt kā stīga un atbrīvoties ar tādu spēku. Bauda bija vārdiem neaprakstāma.

– Tu kod apakšlūpā un neesi man atbildējusi. – Kristjens ir sadrūmis. Es šķelmīgi uzsmaidu savam skaistajam vīrietim ar sajauktajiem matiem, gailošām, samiegtām acīm un vērīgo skatienu.

– Man gribētos to darīt vēlreiz, – es nočukstu, un man šķiet, ka saskatu atvieglojumu pazibam viņa sejā, pirms viņš atkal noslēdzas un uzlūko mani, nedaudz pievēris acis.

– Vai tiešām, Stīlas jaunkundze? – viņš vīpsnādams nomurmina un pieliecies ļoti viegli noskūpsta mani uz mutes kaktiņa. – Tu esi prasīga meitene. Pagriezies uz vēdera.

Es apjukusi samirkšķinu acis un paklausu. Kristjens atāķē manu krūšturi un tik tikko jūtami noglāsta muguru, līdz sasniedz dibena apaļumus.

– Tev ir brīnišķīga āda, – viņš klusi nosaka un iebīda ceļgalu starp manām kājām, līdz ir gandrīz uzgūlies man uz muguras. Es jūtu viņa krekla pogas spiežamies ādā; viņš atglauž matus man no sejas un noskūpsta kailo plecu.

– Kāpēc tu nenovelc kreklu? – es jautāju, un Kristjens sastingst. Pēc brīža viņš ar veiklu rokas kustību atbrīvojas no krekla un atkal piekļaujas man. Es jūtu viņa ādas siltumu. *Mmm... dievīgi.* Viņa krūtis sedz sīki matiņi, kas kutina man muguru.

– Tātad tu vēlies, lai izdrāžu tevi vēlreiz? – viņš iečukst man ausī un sāk apbērt skūpstiem manu ādu ap ausīm un kaklu.

Kristjena roka virzās lejup, skar manu vidukli, pārslīd pār gurnu un lejup pa augšstilbu līdz pacelei. Viņš pastumj manu ceļgalu augstāk, un man aizraujas elpa... *Ko viņš dara?* Kristjens iekārtojas starp manām kājām, ar krūtīm pieglauzdamies mugurai, un viņa roka slīd augstāk, līdz dibena apaļumiem. Tos noglāstījis, viņš virza pirkstus zemāk.

– Es tevi paņemšu no aizmugures, Anastasija, – Kristjens nomurmina un ar otru roku satver manus matus pie skausta, tos saudzīgi pavilkdams. Es vairs nevaru pakustināt galvu. Esmu bezpalīdzīga.

– Tu piederi man, – viņš čukst. – Tikai man. Nekad to neaizmirsti. – Viņa balss ir reibinoša, vārdi pavedina un iedvesmo. Es jūtu pie kājas spiežamies viņa briestošo locekli.

Garie pirksti pasniedzas un maigi, piesardzīgi glāsta manu klitoru, viegli apļojot ap to. Viņa elpa silda manu vaigu, bet zobi nesāpīgi kodī ādu gar apakšžokli.

– Tu smaržo debeškīgi. – Viņš paberzē degunu man aiz auss, vienlaikus turpinādams plaukstas riņķveida kustības man starp kājām. Mani gurni instinktīvi uzver šo ritmu, un mokoša bauda viļņiem izplūst pa manu augumu kā adrenalīns.

– Nekusties, – Kristjens pavēl, viņa balss ir klusa, bet trauksmaina, un viņš lēni iestumj īkšķi manī, apļodams to un glāstīdams maksts priekšējo sieniņu. Radītais iespaids ir prātam neaptverams – visa mana enerģija it kā saplūst šajā niecīgajā ķermeņa daļiņā. Es ievaidos.

– Tev tā patīk? – Kristjens jautā, zobiem viegli skrāpējot manu ausi, un viņš nesteidzīgi saliec īkšķi... lejup, augšup, lejup, augšup... bet pārējie pirksti turpina apļveida kustību.

Es aizveru acis, pūlēdamās elpot un aptvert visas tās juceklīgās, haotiskās sajūtas, ko manī pamodina viņa pirksti.

Mans augums nokļuvis liesmu varā, un es vēlreiz ievaidos.
– Tu esi neticami mitra, Anastasija, un tik ātri. Tik atsaucīgi. Jā, Anastasija, man tas patīk. Ļoti patīk, – viņš čukst. Es gribu sasprindzināt kājas, bet nevaru pakustēties. Viņš mani spiež pie gultas un glāsta nemainīgā, lēnā, mokošā ritmā. Sajūtas ir pārsteidzošas. Es iestenos un Kristjens piepeši atrauj roku.

– Atver muti, – viņš pavēl un iegrūž īkšķi man starp lūpām. Es spēji atveru acis, strauji mirkšķinādama.

– Pamēģini, mazā, – viņš čukst man ausī. – Tāda ir tava garša. – Viņa īkšķis skar manu mēli, un es aptveru to lūpām, alkaini laizīdama sāļo virsmu un sajuzdama metālisko asiņu piegaršu. Tas ir ļoti, ļoti nepiedienīgi, tomēr vienlaikus neprātīgi erotiski.

– Es gribu iegūt tavu muti, Anastasija, un tas notiks drīz, – Kristjens aizsmacis izdveš; arī viņam ir grūti elpot. *Iegūt manu muti!* Es ievaidos un sacērtu zobus. Viņš stenēdams parauj manus matus, un es atbrīvoju viņa pirkstu.

– Nerātna meitene, – Kristjens počukst un paņem no kumodes spīdīgo paciņu. – Nekusties! – viņš pavēl, atlaizdams manus matus.

Viņš ieplēš paciņu, un es skaļi elpoju, asinīm dzīslās joņojot. Gaidas ir neticami saldas. Kristjens pieliecas, atkal piespiezdams mani pie gultas ar savu svaru, un satver manus matus, turēdams galvu nekustīgu. Esmu ieslodzīta, sapīta erotiskos valgos, un viņš ir gatavs mani iegūt vēlreiz.

– Šoreiz mēs nesteigsimies, Anastasija, – viņš sola un pavisam, pavisam lēni iekļūst manī, virzoties uz priekšu sprīdi pa sprīdim, līdz piepilda mani visu. Es skaļi ievaidos. Tagad Kristjens ir dziļāk, un sajūtas ir vēl saldākas. Viņš viegli apļo gurnus un atraujas, brīdi sastingst un atgriežas manī. Viņš atkārto šo kustību vēl un vēlreiz. Es pamazām zaudēju prātu, šīs tīšās vilcināšanās un lēno grūdienu tracināta; ik pa brīdim jūtos piepildīta, bet jau nākamajā mirklī šo tīksmi zaudēju.

– Tu esi lieliska, – Kristjens izdveš, un mani iekšējie muskuļi notrīs. Viņš atraujas un gaida. – Nē, mazā, vēl nē, – viņš nomurmina un, tiklīdz trīsēšana pierimst, atsāk visu sald-kaislo rituālu.

– Lūdzu! – es gandrīz raudu. Nedomāju, ka vēl ilgi spē-šu to izturēt. Mans ķermenis ir kā saspringta stīga, kas il-gojas pēc brīvības.

– Es gribu, lai tev smelgtu, mazā, – Kristjens nosaka, tur-pinādams lēnās, mokošās kustības turpu šurpu. – Lai rīt kat-ru reizi, kad pakustēsies, tu atcerētos, ka šeit esmu bijis es. Tikai es. Tu piederi man.

Pār manām lūpām izlaužas vaids.

– Lūdzu, Kristjen, – es čukstu.

– Ko tu gribi, Anastasija? Saki!

Es atkal ievaidos. Kristjens atraujas un nesteidzīgi atgrie-žas manī, viegli apļodams gurnus.

– Runā, – viņš nomurmina.

– Tevi.

Kristjens tik tikko manāmi paātrina ritumu, un viņa elpa kļūst seklāka. Es jūtu muskuļus trīsam, un Kristjens kustas vēl ātrāk.

– Tu. Esi. Lieliska, – viņš izdveš starplaikos starp grūdie-niem. – Es. Tevi. Gribu.

Nespēju apvaldīt šņukstu.

– Tu. Piederi. Man. Ļaujies, mazā, – viņš ieņurdas.

Viņa vārdi ir pēdējais piliens, kas liek manam kausam pār-plūst. Mans ķermenis saraujas krampjos ap viņa miesu, un es beidzu, skaļi saukdama viņa vārdu, kas nav saprotams, jo esmu iespiedusi seju matracī. Kristjens veic vēl divus asus grūdienus un sastingst, radis arī savu augstāko punktu. Viņš sabrūk un ieslēpj seju manos matos.

– Velns. Ana, – viņš izdveš. Jau nākamajā mirklī viņš iz-slīd no manis un paveļas uz sāniem. Es pievelku ceļgalus pie krūtīm, juzdamās pilnīgi iztukšota, un nekavējoties iegrim-stu pārguruma pilnā miegā.

**

Kad pamostos, vēl ir tumšs. Man nav ne jausmas, cik ilgi esmu gulējusi. Es izstaipos zem segas un jūtu smeldzi; neiz-sakāmi patīkamu smeldzi. Nekur neredzu Kristjenu. Es pie-

ceļos sēdus un lūkojos uz pilsētu aiz stikla sienas. Debes-
skrāpjos vairs nav tik daudz gaismu, un austrumos debesis
kļūst nedaudz bālākas. Es dzirdu mūziku, maigas klavieru
skaņas, skumīgas, skaistas sēras. Laikam kaut kas no Baha,
bet neesmu pārliecināta.

Es ietinos segā un klusi dodos pa gaiteni uz lielās istabas
pusi. Kristjens sēž pie klavierēm, paša spēlētās melodijas aiz-
rauts. Viņa sejas izteiksme ir tikpat skumja un sērīga kā mū-
zika, bet viņš spēlē satriecoši. Es atbalstos pret sienu pie dur-
vīm un aizgrābta klausos. Kristjens ir apdāvināts mūziķis.
Viņš ir gandrīz kails; viena vienīga lampa, kas novietota bla-
kus klavierēm, ar siltu gaismu apspīd viņa augumu. Pārējā
istaba slīgst tumsā, tāpēc izskatās, ka viņš ir viens pats savā
nošķirtajā gaismas saliņā, neaizskarams... vientuļš.

Melanholiskās mūzikas vilināta, es tuvojos viņam un gluži
kā hipnotizēta vēroju slaidos, prasmīgos pirkstus, kas sa-
meklē un saudzīgi nospiež taustiņus. Es atceros, kā šie paši
pirksti glāstīja manu miesu, un piesarkusi saspiežu augšstil-
bus ciešāk kopā. Kristjens paceļ skatienu, un viņa neizdibi-
nāmās, pelēkās acis spoži mirdz, bet izteiksme nav nopro-
tama.

– Atvaino, – es nočukstu. – Negribēju tev traucēt.

Kristjens uz brīdi sarauc pieri.

– Atvainoties vajadzētu man, – viņš nomurmina, pārtrauc
spēlēt un atbalsta plaukstas pret augšstilbiem.

Es pamanu, ka viņam kājās ir pidžamas bikses. Izvilcis
pirkstus caur matiem, viņš pieceļas, un bikses apkļauj viņa
gurnus tajā īpašajā veidā... *ak vai.* Man izkalst mute, un es
vēroju, kā viņš mierīgs tuvojas man. Kristjenam ir plati ple-
ci, šauri gurni, un vēdera muskuļi viegli saspringst, viņam
staigājot. Kristjens Grejs patiesi ir satriecošs vīrietis.

– Tev vajadzētu gulēt, – viņš mani norāj.

– Mūzika bija ļoti skaista. Vai Bahs?

– Baha apdare. Viņš pārrakstīja Alesandro Marčello kon-
certu obojai.

– Melodija ir brīnišķīga, bet ļoti skumja.

Kristjena lūpas savelkas tik tikko manāmā smaidā.

– Uz gultu! – viņš pavēl. – No rīta tu būsi pārgurusi.

– Es pamodos, bet tevis nebija.

– Man ir grūti aizmigt, un es neesmu radis gulēt ar kādu kopā, – Kristjens klusi paskaidro. Es nespēju uztvert viņa noskaņojumu. Viņš šķiet nedaudz skumjš, bet tumsā ir grūti kaut ko skaidri saskatīt. Varbūt mani ietekmēja viņa spēlētā sērīgā melodija. Kristjens aptver manus plecus un saudzīgi ved mani atpakaļ uz guļamistabu.

– Cik sen tu jau spēlē? Tev ļoti labi padodas.

– Kopš sešu gadu vecuma.

– Ak tā. – Kristjens, sešus gadus vecs zēns... Iztēlē redzu glītu puisēnu ar vara krāsas matiem un pelēkām acīm, un mani pārņem gandrīz sāpīgi siltas jūtas; bērns ar izspūrušiem matiem, kuram patīk neticami skumja mūzika.

– Kā tu jūties? – Kristjens jautā, kad esam atgriezušies istabā. Viņš ieslēdz lampu.

– Viss ir labi.

Mēs abi vienlaikus uzmetam skatienu gultai. Uz palaga ir asins traipi – liecība par manu zaudēto jaunavību. Es kaunēdamās piesarkstu un savelku segu ciešāk ap sevi.

– Džonsas kundzei būs, par ko padomāt, – Kristjens noņurd un nostājas man pretī. Viņš satver manu zodu tā, ka es atliecu galvu, un cieši vēro mani. Es piepeši apjaušu, ka pirmo reizi redzu viņu kailām krūtīm, un instinktīvi pasniedzos, lai varētu izlaist pirkstus caur tumšajiem matiņiem uz tām un noskaidrot, cik mīksti tie ir. Kristjens nekavējoties atkāpjas, vairīdamies no mana pieskāriena.

– Ej gulēt, – viņš asi pavēl, bet jau nākamajā mirklī viņa balss atmaigst. – Es apgulšos tev blakus.

Kristjena atturīguma mulsināta, es nolaižu roku. Šķiet, nekad neesmu pieskārusies viņa torsam, tikai rokām un galvai. Viņš izņem kreklu no kumodes un steidzīgi uzvelk to mugurā.

– Uz gultu! – viņš atkārto, un es apguļos, mēģinādama nedomāt par asinīm. Kristjens man seko un ievelk mani skavās, apvīdams rokas man apkārt tā, ka esmu ar muguru pret viņu. Maigi noskūpstījis manus matus, viņš ievelk nāsīs gaisu.

– Guli, jaukā Anastasija, – viņš nomurmina, un es aizveru acis, bet nespēju atvairīt smeldzi, ko radījusi vai nu melanholiskā mūzika, vai vīrieša izturēšanās. Kristjena Greja raksturā ir arī skumīga nots.

9. NODAĻA

Istabu pārpludina gaismas straume, tā pamodina mani no dziļa miega. Laiski izstaipījusies, es atveru acis. Ir brīnišķīgs maija rīts. Man pie kājām plešas Sietla. Cik skaists skats! Blakus ciešā miegā guļ Kristjens Grejs. Vēl labāks skats. Esmu pārsteigta, ka viņš vēl ir šeit. Viņa seja ir pavērsta uz manu pusi, un man rodas vēl nekad neizbaudītā iespēja viņu netraucētai nopētīt. Miegā viņa glītā seja ir jaunāka, atmaigusi. Izteiksmīgās, pilnīgās lūpas nedaudz pavērtas, un tīrie, spīdīgie mati ir sajaukti. Kā gan vīrietis spēj izskatīties tik labi? Es atceros istabu otrajā stāvā... un papurinu galvu, jo par to šobrīd nevēlos domāt. Mani māc kārdinājums viņam pieskarties, bet Kristjens, līdzīgi mazam bērnam, guļot ir ļoti piemīlīgs. Man nav jāsatraucas par to, ko runāju, ko viņš saka un kādus plānus kaļ, it īpaši attiecībā uz mani.

Varētu uz viņu skatīties kaut visu dienu, tomēr vajadzības liek man doties uz vannasistabu. Es izkāpju no gultas, sameklēju uz grīdas viņa balto kreklu un uzmetu to plecos. Izeju pa kādām durvīm, cerēdama atrast vannasistabu, bet esmu nonākusi plašā skapī, kas ir tikpat liels kā mana guļamistaba. Tajā rindās sakārtoti dārgi uzvalki, krekli, kurpes un kaklasaites. Kāpēc kādam vajadzīgi tik daudzi apģērbi? Es neapmierināta noklakšķinu mēli un atceros, ka Keitas garderobe pat varētu mēroties ar šo. *Keita!* Ak nē, es taču par viņu pat neiedomājos visa vakara gaitā. Man vajadzēja nosūtīt viņai īsziņu. Velns! Nu būs nepatikšanas. Interesanti, kā viņai klājas ar Eljotu.

Kad atgriežos guļamistabā, Kristjens vēl guļ. Es izmēģinu citas durvis. Aiz tām ir vannasistaba, un arī tā ir lielāka par manu guļamistabu. Kāpēc vienam cilvēkam vajag tik daudz vietas? Kad ieraugu divas izlietnes, es uzjautrināta saraucu uzaci. Ņemot vērā, ka viņš ne ar vienu neguļ, viena no tām noteikti nav izmantota.

Es aplūkoju sevi milzīgajā spogulī virs izlietnēm. Vai izskatos mainījusies? Es jūtos citāda. Šur tur nedaudz smeldz, un muskuļi... ārprāts, šķiet, ka es nekad mūžā neesmu tik sparīgi vingrojusi. *Tu nekad nevingro.* Pamodusies mana zemapziņa, un es iztēlojos to pārmetoši lūkojamies uz mani. *Nu tā, tu nupat pārgulēji ar Kristjenu un dāvāji savu nevainību vīrietim, kurš tevi nemīl. Viņš lolo ārkārtīgi savādas izjūtas pret tevi, grib, lai tu kļūsti par viņa verdzeni guļamistabā.*

VAI TU ESI ZAUDĒJUSI PRĀTU? zemapziņa man uzkliedz.

Es saraujos, lūkodamās spogulī. Nāksies to visu rūpīgi apdomāt. Cik dīvaini – esmu aizrāvusies ar vīrieti, kurš ir neticami skaists, bagāts kā Krēzs un sagatavojis man sarkanu moku kambari. Es nodrebinos, šaubu un apjukuma mākta. Mati ir tikpat izspūruši kā vienmēr; pēcseksa frizūra man acīmredzami nepiestāv. Es mēģinu ar pirkstiem to kaut nedaudz saglaust, bet nekas neizdodas, un es padodos. Varbūt somiņā atradīšu matu gumiju.

Mani māc izsalkums. Es atgriežos guļamistabā. Dusošais skaistulis nav pamodies, tāpēc es viņu atstāju un dodos uz virtuvi.

Tur es atkal atceros Keitu. Somiņu biju atstājusi Kristjena kabinetā. Es to paņemu un sameklēju telefonu. Tajā ir trīs īsziņas.

Ana, vai viss OK?
Kur tu esi, Ana?
Nolādēts, Ana!

Es piezvanu Keitai, bet viņa neatbild, tāpēc atstāju nožēlas pilnu ziņu, ka esmu dzīva, nevis nokļuvusi Zilbārža nagos... vismaz ne tā, kā viņa to varētu iztēloties. *Varbūt tomēr esmu.* Nē, tas ir pārāk mulsinoši. Man jāmēģina analizēt un apkopot savas jūtas pret Kristjenu Greju. Tas nav iespējams, un es sakauta papurinu galvu. Man nepieciešams laiks vienatnē, lai es varētu padomāt.

Somiņā es atrodu pat divas gumijas un sapinu matus divās bizēs. Lieliski! Ja izskatīšos tik meitenīga, varbūt Zilbārdis mani neaiztiks. Es izņemu no somas arī mūzikas atskaņotāju un pievienoju austiņas. Gatavojot ēdienu, mūzika ir lielisks pavadījums. Es ieslidinu atskaņotāju Kristjena krekla kabatā, uzgriežu pilnu skaļumu un sāku dejot.

Velns un elle, esmu izbadējusies!

Kristjena virtuve mani nedaudz biedē. Tā ir pārāk tīra un moderna, un nevienam skapītim nav roktura. Aizrit dažas sekundes, līdz aptveru, ka durvis jāpiespiež, lai tās atvērtos. Varbūt es varu pagatavot Kristjenam brokastis. Nesen viņš ēda omleti... Hmm, tas notika vakar, viesnīcā. Kopš tās reizes noticis ļoti daudz. Es ielūkojos ledusskapī, kur atrodu daudz olu, un nospriežu, ka vēlos pankūkas ar šķiņķi. Sam_eklējusi bļodu, es sāku maisīt mīklu, dejas solī pārvietodamās pa virtuvi.

Rosība man nāk par labu. Tā ļauj domāt, bet ne pārāk daudz. Arī mūzika liedz man iegrimt pārāk dziļās pārdomās. Es ierados pavadīt nakti Kristjena Greja gultā, un man tas izdevās, kaut gan viņš tajā nevienu citu neielaiž. Uzdevums paveikts, turklāt veiksmīgi; es apmierināta smaidu. Ļoti, neticami veiksmīgi. Es ieslīgstu atmiņās par nakti. Viņa vārdiem, viņa miesu, viņa mīlēšanās māku... Es aizveru acis, un viss mans augums vibrē, bet dziļi pavēderē saraujas muskuļi. *Sekss, nevis mīlēšanās*, man skarbi atgādina zemapziņa, spiegdama kā harpija. Es cenšos nepievērst uzmanību šiem vārdiem, bet zinu, ka tie ir patiesi, un papurinu galvu. Labāk domāšu par kaut ko vienkāršāku.

Griezdama šķiņķi, es klausos dziesmu par neiederīgajiem ļaudīm. Reiz tā man nozīmēja ļoti daudz, jo es pati jutos nekur neiederīga, bet tagad... esmu saņēmusi nepiedienīgu piedāvājumu no visneparastākā vīrieša, kādu esmu sastapusi. Kāpēc viņš ir šāds? Kas vainojams – iedzimtība vai audzināšana? Tas neatbilst nekam, ar ko esmu savā dzīvē saskārusies.

Kamēr cepas šķiņķis, es sāku putot olas un pagriežos, un

pie letes jau sēž Kristjens, atbalstījies elkoņiem pret virsmu un salicis plaukstas kopā. Viņam mugurā vēl joprojām ir krekls, kurā viņš gulēja. Pēcseksa frizūra viņam ļoti, ļoti piestāv, tāpat kā bārdas rugāji. Viņš izskatās vienlaikus uzjautrināts un apmulsis. Es sastingstu, juzdama, ka vaigi pietvīkst, bet savaldos un izņemu austiņas, kaut gan man ļogās ceļgali.

– Labrīt, Stīlas jaunkundze. Jums šorīt ir daudz enerģijas, – Kristjens sāji nosaka.

– Es... es labi izgulējos.

Viņš cenšas noslēpt smaidu.

– Interesanti, kāpēc. – Viņš sarauc pieri. – Arī man lieliski nāca miegs, kad atgriezos gultā.

– Vai esi izsalcis?

– Ļoti, – Kristjens atbild, vērodams mani, un es nedomāju, ka viņš runā par ēdienu.

– Pankūkas, šķiņķi un olas?

– Izklausās lieliski.

– Nezinu, kur tu glabā šķīvju paliktņus. – Es paraustu plecus, izmisīgi cenzdamās nezaudēt savaldību.

– Par to parūpēšos es. Turpini gatavot. Vai vēlies, lai ieslēdzu mūziku un tu varētu turpināt savu... ē... dejošanu?

Es uzmanīgi pētu savas rokas, apzinādamās, ka strauji kļūstu sarkana.

– Lūdzu, manis dēļ nevajag to pārtraukt. Bija ļoti izklaidējoši, – viņš uzjautrināts nosaka.

Es sakniebju lūpas. Izklaidējoši? Zemapziņa jau sen salīkusi smejas par mani. Es pagriežos un turpinu kult olas, droši vien rīkodamās sparīgāk, nekā nepieciešams. Jau pēc mirkļa Kristjens stāv man blakus un viegli parausta vienu no bizēm.

– Man tās patīk, – viņš nočukst. – Un tās tevi neglābs. – *Hmm... Zilbārdis.*

– Kādas olas vēlies? – es vīzdegunīgi pajautāju, un viņš pasmīn.

– Labi sakultas.

Es ķeros pie darba, mēģinādama apslēpt smaidu. Ir grūti ilgi dusmoties uz Kristjenu, it īpaši šobrīd, kad viņš ir tik neraksturīgi rotaļīgā noskaņojumā. Viņš atver atvilktni un izņem divus melnus paliktņus, ko novietot uz brokastu letes, savukārt es ieleju olu maisījumu pannā, izņemu šķiņķi no grila krāsns, apgriežu to otrādi un ielieku atpakaļ.

Kad pagriežos, es ieraugu, ka uz galda nolikta apelsīnu sula un Kristjens vāra kafiju.

– Vai vēlies tēju?

– Jā, lūdzu. Ja tev ir.

Es sameklēju šķīvjus un ievietoju tos sildāmajā ierīcē. Kristjens izņem *Twinings English Breakfast* tējas iepakojumu no skapīša, un es sakniebju lūpas.

– Tu biji pārliecināts, ka es palikšu uz brokastīm?

– Nedomāju, ka pagaidām varu būt par kaut ko pārliecināts, Stīlas jaunkundze, – Kristjens nosaka.

Par ko viņš runā? Par mūsu pārrunām? Mūsu, hmm, attiecībām, lai kādas tās būtu? Viņš vēl joprojām ir neizdibināms. Es salieku brokastis uz sasildītajiem šķīvjiem un novietoju uz paliktņiem. Paraknājusies ledusskapī, es atrodu kļavu sīrupu.

– Stīlas jaunkundze. – Kristjens ar rokas mājienu norāda uz taboreti pie letes.

– Greja kungs. – Es vēsi pamāju un apsēžoties nedaudz saraujos.

– Cik spēcīga ir smeldze? – viņš jautā, apsēzdamies arī pats, un es nosarkstu. *Atkal šie intīmie jautājumi.*

– Patiesību sakot, man nav iepriekšējas pieredzes, ar ko salīdzināt, – es atcērtu. – Vai vēlējies paust līdzjūtību? – es mīlīgi painteresējos, un man šķiet, ka Kristjens apvalda smaidu.

– Nē. Gribēju noskaidrot, vai varam turpināt apmācību.

– Ak tā. – Es apstulbusi lūkojos uz Kristjenu, piemirsusi, kā jāelpo. Iekšā viss saspringst. Mmm... patīkami. Es tik tikko apslāpēju vaidu.

– Ēd, Anastasija. – Mana apetīte atkal ir nozudusi. Vēl... vēl seksu... jā, lūdzu!

– Starp citu, brokastis ir ļoti gardas. – Kristjens man uzsmaida.

Es iebāžu mutē kumosu omletes, bet tik tikko jūtu garšu. Apmācība! *Es vēlos iegūt tavu muti.* Vai tā ir daļa no šīs tā dēvētās apmācības?

– Nekod apakšlūpā. Tas novērš uzmanību, un es diemžēl zinu, ka tev zem mana krekla nav nekā cita, tāpēc man ir vēl grūtāk koncentrēties.

Es iemērcu tējas maisiņu Kristjena sagādātajā kanniņā, cīnīdamās ar juceklīgām domām.

– Kāda apmācība tev ir padomā? – es jautāju, un mana balss ir nedaudz spalga, iznīcinot centienus izklausīties pavisam mierīgai un neieinteresētai, cik nu tas vispār iespējams, ja organismā plosās hormonu vētra.

– Tā kā tev vēl sāp, es nospriedu, ka tu varētu apgūt orālās prasmes.

Es aizrijos ar tēju un neticīgi skatos uz Kristjenu. Viņš saudzīgi papliķē man pa muguru un pasniedz apelsīnu sulu.

– Protams, ja tu vēlies palikt, – viņš piebilst. Es lūkojos uz viņu, cenzdamās atgūt iekšējo līdzsvaru. Viņa sejā nekas nav nolasāms, un tas mani neizsakāmi tracina.

– Šo dienu es varētu pavadīt šeit, jā. Ja tev nav iebildumu. Rīt man jāstrādā.

– Cikos tev jābūt darbā?

– Deviņos.

– Es tevi nogādāšu pie veikala.

Vai viņš grib, lai palieku te vēl vienu nakti?

– Vakarā man jābūt mājās, lai paņemtu tīras drēbes.

– Tās varam tev sagādāt šeit.

Man nav liekas naudas, ko tērēt drēbēm. Kristjens satver manu zodu un nedaudz pavelk to lejup, līdz apakšlūpa atbrīvojas no zobu tvēriena. Es pat nepamanīju, ka esmu tajā iekodusies.

– Kas tevi satrauc? – viņš jautā.

– Vakarā man jābūt mājās.

Kristjens sakniebj lūpas.

– Labi, vakarā, – viņš piekāpjas. – Ēd brokastis.

Manas domas juceklīgi joņo, un vēders sažņaudzas. Apetīte ir zudusi. Es lūkojos uz savu pusizēsto šķīvi un prātoju, ka nemaz tik ļoti negribas ēst.

– Anastasija, ēd. Vakar tu neko neiebaudīji.

– Es tiešām neesmu izsalkusi.

Kristjens samiedz acis. – Es gribētu, lai tu iztukšo šķīvi.

– Kāpēc tu tā satraucies par ēdienu? – es izgrūžu, un viņš sarauc pieri.

– Es jau teicu, ka man nepatīk veltīga ēdiena šķiešana. Ēd! – Viņa acis ir satumsušas, un tajās pavīd sāpes.

Jēziņ, ko tas nozīmē? Es satveru dakšiņu un nesteidzīgi bāžu mutē kumosus, pūlēdamās tos sakošļāt. Turpmāk jāpacenšas nelikt uz šķīvja tik daudz, ja jau Kristjens nespēj paciest ēdiena izniekošanu. Viņš pamazām atmaigst, vērodams, kā es mokos, un pats apēd pilnīgi visu uz sava šķīvja. Pagaidījis mani, viņš ieliek abus šķīvjus izlietnē.

– Tu pagatavoji brokastis, es novākšu traukus.

– Ļoti demokrātiski.

– Jā. – Kristjens sarauc pieri. – Parasti es tā nerīkojos. Pēc tam mēs nomazgāsimies vannā.

– Labi. – *Ak vai... es labprātāk izvēlētos dušu.* Iezvanās mans telefons, izraujot mani no pārdomām. Ekrānā parādās Keitas vārds.

– Sveika! – Es neuzkrītoši aizeju līdz balkona stikla durvīm, tālāk no Kristjena.

– Ana, kāpēc tu man vakar neatsūtīji ziņu? – Draudzene ir saniknota.

– Piedod, es pārāk aizrāvos ar notiekošo.

– Vai tev nekas nekaiš?

– Nē, viss ir labi.

– Vai jūs...? – viņa ziņkāri vaicā, un es paceļu acis pret griestiem.

– Keita, es negribu par to runāt pa telefonu. – Kristjens palūkojas uz mani.

– Kaut kas notika, es to dzirdu tavā balsī.

Tam es neticu. Keita tikai izliekas, un es tik un tā nevaru par to runāt. Esmu parakstījusi līgumu.

E L Džeimsa

– Lūdzu, Keita...
– Kā bija? Vai jūties labi?
– Es jau teicu, ka jā.
– Vai viņš bija maigs?
– Lūdzu, Keita! – Es vairs nespēju slēpt aizkaitinājumu.
– Neklusē, Ana, es šo dienu gaidu jau gandrīz četrus ga-
dus.
– Tiksimies vakarā. – Es beidzu sarunu.

Nebūs viegli Keitu atvairīt. Viņa ir uzstājīga un grib zi-
nāt visus sīkumus, bet es viņai neko nedrīkstu stāstīt, jo pa-
rakstīju dokumentus. Keita nesapratīs, kāpēc es klusēju, un
viņai būs tiesības dusmoties. Kaut kas jāizdomā. Es atgrie-
žos virtuvē un redzu, ka Kristjens vēl joprojām tajā rosās.

– Vai tajā konfidencialitātes līgumā iekļauts pilnīgi
viss? – es bikli iejautājos.

– Kāpēc tu jautā? – Viņš pagriežas un vēro mani, likdams
tējas iepakojumu skapītī. Es piesarkstu.

– Nu, man ir daži jautājumi. Par seksu. – Es pētu savus
pirkstus. – Un man gribētos tos pārrunāt ar Keitu.

– Vari visu jautāt man.

– Kristjen, atvaino, bet... – Es apraujos. Viņam es nevaru
neko jautāt, jo Kristjena uzskati ir pārāk subjektīvi un samai-
tāti. Man nepieciešams neitrāls viedoklis. – Runa ir tikai par
fizisko pusi. Es nepieminēšu tavu moku kambari.

Viņš sarauc uzacis.

– Moku kambari? Pārsvarā tas paredzēts baudai, Anas-
tasija, nevis sāpēm. Turklāt, – viņš jau skarbākā balsī pie-
bilst, – tava dzīvokļa biedrene pavada laiku kopā ar manu
brāli. Es priecātos, ja tu viņai neko nestāstītu.

– Vai tava ģimene zina, kādas ir tavas... hmm, noslieces?

– Nē. Tā nav viņu darīšana. – Kristjens pienāk man klāt.
– Ko tu vēlies zināt? – viņš jautā un maigi noglāsta manu
vaigu līdz pat zodam. To satvēris, viņš atliec manu galvu
un ielūkojas acīs. Es notrīsu. Šim vīrieti melot es nespēju.

– Šobrīd neko īpašu, – es nočukstu.

– Varam sākt ar kaut ko vienkāršu. Kā tev patika šī
nakts? – Kristjena acīs manāma sveloša ziņkāre. *Viņam tas*

tiešām ir svarīgi. Interesanti.

– Tā bija laba, – es nomurminu.

Viņa lūpas savelkas smaidā.

– Man arī tā patika, – viņš nosaka. – Vēl nekad nebiju nodarbojies ar vaniļas seksu. Jāatzīst, tam ir dažas priekšrocības. Bet varbūt tikai tāpēc, ka biju kopā ar tevi. – Kristjens ar īkšķi novelk līniju pār manu apakšlūpu.

Es spēji ievelku elpu. *Vaniļas sekss?*

– Iesim nomazgāties. – Viņš pieliecas un noskūpsta mani. Es jūtu sirdi sažņaudzamies, un iekāres kamols savelkas... dziļi, dziļi lejā.

**

Vanna ir veidota no balta akmens; tā ir dziļa un ovāla, un ļoti eleganta. Kristjens paliecas uz priekšu, atgriež flīzētajā sienā iebūvētu krānu un piepilda vannu ar ūdeni. Viņš tam pievieno arī eļļu, kas izskatās ļoti dārga. Mūs aptver salds, tvīksmīgs jasmīnu aromāts. Brīdi vērojis mani, Kristjens novelk kreklu un nomet to uz grīdas.

– Stīlas jaunkundze. – Viņš pastiepj roku.

Es stāvu durvīs, cieši apskāvusi pati sevi, un bažīgi lūkojos uz Kristjenu. Slepus apbrīnodama viņa augumu, es speru soli uz priekšu un satveru viņa roku. Viņš ar mājienu liek man kāpt vannā, kaut gan man mugurā vēl joprojām ir viņa krekls. Es paklausu, domādama, ka nāksies pie tā pierast, ja grasos pieņem viņa šausminošo piedāvājumu... *ja*! Ūdens ir aicinoši karsts.

– Pagriezies ar seju pret mani, – Kristjens klusi pavēl. Es izpildu viņa rīkojumu. Viņš uzmanīgi vēro mani.

– Zinu, ka lūpa ir garšīga, pats esmu to pārbaudījis, bet pārstāj to košļāt, lūdzu, – viņš ierunājas, sakodis zobus. – Tiklīdz tu sāc košļāt lūpu, man gribas tevi pamatīgi izdrāzt, bet tev vēl sāp, skaidrs?

Es satriekta ievelku elpu, instinktīvi atbrīvodama apakšlūpu.

– Nu re, – Kristjens izaicinoši nosaka. – Vai saprati? – Viņš bargi uzlūko mani, un es drudžaini māju ar galvu. *Man nebija ne jausmas, ka spēju uz viņu atstāt tādu iespaidu.*

– Lieliski. – Viņš izņem man no krūšu kabatas mūzikas atskaņotāju un noliek to pie izlietnes.

– Ūdens un elektronika nav īpaši labs savienojums, – viņš nomurmina un noliecies satver mana baltā krekla malu. Neesmu paguvusi attapties, kad viņš to jau pārvilcis man pār galvu un nometis uz grīdas.

Kristjens atkāpjas, lai varētu mani aplūkot. *Dieva dēļ, es taču esmu kaila!* Koši pietvīkusi, es pētu savas rokas un izmisīgi vēlos pazust karstajā, putainajā ūdenī, bet zinu, ka viņš to nepieļaus.

– Klau, – viņš uzrunā mani, galvu pieliecis uz sāniem. – Anastasija, tu esi ļoti skaista sieviete no matu galiņiem līdz papēžiem. Nenokar galvu, it kā par to kaunētos. Man ir patiess prieks tevi vērot. – Satvēris manu zodu, Kristjens pavirza to augšup, līdz mūsu skatieni sastopas. Viņa acīs ir silts maigums un kvēle. Mēs abi esam ļoti tuvu. Es varētu pacelt roku un viņam pieskarties.

– Drīksti apsēsties. – Viņš pārtrauc manu juceklīgo domu gaitu, un es ieslīgstu siltajā, glāsmainajā ūdenī. *Au!* Starp kājām iedzeļ asas sāpes, tomēr smarža ir debešķīga. Drīz arī nepatīkamā sajūta nozūd. Es atlaižos pret vannas malu un uz brīdi aizveru acis, baudīdama visaptverošo karstumu. Kad es tās atveru, izrādās, ka Kristjens mani vēro.

– Vai pievienosies man? – es piesmakušā balsī drosmīgi aicinu.

– Jā. Pavirzies uz priekšu, – viņš pavēl un, novilcis pidžamas bikses, iekāpj man aiz muguras. Ūdens līmenis paceļas; Kristjens apsēžas un pievelk mani sev klāt. Saliecis garās kājas ceļgalos, viņš tās novieto virs manējām un paver, liekot arī manām kājām atplesties. Es pārsteigta ievelku elpu. Viņš ieslēpj degunu manos matos un skaļi ievelk gaisu nāsīs.

– Tu lieliski smaržo, Anastasija.

Viss mans ķermenis notrīs. *Esmu kaila vannā kopā ar Kristjenu Greju. Viņš ir kails.* Ja vakar, kad pamodos viņa viesnīcas numurā, man kāds būtu mēģinājis pastāstīt, ko es darīšu pēc divdesmit četrām stundām, es nemūžam tam neticētu.

Kristjens pasniedzas pēc dušas želejas, kas novietota uz iebūvēta plauktiņa blakus vannai, un iespiež dažas piles sev saujā. Viņš saberzē plaukstas, un veidojas mīkstas, gaisīgas putas. Kristjens iemasē želeju manā kakla un plecu ādā, garajiem, spēcīgajiem pirkstiem maigi glāstot to. Es ievaidos. Viņa pieskārieni ir patīkami.

– Vai tev patīk? – Es dzirdu smaidu viņa balsī.

– Mmm.

Viņš virzās lejup pa manām rokām un ieslidina pirkstus starp padusēm, saudzīgi tās mazgādams. Es ļoti priecājos, ka pēc Keitas ieteikuma noskuvos. Vīrieša plaukstas skar manas krūtis, un es spēji ievelku elpu, kad pirksti apkļauj tās un maigi pamīca silto miesu. Mans augums instinktīvi izliecas, tuvinot krūtis viņa plaukstām. Pēc Kristjena rokās pavadītās nakts mani krūšu gali ir daudz jutīgāki nekā parasti. Viņš ilgi nekavējas un aizslidina plaukstas lejup, pie mana vēdera. Es elpoju arvien straujāk, pie muguras juzdama viņa piebriedušo locekli. Apziņa, ka mans ķermenis atstāj uz viņu šādu iespaidu, ir neticami uzbudinoša. *Ķermenis, nevis prāts*, vīpsnādama atgādina zemapziņa, un es atvairu šo nepatīkamo domu.

Kristjena rokas pierimst, un viņš pasniedzas pēc mīksta dvielīša. Es tikmēr elsoju, piespiedusies pie viņa, alkdama pēc jaunām izjūtām. Manas plaukstas atbalstītas pret viņa spēcīgajiem, muskuļotajiem augšstilbiem. Iespiedis dvielītī vēl dažas piles dušas želejas, Kristjens pieliecas un ķeras pie manas kājstarpes mazgāšanas. Es aizturu elpu. Viņa pirksti prasmīgi glāsta mani caur dvieļa audumu, un sajūta ir debešķīga; mani gurni sāk kustēties paši savā ritmā, tiecoties pretī viņa rokai. Ļaudamās baudai, es atmetu galvu un ievaidos. Spriedze manī pamazām kāpj... *ak...*

– Ļaujies, mazā, – Kristjens čukst man ausī un pavisam viegli ar zobiem skrāpē auss ļipiņu. – Ļaujies manis dēļ. – Viņa stilbi spiež manas kājas pie vannas malām, liedzot man iespēju kustēties un atbrīvojot pieeju manai slēptākajai vietai.

– Lūdzu... – es čukstu. Mans ķermenis izliecas, un es cenšos sasprindzināt kājas. Šis vīrietis mani ievilinājis seksuālā verdzībā un neļauj man pakustēties.

– Tagad tu esi pietiekami tīra, – viņš nomurmina un pārstāj kustināt roku. Ko? *Nē, nē, nē!* Mana elpa ir saraustīta.

– Kāpēc tu apstājies? – es izdvešu.

– Tāpēc, ka man ir padomā kaut kas cits, Anastasija. *Kas? Bet... es biju gatava... Tas nav taisnīgi.*

– Pagriezies. Mani arī jānomazgā, – viņš nosaka.

Ak tā! Pievērsusies Kristjenam, es satriekta ieraugu, ka viņš ir cieši satvēris savu piebriedušo locekli. Man paveras mute.

– Es vēlos, lai tu ļoti labi iepazītos ar manu iecienīto un dārgāko ķermeņa daļu. Man tā ir ļoti svarīga.

Tik liels un vēl augošs... Viņa loceklis slejas virs ūdens, kas skalojas Kristjenam ap gurniem. Es paceļu skatienu un ieraugu viņa šķelmīgi nerātno smaidu. Viņam mans izbrīns sagādā prieku. Es krampjaini noriju siekalas. *Tas bija manī!* Ir grūti tam noticēt. Viņš vēlas, lai es viņam pieskaros. Hmm... labi, lai notiek!

Es pasmaidu un sniedzos pēc dušas želejas pudelītes. Iespiedusi dažas piles plaukstā, es saberzēju rokas, līdz veidojas maigas putas, ne mirkli nenovērsdama skatienu no Kristjena. Manas lūpas ir pavērtas, un es pavisam lēni, maigi iekožos apakšlūpā, bet pēc tam pārlaižu mēli pār to, izsekodama zobu atstātajām pēdām. Kristjena acis satumst un ieplešas. Es pasniedzos un satveru viņa locekli plaukstā, atdarinādama viņa tvērienu. Viņš uz mirkli piever acis. Miesa ir daudz stingrāka, nekā biju domājusi. Es saspiežu to, un Kristjens apkļauj manu plaukstu ar savējo.

– Jā, šādi, – viņš načukst un virza manu roku augšup un lejup, līdz es saspiežu pirkstus ciešāk. Viņš atkal aizver acis, un viņam aizraujas elpa. Pēc mirkļa, kad viņš atver acis, tajās kvēlo sveloša iekāre. – Tieši tā, mazā.

Kristjens atlaiž manu roku, ļaudams man turpināt pašai, un aizver acis, kad es virzu plaukstu augšup un lejup. Viņš nedaudz paceļ gurnus, tiekdamies man pretī, un es satveru viņu ciešāk. Pār Kristjena lūpām izlaužas vaids. Es atceros viņa vārdus par manas mutes iegūšanu, atceros viņa īkšķi un tā garšu... Viņš sāk elpot straujāk, un es, izmantojot mirkli, kad viņa acis ir aizvērtas, paliecos uz priekšu. Lūpām aptvērusi Kristjena locekli, es bikli pārlaižu mēli pār galviņu.

– Ak... Ana... – Kristjens satrūcies atver acis, un es piekļauju lūpas nedaudz ciešāk. Hmm...Viņa loceklis ir vienlaikus ciets un patīkami maigs, gluži kā tērauds samta apvalkā, un tas garšo pārsteidzoši labi, sāļi un gludi.

– Jēzus, – viņš ievaidas, un viņa plakstiņi notrīs.

Es pavirzos tālāk, lai varētu paņemt viņa locekli mutē visā tā garumā. Kristjens iestenas atkal, un mani pārņem sajūsma. Es to spēšu. Man izdosies Kristjenu iegūt, izmantojot muti. Es ar mēles galu aprakstu loku ap locekļa galviņu, un viņš sarāvies paceļ gurnus. Viņa acis ir atvērtas, un tajās blāzmo uguns. Zobus sakodis, viņš saraujas vēlreiz, un es ievelku viņa locekli vēl dziļāk mutē, atbalstīdamās pret viņa augšstilbiem. Tie saspringst zem manām plaukstām. Viņš cieši satver mani aiz abām bizēm un sāk kustēties straujāk.

– Jā... mazā... tā ir labi, – Kristjens nomurmina, un es darbojos arvien spēcīgāk, laizdama mēli pār viņa iespaidīgā locekļa galviņu. Paslēpusi zobus aiz lūpām, es sacērtu žokļus, un viņš spēji izpūš elpu.

– Jēzus. Cik dziļi tu vari paņemt? – viņš čukst.

Hmm... Es ievelku locekli dziļāk mutē, līdz jūtu tā galu atduramies pret rīkli, un virzos atpakaļ, vienlaikus darbodamās ar mēli, it kā viņa miesa būtu sūkājamā konfekte ar Kristjena Greja garšu. Mans tvēriens kļūst arvien spēcīgāks, es velku viņu dziļāk un dziļāk, ne mirkli nepiemirsdama apļot mēli. Mmm... man nebija ne jausmas, ka baudas sniegšana spēj tā uzbudināt; es vēroju Kristjenu lokāmies saldkaislās mokās un klusībā līksmoju.

– Anastasija, es beigšu tev mutē, – viņš elsodams brīdina. – Ja to negribi, pārtrauc tūlīt pat. – Viņš virza gurnus augšup, viņa acis ir plati ieplestas, tajās vīd izbrīns un baudkāras alkas... pēc manis. Viņš alkst pēc manas mutes... *Ak vai.*

Kristjens ir spēcīgi sagrābis manus matus. Man izdosies. Es darbojos vēl spēcīgāk un piepešā pašpārliecības uzplūdā atsedzu zobus. Tas ir pēdējais piliens. Viņš iesaucas un sastingst, es jūtu siltu, sāļu šķidrumu ietekam rīklē un steidzos to norīt. Vēē... Nedomāju, ka man tas patīk. Tomēr, tiklīdz uzlūkoju Kristjenu, viss šķiet tā vērts, jo viņš ir pilnīgi atbrīvojies manis dēļ. Es apsēžos uz papēžiem un vēroju viņu, lūpām izliecoties triumfa pilnā smaidā. Viņš brīdi saraustīti elpo, līdz atver acis un pārmetoši uzlūko mani.

– Vai tev nemaz nav vemšanas refleksa? – Kristjens satriekts jautā. – Jēzus, Ana, tas bija... labi, ļoti labi. Tomēr negaidīti. – Viņš sarauc pieri. – Tu ne mirkli nebeidz mani pārsteigt.

Es pasmaidu un tīši iekožu apakšlūpā. Viņš vēro mani, it kā prātā kaut ko pārlikdams.

– Vai esi to jau darījusi?

– Nē. – Un es nespēju nejusties kaut nedaudz lepna par savu pirmo sniegumu.

– Ļoti labi, – Kristjens rāmi nosaka, un man šķiet, ka viņa balsī ieskanas atvieglojums. – Šis bija jauns piedzīvojums. – Viņš vērtējoši aplūko mani. – Orālajās prasmēs tu saņem augstāko novērtējumu. Iesim uz gultu, esmu tev parādā orgasmu.

Orgasmu! Vēl vienu!

Kristjens izkāpj no vannas, ļaudams man pirmo reizi aplūkot savu stalto stāvu, kas nedarītu kaunu pat Adonīsam. Loceklis ir mazinājies, bet vēl joprojām šķiet iespaidīgs... mmm. Apsējis ap vidukli nelielu auduma gabalu, viņš sameklē lielāku, pūkainu baltu dvieli man. Es izkāpju no ūdens un pieņemu Kristjena pasniegto roku. Viņš ievīsta mani dvielī, ievelk skavās un spēcīgi noskūpsta, ar mēli ielauzdamies man mutē. Man gribas viņu apskaut, pieskarties siltajai, gludajai ādai, bet viņš ieslodzījis manas rokas dvielī. Drīz vien es jau aizmirstos, baudīdama skūpstu. Kristjens plaukstām apkļauj manu galvu, ar mēli iepazīdams mutes iekšpusi, un man rodas sajūta, ka viņš pauž pateicību par pirmo minetu, ko jebkad esmu izpildījusi. *Vareni.*

Viņš atkāpjas, ieskāvis manu seju plaukstās, un lūkojas man acīs. Viņš šķiet apjucis.

– Piekrīti, – Kristjens drudžaini nočukst.

Es apmulsusi saraucu pieri.

– Kam?

– Mūsu līgumam. Piekrīti būt mana. Lūdzu, Ana, – viņš nočukst, uzsvērdams manu vārdu. Vēlreiz mani kaislīgi, maigi noskūpstījis, Kristjens atkāpjas un lūkojas uz mani, tik tikko manāmi mirkšķinādams acis. Viņš satver mani aiz rokas un ved atpakaļ uz guļamistabu, un es viņam paklausīgi sekoju, juzdamās satriekta. *Viņš tiešām, tiešām to vēlas.*

Kad nostājamies pie gultas, Kristjens mani ilgi pēta.

– Vai uzticies man? – viņš jautā, un es pamāju, piepeši aptvērusi, ka tā ir patiesība, es viņam uzticos. *Ko viņš tagad darīs?* Manu augumu caurstrāvo saldu ilgu pilnas trīsas.

– Laba meitene, – Kristjens nočukst, laizdams īkšķi pār manu apakšlūpu. Viņš ieiet savā milzīgajā skapī un iznāk no tā, rokā turēdams sudraboti pelēku zīda kaklasaiti.

– Izstiep rokas, – viņš pavēl, atbrīvojis mani no dvieļa un nosviedis to zemē.

Es paklausu, un Kristjens sasien manas plaukstu locītavas ar kaklasaiti, savīdams ciešu mezglu. Viņa acīs gail satraukums. Viņš pārbauda savu veikumu; manas rokas ir droši nostiprinātas. *Viņš laikam bijis viens no labākajiem savā skautu grupā.* Kas notiks? Mana sirds jau pukst daudz straujāk. Kristjens pieskaras manām bizēm.

– Tu izskaties ļoti jauna, – viņš nomurmina un sper soli uz priekšu. Es instinktīvi atkāpjos, līdz gultas mala atduras pret kājām. Kristjens noraisa savu dvieli, bet mans skatiens ir kā piekalts viņa sejai. Tajā atplaiksnī kvēla iekāre.

– Anastasija, Anastasija, ko man ar tevi darīt? – viņš čukstus jautā, nospiezdams mani uz gultas. Apgūlies blakus, viņš paceļ manas rokas pāri galvai.

– Turi rokas šādi, nekustini tās, vai saprati? – Kristjens vēro mani, un es jūtu, kā aizraujas elpa; tik kaismīgs ir šis skatiens. Šo vīrieti es nevēlos sadusmot... nekad.

– Atbildi, – viņš klusi pavēl.

– Es nekustināšu rokas. – Man ir grūti runāt.

– Laba meitene, – Kristjens nomurmina un tīši, nesteidzīgi nolaiza lūpas. Es kā apmāta vēroju viņa mēles galu, kas laiski aizslīd pār augšlūpu. Viņš lūkojas man acīs, vērtēdams mani, un pieliecies uzspiež ašu, šķīstu skūpstu man uz mutes.

– Es tevi skūpstīšu visur, Anastasija, – viņš klusi apsola un satver manu zodu, virzīdams to augšup, līdz viņš var brīvi piekļūt manam kaklam. Kristjena lūpas tik tikko manāmi slīd pār manu ādu, viņš skūpsta to, ik pa brīdim viegli iekozdams, līdz sasniedz bedrīti starp atslēgas kauliem. Mana miesa atdzīvojas... visur. Vannā piedzīvotais padarījis manu augumu neparasti jutīgu. Uzkarsētās asinis saplūst dziļi pavēderē, starp kājām, tieši tur. Es ievaidos.

Man gribas pieskarties Kristjenam. Es pavirzu rokas lejup un neveikli iegremdēju pirkstus viņa matos. Viņš sastingst un saniknots palūkojas uz mani, šūpodams galvu, pirms satver manas rokas un aizvirza tās atpakaļ.

– Nekustini rokas, citādi mums nāksies visu sākt vēlreiz, – viņš maigi rājas. Vēlreiz? *Interesanti...*

– Es gribu tev pieskarties. – Mana balss ir aizsmakusi.

– Zinu, – Kristjens nomurmina. – Turi rokas virs galvas, – viņš skarbi pavēl un, atkal satvēris manu zodu, sāk bārstīt skūpstus pār kaklu. Mans kaitinošais Kristjens... Viņa mēle sasniedz bedrīti starp atslēgas kauliem, bet plaukstas tikmēr slīd lejup, pār krūtīm. Viegli pieskāries bedrītei ar deguna galu, viņš ļoti nesteidzīgi sāk darboties ar mēli virzienā uz dienvidiem, sekojot rokām. Sasniedzis krūtis, viņš katru no tām ļoti maigi noskūpsta un viegli pakodī, nolaizīdams arī krūšu galus. *Jēziņ...* Mani gurni paši pēc savas gribas viļņo un ceļas, pieskaņojoties viņa darbību ritmam, un es izmisīgi cenšos atcerēties, ka jātur rokas virs galvas.

– Nekusties, – Kristjens mani brīdina, ar silto elpu kutinot manu ādu. Sasniedzis nabu, viņš ielaiž mēli tajā un ļoti saudzīgi pakņudina vēderu ar zobiem. Mans ķermenis izliecas kā loks.

– Tu esi garda, Anastasija. – Viņa deguns novelk līniju

starp manu vēderu un kaunuma apmatojumu, un zobi laiku pa laikam maigi paskrāpē ādu, bet mēle ķircina mani. Pieslējies sēdus, viņš nometas ceļos man starp kājām, pieķeras pie abām potītēm un plati iepleš manas kājas.

Velns! Viņš paceļ manu kreiso kāju, saliec to ceļgalā un pietuvina pēdu mutei. Vērodams katru, pat sīkāko izteiksmes maiņu manā sejā, viņš maigi noskūpsta visus pirkstus pēc kārtas un tik tikko manāmi iekož pirkstu spilventiņos. Nokļuvis pie mazā pirkstiņa, viņš iekož stiprāk, un es šņukstēdama saraujos. Kristjena mēle slīd augšup... un es vairs nespēju uz viņu skatīties. Tas ir pārāk erotiski. Es tūlīt beigšu. Cieši aizmiegusi acis, es cenšos uztvert visas Kristjena raisītās sajūtas. Viņš noskūpsta manu potīti un virzās augšup pa lielu līdz ceļgalam, kur apstājas. Pēc tam viņš ķeras pie labās kājas, atkārtodams visu pavedinošo, galvu reibinošo procesu.

– Lūdzu, – es izdvešu, kad kodiens mazajā pirkstiņā atbalsojas dziļi man pavēderē.

– Viss labais ir gaidīšanas vērts, Anastasija, – viņš klusi nosaka.

Šoreiz Kristjens neapstājas, sasniedzis ceļgalu, un turpina virzīties augstāk pa kājas iekšpusi, vienlaikus ieplešot manas kājas. Un es zinu, ko viņš grasās darīt; kāda manas būtības daļa vēlas viņu atgrūst, jo mani pārņem kauns. Viņš mani skūpstīs *tur*! Un kāda cita daļa ir sajūsmināta par šo iespēju. Kristjens pievēršas otram augšstilbam un skūpsta arī to, viegli skarot mēli ar ādu, līdz nokļūst man starp kājām un virza degunu augšup un lejup, ļoti maigi, ļoti saudzīgi. Es nodrebinos... *ak vai!*

Kristjens sastingst un gaida, līdz nomierinos. Es paceļu galvu un lūkojos uz viņu, nedaudz pavērusi muti. Mani sirdspuksti pamazām atgriežas normālā ritmā.

– Vai zini, cik uzbudinoša ir tava smarža? – viņš klusi jautā un, nenovērsdams skatienu no manis, dziļi ievelk nāsīs mana kaunuma aromātu.

Viss mans ķermenis koši pietvīkst; es gandrīz zaudēju samaņu un steidzīgi aizveru acis. Nevaru taču skatīties, kā viņš dara kaut ko tādu!

Kristjens viegli uzpūš elpu manai kājstarpei. *Jēziņ...*

– Man patīk šie. – Viņš maigi parausta kaunuma matiņus. – Varbūt mēs tos paturēsim.

– Lūdzu... – es izmisusi ierunājos.

– Man patīk tava lūgšanās, Anastasija.

Es iestenos.

– "Aci pret aci" nav mans parastais moto, – viņš nočukst, maigi raidīdams elpu manā slēptākajā vietā. – Bet šodien tu man sniedzi baudu un esi pelnījusi atalgojumu. – Es sadzirdu nerātno smaidu Kristjena balsī, un viss mans augums novibrē kā stīga; viņa mēle nesteidzīgi velk lokus ap manu klitoru, bet rokas viņš izmanto, lai piespiestu manas kājas pie gultas.

– Āāāā! – es iesaucos. Mans ķermenis izliecas un saraujas, atsaucoties uz viņa mēles pieskārienu.

Viņš apļo mēli vēl un vēlreiz, turpinot saldās mocības. Es zaudēju pēdējās apziņas paliekas, visi manas miesas atomi it kā saplūst šajā sīkajā, bet ietekmīgajā punktā starp kājām. Mani augšstilbi saspringst, un Kristjens ieslidina pirkstu manī, klusi ieņurdēdamies.

– Tu esi mitra, mazā. Man patīk, ja kļūsti mitra manis dēļ.

Viņš kustina pirkstu platā lokā, glāstot mani no iekšpuses un vienlaikus atkārtojot šos žestus ar mēli. Es ievaidos. Tas ir pārāk... Ķermenis izmisīgi alkst atvieglojuma, un es vairs nespēju to apvaldīt. Es ļaujos orgasmam, atteikdamās no visām sakarīgajām domām, un manas iekšas saraujas vēl un vēlreiz. *Ak Dievs!* Es iekliedzos, pasaule sašūpojas un nozūd skatienam, un mana kulminācija aizslauka no ceļa visu pārējo.

Kad mēģinu atgūties, smagi elpodama, es dzirdu foliju plīstam. Kristjens ļoti lēni iespiežas manī un sāk kustēties. Ak... vai! Viņš man sagādā vienlaikus sāpes un baudu, ir uzstājīgs un maigs.

– Kā tev patīk? – viņš izdveš.

– Labi. Lieliski, – es atsaucos. Un Kristjens paātrina tempu, līdz triecas manī arvien spēcīgāk; viņš ir neremdināms un kustas, līdz atkal esmu tuvu virsotnei un iekunkstos.

– Ļaujies, mazā. – Viņa balss ir skarba, asa, izmisīga, un es speru soli pāri bezdibens malai, atsaucoties uz viņa spēcīgajiem grūdieniem.

– Tas nu gan bija... – viņš nočukst, vēl reizi strauji triecas manī un iestenas, sasniegdams savu kulmināciju. Cieši piespiedies man klāt, viņš sastingst un izliecas.

Pēc brīža Kristjens sabrūk man virsū, un es jūtu visu viņa svaru iespiežam mani matracī. Es pārvelku savas sasietās rokas viņam pāri galvai un ap kaklu, apskaudama viņu, cik vien labi iespējams. Šobrīd es būtu gatava uz visu šī vīrieša dēļ. Es piederu viņam. Šī brīnumainā pasaule, kurā viņš mani ievedis, pārspēj visu sapņos redzēto. Un viņš vēlas iet vēl tālāk, daudz tālāk, uz vietu, ko es, naivā meitene, nespēju pat iztēloties. *Ko man darīt?*

Kristjens paslienas augšup, atbalstoties uz elkoņiem, un cieši uzlūko mani.

– Vai redzi, cik labi mums ir kopā? – viņš klusi jautā. – Ja ļausies man, būs vēl daudz labāk. Uzticies man, Anastasija. Es tevi aizvedīšu uz vietām, par kuru esamību tu pat nenojaut. – Šie vārdi sasaucas ar manām domām. Viņš paberzē degunu pret manējo. Vēl neesmu atguvusies pēc fantastiskās baudas, ko man sniedza Kristjens, un truli lūkojos uz viņu, mēģinādama prātā izveidot kādu sakarīgu domu.

Piepeši mēs abi sadzirdam balsis gaitenī aiz guļamistabas durvīm. Tikai pēc mirkļa man izdodas saprast, kas notiek.

– Ja Kristjens vēl ir gultā, tas nozīmē, ka viņš ir slims. Viņš nekad šajā diennakts stundā nevāļājas pa gultu.

– Lūdzu, Grejas kundze...

– Teilor, tu nevari man liegt apraudzīt dēlu.

– Grejas kundze, viņš nav viens.

– Ko tas nozīmē?

– Pie viņa ir viešņa.

– Nu, nu... – Pat es saklausu neticību sievietes balsī.

Kristjens strauji mirkšķina un lūkojas uz mani, plati iepletis acis uzjautrinājumā un šausmās.

– *Velns!* Mana māte.

10. NODAĻA

Kristjens piepeši izslīd no manis, un es saraujos. Viņš pieceļas sēdus un iemet izmantoto prezervatīvu papīrgrozā.
– Celies, mums jāsaģērbjas... ja vien vēlies iepazīties ar manu māti. – Plati pasmaidījis, Kristjens izlec no gultas un uzvelk kājās džinsus, pat nepūlēdamies sameklēt apakšveļu. Es cenšos piecelties, bet manas rokas vēl joprojām ir sasietas.
– Kristjen... es nevaru pakustēties.
Viņa smaids kļūst vēl platāks, un viņš pieliecies atraisa kaklasaiti. Tā atstājusi nospiedumus man ap plaukstas locītavām. Diezgan... erotiski. Kristjens uzjautrināts lūkojas uz mani un aši uzspiež skūpstu man uz pieres.
– Arī šī būs jauna pieredze, – viņš atzīstas, bet man nav ne jausmas, par ko ir runa.
– Man nav tīru drēbju. – Piepeši mani pārņem panika, un pēc nupat notikušā tā ir patiesi spēcīga. Viņa māte! Man nav, ko uzvilkt mugurā, un viņa gandrīz pieķēra mūs kaislīgā apskāvienā. – Varbūt man vajadzētu palikt šeit.
– Nu nē, pat neuzdrošinies! – Kristjens piedraud. – Vari uzvilkt kaut ko no manām drēbēm. – Viņš jau ir uzrāvis mugurā baltu sporta kreklu un izlaiž pirkstus caur sajauktajiem matiem. Kaut gan esmu pārbijusies, man uz brīdi zūd domu pavediens. Viņš ir pārāk skaists, lai viņu neapbrīnotu.
– Anastasija, tu būtu daiļa arī tad, ja ietērptos maisā. Lūdzu, nesatraucies. Es labprāt tevi iepazīstinātu ar savu māti. Apģērbies, es iešu viņu nomierināt. – Kristjens sakniebj lūpas. – Iznāc ārā pēc piecām minūtēm, citādi atgriezīšos un

izvilkšu tevi laukā pats, lai kas tev tobrīd būtu mugurā. Mani sporta krekli ir šajā atvilktnē. Izvēlies kādu no tiem. – Domīgi nopētījis mani, viņš iziet no istabas.

Velns parāvis! Kristjena māte. Tas nepavisam nav tas, uz ko biju gatava. Varbūt šī iepazīšanās ļaus man kaut nedaudz izprast mīklu, vārdā Kristjens Grejs. Iespējams, es noskaidrošu, kāpēc viņš ir tāds, kāds ir... Piepeši gaidāmā tikšanās man pat šķiet vēlama. Es paceļu no grīdas savu kreklu un iepriecināta atklāju, ka tas gandrīz nemaz nav saburzīts. Zem gultas atradusi savu zilo krūšturi, es steidzīgi apģērbjos. Tomēr man vajadzīga arī tīra apakšveļa; bez tās es nejūtos ērti. Parakņājusies Kristjena kumodes atvilktnēs, es atrodu viņa īsbikšu kolekciju. Uzvilkusi ciešu, pelēku *Calvin Klein* ražojumu, es uzrauju kājās arī džinsus un apauju sporta kurpes.

Paķērusi jaku, es iemetos vannasistabā un aplūkoju savas pārāk spožās acis, piesarkušo seju... un matus! Izrādās, man nepiestāv arī pēcseksa bizes. Es meklēju suku, bet atrodu tikai ķemmi; nāksies izlīdzēties ar to. Sasiedama matus, es domāju par drēbēm. Varbūt vajadzēja pieņemt Kristjena priekšlikumu par apģērba iegādi. Zemapziņa vīpsnādama nodēvē mani par pērkamu meiteni, bet es aizgaiņāju šo domu un uzvelku jaku. Paldies Dievam, piedurkņu atloki noslēpj kaklasaites atstātās pēdas. Es vēl pēdējo reizi izmisusi aplūkoju sevi spogulī, nospriežu, ka neko citu izdarīt vairs nav iespējams, un dodos uz dzīvojamo istabu.

– Lūk, te nu viņa ir. – Kristjens pieceļas no dīvāna, uzlūkodams mani ar maiguma un patikas pilnu skatienu. Viņam blakus sēž sieviete ar smilšu krāsas matiem. Viņa pagriežas un velta man starojošu smaidu, pirms pieceļas. Kristjena māte ir ģērbusies nevainojami elegantā, smalkā adījuma kleitā no dzeltenbrūnas vilnas, un viņai kājās ir pieskaņotas kurpes. Viņa ir labi kopta un skaista, un man sažņaudzas sirds, jo es saprotu, ka pati salīdzinājumā izskatos pēc nevīžas.

– Māt, šī ir Anastasija Stīla. Anastasija, šī ir Greisa Treveljana-Greja.

Doktore Treveljana-Greja sniedz man roku. Es to satveru, vienlaikus domādama par burtu "T" Kristjena iniciāļos. Varbūt tas apzīmē uzvārdu Treveljans.

– Ļoti priecājos tevi satikt, – viņa nosaka. Ja nemaldos, viņas balsī jūtams izbrīns un varbūt pat kaut kas līdzīgs atvieglojumam. Riekstbrūnajās acīs jaušama laipnība. Arī es pasmaidu, šīs siltās uzņemšanas iepriecināta.

– Ir gods iepazīties, doktore Treveljana-Greja, – es nomurminu.

– Lūdzu, sauc mani par Greisu. – Viņa plati smaida, un Kristjens sarauc pieri. – Parasti esmu doktore Treveljana, un Grejas kundze ir mana vīramāte. – Viņa piemiedz man ar aci. – Kā jūs abi iepazināties? – Viņa jautājoši uzlūko savu dēlu, nespēdama apvaldīt ziņkāri.

– Anastasija mani intervēja Viskonsinas universitātes studentu avīzes uzdevumā, jo es šonedēļ pasniegšu absolventiem diplomus.

Sasodīts! To es biju aizmirsusi.

– Tu šonedēļ beidz augstskolu? – Greisa pievēršas man.

– Jā.

Iezvanās mans mobilais telefons. *Droši vien Keita.*

– Atvainojiet! – Telefons ir atstāts virtuvē. Es aizsteidzos pie tā un pārliecos pār brokastu leti, neieskatījusies ekrānā.

– Keita?

– *Dios mío!* Ana! – Es klusībā nolamājos. Zvana Hosē, un viņš izklausās izmisis. – Kur tu esi? Vakar es tevi meklēju visu dienu! Gribēju atvainoties par savu uzvedību piektdien. Kāpēc tu man nepiezvanīji?

– Šis nav īstais brīdis, Hosē. – Es satraukta pametu skatienu pār plecu; Kristjens mani vēro, bezkaislīgi kaut ko sacīdams mātei. Es uzgriežu viņam muguru.

– Kur tu esi? Keita neko nesaka, – Hosē žēlojas.

– Sietlā.

– Kāpēc? Vai tu esi kopā ar to vīrieti?

– Hosē, es tev piezvanīšu vēlāk. Šobrīd nevaru runāt. – Es beidzu sarunu un tēloti nevērīgi atgriežos pie Kristjena un viņa mātes. Greisa aizrautīgi runā:

– ... un Eljots piezvanīja, lai pateiktu, ka esi šeit. Neesmu tevi satikusi jau divas nedēļas, mīļais.

– Ak tev piezvanīja Eljots? – Kristjens sausi painteresējas, lūkodamies uz mani, un viņa sejā neko nav iespējams nolasīt.

– Biju domājusi, ka varēsim paēst kopā pusdienas, bet redzu, ka tev ir citi plāni, un negribu tos izjaukt. – Greisa paņem savu garo krēmkrāsas mēteli un sniedz dēlam vaigu skūpstam. Viņš aši, bet mīļi piespiež lūpas pie mātes vaiga. Viņa Kristjenam nepieskaras.

– Man jāaizved Anastasija uz Portlendu.

– Protams, mīļais. Anastasija, es ļoti priecājos ar tevi iepazīties. Ceru, ka tiksimies vēl. – Greisa sniedz man roku, acīm mirdzot, un es to paspiežu.

Parādās Teilors. *No kurienes viņš iznāca?*

– Grejas kundze? – viņš ierunājas.

– Pateicos, Teilor. – Viņš izved Kristjena māti no istabas un ārā pa divviru durvīm līdz vestibilam. Teilors šeit bijis visu laiku? Cik sen? Kur?

Kristjens pārmetoši uzlūko mani.

– Vai tev zvanīja fotogrāfs?

Velns.

– Jā.

– Ko viņš gribēja?

– Tikai atvainoties. Par piektdienas vakaru.

Kristjens samiedz acis.

– Skaidrs, – viņš aprauti nosaka.

Atgriežas Teilors. – Greja kungs, radušies sarežģījumi ar Dārfūras kravu.

Kristjens asi pamāj. – Vai Čārlijs Tango ir lidostā?

– Jā, kungs.

Teilors ar galvas mājienu sveicina mani. Es viņam kautri uzsmaidu, un viņš dodas prom.

– Vai Teilors dzīvo šeit?

– Jā, – Kristjens skarbi nosaka, un es apjūku. Nesaprotu, kāpēc viņš ir tik drūms.

Piegājis pie virtuves letes, Kristjens paņem telefonu un sāk pārbaudīt pastu. Vismaz man tā šķiet. Viņš sakniebj lūpas un kādam piezvana.

– Ros, kas noticis? – viņš jautā un brīdi klausās, vērodams mani, kamēr es stāvu lielās istabas vidū un nezinu, ko darīt, juzdamās ārkārtīgi nokaunējusies un neiederīga.

– Es nepakļaušu komandu riskam. Nē, atcel... Mēs noorganizēsim metienu no gaisa... Labi. – Viņš beidz sarunu. Siltais mirdzums nozudis no viņa acīm. Kristjens izskatās biedējošs, un, veltījis man vēl vienu ašu skatienu, viņš ieiet savā kabinetā un iznāk pēc dažām minūtēm.

– Lūdzu, izlasi šo līgumu, un nākamajā nedēļas nogalē mēs to pārrunāsim, – Kristjens saka, sniegdams man dzeltenbrūnu aploksni. – Būtu labi, ja tu nedaudz pameklētu nepieciešamo informāciju, lai zinātu, kas gaidāms. – Brīdi klusējis, viņš jau klusāk piebilst: – Protams, ja vien tu piekritīsi, un es patiesi ceru, ka tā būs.

– Informāciju? – es atkārtoju.

– Internetā iespējams atrast itin visu, – Kristjens noteic.

Internetā! Man nav pieejams dators, un es nevaru izmantot ne Keitas klēpjdatoru, ne Kleitona veikalā esošo. Ne jau šādas informācijas meklēšanai.

– Kas tevi satrauc? – Kristjens jautā, piešķiebis galvu.

– Man nav datora. Es parasti strādāju skolas bibliotēkā. Mēģināšu aizņemties Keitas datoru.

– Es varu tev... hm, aizdot kādu no savējiem. Savāc mantas, mēs brauksim atpakaļ uz Portlendu un pa ceļam paēdīsim. Man jāapģērbjas.

– Labi, man tikai jāpiezvana, – es atbildu, jo gribu dzirdēt Keitas balsi, bet Kristjens sarauc pieri.

– Fotogrāfam? – Viņš sakož zobus, un viņa acis kvēlo. Es apmulsusi mirkšķinu skropstas. – Man nepatīk dalīties ar citiem, Stīlas jaunkundze. Neaizmirsti to. – Klusajā, stindzinošajā balsī skan nepārprotams brīdinājums, un viņš ieiet guļamistabā, veltījis man vēl pēdējo salto skatienu.

Jēziņ! Man gribas uzsaukt viņam, ka gribēju tikai sazināties ar Keitu, bet šis piepešais ledainums mani paralizējis. Kas noticis ar dāsno, atbrīvoto, smaidošo vīrieti, kurš ar mani mīlējās tikai pirms pusstundas?

**

– Vai esi gatava? – Kristjens man jautā, kad esam nostā-
jušies pie lielajām divviru durvīm.

Es nedroši pamāju. Viņš atkal ir uzlicis savu atturīgā, pie-
klājīgā un stīvā miljardiera masku. Rokā viņam ir ādas so-
ma. Kāpēc gan? Varbūt viņš paliks Portlendā... Un es atce-
ros izlaidumu. Protams, viņš mums izsniegs diplomus
ceturtdien. Mugurā Kristjenam ir melna ādas jaka. Šādās
drānās viņš nemaz nelīdzinās cilvēkam, kuram pieder dau-
dzi miljoni, miljardi vai kas nu cits viņam ir. Kristjens izska-
tās pēc trakulīgas rokzvaigznes vai modeļa no augstās mo-
des skatēm. Es klusībā nopūšos, vēlēdamās, kaut man
piemistu desmitā daļa viņa savaldīguma. Kristjens ir mierīgs
un vienaldzīgs. Es saraucu pieri, atcerējusies viņa dusmu iz-
virdumu, kad runājām par Hosē... Nu, vismaz viņš prot tē-
lot vienaldzīgumu.

Teilors neuzkrītoši stāv malā.

– Līdz rītdienai, – Kristjens nosaka, un Teilors pamāj.

– Jā, kungs. Kuru mašīnu jūs ņemsiet, kungs?

Kristjens uzmet skatienu man.

– Šoreiz R8.

– Laimīgu ceļu, Greja kungs. Stīlas jaunkundze. – Teilors
labvēlīgi uzlūko mani, bet šķiet, ka viņa acīs pavīd arī žē-
lums.

Teilors droši vien domā, ka esmu kļuvusi par Greja kun-
ga dīvaino seksuālo izvirtību upuri. Tomēr pagaidām esmu
iepazinusi tikai viņa izcilās prasmes, neko savādu. Varbūt
sekss šāds ir vienmēr? Arī citiem? Es saraucu pieri. Man nav,
ar ko salīdzināt, un Keitai es neko jautāt nedrīkstu. Par to
vajadzēs apspriesties ar Kristjenu. Mana vēlme runāt ir pil-
nīgi dabiska, un es galu galā nevaru runāt ar Kristjenu, kurš
ir pārmaiņus atklāts un noslēgts.

Kad esam izgājuši no dzīvokļa, Kristjens nospiež lifta iz-
saukšanas pogu.

– Kas tevi nomāc, Anastasija? – viņš jautā. Kā viņš zina,
ka es par kaut ko prātoju?

– Beidz košļāt apakšlūpu, – Kristjens brīdina, satvēris mani aiz zoda. – Citādi es tevi iegūšu tepat liftā, un pie velna visus, kas iekāps kopā ar mums!

Es nosarkstu, bet viņa lūpās ir manāms smaids. Šķiet, ka viņa noskaņojums beidzot uzlabojies.

– Kristjen, mani nomoka problēma.

– Kāda? – Visa viņa uzmanība ir pievērsta man.

Ierodas lifts. Mēs ieejam kabīnē, un Kristjens nospiež pogu, uz kuras rakstīts "G".

– Nu... – Es piesarkstu. Kā man to pateikt? – Man jāaprunājas ar Keitu. Ir daudz jautājumu par seksu, un tu esi ar to pārāk cieši saistīts. Ja vēlies, lai es pildu tavas prasības, kā es varu zināt...? – Man brīdi jāmeklē īstie vārdi. – Nav nekādu standartu, ar ko tās salīdzināt.

Kristjens paceļ acis pret griestiem.

– Labi, runā ar Keitu, ja nepieciešams, – viņš nopūties atļauj. – Tikai parūpējies, lai viņa neko nestāstītu Eljotam.

Mani šāds mājiens sanikno. Keita nav pļāpa!

– Viņa tā nerīkotos, un es savukārt tev nestāstītu neko no tā, ko viņa man atklātu par Eljotu... ja tas vispār notiktu, – es steidzīgi piebilstu.

– Atšķirība slēpjas tajā, ka es neko nevēlos zināt par sava brāļa seksuālo dzīvi, – Kristjens noņurd. – Eljots mēdz bāzt savu degunu, kur nevajag. Bet runā tikai par to, ko esam darījuši līdz šim, – viņš mani brīdina. – Tava draudzene droši vien mani izkastrētu, ja uzzinātu, kas man ir padomā, – Kristjens piebilst tik klusi, ka es pat nezinu, vai viņš runā ar mani.

– Labi, – es atvieglota piekrītu un pasmaidu. Man pat negribas domāt par visu, ko Keita varētu Kristjenam nodarīt.

Viņš papurina galvu, saraucis lūpu kaktiņus smaidā. – Jo ātrāk tu piekritīsi, jo labāk, un tad varēsim pārtraukt šo visu, – viņš norūc.

– Ko gan?

– Tavu nepakļaušanos. – Kristjens aptver manu zodu un uzspiež ašu, mīļu skūpstu man uz lūpām, pirms atveras lifta durvis. Paķēris mani aiz rokas, viņš iziet pazemes stāvvietā.

Kā gan es viņam nepakļaujos?
Netālu novietots melnais *Audi* džips, bet Kristjens norāda ar signalizācijas pulti uz melnu, sportisku mašīnu. Tā iepīkstas, un iedegas lukturi. Šai mašīnai pietrūkst tikai garkājainas, ar sarkanu lentu apvītas blondīnes uz motora pārsega.

– Glīta mašīna, – es sāji nomurminu.

Kristjens pamet skatienu uz mani un atplaukst platā smaidā.

– Ir gan, vai ne? – Un mans labsirdīgais, jaunais, bezrūpīgais Kristjens uz brīdi ir atgriezies. Man laimē sažņaudzas sirds, redzot viņu tik priecīgi satrauktu. *Zēni un viņu rotaļlietas...* Es paceļu acis pret debesīm, bet nespēju apvaldīt smaidu. Viņš atver durvis, un es iesēžos mašīnā. Oho... zemu gan. Viegliem, atsperīgiem soļiem apgājis mašīnai apkārt, Kristjens eleganti ieloka garo stāvu man blakus. *Kā viņam tas izdodas?*

– Kā šo mašīnu sauc?

– Tas ir *Audi R8 Spider*. Diena ir ļoti skaista, mēs varam nolaist jumtu. Mazajā nodalījumā ir beisbola cepurīte. Tur vajadzētu būt pat divām. Un saulesbrilles arī, ja tev tās vajadzīgas.

Kristjens iedarbina motoru, un tas ierēcas. Viņš noliek somu starp mūsu sēdekļiem, nospiež pogu, un jumts nesteidzīgi aizslīd prom. Tiek nospiests slēdzis, un mūs apņem Brūsa Springstīna mūzika.

– Brūsu nevar nemīlēt. – Kristjens man uzsmaida un vada mašīnu uz slīpās nobrauktuves. Mēs apstājamies, gaidot, kad pacelsies vārti, un jau nākamajā mirklī traucamies pa ielu, Sietlas siltās maija rīta saules apspīdēti. Es sameklēju pieminētās beisbola cepurītes. Uz tām rakstīts komandas *Mariners* nosaukums. Kristjenam patīk beisbols? Es pasniedzu vienu no cepurītēm viņam, izvelku matus caur savējās aizmuguri un uzstiepju cepuri zemu pār pieri.

Cilvēki pavada mūs skatieniem. Man brīdi šķiet, ka viņi vēro Kristjenu... un pēc tam kādā paranojas pārņemtā prāta nostūrī iedomājos, ka visi skatās uz mani, jo zina, ar ko nodarbojos pēdējās divpadsmit stundas, bet beigu beigās es aptveru, ka vainojama mašīna. Kristjens šķiet iegrimis domās un neievēro neko sev apkārt.

Ielas ir patukšas, un drīz mēs jau traucamies uz dienvidiem pa šoseju. Vējš pūš mums virs galvas, bet Brūss dzied par degšanu liesmās un iekāri. Cik piemēroti! Es nosarkstu, klausīdamās vārdos. Kristjens palūkojas uz mani. Viņa acis ir paslēptas aiz saulesbrillēm, tāpēc es nezinu, ko viņš jūt. Nedaudz saraucis lūpu kaktiņus, viņš uzliek plaukstu man uz ceļgala un vieglītēm saspiež to. Man aizraujas elpa.

– Vai esi izsalkusi? – viņš painteresējas.

Ne jau pēc ēdiena.

– Ne īpaši.

Kristjens sakniebj lūpas, līdz tās veido jau pazīstamo taisno līniju.

– Tev jāēd, Anastasija, – viņš mani norāj. – Es zinu lielisku restorānu. Mēs ieskriesim tur. – Vēlreiz noglāstījis manu ceļgalu, viņš satver stūri un spēcīgāk uzmin uz gāzes pedāļa. Es jūtu, ka tieku iespiesta sēdeklī. Mašīna tiešām ir jaudīga.

**

Restorāns ir mazs un piemērots intīmām ēdienreizēm divatā. Tas izvietots koka namiņā meža vidū un iekārtots lauku stilā: visur salikti nesaskaņoti krēsli un galdi, ko sedz rūtains audums, un mazās vāzītēs rotājas savvaļas ziedi. Virs durvīm izkārtne vēsta: *Cuisine Savage*.

– Jau sen te neesmu bijis. Mums nav īpašas izvēles, viņi gatavo tikai to, ko noķēruši vai ievākuši. – Kristjens tēlotās šausmās sarauc uzaci, un es gandrīz pati pret savu gribu iesmejos. Viesmīle pieņem mūsu dzērienu pasūtījumu. Ieraudzījusi Kristjenu, viņa pietvīkst, vairās skatīties viņam acīs un slēpjas aiz savām garajām, blondajām matu šķipsnām. Viņai Kristjens patīk! *Tātad es neesmu vienīgā.*

– Divas glāzes *Pinot Grigio*, – Kristjens valdonīgi pavēl, un es aizkaitināta sakniebju lūpas.

– Kas tevi neapmierina? – viņš salti painteresējas.

– Es gribēju diētisko kolu.

Kristjens samiedz pelēkās acis un papurina galvu.

– Šeit ir labs *Pinot Grigio*. Tas būs piemērots visam, ko mums varētu pasniegt, – viņš pacietīgs skaidro.

– Visam, ko mums varētu pasniegt?

– Jā. – Viņš velta man savu žilbinošo smaidu, galvu piešķiebis, un man vēderā viss sagriežas, pirms lūpas savelkas atbildes smaidā.

– Manai mātei tu iepatikies, – Kristjens ieminas.

– Vai tiešām? – Es tīksmē piesarkstu.

– Jā. Viņa vienmēr domājusi, ka esmu homoseksuāls.

Man no pārsteiguma paveras mute, un es atceros liktenīgo jautājumu, ko uzdevu intervijā.

– Kāpēc viņai tā šķita? – es čukstus jautāju.

– Tāpēc, ka māte nekad nav redzējusi mani kādas meitenes pavadībā.

– Tiešām? Pat ne kopā ar kādu no piecpadsmit sievietēm? Kristjens pasmaida.

– Tu atcerējies precīzu skaitu. Nē, pat ne kopā ar kādu no viņām.

– Ak tā.

– Anastasija, arī man šī nedēļas nogale bijusi jaunu piedzīvojumu pilna, – viņš klusi atzīst.

– Kādā ziņā?

– Nekad neesmu gulējis kopā ar kādu, man nav bijis seksa pašam savā gultā, es neesmu vedis meiteni helikopterā vai iepazīstinājis viņu ar savu māti. Ko tu ar mani dari? – Viņa skatiens ir tik kvēls, ka man aizraujas elpa.

Viesmīle atnes vīnu, un es nekavējoties iedzeru malku. Vai Kristjens šobrīd atklāj kādu dziļāku savas būtības daļu? Vai arī šī saruna notiek vienmēr, kad viņš cenšas savaldzināt sievieti?

– Man nedēļas nogale ļoti patika, – es nomurminu. Viņš atkal samiedz acis.

– Izbeidz košļāt lūpu, – viņš noņurd un piebilst: – Man arī.

– Kas ir vaniļas sekss? – es jautāju, pūlēdamās novērst domas no svelošā skatiena, kādu man šobrīd velta Kristjens, un viņš iesmejas.

– Tas vienkāršs, normāls sekss, Anastasija. Bez rotaļlie-
tām un dažādām piedevām. – Viņš paraustas plecus. – Tu jau
zini... nē, patiesībā nezini vis, bet to nu tas nozīmē.

– Ak tā. – Starp mums notikušais man vairāk atgādina
kaut ko burvīgi, vilinoši piparotu, bet es jau neko nezinu.
Viesmīle mums atnes zupu. Mēs abi to šaubīgi uzlūkojam.

– Nātru zupa, – meitene paskaidro un sparīgiem soļiem
atgriežas virtuvē. Laikam viņa apvainojusies, jo Kristjens uz
viņu pat neskatās. Es piesardzīgi pagaršoju ēdienu, un tas
ir ļoti gards. Mēs ar Kristjenu atvieglloti saskatāmies. Es ie-
spurdzos, un viņš piešķiebj galvu.

– Skaista skaņa, – viņš nomurmina.

– Kāpēc tu nekad neesi nodarbojies ar vaniļas seksu? Vai
vienmēr esi aizrāvies ar... nu, to, kas tev patīk? – es ieinte-
resēta jautāju.

Kristjens nesteidzīgi pamāj.

– Tā varētu teikt. – Viņa balss skan piesardzīgi. Saraucis
pieri, viņš šķiet izcīnām kādu iekšēju cīņu un beigu beigās
paskatās uz mani, pieņēmis lēmumu. – Kad man bija piec-
padsmit gadu, mani savaldzināja kāda no mātes draudze-
nēm.

– Ak tā. – *Šausmas, viņš bijis pavisam jauns!*

– Viņai bija neparasta gaume. Es sešus gadus pildīju vi-
ņas verga lomu. – Kristjens paraustas plecus.

Es klusēju; manā galvā nav nevienas domas. Atzīšanās ma-
ni satriekusi.

– Tāpēc es zinu, ko nozīmē būt Pakļautajam. – Kristjens
lūkojas tālumā, droši vien gremdēdamies atmiņās.

Es vēroju viņu, nespēdama pateikt ne vārda. Pat mana
zemapziņa ir mēma.

– Mana seksuālā pieredze ir citāda nekā vairākumam cil-
vēku.

Es jūtu mostamies ziņkāri.

– Vai tas nozīmē, ka tu pat universitātē netikies ar paras-
tām meitenēm?

– Nekad. – Viņš papurina galvu.

Pienāk viesmīle, lai paņemtu mūsu iztukšotās bļodas, un mēs klusējam, līdz viņa aiziet.

– Kāpēc? – es iejautājos.

Kristjens salti pasmaida.

– Vai tiešām vēlies zināt?

– Jā.

– Es to negribēju. Man bija vajadzīga tikai viņa. Turklāt, ja es paskatītos uz citu sievieti, viņa mani sadauzītu zili melnu. – Kristjens savelk lūpas smaidā, acīmredzot kavēdamies patīkamās atmiņās.

To gan es laikam nevēlējos dzirdēt... Bet mana ziņkāre ir nevaldāma.

– Cik tai sievietei bija gadu? Ja jau viņa bija tavas mātes draudzene.

Kristjens pasmīkņā. – Pietiekami, lai viņa zinātu, ka nerīkojas īpaši gudri.

– Vai jūs vēl joprojām tiekaties?

– Jā.

– Un vēl joprojām... hmm... – Es nosarkstu.

– Nē. – Kristjens papurina galvu, iecietīgi smaidīdams. – Viņa ir ļoti tuvs draugs, bet nekas cits.

– Ak tā. Vai tava māte zina, kas jūs vienoja?

Kristjens pārmetoši uzlūko mani. – Nē, protams.

Viesmīle atgriežas, nesdama brieža gaļu, bet man zudusi apetīte. Cik interesanta atklāsme! *Kristjens bijis Pakļautais... Baisi!* Es iedzeru lielu malku vīna, un tas tiešām ir gards; protams, viņam bijusi taisnība. Bet esmu uzzinājusi pārāk daudz, un man nepieciešams laiks pārdomām, turklāt vienatnē, ne jau Kristjena klātbūtnē. Viņš ir pārāk aizraujošs, pārāk valdonīgs, un tagad viņš atklājis vēl vienu satriecošu kārti. *Viņš zina, ko tas nozīmē.*

– Jūs taču nenodarbojāties ar to visu laiku, vai ne? – es apjukusi painteresējos.

– To ir grūti paskaidrot, bet jā, visu laiku. Kaut gan netikāmies katru dienu. Es vēl joprojām mācījos skolā un pēc tam universitātē. Ēd, Anastasija.

– Es tiešām neesmu izsalkusi, Kristjen. – *Tavas atklāsmes ir pārāk mulsinošas.*

Viņa sejas izteiksme kļūst skarbāka. – Ēd, – viņš klusi pavēl. Pārāk klusi.

Es lūkojos uz Kristjenu, šo bērnībā seksuāli izmantoto puisi, kurš tagad man draud.

– Pēc brīža, – es nomurminu. Viņš samirkšķina acis, nomurmina: – Labi, – un turpina ēst.

Tāda turpmāk būs mana dzīve, ja parakstīšu līgumu; Kristjens man pavēlēs. Es saraucu pieri. Vai tiešām to vēlos? Satvērusi nazi un dakšiņu, es piesardzīgi pagaršoju brieža gaļu. Tā ir lieliska.

– Vai tādas būs mūsu... hmm, attiecības? – es čukstus jautāju. – Tu mani nemitīgi izrīkosi? – Man ir grūti skatīties viņam acīs.

– Jā, – Kristjens apstiprina.

– Skaidrs.

– Turklāt tu gribēsi, lai es tā daru, – viņš piebilst.

Par to nu gan es šaubos. Nogriezusi vēl vienu gaļas kumosu, es paceļu to pie mutes.

– Tas ir milzīgs solis, – es saku un nokožu gabaliņu.

– Jā. – Kristjens uz brīdi piever acis. Kad viņš tās atver, viņa izteiksme ir drūma. – Anastasija, ieklausies savās izjūtās. Ievāc ziņas, izlasi līgumu. Es labprāt ar tevi pārrunāšu visus aspektus. Līdz piektdienai būšu Portlendā, ja vēlēsies ar mani tikties. – Viņš steidzas pateikt iespējami vairāk. – Piezvani man. Varbūt varam kopā pavakariņot? Piemēram, trešdien? Es ļoti vēlos, lai mums viss izdotos. Nekad vēl neesmu kaut ko tik kvēli gribējis.

Kristjena acīs redzams, cik patiesi ir šie vārdi. Un tajos slēpjas galvenais klupšanas akmens. Es gluži vienkārši nesaprotu, kāpēc viņš izvēlējies mani. Kāpēc ne kādu no savām piecpadsmit verdzenēm? Ak nē... vai tāds būs arī mans liktenis? Es pārvērtīšos par kārtas numuru, būšu sešpadsmitā no... cik daudzām?

– Kas notika ar piecpadsmito? – es jautāju.

Kristjens izbrīnīts sarauc uzacis un, it kā samierinājies ar neizbēgamo, pašūpo galvu.

– Bija vairāki sarežģījumi, bet visu izšķīra... – Viņš apklust, meklēdams īstos vārdus. – Nesaderība. – Viņš rausta plecus.

– Un tu domā, ka mēs abi varētu būt saderīgi?

– Jā.

– Tātad tu vairs nesatiecies ar kādu no viņām?

– Nē, Anastasija. Es savās attiecībās esmu monogāms.

Ak tā. Tas ir kaut kas jauns.

– Saprotu.

– Izpēti pieejamo informāciju, Anastasija.

Es nolieku nazi un dakšiņu, jo vairs neko nespēju ieēst.

– Vai tas ir viss? Neko citu tu vairs neēdīsi?

Es papurinu galvu. Kristjens sadrūmis mani nopēta, tomēr nolemj paklusēt, un es atvieglota nopūšos. Jaunumu ir tik daudz, ka man vēderā viss griežas, un vīna dēļ esmu nedaudz noreibusi. Es vēroju, kā Kristjens apēd visu uz šķīvja nolikto. Viņam ir ļoti veselīga apetīte un droši vien viņš daudz vingro, lai nezaudētu formu. Piepeši manā iztēlē parādās Kristjena gurni un pidžamas bikses, kas tos apkļauj, un es neveikli sagrozos. Viņš palūkojas uz mani, un es piesarkstu.

– Es atdotu visu, lai tikai uzzinātu, kas tev šobrīd prātā, – Kristjens nosaka, un es kļūstu vēl sarkanāka.

Viņa lūpās ataust nerātns smaids.

– Man droši vien izdotos uzminēt, – viņš mani ķircina.

– Priecājos, ka nemāki lasīt domas.

– Domas nē, Anastasija, bet tavs augums... to kopš vakardienas esmu iepazinis pietiekami labi. – Kristjena balsī jaušama pavedinoša nots. Kā viņam izdodas tik strauji mainīt noskaņojumu? Viņš ir nepastāvīgs kā dzīvsudrabs, un man ir grūti viņam pielāgoties.

Pamājis viesmīlei, Kristjens palūdz rēķinu, samaksā un pieceļas, sniegdams man roku.

– Nāc. – Viņš aizved mani uz mašīnu. Mēs esam sadevušies rokās, un tas ir negaidīti normāls, intīms kontakts. Nav viegli saprast, kā šis parastais, maiguma pilnais žests saskan ar to, ko viņš vēlas darīt savā slepenajā istabā... savā sarkanajā moku kambarī.

Braucot uz Vankūveru, mēs abi klusējam, iegrimuši katrs savās domās. Kad Kristjens aptur mašīnu pie mana dzīvokļa, ir jau pieci vakarā. Logos deg gaisma, tātad Keita ir mājās. Droši vien kravā mantas, ja vien kopā ar viņu nav Eljots. Kristjens izslēdz motoru, un es aptveru, ka vajadzēs no viņa šķirties.

– Vai vēlies ienākt? – es jautāju, jo gribu paildzināt mums abiem paredzēto laiku.

– Nē. Man jāstrādā, – Kristjens atbild, lūkodamies uz mani ar neizdibināmu izteiksmi sejā.

Es saviju pirkstus kopā un pētu tos. Piepeši esmu tuvu asarām, jo viņš tūlīt mani pametīs. Kristjens satver manu plaukstu, nesteidzīgi paceļ to pie mutes un maigi noskūpsta delnas virspusi. Cik vecmodīgs, jauks žests... Es jūtu asaru kamolu sakāpjam kaklā.

– Pateicos par šo nedēļas nogali, Anastasija. Tā bija... lieliska. Vai tiksimies trešdien? Es piebraukšu pie tava darba vai jebkur citur, – viņš klusi sola.

– Trešdien, – es nočukstu.

Vēlreiz noskūpstījis manu roku, viņš nolaiž to man klēpī un izkāpj no mašīnas. Apgājis tai apkārt, Kristjens atver man durvis. Kāpēc es piepeši esmu tik skumja? Tik tikko spēju apvaldīt raudas un nolemju, ka viņš nedrīkst redzēt mani šādu. Piespiesti smaidīdama, es izkāpju ārā un dodos uz durvju pusi, zinādama, ka nāksies stāties pretī Keitai, un baidīdamās no šīs sarunas. Pusceļā es pagriežos un uzlūkoju Kristjenu. Galvu augšā, Stīla!

– Starp citu, man mugurā ir tava apakšveļa. – Es viegli uzsmaidu Kristjenam un pavelku augšup īsbikšu malu, lai viņš to redzētu. Kristjens satriekts paver muti. Šāda reakcija man nekavējoties uzlabo omu, un es līganiem soļiem ieeju mājā, tik tikko apvaldīdama vēlmi palēkties. Dieviete, kas mīt manī, sajūsmā dejo.

Keita ir dzīvojamā istabā un kravā savas grāmatas kastēs.

– Ana! Kur ir Kristjens? Kā tu jūties? – viņa drudžaini jautā un pieskrējusi satver mani aiz pleciem, rūpīgi pētīdama katru manu vaibstu, pirms vēl esmu sasveicinājusies.

Velns... Keita ir pietiekami uzstājīga, lai neliktu mani mierā, bet esmu parakstījusi juridisku vienošanos, apliecinādama, ka neko nestāstīšu. Šāds apvienojums ir bīstams.

– Nu, kā bija? Neesmu pārstājusi par tevi domāt ne mirkli; nu, vismaz kopš Eljota aiziešanas. – Keita šķelmīgi pasmaida.

Arī es nespēju apvaldīt smaidu, viņas raižu un svelošās ziņkāres uzjautrināta, bet piepeši nokautrējos un piesarkstu. Starp mani un Kristjenu notikušais ir pārāk intīms; esmu ieskatījusies Kristjena noslēpumos. Tomēr kaut ko vajadzētu pastāstīt Keitai, citādi viņa nemūžam neliks mani mierā.

– Bija labi, Keita. Man šķiet, ka pat ļoti labi, – es klusi atzīstos, mēģinādama slēpt savu kaunpilno, daiļrunīgo smaidu.

– Tev šķiet?

– Nav jau nekā, ar ko salīdzināt, vai ne? – Es kā atvainodamās paraustu plecus.

– Vai tu beidzi?

Keita lieki netērē laiku. Nosarkusi no galvas līdz kājām, es nīgri nomurminu: – Jā.

Draudzene pieved mani pie dīvāna, un mēs apsēžamies. Viņa apkļauj manas plaukstas ar savējām.

– Tas ir *ļoti* labi. – Keita neticīgi uzlūko mani. – Turklāt jau pirmajā reizē. Mjā, Kristjens laikam zina, ko dara.

Ak, Keita, tev nav ne jausmas...

– Mana pirmā reize bija drausmīga, – viņa turpina, savietdama seju pārspīlēti skumīgā grimasē.

– Kādā ziņā? – es ieinteresēta jautāju. Keita vēl nekad nav par to stāstījusi.

– Es biju kopā ar Stīvu Patroni. Vidusskolā. Viņš bija sportists ar mazu daiktu. – Draudzene nodrebinās. – Viņš izturējās rupji. Es nebiju gatava. Mēs abi dzērām pārāk daudz. Tipiska pusaudžu muļķošanās pēc izlaiduma balles. Fui! Pagāja mēneši, pirms es nolēmu pamēģināt vēlreiz. Un ne jau ar glēvulīgo Stīvu. Es biju pārāk jauna. Tu rīkojies pareizi, tik ilgi gaidīdama.

– Keita, tas izklausās briesmīgi.

Draudzene domīga uzlūko mani.

– Jā, aizritēja gads, līdz man izdevās sasniegt pirmo orgasmu kopā ar vīrieti, un tu to panāci... pirmajā reizē?

Es kautri pamāju. Mana iekšējā dieviete rāmi sēž lotosa pozā, bet sejā viņai rotājas viltīgs, pašapmierināts smaids.

– Priecājos, ka tu zaudēji nevainību ar kādu, kurš prot atšķirt savu pakaļu no elkoņa. – Keita pamirkšķina man ar aci.

– Kad jūs tiksieties?

– Trešdien. Mēs iesim vakariņās.

– Tātad tev viņš vēl joprojām patīk?

– Jā. Bet es neesmu pārliecināta par... nākotni.

– Kāpēc?

– Kristjens ir sarežģīts, Keita. Tu jau saproti; viņa pasaule ļoti atšķiras no manējās. – Tas ir labs attaisnojums, turklāt arī ticams. Daudz labāks nekā "viņam ir sarkans moku kambaris, un viņš grib mani padarīt par savu seksa verdzeni".

– Lūdzu, Ana, neļauj naudai visu sabojāt. Eljots teica, ka Kristjens nekad nemēdzot tikties ar sievietēm.

– Vai tiešām? – Mana balss kļūst par vairākām oktāvām augstāka, un es sevi norāju. *Uzmanies, Stīla!* Kristjens varētu mani iesūdzēt tiesā, ja es pārāk daudz atklātu. *Ha, un ko tad viņš darīs? Atņems man visu naudu?* Kamēr veikšu "izpēti" internetā, nāksies pameklēt arī, kāds sods piemērojams par konfidencialitātes līguma pārkāpšanu. Es jūtos kā saņēmusi mājasdarbu. Varbūt vajadzēs kārtot eksāmenu. Es pietvīkstu, atcerējusies savu augstāko novērtējumu orālajās prasmēs pēc eksperimenta vannā.

– Ana, kas noticis?

– Es tikai atcerējos kādu Kristjena piezīmi.

– Tu izskaties mainījusies, – Keita labsirdīgi nosaka.

– Es arī jūtos mainījusies. Man smeldz, – es atzīstos.

– Smeldz?

– Mazliet. – Es nosarkstu.

– Man arī. Vīrieši, – viņa tēlotā nicinājumā nosprauslā. – Īsti zvēri! – Mēs abas iesmejamies.

– Tev smeldz? – es iesaucos.

– Jā... no pārāk biežas lietošanas.

Es iespurdzos.

– Pastāsti man par dedzīgo Eljotu, – es lūdzu, atguvusi savaldību. Pirmo reizi kopš brīža, kad stāvēju rindā pie bāra, es jūtos nedaudz atbrīvojusies... pirmo reizi kopš zvana, ar kuru viss sākās. Toreiz es apbrīnoju Greju no tālienes. Tās bija tik līksmas, bezrūpīgas dienas...

Keita nosarkst. *Interesanti!* Ketrīna Agnese Kevana sāk uzvesties kā Anastasija Roza Stīla. Viņas acis kļūst sapņainas. Nekad vēl neesmu redzējusi draudzeni šādi reaģējam uz kādu vīrieti, un man no pārsteiguma paveras mute. Kur ir Keita un ko tu ar viņu esi izdarījusi, svešā meitene?

– Ak, Ana! – viņa līksmo. – Eljots ir tik... lielisks. Un, kad mēs... nu... bija ļoti labi. – Mana draudzene ir tā apmāta, ka tik tikko spēj savirknēt vārdus.

– Tu laikam mēģini pateikt, ka tev viņš iepaticies.

Keita sparīgi māj ar galvu, smaidīdama kā neprātīga.

– Un mēs tiksimies sestdien. Viņš mums palīdzēs pārvākties. – Keita sasit plaukstas, pielec kājās un virpuļodama piedejo pie loga. Pārvākšanās! Jēziņ, biju to pavisam aizmirsusi, kaut gan mums apkārt saliktas kastes.

– Eljots ir izpalīdzīgs, – es atzinīgi nosaku. Man būs izdevība tuvāk iepazīt Keitas jauno mīļāko. Varbūt Eljots man palīdzēs izprast arī viņa dīvaino, biedējošo brāli.

– Ko jūs naktī darījāt? – es painteresējos. Keita piešķiebj galvu un sarauc uzacis, skatīdamās uz mani kā uz garā vāju.

– To pašu, ko jūs, tikai mēs vispirms paēdām vakariņas. – Viņa smaida. – Vai tev tiešām viss ir labi? Tu izskaties nogurusi.

– Tā arī ir. Kopā ar Kristjenu ir grūti atslābināties.

– Jā, tam es spēju noticēt. Bet viņš taču izturējās pret tevi labi, vai ne?

– Protams, – es apliecinu. – Bet man ļoti gribas ēst. Vai vēlies, lai kaut ko pagatavoju?

Keita pamāj un grasās ķerties pie pārtrauktās mantu kravāšanas.

– Ko tu darīsi ar četrpadsmit tūkstošus dolāru vērtajām grāmatām? – viņa jautā.

– Atdošu tās Kristjenam.

– Tiešām?

– Tā ir pārāk dārga dāvana. Nevaru to pieņemt, it īpaši šobrīd. – Es uzsmaidu Keitai, un viņa paloka galvu.

– Saprotu. Tev pienāca dažas vēstules, un Hosē zvana ik pēc stundas. Viņš izklausījās izmisis.

– Gan jau viņam piezvanīšu, – es izvairīgi nomurminu. Ja pastāstīšu Keitai par Hosē nodarīto, viņa puisi apēdīs brokastīs. Paņēmusi vēstules no ēdamgalda, es tās atveru.

– Klau, mani aicina uz darba pārrunām! Pēc divām nedēļām Sietlā. Uz praktikantes vietu.

– Kurā no izdevniecībām?

– Abās!

– Es jau teicu, ka tavi lieliskie rezultāti atvērs visas durvis, Ana.

Keita pati jau sen bija ieguvusi praktikantes vietu avīzē *The Seattle Times*. Viņas tēvs pazīst kādu, kurš pazīst kādu citu.

– Ko teica Eljots, uzzinājis, ka brauksi prom? – es jautāju.

Keita ieiet virtuvē, un pirmo reizi šī vakara gaitā viņas balsī ieskanas skumjas.

– Eljots ir saprotošs. Es daļēji nemaz nevēlos aizbraukt, bet mani vilina iespēja dažas nedēļas pagulšņāt saules staros. Turklāt mamma jūsmo par mūsu pēdējām ģimenes brīvdienām, pirms mēs ar Ītanu metīsimies apmaksāta darba pasaulē.

Es nekad neesmu ceļojusi ārpus valsts robežām. Keita grasās pavadīt divas nedēļas Barbadosā kopā ar vecākiem un brāli. Es dzīvošu mūsu jaunajā miteklī bez Keitas, un tas būs dīvaini. Ītans beidza skolu pirms gada un kopš tā laika apceļo pasauli. Es brīdi prātoju, vai mēs satiksimies, pirms viņi dosies atvaļinājumā. Ītans ir ļoti jauks puisis.

Iezvanās telefons, izraujot mani no pārdomām.

– Tas droši vien ir Hosē.

Es nopūšos, bet zinu, ka šo sarunu vairs nevar atlikt, tāpēc paņemu telefonu.

– Sveiks.

– Ana, tu esi atgriezusies! – Hosē atvieglots iesaucas.

– Kā tu uzminēji? – es sarkastiski painteresējos.

Viņš brīdi klusē.

– Vai drīkstu pie tevis atnākt? Man ļoti žēl par piektdienas vakaru. Biju piedzēries... un tu... Lūdzu, Ana, piedod man!

– Protams, Hosē, es tev piedodu. Tikai nevajag to atkārtot. Tu taču zini, ka man nav pret tevi šādu jūtu.

Hosē skumīgs nopūšas.

– Zinu, Ana. Tikai cerēju, ka varētu to mainīt ar skūpstu.

– Tu man esi ļoti mīļš, Hosē, gluži kā brālis, kura man nekad nav bijis. Tas nemainīsies. To taču tu saproti. – Man nepatīk sagādāt viņam vilšanos, tomēr jāsaka patiesība.

– Vai tagad esi kopā ar to Greju? – Hosē balsī ieskanas nepatika.

– Nē, ne ar vienu.

– Bet tu pavadīji nakti pie viņa.

– Tā nav tava darīšana.

– Vai tas ir naudas dēļ?

– Hosē! Kā tu uzdrošinies? – es saniknota uzkliedzu.

– Ana! – viņš žēlabaini nosaka, vienlaikus arī it kā atvainodamies. Šobrīd es nespēju raizēties par viņa sīkumaino greizsirdību. Zinu, ka Hosē jūtas sāpināts, bet man jau pietiek problēmu ar Kristjenu Greju.

– Varbūt mēs varētu rīt kopā iedzert kafiju. Es tev piezvanīšu. – Hosē ir mans draugs, un es cenšos ar viņu runāt samiernieciski, jo viņš man ir tuvs. Bet pašlaik man nav laika, ko velti izšķiest.

– Labi, rīt. Tātad tu piezvanīsi? – Man sažņaudzas sirds, dzirdot cerību viņa balsī.

– Jā. Arlabunakti, Hosē. – Es beidzu sarunu, negaidīdama atbildi.

– Ko tas nozīmē? – Ketrīna noprasa, iespiedusi rokas gurnos. Es nospriežu, ka prātīgāk ir runāt atklāti. Viņa izskatās apņēmības pilna.

– Piektdien viņš centās mani noskūpstīt.

– Hosē? *Un* Kristjens Grejs? Ana, tavi feromoni droši vien darbojas pilnā sparā. Kas tam stulbenim bija prātā? – Keita riebumā papurina galvu un atkal ķeras pie kravāšanās.

Pēc četrdesmit piecām minūtēm mēs pārtraucam darbu, jo lazanja ir gatava. Keita atver vīna pudeli, un mēs sēžam starp kastēm, bāzdamas mutē ēdienu, noskalodamas to ar lētu sarkanvīnu un skatīdamās kaut kādas muļķīgas televīzijas pārraides. Lūk, šī ir normāla dzīve! Pēc pēdējām četrdesmit astoņām neprāta pilnajām stundām es izbaudu šo atgriešanos pie parastā. Pirmo reizi šajā laika posmā es varu ēst netraucēta, neuzklausot pamudinājumus. *Kāpēc viņš tā satraucas par ēdienu?* Keita nomazgā traukus, un es pabeidzu mantu kravāšanu dzīvojamā istabā. Mums paliek tikai dīvāns, televizors un ēdamgalds. Kas gan cits vajadzīgs? Vēl jāsapako mantas virtuvē un mūsu guļamistabās, un tam atvēlēta visa turpmākā nedēļa.

Atkal ieskanas telefons. Šoreiz zvana Eljots. Keita piemiedz man ar aci un iebēg guļamistabā, it kā viņai būtu četrpadsmit gadu. Es zinu, ka viņai vajadzētu rakstīt savu runu, ko viņa teiks izlaidumā, bet Eljots acīmredzot ir svarīgāks. Kas slēpjas šajos brāļos Grejos? Kāpēc viņi ir tik valdzinoši un piesaista visu uzmanību sev, neko neatstājot apkārtējiem? Es iedzeru vēl vienu lielu malku vīna.

Satvērusi vadības pulti, es pārslēdzu televīzijas kanālus, bet apzinos, ka tikai novilcinu laiku. Kristjena dotais līgums dedzina caurumu manā somiņā. Vai man pietiks spēka un apņēmības, lai to šovakar izlasītu?

Es satveru galvu abām rokām. Abi – gan Hosē, gan Kristjens – kaut ko vēlas no manis. Ar Hosē viss būs vienkārši. Bet Kristjens... Lai izprastu Kristjenu, nepieciešamas pavisam cita līmeņa zināšanas. Man gribas bēgt un paslēpties no viņa. Ko man darīt? Atmiņā ataust Kristjena kvēlās acis, un viss mans augums saspringst. Es spēji ievelku elpu. Kristjens pat neatrodas šeit, bet es tik un tā esmu uzbudināta. Nevar būt, ka mūs vieno tikai sekss, vai ne? Es atceros mūsu patīkamo sarunu pie brokastu letes, viņa prieku par manu sajūsmu helikopterā, viņa spēlēto mūziku pie klavierēm – skaisto, dvēselisko un sirdi plosošo mūziku.

Kristjens ir ārkārtīgi sarežģīts cilvēks. Un šobrīd esmu guvusi nelielu ieskatu tajā, kas to izraisījis. Viņš bijis jauneklis, kam atņemta pusaudža brīvība; viņš nonācis ļaunas pusmūža sievietes seksuālajos valgos... un tagad es vairs nebrīnos, ka Kristjens izturas kā daudz vecāks vīrietis. Mani pārņem skumjas, kad iedomājos, ko viņš pārcietis. Esmu pārāk nepieredzējusi, lai zinātu, kas tas bijis, bet droši vien kaut ko noskaidrošu, kad ievākšu informāciju. Tomēr... vai tiešām es vēlos zināt? Vai *vēlos* iepazīt pasauli, kas man ir sveša? Tas ir pārāk liels solis uz priekšu.

Ja nebūtu sastapusi Kristjenu Greju, es vēl joprojām dzīvotu svētlaimīgā neziņā. Manas domas aizklīst pie pagājušās nakts un šī rīta... un neticamajiem, jutekliskajiem pārdzīvojumiem. Vai es gribu no tā visa atteikties? *Nē!* skaļi kliedz mana zemapziņa... un arī dieviete savaldīgi māj ar galvu.

Keita atgriežas dzīvojamā istabā, plati smaidīdama. *Varbūt viņa ir iemīlējusies.* Es izbrīnīta lūkojos uz draudzeni; viņa nekad vēl nav tā uzvedusies.

– Ana, es došos gulēt. Esmu nogurusi.

– Es arī, Keita.

Viņa mani apskauj.

– Priecājos, ka esi atgriezusies vesela un neskarta. Kristjenam piemīt kaut kas... savāds, – viņa kā atvainodamās nosaka. Es viņai iedrošinoši uzsmaidu, klusībā domādama: *kā gan viņa to zina?* Nemaldīgā intuīcija padarīs manu draudzeni par izcilu žurnālisti.

**

Es paņemu somiņu un nogurusi ieeju guļamistabā. Mani nomocījusi dažu pēdējo dienu fiziskā piepūle un nepieciešamība pieņemt lēmumu. Es apsēžos uz gultas un piesardzīgi izņemu no somas lielo aploksni, ko ilgi grozu rokās. Vai tiešām vēlos zināt, cik tālu sniedzas Kristjena izvirtība? Doma ir biedējoša. Dziļi ievilkusi elpu, es noriju kamolu, kas iespriedies kaklā, un atplēšu aploksni.

11. NODAĻA

 A ploksnē ir vairākas papīra lapas. Es tās izņemu, sirdij strauji pukstot, un iekārtojos uz gultas, lai sāktu lasīt.

LĪGUMS

Noslēgts 2011. gada _____ (Noslēgšanas datums)

Puses

Kristjens Grejs, dzīvo Eskalā 31, Sietlā, VA – 98889 ("Pavēlnieks")

Anastasija Stīla, dzīvo 1114 SV Zaļajā ielā, dz. 7, Heivenhaitā, Vankūverā, VA – 98888 ("Pakļautā")

Puses vienojas par:

1. Nosacījumi līgumam starp Pavēlnieku un Pakļauto.

Pamatnosacījumi

2. Šī līguma pamatmērķis ir ļaut Pakļautajai pilnībā izpētīt savu seksuālo dabu un pieļaujamās robežas, darot to drošos apstākļos, ar pienācīgu cieņu un respektējot viņas vajadzības, ierobežojumus un labklājību.

3. Pavēlnieks un Pakļautā vienojas un atzīst, ka viss šī līguma ietvaros notiekošais būs konfidenciāls, atbilstošs abu pušu gribai un uz to attiecas šajā līgumā izklāstītie ierobežojumi un drošības procedūras. Par papildu ierobežojumiem un drošības procedūrām iespējams rakstveidā vienoties atsevišķi.

4. Pavēlnieks un Pakļautā apliecina, ka neslimo ar seksuāli transmisīvām, smagām, dzīvību apdraudošām slimībām vai infekcijām, ieskaitot, bet neaprobežojoties ar HIV, herpes vīrusu un hepatītu. Ja (tekstā konkretizētā) Termiņa vai jebkāda paildzināta šī Līguma darbības termiņa laikā kādai

no Pusēm tiek diagnosticēta šāda slimība vai Puse uzzina par saslimšanu ar to, viņš vai viņa apņemas nekavējoties informēt otru Pusi pirms jebkāda fiziska kontakta starp abām Pusēm.

5. Minēto apliecinājumu, vienošanās un pienākumu (un jebkādu papildu ierobežojumu un drošības procedūru, kas iekļautas 3. punktā) ievērošana ir šī Līguma pamatnosacījums. Jebkurš pārkāpums nekavējoties lauž Līguma spēku, un abas Puses vienojas pilnībā uzņemties atbildību otras priekšā par šāda pārkāpuma sekām.

6. Viss Līgumā minētais jālasa un jāinterpretē saskaņā ar pamatmērķi un pamatnosacījumiem, kas izklāstīti 2.–5. punktā.

Pienākumi

7. Pavēlnieks uzņemas atbildību par Pakļautās labklājību, atbilstošu apmācību un disciplinēšanu. Viņš pieņem lēmumus par attiecīgās apmācības un disciplinēšanas norisi, laiku un vietu atbilstoši pieņemtajiem nosacījumiem, ierobežojumiem un drošības procedūrām, kas izklāstītas šajā Līgumā vai atsevišķi saistībā ar 3. punktu.

8. Ja Pavēlnieks nepakļaujas pieņemtajiem nosacījumiem, ierobežojumiem un drošības procedūrām, kas izklāstītas šajā Līgumā vai atsevišķi saistībā ar 3. punktu, Pakļautajai ir tiesības lauzt Līgumu un pamest kalpību Pavēlniekam bez iepriekšēja brīdinājuma.

9. Atbilstoši šai klauzulai un 2.–5. punktam Pakļautajai ir pienākums kalpot un pakļauties Pavēlniekam it visā. Saskaņā ar pieņemtajiem nosacījumiem, ierobežojumiem un drošības procedūrām, kas izklāstītas šajā Līgumā vai atsevišķi saistībā ar 3. punktu, viņa bez jautājumiem un vilcināšanās sniegs Pavēlniekam iepriecinājumu, kādu Pavēlnieks pieprasa, un viņa bez jautājumiem un vilcināšanās pieņems Pavēlnieka apmācību, norādījumus un disciplinēšanas pasākumus jebkādā veidā, kādu par vajadzīgu uzskata Pavēlnieks.

Sākums un termiņš

10. Pavēlnieks un Pakļautā stājas Līgumattiecībās noteiktajā Sākuma Datumā, pilnībā apzinoties to raksturu, un ap-

ņemas pildīt Līgumā izvirzītos nosacījumus bez izņēmumiem.

11. Līgums ir spēkā trīs kalendāros mēnešus, sākot ar Sākuma Datumu (turpmāk Termiņš). Beidzoties Termiņam, Puses vienosies, vai šis Līgums un tā ietvaros īstenotie pasākumi ir pieņemami un vai katras Puses vajadzības ir apmierinātas. Jebkura no Pusēm var ierosināt Līguma pagarināšanu atbilstoši izmaiņām nosacījumos vai nosacījumu ietvaros īstenotajos pasākumos. Ja nenotiek vienošanās par Termiņa pagarināšanu, šis Līgums uzskatāms par izbeigtu un abas Puses drīkst turpināt dzīvi atsevišķi.

Pieejamība

12. Pakļautā nodrošinās Pavēlniekam iespēju pavadīt laiku kopā ar Pakļauto no piektdienas vakara līdz svētdienas pēcpusdienai katru nedēļu Termiņa laikā atbilstoši Pavēlnieka norādītiem laikiem (Noteiktais Laiks). Par papildu laiku iespējams mutiski vienoties pēc vajadzības.

13. Pavēlniekam ir tiesības atlaist Pakļauto jebkurā laikā un jebkāda iemesla pēc. Pakļautā var lūgt atbrīvošanu jebkurā laikā, un šādu lūgumu Pavēlnieks var izpildīt atbilstoši Pakļautās tiesībām, kas minētas 2.–5. un 8. punktā.

Vieta

14. Noteiktajā Laikā un papildu laikā uz vienošanās pamata Pakļautā nodos sevi Pavēlnieka rīcībā vietās, ko izvēlējies Pavēlnieks. Pakļautās ceļa izmaksas šim nolūkam tiks segtas no Pavēlnieka līdzekļiem.

Pakalpojumu sniegšanas noteikumi

15. Abas Puses ir apspriedušas un vienojušās par pakalpojumu sniegšanas noteikumu ievērošanu Termiņa laikā. Abas Puses piekrīt, ka iespējama problēmu rašanās, kas nav atrunāta šī Līguma noteikumos vai pakalpojumu sniegšanas noteikumos, vai ka konkrētus jautājumus iespējams pārrunāt atkārtoti. Šādos apstākļos iespējams ierosināt papildu noteikumus kā papildinājumu Līgumam. Abām Pusēm jāvienojas par papildu noteikumiem vai labojumiem rakstveidā un jāapstiprina sava piekrišana ar parakstu. Uz papildu noteikumiem vai labojumiem attiecas pamatnosacījumi, kas iz-

klāstīti 2.–5. punktā.

Pavēlnieks

15.1. Pavēlniekam vienmēr prioritāte būs Pakļautās veselība un drošība. Pavēlnieks nekad nepieprasīs, nepieļaus un nelūgs Pakļautajai piedalīties 2. pielikumā uzskaitītajās darbībās vai citā darbībā, ko kāda no Pusēm uzskata par nedrošu. Pavēlnieks neuzsāks un neļaus uzsākt jebkādu darbību, kas varētu nodarīt nopietnu kaitējumu vai apdraudēt Pakļautās dzīvību. Turpmākie 15. punkta apakšpunkti lasāmi saskaņā ar šo nosacījumu un pamatjautājumiem, kas izklāstīti 2.–5. punktā.

15.2. Pavēlnieks pieņem Pakļauto un valda, disciplinē un kontrolē viņu Termiņa laikā. Pavēlnieks drīkst izmantot Pakļautās ķermeni jebkādā veidā, kas viņam šķiet pieņemams, seksuālā vai citā jomā, jebkurā laikā Noteikto Laiku ietvaros vai citos papildu laikos, par kuriem noslēgta atsevišķa vienošanās.

15.3. Pavēlnieks nodrošinās Pakļautajai visu nepieciešamo apmācību un norādījumus apmierinošai kalpošanai Pavēlniekam.

15.4. Pavēlnieks nodrošinās stabilu, drošu vidi, kurā Pakļautā varēs pildīt savus pienākumus Pavēlnieka dienestā.

15.5. Pavēlnieks drīkst sodīt Pakļauto nepieciešamības gadījumā, lai nodrošinātu Pakļautās pilnīgu izpratni par pakļaušanos Pavēlniekam un novērstu nepieņemamu uzvedību. Pavēlnieks drīkst nopērt Pakļauto ar pletni, roku, pātagu vai vispārēji sodīt Pakļauto saskaņā ar saviem uzskatiem disciplīnas nolūkos, sava personiskā apmierinājuma nolūkā vai arī cita iemesla dēļ, kuru nav obligāti atklāt Pakļautajai.

15.6. Apmācot Pakļauto un īstenojot disciplinēšanas pasākumus, Pavēlnieks rūpējas, lai uz Pakļautās ķermeņa nebūtu paliekošu pēdu un ievainojumu, kuru ārstēšanai nepieciešama medicīniska palīdzība.

15.7. Apmācot Pakļauto un īstenojot disciplinēšanas pasākumus, Pavēlnieks rūpējas, lai disciplinēšanas pasākumi un to mērķim izmantotie instrumenti būtu droši, netiktu lietoti veidā, kas nodara nopietnu kaitējumu, un nepārsniegtu Līgumā noteiktos un izskaidrotos ierobežojumus.

15.8. Slimības vai savainošanās gadījumā Pavēlnieks kopj Pakļauto, rūpējas par viņas veselību un drošību, atbalsta un nepieciešamības gadījumā pavēl meklēt medicīnisku palīdzību, ja Pavēlnieks to uzskata par vajadzīgu.

15.9. Pavēlnieks rūpēsies par savu veselību un vērsīsies pēc medicīniskas palīdzības, kad nepieciešams, lai nodrošinātu veselībai nekaitīgu vidi.

15.10. Pavēlnieks neaizdos savu Pakļauto citam Pavēlniekam.

15.11. Pavēlnieks drīkst sasiet, saslēgt rokudzelžos vai savažot Pakļauto jebkurā Noteiktā Laika posmā vai papildu laikā jebkāda iemesla dēļ un ilgstoši, ja tiek ievērotas Pakļautās veselības un drošības vajadzības.

15.12. Pavēlnieks rūpēsies, lai viss apmācības un disciplinēšanas mērķiem izmantotais aprīkojums vienmēr būtu tīrs, higiēnas prasībām atbilstošs un drošs.

Pakļautā

15.13. Pakļautā piekrīt, ka Pavēlnieks ir viņas valdnieks, un izprot, ka viņa ir kļuvusi par Pavēlnieka īpašumu un Pavēlnieks drīkst ar viņu rīkoties pēc savām vēlmēm vispārējā Termiņa gaitā, kā arī īpaši Noteiktajā Laikā un papildu laikā, par ko noslēgta vienošanās.

15.14. Pakļautā ievēros noteikumus (turpmāk Noteikumus), kas izklāstīti šī Līguma 1. pielikumā.

15.15. Pakļautā kalpos Pavēlniekam tā, kā par nepieciešamu atzīs Pavēlnieks, un centīsies vienmēr izpatikt Pavēlniekam savu iespēju robežās.

15.16. Pakļautā izpildīs visu nepieciešamo, lai saglabātu labu veselību, un lūgs vai vērsīsies pēc medicīniskas palīdzības, kad tā vajadzīga, vienmēr informējot Pavēlnieku par iespējamām veselības problēmām.

15.17. Pakļautā sagādās orālos kontracepcijas līdzekļus un tos izmantos saskaņā ar norādījumiem, novēršot grūtniecības iestāšanās iespēju.

15.18. Pakļautā bez jautāšanas pakļausies jebkādiem disciplināriem pasākumiem, kurus Pavēlnieks uzskata par nepieciešamiem, un vienmēr atcerēsies savu stāvokli un ieņemto lomu attiecībā pret Pavēlnieku.

15.19. Pakļautā nepieskarsies sev seksuālā ziņā un neapmierinās sevi bez Pavēlnieka atļaujas.

15.20. Pakļautā izpildīs jebkādu seksuālo darbību, ko pieprasīs Pavēlnieks, un darīs to nevilcinoties un neiebilstot.

15.21. Pakļautā nevilcinoties, nejautājot un nežēlojoties pakļausies pātagošanai, pērieniem ar pletni, roku, nūju vai lāpstiņu, vai citiem soda pasākumiem, kurus Pavēlnieks nolems īstenot.

15.22. Pakļautā nelūkosies Pavēlniekam tieši acīs, izņemot gadījumus, kad saņēmusi konkrētus norādījumus. Pakļautā turēs skatienu nolaistu un Pavēlnieka klātbūtnē izturēsies klusi un godbijīgi.

15.23. Pakļautā vienmēr izturēsies godbijīgi pret Pavēlnieku un uzrunās viņu tikai ar vārdiem "kungs", "Greja kungs" vai citu uzrunu, ko pieprasīs Pavēlnieks.

15.24. Pakļautā nepieskarsies Pavēlniekam, nesaņemot konkrētu atļauju tā rīkoties.

Aktivitātes

16. Pakļautā nepiedalīsies aktivitātēs vai citās seksuālās nodarbēs, ko jebkura no Pusēm uzskata par drošības prasībām neatbilstošu, vai kādā no aktivitātēm, kas uzskaitītas 2. pielikumā.

17. Pavēlnieks un Pakļautā ir pārrunājuši 3. pielikumā uzskaitītās aktivitātes un rakstiski apstiprinājuši savu vienošanos attiecībā uz tām.

Drošības vārdi

18. Pavēlnieks un Pakļautā atzīst, ka Pavēlnieks var pieprasīt no Pakļautās rīcību, ko nav iespējams izpildīt, Pakļautajai negūstot fizisku, garīgu, emocionālu vai jebkādu citu traumu brīdī, kad Pavēlnieks pauž savu prasību. Šādos apstākļos Pakļautā drīkst izmantot drošības vārdu (turpmāk Drošības vārdu[s]). Tiks noteikti divi Drošības vārdi atbilstoši prasības skarbuma pakāpei.

19. Drošības vārds "Dzeltens" tiks izmantots, lai vērstu Pavēlnieka uzmanību uz to, ka Pakļautā tuvojas savas iztu-

rības robežai.

20. Drošības vārds "Sarkans" tiks izmantots, lai vērstu Pavēlnieka uzmanību uz to, ka Pakļautā vairs nevar izpildīt turpmākas prasības. Kad tiks pateikts vārds "Sarkans", Pavēlnieks nekavējoties apturēs savu darbību.

Noslēgums

21. Ar parakstu apliecinām, ka esam izlasījuši un pilnībā izpratuši šī Līguma nosacījumus. Mēs pēc brīvas gribas pieņemam šī Līguma nosacījumus un apliecinām to ar mūsu parakstiem.

Pavēlnieks: Kristjens Grejs
Datums
Pakļautā: Anastasija Stīla
Datums

1. pielikums

Noteikumi

Paklausība

Pakļautā izpildīs jebkādus Pavēlnieka dotus norādījumus nekavējoties, neizrādot vilcināšanos vai atturību. Pakļautā piekritīs jebkādām seksuālām aktivitātēm, ko Pavēlnieks uzskata par pieņemamām un patīkamām, izņemot aktivitātes, kas norādītas stingro ierobežojumu sarakstā (sk. 2. pielikumu). Viņa rīkosies dedzīgi un nevilcinoties.

Miegs

Pakļautās pienākums ir gulēt vismaz astoņas stundas naktīs, kad viņa nav kopā ar Pavēlnieku.

Uzturs

Pakļautā regulāri uzņems pārtiku, rūpējoties par savu veselību un labklājību. Uzņemamās pārtikas saraksts pieejams 4. pielikumā. Pakļautā nedrīkst ēst uzkodas ēdienreižu starplaikos, izņemot augļus.

Apģērbs

Līguma darbības laikā Pakļautā valkās tikai drēbes, kuras par piemērotām atzinis Pavēlnieks. Pavēlnieks izsniegs Pakļautajai apģērbam paredzētus līdzekļus, kurus Pakļautā izmantos šim mērķim. Ārkārtas gadījumā Pavēlnieks vedīs

Pakļauto iegādāties apģērbu. Līguma darbības laikā Pakļautajai jāvalkā Pavēlnieka izraudzīti aksesuāri Pavēlnieka klātbūtnē un jebkurā citā reizē, ja Pavēlnieks to uzskata par nepieciešamu.

Fiziskā sagatavotība

Pavēlnieks nodrošinās Pakļauto ar individuālo treneri četras reizes nedēļā stundu ilgām nodarbībām reizēs, par kurām notiek mutiska vienošanās individuālā trenera un Pakļautās starpā. Individuālais treneris Pavēlniekam ziņos par Pakļautās sasniegtajiem rezultātiem.

Personiskā higiēna / Skaistumkopšana

Pakļautā rūpēsies, lai vienmēr būtu tīra, noskuvusies un/vai veikusi vaksāciju. Pakļautā apmeklēs Pavēlnieka noteiktu skaistumkopšanas salonu, kad to nolems Pavēlnieks, un ļausies visām procedūrām, ko Pavēlnieks uzskatīs par nepieciešamām.

Veselība

Pakļautā nelietos alkoholu pārmērīgos daudzumus, nesmēķēs, nelietos narkotikas un tīši nepakļaus sevi briesmām.

Rakstura īpašības

Pakļautā neiesaistīsies seksuālās attiecībās ar kādu citu, izņemot Pavēlnieku. Pakļautā vienmēr izturēsies godbijīgi un padevīgi. Viņai jāsaprot, ka Pavēlnieks ir atbildīgs par viņas uzvedību. Jebkāda ļaunprātība, nepaklausība vai noziegums, ko Pakļautā paveiks Pavēlnieka prombūtnes laikā, tiks uzskatīta par viņas vainu.

Nepakļaušanās jebkuram no minētajiem noteikumiem būs pamats tūlītējam sodam, kuru noteiks Pavēlnieks.

2. pielikums

Stingrie ierobežojumi

Aizliegtas darbības ar uguni.

Aizliegtas darbības ar urinēšanu, defekāciju un šo aktivitāšu rezultātiem.

Aizliegtas darbības ar adatām, nažiem, caurduršanu un asinīm.

Aizliegtas darbības ar ginekoloģiskiem instrumentiem.

Aizliegtas darbības ar bērniem vai dzīvniekiem.

Aizliegtas darbības, kuru rezultātā uz ādas paliek ilgstošas pēdas.

Aizliegtas darbības ar elpas aizturēšanu.

Aizliegtas darbības, kas saistītas ar tiešu elektriskās strāvas saskarsmi (maiņstrāvas vai līdzstrāvas), uguni un liesmām tiešā ķermeņa tuvumā.

3. pielikums

Elastīgie ierobežojumi

Abām Pusēm jāapspriežas un jāvienojas,

vai Pakļautā piekrīt šādām darbībām:

* Masturbācija
* Kunilings
* Fellācija
* Spermas norīšana
* Vagināls dzimumakts
* Vagināls fistings
* Anāls dzimumakts
* Anāls fistings

Vai Pakļautā piekrīt izmantot šādus aksesuārus:

* Vibratori
* Anālās atveres aizbāžņi
* Dildo
* Citas vaginālas/anālas rotaļlietas

Vai Pakļautā piekrīt šādām darbībām:

* Sasiešana, izmantojot virvi
* Ādas aproču izmantošana
* Rokudzelžu/važu/ķēžu izmantošana
* Līmlentes izmantošana
* Piesiešana, izmantojot citus līdzekļus

Vai Pakļautā piekrīt šādām sasiešanas darbībām:

* Rokas sasietas priekšā
* Sasietas potītes
* Sasieti elkoņi
* Rokas sasietas aiz muguras
* Sasieti ceļgali
* Plaukstu locītavas piesietas pie potītēm
* Piesiešana pie fiksētiem priekšmetiem, mēbelēm u.c.

* Izplešanai paredzētā stieņa izmantošana
* Pakarināšana

Vai Pakļautā ir ar mieru ļauties acu aizsiešanai?
Vai Pakļautā ir ar mieru ļauties mutes aizsiešanai?
Cik lielas sāpes Pakļautā ir gatava paciest? (1 – ļoti patīk, 5 – ļoti nepatīk):
1 – 2 – 3 – 4 – 5
Vai Pakļautā ir gatava pieņemt šādus sāpju/soda/disciplinēšanas pasākumus:
* Nopēršana ar roku
* Pātagošana
* Košana
* Ģenitāliju spīles
* Karsts vasks
* Pēršana ar lāpstiņu
* Pēršana ar nūju
* Krūtsgalu spīles
* Ledus
* Citi sāpju veidi / sāpju sagādāšanas metodes

Augstā debess! Es pat nespēju ķerties pie atļauto ēdienu saraksta. Krampjaini norijusi siekalas, es izlasu visu vēlreiz.

Man reibst galva. Kā gan es varētu kaut kam tādam piekrist? Un tas viss acīmredzot paredzēts manām vajadzībām, lai es varētu *pilnībā izpētīt savu seksuālo dabu un pieļaujamās robežas, darot to drošos apstākļos...* Kā tad! Es sašutusi nosprauslājos. *Kalpot un pakļauties it visā. Visā!* Es papurinu galvu. Vai šie vārdi netiek izmantoti laulību zvērestā? *Pakļauties...* Tas mani nedaudz samulsina. Vai pāri vēl joprojām to saka? Tikai trīs mēneši – vai tāpēc šādu Pakļauto bijis tik daudz? Kristjens viņas ilgi netur pie sevis? Vai arī pēc trim mēnešiem viņas vairs nespēj izturēt šādas saistības? *Katru nedēļas nogali?* Tas ir pārāk daudz. Es nekad nevarētu pavadīt laiku kopā ar Keitu vai jauniem draugiem, kurus, iespējams, satikšu darbā, ja vien to dabūšu. Varbūt man vajadzētu pieprasīt vienu nedēļas nogali mēnesī, ko veltīt sev. Varbūt ikmēneša asiņošanas laikā – tas izklausās... saprātīgi. Viņš ir mans pavēlnieks! Un rīkosies ar mani, kā vēlēsies! *Sasodīts!*

Es nodrebinos, iedomādamās par pletni un pātagu. Pēriens ar plaukstu droši vien nebūtu tik sāpīgs, toties pazemojošs. Un sasiešana? Nu labi, Kristjens sasēja manas rokas ar kaklasaiti. Tas bija... erotiski, pat ļoti, tātad iespējams, ka tik slikti nebūs. Viņš mani neaizdos citam Pavēlniekam... domāju gan. Tas būtu pilnīgi nepieņemami. *Kāpēc es to vispār apsveru?*

Kļūstot par Pakļauto, es nedrīkstētu lūkoties Kristjenam acīs. Lūk, tas ir dīvaini. Viņš man liedz pat niecīgāko iespēju saprast, par ko viņš domā. Patiesību sakot, ko gan es cenšos piemānīt? Man nekad nav ne jausmas, ko domā Kristjens, bet man patīk lūkoties viņam acīs. To pelēkajās dzīlēs slēpjas ass prāts un tumši noslēpumi. Atcerējusies viņa kvēlo, dūmakaino skatienu, es nodrebinos un saspiežu augšstilbus ciešāk kopā.

Un es nedrīkstu Kristjenam pieskarties, bet tas mani neizbrīna. Un šie muļķīgie noteikumi... Nē, nē, es nevaru parakstīt šādu līgumu! Es nopūšos un satveru galvu abās rokās. Šādi nevar sākt attiecības. Man nepieciešams pagulēt. Esmu pārgurusi. Fiziskās aktivitātes, kurās iesaistījos pēdējo divdesmit četru stundu laikā, ir mani nomocījušas. Un, runājot par garīgo jomu... Ārprāts, tas ir pārāk daudz. Kā teiktu Hosē, īsta smadzeņu drāšana. Varbūt no rīta es spēšu līgumu uztvert citādi, nevis kā sliktu joku.

Es izkāpju no gultas un steidzīgi pārģērbjos. Varbūt vajadzētu aizņemties no Keitas sārto flaneļa pidžamu. Man gribas ietīties siltā, mierinošā audumā. Uzvilkusi mugurā teniskreklu un šortiņus, es ieeju vannasistabā, lai iztīrītu zobus.

To darīdama, es lūkojos uz sevi spogulī. *Vai tiešām tu to vispār apsver?* Mana zemapziņa izklausās nopietna un saprātīga, nepavisam ne tik dzēlīga kā parasti. Toties iekšējā dieviete lēkā augšup lejup, sizdama plaukstas kā bērns. *Lūdzu, lūdzu, paraksti! Citādi mēs beigsim dzīvi vienatnē, kopā ar kaķiem un klasikas romāniem.*

Kristjens Grejs ir vienīgais vīrietis, kurš man jebkad šķitis pievilcīgs, un viņu es varu iegūt tikai komplektā ar sasodītu līgumu, pletni un problēmu gūzmu. Nu, vismaz šajā nedēļas nogalē man izdevās panākt savu. Dieviete sastingst un rāmi pasmaida. Jā gan... viņa nosaka un apmierināta māj ar galvu. Es pietvīkstu, atcerēdamās Kristjena pirkstu un lūpu pieskārienus, viņa miesu saplūstam ar manējo. Aizvērusi acis, es jūtu jau pazīstamos muskuļus saldkaisli saspringstam dziļi manī. To es vēlos darīt vēl, turklāt bieži. Varbūt, ja es būtu ar mieru tikai uz seksu, nevis pārējo... vai viņš piekristu? Domāju, ka ne.

Vai manī mīt pakļaušanās instinkti? Varbūt tā šķiet, raugoties no malas. Varbūt intervijas laikā es radīju nepareizu priekšstatu par sevi. Esmu kautrīga, jā... bet pakļāvīga? Keita mēdz izturēties pret mani valdonīgi, un es to pieļauju; vai tas ir kaut kas līdzīgs? Un elastīgie ierobežojumi... Jēzus! Ir grūti tos pat aptvert. Labi, ka līgumā norādīta iespēja apspriesties.

Es atgriežos guļamistabā, domām jaucoties pa galvu. Man jāatpūšas, un no rīta varbūt viss liksies skaidrāks. Es salieku biedējošos dokumentus mugursomā. Rīt... rīt būs jauna diena. Iekāpusi gultā, es izslēdzu gaismu un apguļos, lūkodamās uz griestiem. Šobrīd es vēlos, kaut nekad nebūtu sastapusi Kristjenu. Mana iekšējā dieviete nosodoši papurina galvu. Mēs abas zinām, ka tā nav taisnība. Nekad neesmu jutusies tik dzīva kā tagad.

Jau drīz es iegrimstu murgainā miegā, sapņodama par lielām gultām, važām un kvēlām, pelēkām acīm.

**

No rīta mani pamodina Keita.

– Ana, es tevi jau ilgi saucu! Tu gulēji kā beigta.

Es negribīgi atveru acis. Keita ir apģērbusies sporta drēbēs, tātad nupat atgriezusies no skrējiena. Es palūkojos uz pulksteni. Ir jau astoņi. Šausmas, esmu gulējusi deviņas stundas!

– Ko tu gribi? – es nomurminu.

– Ieradies kurjers ar sūtījumu. Tev par to jāparakstās.

– Ko?

– Celies taču! Paka ir liela. Izskatās interesanta. – Keita

189

aizrāvusies palēkā un metas atpakaļ uz dzīvojamo istabu. Es izkāpju no gultas un paķeru rītasvārkus, kas pakarināti aizdurvē. Istabā mani jau gaida labi ģērbies jauneklis, matus saņēmis zirgastē, un rokās viņam ir liela kaste.

– Sveiki, – es nomurminu.

– Uzvārīšu tēju. – Keita aizsteidzas uz virtuvi.

– Stīlas jaunkundze?

Un man uzreiz kļūst skaidrs, kurš ir sūtītājs.

– Jā, – es piesardzīgi apstiprinu.

– Šī paka ir paredzēta jums, bet man likts parādīt, kā tās saturs izmantojams.

– Tiešām? Tik agri no rīta?

– Es tikai pildu pavēles, kundze. – Viņš pieklājīgi pasmaida, bet ir skaidrs, ka viņš negrasās atkāpties.

Vai mani nupat nosauca par kundzi? Vai nakts laikā esmu novecojusi par desmit gadiem? Tādā gadījumā vainojams līgums. Es nīgri saviebjos.

– Labi. Kas tas ir?

– *MacBook Pro* dators.

– Nu protams. – Es paceļu acis pret griestiem.

– Veikalos tas vēl nav nopērkams, kundze; visjaunākais *Apple* modelis.

Kāpēc gan tas mani nepārsteidz? Es skaļi nopūšos.

– Nolieciet to uz ēdamgalda.

Es ieeju virtuvē, kur mani jau gaida Keita.

– Ko tu saņēmi? – viņa ieinteresēta jautā; man pat šķiet, ka viņas deguna galiņš ziņkāri raustās. Viņa izskatās ļoti moža un labi izgulējusies.

– Datoru no Kristjena.

– Kāpēc viņš tev atsūtīja datoru? Tu taču vari izmantot manējo. – Keita sarauc pieri.

Ne jau tam, kas ir padomā Kristjenam.

– Viņš man to vienkārši aizdeva. Gribēja, lai izmēģinu jaunu datoru. – Tas nav īpaši ticams iegansts, bet Keita piekrītoši pamāj. Hmm, man izdevies apmuļķot acīgo Ketrīnu Kevanu. Tas ir kaut kas jauns.

Paņēmusi draudzenes pasniegto tējas tasi, es atgriežos

dzīvojamā istabā. Klēpjdators ir elegants, sudrabots un pat skaists. Tam ir ļoti liels ekrāns. Kristjenam Grejam patīk plašums; to apliecina kaut vai viņa dzīvoklis vien.

– Te ir jaunākā operētājsistēma, pilns programmu klāsts, cietais disks ar pusotra terabaita ietilpību, tāpēc vietas pietiks visam, trīsdesmit divi gigabaiti operatīvās atmiņas... Kādiem nolūkiem jūs datoru izmantosiet?

– Pārbaudīšu *e-pastu*.

– *E-pastu!* – Jauneklis gandrīz aizrijas, un izskatās, ka viņu pārņēmis viegls nelabums.

– Un nedaudz arī izmantošu internetu. – Es kā atvainodamās paraustu plecus.

Viņš nopūšas.

– Datoram ir pilnvērtīgs bezvadu pieslēgums, un es parūpējos par *Me* profila iestatījumiem. Aparāts ir gatavs darbam praktiski jebkur visā pasaulē. – Viņš uzmet tam ilgpilnu skatienu.

– Kas ir *Me* profils?

– Jūsu jaunā *e-pasta* adrese.

Man ir e-pasta adrese?

Jauneklis norāda uz ikonu ekrānā un turpina runāt, bet viņa vārdi saplūst neskaidrā troksnī. Man nav ne jausmas, ko viņš saka, un patiesībā tas mani arī neinteresē. *Pastāsti man tikai, kā ieslēgt un izslēgt datoru, ar pārējo es tikšu galā.* Jau četrus gadus izmantoju Keitas datoru. Ieraudzījusi manu jauno guvumu, draudzene klusi iesvilpjas.

– Īsta jaunās paaudzes tehnoloģija. – Viņa viegli sarauc uzaci. – Parasti sievietes saņem ziedus vai dārglietas, – viņa daudznozīmīgi saka, mēģinādama apslāpēt smaidu.

Es drūmi saraucu pieri, tomēr nespēju savaldīties, un mēs abas skaļi iespurdzamies. Jaunais datorists apjucis lūkojas uz mums. Pabeidzis runu, viņš lūdz, lai parakstu pavadzīmi.

Kad viņš aizgājis, es apsēžos pie galda, rokā turēdama savu tējas krūzi, un atveru *e-pasta* pārlūku, kurā mani jau gaida vēstule no Kristjena. Sirds iepukstas straujāk, un es satraukta atveru sūtījumu.

No: Kristjens Grejs

Temats: Jūsu jaunais dators
Datums: 22.05.2011. 23:15
Kam: Anastasija Stīla
Stīlas jaunkundze!
Ceru, ka labi gulējāt. Iesaku izmantot šo datoru saskaņā ar mūsu vienošanos.
Ar nepacietību gaidu vakariņas trešdien.
Labprāt atbildēšu uz Jūsu jautājumiem pirms tam, izmantojot e-pastu, ja vēlaties.
Kristjens Grejs,
Grey Enterprises Holding, Inc.
Es nospiežu "atbildēt".

No: Anastasija Stīla
Temats: Jūsu jaunais dators (aizdots)
Datums: 23.05.2011. 08:20
Kam: Kristjens Grejs
Gulēju ļoti labi, pateicos... nezinu gan, kāpēc... kungs. Ja pareizi saprotu, šis dators tika man aizdots, tātad nav mans.
Ana
Atbilde tiek saņemta gandrīz nekavējoties.

No: Kristjens Grejs
Temats: Jūsu jaunais dators (aizdots)
Datums: 23.05.2011. 08:22
Kam: Anastasija Stīla
Dators tiešām ir aizdots. Uz visiem laikiem, Stīlas jaunkundze.
Pēc Jūsu toņa spriežu, ka esat izlasījusi saņemtos dokumentus. Vai ir kādi jautājumi?
Kristjens Grejs,
Grey Enterprises Holding, Inc.
Nevaru apvaldīt smaidu.

No: Anastasija Stīla
Temats: Ziņkāre
Datums: 23.05.2011. 08:25
Kam: Kristjens Grejs
Man ir daudz jautājumu, bet tie nav uzticami e-pastam, un dažiem no mums jāstrādā, lai nopelnītu iztiku.

Dators man nav nepieciešams uz visiem laikiem.
Uz redzēšanos, visu labu, kungs.
Ana

Arī šoreiz viņš atbild tūlīt pat, un es pasmaidu.
No: Kristjens Grejs
Temats: Jūsu jaunais dators (atkal aizdots)
Datums: 23.05.2011. 08:26
Kam: Anastasija Stīla
Uz redzi, mazā.
P.S. Arī es strādāju, lai nopelnītu iztiku.
Kristjens Grejs,
Grey Enterprises Holding, Inc.

Es nolaižu datora vāku, muļķīgi smaidīdama. Kā gan iespējams pretoties Kristjenam, kad viņš ir rotaļīgi noskaņots? Es nokavēšu darbu, bet ceru, ka Kleitoni mani īpaši nerās; šī galu galā ir mana pēdējā nedēļa veikalā. Kamēr mazgājos dušā, no manas sejas nenozūd smaids. Kristjens man atsūtīja vēstuli! Es jūtos kā sajūsmināts bērns. Un visas ar līgumu saistītās bažas pagaist. Mazgājot matus, es cenšos izdomāt, ko varētu pajautāt Kristjenam vēstulēs. Noteikti labāk ir visu pārrunāt. Tomēr... ja nu kāds ielauztos viņa pastkastītē? Šī doma liek man koši pietvīkt. Es steidzīgi apģērbjos, uzsaucu Keitai atvadu sveicienu un skrienu uz veikalu.

**

Vienpadsmitos piezvana Hosē.

– Klau, vai mēs iedzersim to kafiju? – Viņš jau izklausās pēc vecā labā Hosē, mana drauga, nevis... kā viņu nodēvēja Kristjens? Pielūdzēja. Fui.

– Protams. Esmu darbā. Vai vari atnākt, piemēram, divpadsmitos?

– Jā, labi. Uz redzi.

Viņš beidz sarunu, un es turpinu kraut plauktos krāsotāju otas, vienlaikus domājot par Kristjenu Greju un viņa līgumu.

Hosē ierodas precīzi laikā, ielēkšodams veikalā kā liels, draisks kucēns.

– Ana! – Viņš atklāj baltos zobus žilbinošā smaidā, un es

vairs nespēju dusmoties.

– Sveiks, Hosē. – Es viņu apskauju. – Man šausmīgi gribas ēst. Tūlīt pateikšu Kleitona kungam, ka dodos pusdienās.

Mēs pastaigas solī ejam uz vietējo kafejnīcu, un es ieķeros Hosē elkonī. Esmu ļoti pateicīga par šo... vienkāršību. Hosē ir man pazīstams un saprotams.

– Klau, Ana, – viņš ieminas. – Vai tiešām esi man piedevusi?

– Hosē, tu taču zini, ka es nespēju ilgi uz tevi dusmoties. Viņš pasmaida.

**

Es steidzos mājup, kvēlodama nepacietībā pārbaudīt pastu un varbūt arī sākt izpētes darbu. Keita ir kaut kur izgājusi, tāpēc es ieslēdzu savu jauno klēpjdatoru un atveru pasta pārlūku. Tur mani jau gaida ziņa no Kristjena. Prieks, kas mani pārņem, ir tik spējš, ka es gandrīz sāku lēkāt uz dīvāna.

No: Kristjens Grejs
Temats: Iztikas pelnīšana
Datums: 23.05.2011. 17:24
Kam: Anastasija Stīla
Cienījamā Stīlas jaunkundze!
Ceru, ka Jums darbā klājās labi.
Kristjens Grejs,
Grey Enterprises Holding, Inc.
Es nospiežu "atbildēt".

No: Anastasija Stīla
Temats: Iztikas pelnīšana
Datums: 23.05.2011. 17:48
Kam: Kristjens Grejs
Kungs... man darbā klājas ļoti labi. Pateicos.
Ana

No: Kristjens Grejs
Temats: Strādā!
Datums: 23.05.2011. 17:50
Kam: Anastasija Stīla

Cienījamā Stīlas jaunkundze!
Priecājos, ka Jums bija patīkama diena.
Kamēr rakstāt vēstules, Jūs acīmredzami nenodarbojaties ar pētījumiem.
Kristjens Grejs,
Grey Enterprises Holding, Inc.
No: Anastasija Stīla
Temats: Traucēkļi
Datums: 23.05.2011. 17:53
Kam: Kristjens Grejs
Greja kungs, pārtrauciet man sūtīt vēstules, un es varēšu ķerties pie uzdotā. Es gribu iegūt vēl kādu augstāko novērtējumu.
Ana
Es aptveru sevi abām rokām.
No: Kristjens Grejs
Temats: Nepacietība
Datums: 23.05.2011. 17:55
Kam: Anastasija Stīla
Stīlas jaunkundze!
Pārtrauciet rakstīt man... un ķerieties pie darba. Es labprāt piešķirtu vēl kādu augstāko novērtējumu. Pirmais bija ļoti pelnīts ;)
Kristjens Grejs,
Grey Enterprises Holding, Inc.
Kristjens Grejs nupat man atsūtīja piemiegtās acs emotikonu... Jēziņ. Es ieslēdzu interneta pārlūku un ķeros pie *Google*.
No: Anastasija Stīla
Temats: Meklējumi internetā
Datums: 23.05.2011. 17:59
Kam: Kristjens Grejs
Greja kungs!
Ko Jūs ierosinātu ierakstīt meklētāja lodziņā?
Ana
No: Kristjens Grejs
Temats: Meklējumi internetā

Datums: 23.05.2011. 18:02
Kam: Anastasija Stīla
Stīlas jaunkundze!
Vienmēr sāciet ar Vikipēdiju.
Vairs nekādu vēstuļu, līdz Jums radīsies jautājumi.
Vai sapratāt?
Kristjens Grejs,
Grey Enterprises Holding, Inc.

No: Anastasija Stīla
Temats: Despots!
Datums: 23.05.2011. 18:04
Kam: Kristjens Grejs
Jā, kungs!
Tu esi nelabojams despots.
Ana
No: Kristjens Grejs
Temats: Pavēlnieks
Datums: 23.05.2011. 18:06
Kam: Anastasija Stīla
Tev nav ne jausmas, cik despotisks patiesībā esmu, Anastasija.
Nu labi, varbūt mazliet.
Strādā.
Kristjens Grejs,
Grey Enterprises Holding, Inc.
Es ierakstu *Vikipēdijā* vārdu "pakļautā".

Pēc pusstundas mani ir pārņēmusi nedaudz šķebīga sajūta un esmu satricināta līdz sirds dziļumiem. Vai tiešām es vēlos to visu savā galvā? Šausmas! Vai Kristjens ar to visu nodarbojas savā moku kambarī? Es stingi lūkojos uz ekrānu, un kāda slēpta, ļoti nerātna manis daļa, kuru esmu iepazinusi pavisam nesen, ir nenoliedzami uzbudināta. Šis tas no internetā redzētā ir tiešām interesants. Tomēr... vai tas būs piemērots man? Vai es spētu ar to nodarboties?

Man jāpadomā.

12. NODAĻA

Pirmo reizi mūžā es brīvprātīgi dodos skriet. Sameklēju nekad nelietotas sporta kurpes, bikses un sporta kreklu, sapinu matus divās bizēs, sarkdama par atmiņām, ko tās atsauc prātā, un ieslēdzu arī mūzikas atskaņotāju. Vairs nevēlos sēdēt pie tehnoloģijas sasnieguma un vērot biedējošus attēlus vai lasīt šausminošus aprakstus. Man jāatbrīvojas no šīs pārmērīgās, mulsinošās enerģijas. Es brīdi apdomāju, vai nevajadzētu aizskriet līdz "Hītmena" viesnīcai un pieprasīt seksu no sava despota, bet mūs šķir piecas jūdzes, un es nedomāju, ka spēšu pieveikt pat vienu, nemaz nerunājot par piecām. Turklāt viņš varētu mani atraidīt, un tas būtu vairāk nekā pazemojoši.

Kad izeju ārā pa durvīm, es ieraugu Keitu izkāpjam no mašīnas. Pamanījusi mani, viņa gandrīz izlaiž no rokām iepirkumu maisus. Ana Stīla skriešanas tērpā! Es pamāju draudzenei, bet neapstājos, lai nevajadzētu uzklausīt jautājumus. Man nepieciešams pabūt vienatnē. *Snow Patrol* mūzikai skanot ausīs, es ienirstu dūmakainajā akvamarīna krāsas mijkrēslī.

Nesteidzīgiem soļiem mērodama parku, es gremdējos pārdomās. *Ko man darīt?* Es gribu būt kopā ar Kristjenu, bet vai esmu gatava pieņemt viņa noteikumus? Nezinu. Varbūt vajadzētu sākt sarunu, apspriest katru šī dīvainā līguma rindiņu, vienojoties par to, kas man ir pieņemams un kas nav. Spriežot pēc atrastās informācijas, šim dokumentam nav juridiska spēka, un Kristjens to noteikti zina. Manuprāt, līgums gluži vienkārši iezīmē attiecību robežas, atklājot, ko es varu no viņa gaidīt un ko viņš gaida no manis, proti, pilnīgu

197

pakļaušanos. Vai esmu gatava to sniegt? Vai es vispār to spēju?

Mani nomoka arī cits jautājums – kāpēc Kristjens ir šāds? Vai tāpēc, ka Bargā Kundze viņu pavedināja tik agrā jaunībā? Man nav ne jausmas. Kristjens vēl joprojām ir kā neizprotama mīkla.

Apstājos pie lielas egles, saliecos un atbalstu rokas pret ceļgaliem, smagi elpodama, lai ievilktu plaušās izmisīgi nepieciešamo gaisu. Jā, skrējiens ir palīdzējis; es jūtu sevī mostamies apņēmību. Jā. Man jāpaskaidro, kas būs pieņemams un kas nebūs. Nosūtīšu viņam savas pārdomas vēstulē, un trešdien mums tās jāpārrunā. Es dziļi ieelpoju un manas domas kļūst skaidrākas. Beidzot esmu gatava atgriezties dzīvoklī.

Gatavojoties ceļojumam uz Barbadosu, Keita ir vērienīgi iepirkusies, kā to spēj vienīgi viņa. Visos savos jaunajos bikini peldkostīmos un pieskaņotajās sarongās viņa izskatīsies lieliski, bet tik un tā piespiež mani sēdēt un bārstīt komplimentus, kamēr viņa uzlaiko katru no tiem. Nav daudz veidu, kā paziņot: "Tu izskaties burvīgi, Keita!" Viņas augums ir slaids, toties ar izliekumiem pareizajās vietā. Es zinu, ka viņa negrib raisīt manī nepilnvērtības sajūtu, tomēr drīz vien aizvelku savas nožēlojamās, sviedros mērcētās miesas uz istabu, aizbildinādamās ar mantu kravāšanu. Vai iespējams justies vēl necilākai? Paņēmusi līdzi savu jauno datoru, es to nolieku uz galda un rakstu vēstuli Kristjenam.

No: Anastasija Stīla
Temats: Satriekta
Datums: 23.05.2011. 20:33
Kam: Kristjens Grejs
Labi, esmu redzējusi pietiekami.
Bija jauki Tevi pazīt.
Ana

Nospiedusi "sūtīt", es apviju rokas sev apkārt, klusi smiedamās par savu joku. Vai viņam tas šķitīs uzjautrinošs? Hmm, droši vien nē. Kristjens Grejs nav slavens ar savu humora izjūtu. Tomēr es zinu, ka viņam tā piemīt. Esmu redzējusi tās izpausmes. Varbūt esmu spērusi soli par tālu?

Es gaidu atbildi. Un turpinu gaidīt, līdz pagājušas jau desmit minūtes.

Lai kliedētu nemieru, kas pamazām kā liels kamols savelkas pakrūtē, es sāku kravāt mantas un lieku grāmatas kastēs. Deviņos atbildes vēl nav. *Varbūt viņš izgājis*. Es apvainojusies uzmetu lūpu, ieslēdzu mūzikas atskaņotājā *Snow Patrol* dziesmu un apsēžos pie galda, lai vēlreiz izlasītu līgumu un pierakstītu savus komentārus.

Nezinu, kāpēc piepeši paceļu skatienu; varbūt esmu ar acs kaktiņu pamanījusi kustību. Kristjens stāv manas guļamistabas durvīs, uzmanīgi vērodams mani. Viņam kājās ir pelēkas, mīkstas bikses un mugurā balts krekls, bet pirkstos viņš groza mašīnas atslēgas. Es izņemu austiņas un sastingstu. *Velns!*

– Labvakar, Anastasija, – Kristjens vēsi sveicina mani. Viņa balsī un sejā itin nekas nav izlasāms. Uz mirkli zaudēju runas dāvanas. Kāpēc Keita viņu ielaida, mani nebrīdinot? Es atceros, ka esmu tērpusies izstaipītās biksēs, nosvīdusi, netīra, bet Kristjens ir tikpat iekārojams kā vienmēr; viņa bikses, kā ierasts, kārdinoši slīgst no gurniem, un, pats svarīgākais – viņš ir manā guļamistabā!

– Es nospriedu, ka uz tavu vēstuli vajadzētu atbildēt pašam, – viņš sāji paskaidro.

Atvērusi muti, es to aizveru un vēlreiz atkārtoju šo procesu. Joks ir pavērsies pret mani pašu. Man ne prātā neienāca, ka Kristjens pametīs visas savas darīšanas un metīsies šurp.

– Vai drīkstu apsēsties? – viņš painteresējas, un viņa acīs uzdzirkstī smaids. *Paldies Dievam! Varbūt viņš saskatīs smieklīgo šajā situācijā.*

Es pamāju, vēl joprojām nespēdama bilst ne vārda. *Kristjens Grejs sēž uz manas gultas.*

– Man jau sen gribas zināt, kāda izskatās tava guļamistaba, – viņš nosaka.

Es palūkojos apkārt, cerēdama atrast kādu izeju, bet nekas jauns nav parādījies; ir tikai durvis un logs. Mana istaba ir ērta, bet diezgan neliela. Tajā ir tikai dažas baltas klūdziņu mēbeles un dzelzs gulta ar ielāpu segu, ko pagatavoja mana māte toreiz, kad aizrāvās ar vatētu priekšmetu šūdināšanu. Sega ir gaiši zila ar krēmkrāsas ielaidumiem.

– Šeit valda patīkams miers, – Kristjens atzīst. *Ne jau šobrīd... kad šeit esi tu.*

Manas smadzenes beidzot atceras, kam domātas, un es dziļi ievelku elpu. – Kā...?

Kristjens pasmaida. – Es vēl joprojām dzīvoju "Hītmena" viesnīcā.

To es zinu.

– Vai vēlies kaut ko dzeramu? – Pieklājība pārspēj citus impulsus, kas manī šobrīd rosās.

– Nē, Anastasija. Pateicos. – Viņš velta man žilbinošu, greizu smaidu, nedaudz pieliecis galvu uz sāniem.

Varbūt iedzert vajadzēs man.

– Tātad bija jauki mani pazīt?

Jēziņ, vai viņš ir *apvainojies*? Es pētu savus pirkstus. Kā lai izkuļos no šīm nepatikšanām? Ja pateikšu, ka tikai pajokoju, viņš diezin vai mani uzslavēs.

– Man šķita, ka tu atbildēsi ar vēstuli, – es sīkā balstiņā nopīkstu.

– Vai tu tīšām košļā apakšlūpu? – Kristjens sadrūmis painteresējas.

Es samirkšķinu plakstus un atbrīvoju lūpu, nomurminājusi: – Nē, tas bija netīšām.

Mana sirds strauji pukst. Es jūtu neparasto pievilkšanās spēku, kas sprēgā starp mums abiem. Kristjens sēž man pavisam blakus, un viņa acis ir dūmakaini pelēkas. Viņš atbalstījis elkoņus pret ceļgaliem un nedaudz iepletis kājas. Pieliecies man klāt, Kristjens nesteidzīgi atpin vienu no manām bizēm. Es tik tikko elpoju, nespēdama pakustēties, un kā apmāta vēroju viņa roku, kas ķeras pie otras bizes un gariem, prasmīgiem pirkstiem atbrīvo manus matus.

– Tu nolēmi ķerties pie fiziskiem vingrinājumiem, – Kristjens klusā, melodiskā balsī secina, saudzīgi atglauzdams manu matu šķipsnu aiz auss. – Kāpēc, Anastasija? – Viņa pirk-

– Manuprāt, esi redzējusi pārāk daudz. – Viņš viltīgi iesmejas un nosēžas jāteniski man virsū, satverdams mana krekla malu. Es nospriežu, ka Kristjens mani izģērbs, tomēr viņš tikai saritina krekla audumu līdz kaklam un paceļ to man pār galvu tā, ka redz manu muti un degunu, bet acis ir aizsegtas. Un es neko neredzu caur daudzajām auduma kārtām.

– Hmm, – Kristjens atzinīgi novelk. – Kļūst arvien labāk. Es aiziešu pēc kaut kā dzerama.

Viņš pieliecas un maigi noskūpsta mani, pirms nokāpj no gultas. Es dzirdu, kā klusi nočīkst istabas durvis. Viņš paņems dzērienu. *Kur? Šeit? Portlendā? Sietlā?* Es cenšos kaut ko saklausīt. Atskan klusa murmināšana, un es aptveru, ka viņš runā ar Keitu... būdams gandrīz kails! Ko viņa nodomās? Kaut kas nopaukšķ. Kas tas bija? Kristjens atgriežas, jo durvis vēlreiz iečīkstas, un viņa kailās pēdas sitas pret grīdu. Noklunkšķ šķidrums, skalojoties glāzē, un ledus gabaliņi atsitas pret stiklu. Kas tas varētu būt? Kristjens aizver durvis un tuvojas man. Viņa bikses nošalc, krizdamas zemē, un es aptveru, ka viņš ir kails. Sasniedzis gultu, viņš atkal uzsēžas man jāteniski virsū.

– Vai esi izslāpusi, Anastasija? – viņš ķircinādams jautā.

– Jā, – es izdvešu, jo mana mute piepeši izkaltusi. Ledus nodžinkst pret glāzes malu, Kristjens pieliecas un noskūpsta mani, vienlaikus ļaudams gardam, vēsam šķidrumam ieplūst manā mutē. Tas ir baltvīns. Negaidītā veldze un Kristjena vēso lūpu pieskāriens mani uzbudina līdz neprātam.

– Vēl? – viņš čukst.

Es pamāju. Vīns garšo debešķīgi, it īpaši tāpēc, ka pabijis viņa mutē. Kristjens pieliecas, un es dzeru vēl vienu malku no viņa lūpām... mmm.

– Uzmanīgi; mēs abi zinām, ka tu viegli apreibsti, Anastasija.

Es nespēju apvaldīt smaidu, un viņš noliecas, dāvādams man vēl vienu gardu malku. Viņš pavirzās un noguļas man blakus, spiezdams piebriedušo locekli man pie gurna. Mm, es vēlos just viņu sevī.

– Vai tas ir *jauki*? – Kristjens painteresējas, un es dzirdu skarbu noti viņa balsī, tāpēc saspringstu. Vēlreiz atskan ledus klinkstēšana, un nākamajā skūpstā es saņemu nelielu ledus lausku līdz ar vīnu. Kristjens nesteidzīgi bārsta vēsus skūpstus pār manu augumu, sākot ar kakla bedrīti un ieleju starp krūtīm, beidzot ar vēderu. Ielējis manā nabā aukstu vīnu, viņš tam pievieno ledus gabaliņu. Saltums izšaujas man cauri kā zibens. *Mmm...*

– Nekusties, Anastasija, – viņš nočukst. – Ja sakustēsies, tu izliesi vīnu gultā.

Es instinktīvi sasprindzinu gurnus.

– Nē, nē. Ja izliesi vīnu, es tevi sodīšu, Stīlas jaunkundze.

Es ievaidos un izmisīgi pretojos vēlmei pacelt gurnus, vienlaikus raudama rokas lejup. Nē, lūdzu...

Izmantodams vienu pirkstu, Kristjens pēc kārtas pavelk lejup mana krūštura kausiņus, līdz krūtis ir paceltas, atklātas viņa skatienam un neaizsargātas. Kristjens pieliecies skūpsta un knibina manus krūtsgalus ar vēsām, saltām lūpām. Es pretojos savam ķermenim, kas cenšas izliekties.

– Cik *jauki* tas ir? – viņš izdveš, uzpūzdams elpu manam krūtsgalam.

Ledus nodžinkst, un piepeši ap manu labo krūtsgalu tiek novilka vēsa sliede, kamēr kreiso moka Kristjena lūpas. Es iestenos, pūlēdamās nekustēties. Kristjens mani pakļauj saldkaislai, tracinošai spīdzināšanai.

– Ja izliesi vīnu, es tev neļaušu beigt.

– Nē... lūdzu... Kristjen... kungs... lūdzu. – Viņš liek man zaudēt prātu. Es dzirdu viņu pasmaidām.

Ledus kūst manā nabā. Es tvīkstu un salstu vienlaikus, un esmu vēlmes pārņemta. Es vēlos viņu sevī. *Tūlīt.*

Kristjena vēsie pirksti nesteidzīgi slīd pār manu vēderu. Āda ir kļuvusi neparasti jutīga, gurni instinktīvi izliecas, un jau sasilušais šķidrums aizplūst no nabas. Kristjens strauji uzlaiza to, viegli kodīdams un skūpstīdams manu ādu.

– Nu nu, Anastasija, tu pakustējies. Ko man ar tevi darīt? Es skaļi elsoju. Šobrīd mana uzmanība pievērsta tikai viņa balsij un glāstiem. Nekas cits nav īsts. Nekam citam nav nozīmes, nekas cits pat netiek līdz manai apziņai. Kristjena pirksti ieslīd aiz biksīšu auduma, un es tieku atalgota, dzirdot viņu netīši iestenamies.

– Mm, mazā, – viņš nomurmina un iestumj divus pirkstus manī.

Es spēji ievelku elpu.

– Jau tik ātri esi gatava mani uzņemt, – viņš atzinīgi nosaka un kaitinoši lēni virza pirkstus iekšā, ārā, iekšā, ārā, līdz es tiecos viņam pretī, paceldama gurnus.

– Nepacietīga meitene, – Kristjens nočukst. Viņa īkšķis īsu brīdi veic apļveida kustības ap manu klitoru un piepeši uzspiež uz tā.

Es skaļi ievaidos, un mans augums noraustās, atsaucoties viņa prasmīgajiem pirkstiem. Viņš pasniedzas augšup un novelk manu kreklu zemāk, lai es viņu redzētu. Lampas maigajā apgaismojumā mirkšķinādama acis, es alkstu piespiest plaukstu viņam pie krūtīm.

– Kristjen, es gribu tev pieskarties. – Mana balss trīsuļo kā apses lapa.

– Zinu, – viņš nomurmina un mani noskūpsta, ritmiski kustinādams pirkstus manī, apļodams īkšķi un ik pa brīdim piespiezdams to pie klitora. Otru roku viņš izmanto, lai atglaustu matus man no sejas un neļautu kustināt galvu. Viņa mēle kustas vienā ritmā ar roku. Es jūtu kājas saspringstam un tiecos pretī Kristjena rokai. Viņš palēnina kustības, un es attālinos no virsotnes. Viņš atkārto šo paņēmienu, un es neapmierināta klusībā lūdzos: "Kristjen, Kristjen..."

– Šis ir tavs sods. Tu esi tuvu, bet vienlaikus tālu. Vai tas ir *jauki*? – viņš jautā, piespiedis lūpas manai ausij. Es pārgurusi iešņukstos, mēģinādama atbrīvot rokas. Esmu pilnīgi bezpalīdzīga, iegrimusi erotiskajās mokās.

– Lūdzu, – es čukstu, un viņš beidzot par mani apžēlojas.

– Kā man tevi izdrāzt, Anastasija?

Viss mans augums notrīs, un viņš aptur roku.

– Lūdzu.

– Ko tu vēlies, Anastasija?

– Tevi... tūlīt! – es iegaudojos.

– Vai man tevi izdrāzt šādi? Vai šādi? Vai citādi? Iespēju ir daudz, Anastasija, – viņš nočukst, ar muti skardams manas lūpas. Atrāvis roku, viņš sniedzas pēc spīdīgas paciņas, ko novietojis uz kumodes, man pat nemanot. Nometies ceļos man starp kājām, Kristjens ļoti nesteidzīgi noslidina lejup manas biksītes, mirdzošām acīm lūkodamies uz mani. Viņš uzvelk prezervatīvu, un es aizgrābta viņu vēroju.

– Cik *jauki* tu šobrīd jūties? – viņš painteresējas, sevi braucīdams.

– Tas bija tikai joks, – es šņukstu. *Lūdzu, paņem mani, Kristjen!*

Viņš sarauc uzacis, virzot plaukstu augšup un lejup pa savu locekli.

– Joks? – Viņa balsī ieskanas draudi.

– Jā. Lūdzu, Kristjen!

– Vai tev nāk smiekli?

– Nē, – es iekunkstos.

Esmu pārvērtusies par seksuālas spriedzes kamolu. Kristjens brīdi vēro mani, laikam vērtēdams, cik kvēla ir mana vēlme, un piepeši apgriež mani otrādi. Spējā kustība pārsteidz mani nesagatavotu, un sasieto roku dēļ man jāatbalstās uz elkoņiem. Kristjens pabīda manus ceļgalus uz priekšu, līdz dibens izslejas, un spēcīgi iesit man. Pirms pagūstu kaut kā reaģēt, viņš ietriecas manī. Sitiens un spējais uzbrukums liek man iekliegties, un es piepeši beidzu, raustīdamās zem Kristjena, kurš turpina kustēties manī. Viņš neapstājas. Esmu iztukšota. Es neizturēšu... bet viņš nerimstas... un manī atkal briest erotiskās sajūtas... tas nevar būt... nē...

– Ļaujies, Anastasija, – viņš iestenas, zobus sakodis, un mans augums tiešām atsaucas viņa pavēlei, gluži vai izkūstot, un es beidzu vēlreiz, izkliegdama viņa vārdu. Kristjens sastingst un beidzot ļauj vaļu arī sev, klusi sasniegdams virsotni. Viņš sabrūk virs manis, smagi elpodams.

– Nu, cik *jauki* tas bija? – viņš jautā, zobus sakodis.

Jēziņ!

Es guļu zem Kristjena, pilnīgi iztukšota, un smagi elpoju, acis aizvērusi. Viņš piesardzīgi izslīd no manis, pieceļas un apģērbjas. Pēc tam viņš uzmanīgi atraisa manas rokas un novelk man kreklu. Es izstiepju pirkstus un paberzēju plaukstu locītavas, smaidot vērodama kaklasaites atstāto rakstu uz tām. Kristjens apsedz mani ar segu un pārklāju, un es sakārtoju krūšturi, vērodama viņu kā apreibusi.

– Bija ļoti jauki, – es smīnēdama pačukstu.

– Atkal jau šis vārds.

– Tev tas nepatīk?

– Nē. Itin nemaz.

– Nu nezinu, nezinu... izskatās, ka tam ir ļoti labvēlīgs iespaids.

– Vai tagad esmu kļuvis par labvēlīgu iespaidu? Stīlas jaunkundze, vai jūs apzināti cenšaties ievainot manu pašlepnumu?

– Nedomāju, ka tavam pašlepnumam kaut kas kaiš. – Tomēr, pat izrunādama šos vārdus, es nejūtos par tiem pārliecināta; man prātā ienāk kaut kas izvairīgs, kāda doma, ko es nepagūstu aptvert, pirms tā nozūd.

– Vai tiešām? – Kristjens klusi vaicā. Viņš guļ man blakus, pilnīgi apģērbies, un atspiežas ar elkoni pret gultu, balstīdams galvu plaukstā, bet man mugurā ir tikai krūšturis.

– Kāpēc tev nepatīk pieskārieni?

– Tā gluži vienkārši ir. – Kristjens maigi noskūpsta manu pieri. – Tātad tā vēstule bija tas, ko uzskati par joku?

Es atvainodamās uzsmaidu viņam un paraustu plecus.

– Skaidrs. Tātad tu vēl joprojām apsver manu priekšlikumu?

– Tavu nepiedienīgo piedāvājumu... jā. Apsveru. Tomēr man ir daži iebildumi.

Kristjens atvieglots smaida.

– Es justos vīlies, ja tā nebūtu.

– Man bija plāns sarakstīt tos vēstulē un aizsūtīt tev, bet tu mani pārtrauci.

– *Coitus interruptus.*

– Nu re, es jau zināju, ka tevī kaut kur slēpjas humora

izjūta! – es smaidīdama ķircinu Kristjenu.

– Ne viss ir smieklīgs, Anastasija. Es nospriedu, ka tu atsakies, pat negrasoties kaut ko apspriest. – Viņa balss ir klusāka.

– Vēl nezinu. Neesmu pieņēmusi lēmumu. Vai tu man uzliksi kaklasiksnu?

Kristjens sarauc uzacis. – Tu tiešām esi veikusi jomas izpēti. Nezinu, Anastasija. Nekad vēl neesmu to darījis.

Ak tā... Vai man vajadzētu justies pārsteigtai? Man ir ļoti maz zināms par jomu... Nav ne jausmas.

– Vai tev bija kaklasiksna? – es čukstus jautāju.

– Jā.

– Vai tev to uzlika Bargā Kundze?

– Bargā Kundze? – Kristjens atbrīvoti, skaļi iesmejas un izskatās neparasti jauns un bezrūpīgs. Viņš atmet galvu, un viņa smiekli ir lipīgi.

Es plati pasmaidu, viņu vērodama.

– Pateikšu viņai, ko tu teici; viņu tas uzjautrinās.

– Jūs vēl joprojām sarunājaties? – Man neizdodas noslēpt, cik satriekta esmu.

– Jā. – Viņš ir atguvis nopietnību.

Ak tā... Un manī pamostas sveloša greizsirdība, tik spēcīga, ka es pati nobīstos no šīm jūtām.

– Saprotu, – es aizžņaugtā balsī nosaku. – Tātad tev ir kāds, ar kuru vari pārrunāt savu neparasto dzīvesveidu, bet man tas nav ļauts.

Kristjens sarauc pieri.

– Nekad par to neesmu domājis no šāda skatupunkta. Bargā Kundze bija daļa no mana dzīvesveida. Es tev jau teicu, ka tagad mēs esam tuvi draugi. Ja vēlies, varu tevi iepazīstināt ar kādu no manām bijušajām pakļautajām. Jūs varētu aprunāties.

Vai viņš tīši cenšas mani aizkaitināt?

– Vai tāda ir *tava* izpratne par jokiem?

– Nē, Anastasija. – Viņš apmulsis papurina galvu.

– Pateicos, bet es ar saviem jautājumiem tikšu galā pati, – es atcērtu, pievilkdama pārklāju tuvāk zodam.

Kristjens mani uzlūko ar patiesa izbrīna pilnām acīm.

– Anastasija, es... – Viņš ir zaudējis valodu, un man šķiet, ka tas notiek pirmo reizi dzīvē. – Es negribēju tevi aizvainot.

– Neesmu aizvainota. Esmu pārskaitusies.

– Pārskaitusies?

– Es negribu runāt ar tavām bijušajām draudzenēm... vai verdzenēm... vai kā nu tu viņas dēvē!

– Anastasija Stīla, vai tu esi greizsirdīga?

Es koši pietvīkstu.

– Vai tu paliksi šeit?

– Man rīt no rīta viesnīcā paredzēta tikšanās. Turklāt es tev jau teicu, ka neguļu ar draudzenēm, verdzenēm, pakļautajām vai jebkuru citu. Piektdiena un sestdiena bija izņēmums. Tas vairs neatkārtosies. – Es saklausu apņēmību viņa klusajā, aizsmakušajā balsī un sakniebju lūpas.

– Man jāizguļas.

– Vai tu mani dzen prom? – Kristjens uzjautrināts un nedaudz apjucis paceļ uzacis.

– Jā.

– Arī tas ar mani notiek pirmo reizi. – Viņš ilgi vēro mani. – Tātad šobrīd tu neko nevēlies pārrunāt? Saistībā ar līgumu?

– Nē, – es gražīgi atcērtu.

– Ak Dievs, kā man šobrīd gribas tevi nopērt! Tu justos daudz labāk, un es tāpat.

– Tu nedrīksti tā runāt. Es neko vēl neesmu parakstījusi.

– Sapņot nav aizliegts, Anastasija. – Viņš pieliecies satver manu zodu un painteresējas: – Trešdien? – pirms noskūpsta mani uz lūpām.

– Trešdien, – es apstiprinu. – Tūlīt tevi pavadīšu. Tikai pagaidi mirkli. – Es pieceļos sēdus un paķeru savu kreklu, pagrūzdama Kristjenu malā. Viņš negribīgi izkāpj no gultas.

– Pasniedz man bikses, lūdzu.

Viņš tās paceļ no grīdas un sniedz man.

– Jā, kundze. – Viņš nesekmīgi cenšas apslēpt smaidu.

Es uzvelku bikses, acis dusmās samiegusi. Mati ir neglābjami sajaukti, un es zinu, ka pēc Kristjena aiziešanas nāksies pakļauties prašņāšanai Keitas izpildījumā. Paķērusi matu gumiju, es pieeju pie durvīm un atveru tās, meklēdama Keitu. No viņas istabas plūst klusas skaņas, un es nospriežu, ka viņa runā pa telefonu. Kristjens seko man. Kamēr mērojam īso ceļu no guļamistabas līdz ārdurvīm, manī viļņo domas un jūtas. Es vairs nedusmojos uz Kristjenu, jo mani pārņēmis mokošs biklums. Negribu, lai viņš iet prom. Pirmo reizi vēlos, kaut viņš būtu normāls, kaut viņš alktu pēc normālām attiecībām bez līguma desmit lapu apjomā, bez pletnes un stiprinājumiem istabas griestos.

Atvērusi viņam durvis, es piekaļu skatienu savām rokām. Šī ir pirmā reize, kad man bijis sekss mājās, un domāju, ka tas bija sasodīti labs. Bet tagad es jūtos kā tukšs trauks, ko Kristjens piepilda atbilstoši savām iegribām. Mana zemapziņa papurina galvu. *Tu gribēji skriet uz viesnīcu pēc seksa, bet saņēmi to ar piegādi mājās. Par ko tu tagad sūdzies?* Kristjens apstājas durvīs un satver manu zodu, panākdams, lai ielūkojos viņam acīs. Viņš sarauc pieri.

– Vai viss labi? – viņš uzmanīgi painteresējas, ar īkšķi maigi braucīdams manu apakšlūpu.

– Jā, – es atbildu, kaut gan patiesībā nemaz neesmu par to pārliecināta. Tuvojas pārmaiņas. Ja es piekritīšu parakstīt līgumu, man nāksies ciest. Viņš nav spējīgs man piedāvāt kaut ko vairāk, turklāt to nevēlas... un es gribu vairāk. Daudz vairāk. Greizsirdības uzplūds, kas tik spēji pārņēma mani, bija kā brīdinājums, ka man pret Kristjenu ir daudz dziļākas jūtas, nekā līdz šim biju sev atzinusi.

– Trešdien, – viņš atkārto un pieliecas, lai mani noskūpstītu. Kaut kas mainās; Kristjena lūpas kvēlāk spiežas pie manējām, viņa plauksta virzās augšup un tai pievienojas otra, līdz abas piekļaujas maniem vaigiem. Viņš elpo straujāk, skūpstās aizrautīgāk, viņa augums tiecas man pretī. Es uzlieku plaukstas Kristjenam uz rokām. Man gribas laist pirkstus caur viņa matiem, bet es pretojos šai vēlmei, zinādama, ka viņam tas nepatiks. Aizvēris acis, viņš atbalsta pieri pret manējo.

– Anastasija, – pār viņa lūpām izlaužas mokpilns čuksts.
– Ko tu ar mani dari?

– To pašu varu jautāt tev, – es klusi atbildu.

Dziļi ievilcis elpu, Kristjens uzspiež skūpstu man uz pieres un aiziet. Viņš gariem, mērķtiecīgiem soļiem iet uz mašīnu, vienlaikus izlaizdams pirkstus caur matiem. Atvēris mašīnas durvis, viņš palūkojas atpakaļ un velta man savu elpu aizraujošo smaidu. Es atbildot savelku lūpas daudz vārgākā smaidā, jo esmu pārmēru apžilbusi un atkal atceros Ikaru, kas pielidoja pārāk tuvu saulei. Kristjens iesēžas savā sporta automobilī, un es aizveru acis, cīnīdamās ar asarām; mani pārņem skumjas un vientulība. Aizskrējusi atpakaļ uz savu istabu, es aizcērtu durvis un atspiežos pret tām, cenzdamās izprast savas sajūtas, tomēr to nespēju. Lēnām noslīdējusi sēdus uz grīdas, es ieslēpju seju plaukstās un ļauju asarām vaļu.

Keita klusi pieklauvē.

– Ana? – viņa čukstus jautā, un es atveru durvis. Uzmetusi man vienu skatienu, draudzene ievelk mani savās skavās.

– Kas noticis? Ko tas glītais dīvainis tev nodarīja?

– Neko, Keita, neko. Vismaz neko tādu, ko es nevēlējos.

Viņa pievelk mani pie gultas, un mēs apsēžamies.

– Tavi pēcseksa mati ir drausmīgi.

Kaut gan skumjas vēl nav izklīdušas, es iesmejos.

– Toties sekss bija lielisks.

Keita pasmaida.

– Tā jau ir labāk. Kāpēc tu raudi? Tu nekad neraudi. – Viņa paņem suku no kumodes un, apsēdusies man aiz muguras, nesteidzīgi sāk laist to pār maniem matiem.

– Neticu, ka mūsu attiecības kaut kur aizvirzīsies. – Es pētu savus pirkstus.

– Tu taču teici, ka jūs tiksieties trešdien.

– Jā. Tas bija sākotnējais plāns.

– Kāpēc viņš ieradās šodien?

– Es viņam nosūtīju vēstuli.

– Aicināji atnākt?

– Nē, teicu, ka vairs nevēlos ar viņu tikties.

– Un viņš atnāca? Ģeniāli, Ana!

– Patiesībā jau tas bija joks.

Brīdi klusējusi, Keita sacīja: – Neko vairs nesaprotu. Es pacietīgi izskaidroju savas vēstules būtību, vienlaikus neatklājot neko tādu, ko nevajadzētu.

– Tātad tu domāji, ka viņš atsūtīs atbildi.

– Jā.

– Bet viņš uzradās pie tavām durvīm.

– Jā.

– Manuprāt, viņš ir kā apmāts ar tevi.

Es saraucu pieri. *Kristjens? Apmāts ar mani?* Diezin vai. Viņš tikai meklē jaunu rotaļlietu, ar kuru darīt kaut ko vārdiem neaprakstāmu. Mana sirds sāpīgi sažņaudzas. Šī ir realitāte.

– Viņš atnāca mani izdrāzt, neko vairāk.

– Romantiski, – Keita satriekta nočukst. Man izdevies satriekt Keitu; nemaz nedomāju, ka tas ir iespējams. Es atvainodamās paraustu plecus.

– Viņš seksu izmanto kā ieroci.

– Drāž tevi, līdz pakļaujies? – Keita neapmierināta papurina galvu, un es apjukusi samirkšķinu acis, juzdama, kā seju pārklāj sārtums. *Trāpīts tieši mērķī, Ketrīna Kevana.* Viņa noteikti reiz iegūs Pulicera balvu žurnālistikā.

– Ana, es neko nesaprotu. Tu nupat ar viņu mīlējies, vai ne?

– Ne, Keita, tā nav mīlēšanās. Mums ir sekss. Tādus vārdus lieto Kristjens. Viņš neļaujas mīlestībai.

– Es jau zināju, ka viņš ir nedaudz dīvains. Viens no tiem, kas neprot uzņemties saistības.

Izlikdamās, ka piekrītu, es pamāju ar galvu, bet klusībā turpinu skumt. Ak, Keita... Cik žēl, ka nedrīkstu viņai pastāstīt visu par šo savādo, nelaimīgo vīrieti, kuru aizrauj neparastais guļamistabā. Viņa man ieteiktu Kristjenu aizmirst. Neļautu rīkoties muļķīgi.

– Esmu nedaudz apjukusi, – es nomurminu, izvēlēdamās visneizteiksmīgākos vārdus, kādus vien varu iedomāties.

Tā kā vairs nevēlos runāt ar Kristjenu, es apjautājos Keitai, kā veicas ar Eljotu, un viņa nekavējoties atplaukst, jau dzirdot viņa vārdu. Keita sev atradusi normālu vīrieti un izskatās ārkārtīgi laimīga.

Es viņu apskauju.

– Ā, atvaino, man vajadzēja tev pateikt, ka zvanīja tavs tēvs, kamēr tu biji... hm, aizņemta. Bobs esot savainojies, tāpēc viņš un tava mamma nevarēs ierasties uz izlaidumu. Bet tavs tēvs ceturtdien būs šeit. Viņš gaida tavu zvanu.

– Hmm, mamma nemaz nesazinājās ar mani. Vai Bobs ir nopietni slims?

– Nē. Piezvani viņai no rīta, tagad jau ir vēls.

– Paldies, Keita. Man jau ir labāk. Arī Rejam es piezvanīšu rīt. Tagad iešu gulēt.

Viņa pasmaida, bet es redzu raižpilnas krunciņas ievelkamies ap draudzenes acīm.

Kad Keita aizgājusi, es apsēžos pie galda un vēlreiz izlasu līgumu, pierakstīdama tā malās vēl dažas piebildes. Visu izdarījusi, es ieslēdzu datoru, gatavodamās atbildēt.

Mani jau gaida Kristjena vēstule.

No: Kristjens Grejs
Temats: Šis vakars
Datums: 23.05.2011. 23:16
Kam: Anastasija Stīla

Stīlas jaunkundze!

Ar nepacietību gaidu Jūsu piezīmes par līgumu.

Līdz tam dusi saldi, mazā.

Kristjens Grejs,
Grey Enterprises Holding, Inc.

No: Anastasija Stīla
Temats: Problēmas
Datums: 24.05.2011. 00:02
Kam: Kristjens Grejs

Augsti godātais Greja kungs!

Nosūtu Jums savu iebildumu sarakstu. Labprāt tos pārrunāšu ar Jums sīkāk trešdien pie vakariņu galda.

Skaitļi apzīmē līguma punktus.

2. Nesaprotu, kāpēc minēts tikai mans labums, t.i., runāts par iespēju pilnvērtīgāk iepazīt manu seksualitāti un ierobežojumus. Nedomāju, ka tādam nolūkam man nepieciešams līgums desmit lappušu garumā. Manuprāt, tas paredzēts Jūsu vajadzībām.

4. Jums lieliski zināms, ka esat mans vienīgais seksuālais partneris. Es nelietoju narkotikas, un man nekad nav pārlietas asinis. Visticamāk, man nekas nekaiš. Un Jums?

8. Varu lauzt līgumu jebkurā mirklī, ja nedomāju, ka ievērojat noteiktos ierobežojumus. Labi, tas man patīk.

9. Pakļauties Jums it visā? Bez vilcināšanās pieņemt Jūsu noteikto sodu? Par to mums vajadzēs aprunāties.

11. Izmēģinājuma posms – viens mēnesis. Nevis trīs.

12. Es nevaru piekrist visām nedēļas nogalēm. Man ir pašai savai dzīve – vai arī, cerams, būs. Varbūt trīs no četrām?

15.2. Par mana ķermeņa izmantošanu pēc saviem ieskatiem seksuālā vai citā jomā – lūdzu, paskaidrojiet sīkāk, ko nozīmē "citā".

15.5. Par visu šo disciplinēšanas punktu runājot, es neesmu pārliecināta, ka vēlos tikt pātagota, sista ar pletni vai saņemt citu miesas sodu. Domāju, ka tas pārkāptu 2. – 5. punktu. Un "jebkāda cita iemesla dēļ" ir vienkārši ļauni. Jūs man teicāt, ka neesat sadists.

15.10. It kā manis aizdošana citam vispār būtu apspriežama. Bet priecājos, ka tas izklāstīts uz papīra.

15.14. Noteikumi. Turpinājumā par tiem sīkāk.

15.19. Pieskaršanās sev bez Jūsu atļaujas. Kāpēc tā ir problēma? Jūs zināt, ka es tik un tā ar to nenodarbojos.

15.21. Lūdzu, sk. 15.5. punktu augstāk.

15.22. Es nedrīkstu lūkoties Jums acīs? Kāpēc?

15:24. Kāpēc es nedrīkstu Jums pieskarties?

Noteikumi:

Miegs – piekrītu septiņām stundām.

Pārtika – es negribu ieturēties pēc atļauta saraksta. Ja no tā neatteiksieties, es nevaru parakstīt līgumu. Tas ir pārāk svarīgi.

Apģērbs – ja man šīs drēbes jāvalkā tikai tad, kad esmu kopā ar Jums, man nav iebildumu.

Fiziskie vingrinājumi – mēs vienojāmies par trim stundām, šeit vēl joprojām minētas četras.

Elastīgie ierobežojumi:

Vai varam tos visus pārspriest? Nekāda fistinga. Kas ir pakarināšana? Ģenitāliju spīles – nekādā gadījumā.

Lūdzu, dodiet man ziņu par trešdienu. Man jāstrādā līdz pieciem.

Arlabunakti.

Ana

No: Kristjens Grejs
Temats: Problēmas
Datums: 24.05.2011. 00:07
Kam: Anastasija Stīla

Stīlas jaunkundze, tas ir garš saraksts. Kāpēc vēl esat nomodā?

Kristjens Grejs,
Grey Enterprises Holding, Inc.

No: Anastasija Stīla
Temats: Darbs pusnaktī
Datums: 24.05.2011. 00:10
Kam: Kristjens Grejs

Kungs, atgādinu, ka gatavoju šo sarakstu, kad manu uzmanību novērsa un mani gultā ievilka kāds garāmskrienošs despots.

Arlabunakti.

Ana

No: Kristjens Grejs
Temats: Beidz strādāt naktī
Datums: 24.05.2011. 00:12
Kam: Anastasija Stīla

EJ GULĒT, ANASTASIJA!

Kristjens Grejs,
Grey Enterprises Holding, Inc.

Oho, lielie burti! Es izslēdzu datoru. Kā viņam izdodas mani iebiedēt pat no sešu jūdžu attāluma? Es papurinu galvu. Drūmu domu mocīta, es apguļos un nekavējoties ieslīgstu dziļā, bet nemierpilnā miegā.

13. NODAĻA

Nākamajā dienā, kad atgriežos no darba, es piezvanu mātei. Veikalā diena aizritēja mierīgi, tāpēc man bija pārāk daudz laika pārdomām. Esmu nervoza un baidos no savas tikšanās ar despotisko Kristjenu, kas paredzēta nākamajā dienā. Turklāt es nedaudz satraucos, ka esmu paudusi savas domas par līgumu pārāk noraidoši. Varbūt viņš atteiksies turpināt.

Mātes balss ir nožēlas pilna, viņa izmisīgi pārdzīvo, ka netiks uz manu izlaidumu. Bobs sastiepis saiti, tāpēc pārvietojas klibojot. Izskatās, ka viņš negadījumos cieš tikpat bieži kā es. Domājams, viņš pilnīgi izveseļosies, bet pagaidām viņam jāatpūšas, un mātes uzdevums ir par viņu gādāt.

– Ana, mīļā, man ir ļoti žēl, – māte gaužas telefona klausulē.

– Nekas, māt, viss ir labi. Rejs atnāks.

– Ana, izklausās, ka tu domā par kaut ko citu... vai viss ir labi, mīļā?

– Jā, māt. – Ja vien viņa zinātu... Esmu sastapusi neticami bagātu vīrieti, kurš vēlas mani iesaistīt dīvainās seksuālās rotaļās, un man tajās nav nekādas teikšanas.

– Vai esi kādu satikusi?

– Nē, māt. – Nemaz negrasos sākt par to runāt.

– Labi, mīļā, es ceturtdien domāšu par tevi. Un ļoti mīlu tevi. Tu taču to zini, bērns, vai ne?

Es aizveru acis, baudīdama siltuma uzplūdu, ko izraisa viņas vārdi.

– Jā, māt, es tevi arī mīlu. Pasveicini Bobu, un es ceru, ka viņš drīz atveseļosies.

– Noteikti, bērns. Atā!

– Atā.

Runādama pa telefonu, esmu aizstaigājusi līdz savai ista-
bai. Uz galda stāv dators, un es nesteigdamās to ieslēdzu.
Kristjens atsūtījis vēstuli vēlu naktī – vai arī ļoti agri no rī-
ta. Sirds nekavējoties iepukstas straujāk, un es dzirdu asi-
nis iešalcamies ausīs. Velns, varbūt viņš nolēmis visu atcelt...
tas ir... varbūt viņš atcels vakariņas. Doma sagādā sāpes. Es
to steidzīgi aizdzenu un atveru vēstuli.

No: Kristjens Grejs
Temats: Jūsu problēmas
Datums: 24.05.2011. 01:27
Kam: Anastasija Stīla
Godātā Stīlas jaunkundze!
Pēc rūpīgas iepazīšanās ar Jūsu iebildumiem vēlos atgā-
dināt Jums vārda "pakļautā" definīciju:
ar tendenci pakļauties, gatava pakļauties; pazemīgi vai
padevīgi paklausīga.
Vārds ienācis valodā 16. gs.
Sinonīmi: padevīga, pazemīga, rātna, pakļāvīga, klau-
sīga.
Lūdzu, paturiet to prātā līdz mūsu vakariņām trešdien.
Kristjens Grejs,
Grey Enterprises Holding, Inc.

Vispirms jūtos tikai atvieglota. Kristjens vismaz ir ar mie-
ru runāt par maniem iebildumiem un vēl joprojām ir gatavs
ar mani tikties. Nedaudz padomājusi, es atbildu.

No: Anastasija Stīla
Temats: Manas problēmas... ko teiksiet par savām pro-
blēmām?
Datums: 24.05.2011. 18:29
Kam: Kristjens Grejs
Lūdzu, pievērsiet uzmanību laikam, kad vārds ienācis va-
lodā: 16. gs. Atcerieties, lūdzu, ka šobrīd ir 2011. gads.
Esam mērojuši tālu ceļu.
Piedāvāju arī Jums definīciju, ko izlasīt pirms mūsu tikša-
nās:

Kompromiss: vienošanās starp cilvēkiem ar pretējiem, at-šķirīgiem uzskatiem, starp atšķirīgiem virzieniem u. tml., kas panākta, savstarpēji piekāpjoties.

Ana

No: Kristjens Grejs
Temats: Kādas ir manas problēmas?
Datums: 24.05.2011. 18:32
Kam: Anastasija Stīla

Trāpīga norāde, Stīlas jaunkundze, kā jau parasti. Rīt es atbraukšu Jums pakaļ uz dzīvokli plkst. 19.00.

Kristjens Grejs,
Grey Enterprises Holding, Inc.

No: Anastasija Stīla
Temats: 2011. gads – sievietes prot vadīt mašīnu
Datums: 24.05.2011. 18:40
Kam: Kristjens Grejs

Man ir mašīna, es protu to vadīt. Labprātāk satiktu Jūs citur. Kur man ierasties? Jūsu viesnīcā plkst. 19.00?

Ana

No: Kristjens Grejs
Temats: Ietiepīgas jaunas sievietes
Datums: 24.05.2011. 18:43
Kam: Anastasija Stīla

Godātā Stīlas jaunkundze!

Atgādinu par savu vēstuli, ko nosūtīju 24.05.2011. plkst. 01.27, un tajā minēto definīciju.

Vai Jūs jebkad spēsiet paklausīt saņemtajiem norādīju-miem?

Kristjens Grejs,
Grey Enterprises Holding, Inc.

No: Anastasija Stīla
Temats: Iecirtīgi vīrieši
Datums: 24.05.2011. 18:49
Kam: Kristjens Grejs

Greja kungs!

Es gribu aizbraukt pie Jums pati.

Lūdzu.

Ana
No: Kristjens Grejs
Temats: Līdz izmisumam novesti vīrieši
Datums: 24.05.2011. 18:52
Kam: Anastasija Stīla
Labi. Manā viesnīcā plkst. 19.00.
Es Jūs gaidīšu Marmora bārā.
Kristjens Grejs,
Grey Enterprises Holding, Inc.

Viņam pat vēstulēs izdodas būt nīgram. Vai tiešām Kristjens nesaprot, ka man nepieciešama iespēja steidzīgi doties prom, ja to vēlēšos? Kaut gan mana mašīna nav īpaši strauja... tomēr man tik un tā vajadzīgs atkāpšanās ceļš.

No: Anastasija Stīla
Temats: Nemaz ne tik iecirtīgi vīrieši
Datums: 24.05.2011. 18:55
Kam: Kristjens Grejs
Paldies!
Ana (skūpstu)

No: Kristjens Grejs
Temats: Kaitinošas sievietes
Datums: 24.05.2011. 18:59
Kam: Anastasija Stīla
Nav par ko.
Kristjens Grejs,
Grey Enterprises Holding, Inc.

Es piezvanu Rejam, bet viņš gatavojas skatīties spēli, kurā mūsējie stājas pretī kādai Soltleiksitijas komandai, tāpēc mūsu saruna ir patīkami īsa. Viņš atbrauks ceturtdien, lai apmeklētu izlaidumu. Vēlāk viņš grib aizvest mani pusdienās. Es jūtu sirdi laimē sažņaudzamies, runājot ar Reju, un man kaklā iespriežas kamols. Viņš bijis vienīgais nezūdošais cilvēks manā dzīvē, kamēr māte mētājusies no vienām attiecībām citās. Mūs vieno īpaša, man ļoti dārga saikne. Kaut gan Rejs ir mans patēvs, viņš vienmēr pret mani izturējies kā pret savu meitu, un es ar nepacietību gaidu mūsu tikšanos. Pārāk sen neesam redzējušies. Viņa klusais sīkstums ir tieši tas,

219

kas man šobrīd nepieciešams. Varbūt es spēšu rast sevī kādu daļu no tā, kad runāšu ar Kristjenu.

Mēs ar Keitu ķeramies pie mantu kravāšanas, vienlaikus tukšodamas pudeli lēta vīna. Kad beidzot apguļos, manā istabā darbs ir gandrīz pabeigts, un es jūtos mierīgāka. Fiziskā piepūle palīdzējusi nedomāt par gaidāmo tikšanos, un es esmu nogurusi. Man vajadzīga atpūta. Ierakusies zem segas, es ātri ieslīgstu dziļā miegā.

✳✳

Pols ir atgriezies no Prinstonas un gatavojas doties uz Ņujorku, lai strādātu finanšu uzņēmumā par praktikantu. Viņš pavada visu dienu, sekodams man un lūgdamies, lai eju ar viņu pusdienās, bet viņam izdodas tikai nokaitināt mani.

– Jau simto reizi atkārtoju, Pol, ka man šovakar jau paredzēta tikšanās.

– Nē, es tev neticu, tu tikai vēlies izvairīties no manis. Tu vienmēr no manis izvairies.

Jā. Vai nebūtu pienācis laiks uztvert mājienu?

– Pol, man vienmēr šķitis, ka nav prātīgi satikties ar priekšnieka brāli.

– Piektdien ir tava pēdējā darba diena. Rīt tu nemaz nestrādā.

– Toties no sestdienas dzīvošu Sietlā, bet tu drīz pārcelsies uz Ņujorku. Pat gribēdami mēs nevarētu dzīvot tālāk viens no otra. Turklāt man tiešām šovakar paredzēta tikšanās.

– Ar Hosē?

– Nē.

– Ar ko tad?

– Pol... – es izmisusi nopūšos. Viņš negrasās likt mani mierā. – Ar Kristjenu Greju. – Man neizdodas apslēpt aizkaitinājumu balsī, bet vārdi sasniedz mērķi. Pols paver muti un blenž uz mani, zaudējis valodu. Mjā, pat Kristjena vārds cilvēkus satricina līdz sirds dziļumiem.

– Tu ej uz tikšanos ar Kristjenu Greju? – Pols pēc brīža pārjautā, nedaudz atguvies. Viņa balsī jaušas neticība.

– Jā.

– Skaidrs. – Pols šķiet noskumis, pat satriekts, un es pavisam nedaudz apvainojos par viņa pārsteigumu. Pat mana iekšējā dieviete nesavaldās un parāda viņam rupju žestu.

Pēc tam Pols uz mani pat nepaskatās, un piecos es steidzīgi pametu veikalu.

Keita man aizdevusi divas kleitas un divus kurpju pārus šim vakaram un nākamajā dienā paredzētajam izlaidumam. Es nožēloju, ka neprotu aizrauties ar drēbēm un īpaši uzposties, bet apģērbs gluži vienkārši mani neinteresē. *Kas tevi interesē, Anastasija?* man ausīs ieskanas Kristjena glāsmainā balss. Papurinājusi galvu, es pavēlu sev nomierināties un izvēlos pieguļošo plūmju krāsas kleitu. Tā ir pietiķīga un nedaudz lietišķa; es galu galā dodos uz pārrunām par līgumu.

Nomazgājusies dušā, es noskuju kājas un paduses, izmazgāju matus un vismaz pusstundu žāvēju tos, līdz garās cirtas krīt līdz krūtīm un pār muguru. Atglaudusi tās no sejas, es uzklāju skropstu tušu un lūpu spīdumu. Kosmētiku es izmantoju reti, jo tā mani mulsina. Neviena no varonēm manās iecienītajās grāmatās nelietoja kosmētiku – varbūt pretējā gadījumā es par to zinātu vairāk. Iekāpusi plūmju krāsas augstpapēžu kurpēs, kas pieskaņotas kleitai, esmu gatava jau pusseptiņos.

– Kā es izskatos?

Keita mani nopēta un atplaukst smaidā.

– Ja tu papūlies, rezultāts ir satriecošs, Ana. – Viņa pamāj ar galvu. – Tu esi ļoti iekārojama.

– Iekārojama! Es gribēju radīt pietiķīgu un lietišķu iespaidu.

– Arī tas ir manāms, bet galvenokārt esi skaista. Kleita ļoti piestāv tev un taviem matiem. Un lieliski pieguļ. – Viņa pasmīn.

– Keita! – es norāju draudzeni.

– Es tikai atgādinu par svarīgāko, Ana. Lai nu kā, tu izskaties ļoti labi. Paturi šo kleitu. Viņš ēdīs tev no rokas.

Es sakniebju lūpas. *Nē, Keita, būs pavisam otrādi.*

– Novēli man veiksmi.

– Tev nepieciešama veiksme randiņā? – Keita apjukusi sarauc pieri.

– Jā.

– Nu labi, novēlu veiksmi. – Viņa mani apskauj, un es do-
dos pretī liktenim.

Esmu spiesta vadīt mašīnu basām kājām, jo mana jūras-
zilā *Vanda* nav radīta augstpapēžu kurpju cienītājām. Tieši se-
šos un piecdesmit astoņās minūtēs es apturu mašīnu pie vies-
nīcas un pasniedzu atslēgas kalpotājam. Viņš uzmet manai
mašīnai savādu skatienu, tomēr es izliekos to nemanām un,
dziļi ievilkusi elpu, dodos iekšā.

Kristjens ir nevērīgi atspiedies pret bāra leti un malko
baltvīnu. Viņam mugurā ir balts krekls, melni džinsi, melna
žakete un kaklasaite. Mati ir tikpat sajaukti kā vienmēr. Es
nopūšos un brīdi stāvu pie durvīm, lūkodamās uz šo pievil-
cīgo vīrieti un viņu apbrīnodama. Kristjens paraugās uz ie-
ejas pusi, un es viņa sejā pamanu saspringumu; mani ierau-
dzījis, viņš sastingst, pamirkšķina acis un atplaukst
nesteidzīgā, seksīgā smaidā, kas liek man zaudēt valodu. Iz-
misīgi pūlēdamās nekošļāt apakšlūpu, es speru soli uz priek-
šu un cenšos nepaklupt. Visu neveiklo būtņu karaliene Anas-
tasija Stīla uzāvusi augstpapēžu kurpes. Kristjens atsperīgiem
soļiem dodas man pretī.

– Tu izskaties satriecoši, – viņš nomurmina, uzspiezdams
skūpstu man uz vaiga. – Man patīk šī kleita, Stīlas jaunkun-
dze. – Satvēris mani aiz rokas, viņš pieiet pie nošķirta no-
dalījuma un pamāj viesmīlim.

– Ko tu vēlies iedzert?

Es saraucu lūpu kaktiņus ašā, šķelmīgā smaidā, vienlai-
kus apsēzdamās pie galda. Šoreiz Kristjens vismaz cenšas
noskaidrot manas vēlmes.

– To pašu, ko tu, lūdzu. – Nu lūk! Es protu labi uzves-
ties. Kristjens uzjautrināts pasūta vēl vienu glāzi vīna un ap-
sēžas man pretī.

– Šeit ir lieliska vīnu izvēle, – viņš paskaidro un atbalsta
elkoņus pret galdu, piespiezdams jumtiņā saliktos pirkstus
pie lūpām. Viņa acīs kvēlo kaut kas nenosakāms. Un atkal
parādās neparastā saikne, kas liek mums tiekties vienam pie

otra. Es neveikli sagrozos, viņa vērīgā skatiena mulsināta, un jūtu sirdi iepukstamies straujāk. Tomēr man jāsaglabā miers.

– Vai nervozē? – Kristjens klusi iejautājas.

– Protams.

Viņš paliecas uz priekšu.

– Es arī, – viņš sazvērnieciski pačukst, un es spēji paceļu skatienu. *Kristjens? Nervozē? Nemūžam!* Es samirkšķinu acis, un viņš velta man savu apburošo, greizo smaidu. Viesmīlis atnes man vīnu, nelielu šķīvīti ar dažādiem riekstiem un vēl vienu, uz kura saliktas olīvas.

– Kā mēs rīkosimies? – es jautāju. – Pārspriedīsim punktus citu pēc cita?

– Mūžam nepacietīgā Stīlas jaunkundze.

– Es jau varētu arī pajautāt, kā tev patīk šodienas laiks.

Kristjens pasmaida un ar garajiem pirkstiem satver olīvu. Viņš iemet to mutē, un mans skatiens pakavējas pie šīs mutes, kas skārusi mani... itin visur. Es nosarkstu.

– Manuprāt, šodien laiks bija apbrīnojami neievērojams. – Viņš pasmīn.

– Vai jūs smīnat, Greja kungs?

– Jā, Stīlas jaunkundze.

– Tu zini, ka līgumam nav juridiska spēka.

– Ļoti labi zinu, Stīlas jaunkundze.

– Vai tu grasījies kaut kad to paskaidrot arī man?

Kristjens sarauc pieri. – Vai tu domā, ka es tevi ar viltu piespiestu darīt ko tādu, ko nevēlies, un pēc tam izliktos, ka man ir juridiska vara pār tevi?

– Nu... jā.

– Tu neesi īpaši augstās domās par mani, vai ne?

– Tu neatbildēji uz jautājumu.

– Anastasija, juridiskam spēkam nav nekādas nozīmes. Līgums simbolizē vienošanos, ko es vēlos ar tevi noslēgt; tajā izskaidrots, ko es sagaidu no tevis un ko tu vari pieprasīt no manis. Ja tev tas nepatīk, neparaksties. Ja tu tomēr parakstīsies un vēlāk nospriedīsi, ka tev tas nepatīk, līgumā iestrādātas vairākas iespējas, kā no tā atbrīvoties. Pat tad, ja līgumam būtu juridisks spēks... vai tiešām tu domā, ka es tevi iesūdzētu tiesā, ja tu to lauztu?

Es iedzeru malku vīna. Zemapziņa atgādina man, ka šobrīd nepieciešams skaidrs saprāts un es nedrīkstu pārāk aizrauties ar alkoholu.

– Šādas attiecības tiek veidotas uz atklātības un uzticēšanās pamatiem, – Kristjens turpina. – Ja tu man neuzticies, ja neesi pārliecināta, ka es zinu, cik tālu drīkstu iet un ko ar tevi darīt... Ja tu nevari būt atklāta pret mani, nekas neizdosies.

Hmm, viņš ilgi nekavējas un uzreiz ķeras pie paša svarīgākā. *Cik tālu drīkst iet...* Interesanti, ko tas nozīmē?

– Tātad viss ir ļoti vienkārši, Anastasija. Vai tu man uzticies? – Kristjena acis drudžaini kvēlo.

– Vai tev bija līdzīga saruna ar, hmm... piecpadsmit meitenēm?

– Nē.

– Kāpēc?

– Tāpēc, ka viņas visas bija pieredzējušas Pakļautās. Viņas zināja, ko vēlas gūt no attiecībām ar mani, un parasti arī saprata, ko gribu es. Ar viņām man vajadzēja pārrunāt tikai elastīgos ierobežojumus un tamlīdzīgus sīkumus.

– Vai ir kāds veikals, kurā viņas atrodamas? "Pakļauto galerija"?

Kristjens iesmejas. – Ne gluži.

– Kā tad jūs viens otru atrodat?

– Vai tiešām tu vēlies runāt par to? Vai arī ķersimies pie galvenā? Tavām "problēmām", kā izteicies.

Es krampjaini noriju siekalas. Vai es viņam uzticos? Tas taču ir pats svarīgākais, vai ne? Uzticēšanās? Un tam jāattiecas uz abām pusēm. Es atceros Kristjena nīgrumu toreiz, kad piezvanīju Hosē.

– Vai esi izsalkusi? – viņš jautā, izraudams mani no pārdomām.

Ak nē... ēdiens.

– Nē.

– Vai šodien kaut ko apēdi?

Es lūkojos uz Kristjenu. Atklātība... Jēziņ, viņam nepatiks mana atbilde.

– Nē, – es kautri atzīstos.

Kristjens samiedz acis.

– Tev jāēd, Anastasija. Varam paēst šeit vai arī manā numurā. Kam tu dod priekšroku?

– Domāju, ka mums jāpaliek sabiedriskā, neitrālā vietā.

Viņš savelk lūpas ironijas pilnā smaidā.

– Vai domā, ka tas mani aizkavētu? – viņš klusi, jutekliski nočukst.

Es ieplešu acis un vēlreiz noriju siekalas.

– Cerams.

– Es rezervēju nošķirtu ēdamistabu. Bez sabiedrības. – Kristjens mīklaini uzsmaida man, pieceļas, apiet apkārt galdam un sniedz man roku.

– Ņem līdzi vīnu, – viņš nomurmina.

Es satveru viņa roku un pieceļos. Viņš mani palaiž vaļā, toties satver manu elkoni, un ved mani prom, ārā no bāra un augšā pa lielajām kāpnēm. Mums tuvojas jauneklis, ģērbies šīs viesnīcas livrejā.

– Lūdzu, nāciet šeit.

Mēs sekojam viņam caur greznu uzgaidāmo telpu līdz nošķirtai ēdamistabai. Tajā ir tikai viens galdiņš. Istaba ir neliela, toties krāšņi iekārtota. Zem mirdzošās lustras novietoto galdu sedz iestīvināts, balts galdauts, un uz tā saliktas kristāla glāzes, sudraba ēdamrīki un balts rožu pušķis. Koka paneļiem izklātajai telpai piemīt vecmodīgs, izsmalcināts šarms. Viesmīlis atvelk manu krēslu, un es apsēžos. Viņš ievieto man klēpī servjeti. Kristjens iekārtojas man pretī, un es palūkojos uz viņu.

– Nekošļā lūpu, – viņš pačukst.

Es saraucu pieri, dusmodamās uz sevi. Nebiju pat pamanījusi, ka lūpa atrodas man starp zobiem.

– Ceru, ka neiebilsti, bet es jau pasūtīju ēdienu.

Patiesību sakot, esmu atvieglota. Nedomāju, ka šovakar spēšu pieņemt vēl kādu lēmumu.

– Man nav iebildumu, – es apstiprinu.

– Tātad tu esi spējīga kaut kam piekrist; tas mani priecē. Pie kā mēs palikām?

– Pie sīkumiem. – Es iedzeru vēl vienu lielu malku vīna. Tas ir ļoti gards. Kristjens Grejs prot izvēlēties vīnu. Es atceros pēdējo vīna malku, ko viņš man dāvāja gultā, un koši pietvīkstu.

– Jā, parunāsim par taviem iebildumiem. – Kristjens izvelk no žaketes iekškabatas papīra lapu – manu vēstuli.

– Otrais punkts. Piekrītu. Attiecības paredzētas mūsu abu baudai. To es pārrakstīšu.

Es samirkšķinu acis. Ārprāts, viņš grasās pārrunāt visus punktus pēc kārtas! Tagad, kad sēžam viens otram pretī, es nemaz vairs nejūtos tik drosmīga. Toties Kristjens šķiet nopietns. Es iedzeru vēl malku vīna, lai sevi uzmundrinātu, un viņš turpina.

– Par manu veselību runājot, visām iepriekšējām partnerēm veiktas asins analīzes, un arī es ik pēc sešiem mēnešiem ļaujos pārbaudēm, lai novērstu visus slimību draudus, kas šeit minēti. Pēdējo analīžu rezultāti neko bīstamu neuzrāda. Nekad neesmu lietojis narkotikas un esmu dedzīgs to pretinieks. Esmu izsludinājis ļoti dzelžainu politiku savā uzņēmumā, un regulāri tiek pārbaudīta narkotiku esamība manu darbinieku organismā.

Mjā, viņš tiešām ir despots! Es apjukusi mirkšķinu acis.

– Man nekad nav pārlietas asinis. Vai esmu atbildējis uz tavu jautājumu?

Es savaldīgi pamāju.

– Par tavu nākamo iebildumu es jau runāju iepriekš. Vari aiziet jebkurā mirklī, Anastasija. Es tevi neapturēšu. Tomēr, ja lauzīsi norunu, tās būs beigas. Domāju, ka tev tas jāzina.

– Labi, – es klusi piekrītu. Ja aiziešu, ar to viss beigsies. Šī doma ir pārsteidzoši sāpīga.

Viesmīlis atnes pirmo ēdienu. Kā lai es tagad kaut ko apēdu? Un – velns parāvis! – Kristjens pasūtījis austeres, kas saliktas uz ledus gabaliņiem.

– Ceru, ka tev garšo austeres, – Kristjens klusi ierunājas.

– Nekad neesmu tās ēdusi.

– Vai tiešām? – Viņš pasniedzas pēc austeres. – Viss ir vienkārši: piešķieb to un norij. Domāju, ka tev izdosies. – Viņš uzlūko mani, un es zinu, par ko viņš runā, tāpēc koši pietvīkstu. Kristjens smaidīdams uzspiež austerei citrona sulu un ieliek gliemeni mutē.

– Mmm, garda. Atgādina jūru. Pamēģini, – viņš mudina mani.

– Košļāt nevajag?

– Nē, Anastasija, nevajag. – Kristjena acīs dzirkstī uzjautrinājums. Šobrīd viņš izskatās ļoti jauns.

Es iekožu apakšlūpā, un viņa sejas izteiksme zibenīgi mainās. Viņš bargi uzlūko mani. Es pasniedzos un satveru savu pirmo austeri. Dziļi ievilkusi elpu, es aprasinu to ar citrona sulu un piešķiebju. Austere ieslīd man rīklē, garšodama pēc jūras ūdens, sāls, skābena citrona un mīkstas miesas... mmm. Es aplaizu lūpas, un Kristjens cieši vēro mani, nolaidis plakstiņus.

– Ko teiksi?

– Ņemšu vēl vienu, – es atcērtu.

– Laba meitene, – viņš lepns nosaka.

– Vai tu tīšām izvēlējies austeres? Runā, ka tām piemīt uzbudinoša iedarbība.

– Nē, tas ir tikai pirmais ēdiens mums paredzētajās vakariņās. Tavā tuvumā man nav nepieciešami mākslīgi līdzekļi. Domāju, ka tu to apzinies un arī tevi pārņem līdzīgas izjūtas, kad esi man blakus, – viņš nopietni skaidro. – Pie kā mēs palikām? – Viņš palūkojas uz manu vēstuli, kamēr es sniedzos pēc otrās austeres.

Es atstāju uz Kristjenu tādu pašu iespaidu, kādu viņš rada manī. Fantastiski.

– Pakļaušanās man it visā. Jā, es vēlos, lai tu to dari. Man tas ir nepieciešams. Uztver to kā lomu spēli, Anastasija.

– Bet es raizējos, ka tu man nodarīsi pāri.

– Kādā veidā?

– Fiziski. – *Un garīgi.*

– Vai tiešām domā, ka es to darītu? Pārkāptu robežu, pēc kuras tev draudētu īstas briesmas?

– Tu teici, ka reiz tas jau notika.

– Jā, bet ļoti sen.

– Kādā veidā?

– Piekarinot sievieti pie istabas griestiem. Starp citu, arī tas ir minēts tavos jautājumos. Sprādzes, ko redzēji manā istabā, paredzētas tieši pakarināšanai. Notiek dažādas spēles ar virvēm. Viena no šīm virvēm bija sasieta pārāk cieši. Es paceļu roku, lūgdama, lai viņš apklust.

– Ar to pietiks. Tātad tu mani nepakarināsi?

– Nē, ja tu to nevēlies. Vari to iekļaut stingro ierobežojumu sarakstā.

– Labi.

– Tātad: vai tev šķiet, ka būsi spējīga man pakļauties? Kristjens cieši vēro mani. Sekundes aizrit.

– Varu mēģināt, – es nočukstu.

– Lieliski. – Viņš pasmaida. – Tālāk: termiņš. Viens mēnesis triju vietā ir pārāk maz, it īpaši, ja vēlies reizi mēnesī pavadīt nedēļas nogali citur. Nedomāju, ka spēšu tik ilgi būt šķirts no tevis. Jau šobrīd man ir grūti. – Viņš apklust.

Viņš nevar dzīvot šķirti no manis? Ļoti interesanti.

– Kā būtu, ja vienu reizi mēnesī tu nedēļas nogalē saņemtu brīvu dienu, ko veltīt sev, bet es varētu kopā ar tevi pavadīt arī kādu nakti šīs nedēļas vidū?

– Labi.

– Anastasija, lūdzu, mēģināsim trīs mēnešus. Ja tev tas nepatiks, jebkurā mirklī varēsi doties prom.

– Trīs mēnešus? – Es jūtos iedzīta stūrī, tāpēc iedzeru vēl vienu malku vīna un apēdu austeri. Man šis ēdiens sāk iegaršoties.

– Pieminētās īpašuma tiesības ir tikai vārdi, kas saistīti ar pakļaušanās principu. Tiem paredzēts raisīt tevī atbilstošas domas un palīdzēt saprast, ko es vēlos. Un es gribu, lai zini: tiklīdz pārkāpsi manas istabas slieksni pakļautās lomā, es ar tevi darīšu visu, ko vēlēšos. Tavs uzdevums ir to pieņemt, turklāt brīvprātīgi. Tāpēc tev jāuzticas man. Es tevi drāzīšu, kad vien gribēšu, kā gribēšu un kur gribēšu. Es tevi sodīšu, ja tu pieļausi kļūdas. Es tevi apmācīšu, līdz spēsi man izpatikt. Tomēr es arī zinu, ka tev nekad nav bijis šādu attiecību. Mēs sāksim lēnām, un es tev palīdzēšu. Soli pa soli nokļūsim pie dažādiem scenārijiem. Es vēlos, lai tu man uzticies, bet man jānopelna šī uzticēšanās, un es to izdarīšu. "Jebkādā citā veidā"– arī tas domāts, lai radītu atbilstošo iespaidu. Tas nozīmē, ka viss ir iespējams.

Kristjens runā tik kaismīgi, ka esmu gluži vai aizgrābta. Šī ir viņa apsēstība, viņa dzīvesveids... Es nespēju atraut skatienu no viņa sejas. Kristjens patiešām, patiešām vēlas šīs attiecības.

Viņš apklust un vēro mani.

– Vai tu manī klausies? – viņš iejautājas, un viņa balss ir samtaina, sulīga, pavedinoša. Viņš iedzer malku vīna, pievērsis man savu caururbjošo skatienu.

Viesmīlis pienāk pie durvīm, un Kristjens tik tikko manāmi pieliec galvu, ļaudams viņam aiznest traukus.

– Vai tu gribēsi vēl kādu vīna glāzi?

– Man jāsēžas pie stūres.

– Varbūt ūdeni?

Es pamāju.

– Gāzētu vai negāzētu?

– Gāzētu, lūdzu.

Viesmīlis aiziet.

– Tu esi pavisam nerunīga, – Kristjens nočukst.

– Un tu esi ļoti runīgs.

Viņš pasmaida.

– Pievērsīsimies sodiem. Baudu no sāpēm šķir ārkārtīgi šaura robeža, Anastasija. Tās abas ir vienas monētas divas puses, un viena nevar pastāvēt bez otras. Es varu tev parādīt, cik patīkamas spēj būt sāpes. Šobrīd tev tas šķiet apšaubāmi, bet atceries manus vārdus par uzticēšanos. Jā, būs arī sāpes, bet nekā tāda, ko tu nevarētu paciest. Vai tu man uzticies, Ana?

Ana!

– Jā, – es nekavēdamās atbildu, pat neapdomādamās... jo tā ir taisnība, es viņam tiešām uzticos.

– Lieliski! – Kristjens šķiet atvieglots. – Tātad viss pārējais ir tikai sīkumi.

– Svarīgi sīkumi.

– Labi, pārrunāsim tos.

Man reibst galva no visa dzirdētā. Vajadzēja paņemt līdzi Keitas diktofonu un vēlāk noklausīties sarunu vēlreiz. Informācijas ir pārāk daudz, lai es spētu to aptvert. Viesmīlis atgriežas, nesdams uzkodas: melnās mencas gabaliņus, sparģeļus un kartupeļu biezeni ar holandiešu mērci. Diemžēl mana apetīte ir zudusi uz neatgriešanos.

– Ceru, ka tev garšo zivis, – Kristjens ieminas.

Es ieduru dakšiņu ēdienā un iedzeru malku gāzētā ūdens, kaismīgi vēlēdamās, kaut tas būtu vīns.

– Noteikumi. Parunāsim par tiem. Vai tiešām neesi ar mieru piekāpties ēdiena jautājumā?

– Nē.

– Vai drīkstu pārveidot šo punktu, nosakot, ka ēdīsi vismaz trīs reizes dienā?

– Nē. – Šoreiz es negrasos piekāpties. Neviens nenoteiks, kas man jāēd. Gultā – jā, protams, bet ne jau pie galda.

Kristjens sakniebj lūpas. – Man jāzina, ka neesi izsalkusi.

Es saraucu pieri. *Kāpēc?* – Tev nāksies man uzticēties.

Brīdi vērojis mani, Kristjens atlaižas krēslā.

– *Touché*, Stīlas jaunkundze, – viņš klusi nosaka. – Piekāpjos jautājumos par ēdienu un miegu.

– Kāpēc es nedrīkstu uz tevi skatīties?

– Tā ir daļa no pavēlnieka un pakļautās attiecību dinamikas. Tu pie tās pieradīsi.

Neesmu pārliecināta.

– Kāpēc nedrīkstu tev pieskarties?

– Tāpēc, ka nedrīksti.

Viņš spītīgi sakniebj lūpas.

– Vai Bargās Kundzes dēļ?

Kristjens izbrīnīts uzlūko mani. – Kāpēc tev tā šķiet? – Un nākamajā mirklī pār viņu nāk atklāsme. – Tu domā, ka viņa man sagādājusi traumu.

Es pamāju.

– Nē, Anastasija. Viņa man neko nenodarīja. Turklāt Bargā Kundze nemaz neļautu man izvirzīt šādus noteikumus. *Toties man tas ir jāpieļauj.* Es uzmetu lūpu.

– Tātad tas nekā nav saistīts ar Bargo Kundzi?

– Nē. Un es nevēlos, lai tu pieskaries sev.

Es brīdi apjūku, bet pēc tam atceros punktu par masturbēšanas aizliegumu.

– Tikai ziņkāres pēc... kādēļ?

– Jo es vēlos būt vienīgais, kurš tev sagādā baudu. – Viņa balss ir aizsmakusi, bet apņēmības pilna.

Ak tā... Uz to es nevaru atbildēt. No vienas puses, tas ir kaut kas līdzīgs "es gribu iekosties tev apakšlūpā", no otras puses – ārkārtīgi savtīga vēlme. Es sadrūmusi apēdu gabaliņu mencas, mēģinādama noteikt, ko esmu ieguvusi. Viņš piekāpies attiecībā uz ēdienu un miegu, turklāt apsolījis nesteigties, un mēs vēl neesam pārrunājuši elastīgos ierobežojumus. Bet es nezinu, vai spēšu pie tā ķerties ēdot.

– Esmu tev sagādājis daudz vielas pārdomām, vai ne?

– Jā.

– Vai vēlies apspriest arī elastīgos ierobežojumus?

– Ne pie vakariņu galda.

Viņš pasmaida. – Vai tev ir nelabi?

– Mazliet.

– Tu neko daudz neesi apēdusi.

– Pietiekami.

– Trīs austeres, četri mencas gabaliņi un viens sparģelis. Nekādu kartupeļu, riekstu vai olīvu, un šodien neesi ēdusi arī neko citu. Tu teici, ka varu tev uzticēties.

Neticami! Viņš skaitījis katru kumosu.

– Lūdzu, Kristjen, ne jau katru dienu man nākas piedalīties šādās sarunās.

– Tev jābūt veselai un spēcīgai, Anastasija.

– Zinu.

– Un šobrīd es vēlos izlobīt tevi no šīs kleitas.

Es noriju siekalas. *Izlobīt mani no Ketrīnas kleitas.* Jau iepazītie muskuļi pavēderē sažņaudzas, atsaucoties uz viņa vārdiem. Tomēr es nedrīkstu pieļaut, lai Kristjens atkal izmanto visspēcīgāko ieroci, lai mani pakļautu. Seksā viņš ir pārāk prasmīgs – tas ir skaidrs pat man.

– Tā nav laba doma, – es klusi nomurminu. – Neesam vēl sagaidījuši saldo ēdienu.

– Tu vēlies saldo ēdienu? – Kristjens smīnēdams pavaicā.

– Jā.

– Tu pati varētu būt deserts, – viņš ierosina.

– Nedomāju, ka esmu pietiekami salda.

– Anastasija, tu esi apbrīnojami garda. Esmu to pārbaudījis.

– Kristjen, tu izmanto seksu kā ieroci. Tas nav taisnīgi, – es nočukstu, pētīdama savas rokas, bet pēc brīža ielūkojos viņam acīs. Kristjens izbrīnīts sarauc uzacis, un es redzu, ka viņš apsver manus vārdus, domīgi braucīdams zodu.

– Tev taisnība. Dzīvē mēs visi izmantojam to, ko protam, Anastasija. Tas nenozīmē, ka es negribu tevi iegūt. Šeit. Tūlīt pat.

Kā gan viņam izdodas mani pavedināt ar balsi vien? Es jau smagi elsoju, un uzkarsētās asinis riņķo pa dzīslām, nervu galiem kņudot.

– Es vēlos kaut ko izmēģināt, – Kristjens izdveš.

To dzirdot, es saraucu pieri. Nupat jau esmu uzklausījusi veselu gūzmu jaunumu, ko apsvērt, un viņš nupat tiem pievienojis vēl vienu.

– Ja tu būtu mana pakļautā, tev nevajadzētu domāt. Tas būtu pavisam vienkārši. – Kristjena balss ir klusa un vilinoša. – Visi šie lēmumi, viss nogurdinošais pārdomu process, kas aiz tiem slēpjas... "Vai tā būtu pareizi? Vai tam jānotiek šeit? Tagad?" Tev nevajadzētu satraukties par šādiem sīkumiem. Lūk, ko es tev sniedzu kā tavs pavēlnieks. Un šobrīd es zinu, ka tu mani vēlies, Anastasija.

Mana piere saraucas vēl vairāk. Kā viņam tas zināms?

– Man tas zināms, jo...

Nolādēts, viņš atbild uz manu neuzdoto jautājumu! Vai Kristjens prot lasīt domas?

–... tevi nodod ķermenis. Tu spied kājas kopā, esi nosarkusi, un mainījies tavas elpošanas ritms.

Labi, nu jau kļūst par traku.

– Kā tu zināji par kājām? – es neticīgi jautāju. Tās galu galā ir paslēptas zem galda.

– Jutu galdautu sakustamies un izteicu minējumu, kas balstīts uz vairāku gadu pieredzi. Man ir taisnība, vai ne?

Es piesarkstu un noduru skatienu. Tieši tāpēc es šajā pavedināšanas spēlē vienmēr atpalieku par vienu soli. Kristjens zina un saprot noteikumus. Es esmu pārāk naiva un nepieredzējusi. Nav nekā, ko es varētu izmantot salīdzināšanai, tikai Keita, un viņa nemūžam nepieļautu, lai vīrietis pār viņu valda. Visas pārējās sievietes, ko zinu, ir literāri tēli: Elizabete Beneta sašustu, Džeina Eira pārbītos, bet Tesa pakļautos, tāpat kā es.

– Vēl neesmu apēdusi zivi.

– Vai tu dod priekšroku aukstai mencai, nevis man?

Es saniknota uzlūkoju Kristjenu, un viņa acis atgādina kausētu sudrabu; tajās kvēlo iekāre.

– Man šķita, ka tu vēlies, lai apēdu visu uz šķīvja.

– Šobrīd, Stīlas jaunkundze, man tavs šķīvis ir pilnīgi vienaldzīgs.

– Kristjen. Tu izmanto neatļautus līdzekļus.

– Zinu. Tāpat kā vienmēr.

Mana iekšējā dieviete pārmetoši uzlūko mani, aicinādama pieņemt izaicinājumu, pieveikt šo seksa dievu viņa paša uzsāktajā spēlē. Vai man tas varētu izdoties? Varbūt, bet kā? Ierobežotā pieredze līdzinās akmenim kaklā. Paņēmusi sparģeli, es uzlūkoju Kristjenu un iekožos apakšlūpā. Pēc tam ļoti nesteidzīgi tuvinu sparģeļa galu mutei un aptveru to lūpām.

Kristjena acis tik tikko manāmi ieplešas.

– Anastasija. Ko tu dari?

Es nokožu galiņu.

– Ēdu sparģeli.

Kristjens sagrozās uz krēsla.

– Manuprāt, tu rotaļājies ar mani, Anastasija.

Es tēloju, ka nesaprotu, par ko viņš runā. – Tikai tukšoju savu šķīvi, Greja kungs.

Viesmīlis izvēlas tieši šo mirkli, lai pieklauvētu un neaicināts ienāktu. Viņš palūkojas uz Kristjenu, kurš nedaudz sarauc pieri, tomēr pamāj, ļaudams aizvākt traukus. Viesmīļa ierašanās lauzusi burvestību, un es tveros pie šī negaidītā apskaidrības mirkļa. Man jāiet prom. Ja palikšu, ir skaidri zināms, kā beigsies šis vakars, un pēc tik nopietnas sarunas man jānovelk dažas robežas. Kaut gan ķermenis alkst Kristjena pieskārienu, prāts tiem pretojas. Mums jāpavada laiks šķirti, lai es varētu apdomāt visu dzirdēto. Vēl joprojām neesmu pieņēmusi lēmumu, un viņa seksuālā pievilcība tikai apgrūtina šo uzdevumu.

– Vai vēlies desertu? – Kristjens jautā, tikpat džentlmenisks kā vienmēr, bet viņa acis kvēlo.

– Nē, pateicos. Es laikam došos mājup. – Mans skatiens ir piekalts rokām.

– Mājup? – viņa balsī ieskanas izbrīns.

Viesmīlis steidzīgi aiziet.

– Jā. – Tas ir pareizais lēmums. Ja palikšu šeit, šajā istabā kopā ar Kristjenu, viņš mani pavedinās. Es apņēmīga pieceļos. – Mums abiem jāgatavojas izlaidumam.

Arī Kristjens instinktīvi pieceļas, izrādīdams gadiem ilgi apgūtās manieres.

– Es nevēlos, lai tu aizej.

– Lūdzu... Es nevaru palikt šeit.

– Kāpēc?

– Tu man devi ārkārtīgi daudz vielas pārdomām... un man nepieciešams mazliet attālināties no tevis.

– Es varētu piespiest tevi palikt, – Kristjens draud.

– Jā, bez pūlēm, bet es nevēlos, lai tā rīkojies.

Viņš izlaiž pirkstus caur matiem, vērodams mani.

– Toreiz, kad tu iekriti manā kabinetā pirms intervijas, tu teici tikai "jā, kungs" un "nē, kungs". Man šķita, ka tev ir iedzimta pakļautās daba. Bet patiesībā, Anastasija, tavā burvīgajā ķermenī nav nevienas pakļāvīgas vietas. – Runādams viņš nesteidzīgi tuvojas man un izklausās saspringts.

– Varbūt tev taisnība, – es izdvešu.

– Man gribētos pārbaudīt, vai tā tiešām ir, – Kristjens nosaka, lūkodamies lejup uz mani. Viņš noglāsta manu vaigu, ar īkšķi novelkot pār apakšlūpu. – Es nezinu nevienu citu veidu, Anastasija. Tāds nu es esmu.

– Zinu.

Kristjens pieliecas, lai mani noskūpstītu, bet sastingst, pirms mūsu lūpas saskaras, un ar acīm lūdz atļauju. Es pastiepjos viņam pretī, un viņš mani noskūpsta, un es neesmu pārliecināta, ka vēl kādreiz radīsies šāda iespēja, tāpēc ļaujos. Manas rokas it kā pašas pēc savas gribas ievijas viņa matos, tuvina viņu man. Es paveru muti, ar mēli glāstīdama viņējo. Kristjens satver mani aiz skausta, un skūpsts kļūst kvēlāks; viņš atsaucas uz manu dedzību. Otra roka aizslīd lejup pa manu muguru un apstājas uz krustiem, spiežot mani tuvāk Kristjena augumam.

– Vai nevaru pārliecināt tevi palikt? – viņš izdveš starp diviem skūpstiem.

– Nē.

– Pavadi nakti pie manis.

– Bez atļaujas tev pieskarties? Nē.

Kristjens iestenas.

– Nekaunīgā meitene! – Viņš atraujas, lūkodamies uz mani. – Kāpēc man šķiet, ka tu šobrīd atvadies?

– Tāpēc, ka es aizeju.

– Es runāju par kaut ko citu, un tu to lieliski zini.

– Kristjen, man jāpadomā. Nezinu, vai esmu spējīga uz attiecībām, kādas vēlies tu.

Viņš aizver acis un atbalsta pieri pret manējo, līdz mēs abi sākam elpot normāli. Pēc brīža viņš noskūpsta mani uz pieres, dziļi ievelk gaisu nāsīs, piespiedis degunu pie maniem matiem, un atkāpjas.

– Kā vēlaties, Stīlas jaunkundze, – Kristjens bezkaislīgi nosaka. – Es jūs pavadīšu līdz vestibilam. – Viņš pastiepj roku. Es satveru somiņu un ielieku plaukstu viņējā. Šī varētu būt pēdējā reize. Es padevīgi sekoju viņam lejup pa kāpnēm, juzdama, kā kņud āda un riņķo asinis. Ja nolemšu atteikties, šis būs mūsu pēdējās atvadas. Mana sirds sāpīgi sažņaudzas. Kā viss ir mainījies! Viens apgaismības mirklis spēj apgriezt meitenes dzīvi kājām gaisā.

– Vai tev ir stāvvietas talons?

Es to atrodu somiņā un pasniedzu Kristjenam, bet viņš

savukārt atdod talonu šveicaram. Mēs gaidām, un es bikli pametu skatienu uz Kristjenu.

– Pateicos par vakariņām, – es nomurminu.

– Pateicos par lielisko kompāniju, – viņš pieklājīgi atbild, bet izskatās domās iegrimis.

Lūkodamās uz Kristjenu, es cenšos iekalt atmiņā viņa skaistos vaibstus. Doma, ka es vairs viņu neredzēšu, ir mokoša, nepatīkama un pārāk sāpīga, lai to ilgi lolotu. Viņš piepeši pagriežas un pievērš man savu kvēlo acu skatienu.

– Šajā nedēļas nogalē tu pārcelies uz Sietlu. Ja pieņemsi pareizo lēmumu, vai drīkstēšu tevi satikt svētdien? – viņš nedroši iejautājas.

– Iespējams. Varbūt, – es izdvešu. Kristjens šķiet atvieglots, bet jau nākamajā mirklī sarauc pieri.

– Ir vēss. Vai tu nepaņēmi līdzi jaku?

– Nē.

Viņš aizkaitināts papurina galvu un novelk žaketi.

– Negribu, lai tu saaukstētos.

Kristjens tur žaketi man plecu augstumā, un es samirkšķinu acis, pirms izstiepju rokas aiz muguras. Es atceros mūsu pirmo tikšanos viņa kabinetā, kad viņš palīdzēja man apģērbties; jau toreiz Kristjena klātbūtnē man dauzījās sirds. Nekas nav mainījies, tikai kļuvis vēl spraigāks. Viņa žakete ir silta, man pārāk liela un smaržo pēc Kristjena... Aromāts ir galvu reibinošs.

Kalpotājs piebrauc manu mašīnu pie durvīm, un Kristjenam izbrīnā paveras mute.

– Tu brauc ar *šo*? – Viņš izskatās patiesi satriekts un aiz rokas izved mani ārā. Kalpotājs izkāpj no mašīnas un sniedz man atslēgas, bet Kristjens rāmi iedod viņam dažas banknotes.

– Vai šis lūznis vispār drīkst atrasties uz ceļa? – Kristjens velta man pārmetuma pilnu skatienu.

– Jā.

– Vai tas tiks līdz Sietlai?

– Jā.

– Bez negadījumiem?

– Jā, – es atcērtu, zaudējusi pacietību. – Mana mašīna ir veca, protams, bet pieder man, un tā ir braukšanas kārtībā. Man to uzdāvināja patēvs.

– Anastasija, domāju, ka varam sameklēt kaut ko labāku.

– Ko tas nozīmē? – Pār mani nāk atklāsme. – Nē, tu nepirksi man automašīnu!

Kristjens saniknots uzlūko mani.

– Redzēsim, – viņš skarbi nosaka un saviebies atver šofera puses durvis, lai es varētu apsēsties. Novilkusi kurpes, es nolaižu logu. Viņš skatās uz mani satumsušām acīm, bet sejā nekas nav nolasāms.

– Brauc uzmanīgi, – viņš klusi brīdina.

– Ardievu, Kristjen. – Negaidītas, nevēlamas asaras padara manu balsi aizsmakušu, bet esmu apņēmusies neraudāt, tāpēc tikai nedroši uzsmaidu Kristjenam un sāku braukt.

Mana sirds sažņaudzas, un pār vaigiem beidzot ripo asaras. Es apspiežu šņukstu. Jau pēc brīža sāku nevaldāmi raudāt, kaut gan pati nesaprotu, kāpēc. Es nepiekāpos. Kristjens man visu paskaidroja. Viņš mani grib, bet man ir vajadzīgs kaut kas cits, kaut kas dziļāks. Es vēlos, lai Kristjens mani grib tā, kā viņu gribu es, un diemžēl saprotu, ka tas nenotiks. Jūtas ir pārāk spēcīgas, un tās man laupījušas savaldību.

Nezinu pat, kādos rāmjos iespējams ievietot Kristjenu. Ja es piekritīšu... vai viņš būs mans vīrietis? Vai drīkstēšu viņu iepazīstināt ar saviem draugiem? Iet uz bāriem, kinoteātri, kaut vai ķegļu zāli? Nedomāju, ka tā būs. Viņš nepieļaus, lai viņam pieskaros vai guļu blakus gultā. Iepriekš neesmu neko no tā visa darījusi, tomēr es vēlos to piedzīvot. Un Kristjens iztēlojas pavisam citu nākotni.

Kas notiks, ja es piekritīšu, bet viņš pēc trim mēnešiem lauzīs vienošanos, paziņodams, ka vairs nevēlas tērēt laiku, pūloties mani pārveidot par kaut ko tādu, kas es neesmu? Kā es jutīšos? Būšu veltījusi trīs mēnešus sava laika, darot kaut ko tādu, par ko nebūt neesmu pārliecināta. Un, ja viņš no manis atteiksies, kā es spēšu samierināties ar šādu atraidījumu? Varbūt labāk būtu atkāpties tagad, kad man vēl ir kaut nedaudz pašcieņas.

Tomēr doma, ka mēs vairs netiksimies, ir pārāk mokoša. Kā Kristjenam izdevies tik ātri iegūt vietu manā sirdī? Tas nevar būt tikai sekss... vai ne? Es noslauku asaras. Negribu izvērtēt savas jūtas pret viņu, jo mani biedē iespējamie rezultāti. *Ko man darīt?*

Es novietoju mašīnu pie savas mājas. Dzīvoklī valda tumsa; acīmredzot Keita kaut kur izgājusi. Mani pārņem atvieglojums, jo nevēlos, lai viņa vēlreiz redz mani raudam. Kamēr izģērbjos, es ieslēdzu datoru, un tur mani jau gaida vēstule no Kristjena.

No: Kristjens Grejs
Temats: Šis vakars
Datums: 25.05.2011. 22:01
Kam: Anastasija Stīla

Es nesaprotu, kāpēc Tu aizbēgi. Patiesi domāju, ka atbildēju uz visiem jautājumiem pietiekami izsmeļoši. Zinu, ka esmu sagādājis Tev vielu pārdomām, un ceru, ka ļoti rūpīgi apdomāsi manu piedāvājumu. Es ārkārtīgi vēlos, lai mums viss izdotos. Mēs nesteigsimies.

Uzticies man.

Kristjens Grejs,
Grey Enterprises Holding, Inc.

Kad esmu izlasījusi vēstuli, asaras sāk plūst aumaļām. Es neesmu apvienošanas darījums, neesmu īpašums, ko iegūt. Spriežot pēc rakstītā, Kristjens mani par tādu uzskata. Es neuzrakstu atbildi, jo man nav ne jausmas, ko teikt. Neveikli uzstīvējusi mugurā pidžamu un ietinusies viņa žaketē, es apguļos un stingi lūkojos tumsā, atcerēdamās, cik bieži Kristjens mani brīdināja, lai viņam netuvojos.

Anastasija, tev vajadzētu no manis vairīties.

Man nemēdz būt draudzenes.

Es neatbalstu romantiku.

Es nekad nemīlējos.

Tas ir vienīgais, ko es protu.

Es klusi leju asaras spilvenā, tverdamās pie šīs pēdējās domas. Arī man nekas cits nav zināms. Varbūt kopā mēs spēsim atrast jaunu ceļu.

14. NODAĻA

Kristjens stāv man blakus un lūkojas lejup, rokā satvēris jātnieka pātagu no savītām ādas sloksnēm. Viņam kājās ir vecas, izbalojušas, saplēstas džinsa bikses un nekas cits. Viņš nesteidzīgi sit ar pātagu sev plaukstā un vēro mani, uzvaroši smaidīdams. Es nespēju pakustēties. Esmu kaila, manas rokas un potītes piesietas pie milzīgas gultas stabiem. Kristjens ar pātagas galu skar manu pieri un laiž to zemāk, novilkdams līniju pār degunu, ļaudams man saost ādas smaržu, un tālāk pār manām pavērtajām lūpām. Viņš iestumj pātagu man mutē, un es izgaršoju gludo, mīksto ādu.

– Ņem, – viņš klusi pavēl, un es paklausīdama aptveru pātagas galu ar lūpām.

– Pietiek, – viņš noskalda.

Es sāku elpot straujāk. Kristjens izvelk pātagu man no mutes, velk to lejup pār manu zodu un kaklu līdz bedrītei starp atslēgas kauliem. Lēni pavirpinājis pātagu, viņš turpina slidināt galu lejup pār manu krūšu kaulu, starp krūtīm un pa vēderu līdz nabai. Es elsoju, lokos, mēģinu atraisīties, bet siksnas iegraužas man plaukstu locītavās un potītēs. Kristjens ar pātagas galu izzīmē loku manā nabā un turpina virzīt to lejup, šķirdams kaunuma matus, līdz sasniedz klitoru. Viņš cērt pātagu lejup, un tā trāpa pa jutīgāko vietu, un es spēji, brīnišķīgi beidzu, skaļi kliegdama.

Piepeši es uztrūkstos no miega, kampdama gaisu. Esmu nosvīdusi un vēl jūtu orgasma pēdējos viļņus. Velns un elle, kas nupat notika? Esmu savā guļamistabā, turklāt viena pati. Kā? Kāpēc? Es satriekta pieceļos sēdus... Ir jau rīts! Pulkstenis rāda astoņi. Es ieslēpju seju plaukstās. Nemaz nezi nāju, ka spēju nosapņot seksu. Vai esmu kaut ko apēdusi? Varbūt austeres darbojušās kopā ar internetā sameklēto informāciju, radot manu pirmo erotisko sapni. Tas ir mulsinoši. Man nebija ne jausmas, ka iespējams izjust orgasmu miegā.

Kad es grīļodamās ieeju virtuvē, tajā jau darbojas Keita.

– Ana, vai tev nekas nekaiš? Tu izskaties dīvaina. Vai tev mugurā ir Kristjena žakete?

– Viss ir labi. – Nolādēts, vajadzēja paraudzīties spogulī. Es izvairos no viņas zaļo acu caururbjošā skatiena. Vēl joprojām neesmu atguvusies no naktī piedzīvotā. – Jā, šī ir Kristjena žakete.

Keita sarauc pieri. – Vai tu šonakt vispār gulēji?

– Jā, bet slikti.

Es sāku gatavot tēju. Man tā šobrīd nepieciešama.

– Kā pagāja vakariņas?

Sākas.

– Mēs ēdām austeres. Un pēc tam mencu. Vakars aizritēja zivīgā noskaņā.

– Fui... Neciešu austeres, un mani neinteresē ēdiens. Ko teica Kristjens? Par ko jūs runājāt?

– Viņš izturējās ļoti pieklājīgi. – Es apklustu. Ko citu varu pateikt? Viņa HIV analīzes ir negatīvas, viņš aizraujas ar lomu spēlēm, vēlas pār mani valdīt, reiz piesējis meiteni pie istabas griestiem un sagādājis tai nopietnus ievainojumus, un viņš gribēja mani izdrāzt ēdamzālē. Vai ar to pietiktu? Es izmisīgi cenšos atcerēties kaut ko no mūsu sarunas, ko varētu pastāstīt Keitai.

– Viņam nepatika Vanda.

– Viņš nav izņēmums, Ana. Tās ir vecas ziņas. Kāpēc tu izturies tik noslēpumaini? Runā, meitene!

– Keita, mēs apspriedām daudzus un dažādus tematus. Piemēram, Kristjens ir ļoti izvēlīgs ēdiena ziņā. Starp citu, viņam patika tava kleita. – Ūdens ir uzvārījies, un es ieleju to krūzē. – Vai vēlies tēju? Varbūt gribi izmēģināt savu runu?

– Jā, paldies. Es pavadīju visu vakaru bibliotēkā, to gatavojot. Tūlīt atnesīšu. Un jā, es labprāt iedzeršu tēju. – Keita skriešus dodas uz savu guļamistabu.

Es atvieglota uzelpoju; man izdevies novērst draudzenes uzmanību. Sagriezusi maizi šķēlēs, es tās ievietoju tosterī un nosarkstu, atcerējusies spilgto sapni. Ko tas nozīmēja?

Naktī man bija grūti aizmigt, jo prātā riņķoja visdažādākās iespējamības. Mani nomoka apjukums. Kristjena uzskati par attiecībām vairāk līdzinās darba piedāvājumam. Tajā ietilpst noteiktas stundas, darba apraksts un skarba attieksme pret pārkāpumiem. Nebiju iztēlojusies, ka manas pirmās attiecības būs šādas... bet Kristjens galu galā nav mīlestības piekritējs. Ja atklāšu viņam, ka vēlos kaut ko vairāk, viņš droši vien atteiksies... un es apdraudēšu viņa piedāvāto. Un tieši tas mani satrauc visvairāk, jo es nevēlos zaudēt Kristjenu. Tomēr neesmu pārliecināta, ka man pietiek drosmes kļūt par viņa pakļauto; mani atbaida nūjas un pātagas. Man ir bail no sāpēm, un esmu gatava uz visu, lai no tām izvairītos. Es atceros savu sapni... vai sajūtas būtu šādas? Un dieviete, kas slēpjas manī, sajūsmināta dejo, kliegdama: *jā, jā!*

Keita atgriežas virtuvē, nesdama klēpjdatoru. Es izliekos, ka cītīgi ēdu grauzdiņu, un pacietīgi klausos, kamēr draudzene nolasa man savu runu.

**

Kad ierodas Rejs, es jau esmu apģērbusies un gatava. Es atveru parādes durvis, un viņš stāv uz lieveņa, ģērbies slikti pieguļošā uzvalkā. Mani pārņem silta pateicība un mīlestība pret šo vienkāršo cilvēku, un es neparastā jūtu uzplūdā metos Rejam ap kaklu. Viņš nedaudz apmulst.

– Sveika, Anij, es arī priecājos, tevi redzot, – viņš nomurmina, paplikšķēdams man pa muguru. Kad esmu nostājusies uz kājām, viņš uzliek rokas man uz pleciem un noskata mani no galvas līdz kājām, piepeši sadrūmis. – Vai tev nekas nekaiš, bērns?

– Protams, nē, tēt. Vai meitene nedrīkst priecāties, redzot savu tēvu?

Rejs pasmaida, tumšajām acīm kaktiņos savelkoties grumbās, un seko man uz dzīvojamo istabu.

E L Džeimsa

– Tu labi izskaties, – viņš nosaka.
– Man mugurā ir Keitas drēbes. – Es nopētu pelēko šifona kleitu ar augsto apkakli.
Rejs sarauc pieri. – Kur ir Keita?
– Jau aizbrauca uz universitāti. Viņa teiks runu, tāpēc viņai tur jābūt agrāk.
– Vai mums arī jādodas?
– Tēt, mūsu rīcībā ir pusstunda. Vai dzersi tēju? Un pastāsti man, kā klājas visiem Montesano. Vai atbrauci bez sarežģījumiem?
**

Rejs iestūrē mašīnu universitātes stāvvietā, un mēs sekojam pārējiem, kas ģērbušies vienādos sarkanmelnos tērpos un virzās uz vingrošanas zāles pusi.
– Veiksmi, Anij. Tu izskaties velnišķīgi satraukta. Vai tev kaut kas jādara?
Jēzus, kāpēc Rejs tieši šodien nolēmis būt tik vērīgs?
– Nē, tēt. Šī ir svarīga diena. – *Un es redzēšu Kristjenu Greju.*
– Jā, mana mazā meitene dabūjusi bakalaura grādu. Es lepojos ar tevi, Ana.
– Paldies, tēt. – Kā es mīlu šo vīrieti!
Zālē drūzmējas ļaudis. Rejs dodas apsēsties pie pārējiem vecākiem un sveicējiem solu rindā, bet es eju uz savu vietu. Man mugurā ir melns talārs, galvā melna cepure, un man rodas iespaids, ka šie apģērba gabali, tik līdzīgi pārējiem, mani sargā. Uz skatuves vēl neviena nav, bet es nespēju nomierināties. Sirds strauji pukst, un es elpoju sekli. Kristjens ir kaut kur šeit. Es prātoju, vai Keita šobrīd cenšas viņu izprašņāt. Atradusi vietu otrajā rindā starp pārējiem studentiem, kuru uzvārds sākas ar burtu S, es pametu skatienu atpakaļ un ieraugu Reju kādā no augstākajām rindām. Es viņam pamāju, un viņš tik tikko manāmi atbild. Apsēdusies uz sola, es gaidu.
Drīz vien zāle ir pilna, un līksmi satrauktās balsis kļūst arvien skaļākas. Sēdvietu rinda man priekšā pamazām tiek aizpildīta. Man abās pusēs sēž nepazīstamas meitenes no citas fakultātes. Viņas acīmredzami ir tuvas draudzenes un

242

dedzīgi sarunājas, liekdamās man garām.

Tieši vienpadsmitos no skatuves aizmugures iznirst rektors, kuram seko trīs rektora vietnieki un vecākie profesori, ģērbušies melnsarkanos goda talāros. Mēs pieceļamies un aplaudējam mācībspēkiem. Vairāki profesori pamāj mums, pārējie šķiet garlaikoti. Profesors Kolinss, mans bakalaura darba vadītājs un iecienītais pasniedzējs, izskatās kā nupat izkritis no gultas. Pēdējie uz skatuves uzkāpj Kristjens un Keita. Kristjens atšķiras no pārējiem, jo ir ģērbies pelēkā uzvalkā, un zāles apgaismojums izceļ vara krāsas šķipsnas viņa matos. Viņš izskatās ārkārtīgi nopietns un savaldīgs. Apsēžoties viņš atpogā žaketi, un es pamanu viņa kaklasaiti. Jēziņ! Tā ir tā pati kaklasaite... Es instinktīvi paberzēju plaukstas locītavas, nespēdama novērsties. Viņš šo kaklasaiti apsējis tīšām, un es sakniebju lūpas. Visi apsēžas, un aplausi pierimst.

– Paskaties! – viena no meitenēm, kas sēž man blakus, aizrautīgi pačukst draudzenei.

– Baigi glīts.

Es sastingstu. Nedomāju, ka viņas runā par profesoru Kolinsu.

– Tas droši vien ir Kristjens Grejs.

– Vai viņš ir brīvs?

– Nē, – es saniknota nomurminu.

– Jā? – Abas meitenes pārsteigtas uzlūko mani.

– Ja nemaldos, viņam patīk puiši, – es piebilstu.

– Žēl gan, – viena no meitenēm nopūšas.

Rektors pieceļas un sāk runu, bet es tikmēr vēroju, kā Kristjens neuzkrītoši laiž skatienu apkārt, un iegrimstu sēdeklī, uzraudama plecus un cenzdamās pazust starp pārējiem. Protams, man tas neizdodas, jo mūsu skatieni jau pēc mirkļa sastopas. Kristjens bezkaislīgi lūkojas uz mani, un viņa sejā itin nekas nav nolasāms. Es neveikli sagrozos, šī skatiena aizgrābta, un manu seju lēni pārņem sārtums. Piepeši atmiņā parādās ainas no šīsnakts sapņa, un pavēderes muskuļi atkal saldkaisli sažņaudzas. Es spēji ievelku elpu. Kristjena lūpās parādās smaida atblāzma, bet tā tūlīt pat nozūd.

Viņš aizver acis un, kad tās atver, jau atkal izskatās vienaldzīgs. Uzmetis skatienu rektoram, viņš stingi lūkojas uz priekšu, vērodams universitātes emblēmu virs ieejas, un vairs nepaskatās uz mani.

Kāpēc? Varbūt Kristjens mainījis domas? Mani pārņem nemiers. Varbūt vakar, kad es aizbēgu, viņš nolēma pielikt punktu mūsu attiecībām. Viņam apnicis gaidīt, līdz pieņemšu lēmumu. Ak nē! Ja nu esmu visu sabojājusi? Es atceros vēstuli, ko saņēmu naktī. Varbūt viņš dusmojas, jo neatbildēju.

Piepeši atskan aplausi, jo Ketrīna Kevana gatavojas sākt runu. Rektors apsēžas, un Keita atmet skaistos, garos matus pār plecu, nolikdama piezīmju lapas uz katedras. Viņa nesteidzas, jo nebaidās no tūkstoš cilvēkiem, kas uz viņu skatās. Kad Keita ir gatava, viņa pasmaida, uzlūko aizgrābto pūli un izteiksmīgi sāk runu. Viņa ir savaldīga un sasmīdina klausītājus; man blakus sēdošās meitenes sāk smieties jau pēc pirmā joka. *Ketrīna Kevana, tu proti runāt.* Tobrīd es tik ļoti ar viņu lepojos, ka visas domas par Kristjenu tiek atbīdītas malā. Kaut gan jau esmu dzirdējusi Keitas runu, es klausos ļoti uzmanīgi. Viņa valda pār zāli un aizrauj klausītājus.

Keitas izvēlētais temats ir "kas notiks pēc augstskolas?". Un man tas ir aktuālāks nekā vairākumam šeit sēdošo. Kristjens vēro Keitu, saraucis uzacis – man šķiet, ka viņa sejā atspoguļojas izbrīns. Jā, Keita varēja doties viņu intervēt, un Keita šobrīd varētu uzklausīt viņa nepiedienīgos piedāvājumus. Skaistā Keita un skaistais Kristjens – kopā. Es līdzinātos abām meitenēm, kas šobrīd apbrīno Kristjenu no attāluma. Tomēr es zinu, ka Keita viņam neveltītu ne mirkli sava laika. Vēl pavisam nesen viņa paziņoja, ka Kristjens ir savāds. Doma par cīņu starp Keitu un Kristjenu liek man neveikli sagrozīties. Patiesību sakot, es nezinu, kurš uzvarētu.

Mana draudzene beidz runu uz pacilātas nots, un visi piepeši ceļas kājās, skaļi aplaudēdami un ūjinādami; Keita pirmo reizi izraisījusi ovācijas. Es plati smaidu un uzgavilēju, un viņa smaida man pretī. *Malacis, Keita!* Viņa apsēžas, un klausītāji seko viņas priekšzīmei, bet rektors pieceļas un nosauc Kristjena vārdu... Jēziņ, Kristjens teiks runu! Rektors nedaudz pastāsta par viņa sasniegumiem: savas neparasti veiksmīgās kompānijas īpašnieks, cilvēks, kurš visu panācis saviem spēkiem.

– ... un ārkārtīgi dāsni atbalstījis mūsu universitāti. Lūdzu, sveiciet ar aplausiem Kristjenu Greja kungu!

Rektors paspiež Kristjenam roku, un atskan pieklājīgi aplausi. Mana sirds strauji dauzās. Viņš pieiet pie katedras un pārlaiž skatienu zālei. Daudzo cilvēku priekšā viņš šķiet tikpat pārliecināts par sevi kā Keita. Abas meitenes man blakus aizgrābtas paliecas uz priekšu, un man šķiet, ka viņu priekšzīmei seko gandrīz visas sievietes un daži vīrieši. Kristjens ierunājas, un viņa balss ir klusa, apvaldīta, fascinējoša.

– Jūtos dziļi pateicīgs un aizkustināts, saņemot iespaidīgo pagodinājumu, ko man šodien izteikusi Viskonsinas universitātes vadība. Man sniegta iespēja runāt par apbrīnojamo darbu, ko veic universitātes vides zinātnes fakultāte. Mūsu mērķis ir radīt dzīvotspējīgas, ekoloģiski attaisnotas lauksaimniecības metodes trešās pasaules valstīm; mēs ceram pielikt savu roku bada un nabadzības iznīdēšanā visā pasaulē. Vairāk nekā miljards cilvēku, it īpaši Āfrikā aiz Sahāras tuksneša robežām, Dienvidāzijā un Latīņamerikā, dzīvo baismā nabadzībā. Šajās pasaules malās zemkopības joma ir nesakārtota, un rezultāts ir vides un sabiedrības iznīcība. Es zinu, ko jūt izsalkušais. Man šis darbs ir dziļi personisks...

Es spēji ievelku elpu. *Kā, lūdzu?* Kristjens zina, ko nozīmē izsalkums. Viņš to reiz ir piedzīvojis. *Velns!* Tas daudz ko izskaidro. Un es atceros mūsu interviju; viņš tiešām vēlas pabarot pasauli. Es izmisīgi cenšos atcerēties, par ko Keita rakstīja savā avīzē. Adoptēts četru gadu vecumā? Nedomāju, ka Greisa viņu mērdēja badā, tātad viņš to pārcietis agrāk, būdams pavisam mazs. Es noriju siekalas, sirdij sažņaudzoties, un domāju par izsalkušu zēnu ar pelēkām acīm. Nē, nē... Kā viņš dzīvojis, pirms viņu atrada un izglāba Greji?

Mani pārņem spējš niknums. Nabaga slimais, izvirtušais, dāsnais Kristjens... Kaut gan esmu pārliecināta, ka viņš šādi sevi neuztver un nekavējoties atraidītu jebkādas žēluma vai līdzjūtības izpausmes.

Visi piepeši sāk aplaudēt un pieceļas. To daru arī es, kaut gan neesmu dzirdējusi pat pusi no runas. Kristjens rūpējas par pasauli, vada milzīgu uzņēmumu un vienlaikus arī cenšas savaldzināt mani. Tas ir daudzslāņains darbs. Es atceros sarunas fragmentus, kuros pieminēta Dārfūra... Tagad ir skaidrs, ar ko tas saistīts. *Pārtika.*

Uzklausot sirsnīgos aplausus, viņš smaida. Pat Keita sit plaukstas. Kristjens apsēžas, neskatīdamies uz manu pusi, un es gandrīz grīļojos, mēģinādama aptvert visu šo jauno informāciju.

Viens no rektora vietniekiem pieceļas, un sākas ilgā, nogurdinošā diplomu saņemšanas ceremonija. Tajā piedalās vairāk nekā četri simti studentu, un paiet stunda, līdz es izdzirdu savu vārdu. Abu ķiķinošo meiteņu pavadīta, es uzkāpju uz skatuves. Kristjens sirsnīgi lūkojas uz mani, bet viņa acīs vīd piesardzība.

– Apsveicu, Stīlas jaunkundze, – viņš saka, paspiezdams man roku. Starp mums uzšķiļas pierastās dzirksteles. – Vai jūsu dators salūzis?

Es apjukusi saraucu pieri, pieņemdama diplomu.

– Nē.

– Tātad jūs tīšām ignorējat manas vēstules?

– Es redzēju tikai to, kurā runājāt par īpašuma pārņemšanu.

Kristjens izbrīnīts uzlūko mani.

– Vēlāk, – viņš nosaka, un esmu spiesta virzīties tālāk, jo aizkavēju rindu.

Es atgriežos savā vietā. Vēstules? Acīmredzot viņš atsūtījis vēl kādu. Kas tajā rakstīts?

Ceremonija ilgst vēl stundu, un visi garlaikojas. Beigu beigās rektors noved profesorus no skatuves, aplausiem skanot, un viņiem pa priekšu iet Kristjens kopā ar Keitu. Kristjens uz mani neskatās, kaut gan es klusībā viņam lūdzu to darīt. Dieviete ir neapmierināta.

Kad esmu piecēlusies un gaidu, līdz pārējie izies no rindas, Keita iznāk no skatuves aizmugures un pasauc mani vārdā.

– Kristjens grib ar tevi runāt! – viņa skaļi paskaidro, un abas meitenes, kas stāv man blakus, pagriežas un pārsteigtas uzlūko mani.

– Viņš lūdza, lai tevi sameklēju, – Keita turpina.

Ak tā...

– Tava runa bija lieliska, Keita.

– Vai ne? – Viņa iepriecināta smaida. – Vai nāksi? Kristjens prot būt uzstājīgs. – Viņa izbola acis, un es iesmejos.

– Un kā vēl! Bet es nevaru ilgi pamest Reju vienu. – Es ar skatienu sameklēju Reju un paceļu pirkstus, norādīdama, ka aizkavēšos piecas minūtes. Viņš pamāj, apliecinādams, ka saprot, un es sekoju Keitai uz gaiteni aiz skatuves. Kristjens runā ar rektoru un diviem profesoriem, bet ierauga mani un atvainojies pamet tos, tuvodamies mums abām.

– Pateicos, – viņš nosaka, uzsmaidījis Keitai, un negaida viņas atbildi, pirms satver mani aiz elkoņa un ieved vīriešu ģērbtuvē. Pārbaudījis, ka tā ir tukša, viņš aizslēdz durvis.

Ko viņš iecerējis? Es apjukusi samirkšķinu acis.

– Kāpēc tu neatbildēji uz manu vēstuli? Un neatsūtīji īsziņu? – Kristjens sadrūmis uzlūko mani, un es samulstu vēl vairāk.

– Šodien es neieslēdzu datoru un nepārbaudīju arī telefonu. – Velns, vai viņš pūlējies mani sazvanīt? Es izmēģinu uzmanības novēršanas taktiku, kas labi iedarbojas uz Keitu. – Tava runa bija lieliska.

– Pateicos.

– Man kļuva skaidrāks, kāpēc tu tik ļoti satraucies par ēdienu.

Kristjens bezspēcīgās dusmās izlaiž pirkstus caur matiem.

– Anastasija, šobrīd es negribu to apspriest. – Viņš aizver acis, it kā mocīdamies sāpēs. – Es par tevi raizējos.

– Kāpēc?

– Tāpēc, ka tu mājup devies tajā lūznī, ko pati sauc par mašīnu.

– Ko tas nozīmē? Mana mašīna nav lūznis. Ar to viss ir kārtībā. Hosē to remontē, kad vien nepieciešams.

– Fotogrāfs Hosē? – Kristjens samiedz acis, nekavējoties atsalis. *Velns!*

– Jā. Mašīna reiz piederēja viņa mātei.

– Protams, un droši vien arī vecmāmiņai un vecvecmāmiņai. Ar to braukt nav droši.

– Es izmantoju šo mašīnu jau trīs gadus. Man ļoti žēl, ka tev nācās raizēties. Kāpēc tu man nepiezvanīji? – Jēziņ, cik liela brēka par niekiem!

Viņš dziļi ievelk elpu.

– Anastasija, man nepieciešama atbilde. Šī gaidīšana mani iedzīs neprātā.

– Kristjen, es... paklau, es pametu savu patēvu vienu.

– Rīt. Es gaidīšu atbildi rīt.

– Labi. Rīt es tev visu pateikšu.

Kristjens atkāpjas, mani vērodams, un viņa saspringtie pleci nedaudz atslābst.

– Vai tu piedalīsies svinībās pēc ceremonijas? – viņš jautā.

– Nezinu, ko gribēs darīt Rejs.

– Tavs patēvs? Es labprāt ar viņu iepazītos.

Ak nē... kāpēc?

– Man nešķiet, ka tā ir laba doma.

Kristjens sakniebj lūpas un atslēdz durvis.

– Vai tu kaunies par mani?

– Nē! – Šoreiz bezspēcīgas dusmas pārņem mani. – Ko man teikt, kad iepazīstināšu tevi ar savu tēvu? "Šis ir vīrietis, kurš atņēma man nevainību un vēlas iesaistīt mani pavēlnieka un pakļautās attiecībās"? Tavas kurpes nav piemērotas skriešanai.

Kristjens saniknots uzlūko mani, bet pēc brīža viņa lūpu kaktiņi saraucas. Un, kaut gan es uz viņu dusmojos, arī manā sejā atplaukst smaids.

– Starp citu, Anastasija, es protu skriet ļoti ātri. Vienkārši saki, ka esmu tavs draugs.

Viņš atver durvis, un es izeju no ģērbtuves, pūlēdamās sakopot domas. Rektors, trīs vietnieki, četri profesori un Keita – visi izbrīnīti uzlūko mani, kamēr steidzīgi eju viņiem garām. *Nolādēts!* Atstājusi Kristjenu, es dodos meklēt Reju.

Saki, ka esmu tavs draugs.

Jūs esat draugi ar papildiespējām, pavīpsnā mana zemapziņa. Zinu, zinu! Es atvairu nepatīkamo domu. Kā lai iepazīstinu abus vīriešus? Zālē vēl joprojām drūzmējas daudz ļaužu, un Rejs nav izkustējies no savas vietas. Mani pamanījis, viņš pamāj un kāpj lejā.

– Apsveicu, Anij. – Viņš apliek roku man apkārt.

– Vai vēlies kaut ko iedzert pagalmā? Tur būs telts svinībām.

– Protams. Šī ir tava lielā diena. Iesim.

– Mums tas nav jādara, ja nevēlies. – *Lūdzu, saki, ka varam iet prom...*

– Anij, es nupat pavadīju divarpus stundas, klausoties visādas pļāpas. Man nepieciešams kaut kas stiprāks.

Mēs sadodamies elkoņos un kopā ar pārējiem izejam ārā, kur valda silta pēcpusdiena. Cilvēki stājas rindā pie ceremonijas fotogrāfa, bet mēs paejam viņam garām.

– Ak jā, atcerējos. – Rejs izvelk no kabatas digitālo kameru. – Uzņemsim bildi albumam. – Es paceļu acis pret debesīm, un viņš nospiež slēdzi.

– Vai drīkstu novilkt talāru un noņemt cepuri? Jūtos muļķīgi.

Un izskaties arī... Mana zemapziņa atgriezusies un ir tikpat skarba kā vienmēr. *Nu, vai iepazīstināsi Reju ar vīrieti, kurš tevi drāž? Viņš noteikti leposies ar savu mazo meitiņu.* Dažreiz es tiešām ienīstu savu prātu.

Telts ir milzīga un pārpildīta; studenti, to vecāki, skolotāji un draugi priecīgi sarunājas. Rejs pasniedz man šampanieša glāzi, kaut gan man ir aizdomas, ka tajā ieliets lēts dzirkstošais vīns. Tas nav atvēsināts un ir salds. Manas domas pievēršas Kristjenam... *Viņam tas negaršos.*

– Ana! – Es pagriežos un nokļūstu Ītana Kevana skavās. Viņš mani paceļ un griež apkārt, pamanīdamies neizliet vīnu.

– Apsveicu! – Viņš plati smaida, zaļajām acīm mirdzot. Puiša tumši blondie mati ir sajaukti un seksīgi, un viņš ir tikpat skaists kā Keita. Abi ir ļoti līdzīgi, kā jau brālis un māsa.

– Ītan! Kāds prieks tevi redzēt! Tēt, šis ir Ītans, Keitas brālis. Ītan, šis ir mans tēvs, Rejs Stīls. – Abi sarokojas, un tēvs rāmi nopēta jaunekli.

– Kad tu atgriezies no Eiropas? – es jautāju.

– Jau pirms nedēļas, bet gribēju pārsteigt savu mazo māšeli, – viņš sazvērnieciski paskaidro.

– Cik mīļi! – Es atplaukstu smaidā.

– Viņa ir labākā studente savā kursā, un to es nevarēju palaist garām! – Ītans lepnumā staro.

– Viņas runa bija lieliska.

– Taisnība, – Rejs piekrīt.

Ītans vēl joprojām ir apskāvis mani ap vidukli brīdī, kad pagriežos un ieraugu saltās, pelēkās Kristjena Greja acis. Viņam blakus stāv Keita.

– Sveiks, Rej! – Keita noskūpsta manu tēvu uz abiem vaigiem, un viņš nosarkst. – Vai jau esi saticis Anas otro pusi? Kristjens Grejs.

Jēzus Marija! Keita! Nolādēts! Es kļūstu balta kā rēgs.

– Stīla kungs, priecājos ar jums iepazīties, – Kristjens sirsnīgi nosaka, itin nemaz neapmulsis. Viņš sniedz roku, un Rejs – lai slava viņam! – to satver, nekā neizrādīdams, cik milzīgu pārsteigumu nupat pārcietis.

Nu paldies, Ketrīna Kevana! Es iekšēji vāros dusmās. Mana zemapziņa, šķiet, ir paģībusi.

– Greja kungs, – Rejs nomurmina. Viņa sejā nekas nav nolasāms, tikai lielās, brūnās acis nedaudz ieplešas, un viņš velta man skatienu, kas vēsta: "kad tu grasījies man to pastāstīt?". Es iekožu apakšlūpā.

– Šis ir mans brālis, Ītans Kevans, – Keita iepazīstina.

Kristjens pievērš savu ledaino skatienu Ītanam, kurš vēl joprojām ir mani apskāvis, un abi sarokojas. Pēc tam Kristjens sniedz roku man.

– Ana, mazā, – viņš nomurmina, un es gandrīz izkūstu, dzirdot šo mīļvārdiņu.

Es izeju no Ītana skavām un ieņemu savu vietu Kristjenam pie sāniem. Viņš salti uzsmaida Keitas brālim, un draudzene piemiedz man ar aci. Viņa lieliski apzinās, ko izdarījusi!

– Ītan, mamma un tētis grib ar mums aprunāties. – Keita aizved brāli prom.

– Cik sen jūs abi esat pazīstami? – Rejs jautā, pārmaiņus uzlūkodams mani un Kristjenu.

Esmu zaudējusi runas dāvanas un šobrīd tikai vēlos, kaut zeme atvērtos un mani aprītu. Kristjens apliek roku man apkārt, ar īkšķi noglāstīdams muguras ādu, un saspiež manu plecu.

– Satikāmies pirms dažām nedēļām, – viņš mierīgi atbild. – Anastasija ieradās mani intervēt studentu avīzes vārdā.

– Nezināju, ka strādā avīzē, Anij. – Reja balsī ieskanas kluss pārmetums, liecinot par aizkaitinājumu. *Nolādēts!*

– Keita saslima, – es nomurminu. Neko citu neesmu spējīga dabūt pār lūpām.

– Jūs teicāt lielisku runu, Greja kungs.

– Pateicos. Ja nemaldos, jūs esat kaismīgs makšķerētājs.

Rejs sarauc uzacis, un viņa sejā atplaukst reti manāms, neviltots smaids. Abi sāk runāt par zivīm, līdz es jūtos lieka. Kristjens pamanījies apburt manu tēvu... *tāpat kā tevi*, skarbi atgādina zemapziņa. Viņa varai nav robežu. Es atvainojos un dodos samesklēt Keitu.

Viņa runā ar saviem vecākiem, kas ir tikpat jauki kā vienmēr un sirsnīgi sveic mani. Mēs apmaināmies dažām pieklājības frāzēm, pārsvarā par viņu gaidāmo ceļojumu uz Barbadosu un mūsu pārcelšanos.

– Keita, kāpēc tu atklāji Rejam manu noslēpumu? – es saniknota nošņācu, tiklīdz esmu pārliecināta, ka neviens mūs nedzird.

– Tāpēc, ka tu to nemūžam neizdarītu, un es gribu palīdzēt Kristjenam pārvarēt viņa bailes no saistībām. – Keita gaiši uzsmaida man.

Es saraucu pieri. *Bailes no saistībām māc mani, nevis viņu!*

– Kā liekas, nevienam no viņiem nav iebildumu, Ana. Nesatraucies. Rau, Kristjens uz tevi skatās kā apsēsts! – Es pagriežos un atklāju, ka mani vēro gan Kristjens, gan Rejs.

– Viņš tevi pētīja kā vanags.

– Iešu glābt Reju vai Kristjenu. Vēl nezinu, kuram tas vajadzīgs vairāk. Mēs vēl atgriezīsimies pie šīs sarunas, Ketrīna Kevana! – es saniknota apsolu.

– Ana, es tev izdarīju pakalpojumu! – viņa sauc man aiz muguras.

– Sveiki! – Es uzsmaidu abiem vīriešiem, kad esmu atgriezusies pie viņiem.

Šķiet, nekas slikts nav noticis. Kristjena acis dzirkstī uzjautrinājumā par kādu tikai viņam zināmu joku, un tēvs, kurš parasti sabiedrībā ir ļoti saspringts, izskatās neticami mierīgs. *Par ko viņi runājuši, izņemot zivis?*

– Kur ir labierīcības, Anij?

– Izej ārā no telts un nogriezies pa kreisi.

– Tūlīt atgriezīšos. Izklaidējieties, jaunieši!

Rejs dodas prom, un es satraukta uzlūkoju Kristjenu. Pienāk fotogrāfs un notēmē kameru pret mums.

– Pateicos, Greja kungs! – Viņš aizsteidzas prom, un es samirkšķinu zibspuldzes apžilbinātās acis.

– Tev izdevies savaldzināt arī manu tēvu.

– Arī? – Kristjena acis kvēlo, un viņš jautādams paceļ uzaci. Es piesarkstu. Viņš ar pirkstu galiem noglāsta manu vaigu.

– Cik žēl, ka nevaru nolasīt tavas domas, Anastasija, – viņš sadrūmis nočukst un paceļ manu zodu, līdz mēs abi cieši lūkojamies viens otram acīs.

Man aizraujas elpa. Kā viņam izdodas atstāt uz mani tādu iespaidu pat šajā ļaužu pilnajā teltī?

– Šobrīd es domāju par tavu kaklasaiti, – es izdvešu.

Kristjens iesmejas. – Man tā pēdējā laikā iepatikusies.

Es kļūstu koši sarkana.

– Tu izskaties ļoti jauki, Anastasija. Šī kleita tev piestāv, un man ir izdevība glāstīt tavu muguru, sajust tavu skaisto ādu.

Piepeši šķiet, ka mēs esam divi vien. Viss mans augums ir atdzīvojies, nervu gali sajūsmā tirpst, un starp mums sprēgā elektrība.

– Tu taču zini, ka gaidāms kaut kas lielisks, vai ne, mazā? – Kristjens načukst. Es aizveru acis, juzdama siltumu izplūstam pa visu ķermeni.

– Es vēlos kaut ko vairāk, – pār manām lūpām izlaužas čuksts.

– Vairāk? – Kristjens liekas apjucis, viņa acis satumst. Es noriju siekalas un pamāju. *Esmu atklājusi savu noslēpumu.*

– Vairāk, – viņš klusi atkārto, it kā izgaršodams vārdu. Tas ir īss un vienkāršs, bet daudzsološs. Viņš pārlaiž īkšķi pār manu apakšlūpu. – Tu vēlies ziedus un romantiku.

Es vēlreiz pamāju. Kristjens samirkšķina acis, un es redzu tajās atspoguļojamies viņa iekšējo cīņu.

– Anastasija, – viņš klusi ierunājas. – Es nekad to neesmu darījis.

– Es arī nē.

Viņš tik tikko jaušami pasmaida.

– Tava pieredze ir niecīga, – viņš nomurmina.

– Toties tavējā ir nepareiza.

– Nepareiza? Man tā nešķiet. – Kristjens papurina galvu, nopietni uzlūkodams mani. – Pamēģini, – viņš načukst. Tas ir izaicinājums, man sejā iesviests cimds, un viņš piešķiebj galvu, veltīdams man savu greizo, žilbinošo smaidu.

Es spēji ievelku elpu un kļūstu par Ievu Ēdenes dārzā, un viņš ir čūska, bet es nespēju pretoties.

– Jā, – es načukstu.

– Kā, lūdzu? – Kristjena uzmanība ir pilnībā veltīta man. Es nokremšļojos.

– Jā. Es mēģināšu.

– Tu piekrīti? – Viņa balsī jaušama neticība.

– Ja vienosimies par elastīgajiem ierobežojumiem – jā. Es centīšos. – Mana balss ir tik tikko dzirdama. Kristjens aizver acis un ievelk mani savās skavās.

– Jēzus, Ana, tu esi neprognozējama. Tev vienmēr izdodas mani pārsteigt.

Viņš soli atkāpjas, un piepeši atgriežas Rejs. Teltī valdošais troksnis atkal skan man ausīs. Mēs neesam vieni. *Šausmas, es nupat piekritu kļūt par pakļauto.* Kristjens uzsmaida Rejam, un viņa acis priekā mirdz.

– Anij, vai iesim pusdienās?

– Jā, labi. – Es samirkšķinu acis, atbildēdama Rejam, un mēģinu atgūt līdzsvaru. *Ko tu esi izdarījusi?* zemapziņa man uzbrēc. Toties dieviete met atmuguriskus salto, kas nedarītu kaunu pat krievu vingrotājai Olimpiskajās spēlēs.

– Vai vēlies mums pievienoties, Kristjen? – Rejs jautā.

Kristjens! Es satrūkusies uzlūkoju viņu, ar acīm lūgdama, lai viņš atsakās. Man nedaudz jāpadomā... ko es, pie velna, esmu izdarījusi?

– Pateicos, Stīla kungs, bet man jau ir kaut kas paredzēts. Bija patīkami ar jums iepazīties.

– Abpusēji, – Rejs atbild. – Parūpējies par manu meitu, sarunāts?

– Tas ietilpst manos plānos.

Viņi sarokojas, un man kļūst nelabi. Rejam nav ne jausmas, kā Kristjens grasās par mani rūpēties. Satvēris manu roku, Kristjens paceļ to pie lūpām un maigi noskūpsta pirkstu kauliņus, pievērsis man savu kvēlo acu skatienu.

– Tiksimies vēlāk, Stīlas jaunkundze, – viņš izdveš, un viņa balsī skan solījums.

Mans vēders krampjaini sažņaudzas. *Vēlāk?*

Rejs satver mani aiz elkoņa un ved uz telts izejas pusi.

– Patīkams jauneklis. Un turīgs. Tu varētu atrast arī krietni sliktāku puisi, Anij. Kaut gan nesaprotu, kāpēc man nācās par viņu uzzināt no Ketrīnas, – Rejs nosaka, pieri saraucis.

Es atvainodamās paraustu plecus.

– Nu labi, man nav iebildumu ne pret vienu, kurš pārzina makšķerēšanu.

Rejs nupat man devis savu svētību. Ja vien viņš zinātu...
**

Kad jau sāk krēslot, Rejs aizved mani mājās.

– Piezvani savai mātei, – viņš iesaka.

– Protams. Paldies, ka atbrauci, tēt.

– Nekas mani nevarētu aizkavēt, Ana. Es ļoti lepojos ar tevi.

Man ir grūti apvaldīt asaras. Kaklā sakāpj kamols, un es spēcīgi apskauju tēvu. Viņš samulsis apliek rokas man apkārt, un es sāku birdināt asaras.

– Anij, mīļā, neraudi! – Rejs cenšas mani mierināt. – Šī bija liela diena. Vai vēlies, lai ienāku iekšā un uzvāru tev tēju?

Es iesmejos caur asarām. Rejs uzskata, ka visu iespējams ārstēt ar tēju. Atceros mātes žēlabas, ka brīžos, kad nepieciešama tēja vai līdzjūtība, Rejs vienmēr gatavs piedāvāt tēju, bet līdzjūtība viņam nepadodas.

– Nē, tēt, viss ir labi. Es ļoti priecājos, ka mēs satikāmies. Kad būšu iekārtojusies Sietlā, noteikti apciemošu tevi.

– Vēlu veiksmi darba pārrunās. Dod ziņu, kā tev tajās klāsies.

– Protams, tēt.

– Mīlu tevi, Anij.

– Es tevi arī, tēt.

Rejs pasmaida, brūnajām acīm silti mirdzot, un atgriežas mašīnā. Es māju ar roku, līdz viņš aizbrauc, un noskumusi ieeju dzīvoklī.

Vispirms es pārbaudu savu mobilo telefonu. Akumulators ir izlādējies, tāpēc es sameklēju lādētāju un iespraužu to rozetē. Četri neatbildēti zvani, viena balss ziņa un divas īsziņas. Trīs zvani ir no Kristjena, un viņš nav atstājis ziņu. Vienu reizi zvanījis Hosē, un viņš balss pastā man ierunājis veiksmes vēlējumu.

Es atveru īsziņas.

Vai esi mājās?

Piezvani.

Abas sūtījis Kristjens. Kāpēc viņš nezvanīja uz mājas telefonu? Es ieeju guļamistabā un ieslēdzu datoru.

No: Kristjens Grejs

Temats: Šis vakars

Datums: 25.05.2011. 23:58
Kam: Anastasija Stīla
Ceru, ka Tava mašīna nogādājusi Tevi mājās. Dod ziņu, vai Tev nekas nekaiš.
Kristjens Grejs,
Grey Enterprises Holding, Inc.

Jēziņ, kāpēc viņš tā satraucas par manu automobili? *Vanda* man uzticīgi kalpojusi trīs gadus, un Hosē vienmēr visu salabojis, ja radusies nepieciešamība. Nākamo vēstuli Kristjens atsūtījis šodien.

No: Kristjens Grejs
Temats: Elastīgie ierobežojumi
Datums: 26.05.2011. 17:22
Kam: Anastasija Stīla
Ko gan varu pateikt tādu, ko jau neesmu sacījis? Labprāt tos pārrunāšu Tev izdevīgā laikā.
Tu šodien biji ļoti skaista.
Kristjens Grejs,
Grey Enterprises Holding, Inc.

Es vēlos viņu satikt, tāpēc nospiežu "atbildēt".

No: Anastasija Stīla
Temats: Elastīgie ierobežojumi
Datums: 26.05.2011. 19:23
Kam: Kristjens Grejs
Ja Tev nav iebildumu, varu šovakar atnākt un aprunāties.
Ana

No: Kristjens Grejs
Temats: Elastīgie ierobežojumi
Datums: 26.05.2011. 19:27
Kam: Anastasija Stīla
Es atbraukšu pie Tevis. Nemaz nejokoju, kad teicu, ka man nepatīk Tava mašīna.
Drīz būšu klāt.
Kristjens Grejs,
Grey Enterprises Holding, Inc.

Jēzus, viņš tūlīt būs pie manis! Vispirms man kaut kas jāizdara. Tomasa Hārdija grāmatas vēl joprojām saliktas uz plauktiem dzīvojamā istabā. Es tās nevaru paturēt. Ietinusi pirmizdevumus brūnā papīrā, es uz iesaiņojuma uzrakstu Tesas vārdus no grāmatas:

Es piekrītu taviem noteikumiem, Endžel, jo tu zini, kādu sodu esmu pelnījusi; tikai... tikai... parūpējies, lai tas nebūtu pārāk bargs.

15. NODAĻA

– Sveiks! – Es atveru durvis, mokoša bikluma pārņemta. Kristjens stāv uz sliekšņa, ģērbies džinsos un ādas jakā.
– Sveika, – viņš atņem, atplaukdams smaidā. Es brīdi ļauju sev apbrīnot skaisto skatu. Ādas apģērbs viņam piestāv.
– Nāc iekšā.
– Paldies, – Kristjens uzjautrināts nosaka un parāda man šampanieša pudeli, ko tur rokā. – Es nospriedu, ka varam nosvinēt tavu izlaidumu. Un labs *Bollinger* pārsit visus pārējos.
– Interesanti izvēlēti vārdi, – es sāji nosaku.
– Tev ir ass prāts, Anastasija, – Kristjens pasmaidījis atbild.
– Mums ir tikai tējas tases. Visas glāzes jau saliktas kastēs.
– Tases? Izklausās labi.
Es ieeju virtuvē. Man vēderā lidinās tauriņi, un es jūtos tā, it kā būtu ieaicinājusi dzīvojamā istabā neaprēķināmu, plēsīgu panteru vai pumu.
– Vai vēlēsies arī šķīvi?
– Pietiks ar tasi, Anastasija, – Kristjens nevērīgi uzsauc.
Kad atgriežos, viņš pēta brūno paciņu ar grāmatām. Es nolieku tases uz galda.
– Tas paredzēts tev, – es satraukta nomurminu.
Nolādēts... droši vien sāksies strīds.
– Jā, es jau to nopratu. Ļoti piemērots citāts. – Viņš izklaidīgi velk garos pirkstus pār burtiem. – Man šķita, ka esmu d'Erbervils, nevis Endžels. Tu izlēmi par labu novilkšanai dubļos. – Viņa lūpās pazib plēsīgs smaids. – Tikai tu

spētu atrast kaut ko tik atbilstošu.

– Tas ir lūgums, – es nočukstu. *Kāpēc esmu tik satraukta?* Man izkaltusi mute.

– Lūgums? Lai izturos pret tevi saudzīgi?

Es pamāju.

– Grāmatas ir dāvana tev, – viņš klusi nosaka, uzmanīgi vērodams mani. – Tev pašai būs vieglāk, ja tās pieņemsi.

Es krampjaini noriju siekalas.

– Kristjen, es nevaru tās paturēt. Grāmatas ir pārāk dārgas.

– Lūk, tieši par to es runāju. Tu man pretojies. Es vēlos, lai pieņem dāvanu, un saruna ir beigusies. Ļoti vienkārši. Tev nav par to jādomā. Pakļautā gluži vienkārši justos pateicīga. Tu pieņem manis dāvāto, jo man patīk, ja tā rīkojies.

– Kad nopirki grāmatas, es vēl nebiju tava pakļautā.

– Taisnība... bet tagad esi piekritusi, Anastasija. – Kristjena acīs pazib piesardzība.

Es nopūšos. Šajā cīņā man neizdosies uzvarēt; laiks ķerties pie rezerves plāna.

– Tātad grāmatas pieder man un es varu ar tām rīkoties, kā gribu?

Kristjens aizdomīgi nopēta mani, bet piekrīt.

– Jā.

– Tādā gadījumā es gribu tās uzdāvināt kādai labdarības organizācijai Dārfūrā, jo šķiet, ka tev šis reģions ir tuvākais sirdij. Viņi varēs pārdot grāmatas izsolē.

– Kā vēlies. – Kristjens sakniebj lūpas. Viņš izskatās vīlies, un es pietvīkstu.

– Padomāšu, – es nomurminu. Negribu sagādāt viņam vilšanos un atceros vārdus, ko viņš reiz teica: *es vēlos, lai tu gribētu man izpatikt.*

– Nevajag domāt, Anastasija. Vismaz ne par grāmatām. – Kristjena balss ir klusa un nopietna.

Kā gan es varu nedomāt? *Vari tēlot mašīnu vai kādu citu no viņa mantām,* ierosina zemapziņa. Es izliekos to nedzirdam. Vai nevaram pagriezt laiku atpakaļ? Gaisotne starp mums šobrīd ir pārāk saspringta, un es nezinu, kā to izkliedēt, tāpēc piekaļu skatienu pirkstiem. Ko man darīt?

Kristjens noliek šampanieša pudeli uz galda un nostājas man pretī. Viņš satver manu zodu, līdz esmu spiesta pacelt galvu, un sadrūmis lūkojas man acīs.

– Es tev pasniegšu daudz dāvanu, Anastasija. Sāc pie tā pierast. Es varu to atļauties. Man ir daudz naudas. – Viņš pieliecas un uzspiež manām lūpām ašu, šķīstu skūpstu. – Lūdzu. – Viņš palaiž mani vaļā.

Padauza, nosaka mana zemapziņa.

– Tavas dāvanas liek man justies lētai, – es nomurminu.

Kristjens izmisis paceļ roku un izlaiž pirkstus caur matiem.

– Tā nevajadzētu būt. Tu pārāk daudz domā, Anastasija. Nevajag vērtēt sevi pēc neskaidrām morāles mērauklām, kas balstītas uz citu cilvēku iespējamiem spriedumiem. Netērē savu enerģiju velti. Tev nepatīk dāvanas tikai tāpēc, ka vēl joprojām neesi pilnīgi pārliecināta par mūsu vienošanos, un tas ir dabiski. Tu nezini, kas gaidāms.

Es saraucu pieri, mēģinādama aptvert dzirdēto.

– Nevajag, – Kristjens klusi pavēl, atkal satver manu zodu un saudzīgi pavelk to, līdz apakšlūpa izsprūk no sakodiena. – Tevī nav nekā lēta, Anastasija. Neuzdrošinies tā domāt. Es tikai uzdāvināju tev vecas grāmatas, jo domāju, ka tev tās kaut ko nozīmēs. Iedzer šampanieti. – Viņa acis atmaigst, un es kautri pasmaidu. – Tā jau ir labāk, – viņš nomurmina un satver pudeli. Noņēmis foliju un stīpiņu, viņš pagriež pudeli, nevis korķi, un atskan kluss paukšķis. Kristjens izveicīgi salej šampanieti tasēs, neizšķiezdams nevienu pili.

– Sārts! – es izbrīnīta iesaucos.

– Tūkstoš deviņsimt deviņdesmit devītā gada *Bollinger Grande Année Rosé*, lielisks gads, – Kristjens apmierināts nosaka.

– Tējas tasēs.

Viņš atplaukst smaidā.

– Tējas tasēs. Apsveicu ar diploma iegūšanu, Anastasija.

Mēs saskandinām, un viņš iedzer malku, bet mani nepamet doma, ka patiesībā mēs svinam manu piekāpšanos.

– Pateicos, – es nomurminu un pagaršoju dzērienu. Protams, tas ir brīnišķīgs. – Vai varam pārrunāt elastīgos ierobežojumus?

Kristjens pasmaida, un es nosarkstu.

– Nepacietīga meitene. – Viņš satver mani aiz rokas un pieved pie dīvāna. Mēs apsēžamies.

– Tavs patēvs ir ļoti nerunīgs.

Šķiet, Kristjens vēl negrasās runāt par ierobežojumiem, bet es gribu to visu apspriest, lai kaut nedaudz apslāpētu nemieru, kas manī gruzd.

– Tev izdevās panākt, lai viņš ēd tev no rokas. – Es uzmetu lūpu.

Kristjens klusi iesmejas.

– Tikai tāpēc, ka protu makšķerēt.

– Kā tu zināji, ka viņš aizraujas ar makšķerēšanu?

– Tu man to pastāstīji, kad dzērām kafiju.

– Ā... tiešām? – Es iedzeru vēl vienu malku. Kristjenam ir fenomenāla atmiņa. Hmm... šampanietis tiešām ir ļoti gards. – Vai tu pamēģināji vīnu, ko piedāvāja universitātē?

Kristjens saviebjas.

– Jā. Tas bija šausmīgs.

– Kad to pagaršoju, es domāju par tevi. Kā tev izdevās kļūt par vīnu pazinēju?

– Tā nebūt nav, Anastasija, es tikai zinu, kas man patīk. – Viņa acis iemirdzas, kļūstot gandrīz sudrabotas, un es nosarkstu. – Vēl? – viņš jautā, norādīdams uz šampanieti.

– Jā, lūdzu.

Kristjens eleganti pieceļas un, paņēmis pudeli, piepilda manu tasi. Vai viņš cenšas mani piedzirdīt? Es viņu nopētu, aizdomu mākta.

– Istaba ir gandrīz tukša. Vai esi gatava pārvākties?

– Tā varētu teikt.

– Vai rīt tev jāstrādā?

– Jā, es pavadīšu pēdējo dienu veikalā.

– Es labprāt tev palīdzētu pārvākties, bet apsolīju sagaidīt māsu lidostā.

Hmm, tas ir kaut kas jauns.

– Mia atlidos no Parīzes ļoti agri sestdienas rītā. Man nākamajā dienā jāatgriežas Sietlā, bet dzirdēju, ka Eljots jums abām palīdzēs.

– Jā, Keita ar nepacietību to gaida.

Kristjens sadrūmis pamāj. – Keita un Eljots; kurš to varēja paredzēt? – viņš nomurmina un nešķiet iepriecināts. – Vai tu meklē darbu Sietlā?

Kad mēs runāsim par ierobežojumiem? Kas viņam padomā?

– Es pieteicos praksei vairākās vietās, un man jādodas uz darba pārrunām.

– Kad tu grasījies to pateikt man? – Kristjens sarauc uzaci.

– Tagad.

Viņš samiedz acis.

– Kādos uzņēmumos?

Man negribas viņam to atklāt – droši vien tāpēc, ka Kristjens varētu izmantot savu ietekmi.

– Izdevniecībās.

– Vai tavi nākotnes plāni saistīti ar izdevējdarbību?

Es pamāju, piesardzīgi vērodama Kristjenu.

– Nu? – Viņš pacietīgi gaida kādu papildinājumu.

– Jā?

– Netēlo muļķi, Anastasija. Kurās izdevniecībās? – viņš pārmetoši jautā.

– Pavisam nelielās, – es nomurminu.

– Kāpēc tu negribi man atklāt nosaukumus?

– Nevēlamas ietekmes dēļ.

Kristjens sarauc pieri.

– Tagad *tu* tēlo muļķi.

Viņš iesmejas. – Muļķi? Ak Kungs, tu nu gan esi sparīga! Dzer šampanieti, un parunāsim par ierobežojumiem. – Kristjens izņem no kabatas salocītas papīra lapas; arī šoreiz tā ir mana vēstule un pievienotais saraksts. Vai viņš vienmēr staigā apkārt ar šiem sarakstiem kabatā? Viens ir arī žaketē, kas palika pie manis. Velns, nedrīkstu to aizmirst. Es iztukšoju tasi.

Kristjens aši pamet skatienu uz mani.

– Vēl?

– Jā, lūdzu.

Viņa lūpās ataust jau pazīstamais, augstprātīgais smaids, un viņš paceļ šampanieša pudeli, bet aptur roku.

– Vai esi kaut ko ēdusi?

Atkal jau vecā dziesma...

– Jā, trīs ēdienus kopā ar Reju. – Es paceļu acis pret debesīm. Šampanietis manī atraisa drosmi.

Kristjens pieliecas un satver manu zodu, vērīgi lūkodamies man acīs.

– Nākamreiz, kad tā izdarīsi, es tevi pārlikšu pār celi.

Ko?

– Ak tā, – es izdvešu un redzu līksmo satraukumu, kas pazib Kristjena acīs.

– Ak tā, – viņš atkārto. – Piedzīvojums ir sācies, Anastasija.

Sirds sitas pret ribām kā ieslodzīts putns, un taureņi no vēdera pārceļas uz kaklu, līdz es nespēju paelpot. *Kāpēc tas šķiet erotiski?*

Kristjens piepilda manu tasi, un es to izdzeru gandrīz sausu, kaunpilnām acīm viņu uzlūkodama.

– Man izdevās pievērst tavu uzmanību, vai ne?

Es pamāju.

– Atbildi.

– Jā... mana uzmanība pievērsta tev.

– Lieliski. – Viņš velta man daudzsološu smaidu. – Labi, parunāsim par seksuālām darbībām. Lielāko daļu no tā jau esam darījuši.

Es pievirzos Kristjenam tuvāk un palūkojos uz sarakstu.

3. pielikums
Elastīgie ierobežojumi

Abām Pusēm jāapspriežas un jāvienojas:

Vai Pakļautā piekrīt šādām darbībām:

* Masturbācija
* Kunilings
* Fellācija

* Spermas norīšana
* Vaginals dzimumakts
* Vaginals fistings
* Anāls dzimumakts
* Anāls fistings

– Tu teici, ka nepiekrīti fistingam. Vai iebilsti pret vēl kaut ko? – Kristjens klusi jautā.

Es noriju siekalas.

– Anāls dzimumakts man nešķiet īpaši aizraujošs.

– No fistinga varu atteikties, tomēr ar tavu pēcpusi paspēlēties es gribētu, Anastasija. Bet to varam atlikt. Turklāt tas nav nekas tāds, ko var darīt uzreiz. – Viņš pasmīkņā. – Tavu pēcpusi vajadzēs apmācīt.

– Apmācīt? – es čukstus atkārtoju.

– Jā. Nepieciešama rūpīga sagatavošanās. Šīs spēles var sagādāt lielu baudu, bet, ja mēģināsim un tev nepatiks, vairs pie tām neatgriezīsimies. – Kristjens smaidīdams vēro mani.

Es samirkšķinu acis. Viņš domā, ka man tas patiks? Kā viņš zina, ka tas varētu sagādāt baudu?

– Vai esi to jau darījis? – es čukstus iejautājos.

– Jā.

Ārprāts! Es spēji ievelku elpu.

– Ar vīrieti?

– Nē. Nekad neesmu bijis kopā ar vīrieti. Tas nav manā gaumē.

– Tātad ar Bargo Kundzi?

– Jā.

Jēziņ... kā tas vispār iespējams? Es saraucu pieri, bet viņš turpina lasīt sarakstu.

– Spermas norīšana... Tur tu jau saņēmi augstāko novērtējumu.

Es pietvīkstu, un mana iekšējā dieviete nošmaukstina lūpas, lepnumā starodama.

– Nu? – Kristjens smaidīdams uzlūko mani. – Vai pret norīšanu tev nekādu iebildumu nav?

Es papurinu galvu, nespēdama ieskatīties viņam acīs, un iztukšoju pēdējo malku šampanieša.

– Vēl? – viņš lakoniski piedāvā.

– Vēl. – Es piepeši atceros mūsu sarunu dienā. Vai viņš šobrīd domā par to vai tikai šampanieti? Vai mēs runājam par "kaut ko vairāk"?

– Ko tu teiksi par rotaļlietām? – Kristjens jautā.

Es paraustu plecus, palūkodamās uz sarakstu.

Vai Pakļautā piekrīt izmantot šādus aksesuārus:

* Vibratori
* Anālās atveres aizbāžņi
* Dildo
* Citas vaginālas/anālas rotaļlietas

– Anālās atveres aizbāznis? Vai tas tiešām ir tas, pēc kā izklausās? – Es riebumā saraucu degunu.

– Jā, – Kristjens smaidīdams atbild. – Un uz to attiecas tas pats, ko minēju par anālajām spēlēm. Apmācība.

– Ak tā... Kas slēpjas zem vārda "citas"?

– Krelles, olas... un tamlīdzīgi.

– Olas? – es satrūkusies pārjautāju.

– Ne jau īstas. – Kristjens skaļi iesmejas un papurina galvu.

Es sakniebju lūpas. – Priecājos, ka man izdevās tevi sasmīdināt. – Manā balsī ieskanas aizvainojums.

Viņš pārstāj smieties.

– Lūdzu piedošanu, Stīlas jaunkundze. Tiešām, – viņš saka, mēģinādams izlikties, ka nožēlo, bet viņa acīs gail uzjautrinājums. – Vai pret rotaļlietām ir kādi iebildumi?

– Nē, – es atcērtu.

– Anastasija, piedod, – viņš cenšas man pielabināties. – Es negribēju smieties. Nekad vēl neesmu tik detalizēti runājis par šo visu. Tu esi nepieredzējusi. Man ļoti žēl. – Viņa acis ir plati ieplestas, pelēkas un atklātas.

Es nedaudz atmaigstu un iedzeru vēl vienu malku šampanieša.

– Labi, ķersimies pie sasiešanas, – Kristjens turpina. Es ielūkojos sarakstā, un mana iekšējā dieviete lēkā augšup lejup kā bērns, kas cer uz saldējumu.

Vai Pakļautā piekrīt šādām darbībām:
* Sasiešana, izmantojot virvi
* Ādas aproču izmantošana
* Rokudzelžu/važu/ķēžu izmantošana
* Līmlentes izmantošana
* Piesiešana, izmantojot citus līdzekļus
Kristjens sarauc uzacis. – Ko teiksi?

– Labi, – es nočukstu un steigšus atkal pievēršos sarakstam.

Vai Pakļautā piekrīt šādām sasiešanas darbībām:
* Rokas sasietas priekšā
* Sasietas potītes
* Sasieti elkoņi
* Rokas sasietas aiz muguras
* Sasieti ceļgali
* Plaukstu locītavas piesietas pie potītēm
* Piesiešana pie fiksētiem priekšmetiem, mēbelēm u.c.
* Izplešanas stieņa izmantošana
* Pakarināšana

Vai Pakļautā ir ar mieru ļauties acu aizsiešanai?

Vai Pakļautā ir ar mieru ļauties mutes aizsiešanai?

– Par pakarināšanu mēs jau runājām. Un man nav iebildumu, ja vēlies to pārcelt pie stingrajiem ierobežojumiem. Šai nodarbei nepieciešams ilgs laiks, un tu pie manis pavadīsi tikai dažas dienas. Vai ir vēl kaut kas?

– Nesmejies par mani, bet... kas ir izplešanas stienis?

– Apsolu, ka nesmiešos. Jau divas reizes atvainojos. – Kristjens sadrūmis uzlūko mani. – Neliec man to atkārtot trešo reizi, – viņš brīdina, un man šķiet, ka es jaušami saraujos. Viņš ir neticami despotisks! – Tas ir stienis ar saitēm, kas paredzētas potītēm un plaukstu locītavām. Ļoti jautrs pasākums.

– Ak tā... Labi. Runājot par mutes aizsiešanu, man būtu bail, ka es nevarēšu elpot.

– Ja tas būtu iespējams, baidītos es. Negribu tevi nosmacēt.

– Kā es varēšu izrunāt drošības vārdus, ja mute būs aizbāzta?

Kristjens brīdi klusē.

– Pirmkārt, es ceru, ka tev nekad nevajadzēs tos izrunāt. Bet, ja tev būs aizbāzta mute, varēsi izmantot žestus, – viņš paskaidro.

Es samirkšķinu acis. Kā lai pakustinu rokas, ja būšu sasieta? Prāts pamazām apmiglojas... *hmm, alkohols.*

– Mutes aizbāšana man nepatīk.

– Labi. Es to iegaumēšu.

Es vēroju Kristjenu, un man kaut kas iešaujas prātā.

– Vai tu sasien pakļautās, lai viņas nevarētu tev pieskarties?

Kristjenam ieplešas acis.

– Tas ir viens no iemesliem, – viņš klusi apstiprina.

– Un tāpēc tu sasēji man rokas?

– Jā.

– Tev nepatīk par to runāt, – es nomurminu.

– Nē. Vai vēlies šampanieti? Tas piešķir tev drosmi, un man jāzina, kādas ir tavas jūtas saistībā ar sāpēm.

Šis ir visgrūtākais jautājums. Viņš piepilda manu tasi, un es iemalkoju dzērienu.

– Kāda ir tava vispārējā attieksme pret sāpēm? – Kristjens gaidpilni uzlūko mani. – Tu košļā lūpu, – viņš sadrūmis brīdina.

Es nekavējoties to pārtraucu, bet nezinu, ko atbildēt, tāpēc nosarkusi pētu savas rokas.

– Vai bērnībā tu saņēmi pērienus?

– Nē.

– Tātad tev vispār nav nekā, ar ko salīdzināt?

– Nē.

– Nav nemaz tik slikti, kā iedomājies. Iztēle ir tavs ļaunākais ienaidnieks, – Kristjens nočukst.

– Vai tev tas ir nepieciešams?

– Jā.

– Kāpēc?

– Tā ir daļa no visa piedzīvojuma, Anastasija. Daļa no mana dzīvesveida. Es redzu, ka esi satraukta; labāk pārrunāsim visas metodes pēc kārtas.

Viņš parāda man sarakstu. Zemapziņa mudina mani klie-
dzot mesties bēgt un paslēpties aiz dīvāna.

* Nopēršana ar roku
* Pātagošana
* Košana
* Ģenitāliju spīles
* Karsts vasks
* Pēršana ar lāpstiņu
* Pēršana ar nūju
* Krūtsgalu spīles
* Ledus
* Citi sāpju veidi/sāpju sagādāšanas metodes

– Tu atteicies no ģenitāliju spīlēm. Man nav iebildumu.
Vissāpīgākā ir pēršana ar nūju.

Es nobālēju.

– Līdz tam mēs varam nokļūt soli pa solim.

– Vai arī vispār svītrot, – es nočukstu.

– Tā ir daļa no līguma, Anastasija, bet mēs nesteigsimies.
Es nelikšu tev iet pārāk tālu.

– Sods mani biedē visvairāk, – es ļoti klusi atzīstos.

– Labi, ka tu man to pateici. Pagaidām atteiksimies no nū-
jām. Un vēlāk, kad būsi apradusi ar visu pārējo, pakāpenis-
ki palielināsim sāpju līmeni. Virzīsimies uz priekšu ļoti lē-
nām.

Es noriju siekalas, un viņš pieliecies noskūpsta mani uz
lūpām.

– Nu re, nebija taču nemaz tik slikti, vai ne?

Es paraustu plecus; kaklā atkal sakāpis kamols.

– Paklau, man ir vēl viens jautājums, ko vēlos ar tevi ap-
spriest, un pēc tam mēs dosimies uz gultu.

– Gultu? – Es strauji mirkšķinu acis, un asinis riņķo āt-
rāk, sildīdams vietas, par kuru esamību es uzzināju tikai ne-
sen.

– Anastasija, pēc šādas sarunas esmu gatavs tevi drāzt
līdz nemaņai un gribu sākt tūlīt pat. Neticu, ka tevi tā atstāj
vienaldzīgu.

Es saraujos, un mana iekšējā dieviete iekārē elso.

– Man ir taisnība, vai ne? Turklāt es gribu kaut ko izmēģināt.

– Vai tas sāpēs?

– Nē. Pārstāj visur saskatīt sāpes. Galvenais ir bauda. Vai līdz šim esmu tev nodarījis sāpes?

Es piesarkstu. – Nē.

– Tieši tā. Klau, šodien tu ieminējies, ka vēlies kaut ko vairāk, – Kristjens saka un apklust, ilgi vilcinādamies. Es izbijusies vēroju viņu, nezinādama, kas sekos.

Viņš satver manu roku.

– Varbūt mēs varētu mēģināt brīžos, kad nepildīsi pakļautās lomu. Nezinu, vai mums izdosies. Nezinu, kā iespējams nošķirt šīs divas jomas. Varbūt nekas nesanāks. Tomēr esmu gatavs censties. Vienu nakti nedēļā? Nezinu.

Jēziņ... Es jūtu, ka mute paveras, un pat zemapziņa satriekta klusē. Kristjens ir gatavs uz kaut ko vairāk! Viņš centīsies!

– Tomēr man ir viens nosacījums. – Kristjens piesardzīgi vēro manu seju, kurā droši vien atspoguļojas izbrīns.

– Kāds? – es jautāju. Esmu ar mieru uz visu.

– Tu bez iebildumiem pieņemsi manu izlaiduma dāvanu.

– Ak tā. – Es nojaušu, kas tas varētu būt, un jūtu sirdi bailēs sažņaudzamies.

Kristjens izslejas, nosaka: – Iesim! – un pieceļ mani kājās. Novilcis žaketi, viņš apliek to man ap pleciem, un mēs virzāmies uz durvju pusi.

Uz ielas novietots sarkans divdurvju *Audi.*

– Apsveicu ar skolas beigšanu, – Kristjens nomurmina, ievilkdams mani savās skavās un noskūpstīdams uz galvvidus.

Viņš man nopircis sasodītu mašīnu, turklāt tā izskatās pavisam jauna. Jēziņ... man jau pietika sirdēstu ar grāmatām. Es stingri lūkojos uz dāvanu, izmisīgi cenzdamās izprast savas izjūtas. Vienlaikus esmu šausmu un pateicības pārņemta, turklāt satriekta, jo viņš patiešām to izdarījis. Bet virsroku ņem dusmas. Jā, es dusmojos, it īpaši pēc visa, ko paskaidroju par grāmatām... bet tobrīd Kristjens jau bija iegādājies mašīnu. Viņš satver mani aiz rokas un ved pie sava jaunā īpašuma.

– Anastasija, tava vecā mašīna ir sagrabējusi un bīstama. Es nemūžam sev nepiedotu, ja ar tevi kaut kas notiktu, kaut gan manos spēkos bijis to novērst...

Kristjens mani vēro, bet šobrīd es nespēju ielūkoties viņam acīs. Es klusēdama lūkojos uz skaisto, koši sarkano velti.

– Starp citu, es atklāju savu nodomu tavam patēvam. Viņš to atbalstīja, – Kristjens piebilst, un es, šausmu pārņemta, pagriežos pret viņu.

– Tu pateici Rejam, ka pirksi man automašīnu? Kāpēc? – Man tik tikko izdodas pārdabūt vārdus pār lūpām. Kā viņš uzdrošinās? Nabaga Rejs! Man kļūst slikti, domājot par tēvu.

– Tā ir dāvana, Anastasija. Vai nevari gluži vienkārši pateikties?

– Tu zini, ka tā ir pārāk dārga!

– Man tā šķiet niecīga maksa par savu sirdsmieru.

Es sadrūmusi vēroju viņu, nezinādama, ko atbildēt. Kristjens gluži vienkārši nesaprot manas izjūtas. Viņš visu mūžu bijis bagāts. Nē, ne visu mūžu – agrā bērnībā viņš pazinis izsalkumu... un kaut kas manā uztverē mainās. Es piepeši ieraugu viņu citā gaismā, un manas dusmas mazinās, līdz es jūtos vainīga par savu nīgrumu. Kristjena nodoms ir cēls, kaut gan ne īpaši pareizs.

– Labprāt pieņemšu šo mašīnu kā aizdevumu. Līdzīgi datoram.

Kristjens smagi nopūšas. – Labi. Es tev to aizdošu. Uz visiem laikiem. – Viņš piesardzīgi vēro mani.

– Nē, tikai pagaidām. Pateicos.

Viņš sarauc pieri, bet es pastiepjos pirkstgalos un noskūpstu viņu uz vaiga.

– Pateicos par mašīnu, kungs, – es nosaku, cik bikli vien spēju.

Kristjens piepeši satver mani un pievelk sev klāt, ar vienu roku spiezdams mani pie sava auguma, otras pirkstus iegremdēdams man matos.

– Tu esi neparasta sieviete, Ana Stīla. – Viņš kaismīgi skūpsta mani, ar mēli nesaudzīgi atlaužot manas lūpas.

Nepaiet ne mirklis, līdz manas asinis uzkarst, un es atbildu uz viņa skūpstu tikpat kvēli. Es iekāroju Kristjenu – par spīti mašīnai, grāmatām, elastīgajiem ierobežojumiem... un nūjām... Es vēlos viņu iegūt.

– Man nepieciešama visa savaldība, lai es tevi neizdrāztu tepat uz motora pārsega, lai pierādītu, ka esi mana un, ja vēlos tev nopirkt sasodītu mašīnu, es to darīšu, – Kristjens noņurd. – Nāc iekšā un izģērbies! – Viņš velta man pēdējo nesaudzīgo skūpstu.

Es notrīsu, sapratusi, ka viņš patiesi ir nikns. Sagrābis aiz rokas, Kristjens ieved mani dzīvoklī un iet tieši uz guļamistabu... pat nepakavēdamies. Esmu pārbijusies. Ieslēdzis lampu, viņš apstājas un pievēršas man.

– Lūdzu, nedusmojies uz mani, – es nočukstu.

Kristjena skatiens ir neizdibināms, acis līdzinās divām saltām dūmakaina stikla lauskām.

– Piedod par mašīnu un grāmatām... – Es apraujos. Viņš vēl joprojām klusē. – Kad dusmojies, tu mani biedē, – es klusi atzīstos.

Kristjens aizver acis un papurina galvu. Viņa sejas izteiksme mainās. Viņš dziļi ievelk elpu un norij siekalas.

– Pagriezies, – viņš nočukst. – Es gribu atbrīvot tevi no kleitas.

Kārtējā straujā garastāvokļa maiņa; ir grūti tām izsekot. Es padevīgi griežos, un sirds iepukstas straujāk. Nemiera vietā nāk iekāre, kas izšaujas caur manu augumu un kā melns alku kamols sakrājas dziļi pavēderē. Kristjens atglauž matus man no muguras, ļaudams tiem slīgt lejup pār labo krūti. Viņa rādītājpirksts skar manu skaustu un mokoši lēni virzās lejup pār mugurkaulu, nagam viegli skrāpējot ādu.

– Man patīk šī kleita, – viņš nomurmina. – Man patīk tava gludā āda.

Kristjena roka ir noslīdējusi līdz kleitas izgriezuma malai, kas sniedzas līdz manas muguras vidum, un, aizāķējis pirkstus aiz tās, viņš pievelk mani tuvāk, līdz mūsu augumi cieši piekļaujas viens otram. Pieliecies zemāk, viņš ieelpo manu matu aromātu.

– Tava smarža ir reibinoša, Anastasija. Salda un maiga. – Viņa deguns slīd lejup pār ausi un kaklu, un viņš uzspiež tik tikko jūtamus skūpstus manam plecam.

Es elpoju seklāk un straujāk, manu miesu caurstrāvo gaidpilna enerģija. Kristjena pirksti sasniedz kleitas rāvējslēdzēju. Atkal rīkodamies mokoši lēni, viņš pavelk to lejup, vienlaikus ar mēli un skūpstiem virzīdamies uz otru plecu. Viņam tik kaitinoši labi padodas šie glāsti... Mans ķermenis viņam atsaucas, un es laiski izliecos, baudīdama pieskārienus.

– Tev. Vajadzēs. Iemācīties. Nekustēties, – Kristjens čukst, katru vārdu pavadīdams ar skūpstu uz skausta.

Viņš parauj aizdari, un kleita noslīd man pie kājām.

– Jūs nemēdzat valkāt krūšturus, Stīlas jaunkundze. Man tas patīk.

Viņa plaukstas aptver manas krūtis, un es jūtu krūšgalus saspringstam.

– Pacel rokas un sakļauj tās man aiz pakauša, – Kristjens nomurmina, piespiedis lūpas man pie kakla.

Es nekavēdamās paklausu, un manas krūtis pavirzās augšup, tiecoties pretī viņa plaukstām, turklāt krūšgali kļūst vēl cietāki. Ievijusi pirkstus viņa matos, es ļoti saudzīgi paraustu biezās, kuplās cirtas un pieliecu galvu uz sāniem, atvieglojot piekļuvi kaklam.

– Mmm... – viņš nomurmina, piespiedis lūpas man aiz auss, un ar garajiem pirkstiem viegli pastiepj manus krūšgalus, atkārtodams manu roku kustības viņa matos.

Es ievaidos, sajuzdama, kā atsaucas muskuļi dziļi pavēderē.

– Vai man panākt, lai beidz šādi? – Kristjens čukstus jautā.

Es izliecu muguru, ar krūtīm tiekdamās pretī viņa prasmīgajām rokām.

– Tev patīk, vai ne?

– Mmm...

– Atzīsties. – Viņš turpina lēno, izsmalcināto spīdzināšanu.

– Jā.

– Ko "jā"?

– Jā, kungs.

– Laba meitene. – Viņš spēcīgi iekniebj man krūtsgalā, un mans augums krampjaini lokās pie viņa krūtīm. Es spēji ievelku elpu, baudīdama īpatnējo sajūtu, kas robežojas ar sāpēm. Kristjena piebriedušais loceklis spiežas man klāt, un es ievaidējusies parauju viņa matus spēcīgāk.

– Nedomāju, ka esi gatava beigt, – viņš nočukst, apturēdams rokas, un maigi iekož man auss ļipiņā. – Turklāt tev izdevies mani sadusmot.

Ak... ko tas nozīmē? Iekāres apmiglotajām smadzenēm ir grūti aptvert notiekošo, un es iestenos.

– Varbūt es neļaušu tev beigt. – Kristjens turpina mocīt manus krūšgalus, ik pa brīdim tos pavilkdams un pagriezdams. Es berzējos gar viņu, kustēdamās no labās puses uz kreiso un atpakaļ.

Kristjena lūpas man pie kakla ieplešas smaidā, un es jūtu viņa plaukstas sev pie gurniem. Viņš aizāķē pirkstus aiz biksīšu malas, pastiepj tās un spēji saplēš audumu, ko nomet man acu priekšā. *Jēziņ!* Viņš ķeras pie manas kājstarpes un no aizmugures nesteidzīgi iebīda pirkstu manī.

– Mjā. Mana labā meitene ir gatava, – Kristjens izdveš un spēji apgriež mani apkārt, lai varētu ielūkoties man sejā. Viņš sācis elpot straujāk un ieliek pirkstu mutē. – Tu garšo debeškīgi, Stīlas jaunkundze. – Puspievērtām acīm mani uzlūkodams, viņš nopūšas.

– Izģērb mani.

Vienīgais, kas šobrīd apsedz manu kailumu, ir Keitas augstpapēžu kurpes. Tomēr es samulstu. Nekad vēl neesmu izģērbusi vīrieti.

– Tev izdosies, – viņš mani pamudina.

Es strauji mirkšķinu acis. Ar ko lai sāku? Es pasniedzos pēc Kristjena krekla, un viņš satver manas rokas, viltīgi smaidīdams.

– Nē, nē. – Viņš papurina galvu. – Tikai ne kreklu. Varbūt tev vajadzēs man pieskarties. – Viņa acīs gail līksms satraukums.

Ļoti interesanti! Tātad es drīkstu Kristjenam pieskarties, ja viņam mugurā ir drēbes. Viņš satver manu roku un piespiež to pie sava piebriedušā locekļa.

– Lūk, kādu iespaidu tu atstāj uz mani, Anastasija.

Es spēji ievelku elpu un pirkstiem aptveru viņa miesu, un Kristjens smaida.

– Man gribas ieiet tevī. Novelc man bikses. Groži ir tavās rokās.

Kā, lūdzu? Par visu atbildu es? Man izbrīnā paveras mute.

– Ko tu ar mani darīsi? – Kristjens ķircinādams vaicā.

Ak, iespēju ir tik daudz... Mana iekšējā dieviete sajūsmināta ierēcas. Bezspēcības, alku un kailas drosmes vadīta, es nogrūžu Kristjenu uz gultas. Viņš krizdams smejas, un es lūkojos lejup, uzvaras prieka pārņemta. Rīkodamās steidzīgi un neveikli, es norauju viņam kurpes un zeķes. Kristjena acīs mirdz uzjautrinājums un iekāre. Viņš ir tik... apbrīnojams... un mans. Es ierāpjos gultā un uzsēžos Kristjenam jāteniski virsū, iebīdu pirkstus zem viņa džinsu jostas, sataustīdama matiņus, kas aug līnijā līdz pavēderei. Viņš aizver acis un sasprindzina gurnus.

– Tev jāmācās nekustēties, – es viņu norāju un paraustu matiņus zem Kristjena jostasvietas.

Viņam aizraujas elpa, un lūpās atplaukst smaids.

– Jā, Stīlas jaunkundze, – viņš nomurmina, acīm kvēlojot. – Gumija ir man kabatā, – viņš piebilst.

Es nesteidzīgi pārmeklēju Kristjena kabatas, vērodama viņa seju. Viņš ir pāvēris muti. Sameklējusi divas paciņas, es tās izņemu ārā un nolieku uz gultas pie Kristjena gurna. Mani pirksti dedzīgi sniedzas pēc bikšu pogas un atdara to, nedaudz kavējoties. Esmu neticami satraukta.

– Nepacietīgā Stīlas jaunkundze, – Kristjens uzjautrināts nomurmina. Es pavelku lejup rāvējslēdzēju, un man jāatrisina sarežģīta problēma: kā novilkt bikses? Hmm... Pavirzījusies lejup, es parauju tās. Bikses nekustas, un es saraucu pieri. Kāpēc tas ir tik grūti?

– Es nevaru nekustēties, ja tu košļā apakšlūpu, – Kristjens brīdina un paceļ gurnus, ļaudams man vienlaikus noraut viņam bikses un apakšveļu. Piebriedušais loceklis ir brīvs no drēbju gūsta, un Kristjens ar kāju izsper drēbes no gultas.

Ak Kungs, viņš pieder man, es drīkstu ar viņu spēlēties, un Ziemassvētki ir klāt!

– Ko tu darīsi tagad? – viņš klusi jautā, un no uzjautrinājuma vairs nav ne miņas. Es viņam pieskaros, nenolaizdama skatienu no sejas. Kristjens spēji ievelk elpu un paver lūpas. Viņa āda ir gluda, samtaina... un stingra... mmm, brīnišķīgs apvienojums. Es paliecos uz priekšu, matiem noslīgstot pār plecu, un paņemu viņu mutē, spēcīgi aptverot miesu ar lūpām. Kristjens aizver acis, un viņa gurni noraustās.

– Jēziņ, Ana, mierīgāk! – viņš iestenas.

Mani pārņem galvu reibinoša varas apziņa; es varu panākt visu, ko vēlos, viņu ķircinādama ar mēli un pirkstiem. Es virzu lūpas augšup un lejup, jūtu locekļa galviņu rīklē, un viņš saspringst.

– Pagaidi, Ana, rimsties! Es negribu beigt.

Piecēlusies sēdus, es strauji mirkšķinu acis un saraustīti elpoju. Esmu apjukusi. *Man šķita, ka groži ir manās rokas.* Es jūtos kā bērns, kam piepeši atņemts saldējums.

– Tavs naivums un aizrautība ļoti valdzina, – viņš izdveš.
– Tev jānāk virsū... jā.

Ak tā.

– Uzvelc man šo. – Viņš pasniedz sudraboto paciņu.

Jēziņ, kā? Es atplēšu iepakojumu un izņemu nepatīkami taukaino prezervatīvu.

– Aizspied galu un noritini gumiju lejup. Galā nedrīkst būt gaiss, – Kristjens elsodams paskaidro.

Un es ļoti lēni paklausu, visu uzmanību pievērsdama šim darbam.

– Ana, tu mani spīdzini, – Kristjens ievaidas.

Es brīdi apbrīnoju savu veikumu un viņu. Šis patiesi ir izcili pievilcīgs vīriešu dzimuma eksemplārs. Un ļoti, ļoti uzbudinošs.

– Tūlīt. Es gribu iekļūt tevī tūlīt pat, – viņš nomurmina. Es izbijusies skatos uz viņu, un viņš piepeši pieceļas sēdus. Mēs ielūkojamies viens otram acīs.

– Lūk, šādi, – viņš nosaka un ar vienu roku aptver mani ap gurniem, paceļot tos, bet ar otru satver locekli un ļoti, ļoti lēni uzsēdina mani sev virsū.

Es ievaidos, kad Kristjens mani piepilda un izpleš. Sajūta ir grandioza, mokoša, saldkaisla... *Jā, tieši tā, lūdzu...*

– Jā, mazā, sajūti mani visu, – Kristjens noņurd un uz brīdi aizver acis.

Jau nākamajā mirklī viņš iekļuvis manī līdz galam un neļauj man kustēties dažas sekundes... vai minūtes... man nav ne jausmas. Viņš lūkojas man acīs.

– Šādi ir dziļāk, – viņš nomurmina un sasprindzina gurnus, vienlaikus veikdams ar tiem riņķveida kustību, un es ievaidos... jā... patīkamās izjūtas aizstīgo un izplatās pa visu ķermeni. *Ak Kungs!*

– Vēlreiz, – es nočukstu. Kristjena lūpās atplaukst laisks smaids, un viņš paklausa.

Es vaidēdama atmetu galvu atpakaļ, matiem noslīgstot pār muguru, un Kristjens nesteidzīgi atlaižas gultā.

– Kusties augšup un lejup, Anastasija, kā vēlies. Satver manas rokas, – viņš zemā, seksīgā balsī izdveš.

Es paklausu, cieši turēdamās pie viņa plaukstām, un piesardzīgi ceļos augšup, tūlīt pat noslīdēdama zemāk. Viņa acīs gail nepacietība, un viņš elpo tikpat saraustīti kā es, virzīdams gurnus augšup brīdī, kad es nolaižos, un likdams man celties. Mēs uztveram ritmu... augšup, lejup, augšup, lejup... vēlreiz... un ir tik... labi... Dziļi manī kaut kas briest, kvēlās izjūtas pulsēdamas brāžas caur manu augumu, un es vēroju Kristjenu, mūsu skatieni sastopas... un es redzu jūsmu viņa acīs, jūsmu par mani.

Groži ir manās rokās; es esmu galvenā. Kristjens pieder man, un es piederu viņam. Doma ir tik spēcīga, ka pārgrūž

mani pār robežu, un es beidzu, kaut ko nesakarīgi saukda-
ma. Viņš ieķeras man gurnos, aizver acis, atmet galvu atpa-
kaļ un, žokli sasprindzinājis, sasniedz kulmināciju klusē-
dams. Es sabrūku viņam uz krūtīm, un mans prāts
apmaldījies starp fantāziju un realitāti vietā, kur nav ne stin-
gro, ne elastīgo ierobežojumu.

16. NODAĻA

Es pamazām atgriežos īstajā pasaulē, un tā ir pasakaina. Visi mani locekļi ir ļengani, esmu pilnīgi iztukšota un guļu uz Kristjena. Mana galva atbalstīta pret viņa krūtīm, un viņš smaržo debeškīgi, pēc svaigas veļas, dārgām ziepēm un labākā, valdzinošākā aromāta pasaulē – Kristjena. Es negribu kustēties. Šobrīd vēlos tikai ieelpot šo eliksīru līdz mūža beigām. Es viegli piebikstu viņam ar degunu, nožēlodama, ka man traucē viņa krekls. Saprātam pamazām atgriežoties, es uzlieku plaukstu uz Kristjena krūtīm. Šī ir pirmā reize, kad drīkstu tām pieskarties. Viņa miesa ir stingra, muskuļota. Viņš spēji paceļ roku un satver manu plaukstu, bet mīkstina šo žestu, pievilkdams manus pirkstus pie mutes un tos maigi noskūpstīdams. Pagriezies uz sāniem, viņš lūkojas uz mani.

– Nevajag, – viņš nomurmina un pieliecies skar ar lūpām manu muti.

– Kāpēc tev nepatīk pieskārieni? – es čukstus jautāju, lūkodamās viņa pelēkajās, siltajās acīs.

– Tāpēc, ka manā prātā mīt vismaz piecdesmit dažādi dēmoni, Anastasija.

Ak tā... Es samirkškinu acis. Kristjena atklātība mani atbruņo.

– Man bija smaga bērnība. Negribu tevi apgrūtināt ar sīkumu izklāstu. Bet nevajag man pieskarties. – Paberzējis degunu pret manējo, Kristjens atraujas no manis un pieceļas sēdus.

– Domāju, ka visas pamatzinības ir apgūtas. Kā tev patika?

Viņš izskatās apmierināts ar sevi un vienlaikus izklausās lietišķs, it kā nupat būtu nosvītrojis kārtējo darbu garā sarakstā. Es vēl nevaru atgūties pēc komentāra par smago bērnību. Man ļoti gribas dzirdēt kaut ko vairāk, un neziņa ir mokoša, bet Kristjens neko nestāstīs. Es piešķiebju galvu, atdarinādama viņa kustību, un piespiežu sevi pasmaidīt.

– Ja tu kaut uz mirkli iedomājies, ka es noticēju "groži ir tavās rokās" viltībai, tu neesi ņēmis vērā manu intelekta koeficientu. – Es šķelmīgi uzlūkoju viņu. – Bet pateicos par ilūzijas radīšanu.

– Anastasija, tu patiesi esi gudra meitene. Līdz šim tev bijuši seši orgasmi, un par visiem esmu atbildīgs es, – Kristjens lielās, piepeši atguvis rotaļīgo noskaņojumu.

Es piesarkstu un vienlaikus mirkšķinu acis. *Viņš skaitīja manus orgasmus!* Un Kristjens sarauc pieri.

– Vai vēlies man kaut ko pastāstīt? – Viņa balss kļuvusi skarba.

Velns!

– Šorīt es redzēju sapni.

– Ak tā? – Viņš bargi uzlūko mani.

Vai esmu iekūlusies nepatikšanās?

– Es beidzu miegā. – To pateikusi, es aši pārmetu roku pār seju. Viņš klusē, un es uzdrošinos palūkoties uz viņu, vēl joprojām paslēpusies aiz rokas. Kristjena sejā plaiksnī uzjautrinājums.

– Miegā?

– Tas mani pamodināja.

– Protams. Par ko tu sapņoji?

Sasodīts!

– Par tevi.

– Un ko es darīju?

Es atkal paslēpjos aiz rokas, gluži kā bērns ticēdama, ka viņš mani neredz, jo es neredzu viņu.

– Anastasija, ko es darīju tavā sapnī? Es vairs neatkārtošu jautājumu.

– Tev rokā bija jātnieka pātaga.

Kristjens satver manu roku un pavirza to augstāk.

– Vai tiešām?

– Jā. – Esmu pietvīkusi koši sarkana.

– Iespējams, tu neesi pilnīgi bezcerīgs gadījums, – viņš nomurmina. – Man pieder vairākas jātnieku pātagas.

– Brūnas? No sapītām ādas strēmelēm? Kristjens iesmejas. – Nē, bet es kādu noteikti varētu atrast.

Viņš pieliecas, aši uzspiež skūpstu man uz lūpām un piecēlies paķer īsbikses. *Ak nē... viņš aiziet.* Es ielūkojos pulkstenī – ir tikai deviņi un četrdesmit minūtes. Izkāpusi no gultas, es sameklēju treniņbikses un krekliņu, apģērbjos un sakrustotām kājām apsēžos uz gultas, vērodama Kristjenu. Es negribu, lai viņš iet prom. Ko man darīt?

– Kad tev gaidāmas mēnešreizes? – viņš jautā, pārtraukdams manu domu gaitu.

Kā, lūdzu?

– Man riebjas ņemties ar šiem, – viņš noņurd, parādīdams man novilkto prezervatīvu. Nometis to zemē, viņš uzvelk kājās džinsus.

– Tu neatbildēji, – viņš atgādina, gaidpilni uzlūkodams mani, it kā gribētu zināt manas domas par laika apstākļiem, nevis intīmus sīkumus.

– Nākamnedēļ. – Es pētu savas rokas.

– Tev jāparūpējas par kontracepciju.

Kristjena vārdi izskan kā pavēle, un es stingri lūkojos uz viņu. Apsēdies uz gultas, viņš velk kājās zeķes un kurpes.

– Vai tev ir savs ārsts?

Es papurinu galvu. Viņš atgriezies pie īpašuma pārņemšanas, atkal krasi mainot noskaņojumu.

Kristjens sarauc pieri. – Mana ārste varētu tevi apmeklēt dzīvoklī svētdienas rītā, pirms nāksi pie manis. Vai arī ierasties manā mājoklī. Kā tev patiktu labāk?

Acīmredzot man netiks dota iespēja atteikties. Kristjens jau atkal grasās par kaut ko maksāt... bet šoreiz tas galu galā paredzēts viņa ērtībām.

– Pie tevis. – Tas nozīmē, ka svētdien es viņu satikšu.

– Labi. Es tev paziņošu laiku.

– Vai tu aizej?
Paliec pie manis... Lūdzu.
– Jā.
Kāpēc?
– Kā tu tiksi prom? – es čukstus jautāju.
– Man pakaļ atbrauks Teilors.
– Es pati varu tevi aizvest. Man ir jauna, laba mašīna.
Kristjens silti uzlūko mani.
– Nu jau izklausās labāk. Bet man šķiet, ka esi izdzērusi pārāk daudz, lai varētu sēsties pie stūres.
– Vai tu tīšām mani piedzirdīji?
– Jā.
– Kāpēc?
– Tu pārāk daudz domā un esi tikpat nerunīga kā tavs patēvs. Ar dažiem vīna malkiem pietiek, lai tu atraisītos. Man nepieciešams, lai tu spētu ar mani runāt atklāti. Pretējā gadījumā tu zaudē valodu un man nav ne jausmas, ko tu domā. *In vino veritas*, Anastasija.
– Vai tev šķiet, ka tu pret mani vienmēr esi atklāts?
– Cenšos. – Kristjens piesardzīgi uzlūko mani. – Mūsu attiecības būs veiksmīgas tikai tad, ja neko viens no otra neslēpsim.
– Man gribētos, lai tu paliec un izmanto šo. – Es parādu viņam otru prezervatīvu.
Kristjens pasmaida, un viņa acis smieklos uzdzirkstī.
– Anastasija, es šovakar esmu pārkāpis daudz robežu. Man jāiet. Tiksimies svētdien. Būšu sagatavojis pārskatīto līgumu, un tad mēs varēsim ķerties pie pilnvērtīgām rotaļām.
– Rotaļām? – *Jēziņ!* Mana sirds iepukstas straujāk.
– Es labprāt iestudētu kādu ainu kopā ar tevi. Tomēr ar to nodarbosimies, kad būsi parakstījusi līgumu un es zināšu, ka esi gatava.
– Ak tā. Vai tas nozīmē, ka es varu paildzināt šo posmu, neparakstot dokumentus?
Kristjens brīdi mani pēta, kā vērtēdams, un viņa lūpas savelkas smaidā. – Iespējams, bet es varētu salūzt.
– Salūzt? Kā? – Mana dieviete ir pamodusies un uzmanī-

gi klausās.

Kristjens nesteidzīgi pamāj un ķircinādams turpina smaidīt. – Tas varētu būt nepatīkams skats.

Nav iespējams saglabāt nopietnību, uz viņu skatoties.

– Cik nepatīkams?

– Kaut kas saistīts ar sprādzieniem, pakaļdzīšanos automašīnās, nolaupīšanu, ieslodzīšanu aiz restēm.

– Tu mani nolaupītu?

– Tieši tā. – Viņa smaids kļūst arvien platāks.

– Un aizturētu mani pret manu gribu? – *Ārprāts, cik erotiski!*

– Jā. – Viņš pamāj. – Un pēc tam pakļautu diennakts AVN.

– Nesaprotu, – es izdvešu, sirdij strauji dauzoties. *Vai viņš runā nopietni?*

– Absolūta varas nodošana augas diennakts garumā. – Kristjena acis mirdz, un viņa līksmais satraukums ir gandrīz taustāms.

Šausmas!

– Tātad tev nav izvēles, – viņš sarkasma pilnā balsī norāda.

– Acīmredzot. – Arī man neizdodas apslāpēt sarkasmu, un es paceļu acis pret griestiem.

– Anastasija Stīla, vai tu nupat izbolīji acis?

Velns.

– Nē, – es nopīkstu.

– Man šķiet, ka tu melo. Ko es solīju ar tevi izdarīt, ja vēlreiz izbolīsi acis?

Esmu sprukās. Kristjens apsēžas uz gultas malas.

– Nāc šurp, – viņš klusi pavēl.

Es jūtu, ka nobālu. Viņš runā nopietni. Es nekustēdamās uzlūkoju viņu.

– Līgums nav parakstīts, – es nočukstu.

– Es tev teicu, ko darīšu. Un es pildu dotos solījumus. Es tevi nopēršu, bet pēc tam ļoti strauji un skarbi izdrāzīšu. Izskatās, ka prezervatīvs mums tomēr būs vajadzīgs.

Viņa balss ir klusa un draudīga, un sasodīti uzbudinoša. Es jūtu kvēlu iekāres kamolu savelkamies pavēderē. Kristjens uzlūko mani gailošām acīm, un es bikli izstiepju kājas. *Vai vajadzētu bēgt?* Šis ir izšķirošais mirklis; mūsu turpmākās attiecības noteiks mans nākamais solis. Vai ļaušos viņam? Vai arī atteikšos un pielikšu punktu? Es zinu, ka viss beigsies, ja atteikšos. *Uz priekšu!* lūdzas mana dieviete. Toties zemapziņa ir tikpat stinga kā es pati.

– Es gaidu, – Kristjens atkārto. – Un mana pacietība ir ierobežota.

Ak, pie visiem svētajiem! Es bailēs smagi elpoju, bet esmu arī uzbudināta. Asinis spēji traucas caur manu augumu, kājas ir ļenganas kā želeja. Es lēnām pierāpoju pie viņa, līdz esmu viņam blakus.

– Laba meitene, – viņš nomurmina. – Piecelies.

Nolādēts... Kāpēc viņš nevar izbeigt manas mocības ātri? Neesmu pārliecināta, ka spēšu stāvēt kājās, bet vilcinādamās mēģinu to izdarīt. Kristjens pastiepj roku, un es tajā ielieku prezervatīvu. Viņš negaidot satver mani un pārliec sev pār ceļiem, bet pats ar plūstošu kustību izliecas tā, ka mans torss balstās pret gultu viņam blakus. Pārsviedis labo kāju pār manējām, viņš novieto kreiso apakšdelmu man pret krustiem. Esmu ieslodzīta viņa tvērienā. *Vai!*

– Pacel rokas gaisā abpus galvai, – Kristjens pavēl.

Es nekavējoties paklausu.

– Kāpēc es to daru, Anastasija? – viņš painteresējas.

– Tāpēc, ka es izbolīju acis. – Man ir grūti dabūt vārdus pār lūpām.

– Vai tev šķiet, ka tas ir pieklājīgi?

– Nē.

– Es tevi nopēršu katru reizi, kad tu izbolīsi acis; vai saproti?

Kristjens ārkārtīgi nesteidzīgi pavelk uz leju manas treniņbikses. Es jūtos pazemota un nobijusies, bet vienlaikus arī uzbudināta. Viņš acīmredzami izbauda katru mirkli, bet es tik tikko spēju paelpot. *Vai man sāpēs?*

Viņš uzliek plaukstu uz manas kailās pēcpuses, maigi to glāstīdams ar atvērtu delnu. Un piepeši viņa roka nozūd... un viņš man iesit. Spēcīgi. *Au!* Es sāpēs plaši ieplešu acis un mēģinu piecelties, bet Kristjens piespiež plaukstu man starp pleciem, to neļaudams. Viņš vēlreiz mani noglāsta vietā, kurai nupat iesita. Viņš sācis elpot citādi – skaļāk, smagnējāk. Pār manu dibenu birst strauji sitieni. *Sasodīts, kā sāp!* Es neizdvešu ne skaņas un saviebjos, pretodamās sāpēm. Adrenalīna uzmundrināta, es cenšos izrauties no tvēriena.

– Nekusties, – Kristjens noņurd, – citādi pēriens būs ilgāks.

Viņš paberzē manu dibenu un pēc brīža iesit. Es pamazām uztveru ritmu: glāsts, paberzēšana, sitiens. Lai paciestu šīs sāpes, man ļoti jākoncentrējas, un prāts aizmirst visu, izņemot mokošās izjūtas. Kristjens ne reizi nesit pa vienu un to pašu vietu vairākas reizes pēc kārtas, tādējādi izplatīdams sāpes pa plašāku laukumu.

– Āāā! – es iesaucos pēc desmitā sitiena un tikai tagad apjaušu, ka visu laiku klusībā tos skaitīju.

– Vēl ir tikai pats sākums.

Kristjens man iesit vēlreiz un maigi noglāsta. Spēcīgās, dzelošās pļaukas un saudzīgā glāsta pretstats ir galvu reibinošs. Viņš atkal iesit... un man kļūst arvien grūtāk to izturēt. Esmu tā sasprindzinājusi seju, ka tā sāp. Glāsts un sitiens... Es vēlreiz iekliedzos.

– Neviens tevi nedzird, mazā, tikai es.

Un Kristjens turpina man sist. Kaut kur dziļi manī dzimst vēlme lūgties, lai viņš pārstāj, tomēr es to nedaru. Nevēlos viņam sagādāt šo prieku. Nemainīgais ritms turpinās, un es iekliedzos vēl sešas reizes. Kopā astoņpadsmit sitieni. Mana miesa pēc šī nežēlīgā uzbrukuma tvīkst un smeldz.

– Pietiks, – viņš aizsmacis izdveš. – Malacis, Anastasija. Tagad es tevi izdrāzīšu.

Kristjens maigi noglāsta manu pēcpusi, un tās ādas svilst; viņa roka virzās lejup, līdz viņš piepeši ieslidina divus pirkstus manī. Esmu tik pārsteigta, ka spēji ievelku elpu. Negaidītā kustība izkliedē miglu, kas sakrājusies manā prātā.

– Vai jūti? Lūk, kā tavam ķermenim patika pēriens, Anastasija. Tu esi mikla, un tas paredzēts tikai man. – Viņa balsī skan apbrīns. Pirksti strauji kustas iekšā un ārā.

Es ievaidos. *Nē, tas nav iespējams.* Un viņa pirksti nozūd... bet es pēc tiem ilgojos.

– Nākamreiz es panākšu, lai tu skaiti sitienus. Kur palika tā gumija?

Ar vienu roku sameklējis prezervatīvu, viņš saudzīgi paceļ mani un nogrūž ar seju uz gultas. Es dzirdu rāvējslēdzēja švīkstoņu, un tūlīt pēc tam plīst iepakojums. Kristjens novelk man bikses pilnībā un palīdz man ieņemt tupus pozu, maigi glāstīdams manu sāpošo dibenu.

– Tagad es tevi paņemšu. Drīksti beigt, – viņš nomurmina.

Ko tas nozīmē? It kā man būtu izvēle!

Un viņš strauji ielaužas manī, līdz esmu piepildīta un skaļi ievaidos. Kristjens kustas spēji un nesaudzīgi, viņa gurni triecas pret manas pēcpuses svilstošo ādu. Sajūta ir neaprakstāma, kvēla, dzīvnieciska un galvu reibinoša. Visas maņas ir saplosītas, izsvaidītas, pievērstas tikai tam, ko viņš ar mani dara. Kā viņš liek man izjust jau pierasto kairinājumu dziļi vēderā, kas savelkas arvien ciešāk. Nē... bet mans nodevīgais augums padodas spēcīgam, visu miesu satricinošam orgasmam.

– Ana! – Kristjens skaļi iesaucas, arī pats sasniegdams virsotni, un cieši tur manus gurnus, izliedams sevi visu. Smagi elpodams, viņš sabrūk man blakus, uzvelk mani sev virsū un ieslēpj seju matos, cieši piekļāvis mani klāt.

– Laipni lūgta manā pasaulē, meitenīt, – viņš izdveš.

Mēs brīdi guļam, gaidīdami, kad smagie elpas vilcieni pierims. Kristjens maigi glāsta manus matus. Es atkal guļu viņam uz krūtīm, bet šoreiz man nav spēka pacelt roku un viņam pieskarties. *Jēzus... es pārcietu sodu.* Nebija nemaz tik slikti. Izrādās, ka esmu izturīgāka, nekā man pašai šķita. Kristjens pietuvina degunu maniem matiem un dziļi ievelk elpu.

– Malacis, mīļā, – viņš nočukst, un viņa balsī skan rāms prieks. Vārdi šķietami ietin mani mīkstā, pūkainā dvielī, un mani sajūsmina doma, ka viņš ir apmierināts.

Kristjens pieskaras mana krekliņa lencei.

– Vai tu guli šajā apģērbā? – viņš jautā.

– Jā, – es miegaini atbildu.

– Tev vajadzētu ģērbties zīdā un satīnā, mana skaistā meitene. Es tevi aizvedīšu iepirkties.

– Man patīk šīs drēbes, – es nomurminu, neveiksmīgi mēģinādama izklausīties aizkaitināta.

Kristjens noskūpsta mani uz pakauša.

– Gan redzēsim, – viņš nosaka.

Mēs tā guļam vēl dažas minūtes vai stundas – man nav ne jausmas, – un es laikam arī iesnaužos.

– Man jāiet, – Kristjens ieminas un maigi uzspiež skūpstu man uz pieres. – Vai viss ir labi? – viņš klusi painteresējas.

Es apdomāju viņa jautājumu. Mans dibens vēl joprojām svilst, bet es pati apmierināta staroju. Šī atskārsme ir negaidīta un mulsinoša. Es neizprotu savas izjūtas.

– Jā, – es nočukstu. Neko citu nevēlos teikt.

Kristjens pieceļas.

– Kur ir tava vannasistaba?

– Uz priekšu pa gaiteni un pa kreisi.

Paķēris arī pirmo prezervatīvu, Kristjens pamet guļamistabu. Es stīvām kustībām pieceļos un uzvelku bikses. Tās sāpīgi berž manu dibenu. Es apjukusi domāju par savu reakciju. Reiz Kristjens teica, ka pēc kārtīga pēriena es jutīšos daudz labāk. *Kā tas iespējams?* Es patiesi neko nesaprotu, bet viņam bija taisnība. Nevarētu apgalvot, ka pēriens man sagādāja baudu, un es būtu ar mieru atdot daudz, lai tikai nevajadzētu neko tādu pārciest vēlreiz, bet tagad... Mani pārņēmusi rāma, dīvaina sāta sajūta. Es saņemu galvu rokās. Neko nesaprotu!

Kristjens atgriežas, bet es nespēju ielūkoties viņam acīs, tāpēc pētu savas rokas.

– Atradu zīdaiņu eļļu. Tā noderēs ādas ieberzēšanai.

Kā, lūdzu?

– Nē, būs jau labi.

– Anastasija, – viņš mani brīdina, un es jau grasos izbolīt acis, bet steidzīgi apvaldu šo vēlmi un nostājos ar seju pret gultu. Kristjens apsēžas man blakus un piesardzīgi novelk treniņbikses. *Augšup un lejup kā padauzas svārki*, dzēlīgi atgādina mana zemapziņa, un es viņu pasūtu labi tālu. Iespiedis saujā nedaudz eļļas, Kristjens saudzīgi iemasē to manā pēcpusē. Es nebūtu varējusi pat iedomāties, ka šis šķidrums, ko izmantoju kosmētikas noņemšanai, tik labi noder svilstoša dibena apstrādei.

– Man patīk tev pieskarties, – viņš nomurmina, un esmu spiesta viņam piekrist; arī man tas ir tīkami.

– Viss, – Kristjens pēc brīža nosaka un pavelk manas bikses augšup.

Es palūkojos uz pulksteni. Ir jau pusvienpadsmit.

– Man jādodas prom.

– Es tevi pavadīšu. – Vēl joprojām nespēju ieskatīties viņam acīs.

Kristjens aiz rokas pieved mani pie ārdurvīm. Mums paveicies, jo Keita vēl nav atgriezusies. Acīmredzot vakariņas ģimenes lokā ieilgušas. Es patiesi priecājos, ka viņa nav dzirdējusi manu sodu.

– Vai tev nevajag piezvanīt Teiloram? – es jautāju, vairīdamās lūkoties uz Kristjenu.

– Viņš mani gaida jau kopš deviņiem. Paskaties uz mani, – Kristjens pavēl.

Es negribīgi paklausu un atklāju, ka viņa acīs dzirkstī apbrīns.

– Tu neraudāji, – viņš nomurmina, piepeši mani sagrābj un kaislīgi noskūpsta. – Svētdien, – viņš nočukst, mūsu lūpām saskaroties, un tas ir gan solījums, gan drauds.

Es vēroju Kristjenu, kamēr viņš iet pa celiņu un iekāpj lielajā, melnajā *Audi*. Viņš neatskatās. Es aizveru durvis un bezpalīdzīga stāvu savā dzīvoklī, kurā drīkstēšu pavadīt vēl tikai divas dienas. Gandrīz četrus gadus biju šeit laimīga... bet šodien pirmo reizi jūtos vientuļa un nelaimīga. Man vairs nepietiek ar sevi vien. Vai jau esmu tik tālu aizklīdusi no savas patiesās būtības? Esmu tuvu asarām. Kas ar mani notiek? Un diemžēl nevaru pat apsēsties un kārtīgi izraudāties. Nāksies stāvēt kājās. Zinu, ka ir jau vēls, tomēr nolemju piezvanīt mātei.

– Mīļā, kā tev klājas? Kā noritēja izlaidums? – viņa sajūsmināta vaicā, un viņas balss ir kā sāpes remdējošs balzams.

– Piedod, ka zvanu tik vēlu, – es nočukstu.

Māte brīdi klusē.

– Ana? Kas noticis? – viņa nopietna vaicā.

– Nekas, māt. Tikai gribēju dzirdēt tavu balsi.

– Ana, kas tev kaiš? Runā, lūdzu, – viņa maigi, mierinoši saka, un es zinu, ka viņai nav vienalga. Piepeši sākas asaru plūdi. Pēdējo dienu laikā esmu raudājusi pārāk bieži.

– Lūdzu, Ana, – māte šķiet izmisusi, atspoguļojot manas izjūtas.

– Es sastapu vīrieti.

– Ko viņš tev nodarīja? – māte satrūkusies vaicā.

– Neko sliktu. – *Kaut gan...* Es sadusmojos uz sevi. Negribu mātei sagādāt liekas raizes, tikai vēlējos, lai man uz mirkli nevajadzētu būt stiprai un kāds cits uzņemtos šo nastu.

– Ana, lūdzu, es sāku baidīties par tevi.

Es dziļi ievelku elpu. – Ir kāds vīrietis, kurš man ļoti iepaticies, bet mēs esam ārkārtīgi atšķirīgi, un es nezinu, vai mums vajadzētu būt kopā.

– Ak, mīļā... Kaut es varētu tev palīdzēt! Man ļoti žēl, ka neierados uz izlaidumu. Tu beidzot esi kādā ieskatījusies! Ar vīriešiem ir grūti, bērns. Viņi ir pavisam cita suga. Cik sen jūs esat pazīstami?

Kristjens pilnīgi noteikti ir no citas sugas... vai pat planētas.

– Gandrīz trīs nedēļas.

– Ana, bērns, tas nemaz nav ilgs laiks. Nevienu taču nav iespējams pilnīgi iepazīt trijās nedēļās. Nepārspīlē un turi viņu izstieptas rokas attālumā, līdz sapratīsi, vai viņš ir tevis vērts.

Ir dīvaini dzirdēt tik saprātīgus vārdus no manas mātes puses, bet ir jau par vēlu. Vai viņš ir manis vērts? Tā ir interesanta doma. Es līdz šim esmu prātojusi tikai par to, vai pati esmu viņa vērta.

– Mīlulīt, tu izklausies nelaimīga. Atgriezies mājās, paciemojies pie mums. Man tevis pietrūkst, bērns. Arī Bobs labprāt tevi satiktu. Tu varētu atpūsties un varbūt arī pieņemt kādu lēmumu. Tu esi smagi strādājusi, un tev pienākas brīvdienas.

Piedāvājums ir vilinošs. Aizbēgt uz Džordžiju, sauļoties, dzert kokteiļus, baudīt mātes labo noskaņojumu un mīlas pilnās skavas...

– Pirmdien man sarunātas divas darba intervijas Sietlā.

– Lieliskas ziņas!

Atveras durvis, un tajās smaidīdama parādās Keita. Smaids pazūd, tiklīdz viņa ierauga, ka esmu raudājusi.

– Man jābeidz runāt, māt. Es padomāšu par ciemošanos. Pateicos.

– Lūdzu, mīļā, neļauj tam vīrietim tevi pārāk satricināt. Tu esi vēl ļoti jauna. Izklaidējies, baudi jaunību!

– Jā, mammu, es tevi mīlu.

– Es tevi arī, Ana. Ļoti, ļoti. Labu veiksmi, bērns!

Nolikusi klausuli, es pievēršos Keitai. Draudzene saniknota uzlūko mani.

– Vai tas nepieklājīgi bagātais mēsls tevi atkal saraudināja?

– Nē... nu, varbūt... hmm... jā.

– Pasūti taču viņu tālāk, Ana! Kopš iepazināties, tu esi pārmijus septītajās debesīs un dziļākajā ellē. Nekad neesmu tevi redzējusi šādu.

Ketrīnas Kevanas pasaulē viss ir skaidri noteikts, melns un balts. Nav dūmakaino, noslēpumaino pelēcīgo nokrāsu, kas pārņēmušas manu pasauli. *Laipni lūgta manā pasaulē.*

– Apsēdies. Mēs aprunāsimies, iedzersim vīnu. Ā, tu dzēri šampanieti! – Keita pamana pudeli. – Turklāt labu.

Es vārgi pasmaidu, bažīgi tuvodamās dīvānam. Hmm... apsēšanās...

– Kas ar tevi noticis?

– Nokritu un piezemējos uz pēcpuses.

Keita neapšauba manu skaidrojumu, jo es esmu viens no neveiklākajiem cilvēkiem visā Vašingtonas štatā. Nekad nebiju domājusi, ka reiz to uzskatīšu par priekšrocību. Es piesardzīgi apsēžos, bet nekas īpaši nesāp, un es atvieglota pievēršos Keitai. Tomēr mans prāts drīz vien aizklīst atpakaļ pie sarunas ar Kristjenu. *Ja tu piederētu man, pēc šādiem izgājieniem tu nevarētu apsēsties vēl nedēļu.* Toreiz es saklausīju tikai vārdus par piederēšanu viņam. Nevaru apgalvot, ka netiku brīdināta; biju tikai pārāk iemīlējusies un naiva, lai to pamanītu.

Dzīvojamā istabā atgriežas Keita, nesdama pudeli sarkanvīna un izmazgātās tases.

– Lūdzu! – Viņa pasniedz man krūzi ar vīnu. Tas negaršos tik labi kā šampanietis.

– Ana, ja Grejs ir nelietis, kurš baidās no saistībām, pamet viņu nekavējoties. Kaut gan es neizprotu viņa iebildumus. Teltī viņš tevi vēroja kā vanags, ne mirkli nenovērsās. Šķiet, viņš ir kā traks pēc tevis, bet izrāda to kaut kā dīvaini.

Traks? Kristjens? Dīvaini? Un kā vēl!

– Tas ir sarežģīti, Keita. Kā klājās tev? – es painteresējos, jo neuzdrošinos pārrunāt savus sarežģījumus ar draudzeni, lai neatklātu pārāk daudz. Bet pietiek ar vienu jautājumu par viņas piedzīvoto, un Keitu vairs nav iespējams apklusināt. Ir patīkami klausīties viņas pierastajā pļāpāšanā. Iespējams, Ītans pēc savām brīvdienām dzīvos pie mums. Mani šī vēsts iepriecina; kopā ar Ītanu vienmēr ir jautri. Kristjenam gan tas nepatiks... bet viņam nāksies samierināties.

Iztukšojusi dažas tases vīna, es nolemju, ka laiks doties gulēt. Diena bijusi ļoti nogurdinoša. Keita mani apskauj un paķer telefonu, lai varētu piezvanīt Eljotam.

Es iztīru zobus un ieslēdzu jauno datoru. Mani gaida vēstule no Kristjena.

No: Kristjens Grejs
Temats: Tu
Datums: 26.05.2011. 23:14
Kam: Anastasija Stīla

Stīlas jaunkundze!

Tu esi gluži vienkārši brīnišķīga. Skaistākā, gudrākā, asprātīgākā un drosmīgākā sieviete, kādu esmu sastapis. Iedzer ibuprofēnu; tas nav lūgums. Un nebrauc vairs ar savu veco mašīnu. Es zināšu, ja tas notiks.

Kristjens Grejs,

Grey Enterprises Holding, Inc.

Tātad es nedrīkstu izmantot pati savu mašīnu? Es steidzīgi uzrakstu atbildi.

No: Anastasija Stīla
Temats: Glaimi
Datums: 26.05.2011. 23:20
Kam: Kristjens Grejs

Cienījamais Greja kungs!

Ar glaimiem Jūs tālu netiksiet, bet, tā kā esat ticis jau visur, par to nav vērts runāt.

Man vajadzēs aizbraukt ar mašīnu līdz remontdarbnīcai, lai varu to pārdot, un es negrasos piekāpties Jūsu kaprīzēm šajā jautājumā.

Sarkanvīns vienmēr palīdz labāk nekā ibuprofēns.

Ana

P.S. Sišana ar nūjām man ir STINGRAIS ierobežojums.

Es nospiežu "sūtīt".

No: Kristjens Grejs
Temats: Kaitinošas sievietes, kuras neprot pieņemt komplimentus
Datums: 26.05.2011. 23:26
Kam: Anastasija Stīla

Stīlas jaunkundze!

Es necenšos Tev glaimot. Tev jādodas pagulēt.

Pieņemu Tavu papildinājumu stingrajiem ierobežojumiem.

Nedzer pārāk daudz.

Teilors pārdos Tavu mašīnu par labu samaksu.

Kristjens Grejs,

Grey Enterprises Holding, Inc.

No: Anastasija Stīla
Temats: Teilors – vai viņš ir īstais šim darbam?
Datums: 26.05.2011. 23:40
Kam: Kristjens Grejs

Godātais kungs!

Interesanti, ka ļaujat ar šo mašīnu braukt savam uzticamajam palīgam, bet atsakāties pieļaut, lai to dara kāda sieviete, kuru laiku pa laikam izdrāžat. Kā es varu būt pārliecināta, ka Teilors konkrēto mašīnu pārdos par izdevīgāko cenu? Iepriekš, pirms satiku Jūs, es biju slavena ar savām kaulēšanās spējām.

Ana

No: Kristjens Grejs

Temats: Uzmanīgi!

Datums: 26.05.2011. 23:44

Kam: Anastasija Stīla

Stīlas jaunkundze!

Pieņemu, ka pie šiem vārdiem vainojams sarkanvīns un garā, nogurdinošā diena.

Kaut gan jāatzīst, ka mani pārņem kārdinājums atgriezties un parūpēties, lai Tu nevarētu apsēsties vēl nedēļu, nevis tikai dienu.

Teilors ir dienējis armijā un spēj vadīt jebko, sākot ar motociklu un beidzot ar tanku. Tava mašīna viņam neko nenodarīs.

Un, lūdzu, nerunā par sevi kā par "sievieti, kuru es laiku pa laikam drāžu", jo tas mani sanikno, un Tu tiešām nevēlies mani redzēt sadusmotu.

Kristjens Grejs,

Grey Enterprises Holding, Inc.

No: Anastasija Stīla

Temats: Pats uzmanies

Datums: 26.05.2011. 23:57

Kam: Kristjens Grejs

Godātais Greja kungs!

Es neesmu pārliecināta, ka Jūs man vispār patīkat, it īpaši šobrīd.

Stīlas jaunkundze

No: Kristjens Grejs

Temats: Uzmanīgi!

Datums: 27.05.2011. 00:03

Kam: Anastasija Stīla
Kāpēc es tev nepatīku?
Kristjens Grejs,
Grey Enterprises Holding, Inc.
No: Anastasija Stīla
Temats: Pats uzmanies
Datums: 27.05.2011. 00:09
Kam: Kristjens Grejs
Tāpēc, ka Tu nekad nepaliec pie manis.

Lūk, nu viņam pietiks vielas pārdomām. Es ar sparīgu žestu aizveru datoru, kaut gan nemaz nejūtos īpaši sparīga, un atkrītu gultā. Izslēgusi gaismu, es stingi lūkojos uz griestiem. Šīs garās dienas laikā cits citam sekojuši mirkļi, kas emocionāli iztukšo. Mani priecēja iespēja pavadīt laiku kopā ar Reju. Viņš šķiet vesels, turklāt atzinīgi novērtēja Kristjenu. Sasodītā Keita ar savu lielo muti! Un Kristjens runāja par savu pieredzi ar izsalkumu. Ko tas nozīmē? Un mašīna! Vēl pat neesmu pastāstījusi Keitai par savu jauno mašīnu. Vai Kristjens ir zaudējis prātu?

Un vakarā viņš man tiešām iesita. Nekad vēl nebiju sista. Kur es esmu iepinusies? Asaras, ko aizkavēja Keitas ierašanās, beidzot sāk nesteidzīgi ritēt pār manu seju, pilot ausīs. Esmu aizrāvusies ar tik noslēgtu un savādu vīrieti, ka noteikti cietīšu un to lieliski apzinos. Viņš pats atklāja, ka ir dēmonu apsēsts. *Kāpēc?* Doma, ka viņš bērnībā pārdzīvojis kādas mokpilnas ciešanas, liek man raudāt vēl spēcīgāk. *Varbūt, ja Kristjens būtu normāls, tu viņam nebūtu vajadzīga,* dzēlīgi pačukst zemapziņa... un sirds dziļumos es zinu, ka tā ir taisnība. Iespiedusi seju spilvenā, es ļauju asarām brīvu vaļu un pirmo reizi daudzu gadu laikā nevaldāmi šņukstu.

No izmisuma dzīlēm mani izrauj Keitas kliedzieni.

– Ko tu, pie velna, šeit dari?
– Nē, nevari gan!
– Ko tu atkal esi viņai nodarījis?
– Kopš jūs abi iepazināties, viņa nemitīgi raud.
– Nē, nenāc iekšā!

Manā istabā ielaužas Kristjens un bez kavēšanās ieslēdz griestu lampu. Es sarāvusies mirkšķinu acis.

– Jēziņ, Ana! – viņš nomurmina un izslēdz gaismu. Jau pēc mirkļa viņš ir man blakus.

– Kāpēc tu esi šeit? – es šņukstēdama izdvešu. Man neizdodas apvaldīt asaras.

Kristjens nospiež galda lampas slēdzi, un es atkal samiedzu acis. Keita nostājas durvīs.

– Vai gribi, lai es izmetu šo draņķi ārā? – viņa jautā, acīm šķiļot zibeņus.

Kristjens paceļ uzacis, paužot izbrīnu par Keitas krāšņo epitetu un kvēlo naidu. Es papurinu galvu, un viņa paceļ acis pret griestiem. *Ak, Keita... nav prātīgi tā rīkoties Kristjena Greja tuvumā.*

– Pakliedz, ja būšu tev vajadzīga, – viņa jau mierīgāk nosaka. – Grej, tu esi iekļuvis manā neģēļu sarakstā, un es tevi vērošu, – viņa uzšņāc Kristjenam, kurš apjucis samirkšķina acis, un izgājusi piever durvis, bet neaizcērt tās.

Kristjens sadrūmis uzlūko mani, un viņa seja ir pelēka. Mugurā viņam ir žakete ar svītriņu rakstu, un viņš izvelk no iekškabatas mutautu, ko pasniedz man. Šis ir jau otrais, kas nonāk manās rokās.

– Kas ar tevi notiek? – viņš klusi jautā.

– Kāpēc tu atnāci? – es vaicāju, izlikdamās, ka neesmu sadzirdējusi viņa vārdus. Asaras piepeši nozudušas, bet mans augums vēl joprojām raustās šņukstos.

– Manos pienākumos ietilpst arī tavu vajadzību apmierināšana. Tu vēlējies, lai palieku pie tevis, tāpēc es paklausīju. Bet atrodu tevi raudošu gultā. – Kristjens samirkšķina acis un šķiet patiesi apjucis. – Pie tā noteikti esmu vainojams es, bet nesaprotu, kāpēc. Vai tu raudi, jo es tevi nopēru?

Es pieceļos sēdus ar seju pret viņu un sāpēs saviebjos.

– Vai tu iedzēri ibuprofēnu?

Es papurinu galvu. Kristjens samiedz acis, pieceļas un iziet no istabas. Es dzirdu viņu sarunājamies ar Keitu, bet nesaklausu atsevišķus vārdus. Pēc brīža viņš atgriežas, rokā turēdams tabletes un tasi ar ūdeni.

– Iedzer, – viņš mierīgi pavēl, apsēzdamies man blakus uz gultas.

Es paklausu.

– Runā ar mani, – Kristjens nočukst. – Tu man teici, ka viss ir labi. Es nemūžam tevi nepamestu, ja domātu, ka esi tik bēdīga.

Es pētu savas rokas. Ko gan vēl es varu pateikt, ko jau neesmu sacījusi? Es gribu kaut ko vairāk. Gribu, lai viņš paliek, jo *vēlas* pavadīt laiku ar mani, nevis tāpēc, ka esmu pārvērtusies par nelaimes čupiņu. Un vēl es gribu, lai viņš man nesistu. Vai tas ir pārāk daudz?

– Pieņemu, ka tu meloji, sacīdama, ka tev nekas nekaiš.

Es pietvīkstu. – Man šķita, ka tā ir.

– Anastasija, tu nedrīksti man teikt tikai to, ko es, tavuprāt, gribētu dzirdēt. Tā nav atklāta rīcība, – viņš mani norāj. – Tas nozīmē, ka es nevaru ticēt nekam, ko esi teikusi.

Es bikli palūkojos uz Kristjenu un redzu, ka viņš ir sadrūmis un skumjš. Viņš izlaiž abas plaukstas caur matiem.

– Kā tu juties brīdī, kad es tevi pēru, un pēc tam?

– Man nepatika. Un es ceru, ka tu tā vairs nedarīsi.

– Nebija paredzēts, ka tev tas patiks.

– Kāpēc tas patīk tev? – es jautāju, lūkodamās Kristjenam acīs.

Viņš šķiet pārsteigts.

– Vai tiešām vēlies to zināt?

– Mirstu no vēlēšanās to noskaidrot. – Un man neizdodas apslāpēt sarkasmu balsī.

Kristjens samiedz acis.

– Uzmanīgi, – viņš brīdina mani, un es jūtu asinis atplūstam no sejas.

– Vai tu atkal man sitīsi?

– Šovakar nē.

Fū... Es atvieglota nopūšos.

– Man patīk vara, kādu sniedz pēršana, Anastasija. Es vēlos, lai tu izturies atbilstoši manām prasībām; ja tu to nedarīsi, tu saņemsi sodu un gūsi mācību, ka turpmāk jāpilda manas vēlmes. Man patīk tevi sodīt. Es klusībā gribu tevi nopērt jau no mirkļa, kad man pajautāji, vai esmu homoseksuāls.

To atceroties, es piesarkstu. Jā, pēc tā jautājuma pat man gribējās sevi iepērt. Tātad pie visa vainojama Ketrīna Kevana, un, ja viņa nebūtu saslimusi un pati ierastos uz interviju, lai painteresētos par Kristjena orientāciju, šobrīd dibens sāpētu viņai. Šī doma mani nomāc, un tas ir mulsinoši.

– Tātad es tev nepatīku tāda, kāda esmu.

Kristjens apjucis lūkojas uz mani. – Es domāju, ka tu esi lieliska.

– Ja tā, kāpēc tu centies mani mainīt?

– Neko tādu es nevēlos. Man tikai gribētos, lai tu izturētos padevīgi un rīkotos atbilstoši maniem noteikumiem, nemēģinot man pretoties. Tas arī viss, – viņš paskaidro.

– Bet tu vēlies mani sodīt.

– Jā.

– Lūk, to es nesaprotu.

Viņš nopūšas un vēlreiz izvelk pirkstus caur matiem.

– Tāds nu es esmu, Anastasija. Man vajag pār tevi valdīt. Man nepieciešams, lai tava uzvedība atbilstu konkrētām prasībām, un, ja tas nenotiek... man patīk vērot, kā tava brīnišķīgā alabastra krāsas āda sārtojas un sasilst zem manām plaukstām. Tas mani uzbudina.

Oho! Beidzot esam nonākuši pie paša interesantākā.

– Tātad galvenais nav sāpes, kurām tu mani pakļauj?

Kristjens norij siekalas.

– Arī tām ir nozīme, man jāredz, kā tu spēj tās paciest, bet tas nav īstais iemesls. Mani sajūsmina doma, ka tu piederi man un es varu ar tevi darīt visu, ko vien vēlos; tā ir pilnīga vara pār citu cilvēku. Un šī apziņa mani uzbudina, Anastasija. Neaprakstāmi. Paklau, es nemāku to visu paskaidrot... man nekad nav nācies to darīt. Neesmu īpaši iedziļinājies savās jūtās. Vienmēr esmu bijis kopā ar līdzīgi domājošiem. – Kristjens kā atvainodamies parausta plecus. – Un tu vēl joprojām neesi atbildējusi uz manu jautājumu. *Kā tu juties pēc saņemtā pēriena?*

– Apjukusi.

– Tu izjuti seksuālu uzbudinājumu, Anastasija. – Viņš aizver acis un pēc brīža atver tās, un es redzu kvēli viņa skatienā.

Kristjena sejas izteiksme pamodina kaut ko baisu manī, to, kas slēpjas dziļi pavēderē; mans libido, ko viņš atraisījis un pakļāvis sev, pat šobrīd ir nepiesātināms.

– Neskaties uz mani tā, – viņš nomurmina.

Es ieplešu acis. Kā šoreiz esmu nogrēkojusies?

– Man vairs nav prezervatīvu, Anastasija, un tu galu galā esi pārāk nomākta. Lai ko domātu tava dzīvokļa biedrene, es neesmu ar seksu apsēsts briesmonis. Tātad tu biji apjukusi?

Es neveikli sagrozos, viņa ciešā skatiena samulsināta.

– Rakstot vēstules, tu nevilcinoties atklāj savas domas. Kāpēc tev neizdodas runāt tikpat godīgi, kad esam aci pret aci? Vai es tevi biedēju?

Es sāku knibināt neesošu traipu uz mātes gatavotās lupatu segas.

– Tu valdzini mani, Kristjen. Un izraisi īstu emociju virpuli. Es jūtos kā Ikars, kurš pielidojis pārāk tuvu saulei, – es nočukstu.

Viņš spēji ievelk elpu un klusi nosaka: – Ir tieši otrādi.

– Kādā ziņā?

– Ak, Anastasija, tu esi mani apbūrusi. Vai tas nav acīmredzams?

Nē, man nē. *Apbūrusi...* Mana dieviete blenž uz Kristjenu, muti pavērusi. Pat viņa nespēj tam noticēt.

– Tu neatbildēji uz manu jautājumu. Labi, uzraksti man vēstuli. Bet šobrīd es tiešām gribētu pagulēt. Vai drīkstu palikt šeit?

– Vai tu *vēlies* palikt šeit? – Es nespēju apslāpēt cerību balsī.

– Tu gribēji, lai pavadu nakti pie tevis.

– Tu neatbildēji uz jautājumu.

– Uzrakstīšu tev vēstuli, – Kristjens īgni noburkšķ un piecēlies izņem no kabatām atslēgas, tālruni, maku un naudaszīmes. Jēziņ, vīrieši nēsā daudz mantu bikšu kabatās. Viņš atbrīvojas no pulksteņa, kurpēm, zeķēm un džinsiem. Žaketi viņš pārliek pār krēslu, apiet gultai apkārt un apsēžas man blakus.

– Apgulies, – viņš pavēl.

Es nesteidzīgi ieslīdu zem segas, sāpēs saviebusies, un lūkojos uz Kristjenu. Viņš tiešām paliks pie manis. Sajūsma un izbrīns pārmāc visas pārējās izjūtas. Viņš atbalstās uz elkoņa, mani vērodams.

– Ja tu raudāsi, dari to manā klātbūtnē. Man jāzina, kas ar tevi notiek.

– Vai tu vēlies, lai es raudu?

– Ne īpaši. Man tikai ir svarīgi zināt, kā tu jūties. Negribu tevi pazaudēt. Izslēdz gaismu, Anastasija, ir jau vēls, un mums abiem rīt jāstrādā.

Neglābjamais despots... Tomēr es nevaru sūdzēties, jo viņš taču ir manā gultā. Īsti nesaprotu, kāpēc... varbūt vajadzētu biežāk raudāt viņa priekšā. Es izslēdzu lampu uz naktsgaldiņa.

– Apgulies uz sāniem ar muguru pret mani, – Kristjens tumsā nomurmina.

Es izbolu acis, zinādama, ka viņš mani neredz, bet paklausu. Kristjens piesardzīgi apskauj mani un pievelk sev pie krūtīm.

– Guli, mazā, – viņš nočukst un, ieslēpis degunu manos matos, dziļi ievelk elpu.

Kristjens Grejs guļ kopā ar mani. *Jēziņ!* Un, viņa stipro roku sargāta, es iegrimstu dziļā miegā.

17. NODAĻA

Sveces liesma ir pārāk karsta. Tā raustās un dejo pārlieku siltajā vējā, kas nedāvā spirdzinājumu tveicē. Trausli, caurspīdīgi spārni plivinās tumsā, birdinot smalkus putekļus gaismas aplī. Es cenšos pretoties, bet vilinājums ir pārāk spēcīgs. Piepeši viss apkārt kļūst spožs. Esmu pielidojusi pārāk tuvu saulei, tās žilbināta, un karstumā kūstu, pamazām pagurdama un vairs nespēdama noturēties gaisā. Ir ļoti silts. Tveice ir smacējoša, pārāk spēcīga. Tā mani pamodina.

Es atveru acis un atklāju, ka esmu ietinusies Kristjenā Grejā kā segā. Viņš ir cieši aizmidzis un atbalstījis galvu man pret krūtīm, bet ar roku spiež mani sev klāt. Arī viņa kāja pārmesta pār manējām. Vīrieša ķermeņa izstarotais karstums mani smacē, turklāt viņš ir smags. Es brīdi ļauju sev priecāties par to, ka viņš vēl joprojām ir manā gultā un nav pamodies, turklāt ārā jau ir gaišs. Kristjens pavadījis pie manis visu nakti.

Miegā esmu izstiepusi labo roku, droši vien meklējot kādu vēsāku vietu, un man piepeši ienāk prātā doma, ka šobrīd es varu viņam pieskarties. Kristjens ir iemidzis. Es bikli paceļu roku un laižu pirkstus pār viņa muguru. No Kristjena mutes atskan kluss, satraukuma pilns vaids, un viņš sakustas. Mozdamies viņš dziļi ievelk elpu un viegli pakodī manu krūšu ādu. Viņa mati ir sajaukti, un miega pilnas, pelēkas acis mirkšķinādamas ielūkojas manējās.

– Labrīt, – Kristjens nomurmina un sarauc pieri. – Pat miegā es meklēju tavu tuvumu. – Viņš nesteidzīgi atbrīvo mani no savām skavām, mēģinādams aptvert notiekošo. Es sajūtu viņa piebriedušo locekli spiežamies pie gurna. Viņš

E L Džeimsa

pamana, ka es plati ieplešu acis, un atplaukst lēnā, pavedinošā smaidā.

– Hmm... daudzsološa situācija, bet domāju, ka vajadzētu pagaidīt līdz svētdienai. – Viņš pieliecas un ar degunu piebiksta manai ausij.

Kaut gan jau esmu gluži sarkana no karstuma, es pietvīkstu vēl košāk.

– Tu esi ļoti tveicīgs, – es nomurminu.

– Arī tu esi diezgan tvīksmaina, – viņš uzjautrināts nosaka un piespiežas man ciešāk.

Mana seja kļūst vēl sarkanāka, ja vien tas vispār iespējams. *Ne jau par to es runāju...* Kristjens atbalstās uz elkoņa, šķelmīgi vērodams mani, pirms pieliecas un mani pārsteidz, uzspiezdams maigu skūpstu uz lūpām.

– Vai labi gulēji? – viņš jautā.

Es pamāju, lūkodamās augšup uz viņu, un atskāršu, ka miegs patiesi bijis salds, izņemot pēdējo pusstundu, kad bija pārāk karsti.

– Es arī. – Kristjens sarauc pieri. – Jā, ļoti labi. – Viņš paceļ uzacis, izskatīdamies apjucis un pārsteigts. – Cik ir pulkstenis?

– Pusastoņi, – es atbildu.

– Pusastoņi! Nolādēts! – Viņš steidzīgi izkāpj no gultas un uzvelk kājās bikses.

Šoreiz es uzjautrināta saraucu uzacis, pieceldamās sēdus. Kristjens Grejs kavē darbu un ir satraukts. Kaut ko tādu es vēl nekad neesmu redzējusi. Piepeši es apjaušu, ka dibens vairs nesmeldz.

– Tu mani slikti ietekmē, Anastasija. Es kavēju tikšanos. Astoņos jābūt Portlendā. Vai tu smīkņā?

– Jā.

Kristjens atplaukst platā smaidā. – Es kavēju. Un es nekad nemēdzu nokavēties. Atkal kaut kas jauns, Stīlas jaunkundze. – Uzvilcis žaketi, viņš pieliecas un abām rokām aptver manu galvu.

– Svētdien, – viņš nosaka, un viņa balsī skan vārdos neizteikts solījums. Visu manu augumu pārņem tvīksmīgas gai-

300

das. Sajūta ir apbrīnojama.

Jēziņ, ja vien mans prāts spētu sekot ķermenim... Kristjens aši noskūpsta mani un paķer savas mantas no naktsgaldiņa, kā arī kurpes, bet neuzauj tās.

– Teilors parūpēsies par tavu veco mašīnu. Es nejokoju. Tu nedrīksti sēsties tai pie stūres. Svētdien gaidīšu tevi savā dzīvoklī. Atsūtīšu vēstuli ar tikšanās laiku. – Un viņš nozūd, gluži kā virpuļviesuļa aiznests.

Kristjens Grejs pavadīja nakti kopā ar mani, un es jūtos atpūtusies. Nebija nekāda seksa, tikai apskāvieni. Viņš teica, ka nekad ne ar vienu neguļot, bet gulēja pie manis. Es apmierināta pasmaidu un nesteidzīgi izkāpju no gultas. Pirmo reizi vairāku dienu laikā mans skatījums uz nākotni kļuvis gaišāks. Es dodos uz virtuvi, alkdama pēc tējas.

Kad esmu paēdusi brokastis, es ātri nomazgājos dušā un apģērbjos, gatavodamās pēdējai darba dienai veikalā. Šodien beigsies ilgstošs laikmets manā dzīvē; es teikšu ardievas Kleitonu pārim, universitātei, Vankūverai, dzīvoklim, savai mašīnai. Mans skatiens pievēršas datoram. Ir tikai septiņi un piecdesmit divas minūtes. Man vēl ir laiks.

No: Anastasija Stīla
Temats: Uzbrukums un miesas bojājumi: Pēcgarša
Datums: 27.05.2011. 08:05
Kam: Kristjens Grejs

Godātais Greja kungs!

Tu vēlējies zināt, kāpēc jutos apjukusi pēc tam, kad Tu... kādu gan eifēmismu šeit izvēlēties... nopēri, sodīji, siti, piekāvi mani. Visa šī biedējošā procesa laikā es jutos pazemota, mocīta un paklīdusi. Tomēr man kaunpilni jāatzīstas, ka Tev bija taisnība: es jutu arī uzbudinājumu, un tas bija negaidīts pārdzīvojums. Tev lieliski zināms, ka viss ar seksu saistītais man ir jauns. Es nožēloju, ka neesmu vairāk pieredzējusi un sagatavojusies. Uzbudinājums mani pārāk satrieca.

Visvairāk raižu man sagādāja izjūtas, kas parādījās vēlāk. Un tās ir grūtāk ietērpt vārdos. Es priecājos, jo priecājies Tu. Jutu arī atvieglojumu, jo pēriens nebija tik sāpīgs, kā iztēlojos. Un, kad atdusējos Tavās rokās, es biju... apmierināta. Bet šīs izjūtas raisīja arī mulsumu un vainas apziņu. Man tas šķiet neloģiski, tāpēc esmu apjukusi. Vai esmu atbildējusi uz Tavu jautājumu?

Ceru, ka kompāniju apvienošanās un pārņemšanas pasaule ir tikpat aizraujoša kā vienmēr... un Tu pārāk nenokavēji.

Paldies, ka paliki pie manis.

Ana

No: Kristjens Grejs
Temats: Atbrīvo prātu
Datums: 27.05.2011. 08:24
Kam: Anastasija Stīla

Interesanti... kaut gan temata nosaukums ir nedaudz pārspīlēts, Stīlas jaunkundze.

Atbildēšu uz visu pēc kārtas:

* lietosim vārdu "pēriens", jo tas vislabāk atbilst notikušajam;

* tātad Tu juties pazemota, mocīta un paklīdusi; īsta Tesa d'Erbervila. Ja atmiņa mani neviļ, Tu pati izvēlējies paklīdušas sievietes ceļu. Vai šīs izjūtas ir patiesas vai arī Tev šķiet, ka tā vajadzētu justies? Starp abiem šiem jēdzieniem ir liela atšķirība. Ja izjūtas ir patiesas, lūdzu, pamēģini ļauties tām un atrisināt pretrunas sevī. Manis dēļ. Tā rīkotos Pakļautā;

* Tava niecīgā pieredze ir mans prieka avots. Es to augstu vērtēju un tikai pamazām sāku saprast, ko tā nozīmē. Izsakoties kodolīgi, tu piederi man itin visās jomās;

* jā, Tu biji uzbudināta, un tas savukārt uzbudināja mani. Tajā nav nekā slikta;

* "prieks" ir pārāk neitrāls vārds manām izjūtām. Varbūt "ekstāzes pilna līksme" derētu;

* soda pēriens ir daudz sāpīgāks nekā jutekliskais pēriens, tātad sliktāk vairs nekļūs, ja vien Tu, protams, neizdarīsi kādu šausminošu pārkāpumu, un tādā gadījumā es ķeršos pie kāda instrumenta, lai Tevi sodītu. Mana plauksta vēl ilgi smeldza. Bet man tas patīk;

* arī es jutos apmierināts – vairāk, nekā Tu spēj iedomāties;

* netērē savu enerģiju veltīgai vainas apziņai, kaunam utt. Mēs esam pieauguši cilvēki, kas visu dara labprātīgi, un tas, ar ko nodarbojamies aiz slēgtām durvīm, attiecas tikai uz mums. Atbrīvo prātu un ieklausies savā ķermenī;

* biznesa pasaule nav ne puslīdz tik aizraujoša kā Jūs, Stīlas jaunkundze.

Kristjens Grejs,
Grey Enterprises Holding, Inc.

Jēziņ... es piederu viņam "visās jomās". Man aizraujas elpa.

No: Anastasija Stīla
Temats: Brīvprātīgi pieaugušie
Datums: 27.05.2011. 08:26
Kam: Kristjens Grejs

Vai Tu šobrīd neesi sanāksmē?

Mani ļoti iepriecina ziņa, ka Tev smeldza plauksta.

Un, ja es ieklausītos savā ķermenī, šobrīd jau būtu aizbēgusi uz Aļasku.

Ana

P.S. Es padomāšu par ļaušanos izjūtām.

No: Kristjens Grejs
Temats: Tu neizsauci policiju
Datums: 27.05.2011. 08:35
Kam: Anastasija Stīla

Stīlas jaunkundze!

Šobrīd es piedalos apspriedē par ieplānoto tirgus paplašināšanu nākotnē, ja tas Tevi patiesi interesē.

Starp citu, Tu paliki man blakus, zinādama, kas notiks. Nevienā mirklī nelūdzi, lai pārstāju, un neizmantoji drošības vārdus. Tu esi pieaugusi sieviete un pati izvēlies, ko darīt.

Runājot atklāti, es ar nepacietību gaidu nākamo reizi, kad plauksta sāpēs.

Tu acīmredzot neieklausies pareizajā sava ķermeņa daļā.

Aļaskā ir ļoti auksts un trūkst paslēptuvju. Es Tevi atrastu.

Neaizmirsti, ka es varu izsekot Tavu mobilo telefonu.

Ej uz darbu.

Kristjens Grejs,

Grey Enterprises Holding, Inc.

Es neapmierināta uzmetu lūpu. Protams, Kristjenam taisnība, izvēle ir manās rokās. Hmm. Vai viņš tiešām mani sameklētu? Vai nevajadzētu uz kādu laiku aizbēgt? Es atceros mātes piedāvājumu un nospiežu "Atbildēt".

No: Anastasija Stīla

Temats: Vajātājs

Datums: 27.05.2011. 08:36

Kam: Kristjens Grejs

Vai neesi mēģinājis apvaldīt savas vajātāja tieksmes ar psihoterapeita palīdzību?

Ana

No: Kristjens Grejs

Temats: Vajātājs? Es?

Datums: 27.05.2011. 08:38

Kam: Anastasija Stīla

Cienījamais doktors Flinns saņēmis jau nelielu bagātību, risinot manas vajātāja un citas tieksmes.

Ej uz darbu.

Kristjens Grejs,

Grey Enterprises Holding, Inc.

No: Anastasija Stīla

Temats: Dāsni atalgoti šarlatāni

Datums: 27.05.2011. 08:40

Kam: Kristjens Grejs

Iesaku pameklēt kādu citu ārstu. Neizskatās, ka doktoram Flinnam īpaši veicas.

Stīlas jaunkundze

No: Kristjens Grejs

Temats: Ekspertu viedokļi

Datums: 27.05.2011. 08:43

Kam: Anastasija Stīla

Nevarētu gan teikt, ka tā ir Tava darīšana, bet doktors Flinns ir jau otrais ārsts, pie kā vēršos.

Tev nāksies pārkāpt atļauto ātrumu savā jaunajā mašī-
nā, pakļaujot sevi nevajadzīgam riskam; ja nemaldos, tas
ir pretrunā ar noteikumiem.

EJ UZ DARBU.

Kristjens Grejs,
Grey Enterprises Holding, Inc.

No: Anastasija Stīla
Temats: KLIEDZOŠI LIELIE BURTI
Datums: 27.05.2011. 08:47
Kam: Kristjens Grejs

Tā kā esmu kļuvusi par Tavu vajātāja tendenču upuri, do-
māju, ka tā ir mana darīšana.

Vēl neko neesmu parakstījusi. Noteikumi, šmoteikumi.
Un darbs sākas tikai 9:30.

Stīlas jaunkundze

No: Kristjens Grejs
Temats: Deskriptīvā lingvistika
Datums: 27.05.2011. 08:49
Kam: Anastasija Stīla

"Šmoteikumi"? Kurā vārdnīcā atrodams šāds vārds?

Kristjens Grejs,
Grey Enterprises Holding, Inc.

No: Anastasija Stīla
Temats: Deskriptīvā lingvistika
Datums: 27.05.2011. 08:52
Kam: Kristjens Grejs

Starp "despotu" un "vajātāju". Un deskriptīvā lingvistika
turpmāk ir mans stingrais ierobežojums.

Nu, vai liksi mani mierā? Es gribu braukt uz darbu ar sa-
vu jauno mašīnu.

Ana

No: Kristjens Grejs
Temats: Kaitinošas, bet jocīgas jaunas sievietes
Datums: 27.05.2011. 08:56
Kam: Anastasija Stīla

Man niez plauksta.

Brauciet uzmanīgi, Stīlas jaunkundze.

Kristjens Grejs,
Grey Enterprises Holding, Inc.
Jauno mašīnu vadīt ir īsta bauda. Tai ir stūres pastiprinātājs. Manam vecajam automobilim nebija nekā tamlīdzīga, un tas nozīmē, ka mans spēka vingrojumu skaits ikdienā samazināsies. Toties man būs personiskais treneris saskaņā ar Kristjena noteikumiem. Šī doma liek man saīgt. Neciešu vingrošanu.

Braukdama uz darbu, es prātā pārcilāju mūsu saraksti. Kristjens dažreiz uzvedas kā valdonīgs kuces dēls. Jau nākamajā mirklī es atceros Greisu un jūtos vainīga, bet viņa galu galā nav Kristjena īstā māte. Un šī doma paver ceļu uz nezināmu sāpju pilnu pasauli. Labi, varbūt "valdonīgs kuces dēls" ir īstais izteiciens. Jā. Es esmu pieaugusi sieviete, paldies, ka atgādināji, Kristjen Grej, un izvēle ir manās rokās. Diemžēl es gribu tikai Kristjenu, nevis visu viņa... bagāžu, un šobrīd tā būtu ietilpināma lidmašīnas kravas telpā. Vai es varētu atslābināties un to pieņemt? Kā pieklājas Pakļautajai? Es solīju mēģināt, bet tas nebūs viegli.

Es atstāju mašīnu veikala stāvvietā un dodos iekšā. Grūti noticēt, ka šī ir mana pēdējā diena te. Man paveicas, jo veikalā valda rosība un laiks aizrit ātri. Pusdienas laikā Kleitona kungs izsauc mani no noliktavas. Viņam blakus stāv kurjers.

– Vai jūs esat Stīlas jaunkundze? – puisis jautā. Es apjukusi palūkojos uz Kleitona kungu, bet viņš tikai parausta plecus. Man sažņaudzas sirds. Ko Kristjens atsūtījis šoreiz? Parakstījusies par nelielo kārbiņu, es to nekavējoties atveru un ieraugu *BlackBerry* viedtālruni. Juzdamās arvien sliktāk, es ieslēdzu mazo ierīci.

No: Kristjens Grejs
Temats: Telefons (AIZDOTS)
Datums: 27.05.2011. 11:15
Kam: Anastasija Stīla
Man nepieciešama iespēja ar Tevi sazināties jebkurā diennakts laikā. Tā kā Tu spēj būt atklāta tikai šādā formā, es nospriedu, ka Tev vajadzīgs viedtālrunis.

Kristjens Grejs,
Grey Enterprises Holding, Inc.
No: Anastasija Stīla
Temats: Patērētāju kultūras neprāts
Datums: 27.05.2011. 13:22
Kam: Kristjens Grejs
Man šķiet, Tev vajadzētu nekavējoties piezvanīt doktoram Flinnam. Tavas vajātāja tieksmes kļuvušas nevaldāmas.
Esmu darbā un atsūtīšu Tev vēstuli, kad atgriezīšos mājās.
Pateicos par kārtējo spīdīgo nieciņu.
Man bija taisnība, kad Tevi nosaucu par neglābjamu patērētāju.
Kāpēc Tu tā rīkojies?
Ana
No: Kristjens Grejs
Temats: Viedas atziņas jaunas sievietes prātā
Datums: 27.05.2011. 13:24
Kam: Anastasija Stīla
Kā parasti, Jums taisnība, Stīlas jaunkundze.
Doktors Flinns šobrīd ir atvaļinājumā.
Un es tā rīkojos tāpēc, ka tas ir manos spēkos.
Kristjens Grejs,
Grey Enterprises Holding, Inc.
Es ielieku telefonu bikšu aizmugurējā kabatā, jau juzdama riebumu pret to. Vēstuļu rakstīšana Kristjenam ir kārdinošs prieks, bet man jāstrādā. Tālrunis novibrē man pie dibena... *Tāpat kā Kristjens*, es sāji nospriežu, bet piesaucu visu savu gribasspēku un neatveru ziņu.
Četros Kleitonu pāris sapulcina visus darbiniekus un pēc runas, kuras laikā es sarkstu kā tomāts, pasniedz man čeku par trīssimt dolāriem. Piepeši manī atdzīvojas viss iepriekšējo triju nedēļu laikā pārdzīvotais – eksāmeni, izlaidums, dedzīgs, bet psihiski nevesels miljardieris, nevainības zaudēšana, stingrie un elastīgie ierobežojumi, rotaļu kambari, vizināšanās helikopterā un gaidāmā pārvākšanās. Pārsteidzoši, taču man pat izdodas savaldīties. Zemapziņa ir ap-

brīnas pārņemta. Es cieši apskauju Kleitonus; viņi bijuši labsirdīgi, dāsni darbadevēji, un man viņu pietrūks.
**

Kad atgriežos mājās, Keita patlaban kāpj ārā no savas mašīnas.

– Kas tas? – viņa kā apsūdzēdama jautā, norādīdama uz *Audi*, un es nespēju atturēties nepajokojusi.

– Mašīna.

Keita samiedz acis, un man šķiet, ka arī viņa mani pārliks pār celi. – Dāvana izlaidumā, – es tēloti nevērīgi piebilstu. Jā, es katru dienu saņemu vismaz vienu dārgu mašīnu. Viņai paveras mute.

– Tas draņķis nu gan ir dāsns, un viņam patīk pārspīlēt, vai ne?

Es pamāju. – Mēģināju gan atteikties, bet, patiesību sakot, tas nav pūļu vērts.

Keita sakniebj lūpas. – Tas izskaidro, kāpēc esi tik apjukusi. Es pamanīju, ka viņš pavadīja nakti šeit.

– Jā. – Es ilgpilni pasmaidu.

– Beigsim kravāt mantas, labi?

Es pamāju un sekoju viņai dzīvoklī, vienlaikus lasīdama Kristjena atsūtīto ziņu telefonā.

No: Kristjens Grejs
Temats: Svētdiena
Datums: 27.05.2011. 13:40
Kam: Anastasija Stīla

Vai varam sarunāt tikšanos svētdien 13:00?

Ārste ieradīsies 13:30, lai varētu Tevi izmeklēt.

Es dodos uz Sietlu. Ceru, ka pārvākšanās noritēs veiksmīgi, un ar nepacietību gaidu svētdienu.

Kristjens Grejs,
Grey Enterprises Holding, Inc.

Jēzus, viņš runā tik lietišķi, it kā apspriestu laika apstākļus. Es nolemju aizsūtīt viņam vēstuli, kad kravāšanās būs pabeigta. Kristjens spēj būt asprātīgs un izklaidējošs, bet jau nākamajā mirklī sāk runāt formāli un sausi. Ir grūti viņam pielāgoties. Šī pēdējā vēstule varētu būt sūtīta kādam darbiniekam. Es kā izaicinādama paceļu acis pret griestiem un pievienojos Keitai.

**

Kad pie durvīm pieklauvē, mēs ar Keitu esam virtuvē. Uz sliekšņa stāv Teilors, tērpies nevainojamā uzvalkā. Īsi apcirptie mati, kalsnais, spēcīgais augums un bezkaislīgā sejas izteiksme apliecina Kristjena teikto: viņš tiešām reiz dienējis armijā.

– Stīlas jaunkundze, – Teilors mani sveicina. – Es ierados pēc jūsu mašīnas.

– Ak jā, protams. Nāciet iekšā, es tūlīt sameklēšu atslēgas.

Neizklausās, ka šāds uzdevums ietilpst viņa parastajos pienākumos. Es atkal sāku prātot par Teilora darbu. Pasniedzu viņam atslēgas, un mēs ejam pie gaiši zilās mašīnas, neveikli klusējot (vismaz es jūtos neveikli). Atvērusi durvis, es izņemu no cimdu nodalījuma kabatas lukturīti. Neko citu es mašīnā neglabāju. *Ardievu*, Vanda. *Pateicos par visu.* Es noglāstu mašīnas jumtu un aizveru pasažiera puses durvis.

– Cik ilgi jūs jau strādājat pie Greja kunga? – es painteresējos.

– Četrus gadus, Stīlas jaunkundze.

Manī piepeši mostas nepārvarama vēlme apbērt Teiloru ar jautājumiem. Viņš noteikti zina visus Kristjena noslēpumus... bet droši vien arī parakstījis konfidencialitātes līgumu. Es uzmetu viņam nemiera pilnu skatienu, bet kaut kas viņa atturīgajā izteiksmē man atgādina Reju, un es atmaigstu.

– Viņš ir krietns cilvēks, Stīlas jaunkundze, – Teilors smaidīdams nosaka. Tik tikko manāmi palocījis galvu, viņš iesēžas mašīnā un aizbrauc.

Dzīvoklis, *Vanda*, Kleitonu veikals – viss ir mainījies. Es papurinu galvu un atgriežos pie Keitas. Vislielākās pārmaiņas iemieso Kristjens Grejs. Teilors viņu uzskata par krietnu cilvēku; vai man vajadzētu noticēt šiem vārdiem?

**

Astoņos mums pievienojas Hosē. Viņš atnes ķīniešu ēdienu. Viss ir sakravāts, un mēs esam gatavas pārcelties. Viņš ir paņēmis līdzi arī vairākas alus pudeles, un mēs ar Keitu apsēžamies uz dīvāna, kamēr Hosē sakrustotām kājām apmetas uz grīdas starp mums. Mēs skatāmies sliktas pārraides televīzijā, dzeram alu un vēlāk skaļi gremdējamies patīkamās atmiņās. Šie četri gadi bijuši lieliski.

Manas attiecības ar Hosē atgriezušās normālās sliedēs, un neizdevies skūpsts ir aizmirsts vai vismaz paslaucīts zem paklāja, uz kura izstiepusies guļ mana iekšējā dieviete. Viņa ēd vīnogas un ar pirkstiem bungo pa grīdu, nepacietīgi gaidīdama svētdienu. Pie durvīm kāds pieklauvē, un es satrūkstos. Vai tas varētu būt...?

Keita atver durvis, un Eljots gandrīz notriec viņu zemē, satverot manu draudzeni Holivudai raksturīgajā, kvēlajā apskāvienā, kas ātri vien pārvēršas par erotiskās mākslas paraugdemonstrējumu. Mēs ar Hosē pārsteigti saskatāmies. Mani šausmina Keitas nekautrība.

– Varbūt aiziesim uz bāru? – es jautāju Hosē, un viņš dedzīgi māj ar galvu. Mēs abi jūtamies neveikli, skatoties uz nevaldāmas iekāres pārņemto pāri. Keita paceļ skatienu un mirdzošām acīm uzlūko mani.

– Mēs ar Hosē dosimies iedzert. – Es izteiksmīgi palūkojos uz griestiem, klusībā nopriecādamās, ka savās mājās vēl drīkstu to darīt.

– Labi, – viņa smaidīdama piekrīt.

– Čau, Eljot! Atā, Eljot!

Viņš piemiedz man ar aci, un pēc brīža mēs abi jau ejam pa taku prom, spurgdami kā pusaudži.

Tuvojoties bāram, mēs sadodamies elkoņos. Hosē ir vienkāršs puisis, un šobrīd es par to priecājos; līdz šim nebiju pienācīgi novērtējusi viņa nesarežģīto raksturu.

– Tu taču atnāksi uz manas izstādes atklāšanu, vai ne?

– Protams, Hosē. Kad tā paredzēta?

– Devītajā jūnijā.

– Kāda tā ir diena? – es jautāju, piepeši izbijusies.

– Ceturtdiena.

– Jā, droši vien tikšu... un mūs apciemosi Sietlā, vai ne?

– Pamēģini tikai mani aizkavēt! – viņš smaidīdams atbild.
✳✳

Kad atgriežos mājās, ir jau vēls. Es neredzu Keitu un El-jotu, toties lieliski sadzirdu viņus abus. Jēziņ! Cerams, es tik skaļi neuzvedos. Un Kristjens vispār ir ļoti kluss. To atcerējusies, es nosarkstu un steidzos uz savu istabu. Aši apskāvis mani (un tas, paldies Dievam, nepavisam nav neveikli), Hosē aiziet. Pat nezinu, kad mēs atkal tiksimies. Droši vien izstādes atklāšanā. Man vēl joprojām ir grūti aptvert, ka Hosē izdevies kaut ko tādu panākt. Man pietrūks drauga un viņa zēniskā šarma. Nav manos spēkos atklāt viņam, kas noticis ar mašīnu. Zinu, ka Hosē sāks trakot, tiklīdz uzzinās patiesību, un es pašlaik spēju izturēt tikai vienu nervozu vīrieti.

Kad atveru datoru, mani jau gaida neizbēgamā vēstule no Kristjena.

No: Kristjens Grejs
Temats: Kur tu esi?
Datums: 27.05.2011. 22:14
Kam: Anastasija Stīla

Esmu darbā un atsūtīšu Tev vēstuli, kad atgriezīšos mājās.

Vai vēl esi darbā? Vai arī iepakoji kastēs savu telefonu, jauno tālruni un klēpjdatoru?

Piezvani, citādi būšu spiests zvanīt Eljotam.

Kristjens Grejs,
Grey Enterprises Holding, Inc.

Ārprāts... Hosē... Vai! Es steigšus sameklēju telefonu. Pieci neatbildēti zvani un viena balss ziņa. Es nobijusies atveru pēdējo. To atstājis Kristjens.

"Šķiet, tev jāmācās pildīt manas prasības. Es neesmu pacietīgs cilvēks. Ja teici, ka sazināsies ar mani pēc darba, vismaz pieklājības dēļ varēji turēt solījumu. Pretējā gadījumā es par tevi raizējos, un tās man ir pavisam svešas izjūtas, tāpēc es nemāku tās apvaldīt. Piezvani."

Pie visiem velniem! Vai viņš nekad mani neliks mierā? Es pikta uzlūkoju telefonu. Kristjens ir uzmācīgs kā muša. Sirdij bailēs sažņaudzoties, es sameklēju viņa numuru un nospiežu "Zvanīt". Nemiera pārņemta, es gaidu atbildi. Viņš droši vien labprāt mani nozilinātu. Šī doma liek man iegrimt skumjās.

– Sveika, – Kristjens klusi nosaka, un viņa balss izsit mani no līdzsvara, jo biju gaidījusi dusmas, bet dzirdu tikai atvieglojumu.

– Sveiks, – es nomurminu.

– Es par tevi raizējos.

– Zinu. Piedod, ka neatbildēju, bet man nekas nekaiš. Kristjens ievelk elpu.

– Vai patīkami pavadīji vakaru? – Viņa balss ir salti pieklājīga.

– Jā. Mēs pabeidzām kravāt mantas un mielojāmies ar ķīniešu ēdieniem. Hosē mums pievienojās. – Es cieši aizmiedzu acis, izteikdama Hosē vārdu. Kristjens klusē.

– Kā klājas tev? – es jautāju, cenzdamās aizpildīt šo piepešo, apdullinošo klusuma plaisu. Man negribas pieļaut, lai viņš liek man justies vainīgai par Hosē.

Pēc brīža Kristjens nopūšas.

– Es apmeklēju labdarības pasākumu. Bija nāvējoši garlaicīgi. Es aizgāju, tiklīdz tas bija iespējams.

Viņš izklausās noskumis un samierinājies ar likteni. Man sažņaudzas sirds. Acu priekšā parādās Kristjens, kurš sēž pie klavierēm milzīgajā dzīvojamā istabā, un es atceros skaudro, smeldzīgo mūziku, ko viņš spēlēja.

– Man gribētos, kaut tu būtu šeit, – es nočukstu, jo mani urda vēlme apskaut Kristjenu. Mierināt viņu. Kaut gan viņš man to neļautu. Es ilgojos pēc viņa tuvuma.

– Vai tiešām? – viņš bezkaislīgi nomurmina. Tas nebūt neizklausās pēc Kristjena, un es jūtu skudriņas pārskrienam pār muguru.

– Jā, – es izdvešu. Šķiet, ka paiet mūžība, līdz viņš nopūšas.

– Vai svētdien tiksimies?

– Jā, svētdien, – es atbildu, un mani pārņem gaidpilnas tirpas.

– Arlabunakti.

– Arlabunakti, kungs.

Uzruna pārsteidz Kristjenu nesagatavotu; to man pavēsta viņa spēji ievilktā elpa.

– Ceru, ka pārvākšanās noritēs veiksmīgi, Anastasija, – viņš klusi nosaka. Un mēs abi gluži kā pusaudži gaidām, negribēdami beigt sarunu.

– Noliec klausuli, – es nočukstu un beidzot dzirdu, ka viņš pasmaida.

– Nē, tu pirmā. – Un ir skaidrs, ka viņš tik tikko valda smieklus.

– Negribu.

– Es arī ne.

– Vai tu biji ļoti dusmīgs?

– Jā.

– Un tagad?

– Nē.

– Tātad tu mani nesodīsi?

– Nē. Es mēdzu pakļauties mirkļa iegribām.

– Jā, to es jau pamanīju.

– Tagad vari nolikt klausuli, Stīlas jaunkundze.

– Vai tiešām gribat, lai es to daru, kungs?

– Ej gulēt, Anastasija.

– Jā, kungs.

Neviens no mums abiem nenoliek klausuli.

– Vai tu jebkad spēsi darīt to, ko es tev lieku? – Kristjens ir vienlaikus uzjautrināts un bezspēcības dusmu pārņemts.

– Varbūt. Tas noskaidrosies pēc svētdienas. – Un es nospiežu "Beigt".

**

Eljots pieceļas un apbrīno savu roku darbu. Viņš ir pievienojis mūsu televizoru satelīta sistēmai jaunajā dzīvoklī. Mēs ar Keitu spurgdamas atkrītam uz dīvāna, jūsmodamas par Eljota prasmīgo rīkošanos ar urbi. Plakanais ekrāns izskatās savādi pie pārbūvētās noliktavas ķieģeļu sienas, bet es noteikti pie tā pieradīšu.

– Nu re, mazā, tas bija pavisam vienkārši. – Eljots velta

Keitai platu, mirdzoši baltu smaidu, un viņa gandrīz izkūst dīvānā.

Es paceļu acis pret griestiem.

– Klau, mazā, es labprāt paliktu pie jums, bet mana māsa atgriezusies no Parīzes. Šodien paredzētas obligātas ģimenes vakariņas.

– Vai vēlāk varēsi atnākt? – Keita bikli un sev pavisam neraksturīgi vaicā.

Es pieceļos un aizeju uz virtuvi, izlikdamās, ka gribu izkravāt kādu no kastēm. Viņi tūlīt kļūs salkani.

– Mēģināšu aizbēgt, – Eljots sola.

– Es pavadīšu tevi lejup, – Keita smaidīdama pavēsta.

– Atā, Ana! – Eljots uzsauc man.

– Atā, Eljot. Pasveicini Kristjenu.

– Tikai pasveicināt? – Viņš šķelmīgi sakustina uzacis.

– Jā, – es nosarkusi atbildu. Eljots piemiedz man ar aci, un es kļūstu arvien sarkanāka, līdz viņš seko Keitai ārā pa durvīm.

Eljots ir neatvairāms un nepavisam nelīdzinās Kristjenam. Viņš ir sirsnīgs, atklāts, nebaidās no fiziska kontakta... pat pārāk, kad runa ir par Keitu. Abi ļauj rokām brīvu vaļu, līdz tas kļūst mulsinoši, un mani moka zaļa skaudība.

Keita atgriežas pēc divdesmit minūtēm, nesdama picu, un mēs apsēžamies savā jaunajā, plašajā istabā kastu ielenkumā, ņemdamas šķēles tieši no kārbas. Varam lepoties ar Keitas tēva izvēli. Dzīvoklis nav milzīgs, tomēr pietiekami liels – trīs guļamistabas un liela dzīvojamā telpa, no kuras paveras skats uz Paikpleisas laukumu. Grīdas ir no cieta, pamatīga koka, sienas būvētas no sarkaniem ķieģeļiem, un virtuvē ir gludas betona darba virsmas. Viss ir ļoti mūsdienīgs un lietišķs. Mēs abas jūsmojam par domu, ka dzīvosim pašā pilsētas sirdī.

Astoņos ieskanas ārdurvju zvans. Keita pielec kājās... un es jūtu kamolu iespriežamies kaklā.

– Sūtījums Stīlas jaunkundzei un Kevanas jaunkundzei. – Mani pārņem spēja vilšanās. Tas nav Kristjens.

– Otrais dzīvoklis otrajā stāvā.

Keita ielaiž kurjeru ēkā un pēc brīža atver durvis. Kurjers izbrīnīts paver muti, ieraudzīdams manu draudzeni cieši pieguļošos džinsos un kreklā. Viņas mati ir saņemti augstā frizūrā, no kuras atrisušas dažas sprogas. Keita mēdz atstāt šādu iespaidu uz vīriešiem. Kurjers sniedz šampanieša pudeli, kam piesiets balons helikoptera formā. Keita velta viņam žilbinošu smaidu, ļaudama noprast, ka laiks doties prom, un nolasa man uz kartītes rakstīto ziņu.

Dāmas, vēlu Jums veiksmi jaunajās mājās.

Kristjens Grejs.

Keita neapmierināta papurina galvu.

– Kāpēc viņš neraksta gluži vienkārši "Kristjens"? Un ko nozīmē tas dīvainais helikoptera balons?

– Čārlijs Tango.

– Kā, lūdzu?

– Kristjens mani aizveda uz Sietlu savā helikopterā. – Es paraustu plecus.

Keita satriekta uzlūko mani, muti pavērusi. Jāatzīst, ka es dievinu šos mirkļus, kad redzu Ketrīnu Kevanu, kas zaudējusi valodu. Tas notiek ļoti reti, un es ļauju sev izbaudīt šo prieku.

– Jā, viņam ir helikopters, un viņš pats to vada, – es lepna piebilstu.

– Protams, tam neķītri bagātajam draņķim ir helikopters. Kāpēc tu man neko nestāstīji? – Keita kā apsūdzēdama uzlūko mani, bet vienlaikus smaida un šūpo galvu.

– Biju pārāk aizņemta ar citām domām.

Draudzene piepeši šķiet norūpējusies.

– Vai es tiešām drīkstu atstāt tevi vienu šeit?

– Protams! – Es cenšos runāt pārliecinoši. *Sveša pilsēta, darba nav... draugs ir pilnīgi jucis.*

– Vai tu iedevi Kristjenam mūsu adresi?

– Nē, bet viņš aizraujas ar izsekošanu, – es bezkaislīgi atbildu.

Keita sarauc uzacis.

– Dīvaini, tomēr mani tas nepārsteidz. Man kaut kas nepatīk Kristjenā, Ana. Nu labi, vismaz šampanietis ir dārgs, turklāt atdzesēts.

Vienīgi Kristjens Grejs spēj atsūtīt vēsu šampanieti vai vismaz pavēlēt to darīt savai sekretārei... vai Teiloram. Mēs atveram pudeli un sameklējam tējas tases, jo tās bija pēdējās, ko iepakojām.

– *Bollinger Grande Année Rosé*, tūkstoš deviņsimt deviņdesmit devītais gads. Lieliska raža. – Es smaidīdama uzlūkoju Keitu, un mēs saskandinām.

**

Pēc negaidīti spirdzinoša nakts miega es pamostos agri pelēcīgajā svētdienas rītā un ilgi guļu, stingi lūkodamās uz mantu kastēm. *Tev vajadzētu ķerties tām klāt*, mudina zemapziņa, sakniebusi savas plānās lūpas. *Nē... šī nav īstā diena.* Mana iekšējā dieviete sajūsmināta lēkā pārmaiņus uz vienas kājas un otras. Man pār galvu savilcies smagnējs, ļaunu vēstošs gaidu kamols, gluži kā melns tropiskās vētras mākonis. Vēderā lidinās tauriņi, bet vienlaikus tajā mājo arī kāda slēptāka, miesaskāra, valdzinoša smeldze, kad cenšos iztēloties, ko Kristjens ar mani darīs... un vēl jau man, protams, jāparaksta sasodītais līgums. No datora, kas nolikts uz grīdas man pie gultas, atskan pīkstiens, kas pavēsta par saņemtu elektronisko pastu.

No: Kristjens Grejs
Temats: Mana dzīve, izteikta ciparos
Datums: 29.05.2011. 08:04
Kam: Anastasija Stīla

Ja brauksi ar mašīnu, Tev būs nepieciešams piekļuves kods pazemes autostāvvietai manā ēkā: 146963.

Atstāj mašīnu piektajā nodalījumā – tas ir viens no manējiem.

Lifta kods: 1880.

Kristjens Grejs,
Grey Enterprises Holding, Inc.

No: Anastasija Stīla
Temats: Lielisks gads vīnam
Datums: 29.05.2011. 08:08
Kam: Kristjens Grejs

Jā, kungs. Saprotu.

Pateicos par šampanieti un piepūšamo Čārliju Tango, kurš tagad piesiets pie manas gultas.

Ana

No: Kristjens Grejs
Temats: Skaudība
Datums: 29.05.2011. 08:11
Kam: Anastasija Stīla

Nav par ko. Nekavējies.

Laimīgais Čārlijs Tango.

Kristjens Grejs,

Grey Enterprises Holding, Inc.

Es pavīpsnāju par despotisko vēstules toni, tomēr pēdējā rinda ir aizkustinoša. Iedama uz vannasistabu, es prātoju, vai Eljots naktī paspējis atbraukt, un cenšos apvaldīt nervu spriedzi.

**

Pie *Audi* stūres iespējams sēsties ar augstpapēžu kurpēm kājās! Tieši divpadsmitos un piecdesmit piecās minūtēs es iebraucu Eskalas ēkas stāvvietā un novietoju mašīnu piektajā nodalījumā. Interesanti, cik no šiem nodalījumiem pieder Kristjenam? Es redzu viņa *Audi* džipu un *R8*, kā arī divus mazākus *Audi* džipus... Hmm. Pārbaudu, kā izskatās manas uzkrāsotās skropstas, kuras tušu redzējušas gaužām reti – ieskatos apgaismotajā spogulītī saules aizsargpaneļa otrajā pusē. Vecajā mašīnā nekā tāda nebija.

Malacis! uzmundrina mana iekšējā dieviete. Lifta bezgalīgajos spoguļos es aplūkoju savu plūmju krāsas tērpu... nu labi, Keitas plūmju krāsas tērpu. Iepriekšējā reizē, kad to uzvilku, Kristjens gribēja mani izlobīt no kleitas. Viss mans augums saspringst, tiklīdz par to iedomājos. Sajūta ir galvu reibinoša, un es spēji ievelku elpu. Man mugurā ir Teilora pirktā apakšveļa. Es nosarkstu, iedomādamās, kā šis bijušais armijnieks staigājis pa dārgas apakšveļas veikalu un aplūkojis preci. Durvis atveras, atklājot skatu uz pirmā dzīvokļa vestibilu.

Kad iznāku no lifta, mani sagaida Teilors, kurš stāv pie

lielajām divviru durvīm.

– Labdien, Stīlas jaunkundze, – viņš mani sveicina.

– Lūdzu, sauciet mani par Anu.

– Ana. – Viņš pasmaida. – Greja kungs jūs gaida.

Domāju gan.

Kristjens sēž dzīvojamā istabā uz dīvāna un lasa svētdienas avīzes. Kad Teilors ieved mani, viņš paceļ skatienu. Istaba ir tieši tāda, kādu to atceros. Pagājusi nedēļa kopš manas iepriekšējās viesošanās, bet šķiet, ka laiks bijis daudz ilgāks. Kristjens izskatās pavisam mierīgs un savaldīgs... un ārkārtīgi pievilcīgs. Viņš ģērbies vaļīgā, baltā kreklā un džinsos, bet kājās nav ne kurpju, ne zeķu. Mati ir sajaukti un nekārtīgi, un acīs mirdz nerātna uguntiņa. Piecēlies kājās, viņš tuvojas man, un skaistajās lūpās rotājas uzjautrinājuma pilns, vērtējošs smaids.

Es stāvu istabas vidū kā sastingusi, Kristjena pievilcības un saldkaislo gaidu paralizēta. Starp mums atkal sprēgā dzirksteles, un rodas neatvairāmā vilkme.

– Mmm... skaista kleita, – viņš atzinīgi nomurmina, mani aplūkodams. – Esat laipni gaidīta atpakaļ, Stīlas jaunkundze, – viņš nočukst un, satvēris mani aiz zoda, uzspiež maigu, vieglu skūpstu uz lūpām. Es jūtu šo pieskārienu viscaur savā ķermenī un spēji ievelku elpu.

– Sveiks, – es piesarkusi nočukstu.

– Esi ieradusies tieši laikā. Man patīk precizitāte. Nāc. – Kristjens satver mani aiz rokas un pieved pie dīvāna. – Es gribēju tev kaut ko parādīt, – viņš saka un pasniedz man avīzi *Seattle Times*. Astotajā lapā nodrukāta mūsu fotogrāfija no izlaiduma ceremonijas. Pie visiem velniem! Esmu iekļuvusi avīzē. Mans skatiens pievēršas parakstam.

Kristjens Grejs kopā ar draudzeni Vašingtonas Štata Universitātes izlaidumā Vankūverā.

Es iesmejos. – Šķiet, esmu kļuvusi par tavu draudzeni.

– Tā izskatās. Un, ja jau tas nodrukāts avīzē, tad noteikti ir patiesība. – Kristjens pasmīn.

Pavilcis vienu kāju zem sevis, viņš apsēžas man blakus, pievērsdamies man ar visu augumu. Pamanījis atrisušu matu šķipsnu, viņš ar garo rādītājpirkstu atglauž to man aiz auss. Viņa pieskāriens pamodina manī dusošās alkas.

– Anastasija, tagad tev ir daudz labāka nojausma par manu dzīvi nekā iepriekš, kad te viesojies.

– Jā. – *Ko viņš grasās panākt?*

– Tomēr tu atgriezies.

Es kautri pamāju, un Kristjena acis iekvēlojas. Viņš papurina galvu, it kā nespēdams to aptvert.

– Vai tu šodien paēdi? – viņš piepeši iejautājas.

Ak vai.

– Nē.

– Vai esi izsalkusi? – Kristjens acīmredzami pūlas neizrādīt aizkaitinājumu.

– Jā, bet ne pēc ēdiena, – es nočukstu un redzu, kā ieplešas viņa nāsis.

Viņš pieliecas un klusi saka man ausī: – Jūs esat nepacietīga meitene, Stīlas jaunkundze, un atklāšu jums nelielu noslēpumu: arī es nevaru vien sagaidīt. Bet drīz ieradīsies doktore Grīna. – Kristjens iztaisnojas. – Es tiešām vēlētos, kaut tu vairāk ēstu, – viņš saudzīgi norāj mani. Uzkarsētās asinis manās dzīslās jūtami atsalst. Biju pavisam aizmirsusi par ārsti.

– Ko tu vari man pastāstīt par doktori Grīnu? – es jautāju, cenzdamās kliedēt mūsu abu domas.

– Viņa ir labākā ginekoloģe Sietlā. Vai kaut kam citam ir nozīme? – Kristjens parausta plecus.

– Man šķita, ka es runāšu ar tavu ārstu, un nemēģini apgalvot, ka esi sieviete, jo es tev neticēšu.

Viņš pārmetoši uzlūko mani.

– Domāju, ka tev labāk vajadzētu aprunāties ar speciālistu, vai ne? – viņš rāmi iejautājas.

Es pamāju. Jēzus, šī doktore Grīna ir labākā ginekoloģe, un Kristjens man sarunājis tikšanos svētdienā... dienas vidū! Nevaru pat iedomāties, cik tas izmaksā. Kristjens piepeši sarauc pieri, it kā atcerējies kaut ko nepatīkamu.

– Anastasija, mana māte aicina tevi pie mums uz vakariņām šodien. Ja nemaldos, Eljots atvedīs arī Keitu. Nezinu, kādas ir tavas domas šajā jautājumā. Būs dīvaini iepazīstināt tevi ar manu ģimeni.

Dīvaini? Kāpēc?

– Vai tu manis dēļ kaunies? – Manā balsī ieskanas aizvainots lepnums.

– Nē, protams. – Kristjens paceļ acis pret griestiem.

– Kāpēc tas ir dīvaini?

– Tāpēc, ka es to nekad neesmu darījis.

– Kāpēc tev ir ļauts izbolīt acis, bet man nē?

Kristjens apmulsis pamirkšķina. – Es pat nejutu, ka to daru.

– Arī man tā parasti ir, – es atcērtu.

Kristjens lūkojas uz mani, zaudējis valodu. Durvīs nostājas Teilors.

– Atnākusi doktore Grīna, kungs.

– Ved viņu uz Stīlas jaunkundzes istabu.

Man ir sava istaba!

– Vai esi gatava kontracepcijai? – Kristjens painteresējas. Viņš pieceļas un sniedz man roku.

– Tu taču nenāksi man līdzi, vai ne? – es satriekta izdvešu.

Viņš iesmejas. – Es daudz maksātu, lai piedalītos, Anastasija, bet nedomāju, ka ārste to pieļaus.

Es satveru Kristjena plaukstu, un viņš ievelk mani savās skavās, pirms kvēli noskūpsta. Negaidītās kustības pārsteigta, es ieķeros viņam rokās. Viņš ievij pirkstus man matos un pievelk mani tuvāk, līdz mūsu pieres saskaras.

– Nespēju pat aprakstīt, kā priecājos, redzot tevi šeit, – viņš počukst. – Un ar nepacietību gaidu brīdi, kad būsi kaila.

18. NODAĻA

Doktore Grīna ir gara auguma blondīne, ģērbusies nevainojamā, tumši zilā kostīmā. Viņa man atgādina sievietes, kas strādā Kristjena birojā. Visas ir līdzīgas kā lelles no vienas partijas un līdzinās Stefordas sievām. Ārstes garie mati ir savilkti elegantā mezglā, un šķiet, ka viņai ir nedaudz pāri četrdesmit gadiem.

– Greja kungs. – Viņa paspiež Kristjena izstiepto roku.

– Pateicos, ka varējāt ierasties tik drīz, – Kristjens nosaka.

– Pateicos, ka dāsni atalgojāt mani, Greja kungs. Stīlas jaunkundze, – viņa smaidīdama pievēršas man, bet viņas skatiens ir vēss un vērtējošs.

Mēs sarokojamies, un es nospriežu, ka šī sieviete nemēdz izturēties pacietīgi pret muļķiem. Tāpat kā Keita. Man viņa nekavējoties iepatīkas. Viņa uzstājīgi palūkojas uz Kristjenu, un viņš pēc brīža uztver mājienu.

– Gaidīšu lejā, – viņš nomurmina un pamet telpu, kas turpmāk būs mana guļamistaba.

– Stīlas jaunkundze, Greja kungs man maksā veselu bagātību, lai es jums palīdzētu. Ar ko sāksim?

**

Pēc rūpīgas izmeklēšanas un ilgstošas sarunas mēs ar doktori Grīnu vienojamies par hormonālajām tabletēm. Viņa izraksta man apmaksātu recepti un iesaka paņemt zāles jau nākamajā dienā. Man patīk ārstes uzstājīgums; viņa ilgi stāsta par nepieciešamību iedzert tableti katru dienu vienā un tajā pašā laikā. Un es jūtu, ka viņu moka sveloša ziņkāre par manām tā dēvētajām attiecībām ar Greja kungu, tomēr neko nestāstu. Šaubos, vai ārste būtu tikpat nosvērta, ja būtu redzējusi viņa sarkano moku kambari. Es pietvīkstu, kad mēs paejam garām aizvērtajām durvīm, aiz kurām slēpjas Kristjena rotaļlietas, un atgriežamies mākslas galerijai līdzīgajā dzīvojamā istabā.

Kristjens sēž uz dīvāna un lasa avīzi. Viņu ieskauj elpu aizraujošas mūzikas skaņas, kas vijas ap viņu, ietinot istabu maigā, dvēseliskā dūmakā. Šo vienu mirkli viņš izskatās miera pārņemts. Dzirdot mūs ienākam, viņš pagriežas un sirsnīgi uzsmaida man.

– Vai viss kārtībā? – viņš jautā, šķietami patiesi ieinteresēts, un norāda ar vadības pulti uz atskaņotāja pusi. Skaudrā melodija pieklust, bet turpina skanēt fonā. Kristjens pieceļas un tuvojas mums.

– Jā, Greja kungs. Izturieties labi pret Stīlas jaunkundzi; viņa ir neparasti gudra un skaista meitene.

Kristjens šķiet apjucis, un arī es samirkšķinu acis. Dīvaini kaut ko tādu dzirdēt no ārstes mutes. Vai šajos vārdos slēpjas kāds brīdinājums?

– Mani nodomi ir krietni, – Kristjens atguvies nosaka.

Es nokaunējusies paraustu plecus.

– Atsūtīšu jums rēķinu, – doktore Grīna salti nosaka, paspiezdama Kristjenam roku.

– Uz redzēšanos, un veiksmi tev, Ana. – Viņa pasmaida, sarokodamās ar mani, un viņas acu kaktiņos ievelkas krunciņas.

Teilors iznirst no zila gaisa un pavada ārsti līdz liftam. Kā viņam tas izdodas? Kur viņš slapstās?

– Vai tev nekas nekaiš? – Kristjens jautā.

– Nē, viss ir labi. Ārste teica, ka nedrīkstu nodarboties ar seksu vismaz četras nedēļas.

Kristjens satriekts paver muti, un man vairs neizdodas saglabāt nopietnību. Es plati smaidu.

– Uzķēries!

Viņš samiedz acis, un mani smiekli nekavējoties apraujas. Kristjens izskatās biedējošs, un man no sejas atplūst visas asinis, bet acu priekšā parādās iztēles aina, kurā viņš pār met mani pār celi.

– Uzķēries! – Kristjens nosaka un pasmīn. Aptvēris manu vidukli, viņš pierauj mani sev klāt. – Jūs esat nelabojama, Stīlas jaunkundze, – viņš nočukst, lūkodamies man acīs, un ievij pirkstus manos matos, neļaudams pakustēties. Viņš kaislīgi skūpsta mani, un es tveros pie viņa muskuļotās rokas, meklēdama atbalstu.

– Kaut gan es ļoti gribētu tevi paņemt tepat un tūlīt, vispirms mums abiem jāpaēd. Negribu, lai tu vēlāk zaudētu samaņu, – Kristjens nomurmina.

– Vai tas ir viss, ko no manis vēlies? Miesa?– es klusi jautāju.

– Un tava asā mēle, – viņš noņurd.

Pēc vēl viena kaisla skūpsta Kristjens spēji atbrīvo mani, satver aiz rokas un aizved uz virtuvi. Es grīļodamās sekoju. Vēl pirms mirkļa mēs jokojāmies, un tagad... Es apvēdinu sakarsušo seju. Kristjens ir īsts seksa dievs, un tagad man jāatgūst līdzsvars, bet pirms tam jāpaēd. Fonā vēl joprojām skan smeldzīgā melodija.

– Kas ir šī mūzika?

– *Villa Lobošs*, ārija no Brazīliešu bahiānas. Laba, vai ne?

– Jā, – es neviltotā sajūsmā piekrītu.

Uz virtuves letes sagatavotas brokastis diviem. Kristjens izņem no ledusskapja salātu trauku.

– Vai ēdīsi Cēzara salātus ar vistu?

Paldies Dievam, nekas īpaši barojošs.

– Jā, pateicos.

Es vēroju Kristjenu, kamēr viņš graciozi pārvietojas virtuvē. Šis vīrietis lieliski pārvalda savu ķermeni, bet negrib, lai viņam pieskaras... Varbūt viņš nemaz nav tik pašpārliecināts, kā šķiet. Neviens cilvēks nav vientuļa sala – izņemot vienīgi Kristjenu Greju.

– Par ko tu domā? – viņš jautā, pārtraukdams manu prātojumu plūsmu, un es piesarkstu.

– Tikai vēroju tavas kustības.

Kristjens uzjautrināts paceļ uzaci.

– Un? – viņš sāji painteresējas.

Es pietvīkstu vēl košāka.

– Tu esi ļoti graciozs.

– Pateicos, Stīlas jaunkundze, – Kristjens noņurd un apsēžas man blakus, turēdams rokā vīna pudeli. – Vai dzersi šablī?

– Jā, lūdzu.

– Ņem salātus, – viņš klusi pamudina. – Starp citu, kādu metodi izvēlējies?

Jautājums mani uz brīdi samulsina, līdz atceros, ka viņš runā par doktores Grīnas apciemojumu.

– Tabletes.

Viņš sarauc pieri.

– Vai atcerēsies to iedzert katru dienu īstajā laikā?

Jēziņ... protams, atcerēšos! Kā viņš zina, kas jādara ar tabletēm? Es piesarkstu, atskārtusi, ka tās droši vien dzērusi arī kāda no piecpadsmit Pakļautajām.

– Tu man noteikti atgādināsi, – es sāji nomurminu.

Kristjena acīs pavīd uzjautrinājuma pilna augstprātība.

– Ieprogrammēšu to savā kalendārā. – Viņš pasmīn. – Ēd!

Salāti ir gardi, un es pārsteigta jūtu, ka tiešām esmu izbadējusies. Pirmo reizi kopš mūsu iepazīšanās es pabeidzu ēst pirms Kristjena. Vīns ir patīkami sauss un garšo pēc augļiem.

– Tikpat dedzīga kā vienmēr, vai ne, Stīlas jaunkundze? – Kristjens smaidīdams jautā, lūkodamies uz manu tukšo šķīvi.

Es uzlūkoju viņu caur nolaistām skropstām un nočukstu:
– Jā.

Kristjenam aizraujas elpa. Viņš lūkojas uz mani, un gaisotne mainās, spriedze kāpinās... uzšķiļas dzirksteles. Viņa acis iekvēlojas, un mans augums tām atsaucas. Viņš pieceļas un norauj mani no taburetes savās skavās.

– Vai esi gatava? – viņš izdveš, cieši vērodams mani.

– Neko vēl neesmu parakstījusi.

– Zinu... bet pēdējā laikā es pārkāpju visus noteikumus.

– Vai tu man sitīsi?

– Jā, bet ne jau tāpēc, lai sagādātu sāpes. Šobrīd es nevēlos tevi sodīt. Ja mēs būtu tikušies vakar... tad būtu citādi.

Jēziņ... viņš *grib* man sist. Kā lai ar to samierinos? Man neizdodas apslēpt šausmas.

– Nepieļauj, lai tevi kāds pārliecina par pretējo, Anastasija. Viens no iemesliem, kāpēc man līdzīgie nodarbojas ar šīm rotaļām, ir mūsu patika pret sāpju izjušanu vai nodarīšanu. Tas ir ļoti vienkārši. Tev šādas vēlmes nav, tāpēc vakar es ļoti daudz laika veltīju pārdomām.

Kristjens pievelk mani vēl tuvāk, un viņa piebriedušais loceklis spiežas man vēderā. Vajadzētu mesties bēgt, tomēr es to nespēju, jo mani pie viņa saista kaut kas baiss un primitīvs, ko es pati neizprotu.

– Vai kaut ko secināji? – es čukstus jautāju.

– Nē, un šobrīd man gribas tikai sasiet tevi un izdrāzt, līdz zaudēsi samaņu. Vai esi tam gatava?

– Jā, – es izdvešu, un viss mans ķermenis nekavējoties saspringst.

– Lieliski. Seko man. – Mēs dodamies uz augšējo stāvu, atstādami visus netīros traukus uz letes.

Mana sirds strauji sitas krūtīs. Šis ir izšķirošais mirklis. Es tiešām iesaistīšos Kristjena spēlē, un šīs domas dēļ man pār muguru skrien sajūsmas tirpas. Viņš atver rotaļu istabas durvis un atkāpjas, palaizdams mani pa priekšu, un es atkal stāvu sarkanajā moku kambarī.

Tajā nekas nav mainījies; gaisā jaušams jutekliskais citronu, koka un ādas aromāts. Manas iekvēlinātās asinis strauji riņķo pa vēnām, pilnas adrenalīna, iekāres un alku. Veidojas galvu reibinošs kokteilis. Kristjena stāja ir netverami mainījusies, viņš šķiet skarbāks un saltāks. Viņš lūkojas uz mani, un viņa acīs kvēlo kaisle... tās mani hipnotizē.

– Šeit tu piederi tikai man, – Kristjens izdveš, katru vārdu izrunādams lēni un piesardzīgi. – Es ar tevi darīšu visu, ko vēlos. Vai saproti?

Viņa skatiens ir biedējoši ciešs. Es pamāju, bet jūtu, ka mute izkaltusi un sirds tūlīt izlēks no krūtīm.

– Noauj kurpes, – Kristjens klusi pavēl.

Es noriju siekalas un neveikli daru, kā vēlēts. Viņš pieliecas, satver manas kurpes un noliek tās pie durvīm.

– Ļoti labi. Nevilcinies, kad es tev lieku kaut ko darīt. Tagad es tevi izlobīšu no šīs kleitas. Ja neesi aizmirsusi, es par to domāju jau vairākas dienas. Tev jājūtas ērti pašai savā ķermenī, Anastasija. Tas ir ļoti skaists, un man patīk uz to skatīties. Tavs augums ir burvīgs. Es labprāt uz tevi lūkotos kaut visu dienu un vēlos, lai tu nekaunies par savu kailumu. Vai saproti?

– Jā.

– Tikai "jā? – Viņš sadrūmis skatās uz mani.

– Jā, kungs.

– Vai tu to saki bez ņirgāšanās? – viņš asi jautā.

– Jā, kungs.

– Lieliski. Pacel rokas virs galvas.

Es paklausu, un Kristjens satver kleitas apmali, lēni vilkdams to augšup pār manām kājām, gurniem, vēderu, krūtīm, pleciem un galvu. To paveicis, viņš atkāpjas, lai varētu mani aplūkot, un nevērīgi saloka kleitu, ne mirkli nenovērsdams skatienu no manis. Viņš noliek tērpu uz lielas lādes blakus durvīm un satver mani aiz zoda. Pieskāriens mani šķietami apsvilina.

– Tu iekodies lūpā, – Kristjens klusi nosaka. – Un tu zini, ko dari ar mani, – viņš sadrūmis piebilst. – Pagriezies.

Es ne mirkli nevilcinos un daru, kā pavēlēts. Kristjens atsprādzē manu krūšturi un nesteidzīgi novelk abas lencītes lejup pār manām rokām, ar pirkstiem skardams ādu. Es jūtu tirpas pārskrienam pār mugurkaulu, un visi nervu gali vienlaikus pamostas. Kristjens ir man tik tuvu, ka es uztveru viņa izstaroto siltumu, kas pārlīst pār mani. Viņš sakārto manus matus tā, ka tie slīgst pār muguru, iegremdē pirkstus garajās cirtās pie skausta un parauj manu galvu uz sāniem. Es jūtu viņa degunu slīdam pār kailo kaklu un atgriežamies pie auss. Muskuļi pavēderē krampjaini sažņaudzas alkās. Kristjens pat nav man īsti pieskāries, bet es jau viņu iekāroju.

– Tu smaržo tikpat labi kā vienmēr, Anastasija, – viņš nočukst, maigi noskūpstīdams ādu man aiz auss.

Es ievaidos.

– Klusē, – Kristjens pavēl. – Neizdod nevienu skaņu. Nākamajā mirklī viņš mani pārsteidz, veiklām pirkstu kustībām sākdams pīt manus matus biezā bizē. Pabeidzis darbu, viņš sasien matus ar gumiju un parausta bizi, pievilkdams mani tuvāk.

– Man patīk, ja šajā istabā tavi mati ir sapīti, – viņš nočukst.

Hmm... kāpēc?

Kristjens palaiž manu bizi vaļā.

– Pagriezies, – viņš pavēl, un es paklausu, strauji elpodama. Bailes un alkas sajaucas kopā, veidojot galvu reibinošu kokteili.

– Kad likšu tev ienākt šajā istabā, tev jābūt apģērbtai šādi – tikai biksītēs. Vai saproti?

– Jā.

– Tikai "jā"? – Viņa acis satumst.

– Jā, kungs.

Viņš viegli sarauc lūpu kaktiņus smaidā.

– Laba meitene. – Viņš kvēli uzlūko mani. – Šajā istabā tev jānometas ceļos, lūk, tur. – Viņš norāda uz vietu blakus durvīm. – Ej!

Es samirkšķinu acis, mēģinādama aptvert dzirdēto, un pagriezusies diezgan neveikli iekārtojos uz grīdas, kā pavēlēts.

– Drīksti iekārtoties tupus.

Es paklausu.

– Novieto plaukstas un apakšdelmus uz augšstilbiem. Jā, tieši tā. Ieplet ceļgalus. Platāk. Platāk. Jā, tā būs labi. Iedur skatienu grīdā.

Kristjens pienāk man klāt, līdz es saskatu viņa kājas. Tās ir kailas. Man vajadzētu pierakstīt visu dzirdēto, ja jau viņš vēlas mani mācīt. Kristjens pieliecas un satver mani aiz bizes, to paraudams, līdz es skatos viņam acīs. Tikai viens solis šķir mani no sāpēm.

– Vai atcerēsies šo pozu, Anastasija?

– Jā, kungs.

– Labi. Paliec šeit, nekusties. – Viņš iziet no istabas.

Es gaidu, tupēdama uz ceļiem. Kur viņš nozuda? Ko viņš grasās ar mani darīt? Laiks rit, bet man nav ne jausmas, cik ilgi viņš mani pametis... dažas minūtes, piecas, desmit...? Es sāku elpot arvien straujāk, kaisdama ilgpilnās gaidās.

Kristjens piepeši atgriežas – un es nekavējoties nomierinos, bet vienlaikus pieņemas spēkā mans sajūsmas pilnais satraukums. Es redzu tikai viņa kājas. Viņš ir pārģērbies vecākos, saplēstos un mīkstos, pārāk bieži mazgātos džinsos, kas man šķiet daudz seksīgāki nekā jebkas cits, ko viņš ir vilcis mugurā. Aizvēris durvis, Kristjens kaut ko pakarina aiz tām.

– Laba meitene, Anastasija. Šajā pozā tu izskaties burvīgi. Malacis. Drīksti piecelties.

Es paklausu, bet mans skatiens vēl joprojām piekalts grīdai.

– Drīksti skatīties uz mani.

Es nedroši paceļu galvu un redzu, ka Kristjens kā vērtēdams pēta mani, tomēr viņa acis ir atmaigušas. Viņš ir novilcis kreklu, un mani pārņem spēja vēlme pieskarties viņam. Džinsu augšējā poga ir atstāta vaļā.

– Anastasija, es tevi savažošu. Sniedz man labo roku.

Es paklausu. Viņš pagriež to ar delnu uz augšu un spēji iesit pa to ar jātnieka pātagu, ko līdz šim nebiju pamanījusi. Kustība ir tik strauja, ka es to tik tikko sajūtu, turklāt man pat nesāp. Sitiens izraisa tikai vieglu smeldzi.

– Ko tu jūti? – Kristjens jautā.

Es apjukusi mirkšķinu acis.

– Atbildi.

– Neko sliktu. – Es saraucu pieri.

– Nerauc pieri.

Es cenšos savilkt seju bezkaislīgā izteiksmē un gūstu panākumus.

– Vai sāpēja?

– Nē.

– Tev nesāpēs. Vai saproti.

– Jā, – es nedroši atbildi. *Vai tiešām nesāpēs?*

– Es runāju nopietni, – Kristjens apliecina.

Mana elpa kļūst vēl straujāka. Vai viņš lasa manas domas? Viņš parāda man pātagu, un tā ir gatavota no brūnām, pītām ādas sloksnēm. Es spēji ielūkojos viņam acīs, un tajās gail uzjautrinājuma pilnas uguntiņas.

– Mēs cenšamies apmierināt klientu vēlmes, Stīlas jaunkundze, – Kristjens nomurmina. – Nāc. – Viņš satver mani aiz elkoņa un pieved pie režģa, no kura nokarājas važas ar melnām ādas aprocēm galā.

– Režģis veidots tā, lai važas brīvi pārvietotos pa to.

Es paceļu skatienu un redzu, ka viņam taisnība. Režģis nedaudz līdzinās metro kartei.

– Mēs sāksim šeit, bet es gribu tevi drāzt, stāvot kājās. Tātad beigās mēs nonāksim tur. – Kristjens ar pātagu norāda uz vietu, kur pie sienas piestiprināts lielais, greizais krusts.

– Pacel rokas virs galvas.

Es nekavējoties paklausu, un man rodas sajūta, ka esmu pametusi savu ķermeni, kļūdama par novērotāju no malas. Tas, ko Kristjens ar mani dara, pārsniedz visas robežas, bet ir neticami erotiski. Nekad neesmu piedalījusies tik aizraujošā, biedējošā piedzīvojumā. Es uzticu savu dzīvību un veselību skaistam vīrietim, kurš pats atzinis, ka ir slims un dīvains. Manī mostas bailes, tomēr es tās apspiežu. Keita un Eljots zina, kur esmu.

Kristjens nostājas man pavisam tuvu un aizsprādzē aproces. Mans skatiens ir piekalts viņa krūtīm. Vīrieša klātbūtne ir fascinējoša. Viņš smaržo pēc ziepēm un Kristjena, un tas ir galvu reibinošs sajaukums, kas piespiež mani atgriezties tagadnē. Man gribas pārvilkt mēli un degunu pār smalkajiem krūšu matiņiem; vajadzētu tikai paliekties uz priekšu...

Viņš atkāpjas un lūkojas uz mani; viņa pievērtajās acīs kvēlo iekāres liesmas, un es esmu bezpalīdzīga, manas rokas ir sasietas, bet, vērojot viņa skaisto seju, kurā plaiksnī alkas pēc manis, es jūtu miklumu starp kājām. Viņš nesteidzīgi apiet man apkārt.

– Jums piestāv ķēdes, Stīlas jaunkundze. Un jūsu asā mēle ir pierimusi. Man tas patīk.

Kristjens atkal nostājas man pretī un, aizāķējis pirkstu aiz manu biksīšu jostas, nesteidzīgi velk tās lejup, līdz nometas ceļos. Turpinādams skatīties man acīs, viņš saburza biksītes rokā, paceļ tās pie deguna un dziļi ieelpo. *Pie visiem velniem, vai tas tiešām nupat notika?* Savilcis lūpas velnišķīgā smaidā, viņš iebāž plāno auduma gabalu džinsu kabatā.

Laiskām, plūstošām kustībām piecēlies kājās, gluži kā liels džungļu kaķis, Kristjens ar pātagas galu norāda uz manu nabu un nesteidzīgi velk lokus ap to, mani ķircinādams. Jūtot ādas pieskārienu, es notrīsu un ievelku elpu. Viņš apiet man apkārt, vilkdams pātagu gar maniem sāniem. Otrā apļa vidū viņš piepeši nošvīkstina pātagu, un tā trāpa man zem dibena vaigiem... tieši pa kājstarpi. Es pārsteigta iekliedzos, visiem nervu galiem iekvēlojoties, un cenšos atbrīvoties no važām. Sāpes iztriecas man cauri kā zibens, radot savādi saldkaislu, baudkāru sajūtu.

– Klusē, – Kristjens nočukst un vēlreiz apiet man apkārt, šoreiz vilkdams ar pātagu nedaudz augstāk. Kad viņš uzšauj man pa to pašu vietu, es esmu gatava. Mans ķermenis saraujas, jūtot aso dzēlienu.

Nākamajā reizē viņš uzsit pa krūtsgalu, un es atmetu galvu atpakaļ, nervu galiem smeldzot. Pātaga trāpa pa otru krūti... ašs, patīkams sods. Krūtsgali saspringst, un es skaļi ievaidos, paraustīdama ādas aproces.

– Vai ir labi? – Kristjens klusi jautā.

– Jā.

Viņš uzsit man pa dibenu, šoreiz stiprāk.

– Kas – jā?

– Jā, kungs, – es stenu.

Viņš apstājas, bet es viņu vairs neredzu, jo aizvērtām acīm cenšos aptvert dažādās izjūtas, kas pārņēmušas manu ķermeni. Kristjens ārkārtīgi lēniem pātagas cirtieniem virzās lejup pār manu vēderu, un es zinu, kas ir galamērķis, tāpēc mēģinu sagatavoties, bet, kad pātaga trāpa pa klitoru, es skaļi iekliedzos.

– Lūdzu... – Pār manām lūpām izlaužas vaids.

– Klusē! – Kristjens pavēl un vēlreiz iesit man pa dibenu.

Nebiju domājusi, ka būs tā... Es iegrimstu sajūtu virpulī. Un piepeši viņš velk pātagu pār manu kājstarpi, caur kaunuma matiņiem, lejup līdz ieejai manī.

– Lūk, cik mikla tu esi, Anastasija. Atver acis un muti.

Es paklausu, neglābjami savaldzināta. Kristjens ieliek pātagas galu man mutē, tāpat kā sapnī. *Pasaulīt mīļo...*

– Pagaršo, mazā. Tā ir tava garša.

Es lūpām aptveru pātagas galu, ielūkodamās Kristjenam acīs. Pār manu mēli izplūst aromātiskās ādas un sāļa šķidruma garša. Kristjena acis kvēlo; viņš ir pilnīgi iejuties notiekošajā.

Izvilcis pātagu man no mutes, viņš pienāk tuvāk, satver mani un cieši noskūpsta, ar mēli ielaužoties starp lūpām. Viņš pievelk mani ciešāk klāt, līdz mūsu krūtis saskaras, un es alkstu viņu noglāstīt, bet nevaru, jo manas rokas ir sasietas un nekam nederīgas.

– Man patīk tava garša, Anastasija, – viņš izdveš. – Vai vēlies, lai lieku tev beigt?

– Lūdzu! – es elsoju.

Pātaga iedzeļ man pēcpusē. *Au!*

– *Lūdzu – kas?*

– Lūdzu, kungs, – es šņukstu.

Kristjena lūpās atplaukst uzvaras smaids.

– Vai ar šo? – Viņš paceļ pātagu tā, lai es to ieraudzītu.

– Jā, kungs.

– Vai esi pārliecināta? – Viņš bargi uzlūko mani.

– Jā, lūdzu, kungs.

– Aizver acis.

Es paklausu, noslēgdamās no visa – istabas, Kristjena... pātagas. Pār manu vēderu atkal birst sīki, dzeldīgi sitieni. Pātaga virzās lejup, maigi skar manu klitoru, vienu, divas, trīs reizes, vēl un vēl, līdz es vairs nespēju izturēt un skaļi, jūsmīgi beidzu. Pēc tam manas kājas saļimst, bet Kristjens mani pietur. Es izkūstu viņa skavās, atbalstījusi galvu pret Kristjena krūtīm, un klusi šņukstu, augumam raustoties orgasma atskaņās. Kristjens mani paceļ, un mēs piepeši sākam virzīties prom, kaut gan manas rokas vēl joprojām ir sasietas virs galvas. Es jūtu pie muguras piespiežamies vēso pulētā krusta koku, un Kristjens atpogā džinsus. Brīdi atbalstījis mani pret krustu, viņš uzvelk prezervatīvu un, satvēris manus augšstilbus, paceļ mani augstāk.

– Apvij kājas man apkārt, mazā.

Es jūtos pavisam vārga, tomēr paklausu. Pietiek ar vienu grūdienu, lai Kristjens iekļūtu manī, un es atkal iekliedzos, dzirdēdama viņa apvaldīto vaidu sev pie auss. Mani elkoņi uzgulst viņa pleciem, un es jūtu, kā viņš dziļi ietiecas manā miesā, kustēdamies arvien ātrāk. Viņš ir ieslēpis seju man plecā un strauji elpo, un manī atkal kaut kas uzvirmo. *Nē, tikai ne to... jau atkal...* Nedomāju, ka mans augums izturēs vēl vienu satricinošu mirkli. Tomēr man nav izvēles... un, jau pazīstamās neizbēgamības varā nokļuvusi, es ļaujos izjūtām un atkal beidzu. Orgasms ir tīksms, mokošs un spēcīgs. Es pilnībā zaudēju apziņu. Kristjens caur sakostiem zobiem ierēcas, sasniedzis savu virsotni, un cieši spiež mani sev klāt.

Pēc brīža viņš atkāpjas un, izmantodams savu augumu kā balstu, noliek mani pie krusta. Atsprādzējis aproces, viņš atbrīvo manas rokas, un mēs abi noslīgstam zemē. Kristjens novelk mani sev uz ceļiem un šūpo kā bērnu, un es noliecu galvu viņam pie krūtīm. Ja man pietiktu spēka, es viņam pieskartos, tomēr esmu pārāk vārga. Tikai tagad es atskāršu, ka Kristjenam kājās vēl joprojām ir džinsi.

– Malacis, mazā, – viņš nomurmina. – Vai sāpēja?

– Nē, – es izdvešu, ar pūlēm noturēdama acis atvērtas. *Kāpēc man tik ļoti nāk miegs?*

– Vai tu gaidīji sāpes? – Kristjens čukst, mani apskaudams, un atglauž atrisušas matu šķipsnas man no sejas.

– Jā.

– Vai tagad saproti? Bailes lielākoties slēpjas galvā, Anastasija. – Brīdi klusējis, viņš iejautājas: – Vai tu būtu ar mieru uz kaut ko tādu vēlreiz?

Es iegrimstu pārdomās, kaut gan prāts ir apmiglots. Vēlreiz?

– Jā. – Mana balss ir tik tikko dzirdama.

Viņš cieši piespiež mani sev klāt.

– Ļoti labi. Es arī, – viņš nomurmina un maigi noskūpsta mani uz galvvidus.

– Un es vēl neesmu ticis ar tevi galā.

Vēl nav ticis ar mani galā? Ak vai! Es vairs neko nespēšu izturēt. Esmu pilnīgi iztukšota un cenšos atvairīt miegu. Atspiezdamās pret Kristjena krūtīm, es ļauju acīm aizvērties, un viņš ieskauj mani no visām pusēm, līdz es jūtos... drošībā, un man ir ļoti ērti. Vai viņš ļaus man gulēt, varbūt pat sapņot? Es viegli pasmaidu un pagriežu galvu, lai varētu ieelpot Kristjena neparasto smaržu un noglāstīt viņu ar degunu, bet viņš piepeši sastingst... *Velns!* Es atveru acis un atklāju, ka Kristjens lūkojas lejup uz mani.

– Nevajag, – viņš brīdinādams saka.

Es pietvīkstu un ilgpilnām acīm skatos uz viņu. Man gribas laist mēli pār viņa krūšu matiņiem un skūpstīt viņu, un tikai tagad es pamanu vairākas mazas, apaļas rētas, kas veido neskaidru rakstu uz viņa ādas. *Vējbakas? Masalas?* es izklaidīgi domāju.

– Nometies ceļos pie durvīm, – Kristjens pavēl. Viņš notupstas, ar plauktām atbalstās pret ceļgaliem un prasmīgi atbrīvo mani. Viņa balss vairs nav silta; tajā ieskanas skarba nots.

Es neveikli pieceļos kājās, aizgrīļojos līdz durvīm un nometos ceļos, izpildīdama saņemto pavēli. Manas kājas dreb, un es esmu ārkārtīgi nogurusi, turklāt mani nomāc apjukums. Vai gan spēju iedomāties, ka šajā istabā piedzīvošu tādu baudu? Un kā varēju iedomāties, ka tas būs tik *izsmeļoši?* Visi mani locekļi ir tīkami smagi un gurdeni. Iekšējā dieviete ieslēgusies istabā un piekārusi pie durvīm zīmi "Lūdzu netraucēt".

Ar acs kaktiņu es pamanu Kristjenu. Mani plakstiņi pamazām slīgst zemāk.

– Vai es jūs garlaikoju, Stīlas jaunkundze?

Es zibenīgi uztrūkstos no snaudas, un Kristjens stāv man pretī, sakrustojis rokas. Viņš dusmīgs uzlūko mani. Ak vai, esmu pieķerta iemiegam; nekas labs nav gaidāms. Es skatos viņam pretī, un viņa acis nedaudz atmaigst.

– Piecelies, – viņš pavēl.

Es gurdeni pietraušos kājās. Kristjens mani vēro, un viņa lūpu kaktiņi paraujas augšup.

– Tu esi pārgurusi, vai ne?

Es kautri pamāju.

– Jums nepieciešama izturība, Stīlas jaunkundze. – Viņš samiedz acis. – Vēl neesmu tevi izbaudījis tik, cik vēlos. Saliec rokas priekšā, it kā skaitītu lūgšanu.

Es samirkšķinu acis. Lūgšanu? *Jā, es varētu lūgties, lai tu mani saudzē.* Tomēr es paklausu. Kristjens paņem plastmasas savilcēju un nostiprina to man ap plaukstas locītavām. Ak Dievs! Es ielūkojos viņam acīs.

– Vai izskatās pazīstami? – viņš painteresējas, nespēdams noslēpt smaidu.

Lūk, kādus krājumus viņš toreiz vēlējās papildināt Kleitonu veikalā! Mani caurstrāvo adrenalīns. Labi, viņam izdevies piesaistīt manu uzmanību, un es esmu pamodusies.

– Man ir šķēres. – Kristjens tās parāda man. – Jebkurā mirklī varu tevi atbrīvot.

Es mēģinu izplest rokas, pārbaudīdama saišu stiprumu, un plastmasa iegraužas man miesā. Tas nav patīkami, bet, ja atslābinu rokas, sāpes pazūd – savilcējs nav pārāk ciešs.

– Nāc man līdzi. – Kristjens satver mani aiz rokām un pieved pie lielās gultas. Es ieraugu tumši sarkanus palagus un važas katrā stūrī.

Viņš pieliecies čukst man ausī: – Es gribu vairāk... daudz, daudz vairāk.

Un mana sirds iepukstas straujāk. *Ak vai!*

– Tomēr es rīkošos ātri. Tu es nogurusi. Turies pie staba, – viņš pavēl.

Es saraucu pieri. Mēs pat neapgulsimies? Es pieķeros pie grezniem kokgrebumiem rotātā gultas staba un atklāju, ka savilcējs ir pietiekami vaļīgs, lai es varētu nedaudz ieplest rokas.

– Zemāk, – Kristjens saka. – Labi. Nepalaid stabu vaļā. Ja to izdarīsi, es tevi nopēršu. Vai saprati?

– Jā, kungs.

– Lieliski.

Viņš nostājas man aiz gurniem un satver tos, pavilkdams mani uz savu pusi tā, ka es noliecos uz priekšu, turēdamās pie staba.

– Nepalaid to vaļā, Anastasija, – Kristjens brīdina. – Es tevi izdrāzīšu no aizmugures. Turies pie staba, lai tas tevi balstītu. Vai saprati?

– Jā.

Viņš uzšauj ar plaukstu man pa dibenu. *Au!* Sitiens ir spēcīgs.

– Jā, kungs, – es steidzīgi piebilstu.

– Ieplet kājas. – Viņš iebīda ceļgalu starp manējiem un pavirza manu labo kāju uz sāniem.

– Tā jau ir labāk. Pēc tam es ļaušu tev gulēt.

Gulēt? Es elsoju, nokļuvusi iekāres varā. Miegs man nav ne prātā. Kristjens maigi noglāsta manu muguru.

– Tev ir skaista āda, Anastasija, – viņš nočukst un pieliecies viegli, tik tikko jūtami bārsta skūpstus gar manu mugurkaulu. Viņa plaukstas savukārt aizslīd līdz manām krūtīm un apkļauj tās, un viņš saudzīgi pavelk krūtsgalus.

Es apvaldu vaidu, juzdama, kā ķermenis atsaucas un vēlreiz atdzīvojas, Kristjena glāstu pamodināts.

Viņš skūpsta manu vidukli un viegli kodī ādu, vienlaikus ņurcīdams krūtsgalus, un mans tvēriens kļūst ciešāks. Viņš nolaiž rokas, atskan jau pazīstamā folijas plīšanas skaņa, un viņš novelk bikses.

– Tev ir glīts dibens, Anastasija Stīla. Man ir padomā daudz interesantu rotaļu, kurās tam piešķirta galvenā loma. – Brīdi glāstījis manu pēcpusi, viņš pavirza plaukstu lejup un ieslidina divus pirkstus manī.

– Tīkami mikla... Tu nekad nesagādā vilšanos, Stīlas jaunkundze, – Kristjens nočukst, un viņa balsī skan apbrīna. – Turies... drīz jau būs viss, mazā.

Viņš ieķeras manos gurnos un iekārtojas ērtāk, un es gatavojos triecienam. Bet viņš satver manu bizi un aptin to sev ap plaukstas locītavu, līdz es nevaru pakustināt galvu. Mokoši lēni Kristjens ieslīd manī, vienlaikus paraudams bizi... *Mmm.* Esmu piepildīta. Viņš nesteidzīgi izslīd ārā, satver manu gurnu un piepeši triecas manī tik spēcīgi, ka es sašūpojos uz priekšu.

– Turies, Anastasija! – viņš caur sakostiem zobiem uzsauc.

Es aptveru gultas stabu un tiecos Kristjenam pretī, un viņš turpina kustēties nežēlīgā, straujā ritmā, pirkstiem iespiežoties man gurnā. Es jūtu, kā smeldz rokas un ļogās kājas, galvas āda sāk sāpēt, jo viņš vēl joprojām rauj manu bizi... un muskuļi pavēderē saspringst. Ak nē... Es pirmo reizi baidos no iespējamā orgasma; ja beigšu, es zaudēšu līdzsvaru. Kristjens turpina triekties manī, saraustīti elpodams un vaidēdams. Mana miesa atsaucas viņam... *kā tas iespējams?* Es jūtu briestam kārtējo kulmināciju, bet Kristjens piepeši sastingst dziļi manī.

– Ļaujies, Ana, – viņš noelš, un mans vārds viņa lūpās ir pēdējais piliens, kas liek manam kausam pārplūst; es krītu virpuļojošu, saldkaislu izjūtu bezdibenī un vairs nedomāju ne par ko.

Kad atgriežos pie pilnas apziņas, es atklāju, ka guļu Kristjenam virsū. Viņš ir atlaidies uz grīdas, un mana mugura balstās pret viņa krūtīm. Es vēroju griestus, baudīdama patīkamo sāta sajūtu. Biju aizmirsusi, ka istabas griestiem piestiprinātas sprādzes. Kristjens viegli pakodī manu ausi.

– Izstiep rokas, – viņš klusi nosaka.

Man šķiet, ka tās ir kā ar svinu pielietas, tomēr es paklausu. Kristjens sameklē šķēres un iebīda vienu no asmeņiem zem plastmasas saites.

– Pasludinu šo Anu par atklātu, – viņš paziņo un pārgriež savilcēju.

Es iespurdzos un paberzēju locītavas, nojauzdama, ka arī Kristjens smaida.

– Tā ir burvīga skaņa, – viņš ilgpilnā balsī nosaka un piepeši pieslejas sēdus, pieceldams arī mani tā, ka es sēžu viņam uz ceļiem.

– Pie tā vainojams esmu es, – viņš atzīst, masēdams manus plecus un rokas. Manos locekļos pamazām atgriežas dzīvība.

Es palūkojos uz Kristjenu, mēģinādama aptvert, par ko viņš runā.

– Pie tā, ka tu tik reti spurdz.

– Neesmu radusi daudz spurgt, – es miegaina nosaku.

– Tomēr, kad tas notiek, Stīlas jaunkundze, skaņa ir krāšņa un sola līksmi.

– Izpušķota frāze, Greja kungs, – es noņurdu, pūlēdamās turēt acis vaļā.

Viņa acis atmaigst, un viņš pasmaida.

– Šķiet, tu esi labi izdrāzta un gatava iet gulēt.

– Tas nemaz nebija puķaini, – es rotaļīgi pārmetu.

Kristjens smaidīdams noceļ mani no sevis un pieceļas, izstaipīdamies visā savā elpu aizraujošajā kailumā. Es nožēloju, ka esmu tik miegaina un nevaru pilnvērtīgi izbaudīt šo skatu. Pacēlis džinsus no grīdas, viņš uzvelk tos kājās.

– Es negribu pārbiedēt Teiloru vai Džonsas kundzi, – viņš noņurd.

Hmm... tie abi noteikti zina, ar kādām neķītrībām Kristjens te nodarbojas. Šī doma ir mulsinoša.

Viņš palīdz man piecelties, un mēs abi tuvojamies durvīm. Aiz tām pakarināti pelēki, biezi rītasvārki. Kristjens pacietīgi apģērbj mani kā bērnu. Man nav spēka, lai paceltu rokas. Kad esmu apsegta un atguvusi pienācīgu izskatu, viņš pieliecas un maigi noskūpsta mani, savilcis lūpu kaktiņus smaidā.

– Uz gultu, – viņš paziņo.

Ak nē...

– Gulēt, – viņš mierinādams piebilst, ieraudzījis manu sejas izteiksmi.

Kristjens piepeši paceļ mani uz rokām un aiznes uz istabu, kur doktore Grīna mani izmeklēja. Es atbalstu galvu pret viņa krūtīm, noguruma pārmākta. Nekad vēl neesmu bijusi tik iztukšota. Kristjens atvelk segu, nogulda mani un apguļas līdzās. Es pārsteigta jūtu, ka viņš pievelk mani sev klāt.

– Dusi saldi, mana skaistā meitene, – viņš nočukst un noskūpsta mani uz galvvidus.

Pat nepaguvusi izteikt kādu zobgalīgu piezīmi, es ieslīgstu miegā.

19. NODAĻA

Maigas lūpas skar manus deniņus, nosedzot tos viegliem skūpstiem, un man gribas pagriezties un atbildēt uz tiem, tomēr gulēt man gribas vairāk. Es ievaidos un paslēpju seju spilvenā.

– Mosties, Anastasija, – Kristjens klusi pamudina.

– Nē, – es atņurdu.

– Pēc pusstundas mums jādodas uz vakariņām pie maniem vecākiem, – viņš uzjautrināts atgādina.

Es negribīgi atveru acis. Aiz loga jau krēslo. Kristjens vērīgi uzlūko mani, atbalstījies uz elkoņa.

– Celies nu, guļava! Mums jāiet. – Viņš vēlreiz noskūpsta mani uz pieres.

– Atnesu tev dzērienu. Es gaidīšu tevi lejā. Neiemiedz atkal, citādi tev būs nepatikšanas, – Kristjens piedraud, bet viņa balsī nav dusmu. Uzspiedis pēdējo skūpstu man uz pakauša, viņš aiziet, pamezdams mani vienu vēsajā, spartiski iekārtotajā istabā.

Es jūtos atpūtusies, tomēr mani pārņem bažas. Jēziņ, es satikšu Kristjena vecākus! Vēl pirms brīža viņš mani pēra ar jātnieka pātagu un sasēja ar plastmasas savilcējiem, kurus nopirka no manis, bet tagad mēs dosimies pie viņa ģimenes. Arī Keita pirmo reizi sastaps Grejus; vismaz varēšu paļauties uz viņas atbalstu. Es piesardzīgi apļoju plecus; tie ir stīvi. Prasība pēc personiskā trenera piepeši šķiet pamatota, pat nepieciešama, lai es neatpaliktu no Kristjena.

Kustēdamās ļoti piesardzīgi, es izkāpju no gultas un ieraugu savu kleitu, kas pakarināta pie skapja. Uz krēsla nolikts mans krūšturis. Kur ir biksītes? Es paskatos zem krēsla, bet neko neatrodu. Pēc tam es atceros, ka Kristjens ielika manu veļu džinsu kabatā. Es nosarkstu, atceroties, kā viņš... nespēju pat domāt par to, cik mežonīgs bija Kristjens. Kāpēc viņš nav atdevis man biksītes?

Vēl joprojām par to prātodama, es ieeju vannasistabā, un brīdī, kad noslaukos dvielī pēc patīkamas, bet pārāk neilgas mazgāšanās dušā, pār mani nāk apskaidrība. Kristjens tā rīkojies tīši. Viņš vēlas, lai es kaunētos un lūgtu savu apakšveļu, un tad viņš varēs manu vēlmi izpildīt vai noraidīt. *Šo spēli varam spēlēt mēs abi*, es smīnēdama nodomāju. Apņēmusies neko nejautāt un liegt Kristjenam šo prieku, es nolemju tikties ar viņa vecākiem bez apakšveļas. *Anastasija Stīla!* mani norāj zemapziņa, bet es negribu tajā ieklausīties un līksma apskauju sevi, priecādamās par iespēju satracināt Kristjenu.

Atgriezusies guļamistabā, es apģērbjos un uzauju kājās kurpes, pirms atpinu matus un tos izsukāju. Pēc tam es aplūkoju Kristjena atstāto glāzi ar bāli sārtu šķidrumu. Izrādās, ka tā ir dzērveņu sula ar gāzētu minerālūdeni. Dzēriens ir ļoti garšīgs un veldzē slāpes.

Es vēlreiz ieskrienu vannasistabā un aplūkoju sevi spogulī: acis spoži mirdz un nerātni zib, vaigi ir nedaudz piesarkuši. Apmierināta ar savu izskatu, es dodos lejup. Pagāja tikai piecpadsmit minūtes; nemaz nav slikti.

Kristjens stāv pie milzīgā loga, ģērbies pelēkajās biksēs, kas man ļoti patīk un neticami seksīgi apkļauj viņa gurnus. Mugurā viņam, protams, ir balts, smalks krekls. Vai viņam nav nekā citā krāsā? No skaļruņiem plūst Frenka Sinatras balss.

Kad ienāku istabā, Kristjens smaidīdams pagriežas un uzlūko mani.

– Sveiks, – es klusi nosaku, atbildēdama uz viņa sfinksas smaidu ar savējo.

– Sveika, – viņš atņem. – Kā tu jūties? – Viņa acīs dzirkstī uzjautrinājums.

– Labi, paldies. Un tu?

– Pavisam lieliski, Stīlas jaunkundze.

Kristjens acīmredzami gaida, kad kaut ko teikšu.

– Frenks? Nezināju, ka tev patīk Sinatra.

Viņš sarauc uzacis, vērtējoši pētīdams mani.

– Esmu cilvēks ar eklektisku gaumi, – viņš nomurmina un graciozi tuvojas man kā liela pantera. Viņa skatiens ir tik ciešs, ka man aizraujas elpa.

Frenka samtainā balss dzied senu dziesmu, ko iemīļojis arī Rejs. Dziesmu sauc "Burvestība". Kristjens laiski velk pirkstu galus pār manu vaigu, un es sajūtu viņa pieskārienu dziļi sevī.

– Dejosim, – viņš aizsmakušā balsī nosaka un, izņēmis no kabatas pulti, pagriež mūziku skaļāku. Pastiepis roku, viņš uzlūko mani pelēkām acīm, kurās vīd solījums, ilgas un labestība. Viņš šobrīd ir neatvairāms, un es jūtos apburta, tāpēc ielieku plaukstu viņa saujā. Kristjena lūpas savelkas laiskā smaidā, un viņš ievelk mani savās skavās, aplikdams roku ap vidukli.

Es uzlieku brīvo roku viņam uz pleca un plati pasmaidu, Kristjena rotaļīgā noskaņojuma aizgrābta. Viņš sašūpojas un sāk dejot. Un viņš tiešām to prot. Mēs virpuļojam no loga līdz virtuvei un atpakaļ, griezdamies mūzikas ritmā. Kristjens kustas tik nepiespiesti, ka pat es spēju viņam bez pūlēm sekot.

Mēs slīdam garām ēdamistabas galdam, sasniedzam klavieres un dejojam gar stikla sienu uz tumsā mirgojošās Sietlas fona, kas veido maģisku ietvaru mūsu dejas gleznai. Es sajūsmināta iesmejos, un Kristjens smaida, līdz dziesma beidzas.

– Nav pasaulē otras tik daiļas raganas, kāda esi tu, – viņš nomurmina un noskūpsta mani. – Nu lūk, Stīlas jaunkundze, jūsu vaigos atgriezies sārtums. Pateicos par šo deju. Vai esat gatava iepazīties ar maniem vecākiem?

– Nav par ko, un jā, degu nepacietībā viņus satikt, – es aizelsusies atbildu.

– Vai tev ir viss nepieciešamais?

– Jā, protams, – es laipni apstiprinu.

– Vai tiešām?

Es tēloti nevērīgi pamāju, Kristjena ciešā, uzjautrinājuma pilnā skatiena nesamulsināta. Viņš piepeši plati pasmaida un papurina galvu.

– Labi. Spēlēsim pēc jūsu noteikumiem, Stīlas jaunkundze.

Viņš satver mani aiz rokas, paķer savu žaketi, kas nolikta uz virtuves taburetes, un ved mani uz liftu. Kristjens Grejs ir daudzpusīgs vīrietis. *Vai es jebkad spēšu izprast viņa dažādos noskaņojumus?*

Kamēr braucam liftā, es neuzkrītoši vēroju Kristjenu. Viņš šķiet priecājamies par kādu slepenu joku, un viņa lūpās rotājas tik tikko manāms smaids. Diemžēl izskatās, ka esmu pārrēķinājusies. Mēs dodamies pie viņa vecākiem, un man nav apakšveļas. Zemapziņa vīpsnādama atgādina, ka centusies mani brīdināt. Dzīvoklī, kur man nekas nedraudēja, šī doma šķita amizanta, bet tagad es jau gandrīz esmu uz ielas *bez biksītēm*! Kristjens pamet skatienu uz mani, un starp mums uzšķiļas dzirksteles. Uzjautrinājums nozūd no viņa sejas, un tā apmācas, acis satumst... *ak vai!*

Lifta durvis atveras pirmajā stāvā. Kristjens papurina galvu, it kā mēģinādams to noskaidrot, un ar mājienu liek man iet pirmajai, kā jau džentlmenis. *Ko viņš cenšas piemuļķot?* Viņš nav džentlmenis. Pie viņa ir manas biksītes.

Teilors piebrauc mums klāt lielajā *Audi*. Kristjens atver man aizmugurējās durvis, un es apsēžos, cik eleganti vien protu, ņemot vērā savu piedauzīgo apģērba trūkumu. Man paveicies, jo Keitas plūmju krāsas kleita ir ļoti pieguļoša un sniedzas līdz ceļgaliem.

Mašīna traucas pa šoseju, un mēs abi klusējam, apzinoties Teilora klātbūtni. Kristjena noskaņojums ir gandrīz taustāms, un tas mainās; jo tālāk braucam uz ziemeļiem, jo nomāktāks viņš šķiet, lūkodamies ārā pa logu, un es jūtu, ka viņš attālinās no manis. Par ko viņš domā? Es pat nevaru to pajautāt. Ko lai pasaku, Teiloram dzirdot?

– Kur tu mācījies dejot? – es bikli ievaicājos. Kristjens pagriežas un uzlūko mani, bet viņa sejas izteiksme garāmslīdošo ielas laternu gaismā ir neizdibināma.

– Vai tu tiešām vēlies to zināt? – viņš klusi jautā.

Man sažņaudzas sirds un vēlme zūd, jo es nojaušu, kāda būs atbilde.

– Jā, – es negribīgi nomurminu.

– Manai senajai draudzenei patika dejot.

Manas aizdomas tiek apstiprinātas. Viņa labi apmācījusi Kristjenu, un šī doma mani apbēdina; nav nekā, ko viņam varētu sniegt es. Man nav nekādu īpašu prasmju. – Viņa bijusi laba skolotāja.

– Jā.

Man pār muguru pārskrien tirpas. Vai Bargā Kundze izsūca visu labo no Kristjena, pirms viņš kļuva tik noslēgts kā patlaban? Vai arī, tieši otrādi, atraisīja viņa rotaļīgo dabu? Es pasmaidu, atcerēdamās, kā mēs virpuļojām pa viņa dzīvojamo istabu brīdī, kad viņš vēl joprojām kaut kur paslēpis manas biksītes.

Bet ir jau vēl arī sarkanais moku kambaris... Es instinktīvi paberzēju plaukstu locītavas; šaurie plastmasas savilcēji atstājuši tik tikko jaušamas pēdas. Arī to visu viņam iemācīja Bargā Kundze, kaut gan to var uztvert arī citādi: viņa Kristjenu sabojāja. Varbūt viņš pats būtu atradis ceļu uz šo pasauli arī bez Bargās Kundzes starpniecības. Mani piepeši pārņem atskārsme, ka es ienīstu šo sievieti. Cerams, mēs nekad netiksimies, jo es nevaru galvot par savu rīcību viņas tuvumā. Manī nekad vēl nav dzimušas tik kaismīgas jūtas pret kādu, it īpaši cilvēku, kas man nemaz nav pazīstams. Akli lūkodamās ārā pa logu, es kūsāju neizprotamās dusmās un greizsirdībā.

Manas domas atgriežas pie pēcpusdienas. Zinot, kāda ir Kristjena gaume, es spriežu, ka viņš pret mani izturējies saudzīgi. *Vai es to darītu vēlreiz?* Nevaru pat izlikties, ka apsveru noliedzošu atbildi. Protams, es to darītu vēlreiz, ja to lūgtu Kristjens, ja vien viņš nenodarītu man nopietnu kaitējumu un tas būtu vienīgais veids, kā būt ar viņu kopā.

Tas ir pats svarīgākais. Es vēlos būt kopā ar Kristjenu. Mana iekšējā dieviete atvieglota nopūšas. Es secinu, ka viņa parasti izmanto nevis smadzenes, bet gan kādu zemāku ķermeņa daļu, lai domātu, un šobrīd tā ir neparasti kaila.

– Nevajag, – Kristjens nomurmina.

Es apjukusi pievēršos viņam.

– Par ko tu runā? – Es neesmu viņam pieskārusies.

– Nevajag pārāk daudz domāt, Anastasija. – Viņš satver manu plaukstu, paceļ to pie lūpām un maigi noskūpsta pirkstu kauliņus. – Es šo pēcpusdienu pavadīju brīnišķīgi. Pateicos.

Viņš ir atgriezies pie manis. Es samirkšķinu acis un kautri pasmaidu. Kristjens vienmēr prot mani samulsināt. Es uzdodu jautājumu, kas mani nomāc jau sen.

– Kāpēc tu izmantoji plastmasas savilcēju?

Viņš uzjautrināts pasmaida.

– Tas ir ātrs un vienkāršs paņēmiens, turklāt es gribēju, lai tu izmēģini kaut ko jaunu. Zinu, ka plastmasa ir ļoti efektīva, un man patīk iedarbīgi sasiešanas līdzekļi. – Viņš pavīpsnā. – Savilcēji izcili notur tevi uz vietas.

Es piesarkusi uzmetu skatienu Teiloram, bet viņš nesatricināmi vēro ceļu. *Kā lai atbildu uz kaut ko tādu?* Kristjens parausta plecus, tēlodams svēto nevainību.

– Tā ir daļa no manas pasaules, Anastasija. – Viņš saspiež manu plaukstu un atlaiž to, atkal pievērsdamies logam.

Es vēlos iekļauties Kristjena pasaulē, bet man būtu jāpakļaujas viņa noteikumiem, un es neesmu pārliecināta, vai to spēšu. Viņš nav ieminējies par savu sasodīto līgumu. Manas pārdomas ir drūmas, un arī es stingi veros ārā pa logu. Apkārtne ir mainījusies. Mēs braucam pāri tiltam, un nakts samtainā tumsa atspoguļo manu nelāgo noskaņojumu, šķietami smacējot mani.

Kad es palūkojos uz Kristjenu, mūsu skatieni sastopas.

– Par ko tu domā? – viņš jautā.

Es nopūšos un saraucu pieri.

– Tik slikti? – viņš secina.

– Es gribētu zināt, par ko domā tu.

Kristjens pasmīn. – Abpusēji, mazā, – viņš nosaka, un Teilors ved mūs arvien dziļāk nakts tumsā.

**

Dažas minūtes pirms astoņiem mašīna nogriežas uz ko-

lonijas laika savrupmājas piebraucamā ceļa. Ēka ir brīnum-
skaista; gar durvīm pat sastādīti rožu krūmi. To varētu no-
fotografēt un likt uz žurnāla vāka.

– Vai esi gatava? – Kristjens jautā, kad Teilors apstājas pie
milzīgajām parādes durvīm.

Es pamāju, un viņš kā iedrošinādams saspiež manu ro-
ku.

– Arī man šī ir pirmā reize, – viņš nočukst, bet jau pēc
mirkļa viņa lūpās ataust šķelmīgs smaids. – Tu šobrīd droši
vien nožēlo, ka tev nav apakšveļas.

Es pietvīkstu. Biju jau piemirsusi par nepilnībām savā ap-
ģērbā. Par laimi, Teilors ir izkāpis no mašīnas un patlaban
atver man durvis, tāpēc nedzird mūsu sarunu. Es pārmeto-
ši uzlūkoju Kristjenu, bet viņš tikai plati smaida, vērodams,
kā izkāpju no mašīnas.

Doktore Greisa Treveljana-Greja gaida mūs uz sliekšņa.
Viņa ir ģērbusies gaiši zilā zīda kleitā un izskatās neuzkrī-
toši eleganta. Viņai aiz muguras stāv garš, gaišmatains vī-
rietis, tikpat savdabīgi pievilcīgs kā Kristjens. Tas droši vien
ir Greja kungs.

– Anastasija, manu māti Greisu tu jau pazīsti. Šis ir mans
tēvs Keriks.

– Greja kungs, ļoti priecājos ar jums iepazīties! – Es smai-
dīdama paspiežu viņa izstiepto roku.

– Arī man ir liels prieks jūs satikt, Anastasija.

– Lūdzu, sauciet mani par Anu!

Viņa zilajās acīs redzama sirsnība un maigums.

– Cik jauki tevi atkal redzēt, Ana! – Greisa mani dedzīgi
apskauj. – Nāc iekšā, bērns.

– Vai viņa jau ir klāt? – no mājas atskan spalgs sauciens,
un es satraukta uzlūkoju Kristjenu.

– Tā ir Mia, mana jaunākā māsa, – viņš paskaidro, un vi-
ņa balsī ieskanas tik tikko jaušams aizkaitinājums, bet aiz tā
slēpjas patiesa pieķeršanās. Kristjens viegli samiedz acis un
manāmi atmaigst, izteikdams māsas vārdu. Ir skaidrs, ka
viņš Miu dievina, un man tas ir atklājums. Jau nākamajā mir-
klī es ieraugu gara auguma, tumšmatainu meiteni, kas stei-

dzas mums pretī; viņa izskatās pēc manas vienaudzes.

– Anastasija! Esmu par tevi daudz dzirdējusi. – Viņa spēji apskauj mani.

Es nespēju apvaldīt smaidu, priecādamās par tik kvēlu sagaidīšanu.

– Lūdzu, sauc mani par Anu, – es nomurminu, un Mia ievelk mani plašajā priekšnamā. Tam ir tumša koka grīda, ko sedz senatnīgi paklāji, un uz otro stāvu ved lielas, greznas kāpnes.

– Viņš nekad vēl nav atvedis kādu meiteni pie mums. – Mia ieminas, un viņas tumšās acis sajūsmā mirdz.

Es pamanu, ka Kristjens paceļ skatienu pret debesīm, un saraucu uzaci. Viņš draudīgi samiedz acis.

– Nomierinies, Mia, – Greisa saudzīgi norāj meitu. – Sveiks, mīļais, – viņa pievēršas Kristjenam un noskūpsta viņu uz abiem vaigiem. Kristjens smaidīdams lūkojas lejup uz māti un sarokojas ar tēvu.

Mēs visi dodamies uz dzīvojamo istabu. Mia vēl joprojām tur manu roku. Istaba ir plaša un gaumīgi iekārtota. Viss ir gaišs, brūns un bāli zils, radot iespaidu par ērtībām un neuzkrītošu eleganci. Keita un Eljots sēž uz dīvāna, rokā turēdami šampanieša glāzes. Mani ieraudzījusi, Keita pielec kājās, un mēs apskaujamies. Mia beidzot palaiž vaļā manu plaukstu.

– Čau, Ana! – Keita starodama uzsmaida man, bet Kristjenam tikai aprauti pamāj.

– Keita, – viņš sveicinās tikpat vēsi.

To redzot, es sadrūmusi uzlūkoju abus. Eljots mani sagrābj ciešā tvērienā. Kas te notiek? Vai visi ir apņēmušies mani apskaut? Neesmu pieradusi pie tik kaismīgiem jūtu apliecinājumiem. Kristjens nostājas blakus un apliek roku man apkārt. Novietojis plaukstu uz mana gurna, viņš iepleš pirkstus un pievelk mani tuvāk. Visi uz mums skatās, un es samulsusi nodrebinos.

– Vai kaut ko dzersiet? – iejautājas Kristjena tēvs. – Varbūt *Prosecco*?

– Jā, lūdzu, – mēs ar Kristjenu vienlaikus atsaucamies.

Tas jau ir pavisam dīvaini. Mia sasit plaukstas.

– Jūs pat runājat vienādi! Tūlīt atnesīšu vīnu. – Viņa mundrā solī pamet istabu.

Es pietvīkstu tumši sarkana un, ieraudzījusi Keitu apsēžamies blakus Eljotam, piepeši apjaušu, ka Kristjens mani ielūdzis tikai viņas dēļ. Eljots droši vien pavisam mierīgi un labprātīgi aicināja Keitu iepazīties ar vecākiem, un Kristjens tika iedzīts lamatās, zinot, ka Keita man noteikti to pastāstīs. Atklāsme nav patīkama, un es jūtos kā muļķe, jo man tas neienāca prātā jau iepriekš.

– Vakariņas ir gandrīz gatavas, – Greisa paziņo, sekodama Miai.

Kristjens sarauc pieri, skatīdamies uz mani.

– Apsēdies! – viņš pavēl, norādīdams uz mīkstu dīvānu, un es paklausu, piesardzīgi sakrustodama kājas. Viņš apsēžas man blakus, tomēr nedaudz nostāk, man nepieskardamies.

– Mēs nupat runājām par brīvdienām, Ana, – Greja kungs pieklājīgi ieminas. – Eljots nolēmis uz nedēļu pievienoties Keitai un viņas radiem Barbadosā.

Es uzmetu skatienu Keitai, un viņa atplaukst platā smaidā, acīm starojot. *Ketrīna Kevana, savaldies taču kaut nedaudz!*

– Vai arī tu pēc izlaiduma nedaudz atpūtīsies? – jautā Greja kungs.

– Varbūt dažas dienas pavadīšu Džordžijā, – es atbildu.

Kristjens iepleš acis un vairākas reizes pamirkšķina, kaut gan viņa sejā nekas nav nolasāms. Es atceros, ka nepaguvu viņam pavēstīt par saviem plāniem, un noriju siekalas.

– Džordžijā? – viņš klusi apvaicājas.

– Tur dzīvo mana māte, un mēs sen neesam tikušās.

– Kad tu grasies doties prom? – Kristjens tik tikko dzirdami jautā.

– Rīt vēlu vakarā.

Mia atgriežas pie mums un izsniedz šampanieša glāzes, pilnas ar bāli sārtu, dzirkstošu vīnu.

– Uz veselību! – Greja kungs paceļ glāzi. Es pasmaidu,

nodomādama, ka tas ir ārstes vīram piemērots tosts.

– Cik ilgu laiku tu pavadīsi Džordžijā? – Kristjens mānīgi rāmā balsī painteresējas.

Sasodīts, viņš dusmojas!

– Vēl nezinu. Viss atkarīgs no manām darba pārrunām rīt. Kristjens sakož zobus, un Keitas sejā parādās izteiksme, kas liecina, ka viņa tūlīt iejauksies. Viņas smaids ir pārāk sīrupains.

– Ana ir pelnījusi atpūtu, – viņa uzsvērti paziņo Kristjenam. Kāpēc Keita viņu tā necieš?

– Tev ir paredzētas darba pārrunas? – jautā Greja kungs.

– Jā, es pieteicos uz praktikantes vietu divās izdevniecībās.

– Ceru, ka tev paveiksies.

– Vakariņas gatavas! – paziņo Greisa.

Mēs visi pieceļamies, un Keita kopā ar Eljotu seko pārējiem. Arī es grasos iet ārā no istabas, bet Kristjens mani satver aiz elkoņa un spēji apstādina.

– Kad tu grasījies man pavēstīt, ka aizbrauc? – viņš klusi jautā. Es dzirdu apslēptās dusmas viņa balsī.

– Es nekur nebraucu. Tikai došos apciemot savu māti, un vispār nemaz neesmu pieņēmusi lēmumu.

– Vai jau esi aizmirsusi mūsu vienošanos?

– Mēs vēl neesam to noslēguši.

Kristjens samiedz acis, bet tūlīt pat atgūstas un ved mani ārā pa durvīm.

– Saruna nav beigusies, – viņš draudīgi nočukst, kad ieejam ēdamistabā.

Es aizkaitināta nopūšos; dažreiz viņa despotisms ir tracinošs.

Ēdamistaba atgādina mūsu intīmās vakariņas "Hītmena" viesnīcā. Virs tumša koka galda mirguļo kristāla lustra, un pie sienas piekarināts milzīgs, grezniem kokgriezumiem rotāts spogulis. Galds ir apklāts ar tīru, baltu audumu, un uz tā salikti trauki, bet pašā vidū novietota apaļa vāze ar bāli sārtām peonijām. Skats ir apbrīnojams.

Mēs ieņemam vietas. Greja kungs sēž galda galā, es viņam labajā pusē, un Kristjens iekārtojas man blakus. Pasniedzies pēc atvērtās sarkanvīna pudeles, Greja kungs piedāvā dzērienu Keitai. Mia apsēžas pie Kristjena sāniem un, satvērusi viņa roku, to cieši saspiež. Kristjens sirsnīgi uzsmaida māsai.

– Kur jūs abi iepazināties? – Mia viņam jautā.

– Viņa mani intervēja rakstam universitātes avīzē.

– Keita ir avīzes redaktore, – es piebilstu, cerēdama ievirzīt sarunu citā, ar mani nesaistītā gultnē.

Mia plati uzsmaida Keitai, kas sēž viņai pretī blakus Eljotam, un abas meitenes sāk runāt par studentu laikrakstu.

– Vai dzersi vīnu, Ana? – iejautājas Greja kungs.

– Jā, lūdzu. – Es viņam uzsmaidu, un Kristjena tēvs pieceļas, lai piepildītu arī pārējo glāzes.

Es pievēršos Kristjenam, un viņš palūkojas uz mani, nedaudz piešķiebis galvu.

– Ko tu vēlies? – viņš pavaicā.

– Lūdzu, nedusmojies uz mani, – es nočukstu.

– Es nemaz nedusmojos.

Mana sejas izteiksme acīmredzot pavēsta, ko es par to domāju, jo Kristjens pēc brīža nopūšas.

– Jā, es dusmojos. – Viņš aizver acis un tūlīt tās atver.

– Vai tev niez plauksta? – es nemierīga apvaicājos.

– Par ko jūs abi sačukstaties? – iejaucas Keita.

Es pietvīkstu, un Kristjens velta viņai tik nepārprotami brīdinošu skatienu, ka pat Keita nedaudz saraujas.

– Par manu braucienu uz Džordžiju, – es atbildu, cerēdama kliedēt starp abiem valdošo naidīgumu.

Keita pasmaida, un viņas acis nerātni iemirdzas.

– Kā jums ar Hosē klājās piektdien, kad abi gājāt uz bāru?

Sasodīts, Keita! Es ieplešu acis. Ko tas nozīmē? Draudzene izteiksmīgi palūkojas uz mani, un es aptveru, ka viņa mēģina padarīt Kristjenu greizsirdīgu. *Viņai nav ne jausmas...* Un man jau šķita, ka izsprukšu nesodīta.

– Normāli, – es nomurminu.

Kristjens pieliecas man tuvāk.

– Jā, plauksta niez, – viņš nočukst. – It īpaši šobrīd. – Viņa balss ir salta un ļaunu vēstoša.

Ak vai! Es izmisusi saraujos.

Atgriežas Greisa ar diviem šķīvjiem rokās, un viņai seko jauna, glīta sieviete ar divās bizēs savītiem gaišiem matiem. Viņa ir ģērbusies nevainojamā, gaiši zilā tērpā un nes paplāti ar traukiem. Sievietes skatiens nekavējoties pievēršas Kristjenam. Viņa nosarkst un uzlūko viņu caur nolaistām, tušas pagarinātām skropstām. *Kā, lūdzu?*

No kādas istabas tuvumā atskan telefona zvans.

– Atvainojiet! – Greja kungs pieceļas un pamet istabu.

– Pateicos, Grēthena, – Kristjena māte pieklājīgi nosaka, bet viņas piere viegli saraucas. – Vari nolikt paplāti uz plaukta.

Grēthena pamāj un, veltījusi pēdējo paslepšus skatienu Kristjenam, aiziet. Tātad Grejiem ir apkalpojošais personāls, un šis personāls uzmanīgi vēro *manu* topošo Pavēlnieku. Vai iespējams vēl sliktāks vakars? Es sadrūmusi pētu savas klēpī saliktās rokas.

Greja kungs drīz atgriežas.

– Zvana tev, mīļā. No slimnīcas, – viņš paziņo Greisai.

– Lūdzu, ķerieties klāt, – Greisa smaidīdama aicina, pasniedz man šķīvi un aiziet.

Ēdiens smaržo brīnišķīgi – *chorizo* desa un jūras ķemmītes ar ceptiem sarkanajiem pipariem un šalotes sīpoliem, apbārstītiem ar pētersīļu lapām. Un, kaut gan mani māc bailes no Kristjena slēptajiem draudiem, dusmas par glītās Grēthenas zaglīgajiem skatieniem un mulsums pazaudētās apakšveļas dēļ, es piepeši jūtu, ka esmu ļoti izsalkusi. Mani vaigi koši pietvīkst, kad es apjaušu, ka pie manas zvēra apetītes vainojama fiziskā piepūle pēcpusdienā.

Pēc brīža istabā atgriežas Greisa, bet viņa šķiet sadrūmusi. Greja kungs piešķiebj galvu... tāpat kā Kristjens.

– Vai kaut kas noticis?

– Kārtējā saslimšana ar masalām, – Greisa nopūtusies atbild.

– Ak nē!

– Jā. Jau ceturtais bērns šomēnes. Ja vien ļaudis vakcinētu savus mazuļus... – Viņa noskumusi papurina galvu un jau pēc mirkļa atplaukst smaidā. – Priecājos, ka mūsu bērniem nenācās to pārdzīvot. Bīstamākā slimība, ko viņi saķēruši, ir vējbakas. Nabaga Eljots, – viņa nosaka, ieņemdama savu vietu un iecietīgi uzsmaidīdama dēlam. Eljots, cītīgi košļādams ēdienu, sarauc pieri un neveikli sagrozās. – Kristjenam un Miai paveicās. Viņi vējbakas pārslimoja viegli, bez pūtītēm.

Mia iesmejas, un Kristjens paceļ acis pret griestiem.

– Klau, tēt, vai noskatījies, kā mūsējie spēlē? – Eljots jautā, acīmredzami cenzdamies ievirzīt sarunu citā gultnē.

Uzkodas ir ļoti gardas, un es cītīgi ēdu, kamēr Eljots, Greja kungs un Kristjens runā par beisbolu. Ģimenes lokā Kristjens ir mierīgs un atbrīvots, bet mans prāts drudžaini darbojas. Nolādētā Keita, kas viņai padomā? Vai Kristjens mani sodīs? Es satrūkstos. Vēl neesmu parakstījusi līgumu. Varbūt es to nemaz nedarīšu un palikšu Džordžijā, kur viņš netiks man klāt.

– Vai jau esi apradusi ar jauno dzīvokli, Ana? – Greisa pieklājīgi apjautājas. Priecādamās par iespēju atbīdīt savas domas tālāk, es pastāstu viņai par pārvākšanos.

Kad esam apēduši uzkodas, atgriežas Grēthena, un man (ne jau pirmo reizi) gribas bez bažām pieskarties Kristjenam, lai parādītu šai meitenei, ka šis vīrietis, kaut gan tik slims un dīvains, pieder man. Viņa novāc traukus, pievirzīdamās pārāk tuvu Kristjenam, bet viņš – paldies Dievam! – jauno sievieti pat neievēro. Mana iekšējā dieviete tomēr kaist dusmās.

Keita un Mia dalās skaistās atmiņās par Parīzi.

– Vai esi bijusi Parīzē, Ana? – Mia naivi painteresējas, izraudami mani no greizsirdības pilnām pārdomām.

– Nē, bet es labprāt tur paviesotos. – Ir skaidrs, ka es pie šī galda esmu vienīgā, kas nekad nav pametusi Ameriku.

– Mēs Parīzē pavadījām savu medusmēnesi. – Greisa uzsmaida savam vīram, un arī viņš atplaukst smaidā.

Es jūtos neērti, viņus vērojot. Abi ir acīmredzami kvēli iemīlējušies, un es brīdi veltu pārdomām, kāda veidotos mana dzīve, ja es būtu uzaugusi kopā ar abiem vecākiem.

– Pilsēta ir ļoti skaista, – piebalso Mia. – Par spīti tās iedzīvotājiem. Kristjen, tev vajadzētu aizvest Anu uz Parīzi, – meitene pārliecināta paziņo.

– Man šķiet, Ana dotu priekšroku Londonai, – Kristjens klusi nosaka.

Viņš atceras... Es sajūtu viņa roku uz ceļgala, un garie pirksti nesteidzīgi virzās augšup. Viss mans ķermenis saspringst. *Nē... ne jau šeit, ne jau tagad!* Es piesarkstu un sakustos, cenzdamās atrauties no viņa. Kristjens satver manu kāju ciešāk, lai es nevarētu aizbēgt, un man izmisumā neatliek nekas cits, kā vien sniegties pēc vīna.

Atgriežas blondā eiropiete ar bizēs savītajiem matiem, šķelmīgi mezdama skatienu uz Kristjenu un šūpodama gurnus. Viņa nes šķīvjus ar ēdienu – liellopa fileju Velingtona gaumē. Tos nolikusi, Grēthena aiziet – paldies Dievam! – kaut gan pirms tam ir ilgi kavējusies, sniedzot Kristjenam viņa ēdienu. Kristjens neizpratnē palūkojas uz mani, redzot, kā es vēroju meiteni aizveram durvis.

– Kāpēc tev nepatika parīzieši? – Eljots jautā māsai. – Vai viņi nepakļāvās tavai burvībai?

– Nepavisam. Un msjē Flobērs, tas neglītenis, pie kura es strādāju, bija īsts despots!

Es gandrīz aizrijos ar vīnu.

– Anastasija, vai tev nekas nekaiš? – Kristjens rāmi painteresējas, noņemdams roku no manas kājas.

Viņa balsī ieskanas uzjautrinājums. *Paldies Dievam!* Kad esmu pamājusi, viņš saudzīgi papliķē man pa muguru, līdz pārliecinās, ka esmu atguvusies.

Liellopa fileja garšo lieliski, un arī piedevas ir gardas – cepti saldie kartupeļi, burkāni, pastinaki un zaļās pupiņas. Maltīti vēl patīkamāku padara Kristjena labais noskaņojums, ko viņš ēšanas laikā nezaudē. Droši vien tāpēc, ka es tik cītīgi mielojos. Greji brīvi sarunājas, un ir redzams, ka viņi visi patiesi pieķērušies cits citam un mīloši ķircinās savā starpā.

Kamēr ēdam citronu uzputeni desertā, Mia stāsta par saviem piedzīvojumiem Parīzē, līdz piepeši sāk runāt tekošā franču valodā. Mēs visi pārsteigti lūkojamies uz Miu, un viņa skatās pretī, neizpratnes pārņemta, līdz Kristjens tikpat lieliskā franču valodā paskaidro, kas noticis, un viņa sāk skaļi smieties. Mias jautrība ir lipīga, un drīz mēs visi smieklos lokāmies.

Eljots runā par savu celtniecības projektu, jaunu, videi draudzīgu māju kopu Sietlas ziemeļos. Es palūkojos uz Keitu, un viņa kāri tver katru Eljota vārdu, acīm iekārē vai mīlestībā mirdzot. Nav īsti skaidrs, kura no šīm izjūtām ir galvenā. Viņš savukārt uzsmaida Keitai, un šķiet, ka abi apmainās vārdos neizteiktiem solījumiem. *Vēlāk, mazā*, vēsta Eljota acis, un tas ir neticami erotiski. Es nosarkstu, viņus vērodama.

Klusi nopūtusies, es paslepšus uzmetu skatienu savam despotiskajam vīrietim. Man nebūtu iebildumu uz viņu lūkoties kaut visu mūžu. Kristjena zodu klāj tik tikko manāmi rugāji, un man gribas tiem pieskarties, sajust tos pie sejas, pie krūtīm... starp kājām. Es pietvīkstu, savu nerātno domu iztrūcināta. Viņš pievēršas man un satver manu zodu.

– Nekod lūpā, – viņš aizsmacis nomurmina. – To gribu darīt es.

Greisa un Mia savāc mūsu deserta traukus un aiznes tos uz virtuvi, bet Greja kungs, Keita un Eljots pārrunā saules bateriju ieviešanas priekšrocības Vašingtonas štatā. Kristjens tēlo, ka uzmanīgi klausās, bet patiesībā atkal uzliek plaukstu uz mana augšstilba un virza pirkstus augšup. Es sāku elpot straujāk un saspiežu kājas kopā, lai viņu aizkavētu. Kristjens pasmīn.

– Vai vēlies, lai izrādu tev māju? – viņš skaļi jautā.

Es zinu, ka Kristjens gaida apstiprinošu atbildi, bet neuzticos viņam. Tomēr pat nepagūstu kaut ko pateikt, pirms viņš pieceļas un sniedz man roku. Es to satveru un jūtu visus pavēderes muskuļus saspringstam, atsaucoties viņa kvēlajam, alku pilnajam skatienam.

– Atvainojiet, – es nomurminu un sekoju Kristjenam ārā

no ēdamistabas.

Viņš ved mani uz virtuvi, kur Mia un Greisa patlaban liek traukus mazgājamā mašīnā. Blondā vāciete nekur nav manāma.

– Es parādīšu Anastasijai apkārtni, – Kristjens nevainīgi paziņo mātei, un viņa smaidīdama pamāj, bet Mia dodas atpakaļ uz ēdamistabu.

Mēs izejam pelēkām plāksnēm bruģētā iekšpagalmā, kuru apspīd grīdā iestrādātās spuldzes. Pelēkos akmens podos aug krūmi, un stūrī novietots elegants metāla galds un krēsli. Kristjens paiet tiem garām, pieveic dažus pakāpienus un sasniedz plašu zālāju, kas ved lejup līdz līcim... ak Dievs, cik skaisti! Pie apvāršņa staro Sietlas gaismas, un vēsais, spožais maija mēness izzīmē mirguļojošu sudraba taku ūdenī līdz piestātnei, pie kuras šūpojas divas laivas. Blakus piestātnei uzcelts neliels namiņš. Skats atgādina gleznu – kādu mierpilnu ainavu. Es ilgi stāvu un sajūsmināta to vēroju.

Kristjens velk mani sev līdzi, un manu kurpju papēži iegrimst mīkstajā zālē.

– Lūdzu, nevajag! – es paklupusi ierunājos.

Viņš apstājas un pagriežas, bezkaislīgi vērodams mani.

– Papēži... Man jānoauj kurpes.

– Nepūlies, – Kristjens nosaka un pieliecies pārmet mani pār plecu. Es pārsteigta iespiedzos, un viņš man uzšauj pa dibenu.

– Klusē! – viņš noņurd.

Ak nē... neko labu tas nesola. Mana zemapziņa pārbijusies dreb. Kristjens par kaut ko dusmojas – varbūt Hosē, Džordžiju, neesošajām biksītēm, lūpas kodīšanu. Mjā, viņš ir viegli sakaitināms.

– Uz kurieni mēs ejam? – es izdvešu.

– Laivu namiņu, – viņš atcērt.

Es turos pie Kristjena gurniem, galvai karājoties lejup, un viņš mērķtiecīgi soļo pa mēnessgaismas apspīdēto zālāju.

– Kāpēc? – es aizelsusies jautāju.

– Mums jāpavada brīdis divatā.

– Kādā nolūkā?

– Es tevi nopēršu un izdrāzīšu.

– Kāpēc? – es tik tikko dzirdami nopīkstu.

– Tev lieliski zināms, kāpēc.

– Man šķita, ka tu pakļaujies tikai mirkļa iegribām, – es izmisusi iebilstu.

– Un šobrīd mani pārņēmusi iegriba, Anastasija. Tici man.

Ak vai.

20. NODAĻA

Kristjens atgrūž vaļā laivu namiņa koka durvis un apstājas, lai ieslēgtu gaismu. Atskan sīkšana, un balta, spilgta gaisma pārpludina plašo, kokā darināto telpu. Es vēl joprojām karājos ar galvu uz leju un redzu tikai lielu kreiseri, kas šūpojas melnajā ūdenī, bet jau nākamajā mirklī Kristjens uznes mani pa koka kāpnēm uz otro stāvu.

Pie durvīm viņš apstājas un nospiež citu slēdzi; šeit gaisma ir maigāka, pieklusināta. Mēs esam bēniņu istabā ar slīpiem griestiem. Iekārtojums atsauc atmiņā Jaunanglijas jūras tematiku: tumši zilā krāsa apvienojumā ar krēma toņiem un sarkaniem ielaidumiem. Mēbeļu ir maz; es pamanu tikai dažus dīvānus.

Kristjens noliek mani stāvus uz koka grīdas. Man nav laika aplūkot istabu; mans skatiens ir kā piekalts viņam. Es jūtos kā apburta un vēroju viņu, šo neparasto, bīstamo plēsoņu, gaidīdama, kad viņš uzbruks. Viņš elpo strauji, bet tas izskaidrojams ar manis nešanu pa kāpnēm. Pelēkajās acīs gail dusmas, alkas un kvēla iekāre.

Man šķiet, ka es tūlīt aizdegšos, Kristjena skatiena iekarsēta.

– Lūdzu, nesit man, – es žēli ņočukstu.

Kristjens sarauc pieri, ieplezdams acis, un vairākas reizes pamirkšķina.

– Es negribu, lai tu mani per. Ne jau šeit, ne tagad. Lūdzu, nevajag.

Viņš pārsteigts paver muti, un es, radusi sevī neaptveramu drosmi, bikli novelku pirkstus pār viņa vaigu gar rugāju līniju līdz zodam. Raupjums pārsteidzoši mijas ar maigu ādu. Kristjens nesteidzīgi aizver acis un pieglauž vaigu manai plaukstai, un viņam aizraujas elpa. Pacēlusi arī otru roku, es ielaižu pirkstus viņa matos. Viņam ir brīnišķīgi mati. Kristjena klusais vaids ir tik tikko dzirdams, un viņš atver acis, piesardzīgi uzlūkodams mani, it kā nesaprastu, ko es daru.

Es speru soli uz priekšu, piespiezdamās viņam cieši klāt, un uzmanīgi pavelku viņu aiz matiem lejup, līdz mūsu lūpas ir pavisam tuvu, un es Kristjenu noskūpstu, ar mēli ielauzdamās viņa mutē. Viņš ievaidas un ierauj mani savās skavās, skarbi atbildēdams uz skūpstu, iegremdēdams pirkstus manos matos. Mūsu mēles alkaini vijas viena ap otru, un viņa garša ir debešķīga.

Kristjens piepeši atraujas, un mēs abi strauji velkam gaisu plaušās, mūsu elpai saplūstot kopā. Manas plaukstas noslīd līdz viņa augšdelmiem, un Kristjens uzmet man pārmetuma pilnu skatienu.

– Ko tu ar mani dari? – viņš apjucis nočukst.

– Skūpstu tevi.

– Tu man atteici.

– Kad? – *Un kādā veidā?*

– Pie galda. Tu sakļāvi kājas.

Lūk, kas viņu sadusmojis!

– Mēs sēdējām blakus taviem vecākiem, – es paskaidroju, apjukusi lūkodamās uz viņu.

– Neviena sieviete nav man atteikusi. Un tas ir... pievilcīgi.

Kristjens iepleš acis, izbrīna un iekāres pārņemts. Tas ir galvu reibinošs sajaukums. Es noriju siekalas. Viņa plauksta virzās tuvāk manai pēcpusei, līdz viņš spēji pievelk mani sev klāt un es sajūtu viņa piebriedušo locekli.

Mmm...

– Tu esi nikns un uzbudināts, jo saņēmi atteikumu? – es satriekta izdvešu.

– Esmu nikns, jo tu pat nepieminēji Džordžiju. Esmu nikns, jo devies uz bāru kopā ar puisi, kas centās tevi iedzērušu pavedināt un pameta kopā ar pilnīgi svešu cilvēku, tiklīdz tev kļuva slikti. Vai tā rīkojas draugs? Un es esmu nikns un uzbudināts, jo tu sakļāvi kājas. – Kristjena acis bīstami iemirdzas, un viņš nesteidzīgi virza augšup manas kleitas apakšmalu.

– Es tevi vēlos tūlīt pat. Un, ja neļausi man tevi nopērt, kaut gan esi to pelnījusi, es nekavējoties izdrāzīšu tevi uz šī dīvāna, turklāt darīšu to ātri, rūpēdamies par savu baudu, nevis tavēj.

Mana kleita tik tikko apsedz kailo pēcpusi. Kristjens piepeši ar plaukstu apkļauj manu kājstarpi un nesteidzīgi ievirza vienu pirkstu manī. Ar otru roku viņš cieši tur mani ap vidukli. Es apslāpēju vaidu.

– Tu piederi man, – viņš skarbi nočukst. – Tikai man. Vai saproti? – Viņa pirksts slīd manī iekšā un ārā, un viņš gailošām acīm vēro manu seju.

– Jā, tev, – es izdvešu, juzdama, kā caur miesu izplūst kvēla, visaptveroša iekāre, kas ietekmē... pilnīgi visu. Nervu galus, elpošanu, sirds ritmu... Tā pukst tik strauji, ka šķietami tiecas ārā no manām krūtīm, un asinis šalko ausīs.

Kristjens spēji sakustas, vienlaikus atraudams roku no manis, atdarīdams rāvējslēdzēju un nogrūzdams mani uz dīvāna, pats uzguldamies man virsū.

– Saliec rokas uz galvas, – viņš pavēl, zobus sakodis, un atbīda manus ceļgalus, izvilkdams no žaketes iekškabatas spīdīgu paciņu. Brīdi drūmi vērojis mani, viņš nomet žaketi, un tā nokrīt uz grīdas, bet viņš pats uzvelk prezervatīvu uz sava iespaidīgā locekļa.

Es uzlieku plaukstas uz galvas, zinādama, ka viņš negrib manus pieskārienus. Tomēr es esmu neticami uzbudināta un jau jūtu gurnus virzāmies viņam pretī. Es gribu, lai viņš iekļūst manī, turklāt tieši šādi – skarbi un nežēlīgi. Mmm, gaidas ir saldas...

– Mums nav daudz laika. Darīsim visu ātri, un bauda paredzēta man, vai saprati? Neuzdrošinies beigt, citādi es tevi nopēršu, – viņš paziņo, zobus sakodis.

Jēziņ... kā lai sevi apvaldu?

Viens spējš grūdiens, un Kristjens jau ir manī. Es skaļi,

dobji ievaidos un izbaudu piepildījuma sajūtu, ko raisa viņa tuvums. Viņš saliek plaukstas virs manējām, ar elkoņiem piespiezdams manas rokas pie dīvāna un darīdams to pašu ar kājām. Esmu iesprostota. Kristjens ir itin visur, viņš mani pārņēmis, līdz es gandrīz smoku. Tomēr vienlaikus esmu arī septītajās debesīs; šī ir mana vara pār Kristjenu, es spēju viņu novest līdz savaldības zaudēšanai, un tā ir galvu reibinoša, brīnišķīga sajūta. Viņš ātri, nikni kustas manī, smagi elpodams ausī, un mans ķermenis atsaucas, izkūstot viņa rokās. *Es nedrīkstu beigt.* Nē. Tomēr es virzos pretī katram Kristjena grūdienam, mūsu starpā valda nevainojama saskaņa. Pārāk strauji pienāk mirklis, kad viņš ietriecas manī un sastingst, jo sasniedzis augstāko punktu, un gaiss svelpjot izplūst caur viņa zobiem. Viņš brīdi atslābinās, un es jūtu visu viņa svaru uz krūtīm. Vēl neesmu gatava beigām, mans ķermenis alkst atvieglojuma, bet Kristjens ir smags, un man neizdodas kustēties pret viņu. Piepeši viņš atraujas, pamezdams mani neapmierinātu un alku pārņemtu, un velta man skarbu skatienu.

– Nepieskaries sev. Es vēlos, lai esi bezspēcīga un nedabū to, ko vēlies. Tā jūtos es, kad tu ar mani nerunā un liedz to, kas pieder man. – Kristjena acis atkal iekvēlojas dusmās.

Es pamāju, strauji elpodama. Viņš pieceļas un noņem prezervatīvu, aizsien tā galu un noglabā gumiju bikšu kabatā. Es lūkojos uz viņu un pati pret savu gribu saspiežu kopā augšstilbus, cenzdamās rast kaut nelielu atvieglojumu. Kristjens aizvelk rāvējslēdzēju un izlaiž pirkstus caur matiem, pirms paceļ žaketi no grīdas. Viņš pagriežas un atmaidzis uzlūko mani.

– Mums jāiet atpakaļ uz māju.

Es pieceļos sēdus un sašūpojos, nedaudz apreibusi.

– Ņem, uzvelc šīs.

Kristjens no iekškabatas izņem manas biksītes. Es nepasmaidu, tās paņemdama, bet zinu, ka esmu kritusi par upuri soda drāzienam, toties svinu nelielu uzvaru cīņā par biksītēm. Mana iekšējā dieviete piekrītot māj ar galvu, apmierināta smaidīdama. *Tev nenācās tās lūgt.*

– Kristjen! – no pirmā stāva atskan Mias balss.

Viņš pagriežas un sarauc uzaci. – Tieši laikā. Jēzus, viņa spēj būt kaitinoša.

Es pārmetoši uzlūkoju Kristjenu, steidzīgi uzvelku biksītes un pieceļos, cik cienīgi vien spēju pēc tik enerģiskas vingrošanas. Atcerējusies savus sajauktos matus, es drudžaini mēģinu tos sakārtot.

– Šeit, Mia! – Kristjens uzsauc. – Stīlas jaunkundze, es jūtos labāk, bet tik un tā vēlos jūs nopērt, – viņš klusi piebilst.

– Neuzskatu, ka esmu to pelnījusi, Greja kungs, it īpaši pēc tam, kad pacietu jūsu neattaisnojamo uzbrukumu.

– Neattaisnojamo? Tu mani noskūpstīji! – Viņš ļoti cenšas izskatīties aizvainots.

Es savelku lūpas. – Uzbrukums ir labākā aizsardzība.

– Pret ko?

– Pret tevi un tavu niezošo plaukstu.

Kristjens piešķiebj galvu un pasmaida, un uz kāpnēm atskan Mias soļi.

– Tomēr tas bija paciešams? – viņš klusi jautā.

Es pietvīkstu un nočukstu: – Tik tikko, – tomēr nespēju apvaldīt smīnu.

– Lūk, kur jūs esat! – Mia smaidīdama paziņo.

– Es rādīju Anastasijai apkārtni. – Kristjens sniedz man roku, cieši vērodams mani. Kad ielieku plaukstu viņējā, Kristjens to saudzīgi paspiež.

– Keita un Eljots grasās doties prom. Vai tie abi nav jocīgi? Ne mirkli nevar viens otram nepieskarties. – Mia tēloti nicinoši iespurdzas un pārmaiņus uzlūko mani un Kristjenu. – Ar ko jūs šeit nodarbojāties?

Mia acīmredzot ir radusi runāt tiešu valodu. Es pietvīkstu koši sarkana.

– Anastasija aplūkoja manas airēšanas sacensību balvas, – Kristjens atbild, ne mirkli nekavēdamies, un viņa sejā nekas nav nolasāms. – Iesim, atvadīsimies no Keitas un Eljota.

Airēšanas sacensību balvas? Viņš pievelk mani sev priekšā un brīdī, kad Mia aizgriežas, viegli uzšauj man pa dibenu. Es pārsteigta strauji ievelku elpu.

– Es to izdarīšu vēlreiz, Anastasija, turklāt drīz, – viņš klusi piedraud, pirms ievelk mani savās skavās ar muguru pret viņa krūtīm un noskūpsta mani uz matiem.

**

Kad atgriežamies mājā, Keita un Eljots atvadās no Greisas un viņas vīra. Keita cieši apskauj mani.

– Mums jāaprunājas par Kristjena kaitināšanu, – es nošņācu viņai pie auss.

– Viņam neliela pakaitināšana noderēs; tad iespējams redzēt, kāds viņš ir patiesībā. Uzmanies, Ana, viņš ir despotisks, – Keita nočukst. – Tiksimies vēlāk.

Es zinu, kāds viņš ir patiesībā, bet tev par to nav ne jausmas! es klusībā viņai uzkliedzu. Keitai ir labi nodomi, tomēr dažreiz viņa pārkāpj robežas, un šobrīd viņa jau gājusi pārāk tālu. Es uzmetu viņai dusmu pilnu skatienu, un viņa man parāda mēli. To redzot, es negribīgi iesmejos. Reti gadās redzēt Keitu tik rotaļīgu; tas acīmredzot ir Eljota nopelns. Mēs pamājam abiem, stāvot pie durvīm, un Kristjens pievēršas man.

– Arī mums vajadzētu doties prom. Tev rīt paredzētas darba pārrunas.

Kad atvadāmies, Mia mani sirsnīgi apskauj.

– Mēs jau vairs neticējām, ka Kristjens kādu atradīs! – viņa sajūsmināta paskaidro.

Es pietvīkstu, un Kristjens atkal paceļ acis pret griestiem. Kāpēc viņš tā drīkst darīt, bet man tas ir liegts? Es aizvainota uzmetu lūpu un labprāt atbildētu ar to pašu, bet neuzdrošinos, it īpaši pēc laivu namiņā saņemtajiem draudiem.

– Bija ļoti patīkami ar tevi iepazīties, Ana, – Greisa laipni nosaka.

Visa šī uzmanība, ko man dāsni velta Greji, laikam Kristjenu samulsinājusi vai nokaitinājusi, jo viņš satver mani aiz rokas un pievelk sev klāt.

– Nenobiedējiet Anastasiju un nelutiniet viņu ar pārmērīgu sirsnību, – Kristjens noņurd.

– Neķircini meiteni, Kristjen! – Greisa smiedamās viņam pārmet, uzlūkodama dēlu ar mīlā starojošām acīm.

Man gan nešķiet, ka viņš joko. Es slepus vēroju, kā abi sarunājas. Ir acīmredzams, ka Greisa viņam velta mātes beznosacījumu mīlestību. Kristjens pieliecas un, šķietami juzdamies neveikli, noskūpsta viņu.

– Atā, mammu, – viņš nosaka, un balsī ieskanas kaut kas neparasts; varbūt godbijība?

– Greja kungs... uz redzēšanos, un paldies. – Es sniedzu Kristjena tēvam roku, un arī viņš mani apskauj!

– Lūdzu, sauc mani par Keriku. Ceru, ka mēs vēl tiksimies, turklāt ļoti drīz, Ana.

Kad esam atvadījušies, Kristjens ved mani pie mašīnas, kur gaida Teilors. *Vai viņš te sēdējis visu vakaru?* Teilors atver man durvis, un es apsēžos aizmugurējā sēdeklī.

Mani saspringtie pleci nedaudz atslābst. Cik savāda diena! Esmu iztukšota gan fiziski, gan emocionālā ziņā. Pārmijis dažus vārdus ar Teiloru, Kristjens apsēžas blakus un pievēršas man.

– Šķiet, ka arī manai ģimenei tu patīc, – viņš nomurmina.

Arī? Mani atkal pārņem nomācošas un ļoti negribētas domas par iemeslu, kāpēc saņēmu ielūgumu. Teilors iedarbina dzinēju un izbrauc no gaismas apļa, virzīdamies pa tumsas pielieto ceļu. Es palūkojos uz Kristjenu, un viņš skatās uz mani.

– Kas noticis? – viņš klusi painteresējas.

Es brīdi vilcinos, tomēr nospriežu, ka drošāk ir runāt atklāti. Kristjens bieži žēlojas, ka es slēpju savas izjūtas.

– Man šķiet, ka tu tiki piespiests mani aizvest pie saviem vecākiem, – es nedroši iesāku. – Ja Eljots neuzaicinātu Keitu, tu nemūžam neņemtu līdzi mani. – Tumsā viņa seja nav saskatāma, bet es redzu, ka viņš izbrīnīts piešķiebj galvu.

– Anastasija, es ļoti priecājos, ka esi iepazinusies ar maniem vecākiem. Kāpēc tevi moka tādas šaubas? Es par to pastāvīgi brīnos. Tu esi stipra, ļoti savaldīga sieviete, bet nespēj pati sevi pienācīgi novērtēt. Ja es negribētu tevi rādīt savai ģimenei, es tevi nevestu pie viņiem. Vai tu šādi juties visu vakaru?

Kristjens mani paņēma līdzi pēc savas gribas! Tā ir interesanta atklāsme. Neizskatās, ka viņu māktu neveiklība, man atbildot, tātad viņš droši vien neslēpj patiesību. Kristjens šķiet patiesi priecājamies, ka esmu šeit... Manu miesu pamazām caurstrāvo tīkams siltums. Kristjens papurina galvu un satver manu roku. Es satraukta pametu skatienu uz Teiloru.

– Nesatraucies par Teiloru. Runā ar mani.

Es paraustu plecus.

– Jā. Man bija tāda sajūta. Starp citu, Džordžiju es pieminēju tikai tāpēc, ka Keita runāja par Barbadosu. Vēl neesmu pieņēmusi lēmumu.

– Vai tu vēlies apciemot māti?

– Jā.

Kristjens velta man savādu skatienu, it kā ar kaut ko iekšēji cīnīdamies.

– Vai drīkstu braukt tev līdzi? – viņš pēc brīža iejautājas. *Kā, lūdzu?*

– Hmm... manuprāt, tā nav laba doma.

– Kāpēc?

– Es cerēju nedaudz atpūsties no šīs... spriedzes, lai visu rūpīgi pārdomātu.

Kristjens satriekts uzlūko mani.

– Vai gribi teikt, ka esmu pārāk dedzīgs?

Es nespēju apvaldīt smieklus. – Un kā vēl!

Mašīnā ieplūst ielas laternu gaisma, un tā apspīd viņa smaidā savilktās lūpas.

– Vai jūs par mani smejaties, Stīlas jaunkundze?

– Es to neuzdrošinātos, Greja kungs, – es tēloti nopietnā balsī atbildu.

– Man šķiet, ka uzdrošināties gan, turklāt smejaties par mani bieži.

– Tu esi diezgan jocīgs.

– Jocīgs?

– Jā.

– Jocīgi dīvains vai jocīgi smieklīgs?

– Nu... vienā ziņā ļoti, otrā nedaudz.

– Kurš ir kurš?

– To vajadzēs izspriest tev pašam.

– Nedomāju, ka tavā tuvumā esmu spējīgs uz spriešanu, Anastasija, – Kristjens smīkņādams nosaka un pēc brīža jau klusāk jautā: – Par ko tev Džordžijā jāpadomā?

– Par mums, – es nočukstu.

Viņš bezkaislīgi uzlūko mani.

– Tu solīji mēģināt, – viņš nomurmina.

– Jā.

– Vai tevi māc šaubas?

– Iespējams.

Kristjens neveikli sagrozās uz sēdekļa.

– Kāpēc?

Sasodīts! Kā šī saruna piepeši ievirzījās tik nopietnā gultnē? Viņš uzklupis man ar to gluži kā ar negaidītu eksāmenu. Ko lai saku? Tāpēc, ka es laikam tevi mīlu, bet tu mani uztver kā rotaļlietu? Tāpēc, ka nedrīkstu tev pieskarties un pārāk baidos paust savu pieķeršanos, jo gaidu, ka tu atrausies vai mani norāsi, vai – vēl sliktāk – piekausi? Ko es varu atbildēt?

Aizrit ilgs klusuma mirklis, kamēr es skatos ārā pa logu. Mēs braucam pār tiltu, un mūs ieskauj tumsa, kas noslēpj domas un jūtas, kaut gan to mēs abi protam arī bez nakts palīdzības.

– Kāpēc, Anastasija? – Kristjens uzstāj.

Es paraustu plecus. Esmu iedzīta stūrī. Negribu viņu zaudēt. Par spīti visām Kristjena prasībām, despotiskumam un biedējošajiem netikumiem, es nekad vēl neesmu jutusies tik dzīva kā pēdējā laikā. Pat iespēja sēdēt viņam blakus ir iejūsminoša. Viņš ir neparedzams, seksīgs, gudrs un asprātīgs. Bet Kristjena spējās noskaņojuma maiņas... un viņš grib man nodarīt sāpes. Viņš solīja ņemt vērā manas bažas, tomēr es tik un tā baidos. Ko lai saku? Es aizveru acis un atzīstu pati sev, ka gluži vienkārši vēlos kaut ko vairāk. Mazliet vairāk sirsnības, rotaļīguma, vairāk... mīlestības.

Kristjens saspiež manu plaukstu.

– Runā, Anastasija. Es nevēlos tevi zaudēt. Iepriekšējā nedēļa...

Mēs tuvojamies tilta galam, un ceļu atkal pārpludina laternu spožā gaisma, tāpēc Kristjena seja pārmaiņus ieslīgst tumsā un parādās. Tā ir pārsteidzoši piemērota metafora. Šis vīrietis, kuru reiz uzskatīju par varoni no bruņinieku romāniem, par drosmīgu cīnītāju baltās bruņās... vai melnās, kā viņš pats reiz teica. Viņš nav varonis; viņam ir ļoti dziļas, sāpīgas emocionālās rētas, un viņš velk mani sev līdzi tumsā. Varbūt es varu izvest viņu gaismā?

– Man vēl joprojām vajadzīgs kaut kas vairāk, – es nočukstu.

– Zinu, – Kristjens atbild. – Es centīšos.

To dzirdot, es samirkšķinu acis, un viņš palaiž vaļā manu roku, bet satver zodu, maigi atbrīvodams apakšlūpu.

– Tevis dēļ, Anastasija, es centīšos. – Kristjena acīs lasāms, ka viņš runā nopietni.

Un es vairs nevaru savaldīties. Atsprādzējusi jostu, es strauji pavirzos un apsēžos viņam uz ceļgaliem. Kristjens nepagūst pat sarauties, kad es jau esmu apvijusi rokas viņam ap kaklu. Mūsu lūpas satiekas ilgā, ciešā skūpstā, un viņš jau pēc mirkļa man atsaucas.

– Paliec pie manis šonakt, – viņš izdveš. – Ja aiziesi, es tevi nesatikšu visu nedēļu. Lūdzu.

– Jā, – es piekāpjos. – Un arī es centīšos. Es parakstīšu tavu vienošanos. – Tas ir vienā acumirklī pieņemts lēmums.

Kristjens lūkojas lejup uz mani.

– Paraksti to pēc Džordžijas. Apdomā visu labi. Ļoti labi, mazā.

– Jā, es apdomāšu. – Un mēs ilgi klusējam.

– Tev vajadzētu piesprādzēties, – Kristjens neapmierināts iečukst man matos, tomēr ne ar vienu kustību neizrāda, ka gribētu mani nocelt lejup.

Es aizveru acis un pieglaužos viņam tuvāk, piespiedusi degunu pie Kristjena kakla, un ieelpoju viņa seksīgo, spēcīgo smaržu. Mana galva ir atbalstīta pret viņa plecu un domas brīdi klejo; mirkli ļauju sev sapņot, ka viņš mani mīl. Šis sapnis liekas tik īsts, gandrīz taustāms, ka daļa no manas nejaukās, dzēlīgās zemapziņas rīkojas sev pavisam neraksturīgi un *uzdrošinās cerēt.* Es uzmanos, lai nepieskartos viņa krūtīm, un tikai ērti iekārtojos viņa ciešajās skavās.

No saviem neiespējamajiem sapņiem es tieku izrauta pārāk ātri.

– Esam mājās, – Kristjens nomurmina, un šis teikums ir pilns vārdos neizteikta, vilinoša solījuma.

Mājās, pie Kristjena. Kaut gan viņa dzīvoklis vairāk līdzinās mākslas galerijai nekā mājām.

Teilors atver mums durvis, un es kautri pateicos, zinādama, ka viņš droši vien dzirdējis mūsu sarunu, tomēr miesassargs tikai laipni smaida, neļaudams man nojaust savas domas. Kad esam izkāpuši, Kristjens mani vērtējoši nopēta. *Ak nē... ko atkal neesmu izdarījusi viņam pa prātam?*

– Kāpēc tev nav jakas? – viņš jautā, pieri saraucis, un novelk žaketi, ko apmet man ap pleciem.

Mani pārņem atvieglojums.

– Tā palika jaunajā mašīnā, – es samiegojusies atbildu un nožāvājos.

Kristjens pasmīn.

– Vai esat nogurusi, Stīlas jaunkundze?

– Jā, Greja kungs. – Viņš ķircinādams vēro mani, un es kautri paskaidroju: – Šodien tiku izmantota dažādiem nolūkiem, kas līdz šim man pat sapņos nebija rādījušies.

– Ja tev nepaveiksies, varbūt es tevi izmantošu vēl nedaudz, – Kristjens sola, satverdams mani aiz rokas un ievezdams dzīvojamā ēkā. *Ak vai! Jau atkal?*

Liftā es slepus lūkojos uz Kristjenu. Viņa pēdējos vārdus es uztvēru kā vēlmi gulēt ar mani, bet pēc tam atceros, ka viņam nepatīk ar kādu gulēt, kaut gan kopā ar mani viņš to darījis vairākas reizes. Es saraucu pieri, un arī Kristjens piepeši šķiet sadrūmis. Viņš satver manu zodu, atbrīvodams apakšlūpu no zobu tvēriena.

– Reiz es tevi izdrāzīšu šajā liftā, Anastasija, bet šobrīd esi nogurusi, tāpēc domāju, ka labāk to darīt gultā.

Kristjens pieliecas, ar zobiem aptver manu apakšlūpu un saudzīgi to pavelk. Es pieglaužos viņam un aizturu elpu, visiem muskuļiem alkaini saspringstot. Dots pret dotu; es ķircinādama maigi iekožu Kristjenam augšlūpā, un viņš ievaidas. Kad atveras lifta durvis, viņš spēji satver mani aiz rokas un ievelk vestibilā. Mēs steidzīgi ieejam pa divviru durvīm, līdz nokļūstam priekšnamā.

– Vai vēlies kaut ko dzeramu?

– Nē.

– Ļoti labi. Iesim uz gultu.

Es saraucu uzacis. – Tu būsi ar mieru nodarboties ar garlaicīgu vaniļas seksu?

Kristjens piešķiebj galvu. – Tajā nav nekā garlaicīga. Patiesībā man šī garšviela šķiet pat ļoti interesanta, – viņš nosaka.

– Kopš kura laika?

– Kopš iepriekšējās sestdienas. Kāpēc tu jautā? Vai gaidīji kaut ko eksotiskāku?

Mana iekšējā dieviete saspicē ausis.

– Nē, nē. Man šodien jau pietiek eksotikas. – Dieviete vīlusies uzmet lūpu.

– Vai esi pārliecināta? Mēs izdabājam visām gaumēm, piedāvājot vismaz trīsdesmit vienu dažādu garšu. – Kristjens šķelmīgi pasmaida.

– Jā, to jau esmu pamanījusi, – es sāji nosaku.

Viņš papurina galvu. – Nekavējieties nu, Stīlas jaunkundze, jums rīt būs gara diena. Jo ātrāk dosieties uz gultu, jo ātrāk būsiet izdrāzta un varēsiet iemigt.

– Jūs, Greja kungs, esat dzimis romantiķis.

– Toties jums, Stīlas jaunkundze, ir pārāk asa mēle. Nāksies to kaut kā savaldīt. Iesim. – Viņš aizved mani uz savu guļamistabu un ar kāju aizver durvis.

– Rokas augšā, – viņš pavēl.

Es paklausu, un Kristjens ar vienu strauju, elpu aizraujošu kustību norauj man kleitu, gluži kā burvju mākslinieks; viņš satver apakšmalu un plūstoši pārvelk tērpu man pār galvu.

– Abrakadabra! – viņš rotaļīgi paziņo.

Es iespurdzos un pieklājīgi aplaudēju. Kristjens eleganti paklanās, plati smaidīdams. *Kā gan iespējams pretoties tādai aiz-*

rautībai? Viņš novieto manu kleitu uz vienīgā krēsla pie kumodes.

– Kāds būs tavs nākamais triks? – es jokodama pavaicāju.

– Ak, Stīlas jaunkundze... Atlaidieties manā gultā, – viņš noņurd, – un es jums parādīšu.

– Varbūt šoreiz man vajadzētu tēlot, ka neesmu tik viegli pieejama? – es koķeti painteresējos, un Kristjens pārsteigts iepleš acis. Tajās pavīd interese.

– Hmm... durvis ir aizvērtas. Es nezinu, kā tu varētu no manis izvairīties, – viņš dzēlīgi paskaidro. – Manuprāt, iznākums jau ir zināms.

– Bet es protu kaulēties.

– Es arī. – Kristjens vēro mani, bet viņa sejas izteiksme mainās. Tajā iezogas apjukums, un gaisotne istabā piepeši kļūst saspringta. – Vai tu nevēlies drāzties? – viņš iejautājas.

– Nē, – es izdvešu.

– Ak tā! – Viņš sadrūmis rauc pieri.

Drosmi, drosmi... ievelc dziļi elpu...

– Es vēlos, lai tu ar mani mīlējies.

Kristjens sastingst un brīdi lūkojas uz mani. Viņa seja apmācas. Ak vai, tas neizskatās daudzsološi. *Ļauj taču viņam mirkli apdomāties!* zemapziņa asi norāj mani.

– Ana, es... – Kristjens izlaiž plaukstas cauri matiem. Abas divas. Laikam viņš tiešām ir apjucis. – Man šķita, ka mēs to jau darām, – viņš ieminas.

– Es gribu tev pieskarties.

Viņš it kā pats pret savu gribu soli atkāpjas, un viņa sejā pavīd bailes, pirms viņš tās apvalda.

– Lūdzu, – es nočukstu.

Kristjens nedaudz atgūstas. – Nē, Stīlas jaunkundze, šovakar jau esmu jums pietiekami daudz piekāpies. Un es saku "nē".

– Nē?

– Nē.

Ak tā... man vairs nav, ko iebilst... vai ne?

– Klau, tu esi nogurusi, un es arī. Labāk vienkārši iesim gulēt, – viņš ierosina, piesardzīgi vērodams mani.

– Tātad pieskārieni tev ir stingrais ierobežojums?

– Jā. Tu to zini jau sen.

– Lūdzu, paskaidro man, kāpēc.

– Anastasija, nevajag. Nerunāsim par to tagad, – Kristjens izmisis nomurmina.

– Man tas ir svarīgi.

Viņš atkal izlaiž abas plaukstas caur matiem un klusi nolamājas. Spēji pagriezies, viņš pieiet pie kumodes, izņem no tās teniskreklu un pasviež man. Es apjukusi to noķeru.

– Uzvelc kreklu, un iesim gulēt, – viņš aizkaitināts pavēl.

Es nopūšos, tomēr nolemju paklausīt. Uzgriezusi Kristjenam muguru, es steidzīgi atsprādzēju krūšturi un ieģērbjos kreklā, ātri apsegdama kailumu. No biksītēm es tomēr neatsakos; tās pārāk neilgu laiku pavadījušas uz manas miesas.

– Man jāaiziet uz vannasistabu, – es nočukstu.

Kristjens apjucis sarauc pieri.

– Vai tu lūdz atļauju?

– Emm... nē.

– Anastasija, tu zini, kur ir vannasistaba. Šobrīd, kad mūsu attiecības ir tik dīvainas, tev nav nepieciešama mana atļauja, lai to apmeklētu. – Kristjens nespēj apslēpt savu aizkaitinājumu. Viņš ar strauju plecu kustību nomet kreklu, un es iebēgu vannasistabā.

Nostājusies pie milzīgā spoguļa, es lūkojos tajā un brīnos, jo izskatos tāpat kā vienmēr. Pēc visa, kas šodien piedzīvots, man pretī lūkojas tā pati parastā meitene. *Ko tu gaidīji? Vai ragus un smailu asti?* painteresējas mana zemapziņa. *Un vispār, ar ko tu nodarbojies? Pieskārieni ir Kristjena stingrais ierobežojums. Par agru, muļķe! Vispirms viņam jāiemācās spert sīkus soļus, pēc tam viņš varēs skriet.* Zemapziņa dusmās atgādina Medūzu, kam ap galvu lokās čūskas. Es viņu ignorēju, bet viņa atsakās rātni atgriezties savā paslēptuvē. *Tu viņu sadusmo. Atceries tāču, cik daudz viņš jau tev atklājis un cik bieži piekāpies!* Es saviebjos. Man jāiemācās paust Kristjenam savu pieķeršanos, un varbūt viņš spēs man atbildēt ar to pašu.

Samierinājusies ar savu likteni, es papurinu galvu un paņemu Kristjena zobu birsti. Manai zemapziņai ir taisnība. Es pārāk steidzinu Kristjenu. Viņš vēl nav gatavs, un arī es patiesībā nē. Mēs abi cenšamies saglabāt līdzsvaru uz grīļīgā šūpuļdēļa, ko veido mūsu neparastā vienošanās. Abi esam katrs savā pusē un pārmaiņus ceļamies augšup vai slīgstam lejup. Mums abiem vajadzētu pavirzīties tuvāk vidusdaļai. Es tikai ceru, ka neviens nenokritīs. Viss notiek pārāk strauji; varbūt man nepieciešams no tā attālināties. Džordžija šķiet vilinošāka nekā jebkad.

Kad jau esmu sākusi tīrīt zobus, Kristjens pieklauvē pie durvīm.

– Nāc iekšā! – es izšļupstu. Mana mute ir pilna ar putām.

Kristjena pidžamas bikses aptver gurnus tik kārdinoši, ka ikviena šūna manā ķermenī viegli notrīs. Viņa krūtis ir kailas, un es ar skatienu uzsūcu viņu kā vēsu, tīru kalnavota ūdeni karstā dienā. Brīdi rāmi lūkojies man pretī, Kristjens pasmīn un pienāk man klāt. Mūsu skatieni spogulī sastopas, pelēkas acis pievēršas zilām. Es izņemu birstīti no mutes, noskaloju to un pasniedzu viņam, ne mirkli nenovērsdamās. Kristjens klusēdams pieņem birstīti un ieliek to mutē. Es pasmīknāju, un viņa acīs piepeši uzdzirkstī jautrība.

– Lūdzu, nekautrējies, aizņemies manu birstīti, – viņš ķircinādams aicina.

– Pateicos, kungs. – Es mīlīgi pasmaidu un izeju no vannasistabas, dodamās uz gultu.

Pēc dažām minūtēm man pievienojas Kristjens.

– Vispār es šo nakti biju iztēlojies citādu, – viņš aizvainots noņurd.

– Iedomājies, kas notiktu, ja es tev aizliegtu man pieskarties.

Kristjens apsēžas uz gultas, sakrustojis kājas zem sevis.

– Anastasija, es tev jau teicu, ka esmu neglābjami sabojāts. Mani pirmie dzīves gadi bija ļoti smagi, un tev nevajag ar tiem piesārņot savu galvu. Kāpēc gan?

– Es vēlos tevi labāk iepazīt.

– Tu jau mani pietiekami labi pazīsti.

– Kā tu vispār vari tā teikt? – Es notupstos uz ceļgaliem, pagriezusies pret Kristjenu.

Viņš aizkaitināts paceļ skatienu pret griestiem.

– Tu boli acis! Kad to darīju es, tu mani pārmeti pār ceļgalu.

– Un šobrīd man ļoti gribas to atkārtot!

Mani pārņem iedvesma.

– Atbildi uz manu jautājumu, un drīkstēsi mani nopērt.

– Kā, lūdzu?

– Tu dzirdēji.

– Vai tu šobrīd kaulējies? – Viņa balsī ieskanas neticības pilns pārsteigums.

Es pamāju, juzdama, ka tā tiešām ir vienīgā iespēja.

– Nevis kaulējos, bet risinu pārrunas.

– Tā tas nedarbojas, Anastasija.

– Labi. Atbildi uz manu jautājumu, un es izbolīšu acis.

Kristjens iesmejas, ļaudams man vienu retu mirkli papriecāties par viņa rakstura atbrīvoto un bezrūpīgo daļu. Tas sen nav noticis. Pēc brīža viņš jau atgūst nopietnību.

– Tu vienmēr alksti pēc informācijas. – Kristjens vēro mani, kaut ko prātodams, un piepeši graciozām kustībām izkāpj no gultas. – Neej prom, – viņš mani brīdina un aiziet.

Mani caurstrāvo bailes, un es cieši apskauju sevi. Ko viņš dara? Vai izdomājis kādu viltīgu plānu? *Velns!* Ja nu viņš atgriezīsies ar nūju vai kādu citu savādu instrumentu no savas neķītrību istabas? *Kā man rīkoties?*

Kristjens atgriežas, plaukstā turēdams kaut ko pavisam nelielu. Es neredzu, kas tas ir, un manī iekvēlojas ziņkāre.

– Cikos tev rīt paredzētas pirmās pārrunas? – viņš klusi iejautājas.

– Divos.

Kristjena lūpas lēni savelkas nerātnā smaidā.

– Lieliski. – Un viņš piepeši mainās acu priekšā, kļūst skarbāks, nelokāms... pievilcīgs. Šis ir Kristjens pavēlnieka lomā.

– Izkāp no gultas un nostājies šeit. – Viņš norāda uz vietu pie gultas, un es ļoti steidzīgi paklausu. Kristjens vēro mani, acīm daudzsološi mirdzot. – Vai tu man uzticies? – viņš jautā.

Es pamāju. Kristjens izstiepj roku un parāda man divas spīdīgas sudraba lodītes, ko savieno melns, biezs pavediens.

– Tās ir jaunas, – viņš uzsver.

Es jautājoši uzlūkoju viņu.

– Pēc brīža es ievietošu šīs lodītes tevī un nopēršu tevi. Tas nebūs sods, tikai bauda. Gan tev, gan man. – Viņš apklust, vērodams manas ieplestās acis.

Lodītes būs manī? Es spēji ievelku elpu, un visi pavēderes muskuļi piepeši saspringst. Iekšējā dieviete dejo septiņu plīvuru deju.

– Pēc tām mēs drāzīsimies, un, ja vēl spēsi noturēt acis vaļā, es atklāšu šo to par sava mūža pirmajiem gadiem. Vai piekrīti?

Viņš lūdz man atļauju! Es pamāju, strauji elpodama. Vairs neesmu spējīga izdvest ne vārda.

– Laba meitene. Atver muti.

Muti?

– Platāk.

Viņš ļoti saudzīgi ievieto lodītes man starp lūpām.

– Nepieciešams mitrums. Apsūkā lodītes, – viņš klusi pavēl.

Tās ir vēsas, gludas, pārsteidzoši smagas un garšo pēc metāla. Manā izkaltušajā mutē saskrien siekalas, mēlei izpētot svešādos priekšmetus. Kristjens ne mirkli nenovērš skatienu no manis. Ir grūti noticēt, cik erotiska ir šī izjūta. Es saraujos.

– Nekusties, Anastasija, – Kristjens mani brīdina.

– Pietiks. – Viņš izvelk lodītes man no mutes. Piegājis pie gultas, viņš atmet segu un apsēžas uz malas.

– Nāc šurp.

Es nostājos viņam pretī.

– Pagriezies, pieliecies un satver potītes.

Es apjukusi pamirkšķinu, un Kristjena acis satumst.

– Nekavējies, – viņš klusi norāj mani, balsī skanot brīdinājumam, un ieliek lodītes sev mutē.

Velns, šoreiz ir vēl seksīgāk nekā ar zobu birsti. Es steidzīgi izpildu pavēli. Vai man vispār izdosies pieskarties potītēm? Izrādās, ka es to varu pavisam vienkārši. Krekls paraujas augšup, atklājot manu pēcpusi. Paldies Dievam, es nenovilku biksītes. Tomēr šaubos, vai man vēl ilgi izdosies tās paturēt.

Kristjens bijīgi uzliek roku man uz dibena un ļoti saudzīgi to noglāsta, izmantodams visu plaukstu. Manas acis ir atvērtas, bet es redzu tikai viņa kājas aiz savējām, neko citu. Viņš uzmanīgi pabīda manas biksītes malā un nesteidzīgi laiž pirkstus augšup un lejup pa manu kājstarpi, un es aizveru acis. Mans ķermenis saspringst, jūsmīgu gaidu un uzbudinājuma caurstrāvots. Kristjens ieslidina vienu pirkstu manī un lēni, kairinoši to apļo. Sajūta ir tik laba, ka es ievaidos.

Viņš aiztur elpu, un es dzirdu viņu iestenamies. Pirksts vēlreiz atkārto patīkamo kustību, pirms Kristjens to izvelk un ļoti nesteidzīgi ievieto manī abas lodītes. Ak! Tās vairs nav vēsas, jo sildījušās mūsu abu mutē. Sajūta ir ļoti dīvaina. Kad lodītes ir manī, es tās vairs nejūtu, bet zinu, ka tās tur *ir*.

Kristjens sakārto manas biksītes un paliecas uz priekšu, un viņa lūpas maigi skar manu pēcpusi.

– Piecelies, – viņš pavēl, un es grīļodamās iztaisnojos.

Oho! Tagad es sajūtu lodītes... mazliet. Kristjens satver mani aiz gurniem, kamēr atgūstu līdzsvaru.

– Vai nenokritīsi? – viņš bargi jautā.

– Nē.

– Pagriezies.

Es paklausu. Lodītes noslīgst nedaudz zemāk, un es instinktīvi saspiežu muskuļus tām apkārt. Sajūta ir dīvaina, bet laba.

– Kā ir? – Kristjens jautā.

– Dīvaini.

– Labā vai sliktā nozīmē?

– Labā, – es piesarkusi atzīstos.

– Lieliski. – Viņa acīs iedzirkstas uzjautrinājums.

– Es gribu glāzi ūdens. Atnes man to, lūdzu. Un, kad atgriezīsies, es tevi pārlikšu pār celi. Padomā par to, Anastasija.

Ūdeni? Viņš vēlas ūdeni? Tagad? Kāpēc?

Kad izeju no guļamistabas, atbilde uz šo jautājumu kļūst skaidra. Man sperot soļus, lodītes gravitācijas spēka ietekmē virzās lejup un berzējas gar apkārtējām sieniņām. Sajūta ir ļoti dīvaina, bet tā nav nepatīkama. Es pat sāku straujāk elpot, kad pastiepjos augšup, lai paņemtu glāzi no virtuves skapīša, un iestenos. *Mmm...* Varbūt man vajadzētu paturēt šīs lodītes. Tās iesveļ manī iekāri.

Kristjens vēro mani, kad atgriežos guļamistabā.

– Pateicos, – viņš nosaka, izņemdams glāzi man no rokas, un iedzer malku, pirms novieto glāzi uz galdiņa. Tai blakus jau nolikta spīdīga paciņa, gatava turpmākajam, tāpat kā es. Un es zinu, ka Kristjens šobrīd cenšas paildzināt gaidas. Mana sirds sākusi pukstēt straujāk. Viņa pelēkās acis pievēršas man.

– Nostājies man blakus. Kā iepriekš.

Es pieeju viņam klāt, asinīm paātrinātā tempā riņķojot vēnās, un šoreiz... es esmu uzbudināta. Aizgrābta.

– Lūdzies, – viņš klusi pavēl.

Es apjukusi saraucu pieri. Ko man vajadzētu lūgt?

– Lūdzies, – viņš atkārto, runādams jau nedaudz skarbāk.

Ko viņš no manis vēlas?

– Lūdzies, Anastasija. Es vairs neatkārtošu. – Un Kristjena vārdos saklausāmie draudi beidzot liek man apjaust, kas notiek. Viņš grib, lai es izlūdzos pērienu.

Jēzus! Viņš gaidīdams lūkojas uz mani, un pelēkās acis kļūst arvien saltākas. Ak vai...

– Lūdzu, noperiet mani... kungs, – es nočukstu.

Kristjens uz brīdi aizver acis, izbaudīdams manus vārdus. Viņš satver mani aiz kreisās rokas un novelk sev uz ceļiem. Es sagrīļojos, bet viņš mani uztver un maigi noglāsta dibenu. Mana sirds dauzās kā neprātīga. Esmu novietota tā, ka ar ķermeņa augšdaļu balstos pret gultu Kristjenam blakus.

Šoreiz viņš nepārmet kāju pār manējām, tikai atglauž manus matus no sejas un aizsprauž tos aiz auss, pirms satver šķipsnas pie skausta, lai neļautu man pakustēties. Viņš saudzīgi parauj manus matus, un es atmetu galvu.

– Es vēlos redzēt tavu seju, kad saņemsi pērienu, Anastasija, – viņš nomurmina, nemitēdamies maigi braucīt manu dibenu.

Kristjena plauksta virzās lejup starp abiem vaigiem un pieglaužas kājstarpei, un šī sajūta ir tik visaptveroša, ka es ievaidos. *Mmm*, patiesi interesanti...

– Es to daru baudas dēļ, Anastasija. Gan manas, gan tavējās, – viņš nočukst.

Kristjens atvēzējas un spēji iecērt man pļauku tieši zem dibena, trāpot arī pa kājstarpi. Lodītes manī pavirzās uz priekšu, un es iegrimstu dažādu sajūtu virpulī. Dibens smeldz, lodītes mani piepilda, un galvas āda nedaudz sāp, jo Kristjens ir parāvis manus matus atpakaļ. Tas viss kopā veido neparastu sajaukumu, un es saviebjos, mēģinādama to aptvert. Šoreiz Kristjens nesit tik stipri kā iepriekš. Viņš vēlreiz noglāsta manu pēcpusi, laizdams plakstu pār ādu un biksīšu audumu.

Kāpēc viņš tās nenovelk? Plauksta nozūd, un pēc brīža atkārtojas sitiens. Es ievaidos, sajūtām izplatoties tālāk. Kristjens ievieš ritmu: vispirms sitiens pa kreiso vaigu, pēc tam labo, kam seko pļauka pa kājstarpi. Pēdējās ir vislabākās. Viss manī virzās uz priekšu... un starp sitieniem viņš mani glāsta, viegli mīcīdams ādu, tāpēc es tieku masēta gan no ārpuses, gan iekšpuses. Sajūta ir neticami uzbudinoša un erotiska, un šoreiz – droši vien tāpēc, ka viss notiek saskaņā ar maniem noteikumiem, – man vairs nav iebildumu pret sāpēm. Sitieni pat nav īsti sāpīgi... jā, ir gan, tomēr paciešami. Pat tīkami... Es ievaidos. *Jā, šādi es to varu.*

Kristjens uz brīdi pierimst, nesteidzīgi novilkdams man biksītes. Es lokos viņam uz ceļiem, bet necenšos izvairīties no sitieniem, tikai vēlos kaut ko... atvieglojumu. Viņa pieskārieni manai jutīgajai ādai rada saldkaislas mokas. Tās ir neaprakstāmas, un viņš turpina mani pērt. Vairāki saudzīgi sitieni, kas pieņemas spēkā – kreisais vaigs, labais vaigs, kāj-starpe. Ak, kājstarpe... Es sāku stenēt.

– Laba meitene, Anastasija, – viņš dobji nosaka, saraustī-ti elpodams.

Vēl divas reizes uzšāvis man pa dibenu, Kristjens pavelk auklIņu, kas piestiprināta lodītēm, un piepeši izrauj tās ārā. Es gandrīz sasniedzu kulmināciju, jo sajūta ir brīnišķīga. Kristjens strauji pagriež mani, un es dzirdu paciņu pārplīs-tam, pirms viņš uzguļas man virsū. Satvēris manas rokas, viņš tās paceļ virs galvas un nesteidzīgi ieslīd manī, piepild-īdams mani vietā, kur vēl pirms mirkļa bija lodītes. Es skaļi ievaidos.

– Jā, mazā, – Kristjens nočukst, kustēdamies uz priekšu un atpakaļ lēnā, jutekliskā tempā, izbaudīdams un piepildī-dams mani.

Viņš vēl nekad nav bijis tik maigs, un jau pavisam drīz es krītu bezdibenī, ļaudamās dIženam, spējam un nogurdi-nošam orgasmam. Maniem muskuļiem saraujoties, arī Krist-jens sasniedz virsotni un sastingst, izmisuma pilnā balsī iz-kliegdams manu vārdu:

– Ana!

Pēc tam viņš klusēdams sabrūk virs manis. Mūsu rokas vēl joprojām ir savītas kopā. Mirkli tā gulējis, viņš noslīd no manis un ilgi kavējas, lūkodamies lejup.

– Tas man patika, – Kristjens nočukst un maigi mani no-skūpsta.

Viņš pieceļas, apsedz mani ar pārklāju un ieiet vannasis-tabā. Atgriežoties viņš tur rokā baltu krēma pudeli un ap-sēžas man blakus.

– Pagriezies, – viņš nosaka, un es negribīgi apveļos uz vē-dera. Kāpēc tā jānopūlas? Man šobrīd gribas tikai gulēt.

– Tavs dibens ieguvis burvīgu krāsu, – Kristjens atzinīgi nosaka un maigi iemasē sāpes remdējošo krēmu manā sār-tajā pēcpusē.

– Stāsti, Grej, – es nožāvājusies atgādinu.

– Stīlas jaunkundze, jūs protat sagandēt patīkamu mirkli.

– Mēs vienojāmies.

– Kā tu jūties?

– Pievilta.

Kristjens nopūšas, apguļas blakus un ievelk mani skavās. Uzmanīdamās, lai nepieskartos viņam ar smeldzošo pēcpusi, es iekārtojos ērtāk. Viņš ļoti maigi noskūpsta mani aiz auss.

– Sieviete, kura laida mani pasaulē, bija narkomāne un prostitūta, Anastasija. Guli.

Jēziņ! Ko tas nozīmē?

– Bija?

– Viņa nomira.

– Cik sen?

Kristjens nopūšas.

– Kad man bija četri gadi. Es viņu īsti neatceros. Keriks man šo to pastāstīja. Man atmiņā saglabājušies tikai daži sīkumi. Lūdzu, pacenties iemigt.

– Arlabunakti, Kristjen.

– Arlabunakti, Ana.

Es iegrimstu ciešā pārguruma miegā, sapnī redzot četrus gadus vecu puisēnu ar pelēkām acīm kādā tumšā, biedējošā un briesmīgā vietā.

21. NODAĻA

No visām pusēm mani apņem gaisma. Tā ir spoža, silta un spilgta. Es cenšos vēl dažas brīnišķīgas minūtes no tās izvairīties. Tikai mazliet. Bet starojums ir pārāk spēcīgs, un beigu beigās es pakļaujos nomoda vilinājumam. Ir sācies skaists rīts Sietlā, un saules stari ieplūst pa milzīgajiem logiem, pielejot istabu ar savu pārāk spožo gaismu. Kāpēc mēs naktī nenolaidām žalūzijas? Es esmu Kristjena Greja milzīgajā gultā, kurā trūkst tikai paša Kristjena Greja.

Es brīdi pavadu, gulēdama uz muguras un pa logu vērodama elpu aizraujošo apvārsni virs Sietlas. Dzīve mākoņos šķiet pārdabiska, kā fantāziju pils augstu gaisā, tālu no zemes un neglītās realitātes – no netīrības, izsalkuma un mātēm narkomānēm. Mani pārņem drebuļi, kad iedomājos, ko Kristjens bērnībā pārcietis, un es saprotu, kāpēc viņš dzīvo šeit, nošķirti no citiem, skaistu mākslas darbu ielenkumā, pavisam citādi nekā mūža pirmajos gados... Tas patiesi apliecina viņa mērķi. Es saraucu pieri, jo vēl joprojām nesaprotu, kāpēc nedrīkstu viņam pieskarties.

Savādi, ka es šajā augstajā tornī jūtos līdzīgi. Esmu atšķirta no realitātes, nokļuvusi pasaku dzīvoklī, kur man ir pasakains sekss ar iztēlotu mīļoto vīrieti, kurš drūmajā realitātē vēlas tikai īpašu vienošanos, kaut gan ir solījis, ka mēģinās sniegt man kaut ko vairāk. Ko tas patiesībā nozīmē? Man jānoskaidro, kas slēpjas aiz Kristjena vārdiem, lai es noprastu, vai mēs vēl joprojām sēžam katrs savā šūpuļsola galā vai arī pamazām virzāmies viens otram pretī.

Es izkāpju no gultas, juzdamās salauzīta un – diemžēl trūkst labāka apzīmējuma – sparīgi izmantota. *Laikam vaino-*

jams mežonīgais sekss. Zemapziņa neapmierināta sakniebj lūpas. Es pārmetoši paceļu acis pret griestiem, klusībā priecādamās, ka mani neredz despots ar niezošo plaukstu, un apņemos painteresēties par viņa piedāvāto personisko treneri. Protams, tikai tad, ja parakstīšu līgumu. Dieviete izmisusi lūkojas uz mani. *Protams, tu parakstīsies!* Es ignorēju abas šīs iekšējās balsis un, apmeklējusi vannasistabu, dodos meklēt Kristjenu.

Mākslas galerijā viņš nav sastopams, toties eleganta pusmūža sieviete nodarbojas ar virtuves uzkopšanu. Viņu ieraudzījusi, es sastingstu. Viņai ir īsi apgriezti, gaiši mati un zilas acis. Sieviete ir ģērbusies baltā, vienkāršā kreklā un šauros, tumši zilos svārkos. Viņas seja atplaukst platā smaidā.

– Labrīt, Stīlas jaunkundze! Vai vēlaties brokastis? – Sieviete runā laipni, bet lietišķi, un es vairs neko nesaprotu. Kas ir šī pievilcīgā blondīne Kristjena virtuvē? Man mugurā ir tikai viņa iedotais krekls, un es jūtos drausmīgi neveikli.

– Atvainojiet, mēs laikam neesam pazīstamas, – es bikli ieminos.

– Ak, lūdzu piedošanu! Es esmu Džonsas kundze, Greja kunga saimniecības vadītāja.

Skaidrs.

– Labrīt, – es nosaku.

– Vai vēlaties brokastis, kundze?

Kundze!

– Es priecātos par tasi tējas, pateicos. Vai zināt, kur ir Greja kungs?

– Savā kabinetā.

– Paldies!

Es nokaunējusies aizbēgu uz kabineta pusi. Kāpēc pie Kristjena strādā tikai skaistas blondīnes? Un man prātā iešaujas nepatīkama doma: varbūt tās visas ir viņa bijušās Pakļautās? Tomēr šī iespēja ir pārāk baisa, lai es pie tās ilgi kavētos. Kautri pabāzusi galvu durvīs, es ieraugu Kristjenu, kurš stāv pie loga, runādams pa telefonu. Viņš ir ģērbies melnās biksēs un baltā kreklā, mati vēl ir mitri pēc dušas, un man vairs prātā nav nevienas skumjas domas.

– Ja kompānijas peļņas un zaudējumu bilance neuzlabosies, mani tā neinteresē, Ros. Mēs neuzņemsimies lieku nastu... Man vairs nav vajadzīgi muļķīgi aizbildinājumi... Piekodini, lai Marko man piezvana, ir laiks izšķirošajam lēmumam. Jā, pasaki Bārnijam, ka prototips ir labs, kaut gan lietotāja saskarne mani nepārliecina... Nē, tai gluži vienkārši kaut kā trūkst... Šodien gribu ar viņu satikties, lai visu pārrunātu. Labāk pat ar visu komandu, lai varam apmainīties idejām. Labi. Saviano mani ar Andreu... – Viņš gaida, lūkodamies ārā pa logu kā īsts savas pasaules valdnieks, kurš vēro sīkos ļautiņus no savas pils debesu plašumos. – Andrea...

Kristjens paceļ skatienu un ierauga mani pie durvīm. Viņa skaistā seja nesteidzīgi atplaukst valdzinošā smaidā, un es zaudēju valodu, šķietami izkūstot viņa acu priekšā. Šis vīrietis neapšaubāmi ir skaistākais visā pasaulē, pārāk skaists mazajiem ļautiņiem tālu lejā, pārāk skaists, lai piederētu man. *Nē*, dieviete mani norāj, *tā nav taisnība. Galu galā šobrīd viņš tev pieder*. Vismaz pagaidām. Šīs domas iespaidā mani caurstrāvo prieks, kas izdzenā biedējošās šaubas.

Viņš turpina sarunu, lūkodamies man acīs.

– Atcel tikšanās, kas man paredzētas šorīt, bet pasaki, lai Bills man piezvana. Es ieradīšos divos. Pēcpusdienā man jārunā ar Marko, tam vajadzēs vismaz pusstundu... Pieraksti Bārniju un viņa komandu pēc Marko vai arī rīt. Un atrodi man laiku sarunai ar Klodu katru dienu šonedēļ... Saki, lai viņš pagaida... Ak tā... Nē, nekādu rakstu avīzēs par Dārfūru... Lai Sems to nokārto... Nē... Kāds pasākums? Nākamsvētdien? Pagaidi.

– Kad tu atgriezīsies no Džordžijas? – viņš jautā.

– Piektdien.

Kristjens turpina sarunu. – Man vajadzēs vēl vienu biļeti, jo es ieradīšos kopā ar pavadoni... Jā, Andrea, tieši tā. Man pievienosies Anastasija Stīlas jaunkundze. Viss. – Viņš noliek klausuli. – Labrīt, Stīlas jaunkundze.

– Labrīt, Greja kungs. – Es kautri pasmaidu.

Viņš apiet apkārt galdam, kustēdamies tikpat graciozi kā parasti, un nostājas man pretī. Pacēlis roku, viņš ar pirkstu kauliņiem maigi noglāsta man vaigu.

– Negribēju tevi modināt. Tu dusēji saldā miegā. Vai izgulējies?

– Pateicos, esmu ļoti labi atpūtusies. Atnācu tikai apsveicināties pirms mazgāšanās dušā.

Es tīksminādamās vēroju Kristjenu. Viņš pieliecas un mani noskūpsta, un es vairs nespēju savaldīties. Es apviju rokas viņam ap kaklu un iegremdēju pirkstus viņa mitrajos matos. Pieglaudusies viņam ar visu augumu, es skūpstu Kristjenu. Es viņu vēlos. Mans uzbrukums viņu pārsteidz nesagatavotu, bet pēc mirkļa viņš atsaucas manam skūpstam, dobji iestenēdamies. Ieslidinājis pirkstus manos matos, viņš laiž plaukstu pār manu muguru, līdz apkļauj kailo pēcpusi, vienlaikus ar mēli izpētīdams manu muti.

Kad esam brīdi skūpstījušies, Kristjens atkāpjas, piemiegtām acīm mani vērodams.

– Miegs tev nāk par labu, – viņš nomurmina. – Tev vajadzētu steigties uz dušu; pretējā gadījumā es tevi noguldīšu uz galda tūlīt pat.

– Es izvēlos galdu, – pamodinātās kaisles satracināta, es pārgalvīgi nočukstu.

Kristjens brīdi apjucis skatās uz mani.

– Tev radusies ievērojama apetīte, vai ne, Stīlas jaunkundze? Tu kļūsti nepiesātināma, – viņš nosaka.

– Mana apetīte ir veltīta tikai tev, – es atbildu.

Kristjena acis ieplešas un satumst, un viņa rokas saspiež manu kailo pēcpusi.

– Pie visiem velniem, protams, tikai man! – viņš noņurd un piepeši ar vienu plūstošu kustību notrauc no galda visus dokumentus, paceļ mani un nogulda uz galda īsākās malas tā, ka mana galva gandrīz pārkaras pāri.

– Dabūsi, ko vēlies, mazā, – viņš nomurmina un izņem no kabatas spīdīgo paciņu, vienlaikus atvilkdams rāvējslēdzēju. *Ak, mans izdarīgais Kristjens.* Viņš noritina prezervatīvu pār piebriedušo locekli un vēro mani. – Ceru, ka esi gatava, – viņš izdveš, baudkāri smaidīdams. Un jau pēc mirkļa viņš piepilda mani, cieši piespiedis manas plaukstu locītavas pie sāniem, un dziļi triecas iekšā.

Es ievaidos. *Jā, tieši tā...*

– Jēzus, Ana! Tu esi *ļoti* gatava, – Kristjens godbijīgi nočukst.

Es apviju kājas viņam ap vidukli, jo tas ir vienīgais veids, kā drīkstu viņu apskaut. Kristjens stāv un lūkojas uz mani, pelēkajām acīm mirdzot. Tajās gail kaisle un sava īpašuma apziņa. Beidzot viņš sāk kustēties. Mēs nemīlējamies, mēs drāžamies – un es esmu sajūsmināta. Šoreiz sekss ir mežonīgs un raupjš, un es jūtos piedauzīga. Mani ielīksmo spēks, ar kādu Kristjens mani iegūst, viņa iekāre uzpūš manu alku liesmas. Viņš kustas nesteidzīgi, izbaudīdams mani, un sāk straujāk elpot, pavēris lūpas. Kad viņš sāk ik pa brīdim apļot gurnus, sajūtas kļūst vēl labākas.

Aizvērusi acis, es ļaujos kāpinājumam – saldajam, lēnajam, pakāpeniskajam kāpinājumam. Tas mani virza arvien augstāk un augstāk, tuvāk gaisa pilij. Ak jā... Kristjena ritms nedaudz paātrinās, un es skaļi ievaidos. Visu manu būtību pārņēmušās šīs izjūtas... es izbaudu katru grūdienu, katru kustību, kas mani piepilda. Viņš kustas vēl straujāk... spēcīgāk... un viss mans augums pielāgojas šim ritmam, līdz es jūtu kājas saspringstam un visu miesu notrīsam.

– Ļaujies, mazā, ļaujies man, – Kristjens mudina, zobus sakodis, un kvēlās alkas viņa balsī līdz ar skaidri saklausāmajām mokām liek man sasniegt virsotni.

Es izkliedzu nesaprotamu skaņu, pieskardamās saulei un uzliesmodama, krizdama no viņa augstumiem lejup līdz saldkaislajai, spožajai zemei. Kristjens ietriecas manī un sastingst, gūdams savu apmierinājumu, nedaudz sāpīgi paraudams manas roku locītavas un graciozi noslīgdams man virsū.

Mjā... tas bija negaidīti. Es pamazām atgūstos.

– Ko tu ar mani dari? – viņš nočukst, iespiedis degunu mana kakla ādā. – Tu esi mani apbūrusi, Ana. Tava maģija ir neatvairāma.

Kristjens atbrīvo manas rokas, un es izlaižu pirkstus caur

viņa matiem, izbaudīdama orgasma pēcsajūtas. Manas kājas, vēl joprojām apvītas ap Kristjena vidukli, nedaudz saspringst.

– Tu esi apbūris mani, – es nočukstu.

Viņš lūkojas uz mani, un viņa sejā jaušams savāds mulsums vai pat trauksme. Aptvēris plaukstām manu seju, viņš ieskatās man acīs.

– Tu. Piederi. Man, – viņš saka, noskaldīdams katru vārdu. – Vai saproti?

Kristjens runā kaismīgi, viņa balsī skan neviltota pārliecība; viņš ir savas ticības fanāts. Šis lūgums ir negaidīts un atbruņojošs. Interesanti, kāpēc viņu pārņēmušas šādas jūtas.

– Jā, – es nočukstu, viņa dedzības samulsināta.

– Vai tev tiešām jādodas uz Džordžiju?

Es vilcinādamās pamāju. Kristjena seja acumirklī noslēdzas, it kā būtu aizvērtas žalūzijas. Viņš spēji atraujas, un es sāpēs saraujos.

– Vai tev smeldz? – Kristjens jautā, noliecies pār mani.

– Mazliet, – es atzīstos.

– Man tas patīk. – Viņa acis iekvēlojas. – Tu atcerēsies, kur es esmu bijis. Vienīgi es.

Kristjens satver mani aiz zoda un cieši, gandrīz sāpīgi noskūpsta, pirms pieceļas un sniedz man roku, lai palīdzētu piecelties. Es palūkojos uz spīdīgo iepakojumu sev blakus.

– Vienmēr gatavs, – es nomurminu.

Kristjens patlaban aizvelk rāvējslēdzēju un jautājoši uzlūko mani. Es viņam parādu tukšo paciņu.

– Nav aizliegts cerēt, Anastasija, vai pat sapņot, un dažreiz sapņi piepildās.

Viņa balss skan savādi, un acis iekvēlojas. Es nesaprotu, kas to izraisījis, un patīkamais pēcorgasma miers strauji zūd.

– Tātad tu mēdzi sapņot par seksu uz galda? – es sāji painteresējos, cenzdamās kliedēt spriedzi ar humoru.

Viņš noslēpumaini pasmaida, bet viņa acis ir nopietnas, un es aptveru, ka šī nav pirmā reize, kad viņš ar kādu pārgulējis uz galda. Doma nav patīkama, un es neveikli saraujos, atgriezusies īstenībā.

– Man jāiet nomazgāties. – Es pieceļos un virzos Kristjenam garām. Viņš sarauc pieri un izlaiž pirkstus caur matiem.

– Es vēl gribu piezvanīt dažiem cilvēkiem. Kad iznāksi no dušas, es tev pievienošos, un mēs pabrokastosim. Ja nemaldos, Džonsas kundze izmazgājusi tavas drēbes. Tās ir skapī.

Ko? Kāpēc? Jēziņ, varbūt viņa dzirdēja mūs mīlējamies? Es nosarkstu.

– Paldies, – es nomurminu.

– Nav par ko, – Kristjens atbild, tomēr viņa balsī ieskanas kaut kas ass.

Es taču nepateicos par izdrāšanu! Kaut gan jāatzīst, ka tā bija ļoti...

– Kāpēc tu sadrūmi? – Kristjens jautā, un es apjaušu, ka esmu saraukusi pieri.

– Kas tev kaiš? – es ļoti klusi painteresējos.

– Kādā ziņā?

– Nu... tu esi vēl dīvaināks nekā parasti.

– Tu mani uzskati par dīvainu? – Viņš cenšas apslāpēt smaidu.

– Dažreiz.

Kristjens mani vēro, acīmredzami kaut ko pārdomādams.

– Kā jau vienmēr, tev izdodas mani pārsteigt, Stīlas jaunkundze.

– Kādā veidā?

– Teiksim, ka šī bija negaidīta dāvana.

– Mūsu mērķis ir izpatikt, Greja kungs. – Es piešķiebju galvu, atdarinādama viņu, un izrunāju viņa paša iepriekš teiktos vārdus.

– Un tev tas izdodas, – viņš nosaka, tomēr izskatās nedaudz samulsis. – Man šķita, ka tu gatavojies mazgāties.

Viņš mani sūta prom.

– Jā... hmm, tiksimies vēlāk. – Es izbēgu no kabineta, neizpratnes pārņemta.

Kristjens šķita apjucis. Kāpēc? Fiziskajā jomā mūsu rīta vingrošana bija ārkārtīgi apmierinoša, bet garīgā ziņā... nu, mani satricināja viņa reakcija, un emocionālā ziņā šīs izjūtas ir tikpat bagātinošas, cik veselīga ir cukurvate.

Džonsas kundze vēl joprojām ir virtuvē. – Vai vēlaties tēju, Stīlas jaunkundze?

– Paldies, bet vispirms nomazgāšos, – es nomurminu un, sejai kvēlojot, izsteidzos no istabas.

Dušā es mēģinu izprātot, kas noticis ar Kristjenu. Viņš ir sarežģītākais cilvēks, ko vispār pazīstu, un es nespēju izprast viņa mūžam mainīgo noskaņojumu. Kad iegāju kabinetā, viņš izturējās normāli. Mums bija sekss... un nekas vairs nebija normāli. Nē, es nesaprotu. Arī mana zemapziņa tikai svilpo, rokas salikusi aiz muguras, un neskatās man acīs. Viņai nav ne jausmas, kas notiek, savukārt mana iekšējā dieviete vēl joprojām izbauda pēdējās skaistās atmiņas. Nē, neviena no mums nevar atbildēt uz šiem jautājumiem.

Es nosusinu matus dvielī, izķemmēju tos ar Kristjena vienīgo ķemmi un sakārtoju matus mezglā. Keitas plūmju krāsas kleita ir iekarināta skapī, tīra un izgludināta, kopā ar manu tīro krūšturi un biksītēm. Džonsas kundze ir brīnumdare. Uzāvusi Keitas kurpes, es pārliecinos, ka ar kleitu viss kārtībā, dziļi ievelku elpu un atgriežos lielajā istabā.

Kristjens nekur nav manāms, un Džonsas kundze patlaban izpēta pieliekamā saturu.

– Vai pasniegt tēju, Stīlas jaunkundze? – viņa painteresējas.

– Jā, lūdzu. – Es viņai uzsmaidu. Tagad, kad esmu apģērbusies, es jūtos nedaudz ērtāk.

– Vai gribēsiet arī kaut ko ēdamu?

– Nē, pateicos.

– Protams, tu ēdīsi, – Kristjens aizkaitināts paziņo, piepeši uzradies man blakus. – Viņai garšo pankūkas, šķiņķis un olas, Džonsas kundze.

– Jā, Greja kungs. Ko vēlaties jūs?

– Omleti, lūdzu, un augļus. – Viņš nenovērš savu neizprotamo skatienu no manis. – Apsēdies, – viņš pavēl, norādīdams uz taboureti.

Es paklausu, un Kristjens apsēžas man blakus, kamēr Džonsas kundze rosās, gatavodama brokastis. Nav patīkami zināt, ka mūsu sarunu kāds dzird.

– Vai jau iegādājies lidmašīnas biļeti?

– Nē, es to nopirkšu internetā, kad nokļūšu mājās.

Kristjens atbalsta elkoni pret leti, braucīdams zodu.

– Vai tev pietiek naudas?

Nu nē!

– Jā, – es uzsvērti pacietīgi nosaku, gluži kā runādama ar mazu bērnu.

Viņš brīdinādams sarauc uzaci. *Ak vai!*

– Jā, man pietiek naudas, pateicos, – es steidzīgi izlaboju savu kļūdu.

– Man ir lidmašīna. Tuvāko triju dienu laikā tai nekur nav jālido. Lidmašīna ir tavā rīcībā.

Es neticīgi uzlūkoju Kristjenu. Protams, viņam ir sava lidmašīna; es pretojos savai dabiskajai vēlmei pacelt skatienu pret griestiem. Man gribas smieties, bet es to nedaru, jo neizprotu viņa pašreizējo noskaņojumu.

– Mēs jau esam pietiekami izmantojuši tavas kompānijas gaisa floti savām vajadzībām. Es negribētu to atkārtot.

– Kompānija pieder man, un arī lidmašīna ir mana. – Kristjens izklausās nedaudz aizvainots. *Ak, zēni un viņu rotaļlietas!*

– Pateicos par piedāvājumu, bet es labprātāk izmantošu aviosabiedrības transportu.

Šķiet, ka Kristjens grib turpināt strīdu, tomēr nolemj to nedarīt.

– Kā vēlies. – Viņš nopūšas. – Vai tev vēl jāgatavojas darba pārrunām?

– Nē.

– Lieliski. Vai vēl joprojām negribi man teikt, kurās izdevniecībās pieteicies?

– Tieši tā.

Viņa lūpas negribīgi savelkas smaidā. – Man netrūkst līdzekļu, Stīlas jaunkundze.

– Tas man ir lieliski zināms, Greja kungs. Vai izsekosiet manu telefonu? – es nevainīgi painteresējos.

– Patiesībā es šodien būšu aizņemts, tāpēc nāksies to uzdot kādam citam. – Viņš pasmīn.

Vai tas ir joks?

– Ja kādam no taviem padotajiem tiešām nav nekā cita, ar ko nodarboties, tavs personāls ir pārāk uzpūsts.

– Nosūtīšu vēstuli personāla daļas vadītājai un likšu viņai padomāt par darbinieku skaitu. – Viņš sarauc lūpas, slēpdams smaidu.

Paldies Dievam, viņš atguvis humora izjūtu!

Džonsas kundze pasniedz mums brokastis, un mēs ēdam klusēdami. Nomazgājusi traukus, viņa pieklājīgi pamet dzīvojamo istabu. Es kautri uzlūkoju Kristjenu.

– Kas tev padomā, Anastasija?

– Tu man tā arī nepaskaidroji, kāpēc tev nepatīk pieskārieni.

Kristjens nobāl, un es uzreiz jūtos vainīga.

– Tev esmu atklājis vairāk nekā jebkuram citam, – viņš klusi nosaka, rāmi vērodams mani.

Es aptveru, ka viņš nekad nav kādam kratījis sirdi. Vai viņam nav neviena tuva drauga? Varbūt viņš kaut ko pastāstījis Bargajai Kundzei? Man gribas to pajautāt, bet es nevaru, jo tā būtu pārāk liela ielaušanās Kristjena dzīvē. Es papurinu galvu, to atskārtusi. Viņš patiesi ir vientuļa sala.

– Vai padomāsi par mūsu vienošanos, kamēr būsi Džordžijā? – viņš jautā.

– Jā.

– Vai ilgosies pēc manis?

Es uzlūkoju Kristjenu, jautājuma pārsteigta.

– Jā, – es atklāti atzīstu.

Mēs esam pazīstami pavisam neilgi; kā viņam izdevies jau iegūt tik nozīmīgu vietu manā dzīvē? Kristjens iekļuvis manī... vārda tiešā nozīmē. Viņš pasmaida, un viņa acis atmaigst.

– Arī man tevis pietrūks. Vairāk, nekā spēj noticēt, – viņš izdveš.

Mana sirds sažņaudzas. Viņš patiesi cenšas. Maigi noglāstījis manu vaigu, viņš pieliecas un mani noskūpsta.

**

Vēlā pēcpusdienā es sēžu vestibilā, nervozi lauzīdama rokas, un gaidu Sietlas Neatkarīgās izdevniecības pārstāvi Džeku Haidu. Šis ir jau otrās pārrunas šodien, turklāt svarīgākās. Pirmajā intervijā man veicās labi, bet es strādātu milzīgā kompānijā ar filiāļu tīklu, kas aptver visas Savienotās Valstis, un būtu viena no daudziem redaktora asistentiem. Varu iztēloties, kā šāda gigantiska mašīna mani aprij un ātri izspļauj. Es labprātāk strādātu šeit, nepiespiestā atmosfērā, mazā apgādā, kas pārstāv vietējos rakstniekus un izveidojis neparastu, interesantu klientu datu bāzi.

Vestibila iekārtojums ir vienkāršs, bet man šķiet, ka to nosaka dizaina prasības, nevis taupīgums. Es sēžu uz viena no diviem tumši zaļiem, mīkstiem dīvāniem, kas apvilkti ar ādu līdzīgi Kristjena moku kambara mēbelēm. Bijīgi noglāstījusi ādu, es prātoju, ar ko Kristjens nodarbojas uz sava dīvāna. Manas domas aizklīst pie visām iespējām... nē, tikai ne šobrīd! Es pietvīkstu, savu nerātno domu mulsināta. Administratore ir jauna melnādainā sieviete ar lieliem sudraba auskariem un gariem, iztaisnotiem matiem. Viņa izskatās nedaudz bohēmiska, un esmu pārliecināta, ka mēs varētu sadraudzēties. Sieviete ik pa brīdim palūkojas uz mani un uzmundrinoši pasmaida, un es bikli atbildu, smeldamās mierinājumu no šī labvēlīgā žesta.

Esmu iegādājusies lidmašīnas biļeti, un māte ir sajūsmināta par gaidāmo apciemojumu. Arī mantas jau esmu sakravājusi, un Keita piekrita aizvest mani uz lidostu. Kristjens pavēlēja ņemt līdzi arī jauno datoru un *Black Berry* aparātu. Atcerējusies šo despotisko rīcību, es paceļu acis pret griestiem, bet pamazām jau esmu sākusi saprast, ka viņš tāds gluži vienkārši ir. Kristjenam patīk visu kontrolēt, it īpaši mani. Tomēr viņš spēj būt arī neparedzami un iejūsminoši pakļāvīgs. Viņš mēdz būt maigs, labsirdīgs, pat mīļš. Un šie brīži vienmēr ir negaidīti. Viņš uzstāja, ka pavadīs mani līdz pat garāžai, kur atstāju mašīnu. Es pavadīšu Džordžijā tikai dažas dienas, bet Kristjens izturas tā, it kā es gatavotos aizbraukt uz vairākām nedēļām. Viņam vienmēr izdodas mani pārsteigt.

– Ana Stīla? – mani uzrunā sieviete ar gariem, melniem, krāšņiem matiem. Viņa ir nostājusies pie administratores galdiņa un uzlūko mani. Arī šī sieviete izskatās tikpat mākslinieciska un interesanta kā administratore. Viņai varētu būt ap četrdesmit gadu, kaut gan to ir grūti noteikt.

– Jā, – es atbildu, neveikli pieceldamās.

Viņa pieklājīgi pasmaida, bet viņas riekstu krāsas acis mani rūpīgi nopēta. Esmu uzvilkusi vienu no Keitas tērpiem, melnu sarafānu virs baltas blūzes, un kājās uzāvusi savas melnās laiviņas. Man pašai šķiet, ka esmu ģērbusies piemēroti darba pārrunām. Mati ir savilkti ciešā mezglā, un cirtas šoreiz uzvedas kārtīgi. Sieviete sniedz man roku.

– Sveika, Ana, mans vārds ir Elizabete Morgana. Esmu šī apgāda personāla daļas vadītāja.

– Labdien! – Es paspiežu viņas roku. Būdama tik augstā amatā, viņa ģērbusies ļoti brīvi.

– Lūdzu, nāciet man līdzi.

Mēs izejam pa divviru durvīm aiz administratores galdiņa un nokļūstam plašā, gaišā atvērtā plānojuma kabinetā. To šķērsojušas, mēs sasniedzam nelielu apspriežu telpu. Sienas ir gaiši zaļas, un pie tām piekarināti grāmatu vāku attēli. Kļavas koka galda galā sēž jauns, sarkanmatains vīrietis, sasējis matus zirgastē. Abās ausīs mirgo nelieli sudraba auskari. Viņam mugurā ir gaiši zils krekls bez kaklasaites, bet kājās – bikses no rievota auduma akmens krāsā. Kad tuvojos, viņš pieceļas un uzlūko mani ar neizdibināmām, tumši zilām acīm.

– Ana Stīla, es esmu Džeks Haids, mūsu apgāda projektu vadītājs, un ļoti priecājos ar tevi iepazīties.

Mēs sarokojamies, un es nospriežu, ka viņš gan ir nedaudz atturīgs, tomēr draudzīgi noskaņots.

– Vai ceļš bija tāls? – viņš pieklājīgi jautā.

– Nē, es nesen pārvācos uz Paikstrītas rajonu.

– Tas tiešām ir pavisam tuvu. Apsēdies, lūdzu!

Es paklausu, un Elizabete iekārtojas viņam blakus.

– Kāpēc tu vēlies praktizēties pie mums, Ana? – Haids jautā.

Viņš izrunā manu vārdu klusi, piešķiebdams galvu sānis, gluži kā cits, ko pazīstu... un tas mani samulsina. Cenzda-mās nepakļauties neizskaidrojamai piesardzībai, ko manī rai-sa Haids, es sāku rūpīgi sagatavoto runu, apzinādamās, ka mani vaigi pamazām kļūst rožaini sārti. Es lūkojos uz viņiem abiem, atcerēdamās Keitas stingrās pamācības: *Vienmēr ska-ties intervētājiem acīs, Ana!* Viņa spēj būt kaitinoši despotis-ka. Džeks un Elizabete uzmanīgi klausās.

– Tava vidējā atzīme ir ļoti augsta. Ar kādām ārpusmācī-bu baudām tu nodarbojies universitātē?

Baudām? Es samirkšķinu acis. Dīvaini izvēlēts vārds. Es sāku stāstīt par darbu universitātes bibliotēkā un ne-lielo iemaldīšanos žurnālistikas lauciņā, kad intervēju ne-pieklājīgi bagātu despotu studentu avīzes uzdevumā. Man izdodas nepieminēt, ka patiesībā es nemaz nebiju raksta autore. Es runāju arī par abām literatūras biedrī-bām, kurās iestājos, un darbu Kleitonu veikalā, kas man devis daudz nekam nederīgu zināšanu par instrumen-tiem un remontu. Abi iesmejas, un tieši uz šādu reakciju es biju cerējusi. Es pamazām nomierinos, un saruna man pat iepatīkas.

Džeks Haids uzdod trāpīgus, pārdomātus jautājumus, bet es nesamulstu un atbildu uz visiem. Kad sākam runāt par manu gaumi attiecībā uz grāmatām, es runāju nekautrēda-mās. Toties Džeks iecienījis tikai amerikāņu literatūru, kas sarakstīta pēc tūkstoš deviņsimt piecdesmitā gada. Neko ci-tu. Nevienu klasisko darbu – pat ne Henriju Džeimsu, Ap-tonu Sinklēru vai Ficdžeraldu. Elizabete neko nepiebilst, ti-kai laiku pa laikam pamāj un kaut ko pieraksta. Džeks aizrautīgi diskutē, tomēr vienlaikus ir arī valdzinošs, un mans sākotnējais nemiers izzūd.

– Kur tu iztēlojies sevi pēc pieciem gadiem? – viņš jautā.

Blakus Kristjenam Grejam, man prātā iešaujas atbilde, un es saraucu pieri, saniknota par šīm nelūgtajām domām.

– Varbūt redaktores lomā? Vai arī būšu literārā aģente. Vēl nezinu. Esmu gatava apsvērt visas iespējas.

Džeks pasmaida. – Lieliski, Ana. Man vairs nav jautājumu. Un tev? – viņš vēršas pie manis.

– Kad jūsu praktikantam vajadzētu sākt darbu? – es painteresējos.

– Cik drīz vien iespējams, – paziņo Elizabete. – Kad tu varētu sākt?

– Esmu brīva, sākot ar nākamo nedēļu.

– Lieliski, – Džeks nosaka.

– Ja nevienam citam vairs nekā piebilstama nav... – Elizabete palūkojas uz mums abiem, – domāju, ka pārrunas ir beigušās. – Viņa laipni pasmaida.

– Bija ļoti patīkami tevi satikt, Ana, – Džeks klusi paziņo, satverdams manu roku. Viņš to saudzīgi saspiež, un es samirkšķinu acis, no viņa atvadīdamās.

Kad dodos uz savu mašīnu, mani nomoka nepatīkamas izjūtas, kaut gan es nezinu, kāpēc. Domāju, ka pārrunas aizritēja veiksmīgi, bet ir grūti to novērtēt. Man darba intervijas vienmēr šķitušas samākslotas; visi uzvedas, cik labi vien spēj, un izmisīgi slēpjas aiz lietišķuma maskas. Vai manējā derēja? To es uzzināšu tikai pēc kāda laika.

Es iesēžos mašīnā un braucu uz dzīvokli, bet nesteidzos. Mana lidmašīna pacelsies gaisā pusvienpadsmitos vakarā, un paredzēta arī pārsēšanās Atlantā, bet laika vēl ir pietiekami.

Kad atgriežos mājās, Keita jau virtuvē izkravā mantas.

– Kā veicās? – viņa aizrautīgi vaicā. Tikai Keita spēj izskatīties daiļa milzīgā kreklā, saplēstos džinsos un ar tumši zilu apsēju ap galvu.

– Labi, Keita, pateicos. Nezinu gan, vai šī kleita bija pietiekami interesanta otrajām pārrunām.

– Kādā ziņā?

– Tur iederīgāks būtu mākslinieciskais šiks.

Keita sarauc uzaci.

– Tu un mākslinieciskais šiks? – Viņa piešķiebj galvu... *Sasodīts!* Kāpēc visi šodien sazvērējušies man atgādināt par

Kristjenu? – Patiesībā, Ana, tu esi viens no retajiem cilvēkiem, kuriem tāds stils piestāv.

Es atplaukstu smaidā. – Otrā vieta man ļoti patika. Domāju, ka tur es iederētos. Kaut gan vīrietis, kurš mani intervēja, bija nedaudz biedējošs... – Es apklusu, atcerējusies, ka runāju ar Keitu, kura uzsūc informāciju kā sūklis. *Muti ciet, Ana!*

– Ak tā? – Ir iedarbojies Keitas radars, kas nemaldīgi uztver ikvienu interesanto sīkumu, lai to vēlāk man atgādinātu kādā nepiemērotā un apkaunojošā mirklī. Par to runājot...

– Starp citu, Keita, lūdzu, beidz kaitināt Kristjenu. Tava piezīme par Hosē bija pilnīgi nevietā. Viņš ir greizsirdīgs vīrietis. Tavas piebildes neko labu nedod.

– Paklau, ja viņš nebūtu Eljota brālis, es pateiktu daudz vairāk. Viņš ir despots. Nesaprotu, kā tu to paciet. Es mēģināju modināt viņā greizsirdību, lai palīdzētu kliedēt viņa nepatiku pret saistībām. – Keita kā aizstāvēdamās paceļ roku. – Bet, ja nevēlies, lai iejaucos, es to nedarīšu, – viņa steidzīgi sola, ieraudzījusi dusmas manā sejā.

– Labi. Dzīve kopā ar Kristjenu jau ir pietiekami sarežģīta.

Jēziņ, es jau izklausos pēc viņa.

– Ana! – Keita iesaucas, mani vērodama. – Viss taču ir labi, vai ne? Tu nebrauc pie savas mātes, lai aizbēgtu no Kristjena?

Es nosarkstu. – Nē, Keita. Tu pati teici, ka man nepieciešama atpūta.

Viņa pienāk man klāt un satver manas plaukstas – Keitai tas nepavisam nav raksturīgi. *Ak nē...* Es jūtu asaras sariešāmies acīs.

– Tu esi... mainījusies. Es ceru, ka nav noticis nekas slikts, un, lai kādi sarežģījumi tev rastos ar tavu miljonāru, tu vienmēr vari runāt ar mani. Un es pacentīšos viņu nekaitināt, kaut gan, patiesību sakot, to izdarīt ir vieglāk par vieglu. Paklau, Ana, ja kaut kas tiešām nav labi, runā ar mani, es tevi nenosodīšu. Apsolu, ka centīšos saprast.

Es samirkšķinu acis, apvaldīdama asaras. – Ak, Keita! – Es viņu apskauju. – Man šķiet, ka esmu pilnīgi zaudējusi galvu.

– Tas redzams ikvienam, Ana. Un arī viņš ir kā jucis tevis dēļ. Ne mirkli neizlaiž tevi no acīm.

Es nedroši iesmejos. – Vai tev tā liekas?

– Vai viņš nav to teicis?

– Vārdos nē.

– Un tu viņam?

– Vārdos nē. – Es kā atvainodamās paraustu plecus.

– Ana! Kādam jāsper pirmais solis, citādi jūs nekur tālu netiksiet.

Kā, lūdzu? Atklāt Kristjenam savas izjūtas?

– Man bail viņu aizbiedēt.

– Kā tu vari zināt, ka viņš nedomā tāpat?

– Kristjens? Baidās? Nevaru iztēloties viņu baidāmies no jebkā. – Tomēr, to sacīdama, es gara acīm ieraugu viņu bērnībā. Varbūt toreiz bailes bija visa viņa pasaule. Mana sirds sāpēs sažņaudzas.

Keita uzlūko mani, samiegusi acis un savilkusi lūpas. Šādi viņa līdzinās manai zemapziņai; trūkst tikai bibliotekāres briļļu.

– Jums abiem vajadzētu apsēsties un izrunāties.

– Mēs pēdējā laikā neesam īpaši daudz runājuši. – Es nosarkstu. Toties esam darījuši daudz ko citu. Sazinājušies bez vārdiem, un tas bija labi. Pat vairāk nekā labi.

Keita pasmaida. – Ja ar seksu viss ir labi, tātad puse kaujas jau ir izcīnīta, Ana. Es atnesīšu ķīniešu ēdienu. Vai esi gatava?

– Drīz būšu. Mums vēl ir divas stundas laika.

– Taisnība. Atgriezīšos pēc divdesmit minūtēm. – Viņa paķer jaku un aiziet, bet piemirst aizvērt durvis. Es to izdaru Keitas vietā un dodos uz guļamistabu, apdomādama viņas teikto.

Vai Kristjenu biedē jūtas pret mani? Vai viņam tādas vispār ir? Viņš ir ļoti kaismīgs un apgalvo, ka es piederu viņam, bet tā ir tikai daļa no Kristjena despotiskās dabas, kas liek viņam valdīt pār itin visu. Kamēr būšu pie mātes, man nāksies prātā pārcilāt visas mūsu sarunas un meklēt kādas pazīmes tam, ka neesmu viņam vienaldzīga.

Arī man tevis pietrūks... vairāk, nekā spēj noticēt...

Tu esi mani apbūrusi...

Es papurinu galvu. Šobrīd nevēlos par to domāt. Mans viedtālrunis ir pieslēgts pie uzlādes kabeļa, tāpēc visu pēcpusdienu to atstāju mājās un tagad piesardzīgi tuvojos mazajai ierīcei. Man jāviļas – ziņojumu nav. Es ieslēdzu lielo datoru, un arī tajā nav vēstuļu. *Adrese ir viena un tā pati, Ana,* mana zemapziņa pavērš skatienu pret griestiem, un es beidzot saprotu, kāpēc Kristjenam šis žests iesveļ vēlmi mani nopērt.

Nu labi. Es pati uzrakstīšu vēstuli viņam.

No: Anastasija Stīla
Temats: Pārrunas
Datums: 30.05.2011. 18:49
Kam: Kristjens Grejs

Godātais kungs!

Pārrunas šodien noritēja veiksmīgi.

Man šķita, ka Jūs tas varētu interesēt.

Kā Jums šodien klājās?

Ana

Es ilgi skatos uz ekrānu. Kristjens parasti atbild gandrīz nekavējoties. Es gaidu... un turpinu gaidīt... līdz dzirdu ilgoto pīkstienu, kas vēsta par saņemtu ziņu.

No: Kristjens Grejs
Temats: Mana diena
Datums: 30.05.2011. 19:03
Kam: Anastasija Stīla

Cienītā Stīlas jaunkundze!

Mani interesē viss, ko darāt. Nepazīstu nevienu citu sievieti, kura spēj būt tik aizraujoša.

Priecājos, ka pārrunas bija veiksmīgas.

Mans rīts pārspēja visas cerības.

Pēcpusdiena salīdzinot bija ļoti garlaicīga.

Kristjens Grejs,
Grey Enterprises Holding, Inc.

No: Anastasija Stīla
Temats: Burvīgs rīts
Datums: 30.05.2011. 19:05
Kam: Kristjens Grejs
Godātais kungs!
Rīts bija patīkams arī man, kaut gan pēc izcilā seksa uz galda Jūs piepeši kļuvāt dīvainīgs. Neceriet, ka es to nepamanīju.
Paldies par brokastīm. Proti, paldies Džonsas kundzei.
Es labprāt uzdotu Jums dažus jautājumus par viņu, ja vien apsolāt, ka neieslīgsiet dīvainīgumā.
Ana
Turēdama pirkstu virs "sūtīt" pogas, es brīdi vilcinos, līdz atceros, ka rīt šajā laikā būšu otrā kontinenta malā.

No: Kristjens Grejs
Temats: Literārā darbība?
Datums: 30.05.2011. 19:10
Kam: Anastasija Stīla
"Dīvainīgāks" nav īsts vārds, un to nedrīkst izmantot neviens, kas vēlas strādāt izdevējdarbībā. Izcils? Salīdzinot ar ko? Un kas Jums jāpajautā Džonsas kundzei? Esmu ieinteresēts.
Kristjens Grejs,
Grey Enterprises Holding, Inc.

No: Anastasija Stīla
Temats: Tu un Džonsas kundze
Datums: 30.05.2011. 19:17
Kam: Kristjens Grejs
Godātais kungs!
Valoda attīstās un pilnveidojas. Tā ir dzīvs organisms, nevis apkarināta ar dārgiem mākslas darbiem un iestrēgusi ziloņkaula tornī ar Sietlas ainavu aiz logiem un helikoptera nolaišanās laukumu uz jumta.
Izcils – salīdzinot ar pārējām reizēm, kad esam... kādu vārdu Jūs mēdzat izmantot? Ak jā... drāzušies. Patiesību sakot, drāšanās kopumā bijusi neapšaubāmi izcila, vismaz pēc manām domām. Kaut gan Jums jau zināms, ka mana pieredze ir ļoti neliela.

Vai Džonsas kundze ir Jūsu bijusī Pakļautā?

Ana

Arī šoreiz es vilcinos, tomēr nospiežu "sūtīt".

No: Kristjens Grejs
Temats: Uzmanīgāk ar izteicieniem!
Datums: 30.05.2011. 19:22
Kam: Anastasija Stīla

Anastasija!

Džonsas kundze ir uzticama darbiniece. Mūsu attiecības vienmēr bijušas strikti profesionālas. Es nepieņemu darbā nevienu, ar kuru esmu iesaistījies seksuālās attiecībās. Doma, ka Tev tas ienācis prātā, mani satriec. Vienīgā sieviete, kura varētu būt izņēmums, esi Tu – jo Tu esi ļoti gudra, jauna sieviete, kas prot kaulēties. Tomēr, ja turpināsi izmantot šādus vārdus, būšu spiests atteikties no saviem plāniem Tevi pieņemt darbā. Priecājos, ka Tava pieredze ir neliela. Tā arī turpmāk būs ierobežota, jo par to rūpēšos es. Vārdu "izcils" es uztveršu kā komplimentu, kaut gan nekad nevaru būs pārliecināts, vai Tu runā nopietni vai arī ļaujies savai ironijas izjūtai, kā parasti.

Kristjens Grejs,
savā ziloņkaula tornī *Grey Enterprises Holding, Inc.*

No: Anastasija Stīla
Temats: Jums mani neuzpirkt pat ar visu Ķīnā audzēto tēju
Datums: 30.05.2011. 19:27
Kam: Kristjens Grejs

Godātais Greja kungs!

Domāju, ka esmu pietiekami skaidri paudusi savu nepatiku pret darbu Jūsu uzņēmumā. Mans viedoklis nav mainījies, nemainās un nekad nemainīsies. Man jādodas prom, jo atnākusi Keita un atnesusi ēdienu. Mēs abas ar manu ironijas izjūtu sakām Jums "arlabunakti".

Es ar Jums sazināšos, kad atgriezīšos no Džordžijas.

Ana

No: Kristjens Grejs
Temats: Pat ne angļu *Twining* brokastu tēju?
Datums: 30.05.2011. 19:29

Kam: Anastasija Stīla

Arlabunakti, Anastasija.

Novēlu drošu ceļojumu Tev un Tavai ironijas izjūtai.

Kristjens Grejs,

Grey Enterprises Holding, Inc.

**

Keita aptur mašīnu pie ieejas izlidošanas terminālī. Viņa pieliecas un apskauj mani.

– Izklaidējies Barbadosā, Keita! Ceru, ka tavs brauciens būs lielisks.

– Tiksimies, kad *atgriezīšos*. Un nepieļauj, lai despotiskais bagātnieks tevi pārāk nomāc.

– Protams.

Mēs vēlreiz apskaujamies, un es palieku viena pati. Iestājusies rindā pie reģistrēšanās lodziņa, es gaidu, turēdama rokā eleganto mugursomu, ko Rejs man uzdāvināja iepriekšējā dzimšanas dienā. Man negribējās kravāt lielo ceļasomu.

– Biļeti, lūdzu! – Nogarlaikojies jauneklis aiz galda pastiepj roku, uz mani pat neskatīdamies.

Atdarinādama viņa garlaikotās kustības, es pasniedzu biļeti un savu autovadītājas apliecību, cerēdama uz vietu pie loga.

– Labi, Stīlas jaunkundze, jūs esat pārcelta uz pirmo klasi.

– Kā, lūdzu?

– Ja vēlaties, varat iet uz pirmās klases pasažieriem paredzēto atpūtas telpu un gaidīt lidojumu. – Jauneklis šķiet pamodies un uzsmaida man tik plati, it kā es būtu Ziemassvētku vecīša un Lieldienu zaķa apvienojums.

– Droši vien notikusi kāda kļūda.

– Nē, nē. – Viņš vēlreiz ieskatās datora ekrānā. – Anastasija Stīla. Pārcelta uz pirmo klasi. – Viņš turpina smaidīt.

Sasodīts! Es samiedzu acis. Jauneklis man pasniedz caurlaidi, un es dodos uz atpūtas telpu, klusi ņurdēdama. Nolādētais Kristjens Grejs, kurš neprot likt mani mierā un vienmēr kaut kur iejaucas!

22. NODAĻA

Esmu saņēmusi manikīru, masāžu un divas šampanieša glāzes. Pirmās klases atpūtas telpai ir daudz patīkamu īpašību. Katrs nākamais šampanieša malks stiprina manu vēlmi piedot Kristjenam viņa uzmācību. Es atveru klēpjdatoru, cerēdama pārbaudīt, vai tas tiešām darbojas jebkurā pasaules malā.

No: Anastasija Stīla
Temats: Pārspīlēta greznība
Datums: 30.05.2011. 21:53
Kam: Kristjens Grejs
Godātais Greja kungs!
Mani patiesi biedē tas, ka Jūs zināt mana reisa numuru.
Jūs mani vajājat un nejūtat robežu, aiz kuras vajadzētu apstāties. Cerēsim, ka doktors Flinns atgriezies no atvaļinājuma.
Esmu izbaudījusi manikīru, muguras masāžu un divas glāzes šampanieša; manas brīvdienas sākušās Joti patīkami.
Pateicos.
Ana

No: Kristjens Grejs
Temats: Nav par ko
Datums: 30.05.2011. 21:59
Kam: Anastasija Stīla
Cienījamā Stīlas jaunkundze!
Doktors Flinns ir atgriezies, un man jau norunāta tikšanās šonedēļ.
Kurš masēja Tev muguru?
Kristjens Grejs, kuram draugi ir visur,
Grey Enterprises Holding, Inc.

Ahā! Laiks atmaksāt viņam ar uzviju. Jau atskanējis aicinājums kāpt lidmašīnā, tāpēc es viņam nosūtīšu ziņu no telefona. Tā būs drošāk. Nerātna prieka pārņemta, es tik tikko valdos, lai sevi neapskautu.

**

Pirmajā klasē ir neticami daudz vietas. Rokā turēdama šampanieša kokteili, es iekārtojos greznā ādas sēdeklī pie loga un vēroju, kā pamazām piepildās salons. Es piezvanu Rejam un atklāju, kur esmu; paldies Dievam, saruna ir īsa, jo ir jau ļoti vēls.

– Mīlu tevi, tēt, – es nomurminu.

– Es tevi arī, Anij. Pasveicini savu māti. Arlabunakti.

– Arlabunakti.

Pārliecinājusies, ka Rejam nekas nekaiš, es brīdi vēroju savu datoru. Bērnišķīgas jūsmas pārņemta, es paceļu tā vāku un atveru *e-pastu*.

No: Anastasija Stīla
Temats: Spēcīgas, prasmīgas rokas
Datums: 30.05.2011. 22:22
Kam: Kristjens Grejs

Godātais kungs!

Manu muguru masēja ļoti patīkams jauneklis. Jā. Ļoti patīkams. Parastā uzgaidāmajā zālē es nebūtu sastapusi Žanu Polu, tāpēc vēlreiz pateicos par dāvanu. Nezinu, vai varēšu sūtīt vēstules, kad būsim pacēlušies, un man nepieciešams spirdzinošs miegs, jo pēdējā laikā es guļu pārāk maz.

Skaistus sapņus, Greja kungs... es domāšu par Jums.

Ana

Viņš trakos kā prātu zaudējis, un es būšu viņam nesasniedzama. Tā viņam arī vajag. Ja es sēdētu parastā uzgaidāmajā zālē, Žana Pola rokas man nepieskartos. Viņš bija ļoti jauks jauneklis, gaišmatains un solārijā iededzis; kurš galu galā spēj iegūt iedegumu Sietlā? Tas ir pretrunā ar dabas likumiem. Man šķiet, ka viņš bija homoseksuāls, bet šo informāciju es pagaidām noklusēšu.

Es lūkojos uz savu vēstuli. Keitai taisnība, Kristjenu satracināt ir pavisam vienkārši. Zemapziņa mani vēro, sakniebusi lūpas. *Vai tu tiešām gribi viņu aizkaitināt? Viņš galu galā tikai vēlējās tevi iepriecināt! Tu viņam neesi vienaldzīga, un viņš grib, lai tavs lidojums būtu ērts.* Taisnība, bet viņš varēja man pajautāt, vai vēlos lidot pirmajā klasē. Vai arī gluži vienkārši pateikt, ko izdarījis. Tādā gadījumā es pie reģistrācijas lodziņa nebūtu jutusies kā pilnīga nejēga. Es nospiežu "sūtīt" un gaidu, juzdamās kā ļoti nerātna meitene.

– Stīlas jaunkundze, pacelšanās laikā vēlams datoru nolikt malā, – pieklājīgi ieminas pārliecīgi uzposusies stjuarte. Es satrūkstos, sirdsapziņas pārmetumu mocīta.

– Jā, atvainojiet.

Sasodīts! Tagad būšu spiesta gaidīt, pirms uzzināšu, vai Kristjens atbildējis. Stjuarte man pasniedz mīkstu segu un spilvenu, atklādama nevainojamus zobus smaidā. Es pārmetu segu pār kājām. Dažreiz ir patīkami justies lutinātai.

Pirmās klases salons ir pilns, brīva palikusi tikai vieta blakus man. *Ja nu...* Man prātā iešaujas nepatīkama doma. *Ja nu šī vieta paredzēta Kristjenam?* Nē, viņš tā nerīkotos... vai ne? Es teicu, ka nevēlos, lai viņš man pievienojas. Nemiera pārņemta, es bažīgi ielūkojos pulkstenī, un metāliskā balss paziņo: – Komanda, automātiskās durvis, veiciet pārbaudes.

Ko tas nozīmē? Vai durvis tiek aizvērtas? Mana āda iekņudas, un sirds pukst straujāk. Vieta man blakus ir vienīgā brīvā no sešpadsmit pirmās klases sēdekļiem. Lidmašīna palecas un aizvirzās prom no vārtiem, un es atvieglota uzelpoju, bet vienlaikus esmu arī vilšanās pārņemta... Es nesatikšu Kristjenu četras dienas. Sameklējusi savu viedtālruni, es to slepšus aplūkoju.

No: Kristjens Grejs
Temats: Izbaudi, kamēr vari
Datums: 30.05.2011. 22:25
Kam: Anastasija Stīla

Cienījamā Stīlas jaunkundze!

Es zinu, ko centies panākt – un Tev tas izdevies. Nākamreiz Tu lidosi bagāžas nodalījumā sasieta, ar aizbāztu muti un ieslodzīta krātiņā. Tas man sniegs daudz lielāku prieku nekā dārgākas biļetes iegāde.

Ar nepacietību gaidu Tavu atgriešanos.

Kristjens Grejs (ar niezošu plaukstu)

Grey Enterprises Holding, Inc.

Kristjena jokiem piemīt kāda tracinoša īpašība – es nekad neesmu pārliecināta, vai viņš tikai ķircina mani vai ir patiesi nikns. Domāju, ka šoreiz viņa dusmas ir īstas. Slēpdama telefonu zem segas, es rakstu atbildi.

No: Anastasija Stīla
Temats: Joks?
Datums: 30.05.2011. 22:30
Kam: Kristjens Grejs

Man nav ne jausmas, vai Tu joko... bet, ja nejoko, es laikam palikšu Džordžijā. Krātiņš ir mans stingrais ierobežojums. Piedod, ka Tevi sadusmoju. Lūdzu, saki, ka piedod man.

Ana

No: Kristjens Grejs
Temats: Joks
Datums: 30.05.2011. 22:31
Kam: Anastasija Stīla

Kāpēc Tu vēl joprojām raksti vēstules? Vai Tu apdraudi visu pasažieru un savu dzīvību, izmantojot telefonu? Ja nemaldos, tādējādi tiek pārkāpts viens no mūsu noteikumiem.

Kristjens Grejs (ar divām niezošām plaukstām)

Grey Enterprises Holding, Inc.

Jau divas plaukstas! Es nolieku telefonu, atlaižos sēdeklī un sameklēju savu apbružāto "Tesas" eksemplāru, ko grasos palasīt ceļojuma laikā. Kad lidmašīna ir pacēlusies, es nolaižu sēdekli zemāk un drīz iegrimstu miegā.

Stjuarte mani pamodina, kad sākam nolaišanos Atlantā. Pulkstenis šeit rāda bez piecpadsmit minūtēm seši, bet esmu gulējusi tikai četras stundas... Jūtos nedaudz apdullusi un pateicīgi pieņemu apelsīnu sulas glāzi, ko man sniedz stjuarte. Es satraukta pametu skatienu uz telefonu. Tajā nav nekādu ziņu no Kristjena. Sietlā ir gandrīz trīs naktī, un viņš

droši vien negrib, lai es sabojāju lidmašīnas elektroniku vai
ko citu, kas aizkavē lidaparātu darbību, ja ir ieslēgti mobilie telefoni.

**

Atlantā jāgaida tikai stunda. Un es atkal izbaudu pirmās
klases uzgaidāmās telpas greznību. Mani māc kārdinājums
saritināties kamoliņā un iemigt uz kāda no ērtajiem, mīkstajiem dīvāniem, kas viegli iegrimst zem mana svara, tomēr
es zinu, ka laika ir pārāk maz. Cenzdamās palikt nomodā,
es sāku rakstīt garu, apziņas plūsmai līdzīgu vēstuli Kristjenam savā klēpjdatorā.

No: Anastasija Stīla
Temats: Vai tev patīk mani biedēt?
Datums: 31.05.2011. 06:52
Kam: Kristjens Grejs

Tu zini, cik neveikli es jūtos, ja tērē naudu manis dēļ. Jā,
Tu esi ļoti bagāts, bet man tik un tā ir nelāgi, it kā Tu man
maksātu par seksu. Tomēr man patīk ceļot pirmajā klasē,
te ir daudz ērtāk nekā ekonomiskajā. Paldies. Es runāju nopietni – un man patika Žana Pola veiktā masāža. Viņš bija
ļoti zils. Šo sīkumu es nepieminēju savā iepriekšējā vēstulē,
lai Tevi pakaitinātu, jo nedaudz dusmojos uz Tevi, un man
ir ļoti žēl.

Bet Tu, kā parasti, uztvēri manus vārdus pārspīlēti. Tu nedrīksti rakstīt kaut ko tādu – draudēt mani sasiet un ieslodzīt krātiņā. (Vai Tu runāji nopietni? Vai arī jokoji?) Tas mani
biedē... Tu mani biedē... Esmu neglābjami sapinusies Tavās
burvestībās un pat apsveru domu par tādu dzīvi kopā ar
Tevi, par kādu pirms nedēļas vēl pat nenojautu, un pēc tam
Tu uzraksti kaut ko šādu un man gribas kliedzot mesties
bēgt. Protams, es to nedarīšu, jo pārāk ilgotos pēc Tevis. Es
vēlos, lai mums viss izdodas, bet manas jūtas ir tik spēcīgas, ka tās mani biedē, un arī baismais ceļš, pa kuru Tu mani ved, ir šausminošs. Tu piedāvā kaut ko erotisku un seksīgu, un mani māc ziņkāre, bet es arī baidos, ka Tu mani
sāpināsi – gan fiziski, gan garīgā ziņā. Pēc trim mēnešiem
Tu varētu no manis atteikties, un ko es darīšu pēc tam? Kaut

gan šāds risks pastāv visās attiecībās. Šīs gluži vienkārši nav tādas, kādās jebkad esmu sevi iztēlojusies, it īpaši kā pirmās savā mūžā. No manis tiek prasīta neaptverama uzticēšanās.

Tev bija taisnība, kad teici, ka manī nav nevienas pakļāvīgas stīgas... un šobrīd es Tev piekrītu. Tomēr es vēlos būt kopā ar Tevi, un, ja citādi tas nav iespējams, es mēģināšu pildīt Tavas vēlmes, bet domāju, ka man tas neizdosies un beigās būšu klāta zilumiem... un šī doma mani nesaista itin nemaz.

Es ļoti priecājos, ka Tu mēģināsi sniegt man kaut ko vairāk. Man tikai jāapdomā, ko man nozīmē "vairāk", un tas ir viens no iemesliem, kāpēc gribēju nedaudz attālināties no visas šīs situācijas. Tu mani tā žilbini, ka man ir grūti domāt, kad esam kopā.

Tiek izziņota iekāpšana. Man jāiet.

Vēlāk uzrakstīšu vēl.

Tava Ana

Es nospiežu "sūtīt" un žāvādamās dodos uz nākamo lidmašīnu. Šoreiz pirmās klases salonā ir tikai sešas vietas, un, kad esam pacēlušies, es ieritinos zem savas mīkstās segas un ieslīgstu miegā.

Pārāk ātri pienāk brīdis, kad stjuarte mani pamodina un piedāvā apelsīnu sulu, jo tuvojamies Savanas lidostai. Es nesteidzīgi malkoju dzērienu, pūlēdamās kliedēt nogurumu, un beidzot piesardzīgi ļaujos priekam. Pirmo reizi sešu mēnešu laikā es tikšos ar savu māti. Slepšus uzmetusi skatienu tālrunim, es miglaini atceros, ka nosūtīju Kristjenam garu, nesakarīgu vēstuli, bet atbildes nav. Sietlā pulkstenis ir pieci no rīta; cerams, viņš vēl guļ, nevis spēlē sērīgas gaudu dziesmas uz klavierēm.

**

Rokas bagāžai ir kāda ārkārtīgi laba īpašība: to nesot, iespējams ļoti ātri iziet cauri lidostai, negaidot bezgalīgās rindās pie bagāžas lentēm. Turklāt pirmās klases pasažierus no lidmašīnas izlaiž pa priekšu visiem pārējiem.

Mamma un Bobs mani gaida, un es neizsakāmi priecājos,

viņus abus redzēt. Nezinu, kas vainojams – pārgurums, ilgais ceļš, attiecības ar Kristjenu, – bet, tiklīdz esmu mātes skavās, es izplūstu asarās.

– Ana, mīļā, tu izskaties gluži nomocījusies! – Mamma izmisusi uzlūko Bobu.

– Nē, māt, es tikai... ir ļoti patīkami tevi satikt. – Es viņu cieši apskauju, izbaudīdama māju sajūtu, ko viņa man sniedz. Kad esmu negribīgi atkāpusies, arī Bobs mani neveikli apskauj, izmantodams tikai vienu roku. Viņš šķiet nedaudz šūpojamies, un es atceros, ka viņš savainojis kāju.

– Esi sveicināta mājās, Ana. Kāpēc tu raudi? – viņš jautā.

– Eh, Bob, es tikai priecājos tevi redzēt. – Es lūkojos uz pievilcīgo vīrieti ar stūraino žokli un mirdzošām, zilām acīm, kurās staro pieķeršanās. Šis vīrs man patīk, mammu, drīksti viņu paturēt. Viņš paņem manu mugursomu.

– Jēzus, Ana, ko tu esi šeit sabāzusi?

Somā ir mans klēpjdators. Mēs dodamies uz stāvvietu, un viņi abi apliek roku man ap vidukli.

Es bieži piemirstu, kāds karstums valda Savanā. Izgājuši no vēsā termināla, kurā darbojas gaisa kondicionēšanas sistēmas, mēs nokļūstam pašā Džordžijas svelmes vidū, un tā apkļauj mūs kā otra āda. *Oho!* Tveice izsūc manus pēdējos spēkus. Man jāizlaužas no mātes un Boba apskāviena, lai es varētu novilkt virsjaku. Priecājos, ka paņēmu līdzi šortus. Reizēm man pietrūkst sausās, siltās Lasvegasas, kur mēs ar māti un Bobu dzīvojām, kad man bija septiņpadsmit gadu, bet pie šīs miklās tveices pusdeviņos no rīta ir jāpierod. Kad apsēžos Boba brīnišķīgi vēsajā mašīnā, es jūtos ļengana, un mani mati sākuši cirtoties, protestējot pret karstumu. Iekārtojusies aizmugurējā sēdeklī, es steidzīgi uzrakstu ziņu Rejam, Keitai un Kristjenam:

Esmu Savanā. A.

Kad nospiežu "sūtīt", manas domas pievēršas Hosē, un noguruma apmiglotajās smadzenēs pazib atmiņas par viņa izstādi, kas tiks rīkota nākamnedēļ. Vai man uzaicināt Kristjenu, kaut gan zinu, ko viņš domā par Hosē? Vai Kristjens vispār gribēs mani redzēt, kad būs saņēmis manu vēstuli?

Es nodrebinos un aizgaiņāju šīs domas. Par to visu es raizēšos vēlāk. Šobrīd tikai baudīšu mātes sabiedrību.

– Mīļā, tu noteikti esi nogurusi. Vai gribēsi pagulēt, kad nokļūsim mājās?

– Nē, māt. Es labprātāk iešu uz pludmali.

**

Esmu uzvilkusi savu zilo peldkostīmu, malkoju diētisko kolu un guļu uz sauļošanās krēsla ar skatu pret Atlantijas okeānu, kaut gan vēl vakar lūkojos uz Kluso okeānu. Māte ir izstiepusies man blakus, slēpdamās zem cepures ar smieklīgi platām malām un milzīgām saulesbrillēm. Arī viņa nesteidzīgi malko kolu. Mēs laiskojamies Taibi salas pludmalē tikai trīs kvartālu attālumā no mājām. Viņa satver manu roku. Nogurums ir pagaisis, un, baudīdama saules starus, es jūtos ērti, gluži kā nonākusi drošībā un siltumā. Pirmo reizi kopš neatminamiem laikiem es sāku atslābināties.

– Ana, pastāsti man par šo vīrieti, kurš tev sajaucis galvu.

Sajaucis galvu! Kā viņa to nopratusi? Ko man teikt? Nevaru atklāt neko īpašu par Kristjenu, jo parakstīju konfidencialitātes līgumu, bet spriežu, ka es tik un tā nevarētu mātei par viņu stāstīt. To iedomājoties, es nobālēju.

– Nu? – māte pamudinādama jautā un saspiež manu roku.

– Viņu sauc Kristjens. Un viņš ir neticami pievilcīgs. Bagāts... pārāk bagāts. Ļoti sarežģīts un nepastāvīgs.

Es lepojos ar šo lakonisko, precīzo raksturojumu. Mēs abas vienlaikus pagriežamies uz sāna viena otrai pretī. Mātes kristālskaidrās, zilās acis pievēršas man.

– "Sarežģīts" un "nepastāvīgs" – lūk, kas mani interesē visvairāk, Ana.

Ak vai...

– Nu, māt, mani tracina viņa mainīgais noskaņojums. Viņš uzaudzis nelāgos apstākļos, tāpēc ir ļoti atturīgs un grūti izprotams.

– Vai tev viņš patīk?

– Vairāk nekā patīk.

– Vai tiešām? – Māte izbrīnīta uzlūko mani.

– Jā.

– Ana, mīļā, patiesībā vīrieši nemaz nav sarežģīti. Viņi ir ļoti vienkārši, tieši radījumi un parasti domā to, ko saka. Bet mēs stundām ilgi cenšamies analizēt viņu vārdus, kaut gan patiesībā viss ir skaidrs. Es tavā vietā uztvertu visu viņa sacīto tieši. Varbūt tas palīdzēs.

Es pārsteigta uzlūkoju māti. Tas ir labs padoms. Uztvert Kristjenu tieši. Man uzreiz prātā iešaujas vairāki viņa izteikumi.

Es nevēlos tevi zaudēt...

Tu esi mani apbūrusi...

Esmu nokļuvis tavas burvības varā...

Arī man tevis pietrūks... vairāk, nekā spēj iedomāties...

Es lūkojos uz savu māti. Viņa šobrīd ir kopā ar savu ceturto vīru. Varbūt viņa tiešām saprot vīriešus.

– Vairumam vīriešu ir mūžam svārstīgs noskaņojums, mīļā, un daži ir mainīgāki nekā citi. Piemēram, tavs tēvs... – Māte atmaigst un vienlaikus kļūst skumjāka, kad viņa domā par manu tēvu. Manu īsto tēvu, mītisko būtni, kuru es neiepazinu. Viņš tika mums atņemts negadījumā kaujas mācību laikā, dienēdams jūras kājniekos. Man šķiet, ka māte visu šo laiku meklējusi kādu, kas viņam līdzinātos... un varbūt to beidzot atradusi kopdzīvē ar Bobu. Žēl, ka viņai tas neizdevās pie Reja sāniem.

– Reiz man šķita, ka tavs tēvs ir nepastāvīgs. Bet tagad, kad atceros to laiku, man liekas, ka viņš gluži vienkārši bija iegrimis darbā un centienos uzlabot mūsu dzīvi. – Māte nopūšas. – Viņš bija ļoti jauns, tāpat kā es. Varbūt problēma slēpās tur.

Hmm... arī Kristjens nav nosaucams par vecu. Es uzsmaidu mātei. Domājot par manu tēvu, viņa vienmēr kļūst sapņaina, bet esmu pārliecināta, ka tēvs mainīgo noskaņojumu ziņā nevarētu mēroties ar Kristjenu.

– Bobs vēlas mūs šovakar aizvest vakariņās uz savu golfa klubu.

– Ak nē! Vai Bobs sācis spēlēt golfu? – Es saviebjos, nespēdama tam noticēt.

– Jā, un kā vēl! – māte novaid, paceldama acis pret debe-
sīm.

**

Ieturējusi vieglas pusdienas mājās, es sāku izkravāt man-
tas, nolēmusi, ka palutināšu sevi ar diendusu. Māte ir de-
vusies liet sveces (vai ko nu citu viņa ar tām dara), un Bobs
strādā, tāpēc man pietiek laika izgulēties. Es atveru klēpj-
datoru un to ieslēdzu. Džordžijā pulkstenis ir divi, bet Siet-
lā – vienpadsmit no rīta. Varbūt saņemta kāda atbilde no
Kristjena. Es satraukta uzspiežu uz *e-pasta* ikonas.

No: Kristjens Grejs
Temats: Beidzot!
Datums: 31.05.2011. 07:30
Kam: Anastasija Stīla

Anastasija!

Tiklīdz mūs šķir liels attālums, Tu spēj atklāti un brīvi runāt
ar mani. Kāpēc Tu to nevari, kad esam kopā? Tas mani kai-
tina.

Jā, es esmu bagāts. Tev nāksies pie tā pierast. Kāpēc es
nedrīkstu tērēt savu naudu Tavā labā? Mēs taču pateicām
Tavam tēvam, ka esam kopā. Vai tad vīrieši nemēdz ap-
dāvināt savas meitenes? Arī kā Tavs Pavēlnieks es uzskatu,
ka Tu nestrīdēdamās pieņemsi visu, ko Tev pasniegšu. Starp
citu, pastāsti par mūsu attiecībām arī savai mātei.

Nezinu, ko atbildēt uz Tavu piezīmi par līdzināšanos pro-
stitūtai. Tu nerakstīji šādus vārdus, tomēr es nojaušu, kas Tev
padomā. Kā man rīkoties, ko pateikt, lai izgaisinātu šīs jū-
tas? Es gribu, lai Tu varētu izbaudīt vislabāko, kas pieejams.
Savas dienas es pavadu ļoti smagā darbā, lai varētu tērēt
savu naudu, kā uzskatu par pareizu. Es varu Tev nopirkt vi-
su, ko vien iekāro, Anastasija, un es gribu to darīt. Ja vē-
lies, vari to uzskatīt par bagātību pārdali. Vai arī vienkārši
notici, ka es nemūžam, nekad Tevi neuztvertu tā, kā ap-
rakstīji, un pat dusmojos, ka Tu spēj par sevi domāt šādā
nozīmē. Tu esi gudra, asprātīga, skaista sieviete, bet Tevi no-
moka pašvērtējuma problēmas, un man pat gribas Tevi aiz-

vest pie doktora Flinna.

Man ļoti žēl, ka Tevi izbiedēju. Apziņa, ka es Tev iedvešu bailes, mani šausmina. Vai tiešām domāji, ka es ļautu Tev lidot kravas nodalījumā? Dieva dēļ, es Tev piedāvāju savu personisko lidmašīnu! Jā, tas bija joks, turklāt neveiksmīgs. Tomēr jāatzīst, ka, iztēlojoties Tevi sasietām rokām un aizbāztu muti, es uzbudinos (tas nav joks, es runāju nopietni). No krātiņa gan varam atteikties, jo tie man nešķiet svarīgi. Zinu, ka Tev ir iebildumi pret mutes aizbāšanu, mēs par tiem runājām, un, kad/ja es Tev aizbāzīšu muti, mēs to iepriekš apspriedīsim. Man šķiet, Tu vēl neesi aptvērusi, ka Pavēlnieka un Pakļautās attiecībās visa vara patiesībā ir Pakļautās rokās. Tavējās. Es to atkārtošu vēlreiz – vara pieder Tev. Nevis man. Laivu namiņā Tu teici "nē". Es nedrīkstu Tev pieskarties, ja to nevēlies, un tieši tāpēc starp mums tiek noslēgta vienošanās, kurā izklāstīts, ko Tu esi ar mieru darīt un kas Tev nav pieņemams. Ja mēs kaut ko izmēģināsim un Tev tas nepatiks, mēs varam pārstrādāt vienošanos. Tas ir Tavā ziņā, nevis manējā. Un, ja nevēlies sasieta tupēt krātiņā, tas nenotiks.

Es vēlos iekļaut Tevi savā dzīvē. Neko citu savā mūžā neesmu tik kvēli gribējis. Patiesību sakot, es Tevi apbrīnoju: būdama tik nevainīga un nepieredzējusi, Tu tomēr esi ar mieru mēģināt. Tas man par Tevi pavēsta daudz vairāk, nekā Tu pati uzskati par iespējamu. Tu nesaproti, ka arī es esmu sapinies Tavas burvestības valgos, kaut gan esmu Tev to teicis jau vairākas reizes. Es nevēlos Tevi zaudēt. Mani satrauc doma, ka Tu veici trīs tūkstošu jūdžu garu ceļu, lai attālinātos no manis uz dažām dienām, jo manā tuvumā nespēj skaidri spriest. Tas attiecas arī uz mani, Anastasija. Mans saprāts zūd, kad esi man blakus – lūk, cik spēcīgas ir manas jūtas pret Tevi.

Tavas bailes man ir saprotamas. Es centos Tev netuvoties, jo zināju, ka esi nepieredzējusi, kaut gan nemūžam nebūtu Tev pieskāries, ja nojaustu, cik nesamaitāta Tu esi patiesībā. Tik un tā Tev izdevās mani atbruņot tā, kā tas līdz šim nav izdevies nevienam. Piemēram, Tava vēstule: es to izlasīju neskaitāmas reizes, mēģinot izprast Tavu viedokli. Trīs mēneši ir laika posms, kas izvēlēts uz labu laimi. Varam to pārvērst par sešiem mēnešiem vai gadu. Cik ilgi Tu vēlētos turpināt mūsu attiecības? Kas Tev liktu justies labāk? Lūdzu, pasaki man.

Es saprotu, ka no Tevis prasu milzu uzticēšanos. Man jābūt Tavas paļaušanās cienīgam, tomēr arī Tev jāpiedalās šajā procesā un jārunā ar mani, ja man neizdodas Tevī iedvest mieru. Tu šķieti stipra un pašpietiekama, bet pēc tam es izlasu Tavu vēstuli un ieraugu Tevi no citas puses. Mēs rādīsim ceļu viens otram, Anastasija, tā tam jābūt, un tikai Tu man vari dot norādes. Lūdzu, esi atklāta pret mani, un mums abiem jāatrod veids, kā šīs attiecības nostiprināt.

Tu raizējies, jo neesi paklāvīga. Jā, tā varētu būt patiesība. Tomēr jāatzīst, ka rotaļu istabā Tu sāc uzvesties pareizi. Tā ir vienīgā vieta, kur Tu ļauj man kontrolēt situāciju un dari to, ko Tev pavēlu. Un to Tu dari izcili. Turklāt es nemūžam Tevi nepiekautu zili melnu. Mans mērķis ir sārta krāsa. Ārpus rotaļu istabas man patīk Tavs spars un nepaklausība. Tas ir kaut kas svaigs un nepieredzēts, un es negribētu to mainīt. Jā, pasaki man, ko Tavā izpratnē nozīmē "vairāk". Es apsolu, ka centīšos nākt Tev pretī, kā arī mēģināšu Tev dot nepieciešamo atelpu un netuvoties, kamēr viesosies Džordžijā. Nepacietīgi gaidīšu Tavu nākamo vēstuli.

Atpūties un izklaidējies. Tikai ne pārāk daudz.

Kristjens Grejs

Grey Enterprises Holding, Inc.

Viņš uzrakstījis eseju, gluži kā skolnieks. *Velns un elle!* Turklāt lielākā daļa šīs esejas ir ļoti laba. Es jūtu sirdi iepukstamies straujāk, kad pārlasu Kristjena opusu, un ieritinos uz brīvās gultas, spiezdama datoru sev cieši klāt. Mūsu vienošanās varētu ilgt gadu? Vara ir manās rokās! Jā, par to vajadzēs padomāt. Māte ieteica visu uztvert burtiski. Kristjens nevēlas mani zaudēt. Viņš to pateicis jau divas reizes! Viņš vēlas, lai mums viss izdotos. *Ak, Kristjen, es arī!* Viņš mēģinās man netuvoties! Vai tas nozīmē, ka tas varētu arī neizdoties? Piepeši mani pārņem cerības, ka Kristjens pie manis atbrauks. Es vēlos viņu satikt. Mēs esam pavadījuši šķirti pat mazāk nekā divdesmit četras stundas un netiksimies vēl četras dienas, un es aptveru, cik izmisīgi man viņa pietrūkst. Cik kvēli es viņu mīlu.

**

– Ana, bērns? – Balss ir sirsnīga un laipna, pilna mīlestības un skaistu atmiņu par sen pagājušiem laikiem.

Plauksta maigi skar manu seju. Māte mani pamodina, un es atklāju, ka miegā esmu cieši apskāvusi datoru.

– Ana, mīļā! – viņa dziedošā balsī turpina, un es izraujos no sapņa skavām, pavērdama acis un ieraudzīdama bāli sārtu nokrēšļa gaismu.

– Sveika, māt. – Es izstaipījusies pasmaidu.

– Pēc pusstundas mēs dosimies vakariņās. Vai pievienosies mums? – viņa laipni jautā.

– Protams! – Es ļoti cenšos, tomēr nespēju apslāpēt žāvas.

– Iespaidīgs aparāts. – Viņa norāda uz manu klēpjdatoru.

Esmu iekritusi!

– Kas, vai šis? – es tēloti nevērīgi iejautājos.

Vai māte pamanīs, cik dārgs ir šis dators? Kopš man parādījies "mīļotais vīrietis", viņa kļuvusi vērīgāka.

– Man to aizdeva Kristjens. Ja nemaldos, ar to būtu iespējams vadīt kosmosa kuģi, bet es datoru izmantoju tikai vēstuļu rakstīšanai un pārlūkoju internetu.

Tas ir nieks, nedomā par to! Māte aizdomīgi vēro mani un, apsēdusies uz gultas, atglauž atrisušu matu šķipsnu man aiz auss.

– Vai viņš tev atsūtīja vēstuli?

Divkārši iekritusi!

– Nu, jā. – Mana bezrūpība nav īpaši ticama, un es piesarkstu.

– Varbūt viņš pēc tevis noilgojies?

– Cerams, māt.

– Ko viņš saka?

Trīskārši iekritusi. Es drudžaini cenšos izdomāt, ko no

Kristjena vārdiem varētu droši atstāstīt mātei. Viņa noteikti nevēlas neko dzirdēt par Pavēlniekiem, sasiešanu un mutes aizbāžņiem, turklāt es nemaz nevaru to viņai stāstīt konfidencialitātes līguma dēļ.

– Viņš teica, lai izklaidējos, tikai ne pārāk daudz.

– Izklausās saprātīgi. Ļaušu tev pārģērbties, mīļā. – Māte pieliecas un noskūpsta mani uz pieres. – Es ļoti priecājos, ka atbrauci, Ana. Ir ārkārtīgi jauki tevi satikt. – Un viņa aiziet.

Kristjens? Saprātīgs? Man šķita, ka abi šie jēdzieni viens otru izslēdz, tomēr šī vēstule liecina, ka viss ir iespējams. Es papurinu galvu. Vajadzēs laiku, lai apdomātu Kristjena vārdus. Droši vien pēc vakariņām – tad varēšu viņam atbildēt. Es izkāpju no gultas, uzvelku teniskreklu un šortus un eju mazgāties.

Man līdzi ir Keitas pelēkā kleita, kas man bija mugurā izlaidumā. Tas ir mans vienīgais daudzmaz greznais apģērba gabals. Karstums izlīdzinājis saburzīto kleitas audumu, tāpēc domāju, ka golfa klubam tērps būs piemērots. Kamēr ģērbjos, es atveru klēpjdatoru. No Kristjena nav nekā jauna, un es jūtos nedaudz vīlusies, bet nolemju steidzīgi uzrakstīt viņam atbildi.

No: Anastasija Stīla
Temats: Vārdu plūdi?
Datums: 31.05.2011. 19:08
Kam: Kristjens Grejs

Jūs, cienītais kungs, neskopojaties ar vārdiem. Man jāiet vakariņās uz Boba golfa klubu; starp citu, par to domājot, es izbolu acis. Bet Tu un Tava niezošā plauksta ir tālu prom, tāpēc manai pēcpusei nekas nedraud, vismaz pagaidām. Tava vēstule man ļoti patika. Atbildēšu, kad varēšu. Jau ilgojos pēc Tevis.

Novēlu Tev patīkamu vakaru.

Tava Ana

No: Kristjens Grejs
Temats: Tava pēcpuse
Datums: 31.05.2011. 16:10

Kam: Anastasija Stīla
Cienījamā Stīlas jaunkundze!
Manu uzmanību novērsa šīs vēstules temats. Taisnība, tā ir drošībā – pagaidām.

Ceru, ka vakariņas noritēs patīkami, un arī man Tevis pietrūkst, it īpaši Tavas pēcpuses un dzēlīgās mēles.

Mana turpmākā diena būs garlaicīga, un to uzlabos tikai domas par Tevi un Tavām izbolītajām acīm. Ja nemaldos, Tu pati reiz godprātīgi norādīji, ka arī man ir raksturīgs šis nelāgais paradums.

Kristjens Grejs, kurš mēdz izbolīt acis,
Grey Enterprises Holding, Inc.

No: Anastasija Stīla
Temats: Acu bolīšana
Datums: 31.05.2011. 19:14
Kam: Kristjens Grejs
Godātais Greja kungs!

Beidz man sūtīt vēstules. Es cenšos pārģērbties pirms vakariņām. Tu novērs manu uzmanību, kaut gan esi otrā kontinenta malā. Starp citu, kas noper Tevi, kad boli acis?

Tava Ana

Es nospiežu "sūtīt" un piepeši gara acīm ieraugu Jauno raganu, ko dēvēju par Bargo Kundzi. Man ir grūti iztēloties, ka Kristjenu sit sieviete manas mātes gados; tajā ir kaut kas ļoti perverss. Es atkal sāku prātot, kādu Jaunumu viņa nodarījusi Kristjenam, un skarbi sakniebju lūpas. Man nepieciešama vaska lelle, kurā sadurt adatas. Varbūt tādējādi man izdotos atbrīvoties no dusmām, ko jūtu pret šo svešo sievieti.

No: Kristjens Grejs
Temats: Tava pēcpuse
Datums: 31.05.2011. 16:18
Kam: Anastasija Stīla
Godātā Stīlas jaunkundze!

Manas vēstules temats ir interesantāks nekā Tavējais, turklāt daudzos un dažādos veidos. Man paveicies, jo esmu pats sava likteņa pavēlnieks un mani neviens nenorāj. Izņemot manu māti (reizēm) un doktoru Flinnu. Un Tevi.

Kristjens Grejs

Grey Enterprises Holding, Inc.

No: Anastasija Stīla

Temats: Es? Rāju tevi?

Datums: 31.05.2011. 19:22

Kam: Kristjens Grejs

Godātais kungs!

Kad man izdevies sakopot drosmi un norāt Jūs, Greja kungs? Šķiet, Jūs mani ar kādu jaucat... un tas man sagādā raizes. Man tiešām jāgatavojas vakariņām.

Tava Ana

No: Kristjens Grejs

Temats: Tava pēcpuse

Datums: 31.05.2011. 16:25

Kam: Anastasija Stīla

Godātā Stīlas jaunkundze!

Vēstulēs Tu mani norāj nepārtraukti. Vai drīkstu aizvilkt Tavas kleitas rāvējslēdzēju?

Kristjens Grejs

Grey Enterprises Holding, Inc.

Mans skatiens nekavējoties pievēršas pēdējam teikumam, un es spēji ievelku elpu. Tātad viņš vēlas parotaļāties...

No: Anastasija Stīla

Temats: Nepiedienīga uzvedība

Datums: 31.05.2011. 19:28

Kam: Kristjens Grejs

Es labāk gribētu, lai Tu to atvelc.

No: Kristjens Grejs

Temats: Izsaki vēlēšanos piesardzīgi...

Datums: 31.05.2011. 16:31

Kam: Anastasija Stīla

ES ARĪ.

Kristjens Grejs

Grey Enterprises Holding, Inc.

No: Anastasija Stīla

Temats: Elsojot

Datums: 31.05.2011. 19:33
Kam: Kristjens Grejs
Nesteidzīgi....
No: Kristjens Grejs
Temats: Stenot
Datums: 31.05.2011. 16:35
Kam: Anastasija Stīla
Es nožēloju, ka neesmu Tev blakus.
Kristjens Grejs
Grey Enterprises Holding, Inc.
No: Anastasija Stīla
Temats: Vaidot
Datums: 31.05.2011. 19:37
Kam: Kristjens Grejs
ES ARĪ.

– Ana! – māte mani pasauc, un es saraujos. Velns! Kāpēc es jūtos tik vainīga?

– Jau nāku, māt!
No: Anastasija Stīla
Temats: Vaidot
Datums: 31.05.2011. 19:39
Kam: Kristjens Grejs
Man jāiet.

Uz redzi, mazais.

Es izskrienu priekšnamā, kur mani jau gaida māte un Bobs. Mani ieraugot, māte sarauc pieri.

– Mīļā, vai tev nekas nekaiš? Tu izskaties sakarsusi.

– Viss ir labi, māt.

– Tev ir skaista kleita, Ana.

– Jā, to man atdeva Keita.

Māte šķiet vēl vairāk sadrūmusi.

– Kāpēc tev mugurā ir Keitas tērps?

Ak vai.

– Nu, man šī kleita patīk, bet viņai nē, – es steidzīgi izdomāju ieganstu.

Māte mani vērīgi nopēta, bet Bobs ar visu savu būtību pauž, ka grib doties ceļā, jo ir izsalcis.

– Rīt es tevi aizvedīšu iepirkties, – māte paziņo.

– Nē, tas nav nepieciešams. Man pietiek drēbju.

– Vai tiešām es neko nedrīkstu uzdāvināt pati savai meitai? Iesim, Bobs mirst badā.

– Vārds vietā, – Bobs noņurd, braucīdams vēderu un tēlotās sāpēs viebdamies.

Es iespurdzos, viņš paceļ skatienu pret griestiem, un mēs dodamies uz klubu.

**

Vēlāk, kad es mazgājos dušā, cenzdamās atvēsināties remdenajā ūdenī, es domāju par to, cik ievērojami mainījusies māte. Pie vakariņu galda viņa lieliski izklaidējās, jokoja, koķetēja, priecājās kopā ar saviem daudzajiem draugiem klubā. Bobs izturējās sirsnīgi un izpildīja katru manas mātes vēlmi. Viņiem abiem kopā ir labi. Es tiešām priecājos, ka māte ir laimīga. Tas nozīmē, ka varu vairs neraizēties par viņu, neapšaubīt viņas pieņemtos lēmumus un aizmirst drūmos trešā vīra laikus. Bobs ir labs cilvēks. Un māte man sniedz vērtīgus padomus. Kad tas sākās? Brīdī, kad sastapu Kristjenu Greju. Un kāpēc?

Kad esmu nomazgājusies, es steidzīgi noslaukos dvielī, alkdama atgriezties pie Kristjena. Mani gaida vēstule, kas nosūtīta pirms dažām stundām, tūlīt pēc tam, kad devos uz vakariņām.

No: Kristjens Grejs
Temats: Plaģiāts
Datums: 31.05.2011. 16:41
Kam: Anastasija Stīla
Tu nozagi manu tekstu.
Un atstāji mani neapmierinātu.
Ceru, ka vakariņas būs patīkamas.
Kristjens Grejs
Grey Enterprises Holding, Inc.
No: Anastasija Stīla
Temats: Skabarga cita acī...
Datums: 31.05.2011. 22:18
Kam: Kristjens Grejs

Ja nemaldos, pirmais šo tekstu izmantoja Eljots.
Kādā ziņā neapmierinātu?
Tava Ana
No: Kristjens Grejs
Temats: Nepabeigti darbi
Datums: 31.05.2011. 19:22
Kam: Anastasija Stīla
Tu esi atgriezusies. Tava aiziešana bija pēkšņa – brīdī, kad
jau kļuva interesanti.
Eljota izteikumi nemēdz būt oriģināli. Viņš šo tekstu no-
teikti kādam nozadzis.
Kā Tev veicās vakariņās?
Kristjens Grejs
Grey Enterprises Holding, Inc.
No: Anastasija Stīla
Temats: Nepabeigti darbi?
Datums: 31.05.2011. 22:26
Kam: Kristjens Grejs
Vakariņas bija sātīgas. Varu Tevi iepriecināt – es ēdu pat
pārāk daudz.
Interesanti? Kādā ziņā?
No: Kristjens Grejs
Temats: Nepabeigti darbi – neapšaubāmi
Datums: 31.05.2011. 19:30
Kam: Anastasija Stīla
Vai tīšām izliecies neaptēsta? Ja nemaldos, Tu man lūdzi
atvilkt Tavas kleitas rāvējslēdzēju.
Un es nepacietīgi gaidīju šādu iespēju. Turklāt man
prieks, ka Tu ēd.
Kristjens Grejs
Grey Enterprises Holding, Inc.
No: Anastasija Stīla
Temats: Līdz nedēļas nogalei vairs nav ilgi...
Datums: 31.05.2011. 22:36
Kam: Kristjens Grejs
Protams, es ēdu... Tavā tuvumā mani pārņem nedroši-
ba, tāpēc zūd apetīte.

Un es nekad neesmu patiesi neaptēsta, Greja kungs.
Domāju, ka jau esat par to pārliecinājies.
No: Kristjens Grejs
Temats: Nepacietīgi gaidu
Datums: 31.05.2011. 19:40
Kam: Anastasija Stīla
Es to atcerēšos, Stīlas jaunkundze, un izmantošu informā-
ciju savā labā.
Man ļoti žēl, ka lieku Tev zaudēt apetīti. Biju domājis, ka
es atstāju uz Tevi afrodiziakālu iespaidu. Vismaz tāda bijusi
līdzšinējā, ļoti patīkamā pieredze.
Ļoti gaidu nākamo reizi.
Kristjens Grejs
Grey Enterprises Holding, Inc.
No: Anastasija Stīla
Temats: Lingvistiskie vingrinājumi
Datums: 31.05.2011. 22:36
Kam: Kristjens Grejs
Vai Tu atkal atšķīri vārdnīcu?
No: Kristjens Grejs
Temats: Ņurdu
Datums: 31.05.2011. 19:40
Kam: Anastasija Stīla
Jūs mani esat lieliski iepazinusi, Stīlas jaunkundze.
Es sēdīšos pie stūres un došos vakariņās ar senu draugu.
Uz redzi, mazā(c).
Kristjens Grejs
Grey Enterprises Holding, Inc.

Kādu senu draugu? Man šķita, ka Kristjenam nav nekā-
du draugu no seniem laikiem, izņemot... to sievieti. Es sa-
drūmusi uzlūkoju ekrānu. Kāpēc viņš vēl joprojām tiekas ar
Bargo Kundzi? Piepeši mani caurstrāvo skaudra, zaļa, sve-
loša greizsirdība. Man gribas kaut kam iesist, vēlams – Bar-
gajai Kundzei. Es saniknota izslēdzu datoru un apguļos
gultā.
Vajadzētu atbildēt uz Kristjena garo vēstuli, ko saņēmu
no rīta, bet manas dusmas piepeši ir pārāk kvēlas. Kāpēc

viņš nesaskata Bargās Kundzes īsto dabu un nesaprot, ka ticis seksuāli izmantots? Es pārskaitusies izslēdzu gaismu un stingi veros tumsā. Kā viņa uzdrošinās? Kā viņa uzdrošinās ievilkt savos tīklos trauslu pusaudzi? Vai tas turpinās? Kāpēc viņi pārtrauca savas attiecības? Manā prātā rosās dažādi varianti: ja Kristjens vairs negribēja būt Bargās Kundzes pakļautībā, kāpēc viņi vēl joprojām draudzējas? Un viņa? Vai viņa ir precējusies? Šķīrusies? Jēzus – varbūt viņai ir bērni? *Vai viņai ir Kristjena bērns?* Mana zemapziņa paceļ savu atbaidošo galvu, ļauni glūnēdama uz mani, un es jūtu nelabumu kāpjam kaklā. Vai doktors Flinns zina par Bargo Kundzi?

Es izkāpju no gultas un vēlreiz ieslēdzu datoru. Esmu kaujas gatavībā un nepacietīgi bungoju ar pirkstiem pa galdu, gaidīdama, līdz parādās ekrāns. Atvērusi interneta pārlūku, es ierakstu tajā Kristjena Greja vārdu. Nekavējoties parādās attēlu gūzma, un tajos visos redzams Kristjens: smokingā, uzvalkā... Te redzamas pat Hosē uzņemtās fotogrāfijas no "Hītmena" viesnīcas; tajās viņš ģērbies baltā kreklā un mīkstās biksēs. Kā tās nokļuvušas internetā? Un Kristjens izskatās lieliski.

Brīdi apbrīnojusi attēlus, es virzos tālāk: ir fotogrāfijas kopā ar darījumu partneriem, un tām seko neskaitāmi attēli, kuros aplūkojams visfotogēniskākais vīrietis, kuru es pazīstu personiski. Vai mēs tiešām esam pazīstami personiski? Esmu iepazinusi viņu seksuālā jomā un domāju, ka tajā atklāšu vēl daudz. Es zinu, ka viņš ir neizprotams, kaitinošs, jocīgs, salts, kvēls... pretrunu iemiesojums. Es atveru nākamo lapu. Arī šajos attēlos Kristjens redzams viens pats, un es atceros Keitas žēlabas, ka viņa nav atradusi nevienu fotogrāfiju, kurā Kristjens būtu kopā ar pavadoni, tāpēc radies jautājums par homoseksualitāti. Trešajā lapā viņam blakus stāvu es; attēls uzņemts manā izlaidumā. Viņa vienīgā fotogrāfija ar sievieti, un tā esmu es.

Jēziņ! Mana seja ir internetā! Es ilgi aplūkoju mūs abus. Manā sejā jaušams pārsteigums, es esmu satraukta, izsista no līdzsvara. Attēls uzņemts neilgi pirms tam, kad es piekritu pamēģināt. Kristjens savukārt izskatās neticami pievilcīgs, rāms, savaldīgs, un viņa kreklu grezno tā kaklasaite. Es pētu viņa skaisto seju, kas šobrīd, iespējams, pievērsta nolādētajai Bargajai Kundzei. Noglabājusi attēla kopiju datorā, es pārlūkoju visas astoņpadsmit rezultātu lapas, bet tajās nekā nav. Es neatradīšu Bargo Kundzi internetā. Tomēr man jāzina, vai viņi abi šobrīd ir kopā. Es steidzīgi uzrakstu vēstuli Kristjenam.

No: Anastasija Stīla
Temats: Piemēroti vakariņu galdabiedri
Datums: 31.05.2011. 23:58
Kam: Kristjens Grejs
Ceru, ka Tavas vakariņas ar seno draugu ir patīkamas.
Ana
P.S. Vai tā ir Bargā Kundze?

Es nospiežu "sūtīt" un nomākta apguļos, apņēmusies pajautāt Kristjenam par viņa attiecībām ar to sievieti. Manī mājo izmisīga vēlme noskaidrot kaut ko vairāk, bet es vienlaikus gribu arī aizmirst visu, ko Kristjens man stāstījis par Bargo Kundzi. Un man sākušās mēnešreizes, tātad jāatceras no rīta iedzert tableti. Es ieprogrammēju atgādinājumu sava tālruņa kalendārā. Nolikusi to uz naktsgaldiņa, es iekārtojos ērtāk un drīz iegrimstu saraustītā miegā, vēlēdamās, kaut mēs abi būtu vienā pilsētā, nevis divtūkstoš piecsimt jūdžu attālumā viens no otra.

**

Kad esam pavadījušas rītu iepērkoties un pēcpusdienu pludmalē, māte paziņo, ka vakaru vajadzētu veltīt bāram. Atstājušas Bobu pie televizora, mēs dodamies uz elegantu bāru vienā no Savanas dārgākajām viesnīcām. Es dzeru jau otro *Cosmopolitan* kokteili. Mātei rokā ir jau trešā glāze, un viņa man sniedz padomus par vīriešu trauslo pašvērtējumu, kurus es mulsi uzklausu.

– Saproti, Ana, vīrieši itin visu, kas vien nāk no sievietes mutes, uztver kā problēmu, ko nepieciešams risināt. Nevis kā neskaidru domu, ko mēs labprāt nedaudz pārrunātu, bet pēc tam aizmirstu. Vīrieši dod priekšroku rīcībai.

– Māt, kāpēc tu man to stāsti? – es jautāju, pūlēdamās slēpt savu aizkaitinājumu. Viņa tā uzvedas jau visu dienu.

– Mīļā, tu izklausies ļoti apjukusi. Līdz šim tu nekad neesi mājās atvedusi kādu puisi. Kad dzīvojām Vegasā, tev nebija drauga. Man šķita, ka varbūt kaut kas izveidosies ar to jaunekli, kuru iepazini universitātē. Hosē.

– Mēs esam tikai draugi, māt.

– Zinu, bērns. Bet ar tevi kaut kas notiek, un nedomāju, ka esi man atklājusi visu. – Māte lūkojas uz mani, un viņas sejā ievelkas raižu rievas.

– Man tikai vajadzēja dažas dienas pavadīt prombūtnē no Kristjena, lai sakārtotu domas, tas arī viss. Viņam blakus mani pārpludina pārāk spēcīgas jūtas.

– Spēcīgas?

– Jā. Tomēr man viņa pietrūkst. – Es saraucu pieri.

Neesmu saņēmusi no Kristjena nevienu vēstuli vai citu ziņu. Mani moka nevaldāms kārdinājums viņam piezvanīt un pārliecināties, ka nav noticis kaut kas slikts. Visvairāk bažu sagādā doma, ka viņš cietis negadījumā; otra baisākā iespēja – ka Bargā Kundze atkal ielaidusi savus nagus Kristjena sirdī. Es zinu, ka šīs bailes nav pamatotas, tomēr attiecībā uz Kristjenu esmu zaudējusi realitātes izjūtu.

– Ana, man jāaiziet uz labierīcībām.

Izmantodama mātes prombūtni, es ieskatos tālrunī, ko slepus pārbaudu jau visu dienu. Beidzot saņemta vēsts no Kristjena.

No: Kristjens Grejs
Temats: Vakariņu galdabiedri
Datums: 01.06.2011. 21:40
Kam: Anastasija Stīla

Jā, es pavadīju vakaru kopā ar Bargo Kundzi. Viņa ir tikai sens draugs, Anastasija.

Nepacietīgi gaidu, kad varēšu Tevi atkal satikt. Man Tevis pietrūkst.

Kristjens Grejs
Grey Enterprises Holding, Inc.

Viņš tiešām vakariņoja kopā ar to sievieti! Man pār muguru pārskrien drebuļi, un dusmu raisīts adrenalīns caurstrā-vo ķermeni. Manas ļaunākās bažas piepildījušās. Kā viņš uz-drīkstējās? Divas dienas pēc manas aizbraukšanas viņš jau aizskrien pie tās ļaunās maitas!

No: Anastasija Stīla
Temats: VECI galdabiedri
Datums: 01.06.2011. 21:42
Kam: Kristjens Grejs
Viņa nav vienkārši sens draugs.
Vai viņa atradusi citu pusaudzi, kurā iecirst zobus?
Vai Tu kļuvi pārāk vecs, lai viņu interesētu?
Vai tāpēc Jūsu attiecības beidzās?

Es nospiežu "sūtīt" brīdi, pirms atgriežas māte.

– Ana, tu esi balta kā rēgs! Kas noticis?

Es papurinu galvu.

– Nekas. Iedzersim vēl, – es iecirtusies nomurminu.

Māte sarauc pieri, bet paceļ skatienu un piesaista kāda viesmīļa uzmanību, norādīdama uz mūsu glāzēm. Viņš pa-māj, uztvēris visā pasaulē saprotamo lūgumu pēc jauna dzē-riena. Es izmantoju šo izdevību, lai ielūkotos tālrunī.

No: Kristjens Grejs
Temats: Uzmanīgi...
Datums: 01.06.2011. 21:45
Kam: Anastasija Stīla
Es nevēlos to pārrunāt e-pastā.
Cik kokteiļu Tu vēl grasies izdzert?
Kristjens Grejs
Grey Enterprises Holding, Inc.

Pie visiem velniem, viņš ir šeit!

23. NODAĻA

Es izbiedēta aplūkoju bāru, bet nekur neredzu Kristjenu.

– Ana, kas noticis? Izskatās, ka esi ieraudzījusi spoku.

– Kristjens ir kaut kur tuvumā.

– Kā, lūdzu? Vai tiešām? – Arī māte sāk pētīt apkārtni.

Neesmu vēl mātei pastāstījusi, ka Kristjenam piemīt vajātāja noslieces.

Es viņu ieraugu un jūtu, kā sažņaudzas sirds, sākot pukstēt straujāk. Kristjens tuvojas mums. Viņš patiesi ir šeit – manis dēļ. Dieviete gavilēdama pielec kājās. Viņš nesteidzīgi virzās uz mūsu pusi, un viņa mati halogēna lampu apgaismojumā mirdz apsūbējuša vara un sarkanā krāsā. Pelēkajās acīs zib... dusmas? Spriedze? Viņa lūpas ir sakniebtas, žoklis sasprindzināts. Ak, pie visiem velniem... tikai ne to. Šobrīd esmu neprātīgi nikna uz Kristjenu, bet tagad viņš ir šeit, un kā lai es uz viņu dusmojos mātes acu priekšā?

Viņš pienāk pie mūsu galdiņa, piesardzīgi uzlūkodams mani. Viņam mugurā ir parastais baltais krekls, bet kājās džinsi.

– Sveiks, – es spalgi nosaku, nespēdama noslēpt izbrīnu un sajūsmu, ko manī raisa Kristjens.

– Sveika, – viņš atbild un pieliecies noskūpsta mani uz vaiga. Es pārsteigta samirkšķinu acis.

– Kristjen, šī ir mana māte Karla, – es abus iepazīstinu, atcerējusies labas uzvedības pamatlikumus.

Viņš pagriežas. – Edamsas kundze, ļoti priecājos ar jums iepazīties.

Kā Kristjens zina manas mātes uzvārdu? Viņš aplaimo mā-

ti ar savu žilbinošo, satriecošo smaidu; viņai nav nekādu iz-
redžu cīņā ar to. Es redzu, ka māte izbrīnīta paver muti.
Mammu, saņemies taču! Viņa satver Kristjena sniegto plauk-
stu, un abi sarokojas. Māte vēl joprojām nav atbildējusi. Iz-
rādās, ka apstulbums un runas dāvanu zaudēšana ir iedzim-
ta kaite; es to pat nenojautu.

– Kristjen, – viņa beidzot aizelsusies nosaka.

Viņš viszinīgi uzsmaida manai mātei, pelēkajām acīm mir-
dzot. Es saniknota uzlūkoju abus.

– Kāpēc tu esi šeit? – Mans jautājums izskan skarbāk, ne-
kā biju iecerējusi, un Kristjena smaids nozūd, viņš šķietami
noslēdzas sevī. Es priecājos, viņu redzot, bet esmu arī izsis-
ta no līdzsvara, un manī vēl joprojām gruzd dusmas par vi-
ņa tikšanos ar Bargo Kundzi. Nezinu, ko es vēlos vairāk –
kliegt uz Kristjenu vai mesties viņam ap kaklu – un nedo-
māju, ka viņam patiktu jebkura no šīm iespējām. Un mani
interesē, cik ilgi viņš mūs vērojis. Turklāt es nedaudz satrau-
cos par nupat nosūtīto vēstuli.

– Ierados apraudzīt tevi, protams. – Kristjens bezkaislīgi
vēro mani. Par ko viņš domā? – Esmu apmeties šajā viesnī-
cā.

– Tu mitinies šeit? – Es izklausos tā, it kā būtu lietojusi
amfetamīnu; mana balss ir pārāk spalga pat manām ausīm.

– Vakar tu ieminējies, ka vēlētos mani redzēt. – Viņš brī-
di klusē, pūlēdamies izprast manu noskaņojumu. – Mūsu
mērķis ir izpatikt, Stīlas jaunkundze, – Kristjens klusi nosa-
ka, un viņa vārdos nav ne miņas no uzjautrinājuma.

Velns... vai viņš dusmojas? Varbūt par izteicieniem, ko
veltīju Bargajai Kundzei? Vai arī par to, ka nupat esmu iz-
dzērusi trešo un gaidu ceturto kokteili? Mana māte pārmai-
ņus uzlūko mūs abus.

– Vai pievienosieties mums, Kristjen? – Viņa pamāj vies-
mīlim, kurš nekavējoties pienāk pie galdiņa.

– Džinu ar toniku, – Kristjens nosaka. – Vislabāk *Hen-
dricks*, ja jums tas ir, vai *Bombay Sapphire*. Pie *Hendricks* lieciet
gurķi, pie *Bombay* – laimu.

Tikai Kristjens spēj tā sarežģīt dzēriena pasūtījumu.

– Un vēl divus *Cosmopolitan* kokteiļus, lūdzu, – es piebil-
stu, bažīgi uzlūkodama Kristjenu. Viņš nevar dusmoties, ja
es dzeru kopā ar savu māti.

– Lūdzu, Kristjen, apsēdies.

– Pateicos, Edamsas kundze.

Kristjens pievelk krēslu no blakus galdiņa un līganām
kustībām apsēžas man blakus.

– Tātad tu pavisam netīšām apmeties viesnīcā, kurā mēs
baudām dzērienus? – es jautāju, ļoti pūlēdamās, lai mana
balss neskanētu skarbi.

– Vai arī jūs netīšām baudāt dzērienus viesnīcā, kurā es-
mu apmeties, – Kristjens atbild. – Es nupat biju vakariņās,
ienācu šeit un pamanīju jūs. Domādams par pēdējo vēstuli,
ko no tevis saņēmu, es pacēlu skatienu un ieraudzīju tevi.
Interesanta sagadīšanās, vai ne? – Viņš pieliec galvu uz sā-
niem, un es pamanu smaida atblāzmu viņa lūpās. Paldies
Dievam! Varbūt izdosies glābt šo vakaru.

– Mēs ar māti šorīt iepirkāmies un pēcpusdienā gulējām
pludmalē. Nolēmām vakarā izdzert dažus kokteiļus, – es no-
murminu, nospriedusi, ka esmu viņam parādā izskaidroju-
mu.

– Vai nopirki šo? – Kristjens norāda uz manu jauno, zaļo
zīda krekliņu. – Krāsa tev piestāv. Un tu esi nedaudz no-
sauļojusies. Tu izskaties lieliski.

Es nosarkstu. Viņa uzslava likusi man zaudēt valodu.

– Rīt es grasījos tevi apciemot. Bet tu esi šeit.

Kristjens satver manu plaukstu un to maigi saspiež, laiz-
dams īkšķi pār maniem pirkstu kauliņiem... un es jūtu jau
pazīstamo zibsni. Elektrība sprēgā zem manas ādas vietā,
kur to skar Kristjena īkšķis; strāva iekļūst manā asinsritē un
izšaujas caur ķermeni, uzkarsējot visu savā ceļā. Pagājušas
vairāk nekā divas dienas, kopš mēs tikāmies. Ak vai... Es
viņu vēlos. Man aizraujas elpa. Es samirkšķinu acis, kautri
smaidīdama, un ieraugu smaidu rotājamies viņa lūpās.

– Biju domājis tevi pārsteigt. Bet tu, Anastasija, mani ap-
steidzi, kā jau vienmēr, ierazdamās šeit.

Es aši uzmetu skatienu mātei, kas blenž uz Kristjenu...

jā, blenž! Izbeidz, māt! It kā viņš būtu eksotiska būtne, kādu nekur citur nevar ieraudzīt. Es saprotu, ka man nekad nav bijis drauga, un Kristjens par tādu uzskatāms tikai tāpēc, ka patiesību izskaidrot būtu pārāk sarežģīti – bet vai tiešām ir tik grūti noticēt, ka es spēju ieinteresēt vīrieti? Šo vīrieti? Vispār jā. *Vai esi viņu pienācīgi aplūkojusi?* dzēlīgi jautā mana zemapziņa, un es tai pavēlu apklust. Raudzīdamās uz māti, es sadusmota raucu pieri, bet viņa mani neredz.

– Es nevēlos piesavināties laiku, ko pavadi kopā ar māti. Izdzeršu vienu glāzi un došos uz savu numuru. Man vēl jāstrādā, – Kristjens paskaidro.

– Ļoti patīkami ar tevi beidzot iepazīties, Kristjen, – māte beidzot atguvusi balsi. – Ana par tevi stāstījusi daudz laba.

Viņš pasmaida. – Vai tiešām? – Palūkojies uz mani, viņš uzjautrināts sarauc uzaci, un es atkal pietvīkstu.

Viesmīlis atnes mūsu glāzes.

– *Hendricks*, kungs, – viņš uzvaras priekā paziņo.

– Pateicos, – Kristjens nomurmina.

Es bažīgi malkoju savu jauno kokteili.

– Cik ilgi tu būsi Džordžijā, Kristjen? – māte jautā.

– Līdz piektdienai, Edamsas kundze.

– Vai rīt pievienosies mums vakariņās? Un sauc mani par Karlu, lūdzu.

– Ļoti labprāt, Karla.

– Lieliski. Atvainojiet, man jāapmeklē labierīcības.

Māt, tu jau nupat tur biji... Es izmisusi palūkojos uz viņu, bet viņa jau ir piecēlusies un aiziet, pamezdama mūs divatā.

– Tātad tu dusmojies, ka es pavadīju vakaru kopā ar senu draugu. – Kristjens pievērš man savu kvēlo skatienu, kurā gail piesardzība. Viņš paceļ manu plaukstu pie lūpām un viegli noskūpsta katru pirksta kauliņu.

Jēzus, viņš grib par to runāt šeit?

– Jā, – es nomurminu, juzdama, ka uzkarsētās asinis sāk riņķot straujāk.

– Mūsu seksuālās attiecības beidzās sen, Anastasija, viņš nočukst. – Es vēlos tikai tevi, nevienu citu. Vai neesi vēl to sapratusi?

Es samirkšķinu acis. – Manā uztverē viņa ir bērnu pavedinātāja, Kristjen. – Es aizturu elpu, gaidīdama viņa reakciju.

Kristjens nobāl. – Tas ir pārāk ass vērtējums. Nekas tāds nenotika, – viņš satriekts nosaka un atlaiž manu roku.

Pārāk ass?

– Vai tiešām? Kā tas bija patiesībā? – es jautāju. Kokteiļi mani padarījuši drosmīgu.

Kristjens apjucis sarauc pieri, un es turpinu: – Viņa izmantoja piecpadsmit gadus veca zēna emocionālo trauslumu. Ja tu būtu tāda paša vecuma meitene un Bargā Kundze būtu Bargais Kungs, kas tevi ievilinātu Pavēlnieka un Pakļautās attiecībās, vai tas būtu pieļaujams? Piemēram, ja tavā vietā būtu Mia?

Viņš spēji ievelk elpu, drūmi uzlūkodams mani. – Ana, tas bija citādi.

Es veltu viņam pārmetošu skatienu.

– Labi, man tas šķita citādi, – Kristjens izlabo teikto. – Viņa mani ietekmēja labvēlīgi. Tas bija tieši tas, kas man tobrīd bija nepieciešams.

– Nesaprotu. – Šoreiz apjukusi esmu es.

– Anastasija, drīz atgriezīsies tava māte. Es nevēlos par to šobrīd runāt. Varbūt vēlāk. Ja negribi, lai palieku, netālu mani gaida lidmašīna. Es varu doties prom.

Ak nē, viņš dusmojas uz mani!

– Nē... paliec. Lūdzu. Es ļoti priecājos, ka atbrauci. Tikai mēģinu tev izskaidrot, ka neesmu apmierināta, jo tu devies uz tikšanos ar to sievieti, tiklīdz es pametu Sietlu. Vai atceries, kāds kļūsti tu pats, ja esmu bijusi Hosē tuvumā? Un viņš ir labs draugs, ar kuru man nav bijušas nekādas seksuālas attiecības. Toties tu un viņa... – Es apklustu, vairs negribēdama par to domāt.

– Tevi māc greizsirdība? – Kristjens izbrīnīts lūkojas uz mani, un viņa acis nedaudz atmaigst.

– Jā, un es dusmojos par to, ko viņa tev nodarīja.

– Anastasija, viņa man palīdzēja. Neko citu es vairs neteikšu. Un, par tavu greizsirdību runājot, pacenties iedomāties sevi manā lomā. Pēdējo septiņu gadu laikā man nav nācies nevienam taisnoties. Nevienam. Es daru to, ko vēlos, Anastasija. Man patīk šāda neatkarība. Uz tikšanos ar Bargo Kundzi es devos ne jau tāpēc, lai tev kaut kā ieriebtu. Mēs gluži vienkārši laiku pa laikam ieturam kopīgas vakariņas. Viņa ir draugs un darījumu partnere.

Darījumu partneris? Tas ir kaut kas jauns.

Kristjens mani vēro, šķietami pūlēdamies izprast manu sejas izteiksmi. – Jā, mēs esam partneri. Sekss starp mums ir beidzies. Jau gadiem ilgi.

– Kāpēc?

Viņš sakniebj lūpas, un viņa acis iezalgojas. – Par mūsu attiecībām uzzināja viņas vīrs.

Sasodīts!

– Vai varam par to parunāt citreiz, kādā klusākā vietā? – Kristjens noņurd.

– Diezin vai tev jebkad izdosies mani pārliecināt, ka viņa nav bāžama vienā maisā ar pedofiliem.

– Es viņu par tādu neuzskatu. Nekad. Nu jau pietiek! – Kristjens noskalda.

– Vai tu viņu mīlēji?

– Nu, kā jums abiem veicas? – Mana māte ir atgriezusies, kaut gan mēs viņu pat nepamanījām.

Es savelku lūpas tēlotā smaidā, un mēs ar Kristjenu, juzdamies vainīgi, ātri atraujamies viens no otra. Māte vēro mani.

– Labi, mammu.

Kristjens malko dzērienu, atturīgi pētīdams mani. Kas viņam padomā? Vai viņš mīlēja Bargo Kundzi? Ja tā ir taisnība, man šķiet, ka es sākšu trakot.

– Labi, dāmas, es jums ļaušu turpināt izklaides.

Nē... nē... viņš nedrīkst mani tā pamest!

– Lūdzu, pierakstiet šos dzērienus uz mana rēķina. Sešsimt divpadsmitais numurs. Es tev rīt piezvanīšu, Anastasija. Uz tikšanos, Karla.

– Ak, ir tik patīkami dzirdēt kādu izmantojam tavu pilno vārdu, bērns!

– Skaists vārds skaistai meitenei, – Kristjens nomurmina, paspiedis mātes izstiepto roku, un viņa sāk muļķīgi smaidīt.

Et tu, Brute? Es pieceļos un lūdzoši veros uz Kristjenu, alkdama pēc atbildes uz savu jautājumu, bet viņš šķīsti noskūpsta mani uz vaiga.

– Uz redzi, mazā, – viņš iečukst man ausī un aiziet.

Sasodītais despots! Manas dusmas uzliesmo ar jaunu sparu. Es atkrītu uz krēsla un pagriežos pret māti.

– Ana, viņš ir pārsteidzoši lielisks ķēriens! Tomēr nesaprotu, kas ar jums abiem notiek. Manuprāt, jums jāaprunājas. O... tveice starp jums ir nevaldāma! – Viņa dramatiski apvēdinās ar roku.

– Māt!

– Ej, aprunājies ar viņu.

– Nevaru. Es atbraucu, lai pavadītu laiku ar tevi.

– Ana, tu atbrauci, jo neizproti savas jūtas pret šo puisi. Ir acīmredzams, ka jūs abi esat kā prātu zaudējuši viens otra dēļ. Jums jāaprunājas. Dieva dēļ, viņš pārvarējis trīs tūkstošus jūdžu, lai tevi satiktu. Un tu zini, cik neērti ir lidojumi.

Es nosarkstu. Vēl neesmu mātei pastāstījusi par personisko lidmašīnu.

– Kas tevi nomāc? – viņa painteresējas.

– Kristjenam pieder lidmašīna, – es kaunēdamās nomurminu, – un Sietlu no Savanas šķir tikai divarpus tūkstoši jūdžu, māt.

Kāpēc es tā kaunos? Viņa spēji paceļ uzacis.

– Oho! – viņa nomurmina. – Ana, starp jums abiem kaut kas notiek. Es centos to izprast, kopš ieradies. Bet vienīgais veids, kā šīs problēmas risināt, ir aprunāšanās. Vari domāt, cik vien vēlies, bet nekur tālu netiksi, kamēr nesāksi runāt.

Es saraucu pieri.

– Ana, mīļā, tev vienmēr bijis paradums visu pārlieku analizēt. Ļaujies instinktiem. Ko tie vēsta, bērns?

Es pētu savus pirkstus.

– Man šķiet, ka es viņu mīlu.

– Zinu, Ana. Un viņš ir iemīlējies tevī.

– Nē!

– Jā, Ana. Kas tev vajadzīgs? Mirguļojoši burti viņam uz pieres?

Es lūkojos uz māti, pavērusi muti, un man acīs sariešas asaras.

– Ana, mīļā, neraudi!

– Nedomāju, ka viņš mani mīl.

– Lai cik bagāts būtu cilvēks, viņš nepamet visu novārtā un nedzen savu personisko lidmašīnu uz otru kontinenta malu, lai iedzertu tēju. Ej pie viņa! Šī ir ļoti skaista vieta, burvīgi romantiska, turklāt neitrāla teritorija.

Mātes ciešā skatiena samulsināta, es sagrozos krēslā, vienlaikus alkdama paklausīt un baidīdamās to darīt.

– Mīļā, tev nav jāatgriežas mājās kopā ar mani. Es vēlos, lai tu būtu laimīga, un domāju, ka šobrīd tava laime slēpjas sešsimt divpadsmitajā numurā. Ja tev vēlāk jādodas mājās, atslēga ir zem puķu poda pie parādes durvīm. Ja nolemsi palikt... tu jau esi pieaugusi sieviete. Tikai uzmanies.

Es pietvīkstu koši sarkana. Mammu, goda vārds...

– Bet vispirms izdzersim kokteiļus.

– Malacis, Ana! – Viņa uzjautrināta pasmaida.

**

Es bikli pieklauvēju pie sešsimt divpadsmitās istabas durvīm, un pēc brīža Kristjens tās atver. Viņam pie auss ir mobilais telefons. Mani ieraudzījis, viņš samirkšķina acis, izskatīdamies neviltoti pārsteigts, un paver durvis plašāk, ar mājienu aicinādams mani iekšā.

– Vai visi atlaišanas pabalsti izmaksāti?... Cik? – Kristjens klusi nosvilpj. – Šausmas... šī kļūda mums izmaksāja dārgi... Un Lūkass?

Es paveros apkārt. Viņš ir apmeties plašos apartamentos, tāpat kā "Hītmena" viesnīcā. Mēbeles ir ļoti modernas, viss iekārtots tumšā purpura un zelta krāsā, un sienas rotā bronzas krāsas zvaigžņu kopas. Kristjens pieiet pie tumša koka skapja un atver durvis, aiz kurām paslēpts neliels bāriņš. Viņš norāda, lai kaut ko izvēlos, un aiziet uz guļamistabu, droši vien nevēlēdamies, lai dzirdu turpmāko sarunu. Es paraustu plecus... Es izņemu no bāra apelsīnu sulu un gaidu, līdz Kristjens atgriežas.

– Lai Andrea man atsūta visus datus. Bārnijs teica, ka atrisinājis problēmu... – Kristjens iesmejas. – Nē, piektdien. Šeit ir zemes gabals, kas mani interesē... Jā, lai Bills man piezvana. Nē, rīt. Es gribu redzēt, ko mums piedāvās Džordžija, pirms došos tālāk. – Kristjens nenovērš skatienu no manis. Viņš pasniedz man glāzi un norāda uz ledus spainīti.

– Ja viņu piedāvājums būs pietiekami interesants, domāju, ka mums vajadzētu to apsvērt, kaut gan neesmu pārliecināts par šo sasodīto karstumu... Jā, arī Detroitai ir zināmas priekšrocības, un tur ir vēsāks... – Kristjena izteiksme piepeši apmācas. Kāpēc? – Lai Bills piezvana. Rīt... ne pārāk agri. – Viņš nospiež atvienošanas pogu un skatās uz mani neizdibināmām acīm, un klusums ieilgst.

Labi, pienākusi mana iespēja runāt.

– Tu neatbildēji uz manu jautājumu, – es ieminos.

– Nē, – Kristjens nosaka, piesardzīgi vērodams mani.

– Nē, tu neatbildēji, vai arī nē, tu nemīlēji viņu?

Kristjens sakrusto rokas uz krūtīm un atspiežas pret sienu, un viņa lūpas savelkas smīnā.

– Kāpēc tu atnāci, Anastasija?

– Es tev nupat jau to pateicu.

Viņš dziļi ievelk elpu.

– Nē, es viņu nemīlēju. – Kristjens sarauc pieri, izskatīdamies vienlaikus uzjautrināts un izbrīnīts.

Es atklāju, ka esmu aizturējusi elpu, un atvieglota to izpūšu, sabrukdama kā ļengana lupata. Paldies Dievam! Kā es justos, ja viņš atzītos, ka mīlējis to raganu?

– Tu esi nokļuvusi zaļacainā briesmoņa varā, Anastasija. Nespēju tam noticēt.

– Vai jūs par mani smejaties, Greja kungs?

– Nemūžam neuzdrošinātos. – Viņš svinīgi papurina galvu, bet viņa acis nerātni mirdz.

– Domāju, ka uzdrošinies gan, turklāt bieži.

Kristjens pasmīkņā, dzirdēdams pats savus vārdus, ko tagad izmantoju pret viņu, un viņa acis satumst.

– Lūdzu, nekod apakšlūpā. Tu esi manā istabā, es neesmu tevi redzējis gandrīz trīs dienas un veicu tālu lidojumu, lai tevi satiktu. – Viņa balss kļuvusi klusāka, tā ir glāsmaina.

Kristjena viedtālrunis novibrē, iztrūcinot mūs abus, un viņš izslēdz ierīci, pat nepalūkojies uz to. Man aizraujas elpa. Es zinu, kas sekos... bet mums vajadzēja aprunāties. Viņš sper soli man pretī, līdzinādamies plēsīgam zvēram, un tas ir neizsakāmi erotiski.

– Es tevi gribu, Anastasija. Tūlīt. Un tu gribi mani. Tāpēc esi atnākusi.

– Man tiešām bija jāzina atbilde, – es kā aizstāvēdamās nočukstu.

– Esi to saņēmusi. Kā rīkosies tagad? Iesi prom vai paliksi?

Viņš apstājas man pretī, un es piesarkstu.

– Palikšu, – es nočukstu, satraukta uzlūkodama Kristjenu.

– Tu biji dusmīga uz mani, – viņš klusi izdveš, mani vērodams.

– Jā.

– Neatceros, ka uz mani būtu dusmojies kāds cits, izņemot ģimeni. Man tas patīk.

Kristjens ar pirkstu galiem viegli noglāsta man vaigu. Ak vai! Viņa tuvums, viņa brīnišķīgā, kristjeniskā smarža... Mums vajadzētu runāt, bet mana sirds pukst straujāk un asinis šalkdamas riņķo pa dzīslām, bet iekāre pieņemas spēkā... itin visur. Kristjens pieliecas un ar degunu velk līniju pār manu plecu līdz auss ļipiņai, vienlaikus ievīdams pirkstus man matos.

– Mums jārunā, – es nočukstu.

– Vēlāk.

– Man ir daudz sakāmā.

– Man arī.

Viņš maigi noskūpsta vietu tieši zem auss ļipiņas, un tvēriens manos matos kļūst ciešāks. Parāvis manu galvu atpakaļ, viņš ar zobiem tik tikko manāmi skrāpē manu kaklu un noskūpsta to.

– Es tevi gribu, – viņš izdveš.

Es vaidēdama ieķeros viņa augšdelmos.

– Vai tu asiņo? – Kristjens jautā, turpinādams mani skūpstīt.

Jēzus! Vai viņam nekas nepaslīd garām nemanīts?

– Jā, – es kautrīgi čukstu.

– Vai tevi moka krampji?

– Nē. – Es piesarkstu. Vai viņu nekas nespēj mulsināt?

Viņš nedaudz atraujas un palūkojas uz mani.

– Vai iedzēri tableti?

– Jā.

– Labi, iesim vannā.

Kā, lūdzu?

Kristjens satver mani aiz rokas un ieved guļamistabā. Tajā novietota milzīga gulta ar grezniem aizkariem, bet mēs neapstājamies. Kristjens atver durvis, un mēs nokļūstam vannasistabā, ko veido divas plašas telpas ar akvamarīna zilām un baltām kaļķakmens sienām. Otrajā istabā akmens pakāpieni ved uz milzīgu vannu, kurā varētu ietilpt četri cilvēki. Tā pamazām pildās ar ūdeni. Virs putām ceļas balts tvaiks, un es ieraugu akmens soliņu, kas stiepjas visapkārt vannai. Malā deg sveces. Kristjens to visu paveicis, runādams pa telefonu.

– Vai tev ir matu gumija?

Es samirkšķinu acis, parakņājos džinsu kabatā un izvelku pieprasīto.

– Sakārto matus zirgastē, – Kristjens klusi pavēl, un es paklausu.

Telpā valda sutīgs karstums, un mans krekliņš jau līp pie ādas. Kristjens pieliecas un aizgriež krānu. Ievedis mani pirmajā telpā, viņš nostājas man aiz muguras, un mēs abi vērojam savu atspulgu lielajā spogulī virs abām stikla izlietnēm.

– Noauj kurpes, – viņš saka, un es steidzīgi paklausu, nomezdama apavus uz smilšakmens grīdas.

– Pacel rokas, – Kristjens pavēl, un es tās paceļu. Viņš pārvelk krekliņu man pār galvu, līdz es stāvu viņa priekšā puskaila. Ne mirkli nenovērsdams skatienu no manējā, viņš apliek rokas man apkārt un atpogā džinsu pogu, pirms atvelk rāvējslēdzēju.

– Es tevi iegūšu vannasistabā, Anastasija.

Kristjens pieliecas un noskūpsta manu kaklu. Es pieliecu galvu uz sāniem, lai viņam būtu vieglāk man piekļūt. Aizāķējis īkšķus aiz manu džinsu malas, viņš nesteidzīgi velk tos lejup, arī pats notupdamies, līdz manas bikses un apakšveļa sasniedz grīdu.

– Izkāp no džinsiem.

Es pieķeros pie izlietnes malas un paklausu. Esmu pilnīgi kaila un uzlūkoju sevi. Kristjens nometas ceļos man aiz muguras. Viņš noskūpsta manu dibenu un maigi iekožas tajā. Es spēji ievelku elpu. Viņš pieceļas un turpina lūkoties uz mani spogulī. Es cenšos nekustēties, apvaldīdama instinktīvo vēlmi aizklāt intīmās ķermeņa daļas ar rokām. Kristjens uzliek plaukstu man uz vēdera, gandrīz pilnībā to apklādams.

– Paskaties uz sevi. Tu esi skaista, – viņš nomurmina.
– Vai gribi zināt, kāda ir sajūta, tev pieskaroties? – Viņš apķļauj manas plaukstas, un mūsu pirksti savijas, pirms viņš novieto tās man uz vēdera. – Lūk, cik maiga ir tava āda. – Kristjena balss ir klusa un dobja. Viņš nesteidzīgi izzīmē apli ar manām plaukstām un virza tās tuvāk krūtīm. – Lūk, cik smagas ir tavas krūtis. – Viņš paceļ manas plaukstas augstāk un ar īkšķiem maigi glāsta krūšu galiņus.

Es ievaidos un izliecu muguru, līdz krūtis iegulst plaukstās. Kristjens saspiež krūšu galiņus starp mūsu abu īkšķiem un saudzīgi tos pavelk. Es aizgrābta vēroju izlaidīgo sievieti, kas iekārē lokās man acu priekšā. *Mmm*, cik labi... Es aizveru acis, vairs negribēdama skatīties uz savu alkaino atspulgu, ko līdz sabrukumam noved pašas rokas... viņa rokas... tās glāsta manu ādu tā, kā to darītu viņš, un es iepazīstu uzbudinājumu, ko tas sniedz – tikai viņa pieskāriens un rāmā, klusā balsī sniegtās pavēles.

– Pareizi, mazā, – Kristjens nomurmina un virza manas rokas lejup gar sāniem, pār vidukli, līdz gurniem un kaunuma matiem. Iebīdījis savu kāju starp manējām, viņš tās papleš un laiž manas plaukstas pār kājstarpi, pārmaiņus vienu roku un otru, ieviešot erotisku ritmu. Esmu pārvērtusies par marioneti viņa prasmīgajās rokās.

– Paskaties, kā tu staro, Anastasija, – Kristjens čukst, viegli skūpstīdams un kodīdams manu plecu. Es iestenos, un viņš piepeši atkāpjas.

– Turpini, – viņš pavēl un nostājas nedaudz tālāk, mani vērodams.

Es pieskaros sev. Nē. Es vēlos, lai to dara Kristjens. Bez viņa sajūta ir citāda. Bez viņa esmu nevarīga. Viņš pārvelk kreklu pār galvu un atbrīvojas arī no džinsiem.

– Vai tu gribi, lai tev palīdzu? – Viņa pelēko acu skatiens apsvilina mani spogulī.

– Jā... lūdzu, – es dvešu.

Kristjens atkal apvij rokas man apkārt un satver manas plaukstas, turpinādams jutekliski glāstīt kājstarpi un klitoru. Viņa krūšu spalviņas viegli dursta manu muguru, un es jūtu viņa piebriedušo locekli spiežamies sev klāt. Drīz, lūdzu... Kristjens iekož man skaustā, un es aizveru acis, izbaudīdama dažādās sajūtas: vieglās sāpes kaklā, kņudoņu kājstarpē... viņa miesu pie manējās. Piepeši apturējis glāstus, Kristjens apgriež mani apkārt, ar vienu roku satver abas manas plaukstu locītavas tā, ka tās ir man aiz muguras, un ar otru satver manus zirgastē sasietos matus. Esmu piekļāvusies viņam cieši klāt, un viņš kaismīgi uzbrūk manām lūpām, neļaudams man pakustēties.

Viņa elpa kļuvusi straujāka, tāpat kā manējā.

– Kad tev sākās mēnešreizes, Anastasija? – viņš piepeši jautā, lūkodamies man acīs.

– Emm... vakar, – es trīsēdama nomurminu.

– Lieliski. – Kristjens mani pagriež ar seju pret spoguli. – Turies pie izlietnes, – viņš pavēl un pievelk manus gurnus sev klāt, tāpat kā rotaļu istabā, likdams man pieliekties.

Ievirzījis roku man starp kājām, Kristjens satver zilo auk-
liņu, – ko?! – piesardzīgi izvelk tamponu un iemet to tuale-
tes podā. Velns parāvis! Jēziņ... Neiedomājami! Un jau nā-
kamajā mirklī viņš ir manī... mmm. Āda skar ādu... sākumā
viņš kustas lēni, uzmanīgi, noskaidrodams, cik daudz es spē-
ju izturēt... ak vai! Es turos pie izlietnes, skaļi elsodama un
virzīdamās viņam pretī, juzdama viņu dziļi sevī. Ak, šīs sald-
kaislās mokas... Kristjens turas man pie gurniem un sāk kus-
tēties straujāk – iekšā, ārā – un pasniedzies pieskaras ma-
nam klitoram, to maigi glāstīdams... Jēziņ! Es jūtu muskuļus
saspringstam.

– Jā, mazā, – Kristjens aizsmacis izdveš, triekdamies ma-
nī. Viņš maina gurnu leņķi, un ar to pietiek, lai es uzlidotu
augstumos.

Āāā! Es beidzu, skaļi kliegdama, un cieši turos pie izliet-
nes, baudā raustīdamās. Viss griežas un vienlaikus saraujas.
Kristjens sāpīgi iespiež pirkstus man gurnos, sasniedzis arī
savu virsotni, un izgrūž pār lūpām manu vārdu kā lūgšanu.

– Ak, Ana! – Viņa elpa man ausī ir saraustīta, tāda pati
kā manējā. – Vai man jebkad būs tevis gana, mazā? – viņš
nočukst.

Mēs abi noslīgstam uz grīdas, un Kristjens apvij rokas
man apkārt tā, ka es nevaru pakustēties. Vai tā būs vienmēr?
Vai sekss ar Kristjenu arī turpmāk būs tik piepildošs, pār-
mērīgs, mulsinošs un burvestības pilns? Es gribēju runāt, bet
tagad esmu iztukšota un apreibusi pēc mīlēšanās, turklāt prā-
toju, vai man jebkad būs gana.

Ieritinājusies Kristjenam uz ceļiem, es atbalstu galvu vi-
ņam pret krūtīm, un mēs abi pamazām norimstam. Es slep-
šus ieelpoju Kristjena neparasto, valdzinošo smaržu, klusī-
bā solīdama, ka viņam nepieskaršos, kaut gan kārdinājums
ir liels. Man gribas ar pirkstiem zīmēt rakstus starp viņa krū-
šu matiņiem... bet es pretojos, zinādama, ka viņam tas ne-
patiks. Mēs abi klusējām, iegrimuši domās. Es esmu iegrem-
dējusies viņā... padevusies viņam.

Līdz atceros, ka man ir mēnešreizes.

– Es asiņoju. – Mana balss ir pavisam klusa.

– Man tas netraucē, – viņš atbild.

– Jā, to es jau pamanīju. – Man neizdodas apslāpēt sājo toni.

Kristjens saspringst. – Vai tas traucē tev? – viņš jautā.

Man brīdi jāpadomā. Varbūt vajadzētu par to satraukties... bet tā nav. Es iekārtojos ērtāk un paskatos uz Kristjenu, un viņš lūkojas uz mani pelēkām, dūmakainām acīm.

– Nē, nepavisam.

Viņš pasmīkņā. – Lieliski. Iesim vannā.

Palīdzējis man apsēsties uz grīdas, viņš gatavojas piecelties, un es atkal pamanu nelielās, apaļās rētas viņam uz krūtīm. Es laiski prātoju, ka tās nav vējbaku pēdas. Greisa teica, ka Kristjenu tās neskāra gandrīz nemaz. Sasodīts! Tie ir apdegumi. No kā? Es spēji nobālēju, cīnīdamās ar nelabumu. Vai no cigaretēm? Kurš ir vainīgs – Bargā Kundze, Kristjena īstā māte, kāds cits? Kurš viņam to nodarījis? Varbūt ir kāds normāls izskaidrojums un es pārāk satraucos... Manī dzimst neprātīga cerība, ka es maldos.

– Kas noticis? – Kristjens ir plati iepletis acis, mana bāluma izbiedēts.

– Tavas rētas, – es nočukstu. – To cēlonis nav vējbakas.

Kristjens spēji noslēdzas, viss viņa augums, kas iepriekš bija atbrīvots, liecinot par mieru, piepeši ir sasprindzis, un no tā strāvo dusmas. Viņš drūmi sakniebj lūpas plānā, šaurā līnijā.

– Nē, nav, – Kristjens asi noskalda, bet neko nepaskaidro, tikai pieceļas un uzrauj kājās mani.

– Neskaties uz mani tā, – viņš skarbi pavēl, atlaizdams manu roku.

Es nokaunējusies piesarkstu un piekaļu skatienu savām rokām. Manī nostiprinās pārliecība, ka reiz kāds apdzēsis cigaretes uz Kristjena ādas, un es tik tikko spēju apvaldīt nelabumu.

– Vai to darīja viņa? – es nočukstu, pirms pagūstu sevi apklusināt.

Kristjens neatbild, tāpēc esmu spiesta pacelt skatienu. Viņš saniknots uzlūko mani.

– Viņa? Bargā Kundze? Viņa nav zvērs, Anastasija. Protams, viņa man neko nenodarīja. Es patiesi nesaprotu, kāpēc tu viņu uzskati par ļaunuma iemiesojumu.

Kristjens stāv manā priekšā kails, tracinoši kails, notraipījies ar manām asinīm... un mēs beidzot esam sākuši svarīgo sarunu. Un arī es esmu kaila, un mums abiem nav, kur paslēpties – izņemot vannu. Es dziļi ievelku elpu, paeju viņam garām un iekāpju ūdenī. Tas ir patīkami silts, glāsmains un dziļš. Es iegremdējos smaržīgajās putās un lūkojos uz Kristjenu, slēpdamās burbuļos.

– Mani tikai interesē, kāds tu būtu, ja nesastaptos ar viņu. Ja viņa nebūtu tevi iepazīstinājusi ar tavu... hmm, gaumi.

Kristjens nopūšas un iekāpj ūdenī man pretī. Viņš ir sakodis zobus, un viņa acis ir saltas. Graciozi ieslīdēdams ūdenī, viņš uzmanās, lai man nepieskartos. Vai esmu viņu saniknojusi?

Bezkaislīgi lūkodamies uz mani, Kristjens ilgi klusē, tomēr es nepadodos. Pienākusi viņa kārta runāt, un šoreiz es negrasos pārkāpt pašas novilkto robežu. Mana zemapziņa satraukta grauž nagus, raizēdamās par turpmāko notikumu attīstību, bet es rāmi lūkojos Kristjenam pretī. Kad šķiet, ka pagājusi jau vesela mūžība, viņš papurina galvu un pasmīn.

– Ja nebūtu saticis Bargo Kundzi, es droši vien sekotu savas mātes priekšzīmei.

Ak tā! Es samirkšķinu acis. Viņš būtu narkomāns vai nodarbotos ar prostitūciju? Vai arī abējādi?

– Mīlestība, ko viņa sniedza, bija man... pieņemama, – Kristjens piebilst, paraustījis plecus.

Ko tas, sasodīts, nozīmē?

– Pieņemama? – es čukstus atkārtoju.

– Jā. – Viņš mani vēro. – Es biju nokļuvis uz ceļa, kas veda pretī iznīcībai, un viņa mani apturēja. Ir grūti augt ideālā ģimenē, ja pats neesi ideāls.

Ak nē! Es cenšos aptvert dzirdēto, juzdama, ka izkalst mute. Kristjens neizdibināmām acīm lūkojas uz mani. Neko citu viņš negrasās teikt. Cik kaitinoši! Es nespēju atgūties no tā, cik svelošs naids pašam pret sevi skanēja viņa balsī. Un Bargā Kundze viņu mīlēja. Varbūt tas nav mainījies? Es jūtos, kā saņēmusi spērienu pa vēderu.

– Vai viņa tevi mīl joprojām?

– Domāju, ka nē, vismaz ne tādā ziņā. – Kristjens sarauc pieri, šķietami pirmo reizi par to prātodams. – Es jau esmu tev teicis, ka tas viss notika ļoti sen. Tā ir pagātne. Es to nevarētu mainīt pat tad, ja vēlētos, un es to negribu. Viņa mani izglāba no manis paša. – Bezspēcības dusmu pārņemts, Kristjens izlaiž pirkstus caur matiem. – Nekad par to neesmu runājis. – Brīdi klusējis, viņš piebilst: – Tikai ar doktoru Flinnu, protams. Un šobrīd es to daru tikai tāpēc, ka vēlos, lai tu man uzticies.

– Es tev uzticos, bet gribu tevi iepazīt tuvāk, un vienmēr, kad cenšos ar tevi runāt, tu novērs manu uzmanību. Mani interesē daudzi jautājumi.

– Dieva dēļ, Anastasija, kas tev jāzina? Ko man darīt? – Kristjena acis iekvēlojas, un es zinu, ka viņš cenšas apvaldīt dusmas, kaut gan nepaceļ balsi.

Es piekaļu skatienu savām rokām, kas skaidri saredzamas ūdenī, jo burbuļi pamazām izklīst.

– Tu esi mīklains cilvēks, Kristjen, un es cenšos tevi izprast. Nav neviena cita, kas tev līdzinātos. Es priecājos, ka tu atbildi uz maniem jautājumiem.

Varbūt kokteiļi pamodinājuši manī drosmi; es piepeši vairs nespēju izturēt apziņu, ka mūs šķir tik liels attālums. Neiznirdama no ūdens, es iekārtojos Kristjenam blakus un atbalstos pret viņu. Mūsu āda saskaras. Viņš saspringst un piesardzīgi nopēta mani, it kā baidīdamies, ka es kodīšu. Acīmredzot esam mainījušies lomām.

– Lūdzu, nedusmojies, – es čukstu.

– Es nedusmojos, Anastasija. Tikai neesmu pieradis pie šādām sarunām... un jautājumiem. Līdz šim tādus uzdevis tikai doktors Flinns un... – Viņš apraujas.

– Un viņa. Bargā Kundze. Tu runā ar viņu, vai ne? – es uzmudinādama jautāju, cenzdamās apvaldīt dusmas.

– Jā.

– Par ko?

Kristjens sakustas un apsēžas man pretī. Ūdens izšļācas uz grīdas. Viņš apliek roku man ap pleciem un atbalsta to pret vannas malu.

– Tu esi neatlaidīga, vai ne? – viņš nomurmina, un viņa balsī ieskanas aizkaitinājums. – Par dzīvi, pasauli... darījumiem. Mēs ar Bargo Kundzi esam pazīstami ļoti sen, Anastasija, un varam pārrunāt jebko.

– Arī par mani? – es nočukstu.

– Jā. – Viņš piesardzīgi vēro mani.

Es iekožos apakšlūpā, mēģinādama apvaldīt piepešo dusmu uzplūdu.

– Kāpēc jūs runājat par mani? – Es cenšos nepieļaut, lai mana balss skan žēlabaini, tomēr tas neizdodas. Man ir skaidrs, ka vajadzētu atkāpties. Esmu pārāk uzstājīga. Zemapziņa ir šausmās saķērusi galvu.

– Es nekad neesmu sastapis tev līdzīgu cilvēku, Anastasija.

– Ko tas nozīmē? Kādu, kas atteicās parakstīt tavus dokumentus, pirms tam neuzdodot nevienu jautājumu?

Kristjens papurina galvu. – Man nepieciešams padoms.

– Un tu to saņem no bērnu pavedinātājas? – es atcērtu. Izrādās, ka manas dusmas savaldīt ir grūtāk, nekā šķita.

– Pietiek, Anastasija! – viņš noskalda, samiedzis acis.

Es balansēju uz naža asmens.

– Ja nerimsies, es tevi pārlikšu pār celi. Man nav nekādas romantiskas vai seksuālas intereses par viņu. Sieviete, kuru tu dēvē par Bargo Kundzi, man ir tuvs draugs un darījumu partnere. Nekas cits. Mums ir kopīga pagātne, kas man sniedza vārdos neaprakstāmu atbalstu, kaut gan sabojāja viņas laulību – bet tā mūsu attiecību daļa ir beigusies.

Arī to es nespēju saprast. Bargā Kundze bija precējusies. Kā viņiem izdevās tik ilgi noslēpt savu tuvību?

– Tātad tavi vecāki neko nezina?

– Nē, – Kristjens noņurd. – To es tev jau stāstīju.

Un es apjaušu, ka saruna ir beigusies. Es vairs nedrīkstu uzdot jautājumus par šo sievieti, citādi Kristjens sāks trakot.

– Vai esi apmierināta? – viņš saniknots noprasa.

– Pagaidām.

Kristjens dziļi ievelk elpu un manāmi atbrīvojas no spriedzes, it kā viņam no pleciem būtu novelta smaga nasta.

– Labi, tagad runāšu es, – viņš nomurmina, uzmezdams man tēraudcietu skatienu. – Tu neatbildēji uz manu vēstuli.

Es piesarkstu. Neciešu brīžus, kad prožektori pievērsti man, un šķiet, ka viņš sadusmojas ik reizi, kad mēs kaut ko apspriežam. Es papurinu galvu. Varbūt tieši šādas izjūtas pārņem Kristjenu, kad es uzdodu savus jautājumus: viņš nav pieradis, ka viņam runā pretī. Šī doma ir gluži kā atklāsme, bet vienlaikus arī satrauc mani.

– Jā, es grasījos atbildēt. Bet tagad tu esi šeit.

– Vai tu nožēlo, ka atbraucu? – Kristjens jautā, atkal noslēdzies sevī.

– Nē, es par to priecājos.

– Ļoti labi. – Viņa smaids ir patiess un atvieglojuma pilns. – Arī es priecājos, ka esmu šeit, kaut gan biju spiests pakļauties tavai izprašņāšanai. Tātad tu uzskati, ka drīksti pratināt mani, bet pati esi ieguvusi diplomāta neaizskaramību tikai tāpēc, ka es mēroju tik tālu ceļu, lai ar tevi aprunātos? Pat neceri, Stīlas jaunkundze! Es gribu zināt, ko tu jūti.

Ak nē...

– Tu jau to zini. Es priecājos, ka esi šeit. Paldies, ka atbrauci, – es vārgā balstiņā izdvešu.

– Nav par ko. – Acīm iemirdzoties, Kristjens pieliecas un mani noskūpsta. Es atsaucos uz maigo žestu. Ūdens vēl joprojām ir silts, un istabu piepilda garaiņi. Kristjens atraujas, skatīdamies uz mani.

– Nē. Man nepieciešamas atbildes, pirms nodarbojamies ar kaut ko vairāk.

Vairāk? Atkal izskan šis vārds. Un viņš grib dzirdēt atbildes... uz ko? Man nav slepenas pagātnes, nav baisu bērnības atmiņu. Ko tādu viņš vēlas noskaidrot, ko jau nezina?

Es nopūšos, samierinājusies ar likteni. – Kas tevi interesē?

– Sāksim ar tavām izjūtām saistībā ar mūsu iespējamo vienošanos.

Es samirkšķinu acis. Pienācis laiks teikt patiesību vai klusēt mūžīgi. Mana zemapziņa un dieviete satrūkušās apmainās skatieniem. Lai būtu! Teiksim patiesību.

– Nedomāju, ka būšu spējīga to ievērot ilgāku laiku. Man nāktos pavadīt nedēļas nogali svešā ādā. – Es pietvīkusi novēršos.

Kristjens satver manu zodu un uzjautrināts paceļ to.

– Jā, arī man šķiet, ka tu to nevarēsi.

Es jūtu sevī mostamies aizvainojumu. – Vai tu par mani smejies?

– Jā, bet labestīgi, – viņš smaidīdams nosaka un pieliecies aši noskūpsta mani.

– Tu neesi priekšzīmīga Pakļautā, – viņš izdveš, acīm smieklos dzirkstot.

Es satriekta uzlūkoju Kristjenu, bet pēc brīža sāku smieties – un viņš man piebalso.

– Varbūt man ir slikts skolotājs.

Viņš iespurdzas. – Iespējams. Varbūt man vajadzētu būt stingrākam. – Viņš pieliec galvu uz sāniem un viltīgi uzsmaida man.

Es noriju siekalas. Nē, sasodīts! Bet pavēderes muskuļi sažņaudzas, radot baudpilnas tirpas. Šādi Kristjens izrāda man savu pieķeršanos. Varbūt tas ir vienīgais veids, kā viņš spēj to paust, un es beidzot sāku to saprast. Viņš vēro mani, pūlēdamies noteikt, ko es domāju.

– Vai tev riebās mans pirmais pēriens?

Es lūkojos uz Kristjenu, mirkšķinādama acis. Vai man tas riebās? Atceros, ka mocījos neizpratnē par savu reakciju. Man sāpēja, tomēr tagad sitieni nemaz nešķiet spēcīgi. Kristjens jau vairākas reizes teicis, ka bailes visu padara mokošāku. Un otrā reize... Nu, tā bija laba... erotiska.

– Nē, ne gluži, – es nočukstu.

– Tev ir iebildumi tikai pret pašu principu, vai ne? – viņš jautā.

– Droši vien. Pret baudas jušanu brīžos, kad tā nevajadzētu notikt.

– Es atceros, ka piedzīvoju to pašu. Nepieciešams laiks, līdz viss nostājas savās vietās.

Jēzus! Tas notika toreiz, kad viņš vēl bija bērns.

– Vienmēr iespējams izmantot drošības vārdu, Anastasija. Atceries to. Ja vien tu ievērosi noteikumus, kas atbilst manai ļoti svarīgajai vēlmei visu kontrolēt un rūpēties par tavu drošību, mēs pamazām virzīsimies uz priekšu.

– Kāpēc tev vajag pār mani valdīt?

– Tāpēc, ka bērnībā man nebija šādas iespējas.

– Tātad tā ir savdabīga ārstēšanās?

– Līdz šim es to šādi neuztvēru, bet jā, iespējams.

To es varu saprast. Tas padarīs visu vieglāku.

– Es tomēr kaut ko nesaprotu. Tu uzstāj, lai tev pakļaujos, bet jau nākamajā mirklī apgalvo, ka tev patīk izaicinājums. Ir grūti noturēt līdzsvaru uz tik trauslas robežas.

Brīdi vērojis mani, Kristjens sarauc pieri.

– Saprotu. Tomēr pagaidām tev viss izdodas.

– Jā, bet es par to dārgi maksāju. Esmu saspringta kā stīga.

– Man patīk, ja esi saspringta. – Viņš pasmīn.

– Ne jau tādā nozīmē! – Es aizkaitināta uzšļakstu viņam ūdeni.

Kristjens sarauc uzaci.

– Vai tu mani nupat apšļakstīji?

– Jā. – Ak vai... šo skatienu es pazīstu.

– Nu, nu, Stīlas jaunkundze. – Viņš mani satver un pierauj sev klāt, izslacīdams ūdeni pa grīdu. – Domāju, ka esam runājuši pietiekami ilgi.

Plaukstām apkļāvis manu seju, viņš uzsāk kvēlu skūpstu, piešķiebdams manu galvu... valdīdams pār mani. Es ievaidos, mūsu lūpām saskaroties. Lūk, kas viņam patīk un padodas! Mana miesa iekvēlojas, un es ieviju pirkstus Kristjena matos, pievilkdama viņu tuvāk, atbildēdama uz skūpstu un izmantodama savu vienīgo ieroci, lai paustu, ka arī es viņu vēlos. Kristjens ievaidas un pārvieto mani tā, ka es sēžu viņam virsū, juzdama piebriedušo locekli sev pie vēdera. Viņš atraujas un vēro mani, acīm ilgpilni mirdzot. Es nolaižu rokas, gribēdama pieķerties pie vannas malas, bet Kristjens satver manas plaukstu locītavas un aizliek tās man aiz muguras.

– Es tevi iegūšu, – viņš nočukst un paceļ mani tā, ka es šķietami peldu virs viņa. – Vai esi gatava?

– Jā, – es klusi atbildu, un Kristjens nesteidzīgi ieiet manī, ne mirkli nenovērsdams skatienu no manas sejas.

Es iestenos, aizvērdama acis, un izbaudu piepildījuma sajūtu. Kristjens sasprindzina gurnus, un es ievaidējusies paliecos uz priekšu, atbalstīdama pieri pret viņējo.

– Laid vaļā manas rokas, – es čukstu.

– Nepieskaries man, – Kristjens lūdz un, atbrīvojis manas plaukstu locītavas, virza rokas zemāk, līdz sasniedz manus gurnus.

Ieķērusies vannas malā, es nesteidzīgi ceļos augšup un tūlīt pat slīdu lejup, lūkodamās Kristjenam acīs. Viņš paver lūpas, saraustīti elpodams, un iekož mēli starp zobiem. Tas ir... uzbudinoši. Mēs esam slapji un slideni, un berzējamies viens gar otru. Es pieliecos un noskūpstu Kristjenu; viņš aizver acis, un es bikli izlaižu pirkstus caur viņa matiem, nepārtraukdama skūpstu. Tas ir atļauts. Viņam tas patīk. Man arī. Un mēs šūpojamies saskaņotā ritmā. Es viegli parauju viņa matus, līdz viņš atliec galvu, un kustos ātrāk, arvien straujāk, skaļi ievaidēdamās. Viņš mani ceļ augšup, kāpinādams tempu, turēdams manus gurnus, atbildēdams uz skūpstu. Miklas lūpas un mēles, tumši mati sajaucas ar gaišiem, gurni tiecas pretī otram... Pār mums valda sajūtas, kas pārņem visu. Esmu pavisam tuvu... jau pazīstu šīs saldkaislās tirpas. Un ūdens... tas mutuļo mums apkārt, veidojot nelielu atvaru, kas pieņemas spēkā, mūsu kustībām kļūstot arvien straujākām... Ūdens šļakstās ap mums, atspoguļojot to, kas notiek manī... un es par to nesatraucos.

Es mīlu šo vīrieti. Mīlu viņa kaisli, mīlu iespaidu, kādu uz viņu atstāju. Viņš ir mērojis tālu ceļu, lai mani redzētu, un es viņu tāpēc mīlu. Un es viņam neesmu vienaldzīga... neesmu. Šī atklāsme ir negaidīta un piepilda mani ar jūsmu. Viņš pieder man, un es piederu viņam.

– Jā, mazā, tieši tā, – viņš izdveš.

Un es beidzu, ļaudamās orgasmam, kas plosa mani kā nevaldāms viesulis, aprijot mani visu. Kristjens piepeši spiež mani cieši sev klāt, apvijis rokas man apkārt, un rod savu apmierinājumu.

– Ana! – viņš iesaucas; mans vārds viņa lūpās skan kā mežonīga lūgsna, kas ietiecas manas dvēseles dzīlēs.

**

Mēs guļam uz sāniem milzīgajā gultā, spiezdami klāt spilvenus, un vērojam viens otru. Zilas acis sastopas ar pelēkām. Mēs esam kaili un nesaskaramies, tikai skatāmies un apbrīnojam savus palaga klātos augumus.

– Vai tev nāk miegs? – Kristjens jautā, un viņa balsī skan neviltotas rūpes.

– Nē, es neesmu nogurusi. – Tieši pretēji; man ir neparasti daudz enerģijas. Mūsu saruna bijusi tik patīkama, ka es nevēlos to beigt.

– Ko tu gribi darīt?

– Runāt.

Kristjens pasmaida. – Par ko?

– Visu.

– Piemēram?

– Par tevi.

– Kādā ziņā?

– Kura filma tev patīk visvairāk?

Kristjens atplaukst platā smaidā. – Šobrīd – "Klavieres".

Es nespēju novaldīt atbildes smaidu.

– Protams. Man vajadzēja to nojaust. Sērīga, bet valdzinoša mūzika, ko tu noteikti proti nospēlēt. Jūs esat guvis panākumus daudzās jomās, Greja kungs.

– Un jūs, Stīlas jaunkundze, esat manu iekarojumu augšgalā.

– Tātad es esmu septiņpadsmitā.

Kristjens neizpratnē sarauc pieri.

– Septiņpadsmitā?

– No sievietēm, ar kurām esi, hmm... bijis kopā.

Viņš sarauc lūpu kaktiņus, acīm mirdzot.

– Ne gluži.

– Tu teici, ka tev bijušas piecpadsmit sievietes, – es apjukusi iebilstu.

– Es runāju par tām, kuras pabijušas manā rotaļu istabā. Man šķita, ka tāds bija tavs jautājums. Tu neinteresējies, ar cik sievietēm man bijis sekss.

– Ak tā. – Sasodīts.... bijušas arī citas... cik? Es ieplestām acīm uzlūkoju Kristjenu. – Vai tas bija vaniļas sekss?

– Nē. Šajā ziņā tu man esi vienīgā. – Viņš papurina galvu, vēl joprojām smaidīdams.

Kāpēc viņam tas šķiet smieklīgi? Un kāpēc es tik muļķīgi staroju?

– Precīzu skaitu es nevaru nosaukt. Neesmu radis veidot sarakstus.

– Vai runa ir par desmitiem? Simtiem? Tūkstošiem? – Es ieplešu acis, saukdama arvien lielākus skaitļus.

– Desmitiem. Tikai desmitiem, Dieva dēļ.

– Vai tās visas bija Pakļautās?

– Jā.

– Beidz smaidīt, – es norāju Kristjenu, pūlēdamās saglabāt nopietnību, bet man tas neizdodas.

– Nevaru. Tu esi jocīga.

– Amizanta vai smieklīga?

– Nedaudz no abiem, – Kristjens atbild, atkārtodams manus vārdus.

– Ir dīvaini to dzirdēt no tevis.

Viņš pieliecas un noskūpsta mani uz deguna. – Tu būsi satriekta, Anastasija. Vai esi gatava?

Es pamāju, nespēdama apslāpēt savu muļķīgo smaidu.

– Tās visas bija sievietes, kas gatavojās Pakļautās lomai, un es no viņām mācījos. Sietlā un tās tuvākajā apkārtnē ir vietas, kur cilvēki var izmēģināt visu nepieciešamo. Apgūt to, ar ko es nodarbojos, – viņš atklāj.

– Ak tā! – Es apjukusi samirkšķinu acis.

– Jā. Es reiz maksāju par seksu, Anastasija.

– Ar to nav jālepojas, – es vīzdegunīgi aizrādu. – Un tev taisnība... es patiesi esmu satriekta. Un dusmojos, jo man neizdodas satriekt tevi.

– Tu uzvilki manu apakšveļu.

– Vai tas tevi pārsteidza?

– Jā.

Man pār muguru pārskrien sajūsmas tirpas.

– Tu devies uz tikšanos ar maniem vecākiem, neuzvilkusi biksītes.

– Un tu biji pārsteigts?

– Jā.

Tirpas pieņemas spēkā.

– Izskatās, ka es tevi spēju satriekt tikai ar apakšveļu.

– Tu atzinies, ka esi jaunava. Nekad mūžā neesmu juties tik pārsteigts.

– Jā, tavu seju bija vērts redzēt. – Es iespurdzos.

– Tu ļāvi, lai tevi noperu ar jātnieka pātagu.

– Un tu biji pārsteigts?

– Jā.

Es atplaukstu platā smaidā. – Varbūt es to ļaušu vēlreiz.

– Ļoti ceru, ka tas notiks, Stīlas jaunkundze. Vai šajā nedēļas nogalē?

– Labi, – es kautri piekrītu.

– Tiešām?

– Jā. Es atgriezīšos sarkanajā moku kambarī.

– Tu mani sauc vārdā.

– Vai tas tevi satriec?

– Mani izbrīna atklāsme, ka man tas patīk.

– Kristjen.

Viņš pasmaida. – Rīt es vēlos kaut ko izdarīt. – Viņa acis sajūsmā iemirdzas.

– Kas tas būs?

– Pārsteigums. Tev. – Viņa balss ir klusa un dobja.

Es saraucu uzaci un vienlaikus apspiežu žāvas.

– Vai es jūs garlaikoju, Stīlas jaunkundze? – Kristjens sāji painteresējas.

– Nemūžam.

Viņš pieliecas un maigi noskūpsta mani uz lūpām.

– Guli! – viņš pavēl un izslēdz gaismu.

Es apmierināta aizveru acis un iedomājos, ka esmu nokļuvusi pašā vētras centrā. Un par spīti visam, ko Kristjens pateicis vai noklusējis, es nekad vēl neesmu jutusies tik laimīga.

24. NODAĻA

Kristjens stāv aiz dzelzs restēm, ieslodzīs krātiņā. Viņam kājās ir mīkstie, ieplēstie džinsi, torss un pēdas ir kārdinoši kailas, un viņš lūkojas uz mani, savilcis skaisto seju īpašajā smaidā, kas liecina par kādu joku, kas zināms vienīgi viņam. Kristjena acis ir kvēlas kā pelēka lava. Rokā viņš tur bļodu, pilnu ar zemenēm. Kustēdamies ar sportista cienīgu grāciju, viņš pienāk tuvu pie restēm, mani vērodams, un izbāž caur tām roku, sniegdams man lielu, gatavu zemeni.

– Ēd, – viņš aicina, ar mēli pakavēdamies pie aukslējām.

Es mēģinu virzīties viņam pretī, bet kaut kas neredzams ir apvijies ap manu plaukstas locītavu, un es nevaru pakustēties. Laid mani vaļā.

– Nāc, ēd, – Kristjens atkārto, un viņa lūpas savelkas valdzinošā, greizā smaidā.

Es rauju roku, bet nekas nenotiek... laid vaļā.! Man gribas kliegt un ārdīties, bet pār manām lūpām neplūst ne skaņa. Esmu mēma. Viņš izstiepj roku vēl tālāk, un zemene ir pie manām lūpām.

– Ēd, Anastasija! – Viņa mute izveido manu vārdu, jutekliski stiepjot katru zilbi.

Es iekožos gardajā zemenē, krātiņš nozūd, un manas rokas ir brīvas. Beidzot! Es sniedzos pēc viņa, gatavodamās ielaist pirkstus viņa krūšu matiņos.

– Anastasija.

Nē! Es ievaidos.

– Anastasija!

Nē. Es gribu tev pieskarties.

– Mosties.

Lūdzu, nē! Es negribīgi ļauju acīm pavērties un tūlīt tās aizveru. Esmu gultā, un kāds ir piespiedis degunu man pie auss.

– Mosties, mazā, – viņš nočukst, un viņa balss ir tik sirsnīga, ka es jūtu to kā izkausētu karameli izplūstam pa dzīslām.

Es esmu blakus Kristjenam. Vēl joprojām ir tumšs, un man acu priekšā rosās mulsinoši tēli no sapņa, kas vienlaikus ir neticami vilinoši.

– Nē, – es ievaidos. Gribu atgriezties sapnī, atgriezties pie viņa. Kāpēc viņš mani modina? Ir nakts vidus, vismaz rodas tāda sajūta. Varbūt viņš vēlas seksu? Tagad?

– Jāceļas, mazā. Es ieslēgšu gaismu, – Kristjens klusi brīdina.

– Nē, – es pretojos.

– Es gribu sagaidīt rītausmu kopā ar tevi, – viņš nosaka un skūpsta manus vaigus, plakstiņus, degungalu, muti, un es atveru acis. Lampa uz naktsgaldiņa ir ieslēgta. – Labrīt, skaistule, – viņš nomurmina.

Man izdodas tikai kaut ko nesakarīgi noņurdēt, un Kristjens pasmaida. – Tu neesi cīrulis.

Es samiedzu acis gaismā un ieraugu, ka Kristjens ir noliecies pār mani. Viņa sejā jaušas uzjautrinājums. Viņš par mani smejas. Un ir apģērbies! Melnā.

– Man šķita, ka tu gribi seksu, – es nomurminu.

– Anastasija, es vienmēr gribu seksu ar tevi. Patīkami dzirdēt, ka tas ir abpusēji, – viņš lakoniski nosaka.

Manas acis pamazām aprod ar gaismu, un es piesardzīgi uzlūkoju Kristjenu, bet viņš vēl joprojām šķiet uzjautrināts. Paldies Dievam!

– Protams, bet ne jau tik vēlu naktī.

– Ir nevis vēls, bet agrs. Celies, Anastasija. Mēs dosimies pastaigā. Seksu atliksim uz vēlāku laiku.

– Man bija labs sapnis, – es žēlojos.

– Par ko? – Kristjens pacietīgi jautā.

– Par tevi, – es nosarkusi atbildu.

– Ko es darīju šoreiz?

– Mēģināji man iebarot zemenes.

Viņš sarauc lūpas tik tikko jaušamā smaidā. – Doktoram Flinnam tas patiktu. Celies un ģērbies! Mazgāties nevajadzēs, to mēs izdarīsim vēlāk.

Mēs!

Es pieceļos sēdus, un palags noslīgst man līdz viduklim, atklājot krūtis. Kristjens pieceļas un satumsušām acīm vēro mani.

– Cik ir pulkstenis?

– Pusseši.

– Kāpēc man ir sajūta, ka trīs?

– Mums nav daudz laika. Es tev ļāvu gulēt, cik ilgi vien iespējams. Celies nu!

– Vai es tiešām nedrīkstu nomazgāties?

Kristjens nopūšas.

– Ja tu iesi dušā, es gribēšu tev pievienoties, un mēs abi zinām, kas notiks pēc tam. Diena būs zudusi. Celies!

Viņš ir priecīgi satraukts kā zēns, un es nespēju apvaldīt smaidu.

– Ko mēs darīsim?

– Tas būs pārsteigums!

– Nu labi, – es smaidīdama piekrītu un izkāpju no gultas, sākdama meklēt drēbes. Protams, tās ir glīti salocītas uz krēsla pie gultas. Kristjens sameklējis arī savas īsbikses – Ralfa Lorēna ražojumu. Es tās uzvelku, un viņš atplaukst smaidā. Hmm, vēl viens *Kristjena Greja* apģērba gabals, ko pievienot manai trofeju kolekcijai. Tajā jau ietilpst mašīna, divi datori, viņa melnā žakete un seni, vērtīgi pirmizdevumi. Es papurinu galvu, domādama par viņa dāsnumu, un atceros ainu no "Tesas", kurā pieminētas zemenes. Tās atsauc atmiņā sapni. Pie velna doktoru Flinnu, šis sapnis patiktu pat Freidam, un pēc tam viņš droši vien nomirtu no pārpūles, cenšoties izprast manu savādo Kristjenu.

– Ļaušu tev mierīgi saģērbties, – viņš nosaka un dodas uz dzīvojamās istabas pusi. Es savukārt ieeju vannasistabā, jo man ātri jānomazgājas un jāizdara vēl šis tas. Pēc septiņām minūtēm jau esmu gatava, tīra, sasukājusies un ģērbusies džinsos, krekliņā un *Kristjena Greja* apakšveļā. Viņš sēž pie neliela galda un ēd brokastis. Brokastis! Tik agri?

– Ēd, – viņš pavēl.

Esmu atgriezusies savā sapnī. Mans skatiens pievēršas viņa lūpām, un es atceros, kā viņš ar mēli glāstīja aukslējas. Ar savu prasmīgo mēli...

– Anastasija! – viņš bargi uzsauc, izraudams mani no pārdomām.

Ir pārāk agrs, lai es spētu normāli ēst. Kā to atrisināt?

– Es iedzeršu tēju. Vai drīkstu paņemt līdzi kruasānu un apēst to vēlāk?

Kristjens aizdomīgi nopēta mani, bet es mīlīgi smaidu.

– Neapslāpē manu prieku, Anastasija, – viņš brīdina.

– Es paēdīšu vēlāk, kad mans kuņģis būs pamodies. Apmēram pusastoņos, labi?

– Labi. – Kristjens turpina mani pētīt, un es esmu spiesta savaldīties, lai neparādītu viņam mēli.

– Man gribas izbolīt acis.

– Uz priekšu. Mana diena no tā tikai uzlabosies, – viņš bargi paziņo.

Es domīgi paveros uz griestiem.

– Pēriens droši vien mani pamodinātu... – es skaļi prātoju, un Kristjens satriekts paver muti.

– Tomēr es nevēlos, lai tu pārāk uzbudinātos. Šeit jau ir pietiekami karsts. – Es nevērīgi paraustu plecus.

Aizvēris muti, Kristjens ļoti cenšas izskatīties neapmierināts, tomēr viņam tas neizdodas. Es redzu uzjautrinājumu dzirkstījam viņa acīs.

– Jūs, Stīlas jaunkundze, vienmēr spējat mani sakaitināt. Dzer tēju.

Es pamanu *Twinings* uzrakstu, un mana sirds uzgavilē. Lūk, viņam nav vienalga, nosaka zemapziņa. Es apsēžos un skatos uz Kristjenu, apbrīnodama viņa pievilcību. Vai man jebkad apniks viņu vērot?

**

Kad izejam ārā no istabas, Kristjens man pasvież biezu sporta kreklu.

– Ņem, tev to vajadzēs.

Es izbrīnīta palūkojos uz viņu.

– Uzticies man. – Viņš plati smaida, pieliecas un aši noskūpsta mani uz lūpām, bet pēc tam satver manu roku, un mēs dodamies prom.

Saule vēl nav uzlēkusi, un ārā valda patīkams vēsums. Kalpotājs pasniedz Kristjenam spilgta sporta automobiļa atslēgas. Mašīnai ir audekla jumts. Es saraucu uzaci, un Kristjens pasmīn.

– Dažreiz mana dzīve ir patiesi lieliska, – viņš nosaka, sazvērnieciski un vienlaikus lielīgi smaidīdams, un es gandrīz pati pret savu gribu atbildu ar to pašu. Šajos rotaļīgajos, bezrūpīgajos mirkļos nav iespējams Kristjenu nemīlēt. Pārspīlēti paklanījies, viņš atver man durvis, un es iesēžos mašīnā. Viņam ir lielisks noskaņojums.

– Uz kurieni mēs dodamies?

– Gan redzēsi. – Kristjens smaidīdams pagrūž ātruma pārslēgu, un mēs izbraucam uz ceļa. Iestatījis GPS, viņš nospiež kādu slēdzi uz stūres, un atskan klasiska mūzika orķestra izpildījumā.

– Kas tas ir? – es jautāju, baudīdama simt vijoļu stīgu radīto, brīnišķīgo melodiju.

– Ārija no "Traviatas". Tā ir Verdi opera.

Mūzika ir debešķīga.

– "Traviata"? Esmu par to dzirdējusi, tikai neatceros, kur. Ko nozīmē tas vārds?

Kristjens smīnēdams pamet skatienu uz mani.

– Burtiskā nozīmē – "paklīdusi sieviete". Iedvesma libretam smelta Aleksandra Dimā grāmatā "Kamēliju dāma".

– To es esmu lasījusi.

– Man jau tā šķita.

– Nāvei nolemtā kurtizāne. – Es neveikli sagrozos uz mīkstā ādas sēdekļa. Vai viņš mēģina man kaut ko pateikt? – Nomācošs stāsts, – es nomurminu.

– Pārāk nomācošs? Vai gribi pati izvēlēties mūziku? Šī ielādēta manā *iPod.* – Kristjena sejā atkal rotājas noslēpumainais smaids.

Es nekur neredzu mūzikas atskaņotāju. Viņš pieskaras ekrānam uz vadības pults, un tajā parādās saraksts.

– Izvēlies. – Viņš smīnēdams vēro mani, un es apjaušu, ka tas ir jauns izaicinājums.

Kristjena Greja mūzika... tas varētu būt interesanti. Es šķiru sarakstu ekrānā, līdz atrodu piemērotāko dziesmu un nospiežu "atskaņot". Nekad nebūtu domājusi, ka viņš aizraujas ar Britnijas mūziku. No mašīnas skaļruņiem izlaužas asais, skarbais ritms, un Kristjens pagriež to klusāk. Varbūt ir pārāk agrs Britnijas kaislīgajām elsām.

– "Toksiskais"? – Kristjens smīnēdams vaicā.

– Man nav ne jausmas, par ko tu runā, – es tēloti nevainīgi attraucu.

Viņš vēl nedaudz pieklusina dziesmu, un es tik tikko spēju apvaldīt savu jūsmu. Esmu uzvarējusi! Viņš samazināja skaļumu!

– Es neieprogrammēju šo dziesmu atskaņotājā, – viņš nevērīgi nosaka un nospiež gāzes pedāli. Mašīna spēji traucas uz priekšu, un inerce iespiež mani sēdeklī.

Ko tas nozīmē? Viltīgais maitasgabals! Kurš to ierakstīja? Un esmu spiesta klausīties Britnijas balsī. Kurš... kurš?

Dziesma beidzas, un atskan Deimjena Raisa sērīgā balss. Kurš? Kurš? Es lūkojos ārā pa logu, juzdama, kā sažņaudzas sirds. Kurš?

– To izdarīja Leila, – Kristjens atbild uz neuzdoto jautājumu. Kā viņam tas izdodas?

– Kas ir Leila?

– Mana bijusī, kura ierakstīja dziesmu atskaņotājā.

Deimjens turpina gaudot fonā, bet es vairs neklausos; esmu pārāk satriekta. Bijusī... bijusī Pakļautā?

– Viena no piecpadsmit? – es jautāju.

– Jā.

– Kas ar viņu notika?

– Mūsu attiecības beidzās.

– Kāpēc?

Ir pārāk agrs šādām sarunām. Tomēr Kristjens šķiet mierīgs, atbrīvots, turklāt pat runīgs.

– Leila gribēja kaut ko vairāk, – viņš klusi, domīgi nosaka. Jau atkal šis mazais, bet iedarbīgais vārds...

– Un tu to negribēji? – es jautāju, nepaguvusi apdomāties. Velns, vai es vispār vēlos dzirdēt atbildi?

Kristjens papurina galvu. – Nekad neesmu gribējis kaut ko vairāk, līdz sastapu tevi.

Es apjukusi spēji ievelku elpu. Tas ir tieši tas, ko vēlējos. Viņš grib kaut ko vairāk. Tāpat kā es! Iekšējā dieviete sajūsmināta met salto. Es neesmu vienīgā, kurai ir šādas jūtas.

– Kas notika ar pārējām četrpadsmit meitenēm? – es painteresējos, nolēmusi izmantot Kristjena runīgumu savos nolūkos.

– Vai tu vēlies dzirdēt sarakstu? Šķiršanās, ešafots, nāve?

– Tu neesi Henrijs Astotais.

– Nu labi. Man bijušas ilgstošas attiecības ar četrām sievietēm, neskaitot Elinu.

– Kas ir Elina?

– Tu viņu dēvē par Bargo Kundzi. – Kristjens savelk lūpas savā noslēpumainajā smaidā.

Elina! Velns un elle! Raganai ir vārds, turklāt svešāds un neparasts. Es gara acīm ieraugu daiļu, bālu būtni ar kraukļmelniem matiem un rubīnsarkanām lūpām, un man nekavējoties kļūst skaidrs, ka viņa ir skaista. Nedomā par to. Nedomā.

– Kas notika ar pārējām četrām?

– Jūsu ziņkāre ir neapvaldāma, Stīlas jaunkundze, – viņš jokodams man pārmet.

– Ak tā? Vai tu nesen man nevaicāji, kad sāksies mēnešreizes?

– Vīrietim tas jāzina, Anastasija.

– Vai tiešām?

– Vismaz man – noteikti.

– Kāpēc?

– Jo es nevēlos tevi padarīt grūtu.

– Arī manos plānos tas neietilpst. Vismaz dažu nākamo gadu laikā.

Kristjens izbrīnīts samirkšķina acis un manāmi nomierinās. Skaidrs. Kristjens nevēlas bērnus. Šobrīd vai vispār? Es pūlos atgūties pēc šīs piepešās, neparedzētās atklātības lēkmes. Varbūt vainojams agrais rīts? Kāds piejaukums Džordžijas ūdenī vai gaisā? Ko vēl es gribu noskaidrot? *Carpe diem.*

– Kas notika ar pārējām četrām? – es jautāju.

– Viena sastapa kādu citu. Pārējās trīs vēlējās... kaut ko vairāk. Toreiz es nebiju tam gatavs.

– Un pārējās? – es neatkāpjos.

Aši pametis skatienu uz mani, Kristjens papurina galvu.

– Mums gluži vienkārši nekas nesanāca.

Esmu saņēmusi kaudzi informācijas, kas vēl jāaptver. Ielūkojusies mašīnas sānu spogulītī, es ieraugu maigi sārtus un akvamarīna toņus debesīs. Mums seko rītausma.

– Uz kurieni mēs dodamies? – es apjukusi jautāju, vērodama lielceļu. Man zināms tikai, ka braucam dienvidu virzienā.

– Uz lidlauku.

– Mēs taču neatgriezīsimies Sietlā, vai ne? – es izbijusies vaicāju. Vēl neesmu atvadījusies no mātes. Viņa mūs gaida vakariņās.

Kristjens iesmejas. – Nē, Anastasija, mēs izbaudīsim manu otro iecienītāko laika pavadīšanas veidu.

– Otro? – es jautāju, saraukusi pieri.

– Jā. Par pirmo es tev šorīt jau stāstīju.

Es palūkojos uz viņa izskatīgo profilu, pūlēdamās atcerēties kaut ko tamlīdzīgu.

– Runa ir par tevis baudīšanu, Anastasija. Tā ir pirmajā vietā. Man patīk tevi iepazīt visos iespējamos veidos.

Ak tā.

– Arī manā nerātno izklaižu sarakstā šī nodarbe ir diezgan augstā vietā, – es sarkdama nomurminu.

– Priecājos, to dzirdot, – Kristjens neizteiksmīgi nomurmina.

– Tātad – lidlauks?

Viņš man uzsmaida. – Mēs planēsim.

Vārds šķiet kaut kur dzirdēts. Viņš to jau reiz pieminējis.

– Mēs dzīsimies pakaļ rītausmai, Anastasija. – Kristjens pagriežas un uzsmaida man. GPS balss pamudina viņu nogriezties pa labi, kur plešas kaut kas līdzīgs ražotnes kompleksam. Viņš apstājas pie lielas, baltas ēkas, kuras izkārtne vēsta "Brunsvikas planēšanas biedrība".

Planēšana! Mēs planēsim!

Kristjens izslēdz motoru.

– Vai esi ar mieru? – viņš painteresējas.

– Tu arī lidosi, vai ne?

– Jā.

– Jā, labprāt! – Es ne mirkli nevilcinos. Kristjens smaidīdams pieliecas un noskūpsta mani.

– Vēl viena pirmā reize, Stīlas jaunkundze, – viņš paziņo, kāpdams ārā no mašīnas.

Kāda pirmā reize? Vai planēšana...? Es jau izbīstos, bet atceros, ka viņš to darījis iepriekš, un nomierinos. Kristjens apiet mašīnai apkārt un atver man durvis. Debesis iekrāsojušās maigā opāla tonī, kas pieklusināti mirdz aiz baltiem, retiem mākoņiem. Rītausma tuvojas.

Kristjens satver mani aiz rokas un apved apkārt ēkai, kur plašā laukumā novietotas vairākas lidmašīnas. Tām blakus stāv vīrietis ar skūtu galvu un mežonīgām acīm, un viņam pievienojies Teilors.

Vai Kristjens nekur nedodas bez viņa pavadības? Es plati uzsmaidu Teiloram, un viņš labsirdīgi atbild ar to pašu.

– Greja kungs, šis ir jūsu pilots, Marks Bensons, – viņš paziņo. Abi vīrieši sarokojas un sāk tehniskiem sīkumiem piebārstītu sarunu, pieminēdami vēja ātrumu un virzienu.

– Sveiks, Teilor, – es kautri nomurminu.

– Labrīt, Stīlas jaunkundze. – Viņš pamāj, un es saraucu pieri. – Ana, – viņš izlabo. – Pēdējo dažu dienu laikā Greja kungs bija neciešams. Priecājos, ka esam šeit, – viņš sazvērnieciski piebilst.

Interesanti jaunumi! Kāpēc? Ne jau manis dēļ? Atklājumiem pilna diena! Droši vien Savanas ūdenī tiešām ir kaut kas tāds, kas liek šiem vīriešiem nedaudz atslābināties.

– Anastasija, nāc! – Kristjens mani pasauc, izstiepis roku.

– Tiksimies vēlāk. – Es uzsmaidu Teiloram, un viņš man salutē, pirms atgriežas stāvvietā.

– Bensona kungs, šī ir mana draudzene, Anastasija Stīla.

– Priecājos iepazīties, – es nomurminu, sarokodamās ar pilotu.

Bensons man starojoši uzsmaida.

– Abpusēji, – viņš nosaka, un viņa izrunā ieskanas britiem raksturīgie toņi.

Es satveru Kristjena roku, līksma satraukuma pārņemta. Planēšana! Neticami! Marks Bensons ved mūs uz skrejceļa pusi, turpinādams runāt ar Kristjenu. Es uztveru svarīgākos jēdzienus. Mēs lidosim ar *Blanik L–23*, kas acīmredzot ir labāks nekā *L–13*, kaut gan viedokļi ir atšķirīgi. Bensons vadīs *Piper Pawnee* aparātu. Viņš lido ar planēšanai piemērotajām lidmašīnām jau piecus gadus. Man tas viss neko nenozīmē, bet Kristjens ir aizrāvies un acīmredzami jūtas lieliski, un man ir prieks viņu vērot.

Lidmašīna ir gara, slaika un balta, izrotāta ar oranžām svītrām. Tai ir neliela pilota kabīne ar diviem sēdekļiem, kas novietoti viens aiz otra. Garš, balts vads savieno lidmašīnu ar mazu viena propellera aparātu. Bensons paceļ lielo, caurspīdīgo stiklu, kas sedz kabīni, un ļauj mums iekāpt.

– Vispirms jāsasprādzē jūsu izpletņa siksnas.

Izpletnis!

– To izdarīšu es, – Kristjens iejaucas un izņem Bensonam no rokām sarežģīto siksnu vijumu.

Pilots rāmi pasmaida un, paziņojis: – Atnesīšu balastu, – dodas pie otras lidmašīnas.

– Tev patīk mani ieslodzīt siksnās, – es sāji nosaku.

– Tu nespēj pat iedomāties, cik lielu baudu tas man sagādā. Nāc, iekāp šajās cilpās.

Es paklausu, atbalstīdama roku viņam uz pleca. Kristjens nedaudz saspringst, bet neatraujas. Pagaidījis, līdz cilpas ir man ap kājām, viņš ceļ izpletni augšup, un es izbāžu rokas caur plecu siksnām. Kristjens tās prasmīgi aizsprādzē.

– Tā būs labi, – viņš nosaka, acīm dzirkstot. – Vai tev vēl ir matu gumija?

Es pamāju. – Vai vēlies, lai es sasienu matus?

– Jā.

Es steidzīgi izpildu rīkojumu.

– Kāp iekšā! – Kristjens pavēl. Viņa despota daba nav mainījusies. Es tuvojos aizmugurējam sēdeklim.

– Nē, tev jāsēž priekšā. Aizmugurē ir vieta pilotam.

– Tu taču neko neredzēsi.

– Nekas, es redzēšu pietiekami. – Viņš plati smaida.

Man šķiet, ka vēl nekad neesmu redzējusi Kristjenu tik apmierinātu. Viņš izturas valdonīgi, bet ir laimīgs. Es iekārtojos ādas sēdeklī, kas ir pārsteidzoši ērts. Kristjens pieliecas, sasprādzē siksnas man pār pleciem, pasniedzas man starp kājām, satausta apakšējo jostu un, ievietojis to stiprinājumā pie vēdera, savelk visas siksnas ciešāk.

– Divas reizes dažu minūšu laikā. Man ir paveicies, – viņš nočukst un aši noskūpsta mani. – Mēs ilgi nekavēsimies, tikai divdesmit vai trīsdesmit minūtes. Gaisa straumes tādā agrumā nav īpaši piemērotas, tomēr skats no rīta ir elpu aizraujošs. Ceru, ka tu neesi pārāk nobijusies.

– Nē, tikai līksmi satraukta, – es smaidīdama atbildu.

No kurienes radies šis muļķīgais, platais smaids? Patiesībā jāatzīst, ka es nedaudz baidos. Mana iekšējā dieviete slēpjas zem segas aiz dīvāna.

– Lieliski. – Viņš noglāsta manu vaigu un nozūd skatienam.

Es dzirdu un jūtu Kristjena kustības, kad viņš iekāpj lidmašīnā man aiz muguras. Protams, viņš mani sasprādzējis tik cieši, ka es nevaru pagriezieties un viņu ieraudzīt... cik raksturīgi Kristjenam! Mēs esam ļoti tuvu zemei. Man priekšā ir vadības pults ar lodziņiem, slēdžiem un lielu sviru. Es neko neaiztieku.

Marks Bensons atgriežas, priecīgi smaidīdams, un pārbauda manas siksnas, pirms pieliecas un nopēta kabīnes grīdu, droši vien pārbaudīdams līdzsvaru.

– Jā, viss ir droši. Pirmā reize? – viņš jautā man.

– Jā.

– Jums patiks.

– Paldies, Bensona kungs.

– Sauciet mani par Marku. – Viņš pievēršas Kristjenam.

– Vai viss kārtībā?

– Jā. Sāksim.

Es ļoti priecājos, ka neko neesmu apēdusi, jo mans kuņģis satraukuma dēļ ir savilcies čokurā un diezin vai spētu kaut ko noturēt sevī, kad pacelsimies. Jau atkal esmu uzticējusi savu dzīvību šī skaistā vīrieša prasmīgajām rokām. Marks nolaiž kabīnes vāku, pieiet pie lidmašīnas mums priekšā un iesēžas tajā.

Iedarbojas mūsu aparāta vienīgais propellers, un es jūtu kamolu sakāpjam kaklā. Jēzus... es tiešām grasos planēt. Marks nesteidzīgi virza lidmašīnu uz priekšu pa skrejceļu, un, tauvai izstiepjoties, arī mēs tiekam parauti līdzi. Piedzīvojums ir sācies. Radioaparātā man aiz muguras atskan čērkstoņa; laikam Marks runā ar dispečeru, bet es neuztveru vārdus. Lidmašīnas ātrums palielinās, un mēs tai sekojam, ik pa brīdim palecoties. Marka vadītais aparāts vēl joprojām ir uz zemes. Kad mēs beidzot pacelsimies? Un piepeši mans kuņģis šķietami izkrīt cauri lidaparāta grīdai – mēs esam gaisā.

– Sākam, mazā! – Kristjens uzkliedz man aiz muguras. Un mēs abi esam nokļuvuši paši savā gaisa burbulī tālu no citiem. Es dzirdu tikai vēja šalkas un attālo lidmašīnas motora dūkoņu.

Es abām rokām ieķeros sēdekļa malā, līdz pirkstu kauliņi kļūst balti. Mēs lidojam uz rietumiem, prom no lecošās saules, un kāpjam arvien augstāk, šķērsojot laukus, mežus un lielceļu.

Ak Dievs! Sajūta ir neaprakstāma; virs mums ir tikai debesis. Izkliedētā, siltā gaisma ir neparasti skaista, un es atceros Hosē stāstus par "burvestību stundu", ko dievina visi fotogrāfi – un šis ir tas mirklis, īsi pēc ausmas, un es to izbaudu kopā ar Kristjenu.

Es piepeši atceros Hosē izstādi. Hmm, vajadzēs par to pastāstīt Kristjenam. Interesanti, ko viņš teiks? Tomēr pagaidām es par to nesatraucos, jo jūsmoju par lidojumu. Ceļoties augstāk, man aizkrīt ausis, un zeme arvien vairāk attālinās. Te valda miers. Es saprotu, kāpēc Kristjenam patīk planēšana. Tālu prom no datoriem un saspringtā darba.

Radioaparāts iesprakšķas, un Marks piemin trīs tūkstošus pēdu. Jēziņ, izklausās daudz. Es pametu skatienu lejup, bet nekas vairs nav skaidri saskatāms.

– Atlaid, – Kristjens ierunā radioaparātā, un Marka lidmašīna piepeši nozūd. Mūs nekas vairs nevelk uz priekšu, un mēs slīdam virs Džordžijas.

Jēziņ, cik aizraujoši! Lidmašīnas spārns noslīgst lejup, un mēs virpuļojam pretī saulei. Ikars. Tā ir īstenība. Es lidoju tuvu saulei, bet viņš ir man blakus un vada mani. To apjautusi, es spēji ievelku elpu. Mēs griežamies un virpuļojam, un skats šajā rīta gaismā ir brīnišķīgs.

– Turies! – Kristjens uzsauc, un mēs atkal slīgstam lejup, bet šoreiz viņš neapstājas. Es piepeši esmu kājām gaisā un lūkojos uz zemi caur kabīnes vāku. Pār manām lūpām izlaužas skaļš spiedziens, rokas instinktīvi raujas uz priekšu, un plaukstas pieplok stiklam, jo es cenšos apturēt kritienu. Kristjens smejas. Maitasgabals! Bet viņa prieks ir lipīgs, un arī es sāku smieties, kamēr viņš izlīdzina lidmašīnas gaitu.

– Labi, ka neēdu brokastis! – es kliedzu.

– Jā, tagad ir skaidrs, ka rīkojies prātīgi, jo tūlīt būs vēl!

Kristjens pagāž lidmašīnu uz sāniem, un mēs atkal karājamies ar galvu uz leju. Šoreiz es esmu gatava un turos pie siksnām, bet jūtos muļķīgi un smaidu. Drīz lidmašīna atgriežas pareizajā stāvoklī.

– Skaisti, vai ne? – Kristjens sauc.

– Jā.

Mēs majestātiski šķeļam gaisu, klausīdamies vēja gaudoņā un agrīnā rīta gaismas apdvestajā klusumā. Šobrīd es jūtos pilnīgi laimīga.

– Vai redzi sviru sev priekšā? – Kristjens uzkliedz.

Es palūkojos uz garo stieni, kas raustās man starp kājām. Ak vai, kas viņam padomā?

– Satver to!

Viņš liks man pašai vadīt lidmašīnu. Nē!

– Uz priekšu, Anastasija! – Viņa balss ieskanas trauksmaināk.

Es bikli satveru sviru un jūtu, kā kustas un grozās stūre vai lāpstiņas, vai kas nu tas ir, kas notur lidmašīnu gaisā.

– Turies cieši... neļauj novirzīties. Vai redzi vidējo ciparnīcu priekšā? Adatai jābūt pašā vidū.

Mana sirds dauzās kā neprātīga. Jēziņ, es vadu lidmašīnu... es planēju.

– Laba meitene! – Kristjens iepriecināts uzslavē mani.

– Interesanti, ka nodevi varu manās rokās! – es uzsaucu.

– Tu brīnītos, ja zinātu, ko esmu gatavs tev ļaut, Anastasija. Vari laist vaļā!

Es jūtu sviru noraustāmies un atrauju rokas, un mēs laižamies lejup. Man atkal aizkrīt ausis. Zeme tuvojas, un šķiet, ka drīz tajā ietrieksimies. Mani pārņem bailes.

– BMA, runā BGN paps trīs alfa, tuvojos pa kreisi vēja virzienā skrejceļam numur septiņi, BMA. – Kristjens izklausās tikpat pārliecināts un drošs kā vienmēr. Dispečers kaut ko atbild, bet es nesaprotu vārdus. Mēs aizslīdam platā lokā un nesteidzīgi slīgstam zemāk. Es jau redzu lidlauku un skrejceļus, un mēs lidojam pār lielceļu.

– Turies, mazā. Nolaišanās nav gluda.

Apmetuši vēl vienu loku, mēs laižamies lejup un piepeši jau viegli atsitamies pret zemi, ripojam pa zāli... Jēzus! Man klab zobi, un mēs biedējošā ātrumā traucamies uz priekšu, līdz beidzot apstājamies. Lidmašīna sašūpojas un nosveras pa labi. Es dziļi ievelku plaušās gaisu, un Kristjens paceļ kabīnes vāku. Izkāpis ārā, viņš laiski izstaipās.

– Kā tev patika? – viņš jautā, un viņa pelēkās acis mirdz un laistās kā sudrabs, mani žilbinot. Viņš pieliecas un atsprādzē manas siksnas.

– Fantastiski. Pateicos, – es nočukstu.

– Vai tas bija kaut kas vairāk? – viņš painteresējas cerību pilnā balsī.

– Daudz vairāk, – es izdvešu, un Kristjens atplaukst smaidā.

– Kāp ārā! – Viņš sniedz man roku, un es izrāpjos no kabīnes. Tiklīdz manas kājas skar zemi, Kristjens mani apskauj un piespiež sev cieši klāt. Viņa pirksti ievijas manos matos un parauj manu galvu atpakaļ, bet otra roka noslīgst līdz muguras pamatnei. Kristjens mani skūpsta ilgi un kaislīgi, ar mēli ielauzdamies starp manām lūpām. Viņš elpo straujāk, pamazām iekvēlodamies... Sasodīts... es jūtu viņa locekli sev pie vēdera... mēs esam lidlaukā! Tomēr mani tas nesatrauc. Es iegremdēju pirkstus viņa matos, piesaistot viņu sev. Gribu viņu šeit, tepat, uz zemes. Viņš atraujas un lūkojas uz mani; viņa acis ir satumsušas un mirdz agrīnā rīta gaismā, pilnas neslēpta jutekliskuma. Man aizraujas elpa.

– Brokastis, – Kristjens nočukst, pamanīdamies šajā vārdā iepludināt erotisku noskaņu.

Kā viņam izdodas pārvērst šķiņķi un olas par aizliegto augli? Tā ir neparasta prasme. Viņš pagriežas, satvēris manu roku, un mēs dodamies uz viņa mašīnas pusi.

– Kas notiks ar lidmašīnu?

– Par to kāds parūpēsies, – Kristjens nevērīgi attrauc. – Mēs iesim ēst. – Ir skaidrs, ka šis jautājums nav apspriežams.

Ēdiens! Viņš runā par ēdienu, kaut gan es vēlos tikai viņu.

– Nāc! – Kristjens pasmaida.

Nekad neesmu viņu redzējusi šādu, un mani pārņem prieks. Mēs abi ejam, rokās sadevušies, un mana seja izplūdusi muļķīgā smaidā. Es atceros dienu, ko pavadīju Disnejlendā kopā ar Reju, kad man bija desmit gadu. Tā bija nevainojama diena, un arī šī pamazām tāda kļūst.

**

Kad mēs braucam atpakaļ Savanas virzienā, ieskanas mana telefona modinātāja signāls. Ak jā... laiks iedzert tableti.

– Kas tas bija? – Kristjens ziņkāri jautā, pametis skatienu uz manu pusi.

Es rakņājos pa somiņu, meklēdama iepakojumu.

– Atgādinājums par tableti, – es nomurminu, juzdama, ka piesarkstu.

Viņa lūpu kaktiņi saraucas augšup.

– Lieliski. Man riebjas gumijas.

Es pietvīkstu vēl košāka. Kristjens ir tikpat despotisks kā vienmēr.

– Paldies, ka Marka priekšā nosauci mani par savu draudzeni, – es nomurminu.

– Vai tad tu tāda neesi? – Viņš sarauc uzaci.

– Vai esmu? Man šķita, ka tu vēlies Pakļauto.

– Man arī tā likās, Anastasija, un tas nav mainījies. Bet es jau teicu, ka arī es tagad vēlos kaut ko vairāk.

Jā! Viņš pamazām atmaigst, un es jūtu cerības uzplūdu, kas liek manai elpai aizrauties.

– Man prieks par to, – es načukstu.

– Mūsu mērķis ir sniegt apmierinājumu, Stīlas jaunkundze. – Viņš pasmīn, un mēs apstājamies pie "Starptautiskā Pankūku nama". Es nespēju tam noticēt. Kristjens Grejs... Pankūku namā?

**

Pulkstenis jau ir pusdeviņi, bet kafejnīcā valda klusums. Tajā smaržo pēc saldas mīklas, eļļā cepta ēdiena un uzvēdī arī dezinficējoša līdzekļa smārds. Hmm... apetīti tas nerosina. Kristjens mani pieved pie atsevišķa nodalījuma.

– Man grūti iedomāties tevi šādā vietā, – es atzīstos, iekārtodamās aiz galda.

– Tēvs mēdza mani vest uz kādu no šīm ēstuvēm, kad mamma piedalījās medicīnas darbinieku konferencēs. Tas bija mūsu noslēpums. – Kristjens man uzsmaida, acīm mirdzot, un paņem ēdienkarti. Viņš izlaiž pirkstus caur saviem izspūrušajiem matiem, un es kvēli alkstu atkārtot šo žestu.

Sākusi pētīt ēdienkarti, es atklāju, ka esmu izsalkusi kā vilks.

– Es jau zinu, ko vēlos, – Kristjens aizsmakušā, jutekliskā balsī izdveš. Es palūkojos uz viņu un ieraugu to pašu izteiksmi, kuras dēļ vienmēr saspringst visi mani pavēderes

E L Džeimsa

muskuļi un aizraujas elpa. Viņa acis ir satumsušas un kvēlo. Jēziņ! Asinis manās dzīslās sāk riņķot straujāk, atsaucoties viņa skatienam.

– Man, lūdzu, to pašu, – es nočukstu.

Kristjens spēji ievelk elpu.

– Šeit? – viņš ierosina un sarauc uzaci, šķelmīgi smaidīdams. Starp viņa baltajiem zobiem pavīd mēles galiņš.

Sekss Pankūku namā? Kristjena sejas izteiksme mainās, kļūstot drūmāka.

– Nekod lūpā, – viņš pavēl. – Tikai ne šeit. Ne šobrīd. – Viņa acīs uz brīdi pavīd skarbums, un viņš izskatās kārdinoši bīstams. – Ja nevaru tevi iegūt, nekārdini mani.

– Sveiki, es esmu Liandra. Ko varu jums piedāvāt... emm... šorīt... hmm... tagad? – viesmīle izstoma, ieraudzījusi pievilcīgo vīrieti man pretī. Viņa pietvīkst koši sarkana, un es jūtu sevī uzplaiksnījam līdzjūtību, jo Kristjens vēl joprojām atstāj tādu pašu iespaidu uz mani. Meitenes klātbūtne ļauj man uz brīdi izbēgt no viņa jutekliskā skatiena.

– Anastasija? – viņš jautā, nepievērsdams viesmīlei uzmanību. Ir grūti noticēt, cik daudz erotikas un solījuma viņš spēj ietilpināt manā vārdā.

Es noriju siekalas, klusībā lūgdamās, kaut nekļūtu tikpat purpursārta kā nabaga Liandra.

– Man vajadzīgs tas pats, kas tev. – Mana balss ir klusa, glāsmaina, un Kristjens alkaini uzlūko mani. Es gandrīz zaudēju samaņu. Vai esmu gatava šādai rotaļai?

Liandra pārmaiņus uzlūko mūs abus. Viņas seja ieguvusi tikpat sarkanu nokrāsu kā viņas spožie, rudie mati.

– Vai jums vajadzēs vēl mirkli pārdomām?

– Nē. Mēs zinām, ko vēlamies. – Kristjena lūpas savelkas seksīgā smaidā.

– Atnesiet divas porcijas parasto saldā krējuma pankūku ar kļavu sīrupu un šķiņķi, divas glāzes apelsīnu sulas, vienu melnu kafiju ar vājpienu un angļu brokastu tēju, ja jums tā ir, – Kristjens pasūta, nenovērsdamies no manis.

– Paldies. Vai tas būs viss? – Liandra nočukst, cenzdamās uz mums neskatīties. Mēs abi pagriežamies un uzlūkojam viņu, un viņa atkal koši piesarkst, pirms aizbēg.

– Vispār tas nav taisnīgi. – Es vēroju galda virsmu un ar rādītājpirkstu zīmēju rakstus uz tās, mēģinādama runāt nevērīgi.

– Kas?

– Tas, kā tu atbruņo cilvēkus. Sievietes. Mani.

– Vai es tevi atbruņoju?

Es nicīgi iespurdzos. – Nemitīgi.

– Tie ir tikai sejas vaibsti, Anastasija, – viņš rāmi nosaka.

– Nē, Kristjen, ne tikai.

Viņš viegli sarauc pieri. – Tu mani atbruņo pilnībā, Anastasija. Tava gara tīrība un šķīstums aizslauka prom visus mēslus.

– Vai tāpēc esi mainījis domas?

– Kādā ziņā?

– Nu, par... mums?

Kristjens apcerīgi brauka zodu ar gariem, prasmīgiem pirkstiem. – Es nevaru apgalvot, ka esmu mainījis domas. Mums gluži vienkārši jānovelk jaunas robežas, ja tā var izteikties. Esmu pārliecināts, ka mums uzdosies. Rotaļu istabā tev jābūt paklāvīgai. Es tevi sodīšu, ja pārkāpsi noteikumus. Bet citās jomās... manuprāt, viss ir pārrunājams. Tādas ir manas prasības, Anastasija. Ko tu atbildēsi?

– Vai es drīkstēšu gulēt kopā ar tevi? Tavā gultā?

– Vai tu to vēlies?

– Jā.

– Labi, es piekrītu. Turklāt mans miegs ir ļoti patīkams, kad tu esi kopā ar mani. Es nemaz nenojautu, ka tā var būt. – Kristjens sarauc pieri, manāmi sadrūmis.

– Es baidījos, ka tu mani pametīsi, ja es visam nepiekritīšu. – Mana balss ir ļoti klusa.

– Anastasija, es nekur negrasos pazust. Turklāt... – Viņš apraujas un, brīdi apdomājies, piebilst: – Mēs rīkojamies saskaņā ar tavu ierosinājumu, tavu definīciju: meklējam kompromisus. Tu par to rakstīji savā vēstulē. Un pagaidām man nav iebildumu.

– Man ļoti patīk, ka tu vēlies kaut ko vairāk, – es kautri nomurminu.

– Zinu.

– Kā tu to zini?

– Uzticies man. Gluži vienkārši zinu. – Viņš pasmīn, un es piepeši noprotu, ka viņš kaut ko no manis slēpj. Kas tas varētu būt?

Liandra atnes pankūkas, un mūsu saruna apsīkst. Es dzirdu vēderu iekurkstamies un atceros, ka esmu izsalkusi. Kristjens kaitinoši atzinīgi vēro, kā es notīru šķīvi.

– Vai neiebildīsi, ja es tevi pacienāšu? – es jautāju.

– Kādā ziņā?

– Ļauj man samaksāt par brokastīm.

Kristjens nicīgi iespurdzas.

– Nē, pateicos.

– Lūdzu. Es tiešām priecātos par šādu iespēju.

Viņš sarauc pieri. – Vai tu centies man atņemt vīrišķību?

– Šī, iespējams, ir vienīgā vieta, kurā es varu atļauties samaksāt rēķinu.

– Anastasija, es saprotu, ko tu vēlies panākt, un jūtos aizkustināts. Tomēr es atteikšos.

Es sakniebju lūpas.

– Neesi tik drūma, – Kristjens mani norāj, acīm iedzalkstoties.

**

Protams, viņš pat nejautā, kur dzīvo mana māte, jo ir jau slepus noskaidrojis viņas adresi. Kad viņš apstādina mašīnu pie mājas, es neko nesaku. Kāda gan jēga to darīt?

– Vai nāksi man līdzi? – es bikli jautāju.

– Man jāstrādā, Anastasija, bet vakarā es atgriezīšos. Cikos man jāierodas?

Es nepievēršu uzmanību vilšanās dzēlienam sirdī. Kāpēc es gribu pavadīt katru savas dzīves minūti kopā ar šo despotisko, bet neaprakstāmi seksuālo vīrieti? Ak jā, pareizi: esmu viņā iemīlējusies, un viņš prot lidot.

– Pateicos... par to, ka gribi vairāk.

– Labprāt, Anastasija. – Viņš mani noskūpsta, un es ieelpoju valdzinošo Kristjena smaržu.

– Vai mēs vēlāk tiksimies?

– Nekas mani nespētu atturēt, – viņš nočukst.

Es izkāpju no mašīnas un māju ardievas, nolūkodamās uz Džordžijas saules apspīdēto Kristjena auto, kas attālinās no manis. Man mugurā vēl joprojām ir viņa sporta krekls un kājās – viņa īsbikses, un man ir pārāk karsti.

Māte satraukta rosās virtuvē. Ne jau katru dienu viņai jāuzņem savā mājā vīrietis, kuram pieder tik daudzi miljoni, un tas viņu mazliet izsitis no līdzsvara.

– Kā tev klājas, mīļā? – viņa jautā, un es piesarkstu, jo viņa acīmredzami nojauš, ar ko es naktī nodarbojos.

– Ļoti labi. Kristjens šorīt man ierādīja planēšanas mākslu. – Ceru, ka šī jaunā informācija pievērsīs mātes domas kaut kam citam.

– Planēšanas? Mazā lidmašīnā bez dzinēja?

Es pamāju.

– Oho!

Māte ir zaudējusi valodu, un tas ir kaut kas nepieredzēts. Viņa lūkojas uz mani, pavērusi muti, bet drīz atgūstas un turpina pratināšanu.

– Kā jums vakar veicās? Vai izdevās aprunāties?

Jēziņ! Es pietvīkstu koši sārta.

– Jā... gan vakar, gan šorīt. Nu jau kļūst labāk.

– Lieliski! – Māte pievēršas četrām pavārgrāmatām, kas noliktas uz virtuves galda.

– Paklau... ja vēlies, es varu pagatavot vakariņas.

– Nē, bērns, paldies par piedāvājumu, bet es pati visu paveikšu.

– Nu labi. – Es saviebjos, jo zinu, ka ēdieni, ko māte ceļ galdā, mēdz būt diezgan apšaubāmi. Varbūt viņas prasmes uzlabojušās, kopš viņa apmetusies Savanā kopā ar Bobu. Reiz es nevienam nebūtu novēlējusi viņas gatavotu maltīti, pat ne... ko es ienīstu? Ak jā, Bargo Kundzi jeb Elinu. Varbūt šo sievieti es labprāt nosēdinātu pie mātes vakariņu galda. Kad es beidzot satikšu to sasodīto raganu?

Es nolemju nosūtīt Kristjenam nelielu pateicības vēstulīti.

No: Anastasija Stīla

Temats: Lidojums pārspēj pērienus

Datums: 02.06.2011. 10:20
Kam: Kristjens Grejs
Tu tiešām proti izklaidēt meitenes.
Paldies!
Ana (skūpstu)
No: Kristjens Grejs
Temats: Lidojums un pērieni
Datums: 02.06.2011. 10:24
Kam: Anastasija Stīla
Abi varianti pārspēj Tavu krākšanu. Arī man bija interesanti.
Kā jau vienmēr, kad esmu kopā ar Tevi.
Kristjens Grejs,
Grey Enterprises Holding, Inc.
No: Anastasija Stīla
Temats: KRĀKŠANA
Datums: 02.06.2011. 10:26
Kam: Kristjens Grejs
ES NEKRĀCU! Un, ja arī krācu, Tu rīkojies ļoti nepieklājīgi, par to ierunādamies.
Jūs neesat īsts džentlmenis, Greja kungs! Kaut gan šobrīd uzturaties dienvidu štatos!
Ana
No: Kristjens Grejs
Temats: Mēnesskrākšana
Datums: 02.06.2011. 10:28
Kam: Anastasija Stīla
Nekad neesmu uzdevies par džentlmeni, Anastasija, un domāju, ka esmu Tev nodemonstrējis savu nedžentlmenisko uzvedību jau neskaitāmas reizes. Turklāt mani nebiedē Tavi KLIEDZOŠIE lielie burti. Tomēr atzīstu sīkus, nekaitīgus melus: nē, Tu nekrāc, toties runā. Un Tevī klausīties ir ļoti interesanti.
Kur pazuda man veltītais skūpsts?
Kristjens Grejs,
Grey Enterprises Holding, Inc.

Pie visiem velniem! Es zinu, ka miegā mēdzu runāt, jo Keita jau vairākas reizes man to pastāstījusi. Ko es pateicu, Kristjenam dzirdot? Ak vai!

No: Anastasija Stīla
Temats: Neturi sveci zem pūra!
Datums: 02.06.2011. 10:32
Kam: Kristjens Grejs

Tu esi neģēlis un nekauņa – no džentlmeņa Tevī nav ne miņas!

Par ko es naktī runāju? Nesaņemsi nevienu skūpstu, līdz atklāsi, ko es teicu!

No: Kristjens Grejs
Temats: Pļāpīgā, dusošā skaistule
Datums: 02.06.2011. 10:35
Kam: Anastasija Stīla

Es pārkāptu visus pieklājības likumus, par to runādams, un jau esmu saņēmis rājienu par savu džentlmeņa necienīgo rīcību.

Tomēr, ja pienācīgi uzvedīsies, varbūt Tev visu pastāstīšu šovakar. Tagad man jādodas uz tikšanos.

Uz redzi, mazā!

Kristjens Grejs, nelietis un neģēlis,
Grey Enterprises Holding, Inc.

Kā nu ne! Par spīti viņam es klusēšu līdz pat vakaram. Manī kūsā dusmas. Jēzus! Ja nu esmu pateikusi, ka viņu ienīstu, vai arī – vēl sliktāk! – atzinusies mīlestībā? Ceru, ka tā nav taisnība. Neesmu gatava to atklāt un nedomāju, ka viņš šobrīd spējīgs to uzklausīt. Varbūt šis mirklis nekad nepienāks. Es uzmetu datoram niknuma pilnu skatienu un nospriežu, ka neatkarīgi no mātes ieplānotās ēdienkartes šovakar cepšu maizi. Vismaz spēšu izlādēt dusmas, mīcot mīklu.

**

Māte lēmusi par labu gaspačo zupai un steikiem, kas marinēti olīveļļā, ķiplokos un citronu sulā. Kristjenam garšo gaļa, un šo ēdienu ir viegli pagatavot. Bobs pieteicies uzmanīt grilu. Kāpēc vīriešiem tā patīk uguns? es prātoju, sekodama mātei un viņas iepirkumu ratiem lielveikalā.

Kad esam nonākušas pie jēlās gaļas plauktiem, iezvanās mans telefons. Es to paķeru, cerēdama izdzirdēt Kristjena balsi, bet numurs ir nepazīstams.

– Klausos! – es aizelsusies iesaucos.

– Vai es runāju ar Anastasiju Stīlu?

– Jā.

– Jums zvana Elizabete Morgana no Sietlas Neatkarīgās izdevniecības.

– Ā... sveiki!

– Gribu jums piedāvāt Džeka Haida palīdzes darbu. Vai varēsiet sākt jau pirmdien?

– Emm... jā! Pateicos!

– Vai jums jau zināms, kāda būs alga?

– Jā. Jā... tas ir, jā, es pieņemu jūsu piedāvājumu. Ļoti labprāt strādāšu pie jums.

– Lieliski. Vai varam jūs gaidīt pirmdien pusdeviņos no rīta?

– Jā. Uz redzēšanos. Un vēlreiz – paldies!

Es beidzu sarunu un starodama uzsmaidu mātei.

– Vai tu dabūji darbu?

Es sajūsmināta māju ar galvu, un māte iespiegusies apskauj mani pašā lielveikala vidū.

– Apsveicu, mīļā! Mums jānopērk šampanietis! – Viņa sit plaukstas un sajūsmināta lēkā, it kā viņai būtu divpadsmit, nevis četrdesmit divi gadi.

Es palūkojos uz telefonu un saraucu pieri; ekrānā redzama vēsts par neatbildētu zvanu no Kristjena. Viņš man nekad nezvana. Es nekavējoties uzspiežu viņa numuru.

– Anastasija! – viņš tūlīt pat atsaucas.

– Sveiks, – es kautri nomurminu.

– Man jāatgriežas Sietlā. Radušies nelieli sarežģījumi. Mana lidmašīna jau sagatavota, esmu ceļā uz to. Lūdzu, atvainojies savai mātei manā vietā, jo es netikšu uz vakariņām, – Kristjens ļoti lietišķi ziņo.

– Cerams, nekas šausmīgs nav noticis?

– Ir situācija, kas man jāatrisina. Tiksimies rīt. Ja nevarēšu atbraukt tev pretī uz lidostu pats, atsūtīšu Teiloru. – Kristjens izklausās salts. Pat nikns, bet es pirmo reizi mūsu pazīšanās laikā nedomāju, ka viņš dusmojas uz mani.

– Labi. Ceru, ka viss nokārtosies. Novēlu patīkamu lidojumu.

– Tev arī, mazā, – viņš nosaka, pirms beidz sarunu, un es jūtu, ka mans Kristjens ir atgriezies.

Hmm, pēdējā "situācija", kas viņam bija jārisina, attiecās uz manu nevainību. Cerams, šoreiz tas ir kaut kas cits. Es palūkojos uz māti. Viņas gaviļpilnais noskaņojums pārvērties raizēs.

– Kristjenam vajadzēja steidzīgi atgriezties Sietlā. Viņš atvainojas, ka nevarēs atnākt.

– Ak tā! Žēl gan, mīļā. Bet mēs tik un tā varam sarīkot dārza svētkus, un tagad mums ir kaut kas svinams – tavs jaunais darbs! Pastāsti man par to.

**

Ir vēla pēcpusdiena, un mēs ar māti guļam pie baseina. Tā kā mans draugs miljonārs neieradīsies uz vakariņām, māte ir atbrīvojusies no spriedzes un šķiet pilnīgi laimīga. Es baudu saules starus, apņēmusies nobrūnināt savu bālo ādu, un kavējos atmiņās par iepriekšējo vakaru un šo rītu. Domājot par Kristjenu, es nespēju apvaldīt muļķīgu, platu smaidu. Tas nemitīgi atgriežas manā sejā, nelūgts un mulsinošs, kad atceros mūsu dažādās sarunas un to, ko darījām... ko darīja viņš.

Kristjena attieksme ir ievērojami mainījusies. Viņš to noliedz, tomēr atzīst, ka cenšas sniegt man kaut ko vairāk. Kāpēc? Kas noticis laika posmā starp viņa garo vēstuli un mūsu tikšanos vakar? Ko viņš izdarījis? Es spēji pieceļos sēdus, gandrīz izliedama dzērienu. Viņš devās vakariņās kopā ar... to sievieti. Elinu.

Jēzus un Marija!

Man pār muguru pārskrien tirpas. Vai viņa kaut ko pateikusi? Es būtu ar mieru atteikties no visa, lai tikai varētu pārvērsties par mušu uz restorāna sienas. Tad es ielidotu viņas zupā vai vīna glāzē, un viņa aizrītos...

471

– Kas noticis, Ana? – māte jautā, iztrūkusies no savas laiskās gulšņāšanas.

– Man tikai kaut kas ienāca prātā. Cik ir pulkstenis?

– Pusseptiņi, mīļā.

Kristjena lidmašīna droši vien vēl nav piezemējusies. Vai es drīkstu viņam uzdot jautājumu? Vai vajadzētu? Varbūt tai sievietei tomēr nav bijis nekā kopīga ar pārmaiņu Kristjena uzvedībā. Es ļoti ceru, ka tā tiešām ir. Ko es pateicu miegā? *Velns...* droši vien izmetu kādu neapdomātu piezīmi, redzēdama Kristjenu sapnī. Lai kas tas būtu, es lūdzu Dievu, kaut šis lūzums būtu radies viņa paša, nevis Bargās Kundzes dēļ.

Drausmīgais karstums mani nomoka. Es nolemju vēlreiz izpeldēties baseinā.

**

Gatavodamās iet gulēt, es ieslēdzu datoru. Neesmu saņēmusi nekādu ziņu no Kristjena, pat ne apliecinājumu, ka viņš nonācis galā.

No: Anastasija Stīla
Temats: Esi ieradies neskarts?
Datums: 02.06.2011. 22:32
Kam: Kristjens Grejs
Godātais kungs!
Lūdzu, ziņo, vai esi sasniedzis ceļamērķi neskarts. Es sāku satraukties. Domāju par Tevi.
Tava Ana (skūpstu)

Pēc trim minūtēm atskan signāls, kas liecina par jaunas vēstules saņemšanu.

No: Kristjens Grejs
Temats: Piedod
Datums: 02.06.2011. 19:36
Kam: Anastasija Stīla
Cienītā Stīlas jaunkundze!
Esmu ieradies Sietlā un lūdzu mani atvainot, jo neinformēju Tevi. Nevēlos Tev sagādāt raizes. Ir patīkami zināt, ka satraucies par mani. Arī es par Tevi domāju un, protams, nepacietīgi gaidu mūsu tikšanos rīt.
Kristjens Grejs

Grey Enterprises Holding, Inc.
Es nopūšos. Kristjens atkal raksta formāli un sausi.
No: Anastasija Stīla
Temats: Situācija ar lielo burtu
Datums: 02.06.2011. 22:40
Kam: Kristjens Grejs
Godātais Greja kungs!
Domāju, ir acīmredzams, ka man pret Tevi ir ļoti spēcīgas jūtas. Kāpēc Tu par to šaubies?
Ceru, ka "situācija" ir atrisināta.
Tava Ana (skūpstu)
P.S. Vai Tu man pateiksi, ko es runāju miegā?
No: Kristjens Grejs
Temats: Tiesības neizpaust informāciju
Datums: 02.06.2011. 19:45
Kam: Anastasija Stīla
Cienītā Stīlas jaunkundze!
Man ļoti patīk tas, ka par mani raizējies. "Situācija" pagaidām nav atrisināta.
Attiecībā uz piebildi: nē.
Kristjens Grejs
Grey Enterprises Holding, Inc.
No: Anastasija Stīla
Temats: Nespēja atbildēt par savu rīcību
Datums: 02.06.2011. 22:48
Kam: Kristjens Grejs
Ceru, ka tas vismaz bija kaut kas uzjautrinošs. Bet neaizmirsti, ka es nevaru uzņemties atbildību par jebko, kas nācis no manas mutes, ja tobrīd neesmu pie pilnas apziņas. Un vispār – Tu droši vien pārklausījies.
Cilvēks Tavos cienījamos gados noteikti ir nedaudz kurls.
No: Kristjens Grejs
Temats: Vainīgs
Datums: 02.06.2011. 19:52
Kam: Anastasija Stīla
Cienījamā Stīlas jaunkundze!
Lūdzu, runā skaļāk, es neko nedzirdu.
Kristjens Grejs

Grey Enterprises Holding, Inc.
No: Anastasija Stīla
Temats: Nespēja atbildēt par savu rīcību – vēlreiz
Datums: 02.06.2011. 22:54
Kam: Kristjens Grejs
Tu mani padarīsi traku.
No: Kristjens Grejs
Temats: Cerams...
Datums: 02.06.2011. 19:59
Kam: Anastasija Stīla
Cienījamā Stīlas jaunkundze!
Plānoju īstenot šo ieceri piektdienas vakarā. Gaidu ar nepacietību.
;)
Kristjens Grejs
Grey Enterprises Holding, Inc.
No: Anastasija Stīla
Temats: Grrrr
Datums: 02.06.2011. 23:02
Kam: Kristjens Grejs
Svinīgi paziņoju, ka esmu dusmīga uz Tevi.
Arlabunakti.
A. R. Stīla
No: Kristjens Grejs
Temats: Mežonīgā kaķene
Datums: 02.06.2011. 20:05
Kam: Anastasija Stīla
Vai Jūs uz mani rūcat, Stīlas jaunkundze?
Man ir pašam savs kaķis, kurš palīdz tikt galā ar rūcējiem.
Kristjens Grejs
Grey Enterprises Holding, Inc.

Kaķis? Es neesmu redzējusi kaķi viņa dzīvoklī. Nē, es viņam neatbildēšu. Ak, viņš mēdz būt tik kaitinošs! Piecdesmit dažādās nokrāsās. Es apguļos un vēroju griestus, kamēr acis pierod pie tumsas. No datora atskan signāls. Nē, es nelasīšu viņa vēstuli. Nekādā ziņā. Nepavisam. Rrrr!

Es tomēr nespēju pretoties Kristjena Greja vārdu vilinājumam.

No: Kristjens Grejs
Temats: Tas, ko teici miegā
Datums: 02.06.2011. 20:20
Kam: Anastasija Stīla
Anastasija!
Es labprātāk dzirdētu Tavus miegā izrunātos vārdus brīdī, kad būsi pie pilnas apziņas, tāpēc neatkārtošu tos Tev. Ej gulēt. Tev jāatpūšas, jo man rītdienai ir padomā kaut kas īpašs.
Kristjens Grejs
Grey Enterprises Holding, Inc.

Ak nē... ko es pateicu? Mani māc nelāgas nojausmas.

25. NODAĻA

Māte cieši apskauj mani.

– Ieklausies savā sirdī, mīļā, un lūdzu, lūdzu, pacenties nedomāt par visu pārāk daudz. Nesaspringsti un izklaidējies. Tu esi ļoti jauna, Ana, un tev vēl daudz kas dzīvē jāizbauda. Gluži vienkārši ļaujies tam. Tu esi pelnījusi visu labāko, – viņa iečukst man ausī, un es smeļos mierinājumu no šiem sirsnīgajiem vārdiem. Viņa uzspiež skūpstu man uz matiem.

– Ak, māt! – Man acīs sariešas karstas asaras, un es negribu laist viņu vaļā.

– Mīļā, tu zini seno teicienu. Jānoskūpsta daudz varžu, pirms atradīsi savu princi.

Es veltu viņai greizu, sērīgu smaidu.

– Man šķiet, ka jau esmu noskūpstījusi princi, māt. Ceru, ka viņš nepārvērtīsies par vardi.

Saņēmusi pretī burvīgu, mātišķu, vārdos neizsakāmas mīlestības pilnu smaidu, es atkal apskauju māti, brīnīdamās par savu kvēlo pieķeršanos viņai.

– Ana, nupat paziņoja, ka tava reisa pasažieri tiek aicināti uz iekāpšanu, – Bobs satraucies brīdina.

– Vai apciemosi mani, māt?

– Protams, mīļā. Ļoti drīz. Mīlu tevi!

– Es tevi arī.

Māte atkāpjas, un es redzu, ka viņas acis ir apsārtušas, pilnas aizturētu asaru. Man ļoti negribas viņu pamest. Apskāvusi arī Bobu, es dodos uz izeju – šodien man nav laika baudīt pirmās klases uzgaidāmās telpas labumus. Es pavēlu sev neskatīties atpakaļ, tomēr to daru... un Bobs mierina māti, kurai pār seju rit asaras. Man vairs neizdodas apvaldīt arī savējās. Es pieliecu galvu un tuvojos izejai, piekalusi skatienu baltajai, mirdzošajai grīdai, kas asaru dēļ šķiet izplūdusi.

Salonā mēģinu nomierināties. Vienmēr ir sāpīgi pamest māti... viņa ir juceklīga, vieglprātīga, bet tagad sākusi dot vērtīgus padomus, turklāt mīl mani. Beznosacījumu mīlestība – lūk, ko ikviens bērns pelnījis saņemt no saviem vecākiem. Es saraucu pieri, brīnīdamās par savām drūmajām domām, un nomākta aplūkoju tālruni.

Kas Kristjenam zināms par mīlestību? Spriežot pēc visa, dzīves pirmajos gados viņš nav to saņēmis. Es jūtu sirdi sažņaudzamies, un prātā ataust mātes teiktie vārdi: *Jā, Ana. Kas tev vajadzīgs? Mirguļojoši burti viņam uz pieres?* Viņa domā, ka Kristjens mani mīl, bet viņa galu galā ir mana māte un tas ir saprotams. Viņasprāt, esmu pelnījusi visu labāko. Es saraucu pieri. Viņai ir taisnība, un pār mani nāk atklāsme. Viss ir ļoti vienkārši. Es vēlos Kristjena mīlestību. Man vajag, lai Kristjens Grejs mani mīlētu. Lūk, kāpēc esmu tik atturīga, apsverot mūsu attiecības – tāpēc, ka dziļi sevī es apzinos, ka manī mājo vēlme būt mīlētai un lolotai.

Un es baidos pieķerties Kristjenam, jo viņš šajā ziņā nav normāls. Aizraušanās ar sāpēm ir tikai daļa no īstās problēmas. Sekss ir lielisks, Kristjens ir bagāts un izskatīgs, bet tam visam nav nekādas nozīmes, ja nav mīlestības. Visvairāk mani skumdina neziņa, vai viņš vispār ir spējīgs to just. Kristjens nemīl pat sevi. Es atceros viņa teikto par naidu, par to, ka viņas izrādītā mīlestība bijusi vienīgā, ko Kristjens spējis pieņemt. Mīlestība, kas ietver sodus, pātagošanu, sišanu, visu pārējo, kas ietilpa viņu attiecībās... Kristjens jūtas mīlestības necienīgs. Kāpēc? Man ausīs skan viņa vārdi: *Ir grūti augt ideālā ģimenē, ja pats neesi ideāls.*

Es aizveru acis, iztēlodamās viņa sāpes, bet zinu, ka nespēju tās izprast. Kad atceros, ka droši vien esmu izpaudusi pārāk daudz, es nodrebinos. Ko es miegā atklāju Kristjenam? Kādus noslēpumus?

Skatiens pievēršas viedtālrunim vārgā cerībā, ka tas man dos kādu atbildi. Protams, nekas nenotiek. Tā kā mēs vēl neesam pacēlušies, es sāku rakstīt vēstuli savam nelaimīgajam, dēmonu apsēstajam vīrietim.

No: Anastasija Stīla
Temats: Ceļā uz mājām
Datums: 03.06.2011. 12:53
Kam: Kristjens Grejs
Godātais Greja kungs!
Atkal esmu nokļuvusi pirmās klases salonā, par ko varu pateikties Tev. Jau skaitu minūtes, līdz vakarā tiksimies, un varbūt man izdosies ar spīdzināšanas palīdzību no Tevis izdabūt patiesību par manām naksnīgajām atklāsmēm.
Tava Ana (skūpstu)
No: Kristjens Grejs
Temats: Ceļā uz mājām
Datums: 03.06.2011. 09:58
Kam: Anastasija Stīla
Anastasija, priecāšos Tevi redzēt.
Kristjens Grejs
Grey Enterprises Holding, Inc.

Izlasījusi atbildi, es saraucu pieri. Tā ir īsa un pieklājīga, un nav ne miņas no Kristjena pierastās asprātības.

No: Anastasija Stīla
Temats: Ceļā uz mājām
Datums: 03.06.2011. 13:01
Kam: Kristjens Grejs
Lieliskais Greja kungs!
Ceru, ka "situācija" ir nokārtota. Tavas vēstules tonis vieš raizes.
Ana (skūpstu)
No: Kristjens Grejs
Temats: Ceļā uz mājām
Datums: 03.06.2011. 10:04
Kam: Anastasija Stīla
Anastasija!

Situācija šobrīd ir diezgan nepatīkama. Vai jau esi pacēlusies gaisā? Ja tā, Tev nevajadzētu sūtīt vēstules. Tu apdraudi savu veselību un drošību, un tas ir pretrunā ar noteikumiem. Es runāju nopietni, kad pieminēju sodu.

Kristjens Grejs

Grey Enterprises Holding, Inc.

Sasodīts! Kāpēc Kristjens ir tik sasprindzis? Varbūt savas "situācijas" dēļ? Varbūt Teilors kaut kur pazudis, varbūt Kristjens zaudējis dažus miljonus akciju tirgū – iemeslu var būt daudz.

No: Anastasija Stīla
Temats: Pārspīlētas rūpes
Datums: 03.06.2011. 13:06
Kam: Kristjens Grejs

Godātais īgņa!

Lidmašīnas durvis vēl joprojām ir atvērtas. Mēs izlidosim ar desmit minūšu nokavēšanos. Manai un apkārtējo pasažieru drošībai nekas nedraud. Pagaidām vari nobēdzināt kaut kur savu niezošo plaukstu.

Stīlas jaunkundze

No: Kristjens Grejs
Temats: Atvainojos un nobēdzinu niezošo plaukstu
Datums: 03.06.2011. 10:08
Kam: Anastasija Stīla

Es ilgojos pēc Tevis un Tavas asās mēles, Stīlas jaunkundze.

Vēlos, lai Tu neskarta atgrieztos mājās.

Kristjens Grejs
Grey Enterprises Holding, Inc.

No: Anastasija Stīla
Temats: Atvainošanās pieņemta
Datums: 03.06.2011. 13:10
Kam: Kristjens Grejs

Stjuarti jau ver ciet durvis. No manis vairs nedzirdēsi nevienu pīkstienu, ņemot vērā Tavu kurlumu.

Uz redzi!

Ana (skūpstu)

Es izslēdzu tālruni, bet nespēju atbrīvoties no nemiera. Ar Kristjenu notiek kaut kas nelāgs. Varbūt "situācija" kļuvusi nevadāma. Es atlaižos sēdeklī un paskatos uz plauktu, kur noglabāta soma. Šorīt māte man palīdzēja sameklēt Kristjenam nelielu dāvanu pateicībā par pirmās klases biļeti un planēšanu. To atceroties, es pasmaidu; piedzīvojums bija lielisks. Tomēr es vēl nezinu, vai pasniegšu Kristjenam savu nelielo velti. Varbūt viņam tā šķitīs bērnišķīga – un, ja viņam būs savāds noskaņojums, varbūt arī nē. Es vienlaikus dedzīgi vēlos atgriezties Sietlā un baidos no tā, kas mani gaida ceļamērķī. Prātā pārcilādama visus iespējamos "situācijas" scenārijus, es apjaušu, ka sēdeklis man blakus atkal ir tukšs. Ieprātojos, ka Kristjens iegādājies biļeti arī uz to, lai es ne ar vienu nevarētu runāt. Es papurinu galvu un atvairu šo smieklīgo iedomu. Neviens nevarētu būt tik despotisks un greizsirdīgs. Lidmašīna tuvojas skrejceļam, un es aizveru acis.

**

Pēc astoņām stundām es ieeju lidostas terminālī un ieraugu Teiloru, kurš rokās tur plakātu ar uzrakstu "A. Stīlas jaunkundze". Dieva dēļ! Tomēr ir patīkami viņu redzēt.

– Sveiks, Teilor.

– Labdien, Stīlas jaunkundze, – viņš svinīgi atbild, bet es saskatu smaida atblāzmu viņa brūnajās acīs. Viņš ir tikpat nevainojami ģērbies kā vienmēr – elegantā, ogļmelnā uzvalkā un baltā kreklā, ko rotā melna kaklasaite.

– Es zinu, kā tu izskaties, Teilor, tev nav vajadzīgs plakāts, un man tiešām gribētos, lai sauc mani vārdā.

– Labi, Ana. Vai drīkstu paņemt tavas somas?

– Nē, mani tās neapgrūtina. Pateicos.

Teilors tik tikko manāmi sakniebj lūpas.

– B-bet, ja tu justos ērtāk, tās nesot... – es izstomu.

– Paldies. – Viņš paķer manu mugursomu un nupat iegādāto čemodānu uz riteņiem, kurā saliktas mātes nopirktās drēbes. – Lūdzu, sekojiet man.

Es nopūšos. Viņš ir neticami pieklājīgs. Turklāt es atceros, ka šis vīrietis pircis man apakšveļu, kaut gan esmu centusies izdzēst šīs domas no prāta. Jāatzīst, ka viņš ir vienīgais, kurš jebkad kaut ko tādu darījis, un tas mani nedaudz mulsina. Pat Rejam nekad nav nācies ciest šīs neērtības. Mēs klusēdami aizejam līdz melnajam *Audi* stāvvietā, un Teilors atver man durvis. Es iesēžos mašīnā. Neesmu pārliecināta, vai bija prātīgi vilkt mugurā tik īsus svārkus. Džordžijā es tajos jutos labi, bet šeit manas kājas šķiet pārāk atkailinātas. Teilors ieliek manas mantas bagāžniekā, un mēs dodamies uz Eskalas ēku.

Ir sastrēgumstunda, tāpēc mēs braucam lēni. Teilors nenovērš skatienu no ceļa sev priekšā. Viņš ir vēl nerunīgāks kā Rejs.

Es vairs nespēju izturēt klusumu.

– Teilor, kā klājas Kristjenam?

– Greja kungs ir ļoti aizņemts, Stīlas jaunkundze.

Droši vien runa ir par "situāciju". Es nolemju kalt dzelzi, kamēr tā vēl karsta.

– Aizņemts?

– Jā, kundze.

Es saraucu pieri, un Teilors palūkojas uz mani atpakaļskata spogulī. Mūsu skatieni sastopas. Viņš neko vairs neteiks. Jēziņ, Teilors spēj būt tikpat noslēgts kā viņa despotiskais darbadevējs.

– Vai Kristjenam nekas nekaiš?

– Domāju, ka nē, kundze.

– Vai tev ērtāk būtu uzrunāt mani uzvārdā?

– Jā, kundze.

– Labi.

Mūsu saruna apraujas, un atkal iestājas klusums. Iedomājos, ka Teilora nesenā atzīšanās par Kristjena neciešamo uzvedību droši vien bijusi novirze no normas. Varbūt viņš kaunas par to un raizējas, ka nodevis savu priekšnieku. Klusums ir smacējošs.

– Vai tu, lūdzu, varētu ieslēgt mūziku?

– Protams, kundze. Ko jūs vēlaties klausīties?

– Kaut ko nomierinošu.

Teilora lūpās parādās smaids, un mūsu skatieni atkal uz brīdi sastopas spogulī.

– Jā, kundze.

Viņš nospiež vairākas pogas uz stūres, un ieskanas Johana Pahelbela "Kanona" maigā melodija. Tieši tas man bija vajadzīgs.

– Pateicos. – Es atlaižos sēdeklī, un mēs lēni, bet neatlaidīgi virzāmies pa lielceļu uz Sietlas pusi.

**

Pēc divdesmit piecām minūtēm Teilors izlaiž mani pie elpu aizraujošās debesskrāpja fasādes.

– Lūdzu, kundze, – viņš saka, turēdams mašīnas durvis. – Es uznesīšu augšā jūsu mantas. – Viņa sejas izteiksme ir rāma, sirsnīga, pat tēvišķa. Viņš nedaudz līdzinās gādīgam tēvocim, un šī doma ir fascinējoša.

– Paldies, ka sagaidīji mani.

– Bija ļoti patīkami, Stīlas jaunkundze. – Teilors pasmaida, un es ieeju ēkā. Šveicars man pamāj ar galvu.

Braucot uz trīsdesmito stāvu, es jūtu vairākus tūkstošus tauriņu plivinām spārnus man vēderā. Kāpēc es tā satraucos? Un es zinu atbildi: man nav ne jausmas, kādā noskaņojumā Kristjens mani sagaidīs. Manas būtības juteliskā daļa cer, ka viņš ieraus mani gultā, bet zemapziņa, tāpat kā es, bailēs trīc.

Lifta durvis atveras, un es izeju priekšnamā. Ir dīvaini neredzēt tajā Teiloru. Protams, viņš taču patlaban novieto mašīnu stāvvietā. Kristjens mani sagaida lielajā istabā, piespiedis pie auss telefonu, un klusi runā, pa stikla durvīm lūkodamies uz krēslojošo Sietlas apvārsni. Viņam mugurā ir pelēks uzvalks, žakete ir atpogāta, un viņš laiž pirkstus caur matiem. Es jūtu, ka viņš ir satraukts, pat sasprindzis. Ak nē... kas noticis? Pat šādā stāvoklī Kristjenu tik un tā ir patīkami uzlūkot. Kā viņam izdodas būt tik... aizraujošam?

– Ne miņas... Labi... Jā. – Kristjens pagriežas un ierauga mani, un viņa noskaņojums spēji mainās. Saspringuma vietā jaušams atvieglojums, bet tas nozūd, un parādās kaut kas cits. Viņa acīs iekvēlojas juteliska iekāre, un tā mani apsvilina.

Es jūtu, ka mute izkalst un asinis riņķo straujāk... oho!

– Turpini mani informēt, – Kristjens noskalda un izslēdz telefonu, mērķtiecīgi tuvodamies man. Es stāvu kā sastingusi, juzdama, ka viņš mani aprij ar acīm. Kaut kas nav labi; Kristjens ir sakodis zobus, un viņa acīs jaušams nemiers. Viņš ar plecu kustību nomet žaketi, norauj kaklasaiti un noliek abus apģērba gabalus uz dīvāna, ne mirkli neapstādamies. Jau nākamajā mirklī Kristjens mani apskauj un pievelk sev klāt. Viņš rīkojas skarbi un strauji. Satvēris manus zirgastē sasietos matus, viņš parauj tos, līdz paceļu galvu, un skūpsta mani tā, it kā no tā būtu atkarīga viņa dzīvība. Ko tas nozīmē? Viņš izvelk gumiju man no matiem, nodarīdams sāpes, bet man ir vienalga. Skūpstam piemīt kaut kas izmisīgs, dzīvniecisks. Šobrīd es Kristjenam esmu vajadzīga, kaut gan nezinu iemeslu. Nekad vēl neesmu jutusies tik iekārota. Viņa kvēle ir vienlaikus drūma, jutekliska un biedējoša. Es atbildu uz skūpstu tikpat dedzīgi, un mani pirksti iegrimst viņa matos. Mūsu mēles savijas, kaislei uzliesmojot. Viņa garša ir reibinoša, erotiska, seksīga, un viņa smarža ir unikāla, tikai Kristjenam raksturīga. Nedaudz atrāvies, viņš lūkojas uz mani, nokļuvis neizprotamu izjūtu varā.

– Kas noticis? – es izdvešu.

– Man prieks, ka esi atgriezusies. Pievienojies man dušā. Tūlīt pat.

Nevaru saprast, kas tas ir – lūgums vai pavēle.

– Labi, – es nočukstu, un Kristjens ieved mani vispirms guļamistabā un pēc tam arī vannasistabā. Palaidis vaļā manu roku, viņš atgriež vaļā milzīgās dušas krānus un nesteidzīgi pagriežas. Viņš vēro mani, nedaudz nolaidis plakstiņus.

– Man patīk tavi svārki. Tie ir ļoti īsi, – Kristjens dobjā balsī nosaka. – Tev ir skaistas kājas.

Viņš nomet kurpes un novelk zeķes, ne mirkli nenovērsdamies no manis. Viņa acīs kvēlo tik nevaldāmas alkas, ka es izbrīna dēļ zaudēju valodu. Šis grieķu dievs mani iekāro, un sajūta ir neaprakstāma. Es sekoju viņa priekšzīmei un noauju savas melnās zempapēžu kurpes. Kristjens piepeši satver mani un sper soli uz priekšu, līdz es atduros pret sie-

nu. Viņš skūpsta manus deniņus, vaigus, kaklu, lūpas, laiz-
dams pirkstus caur maniem matiem. Es jūtu muguru cieši pie-
kļaujamies pie vēsajām, gludajām flīzēm, jo Kristjens spie-
žas man klāt, un es esmu iespīlēta starp viņa tveicīgo miesu
un salto keramiku. Kad bikli pieskaros viņa augšdelmiem,
viņš ievaidas, un es spēcīgāk ieķeros viņa rokās.

– Es tevi gribu. Šeit... skarbi un strauji, – viņš izdveš un
jau velk augšup manus svārkus. – Vai tu vēl asiņo?

– Nē. – Es piesarkstu.

– Ļoti labi.

Kristjens iebīda īkšķus aiz manu balto kokvilnas biksīšu
malas un spēji nometas uz ceļiem, vilkdams tās lejup. Mani
svārki ir pabīdīti augšup, un es esmu kaila no vidukļa uz
leju, iekārē elsodama. Kristjens atkal piespiež mani pie sie-
nas. Es jūtu viņa lūpas pie savas kājstarpes. Satvēris manus
augšstilbus, viņš tos papleš, un es skaļi iestenos, kad viņa
mēle sāk apļot ap klitoru. *Mmm...* Es atmetu galvu un sāku
vaidēt, pirkstiem ievijoties Kristjena matos.

Viņa mēles kustības ir nerimstošas, spēcīgas un uzstājī-
gas. Mani pārņem brīnišķīgas izjūtas, es izbaudu katru plūs-
tošo, maigo loku, ko viņa mēle velk pār manu klitoru, līdz
kaisle ir tik sakāpināta, ka gandrīz sagādā sāpes. Mans ķer-
menis saspringst, un Kristjens atraujas nost. Kāpēc? Nē! Es
strauji elsoju, gaidpilni uzlūkodama viņu. Cieši sakļāvis
plaukstas ap manu seju, Kristjens ar mēli ielaužas manā mu-
tē, ļaudams man izgaršot pašas uzbudinājumu. Viņš atvelk
rāvējslēdzēju, atbrīvodams milzīgo locekli, satver manas kā-
jas tieši zem dibena un paceļ mani augšā.

– Apvij kājas man apkārt, mazā, – viņš kvēlu alku pilnā
balsī pavēl.

Es paklausu un aplieku rokas Kristjenam ap kaklu, un viņš
spēji iekļūst manī. Jā! Es ievaidos, viņš ievelk elpu un, cieši
turēdamies man pie dibena, sāk kustēties. Sākumā tas no-
tiek pavisam lēni, nesteidzīgā ritmā... bet, pamazām zaudē-
dams savaldību, viņš kustas arvien straujāk. Jā, jā! Es atme-
tu galvu, ļaudamās debeškīgajām sajūtām... viņš triecas
manī, virzīdams mani augšup, augstāk, arvien tālāk... un,

kad vairs nevaru izturēt, es krītu lejup, izbaudīdama spēcīgo, visaptverošo orgasmu. Arī Kristjens drīz vien dobji ierēcas un, iespiedis seju man pie kakla, tiecas vēl dziļāk, skaļi un nesaprotami elsdams.

Pēc brīža viņš maigi noskūpsta mani, vēl joprojām strauji elpodams, bet nekustas, neatraujas no manis, un es akli mirkšķinu acis, neko neredzēdama. Nedaudz atguvies, Kristjens saudzīgi izvelk locekli no manis, un es nolaižu kājas lejup, turēdamās pie viņa rokām. Vannasistaba ir garaiņu pilna, un tajā valda tveice. Es jūtos pārāk silti apģērbusies.

– Šķiet, tu priecājies, mani redzot, – es nomurminu, kautri smaidīdama.

Kristjens sarauc lūpas. – Jā, Stīlas jaunkundze, domāju, mans prieks ir acīmredzams. Nāc, nomazgāsimies.

Atpogājis kreklu, viņš izņem aproču pogas un izģērbjas, nomezdams kreklu uz grīdas. Novilcis arī uzvalka bikses un šortus, Kristjens aizsper tos malā un ķeras pie manas blūzes, bet es tikmēr vēroju viņu, alkdama laist plaukstu pār viņa krūtīm, tomēr savaldos.

– Kā noritēja tavs lidojums? – Kristjens painteresējas. Tagad viņš ir daudz rāmāks, spriedze ir pazudusi, fantastiskā orgasma izgaisināta.

– Ļoti labi, – es aizelsusies nomurminu. – Vēlreiz pateicos par pirmās klases biļeti. Tā ceļot ir daudz patīkamāk. – Es kautri pasmaidu. – Man ir jaunumi, – es piebilstu, nedaudz satraukusies.

– Kādi? – Viņš lūkojas lejup uz mani, atpogādams pēdējo pogu, pirms noslidina blūzi lejup pār manām rokām un nomet to uz savām drēbēm.

– Es dabūju darbu.

Kristjens sastingst un uzsmaida man. Viņa acis gādīgi iemirdzas.

– Apsveicu, Anastasija. Vai tagad esi ar mieru man pateikt, kur strādāsi? – viņš labsirdīgi ķircina mani.

– Vai tu to vēl nezini?

Viņš apjucis papurina galvu. – Kā es to varētu zināt?

– Tu vienmēr tik prasmīgi mani izseko, ka man šķita... – es apklustu, jo Kristjens ir manāmi satriekts.

– Anastasija, es nemūžam neiejauktos tavos karjeras plānos, ja vien tu man to nelūgtu. – Viņš šķiet sāpināts.

– Tātad tu tiešām nezini, kurā uzņēmumā es strādāšu?

– Nē. Es zinu, ka Sietlā ir četras izdevniecības, tāpēc pieņemu, ka vienā no tām.

– Sietlas Neatkarīgajā izdevniecībā.

– Vismazākajā? Lieliski, malacis. – Viņš pieliecas un noskūpsta mani uz pieres. – Gudra meitene. Kad tev jāsāk?

– Pirmdien.

– Jau? Tātad man tevi jāizmanto, kamēr tas iespējams. Pagriezies.

Nevērīgi izmestā pavēle mani samulsina, tomēr es izpildu rīkojumu, un Kristjens atsprādzē manu krūšturi. Atvilcis arī svārku rāvējslēdzēju, viņš noslidina tos lejup, vienlaikus ar plaukstām apkļaudams manu pēcpusi, to viegli saspiezdams. Noskūpstījis manu plecu, viņš paceļ galvu un dziļi ieelpo, iegremdējis degunu manos matos.

– Tu mani reibini, Anastasija, bet spēj arī nomierināt. Valdzinošs sajaukums. – Viņš uzspiež skūpstu man uz pakauša un, satvēris aiz rokas, ievelk mani dušā.

– Au! – es iekliedzos. Ūdens ir gandrīz verdošs. Kristjens smaidīdams uzlūko mani, ļaudamies strūklām.

– Silts ūdens tev neko nenodarīs, Anastasija.

Viņam ir taisnība. Iespēja noskalot Džordžijas tveices un mūsu mīlēšanās radītos sviedrus ir debešķīga.

– Pagriezies, – Kristjens pavēl, un es paklausu, nostādamās ar seju pret sienu. – Es vēlos tevi nomazgāt, – viņš nosaka un, pasniedzies pēc šķidro ziepju tūbiņas, izspiež smaržīgo vielu plaukstā.

– Es gribēju tev pastāstīt vēl kaut ko, – sajutusi viņa plaukstu uz pleciem, es nomurminu.

– Ko tieši? – Kristjens rāmi jautā.

Es dziļi ievelku elpu. – Ceturtdien Portlendā paredzēta mana drauga Hosē fotogrāfiju izstādes atklāšana.

Kristjens sastingst, turēdams rokas virs manām krūtīm. Esmu īpaši uzsvērusi vārdus "drauga".

– Labi. Un tālāk? – viņš vaicā.

– Es apsolīju ierasties. Vai nāksi kopā ar mani?

Šķiet, ka aizrit vesela mūžība, pirms viņš nesteidzīgi turpina mani mazgāt.

– Cikos?

– Atklāšana sāksies pusastoņos.

Kristjens noskūpsta mani uz auss.

– Labi.

Mana zemapziņa atvieglota sabrūk vecā, apdilušā krēslā.

– Vai tu baidījies mani ielūgt?

– Jā. Kā tu to zini?

– Viss tavs ķermenis nupat atbrīvojās no saspringuma, Anastasija, – viņš neizteiksmīgi nosaka.

– Nu, tu esi nedaudz... hmm, greizsirdīgs.

– Esmu gan, – Kristjens bargi apstiprina. – Un tev vajadzētu to paturēt prātā. Tomēr pateicos, ka uzaicināji mani. Mēs lidosim ar Čārliju Tango.

Ak, protams, kā gan es varēju aizmirst helikopteru? Vēl viens lidojums... lieliski! Es plati pasmaidu.

– Vai drīkstu nomazgāt tevi? – es painteresējos.

– Labāk nē, – Kristjens nomurmina un maigi noskūpsta mani uz kakla, cenzdamies mazināt dzēlienu, ko izraisa viņa atteikums. Es uzmetu lūpu, un viņš masē manu muguru, izmantodams ziepes.

– Vai pienāks brīdis, kad ļausi, lai tev pieskaros? – es drosmīgi vaicāju.

Kristjens atkal sastingst, uzlicis roku man uz dibena.

– Atbalsti plaukstas pret sienu, Anastasija. Es tevi iegūšu vēlreiz, – viņš nomurmina, ieķēries man gurnos, un es zinu, ka saruna beigusies.

**

Vēlāk mēs sēžam pie brokastu letes, ģērbušies tikai rītasvārkos, un ēdam pēdējos Džonsas kundzes pagatavotās gardās *paste alle vongole* kumosus.

– Vai ieliet vēl vīnu? – Kristjens jautā, pelēkajām acīm dzirkstot.

– Tikai mazliet, lūdzu. – Viņa piedāvātais vīns ir patīkami sauss. Kristjens piepilda mūsu abu glāzes.

– Kā veicas ar... hmm, situāciju, kuras dēļ atgriezies Sietlā? – es bikli iejautājos.

Kristjens sarauc pieri. – Tā vairs nav kontrolējama, – viņš sadrūmis nosaka. – Bet tev nav par to jāsatraucas, Anastasija. Šim vakaram esmu tev kaut ko paredzējis.

– Vai tiešām?

– Jā. Pēc piecpadsmit minūtēm tev jābūt gatavai un jāgaida mani rotaļu istabā. – Viņš pieceļas, mani uzlūkodams.

– Vari pārģērbties savā istabā. Starp citu, skapis ir pilns ar tev paredzētām drēbēm. Negribu uzklausīt nekādus iebildumus. – Viņš samiedz acis, brīdinādams mani, lai klusēju. Es neko nesaku, un viņš aiziet uz savu kabinetu.

Es? Iebilst? Tev, mans savādais vīrieti? Tas nav manas kaistošās pēcpuses vērts. Es brīdi apjukusi sēžu uz taburetes, mēģinādama aptvert jauno ziņu. Viņš man nopircis drēbes. Es pārspīlēti izbolu acis, zinādama, ka viņš mani neredz. Mašīna, telefons, dators... drēbes. Nākamais droši vien sasodīts dzīvoklis, un tad es patiesi būšu viņa mīļākā.

Padauza! mani norāj zemapziņa. Es tai nepievēršu uzmanību un kāpju augšā uz savu istabu. Tātad tā vēl joprojām pieder man... kāpēc? Man šķita, ka Kristjens piekritis gulēt kopā ar mani. Varbūt viņš nav radis dalīties ar kādu savā personiskajā telpā, bet arī man tas galu galā ir kaut kas jauns. Es sevi mierinu ar domu, ka vismaz kaut kur varēšu no viņa paglābties.

Nopētījusi durvis, es atklāju, ka tām ir slēdzene, bet nav atslēgas. Varbūt Džonsas kundzei ir kāda rezerves atslēga? Vēlāk viņai to pajautāšu. Es atveru skapja durvis un tūlīt pat tās aizveru. Velns un elle, viņš iztērējis veselu bagātību! Milzīgs daudzums drēbju glīti sakārinātas rindā, gluži kā Keitas skapī. Es zinu, ka tās visas man derēs. Tomēr nav laika par to domāt, jāiet nomesties ceļos sarkanajā moku... vai baudas kambarī. Cerams, šovakar nekādas mokas tur nenāksies piedzīvot.

**

Es tupu uz ceļiem pie istabas durvīm. Man mugurā ir tikai biksītes, nekā cita, un es jūtu sirdi strauji dauzāmies. Biju domājusi, ka vannasistabā Kristjens pietiekami remdējis iekāri. Viņš ir nepiesātināms; kaut gan iespējams, ka tādi ir visi vīrieši. Nezinu, jo man nav, ar ko viņu salīdzināt.

Manu ķermeni caurstrāvo nepacietības pilnas gaidas, kas dzirkstī gluži kā šampanietis. Ko viņš darīs? Es dziļi ievelku elpu, pūlēdamās nomierināties, bet nespēju noliegt, ka esmu priecīgi satraukta, uzbudināta, jau kļuvusi mitra. Tas ir ļoti... man gribas teikt "nepareizi", tomēr tā nav patiesība. Kristjenam šīs spēles šķiet pareizas. Viņam tās nepieciešamas, un pēc dažām pēdējām dienām, pēc tā, ko viņš izdarījis manā labā, arī man jābūt drosmīgai un jāpieņem viss, ko viņš vēlas un kas viņam vajadzīgs.

Es atceros izteiksmi Kristjena sejā, kad ienācu pa durvīm; viņa acīs uzplaiksnīja ilgas, viņš apņēmīgi soļoja man pretī, it kā es būtu oāze tuksnesī. Lai atkal redzētu šo skatienu, es būtu ar mieru darīt gandrīz jebko. Kavēdamās brīnišķīgajās atmiņās, es saspiežu augšstilbus kopā, un šī kustība man atgādina, ka jāiepleš ceļgali. Cik ilgi vēl vajadzēs gaidīt? Līdz ar katru aizritošo mirkli manas alkas kļūst spēcīgākas, tās iesveļ manī baisu, aizliegtu iekāri. Es aši pametu skatienu apkārt: neuzkrītošs apgaismojums, krusts, galds, dīvāns, sols... gulta. Tā ir milzīga, un uz tās uzklāti sarkani satīna palagi. Kādus instrumentus viņš izmantos šoreiz?

Atveras durvis, un ienāk Kristjens, bet viņš pat nepaskatās uz mani. Es steidzīgi nolaižu galvu, piekaldama skatienu savām rokām, ko esmu rātni novietojusi uz augšstilbiem. Viņš kaut ko noliek uz lielās lādes pie durvīm un bezrūpīgi dodas uz gultas pusi. Es uzdrošinos slepšus paskatīties uz viņu, un mana sirds gandrīz apstājas. Kristjenam mugurā nav nekā, izņemot mīkstos, saplēstos džinsus, un to augšējā poga ir attaisīta. Ārprāts, viņš ir tik pievilcīgs! Mana zemapziņa drudžaini apvēdinās ar plaukstu, un iekšējā dieviete lokās un elso primitīvā, kaislā ritmā. Viņa ir gatava. Es negribot aplaizu lūpas. Asinis riņķo straujāk, pulsēdamas miesaskārās alkās. Ko viņš ar mani darīs?

Kristjens nesteidzīgiem soļiem atgriežas pie kumodes. Atvilcis vienu no tās nodalījumiem, viņš izņem vairākus priekšmetus un saliek tos uz mēbeles. Manas ziņkāres liesmas uzpland spēcīgāk nekā jebkad, bet es pretojos milzīgajam kārdinājumam pastiept kaklu un noskaidrot, kas tas ir. Kad Kristjens ir visu izdarījis, viņš pienāk klāt un nostājas man pretī. Es redzu viņa kailās pēdas un gribu noskūpstīt katru collu, laist mēli pār izliekumu, aplaizīt katru pirkstu. Jēziņ!

– Tu izskaties lieliski, – viņš nosaka.

Es nepaceļu galvu, apzinādamās, ka Kristjens uz mani skatās. Esmu gandrīz kaila. Sārtums pamazām pārņem manu seju. Viņš pieliecas un satver mani aiz zoda, likdams atmest galvu, līdz lūkojos viņam acīs.

– Tu esi skaista sieviete, Anastasija. Un piederi man, – viņš nomurmina. – Piecelies, – viņš maigi pavēl, un balsī skan juteklisks solījums.

Es drebēdama pieceļos kājās.

– Skaties uz mani, – Kristjens izdveš, un es ielūkojos viņa kvēlojošajās acīs. Šī ir viņa pavēlnieciskā izteiksme – skarba, salta un velnišķīgi seksīga. Septiņas grēka nokrāsas ieslēptas vienā valdzinošā acu skatienā. Man izkalst mute, un es zinu, ka izdarīšu visu, ko vien viņš vēlēsies. Kristjena lūpās parādās smaids, ko gandrīz varētu nosaukt par nežēlīgu.

– Mēs neesam parakstījuši vienošanos, Anastasija. Tomēr esam runājuši par ierobežojumiem. Un es vēlos atgādināt par drošības vārdiem, vai skaidrs?

Sasodīts! Ko viņš ieplānojis? Vai man būs vajadzīgi drošības vārdi?

– Kādi tie ir, Anastasija? – viņš valdonīgi jautā.

Es nedaudz saraucu pieri, un Kristjens kļūst manāmi skarbāks.

– Kādi ir drošības vārdi, Anastasija? – viņš lēni, uzsvērti atkārto.

– Dzeltens, – es nomurminu.
– Un? – viņš pamudina, sakniebdams lūpas.
– Sarkans, – es izdvešu.
– Neaizmirsti tos.

Un es nespēju apvaldīties.. jau saraucu uzacis un grasos atgādināt viņam, kāda ir mana vidējā atzīme, bet viņa saltās acis piepeši ledaini iemirdzas, un es aizveru muti.

– Tavai asajai mēlei šeit nav vietas, Stīlas jaunkundze. Ja neklausīsi, es tevi izdrāzīšu mutē tepat pie durvīm. Vai saprati?

Es izbijusies noriju siekalas. *Labi, labi!* Saņēmusi rājienu, es strauji mirkšķinu acis. Mani vairāk biedē viņa balss tonis, nevis izteiktie draudi.

– Nu?
– Jā, kungs, – es steidzīgi izgrūžu.
– Laba meitene, – Kristjens nosaka, mani vērodams. – Es atgādinu drošības vārdus, bet ne jau tāpēc, ka tu jutīsi sāpes. Man padomā ir kaut kas tāds, kas pārņems visus jutekļus, un tas var kļūt neizturami. Es rīkošos saskaņā ar taviem norādījumiem. Vai saprati?

Ne gluži. Pārņems visus jutekļus? Interesanti...

– Galvenais ir pieskārieni, Anastasija. Tu mani neredzēsi un nedzirdēsi. Toties jutīsi.

Es izbrīnīta ieplešu acis. Kāpēc es viņu nedzirdēšu? Kristjens pagriežas, un es ieraugu, ka virs lādes ir plakana, matēta, šaura kaste melnā krāsā. Viņš pavicina roku tai priekšā, un kaste pāršķeļas uz pusēm: durvis aizslīd katra uz savu pusi, atklājot kompaktdisku atskaņotāju un dažādu pogu rindu. Kristjens nospiež vairākas no tām pēc kārtas. Nekas nenotiek, bet viņš šķiet apmierināts. Es neko nesaprotu. Viņš pagriežas, un viņa lūpās rotājas jau pazīstamais, noslēpumainais smaids.

– Anastasija, es tevi piesiešu pie gultas. Bet vispirms aizsiešu tev acis, un... – viņš parāda man *iPod*, ko tur rokā, – tu mani nedzirdēsi. Tev ausīs skanēs tikai manis izvēlēta mūzika.

Labi. Muzikāls pavadījums. To es negaidīju. Vai viņš vispār jebkad rīkojas tā, kā esmu gaidījusi? Cerams, man nevajadzēs klausīties repu.

– Nāc. – Viņš satver mani aiz rokas un pieved pie antīkās gultas ar četriem stabiem. Pie katra stūra piestiprinātas smalkas metāla ķēdītes ar ādas aprocēm galā, kas skaisti izceļas uz sarkanā satīna fona.

Man šķiet, ka sirds tūlīt izleks no krūtīm, un es jūtu sevi izkūstam, iekārei caurstrāvojot ķermeni. Nekad vēl neesmu jutusies tik uzbudināta.

– Nostājies šeit.

Mana seja ir pievērsta gultai. Kristjens pieliecas un čukst man ausī:

– Gaidi šeit. Skaties uz gultu. Iztēlojies sevi guļam tajā, sasietu, pilnīgi atkarīgu no manas žēlastības.

Ak vai!

Viņš uz brīdi attālinās, un es dzirdu, ka viņš aizvirzās līdz durvīm. Visas maņas ir saasinātas, arī dzirde kļuvusi smalkāka. Kristjens kaut ko paņem no pātagu un pletņu statīva, kas atrodas pie durvīm. Šausmas, ko viņš grasās darīt?

Es sajūtu viņu sev aiz muguras. Satvēris manus matus, viņš saņem tos kopā un sāk pīt bizi.

– Man patika tavas bizes, Anastasija, tomēr šobrīd esmu pārāk nepacietīgs. Iztiksim ar vienu. – Viņa balss ir klusa un dobja.

Kristjena prasmīgie pirksti ik pa brīdim skar manu muguru, un katrs nejaušais glāsts ir kā tīkams, viegls elektrības lādiņš. Ievijis bizes galā gumiju, Kristjens to viegli pavelk, likdams man atkāpties un piekļauties viņam cieši klāt. Vēlreiz parāvis manu bizi, viņš panāk, ka es noliecu galvu uz sāniem. Tagad viņam ir vieglāk piekļūt manam kaklam un viņš sāk maigi to skrubināt, laizdams zobus un mēli no auss ļipiņas līdz plecam. Viņš klusi dungo kādu melodiju, un skaņa atbalsojas manī... tur, lejā. Es tik tikko dzirdami ievaidos.

– Kuš, – Kristjens nosaka, lūpām skardams manu ādu. Viņš izstiepj rokas tā, ka es tās redzu. Labajā rokā ir pletne. Es atceros tās nosaukumu, jo Kristjens to pieminēja, kad iepazīstināja mani ar savu rotaļu istabu.

– Pieskaries, – viņš nočukst, un pat sātans nespētu runāt vēl kārdinošāk. Mans ķermenis atbildot iekvēlojas. Es bikli pastiepju roku un noglāstu garās staras. Tās veidotas no mīksta zamša, un galos piestiprinātas sīciņas lodītes.

– Es izmantošu šo. Nebūs sāpīgi, bet sitieni liks asinīm pieplūst ļoti tuvu ādas virskārtai, un tā kļūs ārkārtīgi jutīga.

Man nesāpēs. Tas ir labi.

– Kādi bija drošības vārdi, Anastasija.

– "Dzeltens" un "sarkans", kungs, – es nočukstu.

– Laba meitene. Neaizmirsti, ka bailes pārsvarā mājo tikai tavā prātā.

Nometis pletni uz gultas, viņš ar plaukstām apkļauj manu vidukli.

– Šīs tev nebūs vajadzīgas, – viņš nomurmina un novelk man biksītes. Es grīļodamās no tām izkāpju un pieķeros pie greznā gultas staba.

– Nekusties, – Kristjens pavēl un, noskūpstījis manu pēcpusi, divas reizes tajā viegli iekož, liekot man saspringt. – Apgulies uz muguras, – viņš piebilst un spēcīgi uzšauj man pa dibenu tā, ka es salecos.

Steidzīgi ierāpjos gultā uz cietā, neelastīgā matrača, apguļos un lūkojos uz Kristjenu. Vēsais satīns ir mīksts un patīkams. Viņa sejas izteiksme ir bezkaislīga, tikai acīs gail neapslāpēts uzbudinājums.

– Rokas virs galvas, – viņš pavēl, un es paklausu.

Mans ķermenis kvēlo alkās pēc Kristjena. Viņš pagriežas, un es ar acs kaktiņu vēroju, kā viņš aiziet līdz kumodei un atnes atskaņotāju, kā arī kaut ko līdzīgu acu maskai, ko es izmantoju lidojumā uz Atlantu. Atmiņas raisa manī vēlmi smaidīt, bet neizdodas savilkt lūpas. Esmu pārāk uzbudināta. Mana seja ir pilnīgi nekustīga un acis – plaši ieplestas, pievērstas Kristjenam.

Viņš apsēžas uz gultas malas un parāda man atskaņotāju. Tam piestiprināta dīvaina, antenai līdzīga ierīce un austiņas. Ļoti savādi. Es saraucu pieri, mēģinādama saprast, ko redzu.

– Ar šo atskaņotāja saturs tiek pārraidīts uz skaļruņu sistēmu istabā, – Kristjens atbild uz manu vārdos neizteikto jau-

E L Džeimsa

tājumu, pieskardamies antenai. – Es dzirdēšu visu, ko dzirdēsi tu, un man ir attālinātās vadības pults. – Viņš noslēpumaini pasmaida un paceļ mazu, plakanu ierīci, kas izskatās pēc ļoti moderna kalkulatora. Pārliecies man pāri, viņš saudzīgi uzliek man austiņas un novieto atskaņotāju kaut kur uz gultas aiz manis.

– Pacel galvu, – viņš pavēl, un es nekavējoties paklausu.

Kristjens pārvelk man pār pakausi acu maskas gumiju, un es iegrimstu tumsā. Gumija darbojas arī kā stiprinājums austiņām. Es vēl joprojām dzirdu Kristjena kustības, kad viņš pieceļas no gultas, kaut gan viss ir apslāpēts. Mani apdullina pašas elpa – tā ir sekla un saraustīta, atspoguļojot manu uzbudinājumu. Kristjens satver manu kreiso roku un ievieto to ādas aprocē, noglāstot manu augšdelmu. Ak! Pār manu ādu pārskrien saldas, kņudinošas tirpas. Es dzirdu, ka viņš nesteidzīgi apiet gultai apkārt un piesien pie gultas arī manu labo plaukstu. Garie pirksti atkal pārslīd pār manu roku. Jā... Es jau esmu gatava eksplozijai. Kāpēc tas šķiet tik erotiski?

Viņš nostājas gultas kājgalī un satver manas potītes.

– Pacel galvu, – viņš vēlreiz pavēl.

Es izpildu rīkojumu, un Kristjens pavelk mani uz savu pusi, līdz es jūtu rokas izstiepjamies un vairs nevaru tās pakustināt. Mani caurstrāvo bailes, ko papildina gaidpilna jūsma, un es kļūstu vēl mitrāka. Pār manām lūpām izlaužas vaids. Kristjens iepleš manas kājas un piesien potītes pie gultas tā, ka guļu jūraszvaigznes pozā un esmu pilnīgi atklāta viņa skatienam, kaut gan pati neko neredzu. Es cenšos ieklausīties... ko viņš dara? Bet es neko nedzirdu, tikai savu elpošanu un sirds dunoņu, asinīm skaļi šalcot ausīs.

Piepeši kaut kas iešņācas un klusi nopaukšķ; atskaņotājs sāk darboties. Eņģeļa cienīga, klusa balss dzied ilgu, skaudru melodiju, un tai nekavējoties pievienojas vēl kāda balss, pēc tam to papildina arī citas, veidojot debesu kori, kas manā galvā skandē senu himnu bez pavadījuma. Kas tas ir? Neko tādu nekad neesmu dzirdējusi. Manu kaklu skar kaut kas mokoši mīksts, kas laiski noslīd zemāk, pār krūtīm, glāstot mani... maigi kairinot krūšu galiņus un jutīgo ādu zemāk. Tas ir pavisam negaidīti. Kažokāda! Kažokādas cimds?

Kristjens nesteidzīgi, pārdomāti laiž roku lejup līdz manam vēderam, apkārt nabai, no viena gurna līdz otram, un es cenšos paredzēt, kur viņš virzīsies tālāk... bet mūzika... tā skan manā galvā... paceļ mani debesīs... kažokāda slīd pār maniem kaunuma matiņiem... starp kājām, gar augšstilbiem, lejup pa vienu kāju... augšup pa otru... gandrīz kutinot, bet ne gluži... atskan jaunas balsis... debesu koristi katrs dzied citu melodiju, balsīm saplūstot svētlaimīgā, melodiskā harmonijā, kas pārsniedz visu līdz šim dzirdēto. Es uztveru vārdu *deus* un apjaušu, ka viņi dzied latīniski. Un kažokāda jau nokļuvusi man uz rokām un virzās gar vidukli... atkal augšā līdz krūtīm. Maigo pieskārienu jūtot, mani krūšu gali saspringst... un es elsoju, minēdama, kur atkal parādīsies Kristjena roka. Tā piepeši nozūd, un es jūtu pletnes loksnes aizstiepjamies pār ādu, sekojot kažokādas cimda novilktajām līnijām, un ir grūti koncentrēt uzmanību brīdī, kaď galvā skan tik apbrīnojama mūzika. Šķiet, ka vismaz simt balsis vij trauslu, smalku zīda un sudraba pavedienu audeklu manā prātā, un to papildina mīkstais zamšs uz manas ādas... tas slīd lejup...mmm... līdz piepeši pazūd. Un nākamajā mirklī Kristjens asi cērt ar pletni man pa vēderu.

– Āāāā! – es pārsteigta iekliedzos, bet nejūtu sāpes, tikai kņudoņu, kas izplatās pa visu miesu, un viņš iesit man vēlreiz. Spēcīgāk.

– Āāā!

Man gribas kustēties, locīties... aizbēgt vai tiekties pretī katram sitienam... es nemaz nezinu, ko gribu, jo sajūtas ir nevaldāmas... Es nevaru pavilkt rokas lejup, arī kājas ir sasprindzinātas... Kristjens mani piesējis ļoti cieši... un atkal iesit man pa krūtīm... es iekliedzos. Mani pārņem saldkaislas mokas, kas ir tik tikko paciešamas... tās nav gluži tīkamas, vismaz ne pirmajā mirklī, bet, ādai tirpstot pēc katra sitiena, kas ideāli saskaņots ar mūziku, es slīgstu arvien dziļāk sava prāta tumšākajos bezdibeņos, kas gatavi ļauties šai erotiskajai sajūtai. Jā... es saprotu. Kristjens uzšauj man pa gurnu un strauji bārsta sitienus pa kaunuma pauguru, augšstilbiem, to iekšpusi... un augšup... šķērsām pāri gurniem. Tas turpinās, mūzikai sasniedzot kulmināciju, un tā piepeši apklust. Un arī viņš pierimst. Pēc mirkļa dziedāšana turpinās... tā kāpj un pieņemas skaļumā, un pletnes cirtieni atgriežas... un es stenēdama lokos. Viss atkal sastingst, un iestājas klusums... skan tikai mani straujie elpas vilcieni... un mani pārņem alkas. Kas notiek? Ko viņš darīs turpmāk? Sajūsma ir gandrīz neizturama. Esmu ieslīgusi kādā ļoti baismā, bet erotiskā sapnī.

Gulta sakustas un nošūpojas; Kristjens apsēdies man blakus, un dziesma ieskanas no sākuma. Šoreiz kažokādas cimda vietā man pieskaras viņa deguns un lūpas... tās slīd lejup pār manu kaklu, skūpsta ādu un viegli iesūc to starp zobiem... sasniedz krūtis... Ak! Viņa mēle zīmē lokus ap vienu krūtsgalu, pirksti neatlaidīgi brauka otru... Es skaļi ievaidos, kaut gan pati nedzirdu. Nav vairs nekā cita, tikai Kristjens un eņģeļu balsis... un sajūtas, no kurām nevaru aizbēgt... Esmu atkarīga no viņa prasmīgajām rokām un žēlastības.

Kristjens sasniedz manu vēderu un ar mēli velk lokus ap nabu, sekodams pletnes un kažokādas atstātajām pēdām. Es ievaidos. Viņš skūpsta, laiza, viegli kodī manu ādu, virzoties lejup, līdz viņa mēle sasniedz mani tur. Starp kājām. Es atmetu galvu un iekliedzos, gandrīz sasniegusi orgasmu... jau esmu uz robežas, bet viņš atraujas.

Nē! Gulta nošūpojas, un viņš notupstas ceļos man starp kājām. Pēc brīža manas labās potītes ķēde nozūd, un es pievelku kāju tuvāk Kristjenam. Viņš atbrīvo arī otru potīti un strauji laiž rokas lejup pār manām kājām, viegli mīcīdams miesu un atbrīvodams to no tirpuma. Satvēris mani aiz gurniem, viņš tos paceļ tā, ka es atbalstos tikai uz pleciem, bet mana mugura neskar gultu. Kāpēc? Kristjens izslejas, vēl joprojām atrazdamies man starp kājām, un ar vienu spēju, asu kustību iekļūs manī... Jā! Es atkal iekliedzos un jūtu trīsas, kas liecina par orgasma tuvošanos, bet Kristjens vairs nekustas. Trīsas norimst... nē... viņš grasās turpināt manas mokas.

– Lūdzu! – es žēli iesaucos.

Kristjena tvēriens kļūst ciešāks... vai viņš mani brīdina? Nezinu, bet viņa pirksti iespiežas dibena vaigu miesā, kamēr es skaļi elsoju... tāpēc es sastingstu. Viņš turpina kustēties, bet dara to tracinoši lēni, iekšā un ārā. Pie visiem svētajiem, lūdzu, ātrāk! Es iekšēji kliedzu.... Dziedošo balsu skaits palielinās, un Kristjens kustas tik tikko manāmi straujāk; viņš lieliski prot sevi kontrolēt, darbodamies mūzikas ritmā. Un es vairs nespēju izturēt.

– Lūdzu! – es ievaidos, un Kristjens ar vienu strauju kustību nolaiž mani atpakaļ uz gultas, uzguļas man virsū, ar plaukstām atbalstās pret gultu abpus manām krūtīm un ietriecas manī. Mūzika sasniedz kulmināciju, un es krītu... krītu bezdibenī... ļaudamās spēcīgam, fantastiskam orgasmam, kas pārspēj visu līdz šim piedzīvoto. Kristjens man pievienojas, vēl trīs reizes spēcīgi iekļūdams manī, pirms sastingst un sabrūk man virsū.

Kad es pamazām atgūstu apziņu, Kristjens atraujas no manis. Mūzika ir apklususi, un es jūtu, kā viņš izstiepjas, lai atbrīvotu manu labo roku. Es ievaidos, kad plauksta izslīd no ādas aproces. Atsējis arī otru roku, Kristjens novelk masku man no sejas un izņem austiņas. Es samirkšķinu skropstas pieklusinātajā, maigajā gaismā un ielūkojos viņa pelēkajās, vērīgajās acīs.

– Sveika, – viņš nomurmina.

– Sveiks, – es kautri atbildu. Kristjena lūpas savelkas smaidā, un viņš pieliecies noskūpsta mani.

– Malacis, – viņš nočukst. – Pagriezies.

Kas notiks tagad? Pamanījis manu izbīli, viņš manāmi atmaigst.

– Es tikai pamasēšu tev plecus.

– Ak tā... labi.

Es neveikli pagriežos uz vēdera. Esmu ļoti nogurusi. Kristjens uzsēžas man virsū un virza plaukstas pār pleciem. Es skaļi ievaidos, priecādamās par spēcīgo, prasmīgo pirkstu glāstiem. Viņš pieliecas un noskūpsta mani uz pakauša.

– Kas bija tā mūzika? – es neskaidri nomurminu.

– *Spem in Alium*. Tomasa Talisa sacerēta motete četrdesmit balsīm.

– Tā bija... spēcīga.

– Man vienmēr gribējies izmēģināt seksu pie šī skaņdarba.

– Vai tiešām tā bija pirmā reize, Greja kungs?

– Jā gan, Stīlas jaunkundze.

Es atkal ievaidos, baudīdama viņa burvīgos pieskārienus.

– Arī es to nekad neesmu darījusi, – es murminu, slīgdama miegā.

– Mēs abi dāvājam viens otram daudz pirmo reižu, – Kristjens lietišķi konstatē.

– Ko es tev teicu miegā, Kris... kungs?

Viņš uz brīdi pārstāj mani masēt.

– Tu biji ļoti runātīga, Anastasija. Pļāpāji par krātiņiem un zemenēm... teici, ka vēlies kaut ko vairāk... un ilgojies pēc manis.

Ak, paldies Dievam!

– Vai tas bija viss? – Manā balsī ir skaidri dzirdams atvieglojums.

Kristjens noguļas man blakus, atbalstīdamies pret elkoni. Viņa piere ir saraukta.

– Kā tev šķita, ko tu teici?

Sasodīts!

– Ka tu esi neglīts, viltīgs un draņķīgs gultā.

Rieva viņa pierē kļūst vēl dziļāka.

– Protams, tā ir taisnība, un tev izdevies mani ieinteresēt. Ko tu no manis slēp?

Es naivi pamirkšķinu acis. – Neko!

– Anastasija, tu neproti melot.

– Tu solīji, ka smīdināsi mani pēc seksa; pagaidām tev neizdodas.

Viņa lūpas savelkas smaidā. – Es neprotu bārstīt jokus.

– Greja kungs! Vai tiešām ir kaut kas tāds, ko nemākat? – Es plati smaidu, un viņš atbild ar to pašu.

– Jā, esmu ļoti neprasmīgs jokdaris. – Viņš izskatās tik lepns, ka es nespēju apvaldīt smieklus.

– Es arī.

– Tā ir burvīga skaņa, – Kristjens nomurmina un noskūpsta mani.

– Un tu kaut ko slēp, Anastasija. Varbūt man nāksies tevi spīdzināt, līdz atklāsi patiesību.

26. NODAĻA

Es strauji uztrūkstos no miega. Laikam sapnī esmu nokritusi pa kāpnēm un tagad spēji pieceļos sēdus, nesaprazdama, kur atrodos. Ir tumšs. Kristjena gultā esmu viena. Kaut kas – kāda urdoša doma – mani pamodinājusi. Es pametu skatienu uz modinātājpulksteni pie gultas. Ir pieci naktī, bet es jūtos atpūtusies. Kāpēc? Ak jā, vainojama laika starpība – Džordžijā šobrīd būtu astoņi no rīta. Es piepeši atceros, ka jāiedzer tablete, un izkāpju no gultas, pateikdamās Dievam, ka laicīgi pamodos. No lielās istabas skan mūzika. Kristjens spēlē klavieres; tas man jāredz. Ir tik brīnišķīgi vērot viņu spēlējam. Paķērusi rītasvārkus no krēsla, es izeju gaitenī un ieklausos burvīgajās, sērīgajās skaņās, kas plūst man pretī.

Tumsas ieskauts, Kristjens sēž pie klavierēm gaismas aplī, un viņa matos mirdz vara krāsas šķipsnas. Viņš izskatās kails, kaut gan es zinu, ka viņam kājās ir pidžamas bikses. Viņš pievērsis visu uzmanību mūzikai, ieslīdzis tās melanholiskajā skanējumā. Es vilcinos, stāvēdama ēnā, jo nevēlos viņu iztraucēt. Man gribas apskaut šo skaisto vīrieti. Viņš izskatās nelaimīgs, pat skumjš un sāpjpilni vientuļš – kaut gan iespējams, ka šo iespaidu rada skaudri sērīgā mūzika. Viņš pabeidz skaņdarbu, brīdi nekustas un sāk to spēlēt vēlreiz. Es piesardzīgi tuvojos Kristjenam, gluži kā tauriņš, ko vilina liesma, un pasmaidu, par to domādama. Viņš paceļ skatienu un sarauc pieri, pirms atkal pievēršas savām rokām.

Vai Kristjens dusmojas, jo esmu viņu pārtraukusi?

– Tev jāguļ, – viņš mani saudzīgi norāj.

Es jūtu, ka viņa domas pievērstas kaut kam citam.

– Tev arī, – es nedaudz skarbāk atbildu.

Kristjens atkal uzlūko mani, un viņa lūpās ataust kaut kas līdzīgs smaidam.

– Vai tu mani rāj, Stīlas jaunkundze?

– Jā, Greja kungs.

– Es nevarēju iemigt. – Viņš atkal ir sadrūmis, un viņa sejā uzplaiksnī aizkaitinājums vai pat dusmas. Pret mani? Tā nevarētu būt.

Nolēmusi ignorēt Kristjena izteiksmes, es ļoti drosmīgi apsēžos viņam blakus uz klaviersoliņa un, atbalstījusi galvu pret viņa kailo plecu, vēroju prasmīgos, veiklos pirkstus slīdam pār taustiņiem. Viņš uz brīdi pierimst, bet turpina spēlēt skaņdarbu līdz beigām.

– Kas tas bija? – es klusi jautāju.

– Šopēns. Divdesmit astotā opusa prelūdija, ceturtā daļa. E minorā, ja tevi tas interesē, – viņš atbild.

– Mani vienmēr interesē viss, ko tu dari.

Kristjens pagriežas un noskūpsta mani uz galvvidus.

– Es negribēju tevi pamodināt.

– Tu nebiji vainīgs. Nospēlē otru skaņdarbu.

– Kuru?

– To Baha mūziku, ko spēlēji pirmajā naktī, kad biju šeit.

– Ā, Marčello apdari!

Kristjena pirksti atkal skar taustiņus. Es pieglaužos viņam un aizveru acis, juzdama, kā līdz ar plaukstām kustas viņa pleci. Skumjās, sērīgās skaņas nesteidzīgi ieskauj mūs, atbalsojoties pret sienām. Mūzika ir stindzinoši skaista, pat smeldzīgāka nekā Šopēna opuss, un es ļaujos tai. Šobrīd melodija zināmā mērā atspoguļo manas izjūtas. Neaptveramās, smeldzīgās ilgas un vēlmi dziļāk iepazīt šo neparasto vīrieti, centienus izprast viņa skumjas.

Mūzika beidzas, kaut gan es alkstu to dzirdēt vēl.

– Kāpēc tu spēlē tikai skumjas melodijas?

Es izslejos un vēroju Kristjenu, bet viņš tikai sadrūmis parausta plecus.

– Tu sāki apgūt klavierspēli jau sešu gadu vecumā, vai ne? – es uzvedinoši jautāju.

Kristjens pamāj, piesardzīgi uzlūkodams mani. Pēc brīža viņš atzīstas: – Es centos to mācīties, lai izpatiktu savai jaunajai mātei.

– Un iekļautos ideālajā ģimenē?

– Jā, tā varētu teikt, – viņš izvairīgi nosaka. – Kāpēc tu pamodies? Vai tev nevajag atpūsties pēc vakardienas piepūles?

– Pēc manas izjūtas ir astoņi no rīta. Un man jāiedzer tablete.

Kristjens izbrīnīts sarauc uzacis. – Tev ir lieliska atmiņa, – viņš atzinīgi nomurmina. – Tikai tu esi spējīga sākt tablešu kursu citā laika zonā. Varbūt tev vajadzētu nogaidīt pusstundu, bet rīt paildzināt laiku vēl par pusstundu. Drīz varēsi dzert tabletes piedienīgākā laikā.

– Laba doma, – es piekrītu. – Ko mēs varētu darīt šajā pusstundā? – Es naivi pamirkšķinu acis.

– Man padomā ir dažas iespējas. – Kristjens baudkāri pasmaida, un es rāmi lūkojos viņam pretī, kaut gan patiesībā kaistu nepacietībā, viņa daudzsološā skatiena satraukta.

– Bet mēs varētu arī aprunāties, – es klusi ierosinu.

Kristjens sarauc pieri.

– Es dodu priekšroku savai iecerei. – Viņš uzrauj mani sev uz ceļiem.

– Tu vienmēr labprātāk izvēlies seksu, nevis sarunas, – es smiedamās iebilstu un pieķeros viņam pie augšdelmiem, lai nenokristu.

– Taisnība. It īpaši kopā ar tevi. – Kristjens sāk bārstīt skūpstus pār manu kaklu no auss ļipiņas līdz atslēgas kaulam. – Varbūt uz manām klavierēm, – viņš nočukst.

Ak vai! Mans augums saspringst, kad to iztēlojos. Uz klavierēm. Ļoti interesanti!

– Es vēlos kaut ko izprast. – Mana sirds sāk dauzīties straujāk un dieviete aizver acis, baudīdama viņa lūpu pieskārienu.

Kristjens uz brīdi pierimst, pirms turpina savu juteklisko spīdzināšanu.

– Tu vienmēr esi ziņkāres pārņemta, Stīlas jaunkundze.

Ko tu vēlies izprast? – viņš izdveš, lūpām skardams manu ādu kakla pamatnē un turpinādams bārstīt maigus, ātrus skūpstus.

– Mūs, – es nočukstu, aizvērusi acis.

– Hmm. Un kas tev ir neskaidrs? – Viņš pārtrauc skūpstīt manu plecu.

– Līgums.

Kristjens paceļ galvu. Viņa acīs iedzirkstas uzjautrinājums, un viņš nopūties glāsta manu vaigu.

– Manuprāt, līgums vairs nav aktuāls. Vai ne? – Kristjens sirsnības pilnām acīm vēro mani, un viņa balss ir klusa un aizsmakusi.

– Nav aktuāls?

– Nav. – Viņš pasmaida, un es izbrīnīta ieplešu acis.

– Tu dedzīgi centies mani pārliecināt, lai to parakstu.

– Jā, bet tas notika pirms visa pārējā. Lai nu kā, noteikumi vēl joprojām ir aktuāli. – Viņa sejas izteiksme kļūst nedaudz skarbāka.

– Pirms kā?

– Pirms... – Kristjens apklust, un viņa acīs atgriežas piesardzība. – Pirms nolēmām, ka vēlamies kaut ko vairāk. – Viņš parausta plecus.

– Ak tā.

– Turklāt mēs jau divas reizes viesojāmies rotaļu istabā, un tu neesi aizbēgusi.

– Vai domāji, ka tas notiks?

– Nekas no tā, ko tu dari, nav viegli paredzams, Anastasija, – viņš dzedri nosaka.

– Es vēlos visu noskaidrot, lai nebūtu nekādu pārpratumu. Tu pieprasi, lai es ievēroju to līguma daļu, kas atteicas uz noteikumiem, bet pārējo drīkstu ignorēt?

– Jā, visur, izņemot rotaļu istabu. Tur tev jārīkojas atbilstoši līgumam, un jāievēro noteikumi – vienmēr. Tad es zināšu, ka esi drošībā, un varēšu tevi iegūt, kad vien vēlos.

– Kas notiks, ja es pārkāpšu kādu noteikumu?

– Es tevi sodīšu.

– Vai tev nebūs nepieciešama mana atļauja?

– Būs.

– Kas notiks, ja es atteikšos?

Kristjens brīdi apjucis vēro mani.

– Nekas. Man vajadzēs tevi kaut kā pārliecināt par pretējo.

Es atvirzos no viņa un pieceļos kājās. Man nepieciešams apdomāties. Viņš sarauc pieri, jo pamana, ka es viņu vēroju. Viņš šķiet apmulsis un piesardzīgs.

– Tātad tu vēl joprojām gribi mani sodīt.

– Jā, bet tikai tad, ja pārkāpsi noteikumus.

– Es gribu tos pārlasīt. – Man ir grūti atcerēties visus sīkumus.

– Tūlīt atnesīšu, – Kristjena tonis spēji kļūst lietišķs.

Oho! Mūsu saruna piepeši ievirzījusies ļoti nopietnā gultnē. Viņš pieceļas un atsperīgiem soļiem dodas uz savu kabinetu. Es jūtu šermuļus pārskrienam pār muguru un nospriežu, ka vēlos tēju. Mūsu tā dēvēto attiecību nākotne tiek pārspriesta sešos no rīta brīdī, kad Kristjenu nomāc citas rūpes – vai tas ir prātīgi? Es ieeju virtuvē, kur valda tumsa. Atradusi gaismas slēdzi, es ieleju ūdeni tējkannā. Tablete! Es sāku rakņāties somiņā, ko esmu atstājusi uz brokastu letes, un drīz vien atrodu iepakojumu. Lai norītu tableti, pietiek ar vienu acumirkli. Kristjens tikmēr ir atgriezies un apsēžas uz taburetes, vērodams mani.

– Lūdzu! – Viņš piegrūž man tuvāk apdrukātu papīra lapu, kurā izsvītrojis vairākus teikumus.

Noteikumi

Paklausība

Pakļautā izpildīs jebkādus Pavēlnieka norādījumus nekavējoties, neizrādot vilcināšanos vai atturību. Pakļautā piekritīs jebkādām seksuālām aktivitātēm, ko Pavēlnieks uzskata par pieņemamām un patīkamām, izņemot aktivitātes, kas norādītas stingro ierobežojumu sarakstā (sk. 2. pielikumu). Viņa rīkosies dedzīgi un nevilcinoties.

Miegs

Pakļautās pienākums ir gulēt vismaz astoņas sešas stundas naktīs, kad viņa nav kopā ar Pavēlnieku.

Uzturs

Pakļautā regulāri uzņems pārtiku, rūpējoties par savu veselību un labklājību. Uzņemamās pārtikas saraksts pieejams 4. pielikumā. Pakļautā nedrīkst ēst uzkodas ēdienreižu starplaikos, izņemot augļus.

Apģērbs

Līguma darbības laikā Pakļautā valkās tikai drēbes, kuras par piemērotām atzinis Pavēlnieks. Pavēlnieks izsniegs Pakļautajai apģērbam paredzētus līdzekļus, kurus Pakļautā izmantos šim mērķim. Ārkārtas gadījums Pavēlnieks vedīs Pakļauto iegādāties apģērbu. Līguma darbības laikā Pakļautajai jāvalkā Pavēlnieka izraudzīti aksesuāri Pavēlnieka klātbūtnē un jebkurā citā reizē, ja Pavēlnieks to uzskata par nepieciešamu.

Fiziskā sagatavotība

Pavēlnieks nodrošinās Pakļauto ar individuālo treneri četras trīs reizes nedēļā stundu ilgām nodarbībām reizēs, par kurām notiek mutiska vienošanās individuālā trenera un Pakļautās starpā. Individuālais treneris Pavēlniekam ziņos par Pakļautās sasniegtajiem rezultātiem.

Personiskā higiēna / Skaistumkopšana

Pakļautā rūpēsies, lai vienmēr būtu tīra, noskuvusies un/vai veikusi vaksāciju. Pakļautā apmeklēs Pavēlnieka noteiktu skaistumkopšanas salonu, kad to nolems Pavēlnieks, un ļausies visām procedūrām, ko Pavēlnieks uzskatīs par nepieciešamu.

Veselība

Pakļautā nelietos alkoholu pārmērīgos daudzumus, nesmēķēs, nelietos narkotikas un tīši nepakļaus sevi briesmām.

Rakstura īpašības

Pakļautā neiesaistīsies seksuālās attiecībās ar kādu citu, izņemot Pavēlnieku. Pakļautā vienmēr izturēsies godbijīgi un padevīgi. Viņai jāsaprot, ka Pavēlnieks ir atbildīgs par viņas uzvedību. Jebkāda ļaunprātība, nepaklausība vai noziegums, ko Pakļautā paveiks Pavēlnieka prombūtnes laikā, tiks uzskatīta par viņas vainu.

Nepakļaušanās jebkuram no minētajiem noteikumiem būs pamats tūlītējam sodam, kuru noteiks Pavēlnieks.

– Tātad pakļaušanās vēl joprojām ir spēkā?

– Jā. – Kristjens atplaukst platā smaidā.

Es uzjautrināta papurinu galvu un nepagūstu atgūties, pirms paceļu acis pret griestiem.

– Vai tu nupat izbolīji acis, Anastasija? – viņš ļoti klusi jautā.

Velns!

– Iespējams. Viss atkarīgs no tavas reakcijas.

– Tā ir tāda pati kā vienmēr, – viņš nosaka, purinādams galvu, un viņa acīs kvēlo degsme.

Es krampjaini noriju siekalas, juzdama, ka pār muguru pārskrien sajūsmas pilnas trīsas.

– Tātad... – Sasodīts! Ko lai daru?

– Jā? – Viņa mēle nesteidzīgi slīd pār apakšlūpu.

– Tu šobrīd vēlies mani nopērt.

– Jā. Un es to izdarīšu.

– Vai tiešām, Greja kungs? – es metu izaicinājumu, plati smaidīdama. Šajā spēlē varu piedalīties arī es.

– Vai tu mani aizkavēsi?

– Vispirms tev nāksies mani noķert.

Kristjena acis nedaudz ieplešas, un viņš pasmaida, lēni celdamies kājās.

– Vai tiešām, Stīlas jaunkundze?

Starp mums ir brokastu lete. Vēl nekad neesmu bijusi tik pateicīga Dievam par tās esamību.

– Un tu kod apakšlūpā, – viņš izdveš, nesteidzīgi virzīdamies sānis, kamēr es speru soli pretējā virzienā.

– Tu neuzdrošināsies, – es viņu ķircinu. – Galu galā arī tu pats mēdz bolīt acis. – Es mēģinu vērsties pie Kristjena taisnīguma izjūtas, bet viņš neapstājas, un arī es kāpjos tālāk prom.

– Taisnība, bet tu nupat pacēli likmes šajā spēlē. – Viņa acis iekvēlojas, un viņš izstaro tik tikko apvaldītu iekāri.

– Starp citu, es protu skriet diezgan ātri, – es ieminos, mēģinādama tēlot bezrūpību.

– Es arī.

Viņš mani vajā pats savā virtuvē.

– Vai nāksi man līdzi bez cīņas? – viņš painteresējas.

– Vai jebkad esmu to darījusi?

– Kas jums padomā, Stīlas jaunkundze? – Kristjens smīnēdams iejautājas. – Tev būs tikai sliktāk, ja man vajadzēs tev dzīties pakaļ.

– Tikai tādā gadījumā, ja mani notversi, Kristjen. Un šobrīd man nav ne mazākā nodoma to pieļaut.

– Anastasija, tu varētu nokrist un sasisties. Un tādējādi pārkāpsi septīto noteikumu, kas pārvērties par sesto.

– Man draudējušas briesmas jau kopš brīža, kad satikāmies, Greja kungs, neatkarīgi no taviem noteikumiem.

– Taisnība. – Viņš sadrūmis apstājas.

Jau nākamajā mirklī Kristjens piepeši metas uz priekšu, un es iespiegusies apskrienu apkārt ēdamgaldam. Man izdodas aizbēgt, un galds ir starp mums. Es jūtu sirdi strauji pukstam, un visu ķermeni pārņem adrenalīns. Ak Dievs, cik aizraujoši! Šķiet, ka esmu atgriezusies bērnībā... nē, ne gluži. Es piesardzīgi vēroju Kristjenu, kurš apņēmīgi tuvojas man, un soli atkāpjos.

– Jāatzīst, ka tu proti novērst uzmanību, Anastasija.

– Mūsu mērķis ir izpatikt, Greja kungs. Novērst uzmanību no kā?

– No dzīves. Un Visuma. – Viņš pamāj ar roku.

– Kad spēlēji klavieres, tu izskatījies diezgan nomāks.

Kristjens apstājas un sakrusto rokas virs krūtīm, uzjautrināts vērodams mani.

– Varam spēlēties kaut vai visu dienu, mazā, bet es tevi noķeršu, un tev būs tikai sliktāk.

– Nenoķersi. – Man jāuzmanās, lai nekļūstu pārāk pašpārliecināta. Es to prātā atkārtoju kā mantru, bet patiesībā esmu pārbijusies.

– Varētu pat nodomāt, ka tu nevēlies, lai tevi panāku.

– Nevēlos. Tieši to es mēģinu pierādīt. Domas par sodu uz mani atstāj tādu pašu iespaidu, kādu tevī rada bailes, ka es varētu tev pieskarties.

Sekundes simtdaļas laikā Kristjens piepeši pārvēršas. Rotaļīgums nozūd kā nebijis, un viņš uzlūko mani tā, it kā es būtu iecirtusi viņam pļauku. Viņš ir nobālis kā rēgs.

– Tu jūties tā? – viņš nočukst.

Šie trīs vārdi un viņa balss tonis ir daiļrunīga liecība. Ak nē! Tie man atklāj ļoti daudz par Kristjenu un viņa izjūtām, par viņa bailēm un riebumu. Es saraucu pieri. Nē, mana pretestība pret sodu nav tik spēcīga. Tas nav iespējams. Vai ne?

– Nē. Tik briesmīgi nav. Bet līdzīgi, – es nomurminu, satraukta vērodama Kristjenu.

– Ak tā, – viņš nosaka.

Velns! Kristjens šķiet neglābjami satriekts, it kā es būtu iznīcinājusi pamatu viņam zem kājām.

Dziļi ievilkusi elpu, es apeju apkārt galdam un nostājos viņam pretī, lūkodamās acīs, kas piesardzīgi vēro mani.

– Sods tev šķiet tik atbaidošs? – viņš izdveš, šausmu pārņemts.

– Nē, – es atbildu. Jēziņ, vai tiešām viņam tik pretīgi ir cilvēku pieskārieni? – Nē. Man ir pretrunīgas izjūtas. Sods man nepatīk, bet mani arī nemāc riebums.

– Vakar rotaļu istabā tu...

– Es to daru tevis dēļ, Kristjen, tāpēc, ka tas ir vajadzīgs tev. Man to nevajag. Naktī tu man nenodarīji sāpes. Notika pavisam kaut kas cits, un es spēju to attaisnot, turklāt uzticos tev. Bet, kad tu vēlies mani sodīt, es satraucos, ka nodarīsi man pāri.

Kristjena acis satumst gluži kā debesis pirms negaisa. Iestājas ilgs klusums, pirms viņš klusi paskaidro: – Es vēlos tev sagādāt sāpes. Bet tikai līdz robežai, kas tev paciešama.

Sasodīts!

– Kāpēc?

Kristjens izlaiž pirkstus caur matiem un parausta plecus.

– Man tas gluži vienkārši nepieciešams. – Brīdi lūkojies uz mani izmisuma pilnu skatienu, viņš aizver acis un papurina galvu. – Es nevaru atklāt, kāpēc, – viņš nočukst.

– Nevari vai negribi?

– Negribu.

– Tātad tev iemesls ir zināms.

– Jā.

– Bet tu man to nestāstīsi.

– Ja tu uzzināsi, kas slēpjas aiz manām vēlmēm, tu kliegdama aizbēgsi un nekad vairs nevēlēsies atgriezties. – Viņš noskumis uzlūko mani. – Es nevaru tā riskēt, Anastasija.

– Tu gribi, lai es palieku.

– Vairāk, nekā tu spēj nojaust. Tevi zaudējot, es sabruktu.

Ak vai!

Brīdi vērojis mani, Kristjens piepeši ievelk mani savās skavās un sāk dedzīgi skūpstīt. Viņam izdodas mani pārsteigt, un es jūtu viņa skūpstā paniku, ko papildina izmisīga vēlme.

– Nepamet mani! Tu solīji, ka neaiziesi, un miegā lūdzies, lai nepametu tevi, – viņš nočukst, lūpām skarot manējās. Mana naksnīgā grēksūdze...

– Es negribu aiziet. – Un mana sirds sāpīgi sažņaudzas.

Kristjens ir nelaimīgs cilvēks. Viņa bailes ir kā uz delnas, bet viņš pats ir pazudis... kaut kur savas tumsas dzīlēs. Viņa acis ir plati ieplestas un stingas, tajās plaiksnī mokas. Es varu viņam dāvāt mierinājumu, uz brīdi pievienoties viņam tumsā un izvest viņu gaismā.

– Parādi, – es nočukstu.

– Parādīt?

– Parādi, cik stipras ir sāpes.

– Ko tu gribi teikt?

– Sodi mani. Es gribu zināt, kas ir vissliktākais.

Kristjens soli atkāpjas, manāmi apmulsis.

– Tu mēģinātu?

– Jā. Es tev jau solīju, ka centīšos. – Tomēr man ir cits, slēpts iemesls. Ja es izpildīšu Kristjena vēlmi, varbūt viņš ļaus, lai viņam pieskaros.

Kristjens samirkšķina acis. – Tu proti mani samulsināt, Ana.

– Arī es esmu samulsusi. Bet mēģināšu padarīt visu skaidrāku. Un mēs abi beidzot uzzināsim, vai es to spēšu. Ja tikšu galā ar sodu, varbūt tu... – Es vairs nespēju turpināt, un viņš atkal iepleš acis. Viņš zina, ka es runāju par pieskārieniem. Mirkli šķiet, ka viņš vilcinās, iekšēju pretrunu plosīts. Tomēr drīz viņa sejā parādās tēraudcieta apņēmība, un viņš samiedz acis, mani vērodams un apsvērdams visas iespējas.

Spēji satvēris manu roku, Kristjens pagriežas un ved mani ārā no lielās istabas, augšā pa kāpnēm līdz rotaļu kambarim. Bauda un sāpes, atalgojums un sods – manā prātā atbalsojas viņa sen teiktie vārdi.

– Tu redzēsi, kas ir sliktākais iespējamais sods, un pēc tam varēsi pieņemt lēmumu. – Kristjens apstājas pie durvīm.
– Vai esi gatava?

Es apņēmīgi pamāju un jūtu, kā noreibst galva, visām asinīm atplūstot no sejas.

Kristjens atver durvis un, nelaizdamas vaļā manu roku, paķer no statīva kaut ko līdzīgu siksnai, pirms pieved mani pie sarkanā ādas sola istabas tālākajā stūrī.

– Noliecies pār solu, – viņš klusi nomurmina.

Labi. Man izdosies. Es noliecos pār gludo, mīksto ādas pārklājumu. Man mugurā ir rītasvārki, un es brīnos, ka viņš vēl nav piespiedis mani tos novilkt. Šausmas, es zinu, ka man ļoti sāpēs...

– Mēs esam šeit, jo tu tam piekriti, Anastasija. Un tu centies aizbēgt. Es tev iesitīšu sešas reizes, un tu tās skaitīsi skaļi.

Kāpēc viņš neķeras pie darba? Viņš vienmēr izbauda manis sodīšanu un cenšas to paildzināt. Es izbolu acis, zinādama, ka viņš to neredz.

Kristjens paceļ manu rītasvārku malu, un kāda neizprotama iemesla dēļ šī kustība šķiet daudz intīmāka nekā brīži, kad esmu kaila. Viņš maigi noglāsta manu dibenu, laizdams silto plaukstu pār abiem vaigiem un lejup līdz augšstilbiem.

– Es to daru, lai tu atcerētos, ka nedrīksti no manis bēgt, un, kaut gan tas ir aizraujoši, es nevēlos, lai tu bēgtu, – Kristjens nočukst.

Viņa vārdos slēptā pretruna man ir skaidra. Es bēgu, lai

izvairītos no šī mirkļa. Ja viņš būtu iepletis rokas, es skrietu viņam pretī, nevis prom.

– Turklāt tu izbolīji acis. Tu zini, ko es par to domāju. – Nemiera pieskaņa viņa balsī piepeši nozudusi. Viņš ir atgriezies no tumsas, kurā bija ieslīdzis. Es dzirdu to viņa vārdos, jūtu to, ka viņš pieskaras manai mugurai, turēdams mani piespiestu pie sola – un gaisotne istabā mainās.

Es aizveru acis, gatavodamās saņemt sitienu. Tas ir spēcīgs un trāpa man pa dibenu. Siksna dzeļ tieši tik sāpīgi, kā biju baidījusies. Nespēdama apvaldīt kliedzienu, es kampju gaisu.

– Skaiti, Anastasija! – Kristjens pavēl.

– *Viens!* – es uzsaucu, un vārds izklausās pēc lamām.

Viņš sit vēlreiz, un sāpes pulsēdamas aizstīgo pa siksnas atstātajām pēdām. Au!

– *Divi!* – es kliedzu. Iespēja kliegt sagādā nelielu atvieglojumu.

Kristjens elpo ātri un saraustīti, bet es tik tikko spēju ievilkt gaisu plaušās, izmisīgi meklēdama sevī kādu vēl neizmantotu spēka avotu. Siksna atkal iecērtas manā miesā.

– *Trīs!* – Acīs nelūgtas sariešas asaras. Ir grūtāk, nekā domāju; pēriens salīdzinoši bija daudz vieglāk paciešams. Kristjens sit no visa spēka.

– *Četri!* – es brēcu, juzdama asaras plūstam pār seju. Es negribu raudāt un dusmojos pati uz sevi par šīm asarām. Viņš sit vēlreiz.

– *Pieci.* – Mana balss pārvērtusies par aizžņaugtu čukstu, un šajā brīdī es ienīstu Kristjenu. Vēl viens, es izturēšu vēl vienu sitienu. Dibens neciešami svilst.

– *Seši,* – es nočukstu, sāpēm atkal caurstrāvojot visu manu miesu, un dzirdu, ka Kristjens nomet siksnu uz grīdas un ievelk mani savās skavās, aizelsies un līdzjūtības pilns... *bet es negribu viņu savā tuvumā.*

– Laid vaļā... nē... – Un es mēģinu izlauzties no Kristjena rokām, grūžu viņu prom, cīnos ar viņu.

– Nepieskaries man! – es nošņācu un iztaisnojusies lūkojos viņam acīs. Kristjens mani vēro, apjukumā plati iepletis acis, manāmi izbijies, ka es tūlīt skriešu prom. Es saniknota notraušu asaras, izmantodama plaukstu virspusi, un atkal pievēršos Kristjenam.

– Lūk, kas tev patīk? Tu uzbudinies, ja es sāpēs kliedzu?

– Es noslauku degunu rītasvārku piedurknē.

Viņš bažīgi vēro mani.

– Tu esi sasodīti slims maitasgabals.

– Ana! – viņš satriekts lūdzoši ierunājas.

– Neuzdrošinies ar mani runāt! Ievies kārtību savā prātā, Grej! – Un, neveikli pagriezusies, es izeju no rotaļu istabas, klusi aizvērdama durvis.

Neatlaidusi rokturi vaļā, es uz brīdi atspiežos pret durvīm. Kurp lai dodos? Vai man vajadzētu bēgt? Vai palikt? Es kūsāju niknumā, asarām birstot pār vaigiem, un sadusmota tās noslauku. Man gribas tikai saritināties kamoliņā un kaut nedaudz atgūties. Sadziedēt savu iedragāto ticību. Kā es varēju būt tik stulba? Protams, sitieni ir sāpīgi!

Es piesardzīgi paberzēju dibenu. Au! Āda neciešami svilst. Uz kurieni doties? Ne jau viņa istabu. Uz manu istabu, uz istabu, kas reiz būs mana, nē, ir mana... bija mana. Lūk, kāpēc Kristjens vēlējās, lai to paturu. Viņš zināja, ka gribēšu paslēpties.

Stīvi sperdama soļus, es dodos īstajā virzienā, baidīdamās, ka Kristjens man sekos. Guļamistaba slīgst tumsā, saule vēl tikai gatavojas aust. Es neveikli ierāpjos gultā, uzmanīdamās, lai neapsēstos uz sāpošā, jutīgā dibena. Ciešāk ievīstījusies rītasvārkos, es saritinos un ļaujos šņukstiem.

Kāpēc es biju tik dumja? Kāpēc ļāvos, lai Kristjens man nodara kaut ko tik baisu? Es gribēju ieraudzīt tumsu, gribēju uzzināt, kas ir sliktākais, kas var notikt – bet man šī tumsa ir pārāk baisa. Es nespēšu tajā dzīvot. Tomēr Kristjenam tas ir nepieciešams; viņam vajag mani sodīt.

Sarkanajā istabā piedzīvotais ir atsaucis mani īstenībā. Un jāatzīst patiesība: Kristjens mani brīdināja, turklāt vairākas reizes. Viņš nav normāls. Viņam ir vajadzības, ko es nespēju piepildīt. Tagad man tas beidzot ir skaidrs. Es nekad vairs nevēlos pakļauties šādam sodam. Kad atceros tās dažas reizes, kad Kristjens mani pēra, es saprotu, cik ļoti viņš toreiz valdījās. Vai viņam ar kaut ko tādu pietiktu? Mani šņuksti kļūst vēl skaļāki. Es zaudēšu Kristjenu. Viņš negribēs būt kopā ar mani, ja es nevarēšu viņam sniegt nepieciešamo. Kāpēc, kāpēc, kāpēc es iemīlējos šajā dēmonu vajātajā vīrietī? Kāpēc? Kāpēc es nevaru mīlēt Hosē vai Polu Kleitonu, vai kādu sev līdzīgo?

Man acu priekšā ir Kristjena sejas izteiksme brīdī, kad viņu pametu. Es izturējos nežēlīgi, nupat piedzīvotās vardarbības satriekta. Vai viņš man piedos? Vai es piedošu viņam? Visas manas domas ir juceklīgas un gluži kā bumbiņas šaudās pa galvu. Šis ir viens no sliktākajiem rītiem manā mūžā. Jūtos neizsakāmi vientuļa. Es ilgojos pēc mātes. Prātā atbalsojas viņas teiktie vārdi lidostā:

Ieklausies savā sirdī, mīļā, un lūdzu, lūdzu pacenties nedomāt par visu pārāk daudz. Nesaspringsti un izklaidējies. Tu esi ļoti jauna, Ana, un tev vēl daudz kas dzīvē jāizbauda. Gluži vienkārši ļaujies tam. Tu esi pelnījusi visu labāko.

Es ieklausījos sirdī, bet atalgojumā saņēmu svilstošu dibenu un salauztu garu. Viss ir beidzies. Man jāiet prom. Kristjens nespēj uzlabot manu dzīvi, un es nevaru neko sniegt viņam. Kā gan mēs varētu būt kopā? Un doma, ka es viņu vairs neredzēšu, ir tik sāpīga, ka es gandrīz aizrijos ar savām asarām. Mans nelaimīgais Kristjens...

Durvis noklikšķ un atveras. Viņš ir šeit. Kaut ko nolicis uz kumodes, Kristjens apguļas man aiz muguras, gultai nošūpojoties.

– Kuš, – viņš izdveš, un es gribu atvirzīties prom, līdz otrai gultas malai, tomēr jūtos kā paralizēta. Es nevaru pakustēties, bet arī nepieglaužos viņam. – Nepretojies man, Ana, lūdzu, – viņš nočukst un saudzīgi ievelk mani savās skavās, pirms iegremdē degunu matos un sāk skūpstīt kaklu.

– Neienīsti mani, – viņš klusi lūdz, un viņa balss ir smeldzīgi skumja. Mana sirds atkal sažņaudzas, un es ļaujos jaunai šņukstu lēkmei. Kristjens turpina mani maigi skūpstīt, bet es nespēju atbrīvoties.

Mēs ilgi guļam viens otram blakus, neteikdami ne vārda. Kristjens ir mani apskāvis, es ļoti lēnām pierimstu un pārstāju raudāt. Uzaust saule, un liegā gaisma kļūst spožāka, rītam turpinoties, bet mēs turpinām gulēt.

– Es tev atnesu ibumetīnu un pretsāpju krēmu, – Kristjens beidzot ieminas.

Kustēdamās ļoti piesardzīgi, es pagriežos tā, ka varu ieskatīties viņam acīs, atbalstīdama galvu pret viņa roku. Kristjena pelēkajās acīs vīd piesardzība.

Es vēroju viņa skaisto seju. Tajā nekas nav nolasāms, bet viņš mani uzlūko tik cieši, ka pat nemirkšķina. Ir pagājis pavisam neilgs laiks, bet šis pievilcīgais vīrietis kļuvis man neizsakāmi tuvs. Es noglāstu viņa vaigu un laižu pirkstus pār bārdas rugājiem. Viņš aizver acis un nopūšas.

– Piedod, – es nočukstu.

Kristjens apmulsis uzlūko mani.

– Par ko?

– Par to, ko es pateicu.

– Tas man nebija nekas jauns. – Viņš šķiet atvieglots, un viņa acis atmaigst. – Man ļoti žēl, ka tev sāpēja.

Es paraustu plecus. – Tu rīkojies saskaņā ar manu lūgumu. – Un tagad esmu uzzinājusi atbildi uz savu jautājumu. Es noriju siekalas. Ir pienācis izšķirošais mirklis. Man nepieciešams izkratīt sirdi. – Kristjen, es nedomāju, ka spēšu sniegt visu, kas tev vajadzīgs, – es nočukstu. Viņš iepleš acis, un viņa sejā atkal parādās bailes.

– Tu iemieso visu, ko es vēlos.

Kā, lūdzu?

– Es nesaprotu, ko tu gribi pateikt, Kristjen. Es neesmu pakļāvīga sieviete, un varu uzreiz apliecināt, ka neko tādu es tev vairs neļaušu darīt. Un tu pats esi atzinis, ka tev tas ir vajadzīgs.

Kristjens atkal aizver acis, un viņa sejā atspoguļojas dažādu izjūtu virpulis. Pēc brīža, kad viņš paceļ plakstus, tās visas ir nozudušas, un palikušas tikai skumjas. Ak nē...

– Tev taisnība. Lai rīkotos pareizi, man jāļauj tev aiziet. Tu esi pārāk laba man.

Pār manu muguru aizskrien šermuļi, un visi ķermeņa matiņi saslienas stāvus. Zeme paveras, un es stāvu virs baisma, alkatīga bezdibeņa, kas gatavs mani aprīt. Nē!

– Es negribu aiziet. – Mana balss ir tik tikko dzirdama. Izšķirošais mirklis ir pienācis, jāliek viss uz vienas kārts. Man acīs atkal sariešas asaras.

– Arī es nevēlos, lai aizej, – Kristjens nočukst, un viņa balsī ieskanas neciešamas sāpes. Viņš maigi noglāsta manu vaigu un notrauš asaru no tā. – Kopš mūsu tikšanās es jūtos dzīvs. – Viņš ar īkšķi izzīmē manas apakšlūpas apveidu.

– Es arī, – klusi atbildu. – Kristjen, esmu tevi iemīlējusi.

Viņš atkal iepleš acis, un šoreiz tajās uzplaiksnī šausmas.

– Nē, – viņš izdveš, it kā es būtu iesitusi viņam pa saules pinumu. – Nē, tu nedrīksti mani mīlēt, Ana. Tas ir... nepareizi. – Kristjens ir izmisis.

– Kāpēc?

– Es nevarēšu darīt tevi laimīgu, – viņš sāpju pilnā balsī atzīstas.

– Kristjen, kopā ar tevi es jūtos laimīga.

– Ne jau šobrīd. Ne tad, ja dari to, kas vajadzīgs man.

Ak nē... Viss tiešām ir beidzies. Šis ir mūsu attiecību kodols – nesaderība. Un es atceros viņa teikto par bijušajām Pakļautajām.

– Šo šķērsli mēs nekad nepārvarēsim, vai ne? – es nočukstu, baiļu šermuļiem skrienot pār muguru.

Kristjens satriekts papurina galvu, un es aizveru acis, vairs nespēdama uz viņu lūkoties.

– Labi, man laikam jāiet, – es nomurminu un saviebusies pieceļos sēdus.

– Nē, nevajag! – Kristjena balsī ieskanas panika.

– Nav jēgas palikt. – Mani piepeši pārņēmis neizturams nogurums, un es vairs nevēlos būt šeit. Kad izkāpju no gultas, Kristjens man seko.

– Es apģērbšos. Ja neiebilsti, man gribētos to darīt vienatnē, – neizteiksmīgi nosaku un pametu Kristjenu vienu.

Nokāpusi lejā, es ielūkojos lielajā istabā un atceros, ka tikai pirms dažām stundām es atbalstīju galvu pret viņa plecu un klausījos, kā viņš spēlē klavieres. Kopš tā brīža ir noticis daudz. Man atvērušās acis, esmu ieskatījusies Kristjena samaitātības dzīlēs un zinu, ka viņš nav spējīgs mīlēt vai ļauties, lai kāds mīl viņu. Piepildījušās manas slēptākās bailes. Un es jūtos savādi brīva.

Sāpes ir tik skaudras, ka es atsakos tās atzīt. Esmu zaudējusi spēju just. Mana apziņa ir izgājusi no ķermeņa un kļuvusi par neiesaistītu skatītāju traģēdijā, kas pamazām risinās Kristjena dzīvoklī. Es ātri un rūpīgi nomazgājos, domādama tikai par katru nākamo sekundi. Saspiest šķidro ziepju tūbiņu. Nolikt tūbiņu atpakaļ uz plaukta. Berzēt seju un plecus ar sūkli... un tā tālāk, tikai vienkāršas, mehāniskas darbības, kam nepieciešamas vienkāršas, mehāniskas domas.

Es izkāpju no duškabīnes. Neesmu izmazgājusi matus, tāpēc noslaucīšanās neaizņem daudz laika. Es saģērbjos vannasistabā, izņēmusi džinsus un teniskreklu no savas nelielās ceļasomas. Bikšu audums nepatīkami rīvē dibena ādu, bet man nav iebildumu pret sāpēm, jo tās novērš domas no sadragātās, salauztās sirds.

Kad pieliecos, lai aiztaisītu ceļasomu, mans skatiens pievēršas Kristjenam paredzētajai dāvanai. Tas ir *Blanik L23* lidmašīnas modelis, ko viņš varētu pats salikt kopā. Man tik tikko izdodas apvaldīt asaras, to uzlūkojot un atceroties laimīgākas dienas, kad varējām cerēt uz kaut ko vairāk. Es izņemu kasti no somas, jo vēl joprojām vēlos to pasniegt Kristjenam. Izrāvusi no piezīmju grāmatas papīra lapu, es ātri uzrakstu dažus teikumus un atstāju zīmīti uz iepakojuma.

Man tas atgādināja labākus laikus.
Paldies.
Ana

Es vēroju sevi spogulī. Man pretī lūkojas bāla meitene, kuras acīs vīd skumjas. Es saņemu matus mezglā, nelikdamās ne zinis par apsārtušajiem plakstiņiem. Mana zemapziņa atzinīgi pamāj. Pat viņa saprot, ka šis nav īstais mirklis dzēlīgām piebildēm. Nespēju noticēt, ka mana pasaule sabrūk neauglīgā pīšļu kaudzē un visas cerības kopā ar sapņiem tiek nežēlīgi sadragātas. Nē, nē, nedomā par to. Ne šobrīd, ne šeit. Dziļi ievilkusi elpu, es paņemu ceļasomu un, novietojusi modeli ar zīmīti uz viņa spilvena, atgriežos lielajā istabā.

Kristjens runā pa telefonu. Viņš ir uzvilcis melnus džinsus un teniskreklu, bet viņa kājas ir basas.

– Ko tas nozīmē? – Kristjens ierēcas, un es satrūkstos.

– Sasodīts, viņš varēja mums pateikt nolāpīto patiesību. Kāds ir viņa numurs? Man nāksies piezvanīt... Velč, tā ir nepieredzēti smaga kļūme. – Kristjens paceļ skatienu, un viņa satumsušās, drūmi zalgojošās acis pievēršas manējām. – Atrodi viņu! – To noskaldījis, viņš nospiež atvienošanas pogu.

Es pieeju pie dīvāna un paceļu mugursomu, cenzdamās izlikties, ka nemanu Kristjenu. Izņēmusi no tās datoru, es atgriežos virtuvē un uzmanīgi novietoju aparātu uz letes blakus viedtālrunim un mašīnas atslēgām. Kad paceļu skatienu, es redzu, ka Kristjens uz mani lūkojas, sastindzis šausmās.

– Man nepieciešama nauda, ko Teilors saņēma par manu mašīnu. – Es runāju rāmi un skaidri, mana balss ir pilnīgi bezkaislīga... Ļoti neparasti.

– Ana, es nevēlos visas šīs mantas, tās pieder tev, – viņš satriekts iebilst. – Ņem tās līdzi.

– Nē, Kristjen. Es pieņēmu tavas dāvanas tikai iecietības dēļ – un tagad vairs tās negribu.

– Ana, tas nav prātīgi, – viņš saka, pat šobrīd nespēdams atturēties no iespējas mani norāt.

– Es negribu neko, kas man atgādinātu par tevi. Man vajadzīga tikai nauda par mašīnu, – es tikpat salti atbildu.

Kristjens spēji ievelk elpu. – Vai tu centies mani sāpināt?

– Nē. – Es saraucu pieri, lūkodamās uz viņu. Nē, protams... es tevi mīlu. – Tā nav. Tikai gribu saudzēt pati sevi, – es nočukstu. Jo tu mani nevēlies tā, kā tevi vēlos es.

– Lūdzu, Ana, pieņem manas dāvanas.

– Kristjen, es negribu strīdēties. Man tikai vajadzīga nauda.

Viņš samiedz acis, bet es vairs nebaidos no Kristjena. Varbūt tikai mazliet. Es bezkaislīgi lūkojos viņam pretī, nemirkšķinādama un neatkāpdamās.

– Vai pieņemsi čeku? – viņš dzēlīgi painteresējas.

– Jā. Domāju, ka tev pietiek līdzekļu, lai to segtu.

Kristjens nepasmaida, tikai pagriežas un ieiet kabinetā. Es uzmetu vēl pēdējo ilgo skatienu viņa dzīvoklim un abstraktajiem mākslas darbiem pie sienām. Tie ir rāmi, neuzbāzīgi... pat salti. Atbilstoši saimniekam, es izklaidīgi nodomāju. Manas acis pievēršas klavierēm. Ja es būtu turējusi mēli aiz zobiem, mēs mīlētos uz klavierēm. Nē, mēs drāztos uz klavierēm. Kaut gan es būtu mīlējusies. Šī doma ir pārāk sāpīga un smagi uzgulst manai salauztajai sirdij. Kristjens nekad nav mīlējies ar mani, vai ne? Viņam tā vienmēr bijusi tikai drāšanās.

Atgriezies lielajā istabā, Kristjens man sniedz aploksni.

– Teilors pārdeva tavu mašīnu par izdevīgu cenu. Tas bija klasisks modelis. Vari pajautāt viņam pašam. Viņš aizvedīs tevi mājās. – Kristjens pamāj kādam man aiz muguras. Es pagriežos un ieraugu Teiloru, kurš stāv durvīs, ģērbies savā mūžam nevainojamajā uzvalkā.

– Tas nebūs nepieciešams. Es pati tikšu mājās, pateicos.

Es uzmetu skatienu Kristjenam un ieraugu, ka viņa acīs uzplaiksnī ar grūtībām apvaldītas dusmas.

– Vai tu grasies man iebilst itin visā?

– Kāpēc mainīt senus ieradumus? – Es kā atvainodamās paraustu plecus.

Viņš aizkaitināts piever acis un izlaiž pirkstus caur matiem.

– Lūdzu, Ana, ļauj, lai Teilors tevi aizved mājās.

– Es piebraukšu mašīnu pie durvīm, Stīlas jaunkundze, – Teilors rāmi paziņo. Kristjens viņam pamāj, un, kad pametu skatienu pār plecu, Teilors jau ir nozudis.

Es vēlreiz uzlūkoju Kristjenu. Mūs šķir tikai četras pēdas. Viņš sper soli uz priekšu, un es neapdomājusies kāpjos atpakaļ. Viņš apstājas, un viņa sejā pavīd neslēptas sāpes, bet pelēkās acis kvēlo.

– Kaut tev nebūtu jāiet prom! – Kristjens ilgpilni nomurmina.

– Es nevaru palikt šeit. Tu nespēj man sniegt to, kas nepieciešams. Savukārt man nav pa spēkam apmierināt tavas vēlmes.

Viņš vēlreiz man tuvojas, un es paceļu rokas.

– Lūdzu, nevajag! – Es kāpjos atpakaļ. Šobrīd es nespētu paciest viņa pieskārienus, tie mani nogalinātu. – Nē.

Paķērusi čemodānu un mugursomu, es dodos uz priekšnamu. Viņš man seko, uzmanīdamies, lai nepienāktu pārāk tuvu, un nospiež lifta pogu. Kad durvis atveras, es ieeju pa tām.

– Ardievu, Kristjen, – es nomurminu.

– Ardievu, Ana, – viņš klusi atbild, izskatīdamies neglābjami salauzts. Viņa acis liesmo sāpēs, tikpat mokošas kā tās, kas plosa mani. Es novēršos, lai nepagūtu pārdomāt un viņu mierināt.

Lifta durvis aizveras, un es krītu lejup, pretī pagrabam un savas elles dzīlēm.

**

Teilors pietur mašīnas durvis, lai es varētu apsēsties aizmugurē, vairīdamās no viņa skatiena. Mani pāršalc kauns un vainas apziņa. Esmu cietusi pilnīgu neveiksmi. Biju cerējusi izvilkt savu nelaimīgo vīrieti gaismā, bet izrādījās, ka šis uzdevums nav manos niecīgajos spēkos. Es izmisīgi mēģinu apvaldīt bangojošās izjūtas. Mašīna uzbrauc uz Ceturtās avēnijas, un es stingi lūkojos ārā pa logu, pamazām aptverdama, ko esmu izdarījusi. Es pametu Kristjenu Greju. Vienīgo vīrieti, kuru esmu mīlējusi. Vienīgo, ar kuru gulēju. Mani caurstrāvo asas sāpes, un es spēji ievelku elpu. Vadzis lūst, asaras nelūgtas plūst pār maniem vaigiem, un es tās steidzīgi notraušu ar pirkstiem, izmisīgi rakņādamās somā un meklēdama saulesbrilles. Kad apstājamies pie luksofora, Teilors man pasniedz audekla mutautu. Viņš klusē un neskatās uz mani, un es pateicīga pieņemu kabatlakatiņu.

– Paldies, – es nomurminu, un šī neuzkrītošā laipnība ir pēdējais piliens. Es atlaižos mīkstajā ādas sēdeklī un raudu.

Dzīvoklis ir biedējoši tukšs un svešāds. Vēl neesmu tajā dzīvojusi pietiekami ilgi, lai justos kā mājās. Es dodos tieši uz savu istabu un ieraugu ļoti nožēlojamu, ļenganu balonu, kas šūpojas, piesiets pie gultas malas. Čārlijs Tango izskatās tikpat sanīcis kā es. Strauji to paķērusi un pārrāvusi pavedienu, es cieši piespiežu mazo helikopteru sev klāt. Ko es esmu izdarījusi?

Nenoāvusi kurpes, es iekrītu gultā un sāku gaudot. Sāpes ir neaprakstāmas, gan fiziskas, gan garīgas un metafiziskas; tās pārņem mani visu, iesūcoties pat kaulu smadzenēs. Sēras. Es sēroju un pati esmu pie tā vainojama. Dziļi prātā dzimst nejauka, nelūgta doma: fiziskās sāpes, ko sagādāja siksnas cirtieni, nav salīdzināmas ar šo sabrukumu. Es saritinos ciešāk, izmisīgi apskāvusi plakano balonu un rokā sažņaugusi Teilora kabatlakatiņu, un cenšos izsāpēt savu postu.

Fifty Shades
Darker

Tumsa
piecdesmit
nokrāsās

E L James

Pret Greju vērstā kaisle vēl joprojām vajā Anastasiju gan miegā, gan nomodā.

Kad Kristjens piedāvā jaunu iespēju, viņa nepretojas...

Kamēr Grejs cenšas atvairīt savus iekšējos dēmonus, Anai jāpieņem svarīgākais lēmums mūžā.

Lēmums, ko spēj pieņemt tikai viņa pati...

E L Džeimsa

GREJA PIECDESMIT NOKRĀSAS

Redaktore Ingūna Jundze
Korektore Anija Brice
Maketētājs Igors Iļjenkovs
Atbildīgais sekretārs Igors Iļjenkovs

"Apgāds "Kontinents"",
LV-1050, Rīgā, Elijas ielā 17, tālr. 67204130.
Apgr. formāts 130x200. Ofsetiespiedums.
Iespiesta un iesieta SIA "Jelgavas Tipogrāfija",
LV-3002, Jelgavā, Langervaldes ielā 1A.

E L Džeimsa
Dž 360 Greja piecdesmit nokrāsas/ No angļu val. tulk. Eva
Stankēviča. – R., "Apgāds "Kontinents"". – 528 lpp.

Romantikas un kaisles piesātinātais stāsts ļauj vaļu
lasītāja fantāzijai un izraisa atkarību gluži kā narkotikas.

Kad literatūras studente Anastasija Stīla intervē
veiksmīgo uzņēmēju Kristjenu Greju, viņai šis vīrietis šķiet
vienlaikus ļoti pievilcīgs un biedējošs.

Viņa ir pārliecināta, ka saruna nebija veiksmīga, un
cenšas izmest Kristjenu no prāta, līdz viņš uzrodas veikalā,
kur Anastasija strādā, un aicina meiteni uz tikšanos...

ISBN 978-9984-35-604-4

Informāciju par šo grāmatu vairumtirdzniecību
var iegūt pa tālruni 67204130.